差分机

THE DIFFERENCE ENGINE

[美] 威廉·吉布森
[美] 布鲁斯·斯特林
——著
孙亚南
——译

William Gibson

Bruce Sterling

北京联合出版公司
Beijing United Publishing Co.,Ltd.

图书在版编目（CIP）数据

差分机 /（美）威廉·吉布森，（美）布鲁斯·斯特林著；孙亚南译 . — 北京：北京联合出版公司，2022.1

ISBN 978-7-5596-5644-5

Ⅰ. ①差… Ⅱ. ①威… ②布… ③孙… Ⅲ. ①幻想小说—美国—现代 Ⅳ. ①I712.45

中国版本图书馆 CIP 数据核字（2021）第 227540 号

北京市版权局著作权合同登记　图字：01-2021-5948 号

THE DIFFERENCE ENGINE
by William Gibson and Bruce Sterling
Copyright © 1990 by William Gibson and Bruce Sterling
Simplified Chinese edition copyright © 2022 Beijing United Creadion Culture Media Co., Ltd.
This translation of The Difference Engine is published in arrangement with Sterling Lord Literistic, Inc., through The Grayhawk Agency Ltd.

差分机

作　　者：（美）威廉·吉布森　（美）布鲁斯·斯特林
译　　者：孙亚南　　　　　版权支持：张　婧
出品人：赵红仕　　　　　　出版监制：辛海峰　陈　江
责任编辑：郭佳佳　　　　　产品经理：张建鑫
特约编辑：郭　梅　　　　　美术编辑：任尚洁
封面设计：人马艺术设计·储平

北京联合出版公司出版
（北京市西城区德外大街 83 号楼 9 层　100088）
北京联合天畅文化传播公司发行
三河市信达兴印刷有限公司印刷　新华书店经销
字数 375 千字　880 毫米 ×1230 毫米　1/32　14.5 印张
2022 年 1 月第 1 版　2022 年 1 月第 1 次印刷
ISBN 978-7-5596-5644-5
定价：89.00 元

版权所有，侵权必究
未经许可，不得以任何方式复制或抄袭本书部分或全部内容
如发现图书质量问题，可联系调换。质量投诉电话：010-88843286/64258472-800

阅读之前，
你需要了解的二三事

差分机的诞生

在人手一台"掌上计算机"的今天，我们很难想象一台不用电而靠机械能驱动的计算机是什么样的。实际上，这种魔幻的机器早在19世纪就已经诞生，它的名字就是"差分机"。

差分机作为世界上第一台"机械计算机"，由英国数学家查尔斯·巴贝奇（Charles Babbage）设计。

1822年，巴贝奇向英国皇家天文学会递交了一篇名为《机械在天文与计算表中的应用》的论文，详细阐述了一种新型的机械装置"差分机"的构造。

在巴贝奇的设计中，该机器采用十进制数字系统，通过转动手柄来驱动，手柄每转动4圈，差分机会进行一次完整的加法进位运算。这种机器是为编制航海和天文方面的数学用表而设计的，用机械计算代替人工计算，从而消除可能存在的人工错误。按照巴贝奇的设计，最初的差分机可以处理3个不同的5位数，计算精度达到6位小数。

巴贝奇的设计成功获得了英国政府的青睐及资金支持。然而，受限于当时的机械制造水平和其他客观因素，差分机的制造一度停滞不前，英国政府最终不得不停止拨款。

失去了资金支持的巴贝奇并没有放弃，转而投入一项更大胆的计划——研制一台通用计算机，这种新机器被命名为"分析机"。巴贝奇设计的分析机具有齿轮式"存储仓库"、"作坊"（即"运算室"）、"控制器"装置，以及在"存储仓库"和"作坊"之间运输数据的输入输出部件，其逻辑结构类似于现代电脑的五大部件——运算器、控制器、存储器、输入设备、输出设备。

在分析机之后，巴贝奇总结经验，改进差分机的原有设计方案，简化了某些机械结构，于1847年推出了可执行更多运算的、由蒸汽机驱动的差分机二号。它可以计算到31位数及第七阶差，而且零件数只有差分机一号的三分之一。然而，巴贝奇生前并没有制造出差分机二号的成品。

1991年，为了纪念巴贝奇诞辰200周年，伦敦科学博物馆根据他的原始手稿制作出了差分机二号。这台机器由8000多个部件构成，重5吨，长约3.35米。2000年，巴贝奇设计的与差分机二号相配套的打印机也被成功制作出来，并顺利运转。至此，公众的质疑被消除，巴贝奇成为名副其实的"差分机之父"。

《差分机》这部小说中出现的"蒸汽差分机"是巴贝奇设计的通用计算机的进化加强版，其用途覆盖影像设计、户籍管理、情报分析等众多领域。

差分运算与大数据

想搞懂差分机的工作原理，我们先得了解什么是"差分"。差分作为数学领域的重要名词，是微积分中的一个重要概念。

在自然界和社会活动中，我们获得的数据往往是散乱且海量的，但我们可以通过微积分的方法找到一个函数关系式去描述这些数据的规律。这就是我们今天常说的"大数据运算"中的重要一环，它在图像检索、人脸识别等领域有广泛的应用。

差分运算就是求解两个相邻样本数据之间差值的运算，这个差值就是差分结果。单一的差分结果并不具有普遍意义，但如果拥有海量的差分结果，我们就可以得到一个差分方程，来描述隐藏在杂乱数据背后的规律，进而根据这个规律预测事物发展的趋势。

如果你是数学和计算机技术的门外汉，上述文字让你感到一头雾水，你不妨将这台名为"差分机"的机器理解为"具有一定大数据计算能力的超大号算盘"。而在本书中，这个"算盘"的终极形态就是超级人工智能。

维多利亚时代的另类版本

19世纪中叶，英国正值维多利亚女王（1837—1901）统治时期，工业革命迎来巅峰，英国工商业发展迅速，殖民地遍布世界，几乎享有世界贸易和工业的垄断地位，号称"日不落帝国"。这一时期被称为英国历史上的"黄金时代"。

同时，这也是个充满矛盾和冲突的时代。

社会阶层分化明显：贵族阶层生活奢靡，崇尚繁复的礼节和精致的生活，"下午茶"和各种舞会是生活常态；中产阶层往往从事非体力劳动，对贵族们的上层生活有着极大的向往，在生活上极力模仿贵族，攀比之风盛行；底层民众备受剥削，生活困苦，挣扎谋生。

城市环境污染严重：工业废气、废水和生活垃圾随意排放，泰晤士河被恶臭笼罩，加之伦敦夏季炎热，恶臭萦绕在城市上空久久不散，疾病肆虐。

女性地位两级分化：一方面，贵族阶层讲究绅士风度，女性可谓备受尊重；另一方面，底层女性为生活所迫沦落风尘，伦敦街头妓院随处可见。

这是真实的维多利亚时代，英国尚在经历第一次工业革命，巴贝奇的蒸汽计算机仍停留在图纸上。

然而，在小说《差分机》中，到1855年，查尔斯·巴贝奇的梦想早已成为现实，"蒸汽计算机"被成功研制出来并被大量投入市场，促使信息革命提前到来。人类文明跨过"电气时代"，直接从"蒸汽时代"进入"信息时代"，历史被改写——

大英帝国作为工业革命和信息革命的最大受益者，利用装备了新式设备的强大海军和炮兵部队，大肆进行殖民扩张和世界贸易，成为世界强国，推行"分而治之"的外交政策。同时，利用差分机构建的强大情报网和阴暗的军火交易，英国成功阻挠了美国的统一（使其分裂为北方联邦、南方邦联、得克萨斯共和国和加利福尼亚共和国），并取代美国率先打破日本闭关锁国的状态，成为日本维新人士崇拜和效仿的对象。

在英国国内，威灵顿公爵于1831年被工业激进党（虚构党派）人暗杀身亡，代表老派势力的托利党逐渐退出历史舞台；伟大的演说家拜伦（历史上，1824年诗人拜伦病死于希腊）领导工业激进党夺取政权，成为英国首相；拜伦的女儿艾达成为最受尊崇的女性科学家，被誉为"差分机女王"，却因一套神秘的"点金模"程序沦为暴力分子追逐的对象；以巴贝奇为代表的科学家和资本家受到青睐，晋升为贵族，拉帮结派，学术界名利之争遂起；以英国工人为主体的卢德派反工业运动被残酷镇压，残留的卢德派暴力分子隐藏在社会角落里伺机卷土重来……

与此同时，为维护既得利益，统治阶级暗中发展特工组织，利用差分机技术调取私人档案，让人失踪，让文件丢失，为了特定的目的篡改历史……

蒸汽朋克——人类文明的另一条道路

"蒸汽朋克"这一概念的诞生与"赛博朋克"有着直接关系，二者最初都诞生于文学创作。20世纪60年代，大量新型科幻题材文学作品涌现，赛博朋克与蒸汽朋克的早期重要作品便诞生于这一时期。

1984年，威廉·吉布森的《神经漫游者》(Neuromancer)问市，"赛博朋克"成为一种公认的新兴科幻流派。1987年，科幻小说作家杰特尔(Jeter)也想为自己创作的小说以及同类风格的作品寻找一个通用术语，于是他写信给科幻杂志《轨迹》(Locus)，其中提到"我认为维多利亚式奇幻将大有所为……一些建立在与那个时代相适应的技术基础上的事物，或许可以称作'蒸汽朋克'(Steampunks)"。

这是"蒸汽朋克"一词在历史上的首次出现，当时主要用来描述提姆·鲍尔斯(Tim Powers)、詹姆斯·布雷洛克(James Blaylock)和K.W.杰特尔等人所创作的"异化历史"(gonzo-historical)奇幻小说——以维多利亚时代的伦敦为背景，加入大量奇异的发明和角色。

在此之前，科幻小说早已出现，但从未真正着眼于过去。同样，历史奇幻小说和或然历史小说也已存在，但对过去的技术（如蒸汽动力）和社会（如维多利亚时代的伦敦）的关注从未真正进入科幻与奇幻作家的思维模式。

直到1991年威廉·吉布森和布鲁斯·斯特林合著的科幻小说《差分机》问世，"蒸汽朋克"才开始受到广泛关注，并逐渐成为公认的科幻流派，特指一种以维多利亚时代（即蒸汽时代）为背景设定的架空历史科幻小说。《差分机》因此被称为"蒸汽朋克"的"圣经"。

从诞生到现在,"蒸汽朋克"的含义和内容一直在不断扩展,但我们不妨通过拆分法来看看其最初指涉。

"蒸汽"指以蒸汽机为动力的各种机械,也可泛指其所代表的工业革命和蒸汽时代。在小说中,其主要涉及故事的背景设定(蒸汽时代),突出表现为具有维多利亚风格的着装(如高顶礼帽、裙撑、护目镜、手杖等)和代表理性与科技之光的各种大型蒸汽机械,以及裸露在外的机械元素(如发条、齿轮、轴承、滑轮、螺丝、铆钉等)。

"朋克"原指一种代表叛逆与先锋的摇滚乐流派,在文学创作中其含义被不断延伸、扩展,泛指那些非主流的亚文化。它反对思想僵化,强调与众不同,重视探索和冒险精神,也代表一种对大众文化、社会现实和历史的反思。在小说中,其主要涉及人物设定(如疯狂的发明家)和情节设定(如各种发明传奇、冒险故事)。

由此可见,"蒸汽朋克"同时体现着怀旧复古和前瞻进步两种面貌,它将某些过时且已然消失的技术视作一种探讨未来的方式,通过对历史的重构审视当下、思考未来。

当然,拆分解读只是帮助我们窥探"蒸汽朋克"的一种方式,不能代表"蒸汽朋克"的全部含义。而且,随着时代的发展和新作品的不断出现,"蒸汽朋克"的世界已变得越来越丰富,已经从文学运动演变成一种生活方式,蒸汽朋克美学更是渗透到了电影、漫画、时尚和音乐等众多领域,你可以从各种角度、方方面面感受它的魅力。

有人说,蒸汽朋克小说之所以迷人,是因为人们想重新拥有工业时代那种因进步而生的热情。

有人说,蒸汽朋克小说之所以讨喜,是因为它为人们提供了一种思辨地逃避现实的方式。

有人说,蒸汽朋克小说之所以让人兴奋,是因为它让人们回过头发掘历史发展的其他可能性。

一位读者在读过《差分机》后兴奋地评论道：

"蒸汽朋克"的魅力在于重构历史……一半是历史的循规蹈矩，一半是想象的天马行空，足够让喜欢历史和喜欢幻想的人都兴奋起来。

"蒸汽朋克"同样带有一种浓浓的怀旧情结。数字时代流行的是流畅、优美的工业设计，小型化、精细化。蒸汽朋克世界里的东西则是庞大而粗糙的，而一切庞大的事物都足以激发人类深深的崇敬之情，所以蒸汽朋克创造的大型飞艇、大型蒸汽机车简直让人欲罢不能……

《差分机》的作者布鲁斯·斯特林说："蒸汽朋克的关键所在并不是过去，而是属于我们的当下的种种不确定性与不合时宜……为过去赋予意义的是我们在当下的作为。"

最后，请读者诸君翻开本书，让智识和想象在人类文明的另一种可能中狂奔吧！

郭梅　张建鑫

目录

第一次迭代
戈利亚德天使
- 1 -

第二次迭代
德比日
- 77 -

第三次迭代
暗影灯
- 107 -

第四次迭代
七重咒
- 227 -

第五次迭代
全视之眼
- 337 -

点金模
相关影像
- 411 -

后记
- 446 -

第一次迭代

戈利亚德天使[1]

---

1. 历史上,戈利亚德天使指弗朗西斯卡·阿尔瓦雷斯,她是一位墨西哥军官的妻子,曾在美墨战争期间救下多名墨西哥将领桑塔·安纳下令屠杀的美国战俘。在本书中,戈利亚德天使则指一名前来刺杀山姆·休斯顿将军的得克萨斯游骑兵,即复仇天使。本书在历史事件和人物方面多有虚构之处。——译者注

在跨海峡飞艇"布鲁内尔勋爵号"的护航机上，光编码技术正在合成一张瑟堡郊区鸟瞰图，显示时间为1905年10月14日。

图像中有一栋别墅、一座花园、一个阳台。

画面中，穿过阳台的锻铁栏杆，能看到一把巴斯轮椅以及坐在它上面的人。轮椅的镀镍辐条在落日余晖的映照下闪闪发光。

那人是这栋别墅的主人，她那双患有关节炎的手正搭在提花布垫上。

这双手由肌腱、肌肉组织与带关节的手骨构成。时间静静流逝，信息不断输入，图中人体细胞内的线程逐渐交织成一个女人。

女人名叫西比尔·杰拉德。

她正坐在病房里，楼下是一座疏于打理的花园，白色的围墙早已斑驳不堪，木格架上缠绕着光秃的藤蔓。病房的窗户开着，一阵暖风吹来，拂动她颈间的稀疏白发，风中夹杂着煤烟味，还有茉莉和罂粟花的芬芳。

她凝望天空，聚精会神地看着空中那架巨大而迷人的金属飞行器——在她有生之年，这样的金属机器已经可以飞上云霄。在飞行器前面，数架小型无人机上下翻飞，呼啸着冲向红色的天际。

"真像一群椋鸟。"西比尔如是想着。

飞艇里的灯光与金色的方窗透露出属于人类的温暖气息。凭借无与伦比的感官能力，她很容易就能想象出里面正播放着似有若无的音乐,伦敦的音乐:乘客们在美妙的音乐声中散步、喝酒、调情,说不定还会跳舞。

她的思绪越飘越远,大脑有了自己的想法,情感和记忆拼凑出往昔的点点滴滴。

她回想起很久以前在伦敦的生活,想起自己曾走在斯特兰德大街上,想起自己曾从坦普尔栅门边的人群中挤过。她不断回想,记忆如风一般向她席卷而来,直到新门监狱的围墙拦住一切。她想起父亲被绞死时,影子正投在那面墙上……

接着,记忆陡然一转,如光一般折向别处——在那里,时间永远停在晚上。

那是1855年1月15日。

事情发生在皮卡迪利大街的格兰德大酒店。

客房里,一把椅子正斜抵着房门的雕花玻璃把手,另一把椅子上搭着几件衣服:一件女式流苏小斗篷、一条沾着泥点儿的厚绒线裙、一条男式格子裤,还有一件常礼服。

透过被子的形状,看得出枫木床上正躺着两个人。在这寒冷的冬夜,远处的大本钟敲了十下,发出宏大而粗哑的汽笛风琴声,那是燃煤时代伦敦特有的气息。

在冰冷的亚麻被子下面,西比尔伸长腿去够用法兰绒布包着的瓷暖瓶。她的脚趾擦过男人的小腿,对方的思绪似乎一下被打断了。花花公子米克·拉德利就是这样,总是一副思虑重重的样子。

西比尔最初是在温德米尔街上的劳伦特舞蹈学院认识米克的。现在双方有了些了解,她才发现米克更像是那种会出入莱斯特广场凯尔纳酒店的人,甚至是会去波特兰会所的人。他总是在沉思、算计,有时还喃喃自语。聪明人啊,聪明人,聪明得让她担忧。温特哈尔特夫人要是知道的话,肯定不会让她跟这种人来往,因为伺候"政界要人"

需要圆滑、谨慎。在这方面,温特哈尔特夫人非常自信,但她对手下的姑娘们毫无信心。

"别当站街女了,西比尔。"米克说道。聪明的他一旦下定决心,说话便是这种语气。

西比尔朝他咧嘴一笑,半张脸埋在温暖的被子里。她知道米克喜欢她这样笑,像坏女孩一样笑。她心想,米克肯定不是认真的,那就开个玩笑吧。"我要是不当站街女,现在怎么会在这儿陪你?"

"我是说别再找那些小混混了。"

"你知道的,我只找绅士。"

米克被逗笑了,轻哧一声道:"这么说我也算绅士?"

"一位非常有风度的绅士,"西比尔讨好道,"我的梦中情人。米克,你知道我不喜欢那些激进派贵族,看见他们就恶心。"

西比尔激动得抖了一下,不是因为难过,而是觉得自己这次运气不错,不仅有牛排炖土豆吃,有热巧克力喝,还可以住进高级酒店,睡在被褥干净的床上。这家酒店是新建的,有中央蒸汽供暖系统。不过,要是能把那个涡卷式镀金散热器换成散发着微光的壁炉就好了,封好火后,安安静静的,不会有响个不停的流水声和咚咚的撞击声。

她不得不承认,这个叫米克·拉德利的家伙长得不错,衣着有品位,手里有钱,花钱也大方,而且没提过什么恶劣的古怪要求。她知道这样的好日子不会长久,因为米克是从曼彻斯特来公干的,很快就要走了。不过,他身上仍有利可图,说不定他离开的时候她可以赚更多,只要让他觉得心中有愧,他出手就可能更大方。

米克斜靠在肥大的羽毛枕头上,用手垫着满是卷发的后脑勺。他的指甲修剪得整整齐齐的,丝绸睡衣的前襟上缀满花边,与他再适合不过。现在,他似乎想说说话。接触一段时间后,男人总是会这样,而且话题多半与他们的老婆相关。

但花花公子米克聊的总是政治。"西比尔,你痛恨贵族,对吗?"

"不行吗？"西比尔说，"我有我的理由。"

"你确实有理由恨他们。"米克缓缓说道。他看西比尔的眼神透着一丝冷淡与高高在上，令她忍不住打了个寒战。

"你这话是什么意思，米克？"

"我知道你为什么痛恨政府，我有你的公民编号。"

她先是感到震惊，接着变成恐惧。她一下子从床上坐起来，嘴里泛起一股铁锈味。

"你把证件放在了包里，"米克接着说道，"我记下了你的编号，找到一个相识的地方治安法官。他是个怪人，用政府的差分机帮我查了一下，还把你在弓街[1]的档案打印了出来。哒哒哒，跟玩儿一样，一下就出来了。"他得意地笑着，"所以我知道你的底细，丫头，我知道你的真实身份……"

西比尔硬着头皮假装若无其事："那你说我是谁呢，拉德利先生？"

"宝贝，你不是西比尔·琼斯，你的真名是西比尔·杰拉德，卢德派[2]鼓吹者沃尔特·杰拉德的女儿。"

他真的查到了她极力隐瞒的过去。

有一台机器在某处嗡嗡运转着，可以调出过去发生的所有事情。

米克看着西比尔，见她脸色骤变，他得意地笑了。西比尔见过这种眼神。在劳伦特舞蹈学院第一次遇见米克时，他曾隔着拥挤的舞池对她露出这种饥渴的眼神。

她颤声问道："你是什么时候知道的？"

"我们共度两夜之后。你知道，我是随将军来的，像他这样的大人物总有很多敌人。作为他的秘书，我身负重任，所以对陌生人向来非常小心。"米克把他那残忍而又灵巧的手搭在西比尔的肩膀上，"你也

---

1. 指苏格兰场弓街分局。——译者注
2. 工业革命时期，英国工人捣毁机器运动的参加者。——译者注

可能是某人派来的间谍,我必须查清楚,公事公办而已。"

西比尔退缩着躲开他的手。"你竟然暗中调查一个孤苦无依的女孩子,"她最后开口说道,"你真是个浑蛋,浑蛋!"

听到西比尔的咒骂,米克似乎无动于衷。他依然一脸冷漠,像法官或贵族那样。"丫头,我是用政府的差分机调查你了,但那是为了和你在一起。我不是警方的线人,也不会轻视沃尔特·杰拉德这样的革命者。不管那些激进派贵族怎么说,你父亲都是一位英雄。"

他在枕头上挪动了一下:"沃尔特·杰拉德是我心目中的英雄。以前在曼彻斯特我听过他的演讲,讲的是劳工权利。他真是个奇人,当时我们一直在叫好,嗓子都喊哑了!我们是那个时代的地狱猫……"米克那原本柔和的声音变得有些尖锐,尔后又低沉下来,他用曼彻斯特口音问道:"你听说过地狱猫吗,西比尔?以前听人说过吗?"

"听说过,是一个街头帮派,"西比尔答道,"曼彻斯特的小混混。"

米克皱起眉头。"我们是兄弟会!友好青年会!你父亲非常了解我们,可以说是支持我们的政客。"

"拉德利先生,我真希望你没有谈起我父亲的事。"

米克不耐烦地向她摇了摇头。"后来听说他们审讯并绞死了你父亲,"他的话像冰刀一样刺入西比尔的胸膛,"我和同伴们抄起火把和撬棍就疯狂地冲了出去……丫头,那可是内德·卢德[1]所做的事!不过,这么多年都过去了……"他轻轻摆弄睡衣前襟,"我不喜欢谈这类事情,只是政府的差分机记性太好了。"

西比尔现在明白了,米克之所以对她出手大方、甜言蜜语,还给她奇怪的暗示,讲什么改变命运的秘密计划、有记号的卡片、藏起来的王牌,都不过是把她当提线木偶耍着玩,想把她变成自己的玩物。对米克这样的人来说,沃尔特·杰拉德的女儿算得上一种梦幻般的战利品。

---

1. 卢德派领袖。——译者注

西比尔翻身下床，穿着灯笼裤和无袖衬衣走在冰冷的地板上。

她走到自己那堆衣服前，默不作声地快速翻找着：流苏小斗篷、外套、大笼子般的松垂撑裙，还有布满亮片的白色紧身胸衣。

"回床上来吧，"米克慵懒地说，"别发脾气了，外面冷。"他摇头道："西比尔，不是你想的那样。"

西比尔不肯看他，在窗前费力地穿上胸衣。结满霜花的窗玻璃挡住了街边煤气灯散发出的刺眼光芒。她快速翻转手腕，熟练地系上紧身胸衣后面的搭扣。

"就算是，"米克若有所思地看着她，"你也是只知其一不知其二。"

街对面的歌剧院散场了，披着斗篷、戴着大礼帽的绅士们陆续走了出来。出租马车的马匹虽披着毯子，却冻得瑟瑟发抖，在黑色的柏油碎石路面上踏着步。某位贵族的蒸汽车停在路边，闪亮的车身上还残留着郊区落下的洁白积雪。站街女们在人群中卖力地招徕恩客，都是可怜人啊。在这样一个寒冷的夜晚，想在那群衣冠楚楚、戴钻石领扣的男人中找个好人的确不是什么容易的事。西比尔转身看向米克，她脑子里很乱，心里感到愤怒，同时又很害怕。"你都跟谁说过我的事？"

"谁也没说过，"米克答道，"连我那位将军朋友都没有。放心吧，我不会告发你的，谁不知道我米克·拉德利是个守口如瓶的人。快回床上来吧。"

"我不，"西比尔拒绝道，她光着脚笔直地站在冰冷的地板上，"西比尔·琼斯可以上你的床，沃尔特·杰拉德的女儿却不可以，她可是一个有影响力的人！"

米克惊讶地眨眨眼。他摩挲着下巴想了想，然后点了点头。"看来这是我的损失，杰拉德小姐。"他从床上坐起来，大手一挥，指了指门口，"那就穿上你的裙子，套上你的黄铜跟站街女靴出去吧，杰拉德小姐，还有你的影响力。不过，你要是就这么走了，我会觉得可惜，我需要一个聪明的女孩。"

"你这恶棍当然需要一个聪明的女孩。"西比尔嘴上这么说，心里却犹豫了。她知道米克还有话要说，从他的脸上就可以看出来。

果然，米克朝她咧嘴一笑，眯着眼睛道："你去过巴黎吗，西比尔？"

"巴黎？"西比尔呼出的气体在空中凝成一团白雾。

"是的，"米克说，"等将军结束在伦敦的演讲，下一站就要去那座快活又迷人的城市。"花花公子米克拨弄着袖口的花边，"至于我为什么需要一个聪明的女孩，现在还不能说。将军是个深谋远虑的人。正好法国政府遇到了一些难题，需要找专家帮忙解决……"他得意地朝西比尔抛了个媚眼，"不过我看得出来，你对这些都不感兴趣，对吗？"

西比尔站在冰凉的地板上，来回换着脚。"米克，你说要带我去巴黎，"她缓缓说道，"是真的吗？不是耍我的吧？"

"绝对是真的。不信你去翻我的大衣口袋，里面有一张多佛渡轮的船票。"

西比尔走到墙角那张锦缎扶手椅子前，将米克的大衣扯过来。她冻得瑟瑟发抖，便顺手把大衣披在了身上。那是一件深色细羊毛大衣，穿在身上就像裹着很多温暖的钞票一样。

"在前面的口袋里，右边那个，"米克对她说道，"里面有个名片夹。"他被逗笑了，一副很有把握的样子，好像西比尔对他不信任这事儿很好玩儿似的。西比尔把冰冷的双手分别伸进两边的口袋里。口袋很深，还有毛绒衬里……

她的左手抓到一个冰冷的硬金属块，掏出来一看，竟然是一把骇人的小胡椒瓶手枪。枪柄是用象牙做的，精致的钢锤和黄铜弹夹闪着微光。这把枪和她的手掌一样大，但很重。

"淘气，"米克皱着眉头说，"放回去，丫头，乖。"

西比尔像捏活螃蟹似的小心翼翼地把枪放了回去。她在右边口袋里找到了米克的名片夹，那是用红色摩洛哥皮革做的，里面装着商业名片和印有米克头像的肖像名片，还有一张伦敦列车时刻表。

此外，名片夹里还有一张印刷精美的淡黄色硬羊皮纸卡片，那是从多佛出发的纽科门号渡轮头等舱船票。

"如果你真打算带我走，"西比尔迟疑道，"应该有两张票。"

米克点点头表示认同："而且还差一张去瑟堡的火车票。都是小菜一碟，我下楼到前台发个电报就能搞定。"

西比尔又打了个寒战，她紧了紧裹在身上的大衣。米克笑话她道："别总摆着一张苦瓜脸。不要再用站街女的思维想事情了，从现在开始提高自己的档次，不然你对我就没用了。你现在可是我米克的女人，已经飞上枝头了。"

西比尔慢吞吞地说道："我以前找的男人都不知道我的真实身份。"这当然是句谎话，查尔斯·埃格雷蒙特也知道，正是这个男人让她沦落至此。他很清楚她的真实身份。不过，埃格雷蒙特已经不重要了，如今他生活在截然不同的世界，娶了一位正经体面的妻子，生的几个孩子也是体面人，他还在议会中谋了个体面的席位。

和埃格雷蒙特在一起时，西比尔还不是站街女。至少不完全是，程度不同……

她看得出自己撒的谎取悦了米克，他听后有点得意。

米克打开闪亮的雪茄盒，抽出一支方头雪茄，凑近打火机冒着油烟的火焰点燃，樱桃雪茄的香甜气味随即在屋里弥漫开来。

"我知道了你的真实身份，你和我在一起会有点不好意思，是吗？"他终于开口说道，"也好，我喜欢这样。除了钱，我又多了一点可以抓住你的筹码。"

他眯起眼睛，接着说道："西比尔，现在信息才是最重要的，不是吗？比土地、金钱和出身都重要。信息啊，稍纵即逝。"

有一瞬间，西比尔觉得自己痛恨米克，痛恨他从容自信的姿态。那是一种纯粹的愤恨，强烈而原始，但她压制住了自己的情感。恨意慢慢减弱，失去了最初的纯粹，最终由羞耻感取而代之。她确实恨米克,但只是因为他真的了解她。他知道西比尔·杰拉德堕落到了什么地步,知道她受过教育,曾经也是个娇滴滴的大家闺秀。

西比尔记得,当年父亲声名显赫,自己在少女时代就见过不少像米克这样的人。她知道这个男人年少时是什么样:在工厂做工,衣衫褴褛,满腔怒火——这样的劳工价格低廉,一便士可以买二十个。她父亲的演讲像火把一样为他们指明了方向。演讲结束后,他们簇拥在她父亲周围,对他唯命是从。他们破坏铁轨,踢掉珍妮纺纱机的锅炉塞,还把警察的头盔抢来放在她父亲脚边。她和父亲经常趁着夜色在各个城镇间辗转逃亡,他们住过地窖、阁楼和不起眼的出租屋,不断躲避激进派警察的追捕与阴谋家的刺杀。有时,父亲的狂热演讲让他自己都激情四溢。每到这种时候,他就会抱着她,一本正经地许诺说要把整个世界都给她;还说等推翻蒸汽大王后,英国会恢复过去的绿意盎然、宁静安逸,她也可以过上贵族般的生活;到时候,拜伦[1]和他的工业激进党将彻底垮台……

结果,一根麻绳勒得她父亲再也说不出话来。激进党的统治不断持续,他们取得了一次又一次胜利,像洗牌一样左右着这个世界。现在,米克·拉德利跻身上流社会,西比尔·杰拉德却跌落到社会底层。

西比尔裹着米克的大衣,静静地站在那里。米克说要带她去巴黎,她动心了,任由自己相信他的许诺。一种快感如闪电般传遍全身,令她颤动不已,她强迫自己去考虑离开伦敦的事。她知道自己在伦敦过着堕落、卑贱又肮脏的生活,但并没有对它彻底绝望,她还有一些值得留恋的东西,比如她在怀特查佩尔租的房间和可爱的小猫托比。还有温特哈尔特夫人,她的工作是安排风尘女子与政界绅士幽会。她虽说是个老鸨,却如贵妇般端庄,而且非常可靠,像她这样的人可不好找。如果离开伦敦,西比尔还会失去两位老恩客:查德威克先生和金斯利先生。两

---

1. 英国浪漫主义诗人,在本书的设定中为英国首相。——译者注

人都是每个月找她两次，让她有稳定的收入，免于流落街头。但查德威克在富勒姆有个爱吃醋的老婆。况且，西比尔曾经一时鬼迷心窍，偷了金斯利那对最好的袖扣，她知道金斯利已经起了疑心。

更何况，这两人花钱还不如花花公子米克一半大方。

想到这里，西比尔强颜欢笑，逼自己对米克露出最甜美的笑容："你可真厉害，米克·拉德利，你明知道我离不开你。也许一开始我是有点生气，可我还没那么傻，不至于连厉害人物都看不出来。"

米克吐了一口烟。"你是个聪明人，"他赞赏道，"说着花言巧语也像天使一样。但你骗不了我，所以也不必自欺欺人。不管怎么说，你正好是我需要的女孩。快回床上来。"

西比尔照他说的做了。

"哎呀，"米克惊呼道，"你这小脚都快冻成冰块了。怎么不穿上小拖鞋呢，嗯？"他不停拉扯西比尔的胸衣，嘴里接着道，"拖鞋，配上黑丝袜……穿着黑丝袜上床的女孩，那可真是人间尤物。"

在亚伦商场里，一名店员隔着玻璃柜台冷眼看着西比尔。他穿着整洁的黑色上衣，靴子擦得锃亮，高傲地站在那里。他知道事情不对劲，他感觉得出来。米克在付款，西比尔在旁边等他。她的两只手交叠着压在裙子上，看起来很端庄，眼睛却在蓝色帽檐下偷偷斜瞟。刚才拉德利试戴大礼帽的时候，她顺手偷了一条披肩，团起来藏到裙撑里了。

西比尔早已学会偷东西，而且是自学成才的，秘诀就是胆子要大。偷东西的时候要大胆，不要左顾右盼，直接将东西拿起来塞到裙子里，迅速整理妥当，然后挺直身板，摆出一副唱赞美诗的样子，像贵族小姐那样。

店员已经不再盯着西比尔了，他正在留意一个伸手摸波纹绸背带的胖男人。西比尔迅速检查了一下自己的裙子，幸好藏披肩的地方没有鼓起来。

一个满脸雀斑的年轻店员用墨迹斑斑的拇指将米克的账号输入台式信用机。吱吱，咔嗒，再拉一下黑檀木手柄就搞定了。他把打印好的购物单递给米克，用绳子和一张挺括的绿色包装纸包好商品。

亚伦父子商场绝不会心疼一条羊绒披肩。等到结算时，记账机上也许会有所显示，但这点损失对他们来说不过是九牛一毛。这家商场太大太豪华了，随处可见希腊式圆柱、爱尔兰水晶枝形吊灯和无数的镜子，还有一个又一个涂成金色的隔间，里面摆满了橡胶马靴、法国香皂、手杖、雨伞和餐具，上锁的玻璃柜里满是银盘、象牙胸针和漂亮的金质八音盒……而这只是十几家连锁店中的一家而已。不过，西比尔也知道，亚伦商场其实并没有那么高档，算不上什么贵族之地。

但是在英国，只要你够聪明，又有什么是用钱买不到的呢？总有一天，亚伦先生这位满脸胡须、出身怀特查佩尔的犹太商人也会受封爵位，到时候停在路边等他的蒸汽车上也会有象征贵族地位的盾徽。激进派议员根本不在乎亚伦先生是不是基督徒。查尔斯·达尔文还说亚当和夏娃是猴子呢，他们不也给他封爵了吗？

穿着法式制服的电梯操作员站起身，为西比尔拉开咔嗒作响的铜门。米克腋下夹着包裹，跟在西比尔身后走进电梯，两人一起下了楼。

他们走出亚伦商场，走进怀特查佩尔拥挤的人群。米克从大衣口袋里掏出街道地图查看方位，西比尔抬头盯着横贯亚伦商场正面的滚动广告屏。那是一种由机械驱动的带状装置，就像慢速影像放映机一样，用于展示亚伦商场的广告。那些广告语由写着字的小木板拼成，依次出现在镀铅的磨边玻璃板后面。此刻出现的广告语是：丢掉你的手动钢琴，换成卡斯特纳自动钢琴。

怀特查佩尔西侧到处是高耸的建筑起重机，光秃秃的钢铁骨架上涂着红丹防锈漆。老建筑外面都围着脚手架，看来没被拆掉的建筑也要被改造成时兴的样子了。远处传来挖掘机的隆隆声，脚下的人行道跟着微微颤动，巨大的机器正在开辟新的地铁线路。

就在这时，米克一声不吭地转身朝左走去，他的帽子歪向一边，穿着格子裤的双腿在大衣的长下摆里飞速迈动。西比尔赶紧追上去。一个衣着破旧的男孩戴着铁皮号牌在扫十字路口泥泞的积雪。米克路过时顺手丢给他一便士，然后大步流星地沿着一条叫屠夫街的小巷走去。

西比尔追上去，挽住米克的胳膊跟他一起走。街道两边，黑铁钩上挂着成片红白相间的肉，有牛肉、羊肉，还有小牛肉。身材魁梧的屠夫们穿着满是污渍的围裙不停地叫卖。一大群伦敦妇女挎着柳条篮子挤在那里买肉，有的是仆人，有的是厨师，还有的是丈夫在家的主妇。一个长着三角眼的红面屠夫抓着两把青肉，跟跟跄跄地走到西比尔面前："喂，漂亮太太，给你男人买点好腰子做馅饼吃吧！"西比尔低头从他身边绕了过去。

路边停满了手推车，小贩们高声叫卖着。他们的棉绒大衣上镶着黄铜纽扣或珍珠纽扣，每个人都有自己的编号牌。米克说，其中有一半都是假的，就像他们在称量时多半都会缺斤短两一样。人们用粉笔在石板路上画出整整齐齐的方格，再铺上毯子，放上篮子。米克边走边给西比尔讲小贩们如何让干瘪的水果看上去新鲜饱满，以及如何将死鳗鱼混到活鳗鱼里一起卖。他讲得兴高采烈，西比尔就看着他笑。小贩们大声叫卖扫帚、肥皂和蜡烛。一个愁眉苦脸的风琴师双手转动交响乐机的曲柄，给嘈杂的街道注入轻快的铃声、钢琴声与钢鼓声。

米克在一张木头支架桌前停了下来。摊主是一个穿着丧服的斜眼寡妇，她的双唇很薄，嘴里叼着一根陶土烟斗，面前摆着许多小瓶子，里面装了些黏稠的东西。西比尔觉得那可能是药，因为每个小瓶子上都贴着一张蓝纸条，纸条上的人像有点模糊，但可以看出是一个凶悍的印第安人。"老妈妈，这是什么啊？"米克问道。他戴着手套，伸出一根手指敲了敲一个用红蜡封着的软木塞。

"是石油，先生，"她拿开嘴里的烟斗，回答道，"很多人管它叫巴巴多斯焦油。"对方慢吞吞的腔调听起来有点刺耳,但西比尔觉得她很可怜。不管这个女人来自哪个古怪的地方,如今都已背井离乡。

"真的吗?"米克问道,"不会是得克萨斯产的吧?"

"这是保健香脂油,"那个寡妇答道,"采自自然秘泉,人喝了可以强身健体,延年益寿。先生,这可是野蛮的塞内卡人从宾夕法尼亚大油溪里撇出来的。三便士一瓶,包治百病。"她边说边打量米克,脸上的表情古怪,眼角皱纹紧堆,无神的眼睛用力眯着,好像在努力回想是不是见过他。西比尔不禁打了个寒战。

"回头见,祝您日安,老妈妈。"米克笑道。西比尔看着他,不知怎么想起了以前认识的一个副探长。那是个长着沙褐色头发的小个子男人,负责莱斯特广场和苏豪区。姑娘们都叫他獾。

"那是什么?"米克转身离开,西比尔挽着他的胳膊问道,"她卖的到底是什么?"

"是石油。"米克目光犀利,西比尔留意到他回头瞥了一眼那个佝偻的黑色身影,"我听将军说过,得克萨斯有石油,是从地里冒出来的……"

西比尔好奇地问道:"石油真的包治百病吗?"

"别管那个了,这个话题到此为止。"他朝巷子里瞥了一眼,目光炯炯,"我看中了一个,你知道该怎么做。"

西比尔点点头。她挤过市场上的人群,走向米克说的那个人。那是一个民谣小贩,身材瘦削,脸颊凹陷,头发又长又油,戴着一顶大礼帽,上面缠有带亮色圆点的布巾。他两臂弯曲,双手交握,像在祈祷一样,皱巴巴的外套袖子上满是长长的散页乐谱,一动便沙沙作响。

"女士们,先生们,《通往天堂的铁路》。"民谣小贩唱着吆喝道,显然是个行家,"以神圣的真理为轨,以万古磐石为基;以爱为链加固,稳若上帝宝座。小姐,好听的歌曲,只要两便士。"

"有《圣哈辛托的乌鸦[1]》吗?"西比尔问道。

"我能弄到,可以弄到。"小贩急忙说道,"那是什么歌?"

"歌里唱的是得克萨斯那场大战和那位伟大的将军。"

民谣小贩皱起眉头,蓝眼睛里闪烁着兴奋的光芒,可能是因为饿的,也可能是因为宗教信仰,抑或是杜松子酒喝多了。"这么说,那歌唱的是在克里米亚作战的一位将军,是法国人吗?哈辛托将军?"

"不是,不是,"西比尔说着略带怜悯地冲他笑了笑,"是休斯顿将军,得克萨斯的山姆·休斯顿。我特别想要那首歌的乐谱。"

"小姐,我今天下午上新货,一定帮你找找。"

"我至少要五张,拿来送朋友的。"西比尔说。

"买五送一,十便士六张。"

"那就要六张吧,我今天下午来这个地方拿。"

"那就这么定了,小姐。"小贩抬手碰了碰自己的帽檐。

西比尔抬脚走进人群中。任务完成了,做得还不错,她觉得自己早晚会习惯这种事儿的。也许那首歌也不错。只要进了货,民谣小贩就得设法将那几张乐谱推销出去,说不定真会有人喜欢呢。

米克突然悄悄走到她身旁。

"干得不错。"米克赞许道。说着,他把手伸进大衣口袋,变戏法似的掏出一个油纸包着的苹果派,还是热的,上面撒着一层糖霜。

"谢谢。"西比尔又惊又喜地道谢。其实她一直想找机会藏起来,好把偷来的披肩从裙撑里拿出来,可是米克时刻盯着她。刚才她没看见他,但他一直在注视她。这个男人总是这样,她以后可得注意点。

他们时而一起走,时而分开,走过整条萨默塞特街,接着穿过衬裙巷的大市场。随着夜幕降临,大市场变得灯火通明,有闪亮的煤气灯、刺眼的电石灯、脏污的油脂灯,还有油脂蜡烛,在摊档上的食品

---

[1] 指山姆·休斯顿将军。——译者注

间闪闪发光。这里的喧闹声震耳欲聋,但米克很高兴,因为西比尔又哄骗了三个民谣小贩。

他们来到怀特查佩尔一家明亮的豪华酒馆,里面的鱼尾形煤气灯将贴着金纸的墙面映照得闪闪发光。西比尔跟米克打了声招呼,走进女厕所的一个隔间。这里虽然臭气熏天,但不会被人发现。她将那条披肩拿了出来,披肩十分柔软,还是漂亮的紫罗兰色。这种颜色是用奇特的新染料染的,染料是那些聪明人从煤炭里提取出来的。她把披肩整整齐齐地叠好,从上面塞到紧身衣里,这样就不会掉出来了。整理好后,西比尔出来找米克,发现他坐在一张桌子旁,还给她点了一小杯蜂蜜杜松子酒。她走过去,在他旁边的位置坐下。

"你做得很好,丫头。"米克说着把那杯杜松子酒推到西比尔面前。

酒馆里随处可见从克里米亚战场回来休假的爱尔兰士兵,以及攀在他们身上的站街女。他们喝得鼻头通红,语调也高了起来。这里没有女招待,只有几个膀大腰圆的彪形大汉系着白围裙做酒保,吧台后面还放着几根大棒。

"米克,杜松子酒是给妓女喝的。"

"所有人都喜欢杜松子酒,"米克说,"再说你也不是妓女,西比尔。"

"站街女、破鞋,"西比尔目光锐利地看着他,"他们还用什么词来叫我?"

"你现在是花花公子米克的女人,"米克说着往椅背上一靠,他手上还戴着手套,拇指插进马甲的袖孔里,"你现在是一个女冒险家。"

"女冒险家?"

"没错,"米克坐直身子,端起酒杯,"我敬你。"他抿了一口白兰地杜松子酒,用舌头品了一下,不悦地咽了下去。"别管那些了,宝贝……这酒里肯定掺了松节油,不然我就是犹太人。"说完他便站起身来。

两人走出酒馆。西比尔攀着米克的胳膊,想让他走慢点。"这么说,你是男冒险家,米克·拉德利先生?"

"我本来就是，西比尔。"他柔声说道，"你会成为我的徒弟，所以好好听话，学会冒险家的本事。总有一天，你也会加入工会。嗯？应该叫公会。"

"像我父亲一样吗？你在开玩笑吧，米克？他是什么人，我又算什么？"

"不，"米克断然道，"你父亲的时代已经过去了，他现在什么都不是。"

西比尔笑嘻嘻地问道："你那个高级公会允许我们这种坏女孩加入吗，米克？"

"那是一个知识阶层的公会，"米克严肃地说，"那些大老板、大人物利用他们该死的法律、工厂、法院和银行剥夺我们的东西，随心所欲地左右这个世界，夺走你的家、你的亲人、你的工作……"他愤怒地耸了耸肩，厚重的大衣面料被顶起，又慢慢落回他瘦削的肩膀上，"甚至还让一位英雄的女儿失去贞洁，请恕我无礼，"他紧紧抓住她的手，"但他们永远也夺不走你脑子里的知识，对不对，西比尔？永远也夺不走。"

西比尔听见屋外的走廊里响起海蒂的脚步声，接着是拿钥匙开门的声音。她没再继续弹奏，八音琴响完最后一个高音后渐渐安静。

海蒂进屋后扯下头上那顶沾着雪花的羊毛软帽，耸肩脱掉身上的深蓝色斗篷。她也是温特哈尔特夫人手下的姑娘，从德文郡来的，深褐发色，骨架很大，声音沙哑。她爱喝酒，但性格温柔，一直对老猫托比很好。

西比尔折起八音琴的瓷制曲柄，合上琴盖。这是一件廉价乐器，盖子上已经有了划痕。"我刚才在练习，温特哈尔特夫人要我下周四去唱歌。"

"别理那个老货，"海蒂说，"我以为你今晚要去陪查德威克先生或金斯利先生。"海蒂在窄小的壁炉前跺着脚取暖,然后注意到了灯光下那些散乱摆放的鞋盒和帽盒,她知道那些都是亚伦父子商场里卖的东西。"我的天,"她笑着惊呼,张大的嘴巴因炉忌抿了一下,"找到新情郎了,是吗?西比尔·琼斯,你真走运!"

"也许吧。"西比尔抿了一口热柠檬甘露,仰头放松喉咙。

海蒂眨着眼睛道:"温特哈尔特不知道吧?"

西比尔摇摇头,笑了。她知道海蒂不会说出去的。"你知道得克萨斯吗,海蒂?"

"美洲的一个国家,"海蒂随口答道,"是法国的殖民地吧?"

"你说的是墨西哥。海蒂,你想看影像放映吗?得克萨斯共和国前总统要发表演讲,我有票,免费的。"

"什么时候?"

"周六。"

"周六我得去跳舞,"海蒂说,"说不定曼蒂想去。"她对着手指哈气取暖,"今晚我有个朋友要过来,不会打扰你吧?"

"不会。"西比尔答道。温特哈尔特夫人严格禁止姑娘们在自己的房间接客,但海蒂常常无视这条规矩,好像料定房东不敢去告发她似的。温特哈尔特夫人会直接把房租交给房东凯恩斯先生,所以西比尔几乎没什么机会跟凯恩斯先生打交道,跟他妻子说话的机会就更少了。凯恩斯太太是个腿脚粗壮的女人,整天绷着脸,戴的帽子都难看透顶。西比尔也不知道为什么,凯恩斯夫妇从没告过海蒂的状,尽管海蒂就住在他们隔壁,而且每次带男人回来都会不知羞耻地弄出很大动静。那些男人多半是异国外交官,口音很怪。从晚上弄出的动静来判断,他们在床上肯定非常像禽兽。

"你要是还想唱可以继续唱。"海蒂说着跪坐在满是灰烬的炉火前,"上天给了你一副好嗓子,千万别浪费了。"她哆哆嗦嗦地拿起煤块,开始往壁炉里添煤。这时,一阵阴风透过未钉严的窗户缝闯进屋

第一次迭代 戈利亚德天使 19

内。在那个奇怪的瞬间，西比尔清楚地感到有一双眼睛正在另一个世界注视着她。她想起了死去的父亲。"要学会发出自己的声音，西比尔，要学会讲话。这是我们对抗他们的唯一武器。"父亲生前曾经这么对她说过，几天后，他就被捕了。显然，激进党又赢了。或许除了沃尔特·杰拉德，所有人都已清楚这一点。那时，她清楚地看到父亲已经彻底惨败，清楚得令她心碎。他坚持的理想会渐渐消失，不是暂时被遗忘，而是被彻底从历史中抹去，像一条杂种狗的尸体被特快列车的车轮一下又一下地碾碎。"西比尔，要学会讲话。这是我们……"

"读点什么听吧？"海蒂问道，"我来泡茶。"

"好啊。"尽管西比尔和海蒂一起生活，可为了生计两人偶尔才能碰面，每到这时她们都会把朗读当作享受家庭生活的一个小仪式。西比尔从松木桌上拿起当天的《伦敦新闻画报》，坐到那把咯吱作响、散发着潮湿味的扶手椅上，理好裙子，眯起眼睛浏览起头版上的一篇文章，是关于恐龙的。

看样子，激进党似乎对恐龙情有独钟。报纸上有一幅版画，上面画了以达尔文勋爵为首的七个人，每个人都在全神贯注地盯着图林根某个煤矿采掘面上嵌着的不明物体。西比尔大声念出标题，然后把版画拿给海蒂看。那是一副骨架，煤层里的东西是一副巨大的骨架，长度与普通人的身高差不多。西比尔打了个寒战。她将这页翻过去，看到一位画家凭想象画出了这种生物生前的样子：一个奇丑无比的怪物，隆起的脊骨上长着两排骇人的三角形锯齿，个头儿至少有大象那么大，可那邪恶的小脑袋比猎犬的大不了多少。

海蒂倒好了茶。"爬行动物主宰整个地球？"她重复着报纸上的话，一边穿针引线一边说，"我一个字也不信。"

"为什么？"

"牧师不是说了吗？《创世记》里写着呢，那是巨人的骨头。"

西比尔没说话，她觉得这两种猜测都不怎么好。她开始看下一篇文章，是赞扬女王陛下派往克里米亚战场的炮兵部队的。这篇文章也配了一幅版画，上面画的是两个英俊的中尉，正在赞美远程火炮的威力。炮筒结实得像铸造厂的烟囱，看起来完全可以迅速干掉达尔文勋爵发现的那些恐龙。然而，西比尔的注意力被版画上的小图吸引了。那是枪炮差分机的内视图，里面的齿轮环环相扣，结构错综复杂，呈现出一种奇特的美，仿佛一张绝妙的巴洛克壁纸。

"你有什么需要缝补的吗？"海蒂问道。

"没有，谢谢。"

"再看看广告吧，"海蒂建议道，"我是真不喜欢那些战争谎言。"

报纸上的广告有：法国利摩日产的哈维兰瓷器；法国药用饮料马里亚尼葡萄酒，上面有大仲马的推荐信，还有多位名人的解说、肖像和签名，详情可以到牛津街代理处申请获取；银电解硅抛光剂，永无划痕，永不磨损，独一无二；"新起点"自行车铃铛，音质与众不同；贝利博士的锂盐矿泉水，可以治疗布赖特氏病，改善痛风体质；格尼"摄政王"袖珍蒸汽机，适用于家用缝纫机。最后这则广告吸引了西比尔的注意，不过不是因为它承诺每小时只花半便士就可以将缝纫机的速度提高一倍。

吸引她注意的是这则广告里的一幅版画，上面画了一个装饰雅致的小锅炉，用煤气或煤油均可加热。查尔斯·埃格雷蒙特给他老婆买过一台这种机器，它配有一根橡胶管，可以从框格窗下塞到室外，便于排出废气。就是这根管子把埃格雷蒙特夫人的客厅变成了蒸汽浴室，西比尔听说后还幸灾乐祸来着。

读完报纸西比尔就上床睡觉了。半夜时分，海蒂的弹簧床开始有节奏地嘎吱作响，又把西比尔吵醒了。

加里克剧院光线暗淡，遍布灰尘，寒气袭人，里面设有正厅后座和楼座，还有一排排破旧的座位，舞台下面则漆黑一片，散发着潮湿味和石灰味，米克·拉德利就在那里。

"西比尔，你见过影像放映机的内部结构吗？"米克的话带着回声从她脚下传来。

"在后台见过一次，"她答道，"在贝思纳尔格林的一家音乐厅，我认识那个操作影像放映机的人，他是个程序员。"

"旧情人？"米克问道，语气有点尖锐。

"不是，"西比尔赶紧解释，"我只在那里唱唱歌，也没赚到什么钱。"

她听见米克咔嗒咔嗒地按打火机，到第三下才打着，点燃一小截蜡烛。"下来，"他命令道，"别在那儿傻站着，你是在炫耀你的脚脖子吗？"西比尔双手提着裙子，小心翼翼地走下潮湿陡峭的楼梯。

米克伸手在一面高大的舞台镜后面摸索。那是一块闪闪发光的镀银玻璃，下面装着带轮子的底座、油光闪闪的齿轮和破旧的木制曲柄。他摸出一个廉价的黑色防水帆布包，轻轻放到面前的地板上，蹲下身掰开上面不太结实的铁皮扣，从里面取出一叠用红纸带捆扎的穿孔卡。西比尔注意到包里还有别的东西，似乎是一个抛了光的木制品。

米克轻轻地摆弄那些卡片，如对待《圣经》一样爱惜。

"东西放在这里绝对安全，"他说道，"只需要伪装一下。你瞧，在外面写点乱七八糟的东西，比如'节欲讲座——第一二三节'。这样就没人想偷了，可能连看都懒得看。"他拿起那厚厚的一叠卡片，用拇指拨弄其边缘，发出清脆的响声，像赌徒把玩崭新的扑克牌一样。"我在这东西上花了不少钱，"他说，"找的是曼彻斯特最好的影像师，花了好几个礼拜才做好。要知道，这可是我的独家设计。丫头，这东西棒极了，很有艺术性，相当特别。你很快就会看到。"

米克合上帆布包，站起身，小心翼翼地把那叠卡片塞进大衣口袋，然后弯腰从一个板条箱里拽出一根粗玻璃管。他把玻璃管里的灰尘吹出来，用一把特殊的钳子夹住一端。啵的一声，玻璃管裂开了，里面是一块新鲜的生石灰。米克哼着歌把石灰弄松，轻轻捣进石灰灯灯头的托座里。灯座是一个盘子形状的由锡和铁制成的大物件,上面的铁已经被熏黑,锡则闪着亮光。倒好石灰后,米克拧开一个软管的管塞,闻了闻,点点头,然后又拧开一个管塞,用蜡烛点燃。

刺眼的强光突然射进西比尔的眼睛,吓得她尖叫了一声。米克见状冲她咯咯直笑。石灰灯里冒出气体,嗞嗞作响,炽热的蓝色火苗在她眼前跳动。"现在好多了。"米克说道。他小心翼翼地把火光耀眼的石灰灯对准舞台镜,然后开始调整镜子的曲柄。

西比尔眨着眼睛环顾四周。加里克剧院的舞台下面又湿又脏,窄小逼仄,很像是狗或乞丐选择等死的地方。脚下随处可见撕烂的发黄节目单,上面写的都是《流氓杰克》和《伦敦流氓》这样内容粗俗的闹剧。角落里还塞着一件女式内衣。西比尔曾经短暂地当过舞台歌手,那是一段不幸的日子,她可以想象得到内衣是怎么跑到那里去的。

西比尔的视线随着蒸汽管和拉线来到闪闪发光的巴贝奇差分机上。那是一台小型影像放映机,高度和西比尔的身高差不多。与加里克剧院里的其他物件不同,这台机器保养得不错,底下垫着四块红木板。机器上方的天花板被仔细粉刷过,下面的地板也被仔细擦洗过。她早听说蒸汽差分机是一种娇贵的仪器,容易出问题,如果不懂得爱惜,最好不要买。在石灰灯的强光映照下,差分机的几十根圆头铜柱闪闪发光,铜柱的顶端和底部都被牢牢固定在抛光板上的插孔里,同样闪亮的还有杠杆、棘轮和上千个钢齿轮,每一个部件都切割得十分精细,散发着一股亚麻籽油的味道。

如此长时间、近距离地看着这台机器,西比尔产生了一种很奇怪的感觉,类似渴望或者某种奇怪的贪念,就像她看到一匹骏马,不会想将其占为己有,但要以某种方式掌控……

米克突然从背后抓住西比尔的手肘,吓了她一跳。"很漂亮,不是吗?"

"是的,它……很漂亮。"

米克戴着手套，一只手抓着西比尔的胳膊，一只手伸进她的帽子里，贴上她的脸颊。他用拇指勾起她的下巴，凝视她的脸。"你有感觉了，是不是？"

米克狂热的声音令西比尔感到害怕，他的眼睛里闪烁着耀眼的光芒。"是的，米克，"她赶快乖乖说道，"我确实有了……感觉。"

米克把西比尔的帽子拽下来，挂在她的脖子上。"你不害怕，西比尔，对不对？有我花花公子米克陪着，你并不害怕，只是有点太兴奋了。你以后会喜欢上这种感觉的。我们要把你培养成程序员。"

"我真的可以吗？女孩也可以当程序员？"

米克笑了。"你听说过艾达·拜伦女士吗？她是首相的女儿，也是差分机女王！"他松开西比尔，猛地张开双臂，大衣随之敞开，像在主持演出似的，"艾达·拜伦，巴贝奇的挚友与门徒！查尔斯·巴贝奇勋爵，差分机之父，当代牛顿！"

西比尔瞪大眼睛望着他。"艾达·拜伦可是位贵妇！"

"你肯定想不到我们的艾达女士都和什么样的人交往。"米克说着从口袋里掏出一摞卡片，撕掉外面包的纸，"对了，我说的可不是那些跟她在花园里喝茶的贵族。在数学方面，艾达的头脑非常灵活……"他顿了一下，接着道，"不过，她并不是最优秀的。我认识几个蒸汽知识学会的程序员，与他们相比，就连艾达女士都显得有点迟钝。但是艾达有天赋，西比尔，你知道有天赋是什么意思吗？"

"什么意思？"西比尔问，她讨厌米克语气里那种忘乎所以的笃定。

"你知道解析几何是怎么诞生的吗？是一个叫笛卡儿的家伙看着天花板上的苍蝇悟出来的。在他之前，曾有无数人看过天花板上的苍蝇，可只有勒内·笛卡儿从中悟出了一门科学。如今工程师们每天都在运用他发现的解析几何，如果没有他，我们到现在还对这门科学一无所知呢。"

"苍蝇有什么要紧的？"西比尔问道。

"艾达曾有过一次堪比笛卡儿的领悟，就是人们所说的纯数学。不过到目前为止，还没有人发现纯数学的用途。"米克笑道，"西比尔，你知道'纯'意味着什么吗？'纯'意味着无法用于现实世界。"他搓着手咧嘴一笑，"谁都没办法。"

看着米克扬扬得意的样子，西比尔越来越烦躁："我还以为你痛恨贵族呢！"

"我确实痛恨那些不能通过公平公正手段获得的贵族特权，"米克说，"但是，艾达女士所依凭的并非她的贵族血统，而是她的头脑。"他把卡片插进差分机旁边的镀银插槽，转身抓住西比尔的手腕。"你父亲死了，丫头！我并不想说这种话惹你伤心，但卢德派不可能再死灰复燃了。是，我们也曾游行示威，大声疾呼，争取劳工权利什么的，这些听起来确实不错，丫头。但是，当我们印制那些政治宣传册的时候，查尔斯·巴贝奇勋爵却在绘制蓝图，正是他的蓝图造就了这个世界。"

米克摇头。"现在的大不列颠属于拜伦的人、巴贝奇的人，属于工业激进党！我们也属于他们，丫头，整个世界都被他们踩在脚下，包括欧洲、美洲，所有地方。上议院从上到下都是激进派成员。没有那些学者和资本家的点头应允，维多利亚女王连根手指都不敢动。"他指着西比尔叹道，"再抗争也只是徒劳，你知道为什么吗？因为激进党做事很公平，至少还过得去。如果够聪明，你也可以成为他们中的一员！聪明人根本不会去反抗这样的制度，因为对他们来说，这种制度简直太合理了。"

米克用拇指指了指自己的胸膛。"并不是说你我遭到了冷落和排斥，而是说我们必须开动脑筋，睁大眼睛去看，竖起耳朵去听……"他说着摆出了职业拳击手的姿势，屈臂握拳，置于面前，接着把头发往后一甩，朝她咧嘴一笑。

"对你来说当然没问题，"西比尔辩驳道，"你想干什么都行。你过去曾是我父亲的追随者。好吧，很多人都曾是，有些现在还进了议会。

可是女人一旦失足就全毁了,你明白吗?毁了,永无翻身之日。"

米克直起身,皱眉看着她。"正如我所说,你是要成为上流社会一员的人,脑中却还是站街女的想法!在巴黎,没人知道你的真实身份!没错,警察和大老板们有你在这里的公民编号,但编号也只是编号,你的档案不过是一叠卡片。对内行人来说,有的是办法改编号。"他冷笑道。见西比尔面露惊诧,他接着说道:"你想得没错,在伦敦这边确实不好办。但在路易·拿破仑统治下的巴黎,情况就大不一样了!在浮华的巴黎,事情总是反复无常,对一个满嘴花言巧语、脚脖子漂亮的女冒险家来说尤其如此。"

西比尔轻咬手指关节。她的眼睛突然感到刺痛,是被石灰灯散发的刺鼻烟雾熏的,也因为恐惧。在政府的差分机里换一个公民编号,意味着一种全新的生活,一种彻底摆脱过去的生活。想到这样的自由可能不期而至,她不禁心生恐惧。这种改变本身就已经够奇怪惊人了,但更让她恐惧的是作为公平交换,米克·拉德利可能会对她提出的要求。"你真的能帮我改公民编号?"

"我可以在巴黎给你买一个新的公民编号,你可以冒充法国人或阿尔及利亚人,也可以冒充美国难民,"米克优雅地抱臂而立,"我得提醒你,这不是什么承诺。你得自己去争取。"

"你不会骗我吧,米克?"西比尔迟疑道,"因为……因为如果有人帮了我这么大的忙,我就会真心实意地待那个人好,特别特别好。"

米克把手插进口袋,重心落向脚后跟,看着她轻声问道:"现在可以吗?"透过米克的眼睛,西比尔看得出来她颤抖的声音撩拨起对方内心的某种东西,一种压抑不住的欲火。她隐约能感觉到,他有一种欲望……要把她这条鱼钩得更牢些。

"我可以对你很好,只要你也好好对我,让我做你的冒险家学徒,而不是什么傻头傻脑的站街女,被你骗完以后随手抛弃。"西比尔泫然欲泣,眼泪不断翻涌。她眨眨眼睛,勇敢地抬起头,任由泪水滑落,心想这样也许会有什么好处。"你不会先给我希望,再把它打碎吧?那就太卑鄙、太残忍了!如果你敢那样对我,我就……我就去跳塔桥!"

米克看着她的眼睛说道:"别哭哭啼啼的,丫头,仔细听我说。你要明白,你不单单是我米克的贴心小棉袄。我或许跟所有男人一样好色,但是要找女人,我去哪儿都可以找,不必非得找你。我之所以找上你,是因为我需要你巧舌如簧的口才,以及沃尔特·杰拉德先生遗传给你的胆略。西比尔,你来当我的徒弟,我来做你的师傅,我们就保持这种关系。你要对我忠顺诚实,不得欺骗,不得无礼;而我会教导你,照顾你。只要你对我忠心不二,我就会慷慨善待你。听明白了吗?"

"明白了,米克。"

"那就这么说定了?"

"好的,米克。"她笑着答道。

"很好,"米克说,"现在你跪在这里,双手合十,像这样……"他双手合十,摆出祈祷的姿势,"发誓说,你,西比尔·杰拉德,对众圣徒和天使,对力天使、主天使和座天使,对六翼天使、智天使和全视之眼起誓,定会服从米克·拉德利,忠实地侍奉他,愿上帝为证!你愿意这样发誓吗?"

西比尔惊愕地望着他道:"有这个必要吗?"

"有。"

"可是,对一个……一个男人发下这种……这种誓言不是大罪过吗?我是说……我们又不是在缔结神圣的婚约……"

"你说的那是结婚誓言,"米克不耐烦地说,"这是拜师誓言!"

西比尔别无选择。她把裙摆拉到身后,屈膝跪在米克面前冰冷的砂石地板上。

"你愿意这样发誓吗?"

"我愿意,愿上帝为证。"

"别这么愁眉苦脸的。"米克说着伸手去扶西比尔,"跟某些誓言比起来,你发的誓已经算比较温和的了,是女人会发的誓言。"他把西比尔拉起来,"要是你还有疑虑或觉得自己不够忠诚,让这个誓言成为你的信念。现在,把这个拿去,"他把烛火摇曳的蜡烛递给她,"去找那个酒鬼舞台经理,告诉他,把锅炉烧起来。"

那天晚上,他们在干草市场的阿盖尔餐厅共进晚餐。这家餐厅离劳伦特舞蹈学院不远,设有包间,不检点之人可以在里面过夜。

西比尔感到困惑,不明白为什么他们也选了包间。米克显然不会觉得带她出现在公共场合有什么好羞耻的。羔羊肉吃到一半时,一位身材矮胖的先生随侍者走进他们的包间。那人红色的头发上抹着润发香脂,绷紧的天鹅绒马甲上挂着一条金链子。圆滚滚的身子搭配毛绒衣服,看起来像毛绒玩具一样。

"嗨,科尼。"米克开口道,连刀叉都懒得放下。

"晚上好,米克。听说你找我。"男人答道。他的口音古怪,听不出是哪里人,感觉像演员,又像长期侍奉城中贵族的乡下人。

"没错,科尼。"米克既没主动介绍西比尔,也没让那人坐下。这让西比尔觉得很不舒服。"是个小角色,台词不多,你记起来应该没什么难度。"米克从大衣口袋里掏出一个信封递给对方,"这是你的台词和出场时间,还有给你的预付金。周六晚上,加里克剧院。"

那人干笑着接过信封说:"我有段时间没去加里克剧院演出了,米克。"他朝西比尔眨眨眼,没再说话转身就走了。

"米克,他是谁?"西比尔问。米克又开始吃他的羔羊肉,用勺子从一个白镴罐里舀薄荷酱。

"一个演员,"米克答道,"休斯顿演讲的时候,他会在加里克剧院和你演对手戏。"

西比尔听得一头雾水:"演戏?和我?"

"别忘了,你现在可是冒险家学徒。西比尔,冒险家需要扮演各种角色。给政治演说加点料总是好的。"

"加点料？"

"别担心，"他似乎对羔羊肉失去了兴趣，把盘子推到一边，"明天有足够的时间排练。我现在有东西给你看。"他站起来，走到门口把门牢牢闩上，然后回到座位上，从椅子旁边的地毯上拿起那个防水帆布包，放到西比尔面前。阿盖尔餐厅的亚麻桌布很干净，就是有许多补丁。

西比尔一直对这个包很好奇，不是因为米克一路上都带着它——先是到加里克剧院的正厅后座，再到印刷厂检查休斯顿演讲的传单，然后又到了阿盖尔餐厅——而是因为这东西非常廉价，完全不符合米克引以为傲的奢华风格。花花公子米克明明买得起亚伦商场里的昂贵精品，买得起真丝织锦搭配镍扣的艾达方格箱包，可他为什么会选择随身携带这种包？她知道这个黑包里已经没有休斯顿将军演讲用的影像卡了，米克用几张《泰晤士报》把那些卡片小心地包起来藏在了舞台镜后面。

米克掰开破旧的铁皮扣，把包打开，拿出一个细长的抛光红木盒子，木盒四角还镶着明亮的黄铜边儿。西比尔暗自猜测里面装的会不会是望远镜，她曾在牛津街一家仪器制造商行的橱窗里见过这样的盒子。米克小心翼翼地捧着盒子，谨慎的样子简直有点滑稽，像是被招来挪动教皇遗骸的天主教徒。西比尔突然产生了一种孩童才有的期待，完全忘记了那个叫科尼的男人，以及米克在加里克剧院为她安排的那场令人担忧的对手戏。眼下，米克有点魔术师的味道了，他把闪闪发光的红木盒放到了桌布上。西比尔几乎以为他会卷起袖口说："这里什么也没有，你看，什么也没有。"

米克用拇指拨开盒子上那对扣在小圆孔上的小铜钩，还煞有介事地故意顿了一下。

西比尔不自觉地屏住呼吸。难道这是送给她的礼物？是她新身份的象征吗？是她成为冒险家学徒的秘密标志吗？

米克掀开四角镶着黄铜边儿的红木盖子。

原来里面装的是扑克牌，从头到尾塞得满满当当的，至少有二十副。西比尔原本期待的心顿时沉了下去。

"你肯定没见过这样的东西，"米克说道，"我敢向你保证。"

他拈起离他右手最近的那张卡片给西比尔看。不，不是扑克牌，只是大小和扑克牌差不多。这些卡片由一种奇怪的乳白色物质制成，那物质既不是纸也不是玻璃，非常薄，而且有光泽。米克用拇指和食指轻轻挤压，卡片仿佛很容易弯折，但当他松开手指时，卡片很快又绷直回原样。

卡片上面有三十几排密密麻麻的圆孔，每个圆孔都跟珍珠纽扣上的孔差不多大。三个角略呈弧形，第四个角则被斜着剪掉了。在剪掉的那个角旁边，有人用淡紫色的墨水写了一个编号"#1"。

"樟脑纤维素，"米克解释道，"遇火即燃，简直是魔鬼的杰作，不过要用到拿破仑机上，没有比这更好的东西了。"

拿破仑机？西比尔茫然地问："这是某种影像卡吗，米克？"

米克高兴地朝她笑笑。看来她猜对了。

"你听没听说过拿破仑大帝？法兰西学院最强大的差分机。相比之下，伦敦警方的差分机只不过是玩具而已。"

西比尔假装研究盒子里的东西，她知道这样做能让米克高兴。不过，那就是一个木盒而已，尽管做工很精细，内衬用的却是台球桌上那种绿色粗呢。木盒里面装满了光滑的乳白色卡片，大概有几百张。

"告诉我到底是怎么回事，米克？"

米克笑了，一副很开心的样子。他突然弯腰吻上西比尔的嘴唇。

"别急，你迟早会知道的。"他直起身子，把卡片放回去，合上盖子，咔嗒一声把铜钩扣好。"每个组织都有自己的秘密。据我花花公子米克猜测，没有人知道把这一小堆卡片放进差分机会有什么结果。可能会演示某个课题,也可能会证明一系列嵌套的数学假设……总之都是些相当神秘的东西。这样一来,我米克·拉德利可能因此在程序员中扬名立万,"他眨着眼睛道,"要知道,法国的程序员也有自己的组织,他们自称沃康松之子,也叫雅卡尔学会。我们要让那些爱吃洋葱的法国人见识见识。"

西比尔知道米克就喝了两瓶啤酒,但她还是觉得这人好像醉了。可能不是酒醉,而是盒子里的卡片让他沉醉了,虽然她并不清楚那些卡片究竟是什么东西。

"这个盒子和里面的东西都非常珍贵,西比尔。"米克重新坐下来,在那个廉价的黑包里翻找,从里面取出一张折叠起来的结实牛皮纸、一把普通的文具剪刀和一卷结实的绿麻绳。他一边说一边展开牛皮纸,把盒子包起来。"非常珍贵。与将军同行,肯定会遇到一些危险。等演讲结束,我们就动身去巴黎。但明天早上,你要带着这东西去大波特兰街的邮局……"包好牛皮纸后,他又拿麻绳将其绑上,"拿剪刀帮我把这部分剪断。"西比尔照他的话做了。"用手指拎着这里。"他打了一个完美的结,"把这个包裹寄去巴黎,存局候领,知道是什么意思吗?"

"意思是必须由收件人到邮局自取。"

米克点点头,从一侧的裤兜里掏出一根猩红色的封口蜡,又从另一侧掏出打火机,一下就打着了。"没错,在巴黎邮局存着,等我们亲自去取,万无一失。"在冒着油烟的火焰中,封口蜡的颜色逐渐变暗,一滴滴红色的蜡油落到绿色的绳结和牛皮纸上。他把剪刀和麻绳扔回包里,把封口蜡和打火机装进口袋,然后取出针笔,开始在包裹上填写地址。

"可是,米克,这到底是什么?如果你不了解它有什么用,又怎么知道它有什么价值呢?"

"我没说过我不了解吧?我有我的想法,明白吗?花花公子米克总有自己的想法。正是因为了解,我才借为将军办事之便带着它跑去曼彻斯特，从最聪明的程序员那里套取最新的压缩技术，还从将军那里拿到了足够的资金，将所得结果都记录在拿破仑规格的纤维素卡片上！"

西比尔听得一头雾水。

这时外面传来了敲门声。来人是一个长相凶恶、埋着平头的侍者。他抽着鼻子，推着手推车进来收拾餐具，不过动作不太利索，拖拖拉拉不走，好像在等谁给他小费。但是米克没理他，只是淡定地凝视着前方，不时地像只偷腥的猫儿一样咧嘴一笑。

侍者冷笑着出去了。又过了一会儿，门外响起手杖的敲击声，米克今晚等的第二位朋友来了。

来人身材魁梧、丑得惊人，长着一双金鱼眼，下巴泛青，额头又矮又宽，脑门向后倾斜，东施效颦般留了一头首相钟爱的优雅卷发，上面还涂了油。他穿着剪裁考究的崭新晚礼服，披着斗篷，拿着手杖，戴着大礼帽，阔领带上镶了一颗昂贵的珍珠，手指上戴着一枚共济会的金戒指，脸和脖子都晒得黝黑。

米克立刻从椅子上站起来，握了握对方戴戒指的手，请他坐下。

"你经常睡得很晚啊，拉德利先生。"来人说道。

"我们会竭尽所能满足您的特殊需要，鲁德威克教授。"

丑陋的先生坐了下来，木椅子随之发出刺耳的咯吱声。这时，他那金鱼眼向西比尔投去怀疑的目光。一刹那间，西比尔不由得心跳加速，唯恐发生最坏的情况：一切都是骗局，她即将卷入这两个男人之间的可怕交易。

鲁德威克移开了目光，转向米克。"不瞒你说，先生，我非常想在得克萨斯继续我的活动。"他说话时嘴唇外翻，长长的大嘴巴里露出卵石般的灰白色小牙，"扮演伦敦名流实在无聊透顶。"

"如果可以的话，休斯顿总统将于明天下午两点接见您。"

鲁德威克咕哝道："好极了。"

米克点头道："先生，您在得克萨斯的发现令您的名气与日俱增。

我听说连巴贝奇勋爵都对您产生了兴趣。"

"我们在剑桥学院共过事,"鲁德威克承认道,藏不住笑容里的得意,"一起研究过气动理论……"

"正巧,"米克说,"我发现了一段操作程序,巴贝奇勋爵可能会感兴趣。"

鲁德威克听了似乎有些不解:"你说他会感兴趣?巴贝奇勋爵可是一个……脾气非常暴躁的人。"

"设计这段程序初期,艾达女士曾好心地帮助过我……"

"帮助你?"鲁德威克说着突然露出丑陋的笑容,"这么说,是某种赌博系统?想引起那位女士的注意,最好是那种系统。"

"并非如此。"米克没好气地回道。

"艾达女士总找些古怪的朋友,"鲁德威克说,面色阴沉地盯着米克,"你认不认识一个叫柯林斯的人?他是个所谓的赌局开盘手。"

"不认识。"米克答道。

"那家伙盯上她了,像母狗耳朵里的虱子一样,"鲁德威克说道,晒黑的脸上泛起潮红,"他向我提了一个非常惊人的建议……"

"然后呢?"米克小心翼翼地问道。

鲁德威克皱起眉头:"我真以为你会认识他。他看起来很像你们圈子里的人……"

"我不认识他,先生。"

鲁德威克探身凑近米克。"拉德利先生,还有一个人不知你是否认识?那人长手长脚,眼神冷酷。我觉得他最近一直在跟踪我,会不会也是你们休斯顿总统手下的特工?他看起来很像得克萨斯人。"

"我们总统很幸运,手下有这么厉害的特工。"

鲁德威克站起身,脸色阴沉。"你这么好心,我想你肯定会让那个浑蛋收手,停止跟踪我。"

米克也站了起来,笑容可掬。"教授,我一定会向我的老板转达您的意思。很抱歉耽误您晚上的娱乐时间……"他走到门口打开门,等鲁德威克那穿着考究的魁梧身躯走出去后才把门关上。

米克转过身,朝西比尔眨眨眼。"他去了捕鼠场!我们博学多才的鲁德威克教授也好赌成性呢。不过,他可真是心直口快,不是吗?"他顿了一下,又道,"将军会喜欢他的。"

几个小时后,西比尔在格兰德大酒店醒来,躺在米克身旁。她听到了打火机的咔嗒声,接着闻到了香甜的雪茄味。昨晚,米克在阿盖尔餐厅包间的贵妃椅上要了她两次,回到格兰德大酒店后又要了她一次。她以前从未见过米克这么有激情。虽然第三次弄得她下体有些酸痛,但她觉得这是好事。

房间里一片漆黑,只有街上煤气灯的灯光透过窗帘投进来。

她稍微往米克那边挪了挪。

"西比尔,离开法国后,你想去哪儿?"

她从没考虑过这个问题,只好说:"随你,米克……"

米克咯咯笑起来,把手伸到被子下面,握住她胸前的小丘。

"那我们去哪儿,米克?"

"跟着我的话,你会先去墨西哥,然后随休斯顿将军率领的法墨联军北上,为解放得克萨斯而战。"

"可是……得克萨斯不是个非常奇怪的地方吗?"

"还是怀特查佩尔站街女的思维。在你眼中,除了皮卡迪利大街,世界上任何地方都奇怪。山姆·休斯顿在得克萨斯有座豪华宫殿。那会儿,他还没被得克萨斯人流放,还是英国在美国西部最大的盟友。等你和我到了得克萨斯,我们当然也可以过上贵族生活,在河边建一座庄园……"

"他们真允许我们这么做,米克?"

"你是说女王陛下的政府?怕他们背信弃义?"米克咯咯笑道,

"嗯，这在很大程度上取决于英国公众对休斯顿将军的看法！我们正尽一切努力提高将军在英国的声誉。这就是他来巡回演讲的理由，不是吗？"

"原来如此，"西比尔说道，"米克，你真聪明。"

"这是个深远的问题，西比尔！要保持各方势力均衡。五百年来，英国一直行之有效地在欧洲施展这种策略，到了美洲，效果甚至比在欧洲还要好。北方联邦、南方邦联、得克萨斯共和国与加利福尼亚共和国轮流得到过英国的青睐，一旦他们变得过于大胆、过于独立，英国就会挫其锐气。这叫分而治之，宝贝，"米克的雪茄烟头在黑暗中闪着微光，"要不是英国的外交政策和实力，美国或许早就统一成一个大国了。"

"你那位将军朋友呢？他真的会帮助我们吗？"

"这就是整件事的妙处所在！"米克说道，"外交官们认为山姆·休斯顿有点顽固，他们不喜欢将军的某些政策和举措，因此没有给予他应有的大力支持。可取而代之的得克萨斯军政府态度甚至远不如将军，竟公然敌视英国的利益！他们来日无多了。流亡英国期间，将军不得不有所收敛，但是现在他已经踏上回得克萨斯的征程，要去夺回他应得的一切。"他耸耸肩，"其实几年前就该这么做了，问题是女王陛下的政府毫无主见！他们拉帮结派，有些人甚至不信任山姆·休斯顿。不过法国人无论如何都会帮助我们的！他们的属国墨西哥正与得克萨斯人在边境交战。他们需要将军！"

"这么说你要去打仗了，米克？"西比尔发现想象花花公子米克率领骑兵冲锋的样子有点难。

"与其说是打仗，不如说是政变。"米克安慰西比尔道，"我们不会看到太多流血事件。要知道，我是休斯顿的政客，会一直跟随他，是我安排了此次伦敦巡回演讲与接下来的法国之行，是我想方设法为他争取到了觐见法国皇帝的机会……"这是真的吗？不会是骗人的吧？

西比尔心想。"也是我帮他找到了曼彻斯特最新潮最好的影像师，是我帮他拉拢记者、左右英国公众的舆论，还雇人四处张贴宣传单……"他深吸一口雪茄，手指揉捏着西比尔那处。西比尔听见他满意地喷出一大口烟，香甜的樱桃味随之弥漫开来。

不过，米克应该不想再做了，就算想也不行，因为西比尔很快就睡着了。她做了个梦，梦见了得克萨斯，那里的丘陵草原连绵起伏，羊群在草原上惬意地吃草，灰色庄园的窗户在夕阳的余晖下闪闪发光。

西比尔坐在加里克剧院倒数第三排靠过道的座位上，闷闷不乐地想：这位从得克萨斯来的山姆·休斯顿将军吸引来的观众可不多。在五人管弦乐队的演奏声中，人们三三两两地走进剧院。有一家人在西比尔前面那排落座：两个男孩穿着蓝色外套和裤子，里面是衣领可以拆下来的衬衫；一个小女孩披着披肩，穿着镶有穗带的连衣裙；然后是由家庭教师——女人长相清瘦，鹰钩鼻，眼睛水汪汪的，看起来好像感冒了，不断地用手帕擦鼻子——领着的两个更小的女孩；接着溜达进来的是年纪最大的男孩，脸上带着讥笑；最后面是孩子们的父母，爸爸穿着燕尾服，拿着手杖，蓄着络腮胡，妈妈则很胖，有一头长长的卷发，戴着一顶难看的大帽子，胖乎乎的手指上戴了三枚金戒指。一家人总算全都坐好了，有的在脱外套，有的在摘披肩，还有的嘴里嚼着橙皮蜜饯，尽管行为举止相当端正，但礼仪显然有待提高。全家人衣冠楚楚，穿着机器做的舒适衣服，非常干净，还散发着肥皂的香味。

一个戴眼镜的小伙子在西比尔旁边的位置坐下，看着像是个小职员。他的发际边缘有一英寸[1]宽的皮肤是青色的，估计是为了凸显自己前额高耸，富有才智，不久前刚把那里的头发剃了。小伙子正在看米克做的节目单，嘴里喝着柠檬汁。他的另一侧坐着三个从克里米亚战

---

1. 1英寸为2.54厘米。——编者注

场回来休假的军官，表情看上去非常得意，打算来听人讲讲得克萨斯的老式战争，看看他们如何用老旧的方式作战。还有几个士兵穿着鲜艳的红色军装，零零散散地坐在人群中间。他们都是体面人，不会找站街女，也不会喝杜松子酒，而是拿着女王的军饷学习枪炮射击算法。等从战场回来后，他们会去铁路部门和造船厂工作，改善自己的处境。

实际上，剧院里坐的都是些生活条件不错的家伙：店主、店员或药剂师，带着衣着整洁的妻子和孩子。在她父亲活跃的那个年代，这样的怀特查佩尔人曾经满腔怒火、瘦骨嶙峋、衣衫褴褛，手里拿着棍棒，腰里别着匕首。但在激进党的统治下，时代变了。现在，连怀特查佩尔都出现了穿着紧腰衣、涂脂抹粉的女人，还有衣着光鲜、总在看时间的男人，他们喜欢看《实用知识辞典》与《道德进步杂志》，希望能出人头地。

此时，煤气灯的铜环里闪烁起光芒，乐队开始降音演奏《欢迎来到凉亭》。噗的一声，石灰灯突然亮了起来，影像屏前面的幕布徐徐拉开，音乐声遮住了影像卡旋转到位的咔嗒声。碎褶边与花哨的边饰像黑霜一样在屏幕边缘越聚越多，形成一个边框，接着里面出现一串细长的花哨文字，白底黑字，棱角分明，用的是差分机哥特体：

埃迪森
全景工作室
出品

影像屏下方，休斯顿从左侧登台。他身材壮硕，衣衫陈旧，一瘸一拐地走向舞台中央。米克安排的石灰灯在上方发出耀眼的白炽光束。休斯顿暂时处于下方的暗影之中，身影朦胧，看不真切。

西比尔仔细打量着休斯顿，她对此人既好奇又警惕。这是她第一次看见米克的老板。她在伦敦见过很多美国难民，对他们有一定的了解。北方联邦的人如果有钱,会穿得像普通的英国人;南方邦联的人则会穿得比较俗丽奢华,但容易显得古怪,不太得体。从休斯顿身上来看,得克萨斯人比南方邦联的人更古怪、更疯狂。他身材魁梧,脸膛发红,肌肉发达,穿着笨重的靴子,身高超过六英尺[1],宽阔的肩膀上披着一条长长的东西,有点像小斗篷,但上面有风格粗野的条纹,呈红、黑、深棕三色,拖在加里克剧院的舞台上,跟悲剧演员的托加长袍似的。他右手拿着一根粗大的红木手杖,轻轻挥舞着,仿佛并不需要它,不过西比尔看得出他的腿在发抖,花哨裤缝上的金丝流苏也在随之颤动。

休斯顿走上昏暗的讲台,擦了擦鼻子,拿起一杯什么抿了一口——显然不是水。在他的头顶上,屏幕上的影像换成了一张彩色图像,一边是大不列颠雄狮,一边是一种长角牛。两种动物亲密友善,动物上方有两面相互交叉的旗帜,一面是英国的米字旗,另一面是得克萨斯的孤星旗,两面旗都是鲜艳的红、白、蓝三色。休斯顿正在调整讲台后面的什么东西。西比尔猜测那可能是一面小舞台镜,这样他说话的时候就可以从镜子里看到身后的影像,不至于忘记自己讲到了哪里。

屏幕上的影像再次切换成黑白图像,光点一行行闪变,如同倒下的多米诺骨牌。这次是一幅线条粗略的半身像:画像上的人前额很高,额发已秃,眉毛浓密,鼻头肥大,粗茬络腮胡甚至遮住了耳朵,薄唇紧抿,裂颏微抬。这时,一行字出现在半身像下方:山姆·休斯顿将军。

又一盏石灰灯骤然亮起,耀眼的灯光照向讲台上的休斯顿,这下观众总算可以清楚地看到他的模样了。西比尔用力鼓掌,她是最后一个停下的。

"伦敦的女士们,先生们,非常感谢大家拨冗前来。"休斯顿开口道。他的嗓音低沉浑厚,听得出演说经验很丰富,只是有点外国口音,

---

1. 1英尺约为0.3米。——编者注

吐字不是那么清晰。"作为一个异乡人,我感到非常荣幸,"休斯顿扫视了一下加里克剧院的观众席,"我看到今晚有不少观众是女王陛下的军人。"他耸耸肩,身上的毯子往后滑了一点,露出外套上的勋章,它们在石灰灯的照射下闪闪发光,"先生们,你们的到来令我倍感欣慰。"

西比尔前面那排的孩子们坐不住了,开始动来动去。一个小女孩被她的一个哥哥打了一拳,痛得尖叫起来。"我还看到一位未来的不列颠战士!"观众中响起一阵惊讶的欢笑声。休斯顿迅速看了一眼舞台镜,在讲台上探身向前,皱起浓密的眉毛,摆出一副慈祥的样子,问道:"孩子,你叫什么名字?"

那个使坏的小男孩立刻坐得笔直。"我叫比利,先生,"他尖声答道,"比利……威廉·格里纳克,先生。"

休斯顿严肃地点点头。"格里纳克少爷,我问你,你想不想离家出走,去跟印第安人一起生活?"

"哦,当然想,先生,"男孩脱口而出,又马上改口道,"啊,我不想,先生!"观众又是一阵大笑。

"小威廉,我和你差不多大的时候,也像你一样充满活力。我想去闯荡,于是闯荡就成了我选择的人生。"将军身后的屏幕再次切换了影像,出现一张彩色地图,上面是美国各州的轮廓,都是些奇形怪状的地方,名字也很难懂。休斯顿看了眼舞台镜,语速很快地说道:"我出生在美国田纳西,先祖是苏格兰贵族,可我们生活在殖民地边缘的小农场上,日子过得有些艰难。虽然在美国出生,但我并不怎么拥护远在华盛顿的北方佬政府。"屏幕上出现一张美洲野蛮人的肖像,那人怒目圆睁,身上插满羽毛,脸上涂着战斗油彩。"在我生活的那个小农场的河对岸,"休斯顿说,"生活着强大的切罗基族,他们民风淳朴,天生具有一种高贵气质。我觉得他们的生活比与美国人做邻居的生活更适合我。唉,那些美国人的灵魂充斥着对金钱的贪欲。"

休斯顿在他的英国观众面前微微摇头,对美国民族的衰退表示痛心不已。这招博得了大家的同情,西比尔暗自想到。"切罗基人的生活赢得了我的心,"休斯顿接着说道,"于是我从家里跑出来,去跟他们一起生活。女士们,先生们,当时我身无长物,就穿了一件鹿皮外套,口袋里揣了本荷马的史诗《伊利亚特》。"影像自下而上切换,屏幕上出现一幅希腊古瓮的图像,瓮上画着一位勇士,头戴冠饰头盔,手举标枪圆盾,盾面上画着一只展翅飞翔的乌鸦。剧院里响起一阵微弱的掌声,有人喜欢这幅图。休斯顿微微点头致意,好像这掌声是给他的。

"虽然在人生的后半段,我曾当选过国家领袖,"他说道,"可是,作为一个在美国殖民地的边缘地带长大的孩子,我不能说自己小时候接受过多少良好的学校教育。但年少时我曾在一所古老的学校求学,在那儿读到了盲眼诗人荷马所著的《伊利亚特》。书中的每一行诗都被我牢牢记在了心里。"他抬起左手,撩开挂满勋章的衣襟,拇指指向胸口,"在这伤痕累累的胸膛里跳动的心,"说着他用手指点点胸膛,"如今依然会为书中那些最伟大的故事而感动。故事中的英雄敢于挑战众神,永不玷污勇士的荣誉……直至死亡!"他停顿了片刻,等待观众鼓掌。可惜最终响起的掌声似乎并没有他想的那么热烈。

"在我看来,荷马笔下的英雄们所过的生活与切罗基人所过的生活并没有什么两样。"休斯顿继续说道。在他身后,希腊勇士手里的标枪上突然长出了印第安猎矛上悬垂的羽毛,勇士的面庞上也被涂上了印第安人的战斗油彩。

休斯顿瞄了眼演讲稿。"我们一起猎熊、鹿,还有野猪,在清澈的小溪里捉鱼,种黄玉米。在开阔的天空下,我们围坐在篝火旁,我给那些生活在荒蛮之地的切罗基兄弟讲述年少时我从荷马的诗句中收获的道德教益。为此,他们给我取了个印第安人的名字——乌鸦。在他们心中,乌鸦是最具智慧的鸟儿。"

屏幕上希腊勇士的形象逐渐淡去,取而代之的是一只巨大的乌鸦。它的翅膀直挺挺地展开,铺满整个屏幕,胸前画着一副条纹盾牌。西比尔认出来了，那是北方联邦的象征，只是原本的美洲白头海雕被换成了休斯顿的黑乌鸦。她觉得这种做法很聪明，但也许有点聪明过头了，因为屏幕左上角有两张影像卡片被同时卡在主轴上，显示着上一张图残留的蓝点。这虽然只是个小失误，却非常恼人，就像飞进眼睛里的一粒沙子。米克设计的复杂程序让加里克剧院的影像放映机有些吃不消了。

西比尔刚一分神，就跟不上休斯顿的演讲了。"……田纳西志愿军的营地里响起嘹亮的冲锋号声。"又一幅肖像出现在屏幕上：这人长得酷似休斯顿，不过额发蓬松浓密，双颊凹陷。肖像下方的说明文字揭示了此人的身份：安德鲁·杰克逊将军。

剧院里响起阵阵嘘声，带头发声的也许是那些士兵，观众随之骚动起来。一些英国人仍记得"山胡桃"杰克逊，对他没什么好感。据休斯顿说，杰克逊也曾英勇对战印第安人，甚至还当过一段时间的美国总统，但这会儿说那些没什么意义。休斯顿称赞杰克逊，说他是自己的守护人与导师。"他是位正直的人民战士，重视人真正的内在价值，而非世俗财富或外在粉饰。"可惜，这段动情的称赞只勉强赢得一点掌声。

一幅新的影像出现在屏幕上，似乎是某种粗陋的边防堡垒。休斯顿讲起自己刚参军时经历的一次包围战，在杰克逊的指挥下，他们与克里克印第安人对战。但他似乎没能抓住那些本该对此感兴趣的观众，也就是在座的那些士兵。西比尔听见同一排坐着的三名克里米亚老兵在怒气冲冲地小声抱怨"山胡桃"杰克逊的事："要不是新奥尔良战役，那场该死的战争早就结束了……"

石灰灯的光芒突然变成了血红色。米克在舞台下忙碌个不停：先用有色玻璃滤镜改变光线的颜色，再猛地敲响定音鼓。影像中堡垒周围的几门小火炮迸出火药燃烧时产生的白色闪光，数个象征炮弹的红色光点在屏幕上急速画出几道弧线。"接连好几个夜晚，我们都能听到那些疯狂的克里克战士在高声吟唱诡异的死亡之歌,"休斯顿大声说道,屏幕下方闪现耀眼的光柱,"形势紧迫,我们必须发动直接攻击,用冷兵器肉搏!据说冲向那扇门的人必死无疑……但我参加田纳西志愿军可不是闹着玩的……"

屏幕上,一个小小的身影冲向堡垒。说是身影,实际上只是几个黑色的方块,在一组影像卡上蜿蜒前进。这时,整个舞台都暗了下来。在突然降临的黑暗中,观众们鼓掌叫好,站在加里克剧院顶楼的杂工们大声吹着口哨。接着,石灰灯的光芒再次照向休斯顿。他开始夸耀自己受过的伤:手臂上中过两弹,腿上挨过一刀,腹部中过一箭——休斯顿没说脏话,可他的手确实揉了揉那个部位,好像消化不良似的。他说自己曾在战场上躺了一整夜,后来被抬上补给车,在荒野上颠簸了好几天,一直血流不止,疼痛难忍,还染上了疟疾……

坐在西比尔旁边的小职员又吸了一口柠檬汁,还看了眼怀表。随着休斯顿开始讲述自己那段死里逃生的经历,屏幕变成了葬礼般的黑色,一颗五角星渐渐显现。又有一张卡住的影像卡片终于过去了,不过与此同时另一张卡在了右下角。西比尔忍住没打哈欠。

接着,休斯顿开始讲自己是如何进入美国政坛的,屏幕上的五角星随之逐渐变亮。他声称自己从政的动机是想帮助他珍视的切罗基人。这说法倒是够新奇的,西比尔想,不过其核心还是政客们嘴里常说的骗人鬼话。观众们也开始变得不耐烦。他们也许想多听听打仗的事,或者他与切罗基人诗意般的生活,休斯顿却讲起了自己如何通过一连串选举进入了那个大致相当于议会的机构,还讲了他在地方政府中担任过的职位。与此同时,那颗五角星逐渐变大,精心设计的线条不断伸展,最终变成田纳西政府的标志。

将军还在喋喋不休,西比尔的眼皮变得越来越重。

忽然,休斯顿的语调变了,变得意味深长、温情脉脉,原本的拖腔拖调也变得抑扬顿挫,有了一丝甜蜜的味道。他在说一个女人。

西比尔坐直身子,竖起了耳朵。

休斯顿好像说自己当选州长之后挣了点钱,人变快活了,还找到了心上人,对方是田纳西的某位贵族小姐,两人结了婚。

这时,很多黑手像蛇一样在影像屏边缘悄悄浮现,伸向田纳西政府的标志。

身为州长的休斯顿与夫人刚安顿下来,妻子便弃他而去,跑回了娘家。休斯顿说,她给他留了一封信,信上提到了一个可怕的秘密,他从未向任何人透露过,还发誓要把这个秘密带进坟墓。"这是私事,体面的绅士不能也不该向他人提起。黑色的灾难降临到我身上……"原来是报纸惹的祸,显然田纳西也有报纸。"那些搬弄是非的人恶毒地诽谤我。"休斯顿悲叹道。画着乌鸦图案的希腊圆盾显现,一个个黑点飞溅到盾牌上。西比尔猜测,那些黑点估计代表淤泥。

休斯顿讲述的内容越来越令人震惊。他真的经历了那么多不可思议又可怕的事情,还和妻子离婚了。当然,他也失去了自己在政府的职位,出离愤怒的上流社会把他赶下了台。西比尔不明白休斯顿怎么敢提起这么大的丑闻,好像他真以为伦敦的观众会在道德上认可一个离过婚的男人。不过她发现剧院里的女观众似乎都对此很感兴趣,或许还有点同情他,就连那个胖妈妈都用扇子遮住了她的双下巴。

休斯顿将军毕竟是个外国人,他自己也说他算半个野蛮人。然而,说到前妻时,他的语气非常温柔,仿佛在谈自己此生的挚爱,只是那份真爱被某个残酷而神秘的真相扼杀了。他并不羞于讲述这份感情,甚至会在讲到情深之处时哽咽。他从豹皮马甲里掏出一条花哨的手帕,稍微擦了擦额头上的汗水。

老实说,他长得并不难看。虽然已经年过六十,但这种人对女孩子会比较温柔。他亲口说出自己的离婚丑闻和妻子留下的神秘信件,这样的坦白显得他很勇敢,很有男子气概。他滔滔不绝地讲着,就是不肯把信上的秘密说出来。观众们的好奇心被激发了,就想知道那个秘密到底是什么。西比尔也一样。

她埋怨自己太傻，说不定信里说的不过是一件简单的蠢事，远不及他表现的那么严重和神秘。可能那位贵族小姐并不是他所描述的样子，根本不像什么天使。可能早在"乌鸦"休斯顿出现之前，她的贞操就被某个田纳西美男子骗走了。男人对自己的新娘总有严格的要求，却从不严格要求自己。

很可能这些都是休斯顿自找的。与野蛮人一起生活的经历也许让他对婚后生活抱有非常邪恶的想法，又或许他会挥起拳头打老婆。西比尔觉得，他喝醉后肯定是个十足的恶棍。

现在，屏幕上到处是象征诽谤者的鸟身女妖。休斯顿说，他们在小报上朝他泼脏水，败坏他的名声。那些背部弯曲的恶毒生物，颜色有红有黑，如魔鬼般挤满了屏幕。影像不断切换，鸟身女妖伸出了魔爪。西比尔以前从来没有见过这种东西，曼彻斯特的卡片打孔师确实营造出了恐怖的氛围……接着，休斯顿开始大谈他遇到的挑战和获得的荣誉，他指的是决斗。美国人出了名地爱决斗，他们喜欢枪，而且会毫不犹豫地朝彼此开枪……休斯顿大声强调，要不是他当时正担任州长，不能做有失身份的事，他肯定会毙掉几个在报纸上胡说八道的浑蛋。所以，他撂挑子不干了，回去继续和他珍视的切罗基人一起生活……说到这里，他真的兴奋起来，激动不已的样子看着简直让人害怕。他的眼睛鼓起来，脖子上青筋暴起，不过看着并不让人恶心，反而逗乐了原本冷淡的观众。

也许他真做过什么可怕的事，西比尔搓搓兔皮暖手筒里的手琢磨着。也许是性病，他害自己的妻子染上了性病。有些性病很可怕，可以让人发疯、失明或变残废。可能这就是他说的秘密。说不定米克知道，说不定他全都知道。

休斯顿解释说，他怀着厌恶离开美国，到了得克萨斯。一张地图随即出现在屏幕上，图上是北美大陆中央的一片土地。休斯顿声称他去得克萨斯是为了给那些遭受苦难的切罗基印第安人寻找一块容身之地,不过这话听着有点令人费解。

西比尔向旁边那个小职员模样的人问了一下时间,得知才过去一个小时。不过,演讲已进行了三分之一,快轮到她出场了。

"请大家想象一下,在一个国土面积是你们这个岛国数倍的国家,"休斯顿说道,"最宽阔的道路竟是印第安人在草地上踩出的小径。当时,那里一英里铁路都没有,没有电报,甚至没有任何差分机设备。作为得克萨斯共和国国防军总司令,我下达命令时,最迅捷可靠的传达方式就是依靠侦察骑兵,路上还会受到各种威胁:有的来自科曼切人与卡兰卡瓦人,有的来自墨西哥的劫掠者,还有来自荒野的各种说不出的危险。难怪特拉维斯上校迟迟收不到我的命令,只能悲惨地寄希望于范宁上校率领的增援部队。被兵力相当于我方兵力五十倍的敌军包围后,特拉维斯上校宣布,他的作战目标是不成功便成仁。其实,他非常清楚自己必死无疑。阿拉莫的守军全部阵亡,包括品行高尚的特拉维斯、英勇无畏的鲍伊上校,还有拓荒者中的传奇人物大卫·克罗克特。"屏幕上,特拉维斯、鲍伊与克罗克特的头像各占画面的三分之一。由于画面狭窄,他们的脸变成了奇怪的方形。"他们为我的费边战术[1]赢得了宝贵的时间。"

随后是更多的军事术语。他从讲台上走下来,抬起手里那根粗重的抛光手杖,指向屏幕上的影像。"大家看,洛佩斯·德·桑塔·安纳[2]的军队在此列阵,左面是树林,后面是圣哈辛托河边沼泽。他的攻城工兵已经在辎重车周围挖好战壕,用削尖的木料筑起炮台,就是这样。这时,我已带领六百人的军队强行穿过伯纳姆浅滩,占领布法罗

---

1. 指一种拖延迂回的战术,不急于达到目的,用时间拖垮敌人。是一种把一次决战变成长期交手的策略。——译者注
2. 简称桑塔·安纳,十九世纪墨西哥的将军和独裁者。——译者注

河湾林地，但敌方对此毫不知情。大炮在得克萨斯营地中心猛烈开火，就这样展开了一轮猛攻……现在，我们可以看到得克萨斯轻骑兵在向前推进……在冲锋步兵的冲击下，敌人惊慌失措，乱作一团，大炮还没架好就被丢到一边。"屏幕上，蓝色方块与菱形块缓慢移动，穿过代表树林的绿色方块与代表沼泽的白色方块，追逐着不断弯曲变形的红色图形，也就是逃散的墨西哥军团。西比尔在座位上动了动身子，裙撑硌得她有点难受。休斯顿对那场血腥战役的吹嘘终于到达高潮。

"最终统计阵亡人数时我们发现：得克萨斯军阵亡两人，侵略者阵亡六百三十人。我们让桑塔军[1]血债血偿了，为在阿拉莫与戈利亚德屠杀中牺牲的战友报了仇！两支墨西哥军队全军覆没，我们还俘获了十四名军官和二十门大炮。"

十四名军官和二十门大炮，没错，这是给她的提示，她该出场了。"为我们报仇，休斯顿将军！"西比尔高声喊道，嗓子因怯场而发紧。于是，她站起来挥舞着胳膊又喊了一次："为我们报仇，休斯顿将军！"

休斯顿停了下来，装出一副很吃惊的样子。西比尔尖声朝他喊道："为我们雪耻，将军！为英国雪耻！"周围顿时响起人们惊慌议论的嘈杂声。西比尔感觉全剧院的人都在一脸震惊地盯着她，像在看疯子一样。"我哥哥——"她喊道，但恐惧攫住了她，使她紧张得说不出话，她完全没想到自己会这么害怕。这比让她在舞台上唱歌还吓人，有过之而无不及。

休斯顿举起双臂，肩上的条纹毯子像斗篷一样在他身后展开。不知怎么地，见他做出这个手势后，人们真的安静了下来，他再次掌控住局面。休斯顿头顶上闪烁不定的影像逐渐慢下来，画面缓缓地停止切换，定格在庆祝圣哈辛托胜利的场面上。休斯顿盯着西比尔，眼神严厉而无奈。"你怎么了，小姐？告诉我，你有什么烦恼？"

---

1. 忠于桑塔·安纳中央集权政府的墨西哥军队。——译者注

西比尔抓住身前的椅背，闭紧双眼，高声答道："将军，我哥哥被关在得克萨斯的监狱里！我们明明是英国人，可得克萨斯人还是把他关起来了，将军！他们夺走了他的农场、他的牛！甚至抢走了他工作的那条铁路，那可是我们英国人为得克萨斯修建的铁路……"她的声音不自主地颤抖。米克不会满意的，肯定会怪她演得不好……想到这里，西比尔忽然浑身充满了力量。她睁开眼睛，继续说道："那个政府，将军，得克萨斯政府到处抢夺他人财物。他们抢走了属于英国的铁路！他们抢劫得克萨斯的工人，就是在抢劫英国的股东，还不给一分钱！"

没有了生动的影像画面，剧院里的气氛也变了。恍惚间，一切都变得大不一样了，出奇地直白而陌生。西比尔和将军仿佛被一起框了起来，如同银版照片里的两个人物。一名年轻的伦敦女子戴着帽子，披着精美的披肩，向一位异国老英雄求助，讲述她的苦恼。眼下，两人都是戏中的角色，任由公众默默地注视他们，目露惊奇。

"军政府令您蒙受痛苦？"休斯顿问道。

"是的，先生！"西比尔大声回道，声音里渐渐有了哭腔，为此她还专门做了练习。米克说过，别吓到观众，要让他们对她产生同情。"是的，是军政府干的。将军，我哥哥没有犯罪，却被他们关进了那个肮脏的监狱，就因为他支持您！您当选得克萨斯总统时，他投过您一票，将军！哪怕是今天，他也会把票给您，可我非常担心他们会杀了他！"

"小姐，你哥哥叫什么名字？"休斯顿问道。

"琼斯，将军，"西比尔应声答道，"埃德温·琼斯，纳卡多奇斯人，之前在赫奇考克斯铁路公司工作。"

"我应该认识爱德华[1]这个小伙子！"休斯顿说道，语气明显流露出惊讶。他怒气冲冲地抓着手杖，浓眉紧锁。

---

1. 休斯顿误将"埃德温"听成了"爱德华"。——译者注

"听听她的哭诉,山姆!"一个低沉的声音突然传来。西比尔惊慌地扭头看去,原来是她在阿盖尔餐厅见过的那个人,那个一头红发、穿着天鹅绒马甲的胖演员。"军政府那些流氓侵占了赫奇考克斯铁路!这个所谓的英国盟友竟然干出这种勾当!他们就这样感谢英国多年来的指导与保护吗?"说完,他坐下了。

"他们就是一群盗贼和恶棍!"西比尔警觉地喊道,同时迅速在记忆中搜索接下来的台词,"休斯顿将军!我是个手无寸铁的弱女子,可您是命定之人,一位伟人!难道在得克萨斯就不能伸张正义吗,将军?就无法制止这种挑衅吗?难道就任由那些骗子和暴君窃取我们英国人的财产吗?我可怜的哥哥真要悲惨地死在那里吗?"

米克编排的花言巧语淹没在剧院观众无处不在的嘈杂声中,有表示惊诧的,也有表示赞同的。站在顶楼的杂工们也发出响亮的起哄声。

总之,这不过是伦敦人的一点乐子。西比尔想,说不定有些人信了她的话,对她感到同情。但大多数人只是大呼小叫地开玩笑,乐于看些意外的热闹。

"山姆·休斯顿向来是英国真正的朋友!"西比尔朝人群中仰脸看她的观众高声喊道。她的话有一部分被喧嚣声淹没,根本没人听见。她抬起手背,贴上湿漉漉的额头。她已经说完米克给的台词,任由双腿瘫软,眼神飘忽地跌回座位上。

"让琼斯小姐透透气!"休斯顿高声命令,情绪激动,"这位女士已经伤心得晕倒了!"西比尔半闭着眼睛,看着模糊的人影断断续续向她周围聚集,有人穿着深色的晚礼服,有人穿着裙子,发出沙沙声,此外还有栀子花的香水味和男人的烟草味。一个男人抓住她的手腕,正并拢三指摸她的脉搏。一个女人用扇子朝她的脸扇风,嘴里发出啧啧声。哦,天哪。西比尔缩了缩身子,心下叫苦不迭,给她扇风的居然是坐在她前排的那位胖妈妈,一副在尽道义的好女人模样,油腻的表情直叫人受不了。西比尔觉得有点羞耻,又有点恶心。一时间,她真感到自己很虚弱,便放松地沉浸在大家温暖的关怀中。六七个爱管闲事的人围着她轻声低语,假装很能干,休斯顿则在舞台上吼着什么,嗓子都喊哑了。

西比尔任由大家把她搀扶了起来。看到这一幕,休斯顿停了一下,观众中响起零零落落的掌声,为西比尔鼓掌。她感到虚弱无力,自惭形秽。她苦笑着摇摇头,真想把自己藏起来。她歪头倚着刚才帮她把脉那人的肩膀,低声请求道:"先生,您能送我出去吗?"

搭救她的人警觉地点点头,这个小个子男人有一双蓝眼睛,眼神里透着聪慧,灰白的长发从中间分向两边。"我送这位女士回家。"他对周围的人大声说道。男人耸肩穿上一件晚礼服斗篷,戴上一顶海狸皮大礼帽,让西比尔挽住他的胳膊。两人沿着过道一起往外走,西比尔紧贴着他,不想跟任何人对视。此时,群情激奋,观众们开始认真听休斯顿讲话。也许直到这一刻,他们才开始把休斯顿视作一个人,而不是某种古怪的美洲展览品。

小个子男人为西比尔掀开脏兮兮的天鹅绒门帘,两人走进加里克剧院阴冷的门厅。门厅里镀金的丘比特雕像早已斑驳不堪,仿大理石墙壁上湿痕遍布。"先生,谢谢您好心帮我。"西比尔向送她出来的男人道谢,发现对方似乎是个有钱人,"您是医生吗?"

"我学过医。"那人耸肩说道。他的脸在发烧,两颊涨得通红。

"难怪给人一种与众不同的感觉,"西比尔说这话没什么目的,只是没话找话,"我是说受过学校教育那种。"

"也不尽然,女士,我当时把时间都浪费在作诗上了。您现在好像没事了。刚才听到您哥哥的不幸遭遇,我也很难过。"

"谢谢您,先生,"西比尔侧眼偷看他,"我刚才可能有点唐突了。不过,休斯顿将军讲得真好,我听得太激动了。"

对方意味不明地瞥了她一眼,用一种男人怀疑女人在骗他的眼神。"说实话,"他开口道,"我并没有您那么激动。"他拿起一条叠起来的手帕掩嘴猛咳，然后擦了擦嘴。"伦敦这空气迟早会要了我的命。"

"不管怎样，我还是要感谢您，先生。遗憾的是，我们还没互相介绍过，不知道您贵姓……"

"济慈，"男人说，"您叫我济慈先生就行。"他从马甲里取出一块嘀嗒作响的精致银表看了眼。那块表的大小跟小土豆差不多，上面有很多刻度。"我对这个地区并不熟悉，"他冷淡地说，"本想给您叫辆出租马车，可是这个时间……"

"不用了，济慈先生，谢谢您，我坐地铁就好。"

济慈先生那双明亮的眼睛一下子瞪大了，在他看来，体面的女人是不会独自乘坐地铁的。

"您还没告诉我您做什么工作呢，济慈先生。"西比尔连忙追问，希望可以转移他的注意力。

"影像设计，"济慈答道，"今晚这套影像卡采用的技术还挺特别！虽然屏幕的分辨率不太高，刷新速度也很慢，但效果依然好得惊人，我猜可能是通过算法压缩实现的。抱歉，我说得可能有点太专业了。"说着，他收起自己的精密计时表，"您确定不用我帮您叫辆出租马车吗？琼斯小姐，您对伦敦很熟悉吗？我可以陪您走到附近的公共汽车站。您知道，那是无轨车……"

"不用了，先生，谢谢您，您实在太好了。"

"不客气。"济慈回道，显然松了一口气。他推开玻璃门的一侧，扶着门方便西比尔走到街上。这时，一个瘦骨嶙峋的男孩飞快地从两人身后溜出来，与他们擦身而过，一言不发地跑出剧院。男孩身上披着一件又长又脏的帆布外套，是渔夫会穿的那种。西比尔心想，竟然有人穿这种衣服来听演讲，真奇怪。不过，她也不是没见过穷人穿比这更奇怪的衣服。男孩的衣袖空荡荡地垂着，他正把胳膊缩在里面抱着自己，可能是为了御寒。他走路的样子也很奇怪，弯腰驼背，好像喝醉了或是病了。

"我说，小伙子！"济慈先生说着拿出一枚硬币，西比尔明白他是想让那个男孩帮她叫一辆出租马车，然而男孩看向他们时，湿漉漉的眼睛里满是惊慌。在煤气灯的映照下，他脸色苍白，双颊凹陷。他突然拔腿就跑，一个黑色的东西从他外套里掉出来滚进了排水沟。男孩停下来，警惕地回头看着他们。

原来掉的是一顶帽子，一顶大礼帽。

男孩小跑着回来，眼睛一直盯着他们。他弯腰捡起帽子塞进外套里，又跑进阴影里，不过这次跑得没有刚才那么快。

"我敢打赌，"济慈先生厌恶地说，"那小子是个贼！他那防水衣里塞满了从观众那里偷来的帽子！"

西比尔不知该说什么好。

"我猜这小流氓肯定是趁刚才那阵骚乱下的手，"济慈对她说道，语气中带着一丝怀疑，"天哪！这年头真不知道还能相信谁。"

"先生，我好像听见差分机启动的声音了，好像又开始播放影像了……"

这句足以把他支开了。

据《每日电讯报》报道，加装的排气扇明显改善了大都会地铁里的空气质量。不过，巴贝奇勋爵本人认为，真正的现代地铁应该完全按照气动原理运行，不需要任何燃料也能像巴黎的邮件系统一样顺畅运作。

坐在二等车厢里的西比尔尽量避免深呼吸。她知道报纸上说的都是骗人的，至少空气质量已改善这事儿就是胡扯。不过，谁又知道激进党会不会创造什么奇迹？激进派的报纸不也刊登过医疗人员的证词吗？他们拿了铁路公司的报酬，说什么地铁里的含硫烟气可以治疗哮喘。可地铁里不光有发动机散发的烟气，还有下水道渗漏的污水的味道，以及可降解橡胶袋中泄漏的煤气——虽然车厢里煤气灯的灯芯装在金属网玻璃罩里，可味道还是会飘散出来。

仔细想想，这其实也挺离奇的，地铁竟然能以这样的速度在伦敦地下的黑暗中疾驰。筑路工在这里挖到过古罗马人的铅水管、硬币、马赛克拼图和拱门，还有上千年的象牙……

而且挖掘还在继续，不光今晚，每天晚上都是如此。那天和米克站在怀特查佩尔的人行道上时，她就曾听到那台巨大的机器所发出的轰鸣声。挖掘机不停地挖掘，在错综复杂的下水道、煤气管道和砖砌的河道下面挖出更深的新线路。新的地铁隧道将由钢铁支撑。再过不久，巴贝奇勋爵设计的无烟列车就会像鳗鱼一样悄无声息地从那些线路上滑过。不过，她还是觉得，那东西想想就不太干净。

车厢里的灯突然闪了一下，应该是剧烈的震动干扰了煤气的流动。另外几位乘客的面貌似乎随之跃至西比尔眼前：一位脸色蜡黄的先生，看着像是成功的酒馆老板；一位圆脸的贵格会老牧师；还有一个喝醉酒的花花公子，外套敞着，淡黄色的马甲前襟上满是暗红色的酒渍……

车厢里就她一个女人。

永别了，先生们，她想象自己这样大喊道。永别了，伦敦。她现在是冒险家学徒，千真万确，马上就要去巴黎了。不过，在那之前，她必须先花两便士坐地铁回怀特查佩尔一趟……

但是，那位牧师已经注意到她，对方眼中的轻蔑显而易见，谁都看得出来。

西比尔从车站走向她在弗劳尔迪恩街的住所，一路上冷得要命。她暗自后悔不该那么虚荣，出门时不该选这件漂亮的新披肩，应该披上她的小斗篷。她被冻得牙齿打战。在街道新铺的柏油碎石路面上方，寒霜在煤气灯的一团团灯光中闪闪发亮。

伦敦原有的鹅卵石路在逐月减少，它们都被重新铺上了一层黑乎乎的东西。那东西刚从大车里被倾倒出来时非常热，筑路工会先拿耙子将其摊开铺平，再用蒸汽压路机压实。

一个胆大的家伙从她身边掠过，在这段新铺的柏油碎石路面上飞驰。那人几乎躺在那辆嘎吱作响的四轮自行车里，鞋子绑在旋转的曲柄上，嘴里呼出大团的热气。他没戴帽子，但戴着护目镜，身上穿着一件厚厚的条纹针织套头衫。男人疾驰而去，长长的针织围巾在他身后飘扬。西比尔猜那人可能是个发明家。

伦敦到处都是发明家，又穷又疯的会聚集在公共广场上展示他们的蓝图和模型，慷慨激昂地劝说信步走过的人群。短短一周里，她已经见过一种用电烫头发的难看装置、一种播放贝多芬音乐的机械儿童上衣，还有一个电镀死人的计划。

西比尔离开大路，走上那条尚未被改造的鹅卵石伦敦小道。她立刻认出了哈特酒馆的招牌，还听到了自动钢琴的叮当声。当初就是温特哈尔特夫人安排她住在哈特酒馆上面的。如今这家酒馆一如既往，不接女客，只招待低级职员和店员。店内最刺激的娱乐也不过是让人在投币赌博机上玩一把。

从哈特酒馆上楼前得先爬一段陡峭阴暗的楼梯。楼梯上方的天窗上沾满了烟灰，楼梯尽头是一间凹室，凹室有两扇一模一样的门，左边那扇门通向房东凯恩斯先生手里的几间出租房。

西比尔爬上楼梯，从暖手筒里摸出一便士一盒的火柴，划亮一根。一辆自行车被凯恩斯锁在楼梯尽头的铁栏杆上，明亮的黄铜挂锁在火柴光下闪闪发亮。她把火柴摇灭，暗自希望海蒂没反锁门。幸好没有，西比尔拿钥匙顺利打开了门。

老猫托比走向门口迎接她。它悄无声息地穿过光秃秃的地板，在她脚边不停地打转，欢快地呜呜叫着。

海蒂给她留了一盏油灯，火苗已调小，放在门厅的松木桌上。这会儿油灯已经开始冒烟，该剪灯芯了。这样把油灯留在屋里很蠢，托比可能会把它打翻。不过,西比尔现在却很庆幸屋里不是一片漆黑。她抱起托比,闻到一股鲱鱼味。"宝贝,海蒂喂过你了,对吧?"托比轻声叫着,拿爪子拍打她帽子上的饰带。

西比尔拿起油灯,墙纸上的图案在跳动的灯光下忽明忽暗。自打有哈特酒馆以来,这个门厅已经多年没见过阳光了,可墙纸上的印花还是褪成了灰扑扑的颜色。

西比尔的房间有两扇窗户,都对着一堵布满污垢的黄色砖墙。要不是有人用钉子把窗户钉死了,墙离得这么近,她伸伸手就能摸到。尽管如此,阳光明媚的日子里,当太阳升到正上空时,还是会有一点光线能透进来。海蒂的房间虽然相对大一点,不过只有一扇窗。海蒂的房门紧闭,下面的门缝里看不到一丝亮光,要是海蒂今晚没出门,这会儿想必已经一个人先睡了。

拥有自己的房间真好,无论多简陋,都是属于自己的私人空间。西比尔不顾托比的抗拒把它放下,拿着油灯走到自己的房间门口。房门虚掩着,里面的东西都和她离开时一样,只是枕头上多了一期最新的《伦敦新闻画报》,应该是海蒂拿过来的。画报头版是一幅版画,画的是一座在克里米亚战争中被大火吞噬的城市。她把油灯搁在五斗橱上,那上面的大理石板已经有了裂缝。托比在她脚边转来转去,似乎觉得她会给它拿更多鲱鱼,所以它在等。

胖铁皮闹钟嘀嗒作响。这声音有时候听得她心烦意乱,现在却让她觉得很踏实。至少闹钟还在走,显示的时间是11点15分。西比尔想,这个时间应该是对的。以防万一,她又拧了几下发条。米克会在午夜12点来接她,他说最好轻装上路,所以她得赶紧想想要带些什么。

她从五斗橱的抽屉里拿出一把灯芯剪,掀开油灯的灯罩,剪掉了那截烧焦的灯芯,灯光变亮了一点。由于屋里太冷,她披上了自己的小斗篷,然后打开一个漆面铁皮箱,开始整理那些比较好的东西。收拾了两套换洗的内衣后,她突然想到:带的东西越少,到了巴黎,花花公子米克需要给她买的东西就越多。如果这都不算冒险家学徒的思维，真不知道什么才算。

不过，还是有些她特别喜欢的东西：半瓶玫瑰味的波特兰香水，瓶子很漂亮；一枚假的绿宝石胸针，金斯利先生送给她的；一套梳子，梳背是仿黑檀木的；一张微型压花纪念画板，背景是肯辛顿宫；还有一个德国专利的卷发器，是她从一家理发店偷来的。西比尔把这些东西和那两套内衣一起装进织锦手提包——包上有条破缝，她原打算补一下，不过还没来得及弄。最后，她又加了一把骨柄牙刷和一罐樟脑牙膏。

接着，她拿起一支小小的银色自动铅笔，坐到床沿上，准备给海蒂留一张字条。这支铅笔是查德威克先生送的，笔杆上刻着"大都会铁路公司"字样，外面镀的那层银已经开始剥落，露出里面的黄铜。至于纸，她只找到一张速溶巧克力广告传单，背面可以写字。

"亲爱的海蒂，"她动笔写道，"我要去巴黎……"写到这里，她停下来取下笔帽，用橡皮擦掉最后三个字，改成"跟一位绅士私奔了"。她接着写道："不要惊慌，我很好。有些衣物我没有带走，你喜欢的话都可以拿去。请一定照顾好我的宝贝托比，多给它吃点鲱鱼。此致，西比尔。"

写这张字条弄得西比尔感觉怪怪的。她低头看着托比，心头涌起一阵伤感，觉得不该这样抛下它。

这么想着，西比尔又想起了拉德利。她突然觉得对方一定是个骗子。

"他会来的。"西比尔暴躁不安地咕哝道。她把油灯和折好的字条放到狭窄的壁炉架上。

那里摆着一个扁平的铁皮罐，上面印着几个亮闪闪的字，是斯特兰德大街一家烟草店的名字。西比尔知道，铁皮罐里面装着土耳其香烟。海蒂那些比较年轻的恩客里有一位医科学生，那人怂恿海蒂染上了吸烟的恶习。西比尔一般会避开那些医科学生，他们总是扬扬自得地故作淫猥。但现在,一股强烈的冲动攫住了她。她打开铁皮罐,抽出一根干净的纸烟卷,用力嗅着香烟浓烈刺鼻的味道。

西比尔曾经跟一个姓斯坦利的律师交往过,那人在上流社会很有名气,总在不停地吸烟。那段时间,他经常对她说,香烟会让赌徒变得更大胆。

西比尔模仿斯坦利的动作,把烟叼在嘴里,拿起火柴划着一根,学着等硫黄快燃烧殆尽时才凑过去点燃烟头。她迟疑地吸了一口,被刺鼻难闻的烟呛得一阵猛咳,弄得她两眼泪汪汪的,差点把手里的香烟扔了。

西比尔站在壁炉前,强迫自己继续抽,不时吸上几口,还学着斯坦利的样子把灰白色的细烟灰弹到壁炉里燃烧着的煤块上。她觉得自己勉强可以忍受这味道,可是她为什么要这么做?西比尔突然感到一阵恶心反胃,双手变得冰凉。她剧烈地咳嗽起来,只得把手里的东西扔进炉火里。香烟一下子燃烧起来,很快化为灰烬。

闹钟的嘀嗒声一下变得清晰无比,听得她心烦气躁。

大本钟敲响午夜的钟声。

米克在哪儿呢?

……

不知过了多久,西比尔在黑暗中醒来,内心充满了莫名的恐惧。接着,她想起了米克。油灯早已熄灭,壁炉里的火也灭了。她挣扎着站起身来,拿起火柴,摸索着走进自己的房间,顺着闹钟微弱的嘀嗒声来到五斗橱前。

她划燃一根火柴,闹钟的钟面似乎在火柴发出的微光中晃动。

已经一点半了。

难道米克在她睡着时来过了?他敲了门,没人开,所以他就丢下她走了?不,米克不是这样的人。如果他真的想要她,肯定会想办法进来的。难道说,米克骗了她,是她太傻了,居然会相信米克的承诺?

西比尔突然感到出奇地平静,一种残酷的清醒。她记得船票上的出发日期,米克要到明天很晚才会从多佛坐船离开。况且,他和休斯顿将军刚做完一场重要演讲,不太可能三更半夜离开伦敦。她得去格兰德大酒店找米克,当面质问他,恳求他,要挟他,揭发他……只要有必要,任何手段都可以。

西比尔把自己所有的钱都放进暖手筒。米诺利斯街有个出租马车站,就在古德曼场旁边。她现在就过去,叫车夫把她送到皮卡迪利大街。

西比尔走出屋,关门的时候,托比可怜巴巴地叫了一声。黑暗中,凯恩斯锁在外面的自行车剐伤了她的小腿。

西比尔沿着米诺利斯街往古德曼场走,走到半路才想起忘带织锦手提包了,但她不想再回去拿了。

格兰德大酒店的夜班门卫身材魁梧,眼神冷漠,下巴上留着一圈络腮胡,一条腿绷得僵直。只要有办法,想必他肯定不会让西比尔进去。西比尔从马车上下来,隔着一条街就看见了那个门卫。他穿着镶有金色穗带的制服,像头大妖怪,潜伏在酒店的大理石台阶上,头顶上方是饰有海豚图案的大灯。西比尔很熟悉这些门卫,他们在她的生活中扮演着重要的角色。

白天挽着花花公子米克的胳膊走进格兰德大酒店是一回事,现在一个无人陪同的女人大半夜从街上大胆地走进去又是另一回事。只有妓女才会那么做,而门卫是不会让妓女进去的。不过,也许她可以编一个以假乱真的故事哄哄他。只要她编得够好,只要这家伙够蠢、够粗心,或是够疲倦,说不定她就能蒙混过关。或者,她可以贿赂他,虽然付完车费后她剩的钱已经不多了,但她依然可以试试。更何况,她现在穿着得体,没穿站街女那种不雅的衣服。必要时,她还可以尝试分散他的注意力,用鹅卵石打破一扇窗户,趁他过去检查时从旁边跑进去。虽然穿着撑裙不好跑,但他的腿跛了,也跑不快。要不干脆找个流浪儿替自己扔石头……

西比尔站在暗处,旁边是一块围着木板的建筑工地。几张比床单还大的横幅在她头顶赫然耸现,上面的字很大,已有些残缺:《每日新闻》,全球发行;《劳埃德新闻》,仅售一便士;东南铁路,终点到拉姆斯盖特与马尔盖特,7/6。西比尔从暖手筒里抽出一只手,心烦意乱地咬起指甲,上面还残留着土耳其烟草的气味。这样过了很久,她才惊讶地发现那只手已被冻得发青,而且抖得厉害。

就在西比尔一筹莫展之际,好运似乎突然降临到了她头上,也可能是某个悲悯的天使在助她一臂之力。她看见一辆闪闪发光的蒸汽四轮车突突响着停在格兰德大酒店门前,身穿蓝色制服的司炉工跳下车,放下铰链式踏板。一群醉醺醺的法国人随即吵吵闹闹地走下车。他们都披着镶有猩红饰边的斗篷,身穿织锦马甲,手里拿着带流苏的晚装手杖,其中两个还带着女人。

西比尔马上提起裙子,低头朝前跑去。她穿过街道,有蒸汽车那闪闪发光的车身挡着,门卫根本没看见她。西比尔直接绕过蒸汽车,经过装着橡胶外胎的木辐轮,大着胆子走进刚刚下车的那群人。这群法国人互相说笑着,时不时摸摸自己的胡子,似乎没注意到她,也没把她放在心上。西比尔和善地笑着,站在看起来醉得最厉害的高个子旁边。他们摇摇晃晃地走上大理石台阶,高个子法国人随手拿出一张一英镑的钞票,啪的一下拍到门卫手里,漫不经心的神气仿佛不知手上的钱为何物。门卫惊愕地看着那张钞票,抬手碰了碰头上那饰有穗带的帽子以示感谢。

西比尔顺利地进了酒店,跟着那群叽叽喳喳的法国人走过空荡荡的抛光大理石地板,来到酒店前台。法国人从夜班服务员那里取了钥匙,一边打着哈欠说笑,一边摇摇晃晃地走上蜿蜒的楼梯,西比尔则留在了柜台前。

夜班服务员会说法语,这会儿正为刚才听到的事情轻声笑着。他侧身探过前台的红木翻板门,笑着问西比尔:"有什么可以为您效劳的,女士?"

西比尔费力地组织语言,支支吾吾地说道:"请问,米克先生……啊,那个……山姆·休斯顿将军还住在这里吗?"

"是的,女士。今晚早些时候,我确实见过休斯顿将军。不过,他现在正在吸烟室……也许您可以给他留张字条?"

"吸烟室?"

"是的,就在那边的叶形装饰板后面。"服务员朝大堂角落里一扇巨大的门点点头,"当然,吸烟室禁止女性进入……请原谅,女士。不过,看您似乎有什么烦心事,如果很重要,我可以让侍童帮您把他叫出来。"

"好的,"西比尔说,"那太好了。"夜班服务员殷勤地拿出一张酒店专用的米色螺纹笺,连同他那支金尖针笔一起递给西比尔。

西比尔匆匆写好字条,然后将纸折起来,在背面潦草地写上"米克·拉德利先生"。夜班服务员动作利落地摇了一下铃铛,并在西比尔道谢时鞠躬回礼,然后便去忙他自己的事了。

不一会儿,一个愁眉苦脸的小侍童打着哈欠走过来,拿起西比尔的字条放在一个配有软木盖的托盘上。

侍童拖着沉重的脚步走向吸烟室,西比尔焦急地跟在后面叮嘱道:"把字条交给将军的私人秘书。"

"没问题,女士,我认识他。"侍童单手推开了吸烟室的门。趁他进去时,西比尔往里面看了一眼,视线紧盯着休斯顿,直到门徐徐关上。对方这会儿没戴帽子,满脸油光,醉醺醺的,一只脚穿着靴子踩在桌子上,身旁放着一个雕花的玻璃酒瓶。他坐在皮椅上,手里拿着一把寒光逼人的折刀,一边吞云吐雾,一边用刀戳着什么——应该是在削木头,因为周围的地板上散落着木屑。

一个留着胡子的高个子英国人正低声对休斯顿说着什么。西比尔不认识这个人，只见他的左臂用白色的丝绸绷带吊着，眼神忧郁，看上去很有威严，好像是个重要人物。米克站在那人身边，弯腰为他点燃方头雪茄。吸烟室里挂着一根橡胶煤气管，西比尔刚瞧见米克拿煤气管末端的钢制火花器打火，门就关上了。

西比尔在空旷到有回音的大理石大堂里找到一把贵妃椅坐下。她的鞋子又湿又脏，双脚越来越冷，脚趾都开始发疼。这时，侍童走了出来，米克紧随其后。他边走边回头朝吸烟室里微笑，还开心地抬手，草草敬了一个半礼。西比尔从贵妃椅上站起来。一看见她，米克瘦削的脸顿时沉了下来。

他快步走到西比尔跟前，一把抓住她的手肘。"该死的，"他低声道，"你写的那是什么蠢字条？丫头，你能不能长点脑子？"

"怎么回事？"她问，"你为什么没来找我？"

"出了点意外。真是聪明反被聪明误，要不是损失太大，可能还挺好笑。不过既然你来了，情况也许会有所改变……"

"到底出了什么事？那位胳膊受伤的先生又是什么人？"

"该死的英国外交官，他不喜欢将军到墨西哥招兵买马的计划。不用管他，明天我们就要去法国了，他会留在伦敦找别人的麻烦，至少我希望如此……不过，将军扰乱了我们的计划。他喝得酩酊大醉，要了个小花招……说实话，这家伙一喝酒就会变成可恶的浑蛋，把朋友抛诸脑后。"

"他骗了你，"西比尔听明白了，"他想摆脱你，是吗？"

"他偷了我的影像卡。"米克答道。

"可我已经把它们寄到巴黎了，存局候领，"西比尔说道，"你叫我寄过去的。"

"不是那些，傻瓜，是演讲用的影像卡！"

"你在剧院里用的卡片？被他偷走了？"

"你还不明白吗?他知道我随身带着那些卡片,所以一直在监视我,现在他已经从我的行李中把卡片偷走了。他还说,反正已经拿到了我掌握的信息,到了法国他就不需要我了。他会花几个小钱,雇一个会播放影像的法国人。他是这么说的。"

"可这是偷窃啊!"

"在他看来是'借',他还说等他备份完就把卡片还我。这样一来,我就不算丢东西了,你明白吗?"

西比尔感到茫然不解。米克是在逗她吗?"可那不还是偷窃吗?"

"你去跟该死的山姆·休斯顿争论这事儿啊!他还偷了一整个国家,偷个干干净净、彻彻底底!"

"可你是他的人啊!不能让他偷你的东西。"

米克打断西比尔:"说到这个,你不妨问问我是怎么做出那套复杂的法国程序的。可以说,是我借将军的钱做的。"他咧嘴一笑,"这已经不是我们第一次对彼此耍花招了。你还不明白吗?这是一种试探,只有做事彻底的人才能跟随休斯顿将军……"

"天哪,"西比尔惊呼着瘫坐到贵妃椅上,"米克,你要是知道我刚才在想什么……"

"打起精神来!"米克把她拉了起来,"我需要那些卡片,它们就在他房间里。你去帮我找找,把它们偷回来。我得回吸烟室硬着头皮撑下去,保持先前的冷静。"他笑着说,"要不是我在他演讲时耍了些花招,那老浑蛋可能也不敢这么做。你和科尼·西姆斯演的那出戏让他飘飘然了,以为自己掌控了全局!但我们还是能把他当傻子耍,你和我一起……"

"可是,米克,"西比尔说,"我根本不会偷东西!"

"你个小傻瓜,你当然会。"米克说。

"那你会帮我吗?"

"当然不会!他会知道的,不是吗?我刚才跟他说你是我在报社的一个朋友,要是我在这儿跟你聊太久,他肯定会起疑心的。"米克瞪着西比尔道。

"好吧,"西比尔泄气地说,"把他的房门钥匙给我。"

米克咕哝道:"钥匙?我哪儿来的钥匙?"

西比尔松了一口气:"好吧,你知道的,我不是盗贼,不会撬锁!"

"小声点,你想让全酒店的人都听见吗……"米克的眼里闪着怒火。西比尔这才意识到他喝醉了。她以前从没见米克真正喝醉过,眼下却突然发现他醉了。尽管他说话的声音与走路的姿势都没露出醉意,但他确实变得很疯狂,很大胆。"我来给你弄把钥匙。你去前台跟那个服务员搭讪,缠住他。还有,千万别看我。"他轻轻推了西比尔一把,"去吧!"

西比尔回到前台,心里很害怕。格兰德大酒店的电报机就放在走廊另一头。那是一台嘀嗒作响的铜制机器,安装在低矮的大理石底座上,上面装饰着枝繁叶茂的镀金藤蔓。钟形的玻璃罩里,一根镀金指针来回摆动,指出同心字母表上的字母。指针每颤动一下,大理石底座里都会有条不紊地发出沉闷的声音,吐出一段四分之一英寸长的黄纸带,纸带上打着整齐的穿孔。那位夜班服务员正在一捆折叠式记录纸上打装订孔。见西比尔走过来,他立刻放下手里的活儿,戴上一副夹鼻眼镜,走到她面前。

"有什么事吗,女士?"

"我想发一封电报,急电。"

服务员熟练地准备好一小盒穿孔卡、一台铰链式黄铜穿孔器和一张规整的表格,然后拿出西比尔之前用过的针笔。"好的,女士,请报一下您的公民编号?"

"哦……你是问我的编号,还是他的编号?"

"这得看情况,女士。您打算通过国民信用系统付费吗?"

"可以记到我的房费里吗?"西比尔含糊道。

"当然可以，女士。请问您的房间号是多少？"

西比尔犹豫了片刻，等到不能再拖了才说："我想我还是付现金吧。"

"好的。那么，请问收件人的公民编号是多少？"

"其实，我不知道他的编号。"西比尔对服务员眨眨眼，不自觉地咬起自己的指关节。

服务员很有耐心地问道："您至少应该知道他的姓名和地址吧？"

"哦，当然，"西比尔连忙说道，"查尔斯·埃格雷蒙特先生，议会议员，住在伦敦市贝尔格莱维亚区比奇庄园。"

服务员把这些记了下来。"女士，只知道地址的话，发电报的价格会贵得多。如果知道公民编号，可以直接通过中央统计局发送，效率也会更高。"西比尔刚才一直忍着不去找米克的身影，不敢四处看。这时，利用眼角的余光，她看见一个黑影从大堂的地板上窜过。米克几乎把腰弯成了九十度，鞋也脱了，和鞋带绑在一起挂在脖子上。他一头冲到齐腰高的红木柜台前，双手抓住柜台前面的边缘，一跃而过，瞬间就不见了。

全程没有发出一点声音。

"这跟差分机处理信息的方式有关。"服务员还在解释。

"的确，"西比尔说道，"可我实在不知道他的公民编号。这样的话，我多花点钱就可以了吧？这封电报非常重要。"

"是的，女士，我想没什么问题。请您继续说，我来记录。"

"开头是不是不用写我的地址和发送日期？我是说，发电报和写信不一样，对吗？"

"没错，女士。"

"也不用写他的地址吗？"

"不用，女士，电报就是要简洁。"

米克肯定是在悄悄靠近酒店前台的红木钉板，房间钥匙都挂在上面。西比尔看不见他，可她总觉得自己能听见他的动静，甚至还能闻到他身上的味道。那个服务员只要向右边瞥一眼，就会发现有个顺手牵羊的小偷溜进了柜台，像猿猴一样蹲在地上，眼神疯狂。

"请您开始记录吧，"西比尔颤声说道，"亲爱的查尔斯……"服务员草草记下。"九年前你让我蒙受了一个女人最大的耻辱。"

服务员闻言惊慌地盯着手里的笔，一片潮红从脖子蔓延到脸上。

"查尔斯，你说要帮我救出我那可怜的父亲，可你毁了我，包括我的灵魂和身体。今天我就要离开伦敦了，和几位有权有势的朋友一起。他们很清楚你当初如何背叛了沃尔特·杰拉德，也清楚你如何背叛了我。别找我，查尔斯。没用的。祝你们夫妻今夜好眠。"西比尔忍不住打了个寒战，"署名就写'西比尔·杰拉德'，谢谢。"

"好的，女士。"服务员垂着眼睛低声回话的工夫，米克悄悄翻出柜台，脚上只穿着长筒袜。他蹲得很低，柜台很大，刚好遮住他的身形。他就那样蹲着，偷偷摸摸地迅速移动，像只巨大的鸭子一样，摇摇摆摆地在大理石地板上穿行，不一会儿便躲到了一对软垫椅子后面。

"请问多少钱？"西比尔客气地问服务员。

"两英镑六便士。"服务员回答得结结巴巴的，不敢正视她的眼睛。

西比尔从暖手筒里拿出一个小钱包，数出两英镑六便士给他，随即转身离开。服务员满脸通红地站在自己的位置上，从盒子里拿出电报卡开始打孔。

米克像个绅士一样信步穿过大堂，在一个书报架旁停下，架子上面摆放着熨烫得整整齐齐的报纸。他弯下腰，沉着地系好鞋带，然后直起身子。西比尔瞧见他手里闪过一丝金属的光泽。米克看都没看她一眼，直接把钥匙塞到了贵妃椅的割绒垫子后面。他迅速直起身，整了整领带，掸了掸袖子，大步走回吸烟室。

西比尔在贵妃椅上坐了一会儿，假装在看一本叫《皇家学会汇刊》的金脊月刊，同时右手指尖小心地在身后摸索钥匙。总算找到了，椭圆形的钥匙头上刻着数字"24"。她学着贵妇的姿态打了个呵欠，站起身准备上楼睡觉,好像她真在酒店里订了一个房间似的。

她的脚很痛。

寂静的走廊里点着煤气灯,西比尔拖着沉重的脚步走向休斯顿的套房。想起刚才给查尔斯·埃格雷蒙特发的那封电报,她突然感到一阵惊讶。为了转移服务员的注意力,她需要说点耸人听闻的事,语带威胁和愤怒的言辞就这样脱口而出,几乎是从她嘴里蹦出来的。这让她困惑不已,甚至吓到了她。她原以为自己已经差不多忘记那个男人了。

她能想象到埃格雷蒙特看到这封电报时脸上会露出怎样恐惧的神情。她仍清楚地记得他那副嘴脸,自以为很成功,愚昧而不自知,总在佯装好心,总在向她道歉,总在对她说教,哭闹哀诉、软声乞求、痛哭流涕,他无不在行,却又总做错事。他就是个大傻瓜。

现在,她却在米克·拉德利的怂恿下去偷东西。假如她脑子不笨,就该立刻离开格兰德大酒店,在伦敦销声匿迹,从此再也不见拉德利。她不该让那个拜师誓言拴住自己。违背誓言是很可怕,但她已经干过不少同样恶劣的坏事,不差这一桩。可不知怎么的,她还是来了,任由米克摆布。

她在休斯顿的房门前停下脚步,左右环顾空无一人的走廊,指尖抚摸着那把偷来的钥匙。她为什么要做这种事?因为米克是强者,她是弱者?因为米克知道她不知道的秘密?这是第一次,她突然意识到自己可能爱上了米克。也许她真爱上米克了,不过是以一种奇怪的方式。若真如此,一切就都说得通了,她也不用再忐忑不安了。坠入爱河的人就是可以破釜沉舟,可以飘飘然,可以冲动行事。如果她真爱上了拉德利,那她终于知道了一件米克不知道的事,一个属于她自己的秘密。

西比尔紧张而迅速地打开房门,闪身进屋,顺手把门关上,背靠着门站在黑暗之中。

房间的某个地方应该有一盏油灯,她能闻到灯芯烧焦的味道。对面墙上隐约有一个方窗的轮廓,窗上挂着窗帘,外面对着街道,一道微弱的煤气灯光透过窗帘间的缝隙漏进屋内。西比尔张开双手,摸索着往房间里走。她摸到一张抛光的实木办公桌,看到上面有一盏油灯,灯罩泛着黯淡的光泽。她提起油灯晃了晃,听声音里面还有油。现在就差一根火柴了。

她摸索着去找办公桌上的抽屉。不知为什么,抽屉全被打开了,她在抽屉里面翻找着。文具,没用的东西。还有一个抽屉,里面的墨水被人打翻了,她能闻得出来。

她的手指终于碰到了一盒火柴,与其说是摸出来的,不如说是靠那熟悉的沙沙声分辨出来的,因为她的手指好像真的开始不听使唤了。第一根火柴闪一下就灭了,没点着,只有一股难闻的硫黄味在房间里弥漫开来。第二根火柴点着了,她看清了那盏油灯。她掀开灯罩,拿着火柴凑过去点燃灯芯,双手抖得厉害。

点亮油灯后,她从倾斜的穿衣镜里看见了自己双眼圆睁的惊恐表情,又从衣柜门上镶嵌的斜面镜里看到了自己。她发现床上、地上到处散落着衣服……

一个男人正伏着身子坐在椅子扶手上,如同一只黑乎乎的大乌鸦,手里还拿着一把大刀。

随着椅子上的皮革发出咯吱一声响,那人站了起来,不过动作很慢,像一个尘封多年的巨型木偶。男人身上裹着一件走了样的灰色长大衣,脸上从鼻子到下巴处蒙着一块暗色方巾。

"你最好安静点,小姐,"他说着举起了手里的大刀,那似乎是一把暗色钢铁砍刀,"山姆要回来了?"

西比尔终于能说话了:"求求你,别杀我!"

"那老色鬼还在嫖妓,是吗?"那人说话带着得克萨斯腔,慢吞吞地,仿佛糖蜜在滑动。西比尔几乎听不清他在说什么。

"你是他找的妓女?"

"不是！"西比尔连忙答道，嗓音哽咽，"不是，我发誓，真的不是！我……我是来偷东西的，真的！"

一阵可怕的沉默陡然而至。

"看看你四周。"

西比尔颤抖着照做了。房间里已经被翻得乱七八糟了。

"没什么可偷的，"那人说，"他在哪儿，丫头？"

"在楼下，"西比尔回答，"他喝醉了！但我不认识他，我发誓！是我男人让我来的，就是这样！我也不想这么做！是他逼我的！"

"给我闭嘴，"他说，"除非迫不得已，我不会伤害白人女性。把灯熄了。"

"放过我吧，"她恳求道，"我这就走！绝无恶意！"

"恶意？"那慢吞吞的声音里满是杀意，"不管有什么恶意，都是冲着休斯顿的。他罪有应得。"

"那些卡片不是我偷的！我连碰都没碰过！"

"卡片？"他笑了，喉咙里发出干涩的声音。

"那些卡片不是休斯顿的，是他偷的！"

"休斯顿偷过很多东西。"那人说道，不过他显然有一丝不解，他在想西比尔是什么人，但是根本想不出，心中不由得感到不悦，"你怎么称呼？"

"西比尔·琼斯，"她说着深吸了一口气，"我是英国子民！"

"天哪。"那人啧啧道。

他蒙着面，表情莫测。他额头上有一圈皮肤颜色较浅，比较光滑，上面闪着汗水的光泽。西比尔意识到，那是帽檐弄出来的，这人肯定经常戴帽子，好遮挡得克萨斯的烈日。那人走上前，从她手里拿过油灯，把灯光调暗。他的手指从她手上擦过，她感觉它们又干又硬，像木头一样。

屋内光线昏暗，她只能感觉到自己剧烈的心跳，以及这个得克萨斯人的可怕。

"你在伦敦一定很孤单。"西比尔脱口说道,拼命想避免再次陷入沉默。

"休斯顿或许会觉得孤单,我问心无愧。"那个得克萨斯人声音尖锐,"你有没有问过他是否觉得孤单?"

"我不认识他。"西比尔一口咬定。

"可你到这儿来了,一个女人独自跑到他的房间来。"

"我是来找那些影像卡的,就是纸做的卡片,上面有很多小孔。就是这样,我发誓!"那人没有作声。西比尔接着问道:"你知道影像放映机吗?"

"不过就是种破机器。"得克萨斯人不耐烦地说道。随后又是一阵沉默。

"别对我撒谎,"他终于开口了,"你分明是个妓女,我以前又不是没见过妓女。"

他脸上还蒙着方巾,西比尔听见他咳嗽了几声,抽抽鼻子,把鼻涕吸了回去。"不过,你长得并不难看,"他说,"到了得克萨斯,你还可以结婚,重新开始。"

"那真是太好了。"西比尔说。

"我们国家的白人女性向来不够。你去了可以找个正经男人,再也不用跟着皮条客过活。"他掀开脸上的方巾,朝地上吐了一口痰。

"我恨皮条客,"他淡淡地说,"就像恨印第安人一样,还有墨西哥人。墨西哥印第安人……配枪的法属墨西哥印第安人多达三四百人,他们骑着马,拿着发条式步枪,简直是世上最接近魔鬼的存在。"

"可得克萨斯人是英雄啊,"西比尔拼命回想休斯顿演讲时提到的名字,"我听说过……阿拉莫的事。"

"戈利亚德,"那人的声音顿时变成了干涩的低语,"我当时也在戈利亚德。"

"戈利亚德的事我也听说了，"西比尔连忙说道，"那一定很光荣。"

得克萨斯人咳了一声，又吐了一口痰。"跟他们打了两天，水都喝没了。范宁上校最后决定投降，我们成了俘虏。敌方起初做事周到，对我们非常客气。可到了第二天，他们就把我们押出城，开始冷血地枪杀我们。让我们排好队，一个接一个屠杀。"

西比尔没接话。

"阿拉莫守军遭到屠杀，尸体被烧毁了……梅尔远征军也遭到了屠杀，敌人让他们挑豆子。就是给你一个小陶罐，如果你拿出来的是黑豆，他们就会杀了你。这就是墨西哥人。"

"墨西哥人。"西比尔跟着重复道。

"科曼切人更残忍。"

夜色中突然传来一阵刺耳的刹车声，接着远处传来隐隐的轰隆声。

黑豆、戈利亚德……西比尔脑子里乱成一团。豆子、大屠杀，还有这个皮肤像皮革的男人。他浑身散发着马臭和汗臭味，似乎是个筑路工。她曾在尼尔街花两便士看过一段西洋景，上面描绘了美国广阔的荒野和梦魇般奇形怪状的石头。这个得克萨斯人一看就是出生在那种地方的人。她突然意识到，休斯顿在演讲中提到的荒野，以及所有那些名字诡异的地方都是真实存在的，那里住着跟这家伙一样的人。米克说休斯顿曾窃取了一个国家，现在这家伙追来了，复仇天使来了。想到这里，西比尔拼命地忍着才没笑出声。

她想起了那个老妇人，在怀特查佩尔卖石油的那个小贩，还想起了她被米克询问时脸上露出的奇怪表情。难道说有人接应这位戈利亚德天使？这么奇怪的一个人今晚究竟是怎么混进格兰德大酒店的，还进了一个上锁的房间？这样一个人又能藏在哪里？哪怕伦敦有一大群衣衫褴褛的美国难民，他想躲起来也绝非易事。

"你说他喝醉了？"得克萨斯人问。

西比尔吓了一跳，一时没听明白："什么？"

"休斯顿。"

"哦,对。他在吸烟室里,醉得厉害。"

"那么,这会是他最后一次喝醉了。他是一个人吗?"

"他……"西比尔想到了米克,"和一个个子很高的男人在一起,我不认识。"

"那人有胡子吗?是不是断了条胳膊?"

"我……是的。"

那人嘬了一下牙花子,耸耸肩,身上的皮革吱吱作响。

西比尔听见左侧传来咔嗒声。她循声望去,瞥见房门上的雕花玻璃门把手转动起来。微光透过窗帘照进屋内,门把手的刻面反射出微弱的光。得克萨斯人立刻从椅子上跳了起来。

他一手紧捂住西比尔的嘴,一手将大刀举到她眼前。太可怕了,那东西看起来像一把拉长的砍刀,刀身到刀尖逐渐变窄,刀背上镶了一截黄铜条。利刃近在咫尺,她看到黄铜上布满划痕。接着,门开了,米克闪身进屋。借着走廊里的灯光,她可以清楚地看到米克的头和肩膀的轮廓。

得克萨斯人一把推开西比尔,她的脑袋撞到墙上,然后整个人跪倒在地,撑裙被压作一团。她眼睁睁地看着那人单手掐住米克的喉咙,将他抵在墙上提了起来。米克双腿乱蹬,鞋跟在护墙板上蹭出狂乱的图案,直到长刀砍下,扭动收回,再砍下。房间里顿时充斥着屠夫街上那种强烈的臭味。

房间里发生的一切对西比尔来说像看了一出戏,看了一场影像放映。无数微小的轻木块拼接成眼前的画面,其做工如此巧妙,让人分不清是真是假。得克萨斯人悄无声息地把米克放倒在地,关门上锁。他的动作不紧不慢,有条不紊。

她跪坐在那儿,身子晃了一下,瘫倒在办公桌后的墙上。米克被那个得克萨斯人拖到了衣柜旁边更暗的地方,鞋跟一路擦着地板。得克萨斯人跪在他旁边,手上在忙着什么,不时传来翻衣服的窸窣声、名片夹被扔到一边的啪嗒声和零钱相碰的叮当声,还有一枚硬币掉到了硬木地板上,发出翻滚、旋转的声响……

这时,门口传来一阵咔嚓声,是金属相碰的声音,听起来像是喝醉酒的人在拿着钥匙找钥匙孔。

是休斯顿,他一把推开门,挂着那根粗大的手杖跟跟跄跄地走进屋。他打了个响亮的酒嗝,抬手摩挲着胸前有旧伤的部位。"王八蛋。"他嘴里骂骂咧咧的,喝酒喝得嗓子都哑了,身子也歪得厉害,每走一步,手杖都会重重地砸在地板上,发出尖锐的响声,"拉德利?你这个小畜生,快给我出来。"他走近办公桌。西比尔赶紧悄悄把手缩了回去,害怕被他的大靴子踩到。

得克萨斯人关上门。

"拉德利!"

"晚上好啊,山姆。"

西比尔在哈特酒馆上租的那个房间似乎成了遥远的回忆。此刻,她置身这个黑暗的房间里,身边弥漫着杀戮的气息,无助地看着两个大汉厮杀。休斯顿猛地跟跄上前,挥起手杖,扯开窗帘。窗外的煤气灯照亮了玻璃窗上的每一朵霜花,也照亮了得克萨斯人蒙在脸上的方巾和方巾上方阴鸷的瞳眸,寒光闪烁,宛如冬夜的远星。休斯顿大惊,条纹毯子从他肩膀上滑落,露出胸前颤抖的、闪着微光的勋章。

"游骑兵队[1]派我来的,山姆。"得克萨斯人手里握着米克的小胡椒瓶手枪,像拿着个玩具似的,对准休斯顿的枪管上闪着寒光。

"孩子,你是谁?"休斯顿问道,他的声音低沉,已经没了醉意,"是华莱士吗?别蒙着脸,让我们开诚布公地谈谈……"

---

[1] 此处指得克萨斯游骑兵队,该组织最早成立于十九世纪,旨在抵抗印第安人、墨西哥人和不法分子的入侵,以保卫边远地区。——译者注

"你已经不能再发号施令了,将军。你拿了不该拿的东西,山姆,你抢了我们的东西。放哪儿了?国库的钱在哪儿?"

"游骑兵啊,"休斯顿慢悠悠地说道,声音里充满耐心与真诚,"你被他们骗了。我知道是谁派你来的,也知道那些针对我的谎言和毁谤。但我可以向你发誓,我什么都没偷,那些钱是我应得的,是得克萨斯流亡政府委托我保管的。"

"你为了英国的金钱出卖了得克萨斯,"游骑兵说,"我们需要用那笔钱买枪炮和食物。我们的人在忍饥挨饿,他们在杀害我们的同胞。"他顿了一下,接着道,"你却要当他们的帮凶。"

"游骑兵啊,得克萨斯共和国根本无力反抗世界强国。我知道得克萨斯的情况很糟糕,我也为我的国家感到心痛,只有我重新掌权,得克萨斯才能重获和平。"

"你把钱都花光了,是吗?"游骑兵问,"我刚才找过了,这里没有。你卖掉了你在乡下的豪宅……山姆,你把钱挥霍光了,嫖娼、酗酒,在剧院里给外国人放那些花哨的影像。现在,你还想带一支墨西哥军队重返得克萨斯。你这个贼子、酒鬼、叛徒。"

"该死的,"休斯顿咆哮着扯开外套,"你这个鼠胆杀手,满嘴喷粪的浑蛋,你要是觉得自己有胆量杀国父,就朝我的心脏开枪。"他用拇指指着自己的胸口。

"为了得克萨斯。"小胡椒瓶手枪射出橙色火焰,火焰的边缘呈蓝色。休斯顿随之猛地向后摔到墙上,又重重倒在地板上。复仇者猛扑过来,伏身用小手枪的枪口抵住他那件花哨的豹皮马甲。一声枪响,正中胸膛,随后又是一枪。游骑兵正要开第三枪,结果咔嚓一声脆响,脆弱的扳机在他紧握的手中断为两截。

游骑兵把米克的枪扔到一边。休斯顿躺在地上,四肢摊开,一动不动,豹皮马甲开始泛红。

另一个房间传来睡意蒙眬的惊叫声。得克萨斯人抓起休斯顿的手杖用力敲向窗户，碎裂的窗玻璃落到下面的人行道上，窗棂也随之断裂。那人翻过窗台往外爬去，有一瞬间，他在那里愣了一下，冰冷的寒风吹动他的长大衣。恍惚间，西比尔想起了刚见他时的样子：一只巨大的黑乌鸦。现在，乌鸦已做好起飞的准备。

那人纵身一跃，不见了踪影。这位戈利亚德天使杀死了休斯顿，然后就这样走了。西比尔吓得不敢吱声，心里感到越来越恐惧。那人的消失仿佛打破了魔咒，西比尔开始拖着碍事的撑裙胡乱地往前爬。她不知道自己要去哪儿，仿佛是四肢自己在往前挪动。那根粗大的手杖躺在地板上，杖头的镀金黄铜乌鸦已经被撞掉。

休斯顿呻吟起来。

"请别出声，"西比尔说，"你已经死了。"

"你是谁？"说着，休斯顿咳嗽起来。

地板上散落的碎玻璃片刺痛了西比尔的手掌。不，那些东西亮亮的，形状像卵石。她这才发现，手杖是中空的，紧紧塞在里面的棉絮现在冒了出来，看得出来，棉絮里裹着卵石。不，那东西是闪亮的，是闪亮的钻石。她把钻石拢起来重新放到棉絮里，又把棉絮团起来塞进紧身胸衣里，夹到双乳之间。

接着，她转向仍旧躺在地上的休斯顿，如同受了蛊惑一般，目不转睛地看着血迹在他肋部蔓延。"帮帮我，"休斯顿咕哝道，"我喘不过气了。"他用力去拽马甲上的扣子，扯开马甲，露出怀里干净的黑绸口袋，里面塞着几包厚厚的卡片：是用胶合牛皮纸包起来的穿孔卡，上面错综复杂的穿孔肯定已经被那几发子弹毁了……还有血。至少有一颗子弹真的击中了他。

西比尔站起身，头晕目眩地走向门口。路过衣柜旁那几处溅满红色液体的阴影时，她脚下突然传来"吧唧"几声。她低头一看，瞧见一个敞开的红色摩洛哥皮革名片夹，里面有两张票，夹在厚实的镀镍夹子里。她弯腰把名片夹捡了起来。

第一次迭代　戈利亚德天使

"快扶我起来。"休斯顿催促道,他的声音比刚才大了点,带着一丝急切和气恼,"我的手杖呢?拉德利人呢?"

房间似乎在她脚下晃动,像一艘行驶在海上的船。她强撑着走到门口,打开门,走出去,又从身后把门关上,摆出贵族小姐的姿态,沿着点满煤气灯的走廊继续向前,体面地走出了格兰德大酒店。

东南铁路公司的伦敦桥终点站大厅由铁和吹灰玻璃构成,里面空间很大,通风良好。贵格会教徒们在一排排长凳间走动,向坐着等车的旅客们分发小册子。几个身穿红色军装的爱尔兰士兵因前一晚贪杯把眼睛熬得通红,这会儿正瞪眼盯着那些脸刮得很干净的平头传教士,看他们一个个从面前走过。法国乘客似乎都要在伦敦码头买些外国水果,带点菠萝回家。就连坐在西比尔对面的女演员也带了一个菠萝。那人身材丰满,个子小小的,菠萝尖尖的绿色冠芽从她脚边盖着的篮子里冒了出来。

火车快速驶过伯蒙德赛,穿过几条建有红色新砖房的街道、垃圾堆、商品果蔬园、荒地,钻进一段隧道。

隧道里面一片漆黑,周围弥漫着一股火药味。

西比尔闭上了眼睛。

等她再睁开眼的时候,火车已经驶进一片荒芜的丘陵地,几只乌鸦拍打着翅膀在空中飞着,电报线似乎都活了过来,模糊的线条在电线杆之间起起伏伏,随风飘舞,陪着她一路通向法国。

法国安全总局公共道德科的人于1855年1月30日用银版照相设备秘密拍到一张照片:在马勒塞尔布大道4号的玛德琳咖啡馆里,一名年轻女子独自坐在露台上,面前的桌子上放着一把瓷茶壶和一个瓷茶杯。如果仔细观察这张照片,就会发现某些细节:缎带、褶边、羊绒披肩、手套、耳环、精致的帽子。女人身上穿戴的都是崭新的法国服饰，而且质量上乘。由于照片曝光时间过长，她的脸变得有点模糊，看起来心事重重，若有所思。

如果仔细观察照片背景，还可以看到位于街对面马勒塞尔布大道3号的南大西洋航运公司。公司橱窗里摆着一艘立有三根烟囱的大型汽船模型，是法国人为跨大西洋殖民地贸易设计的船只。橱窗前有一位看不清面容的老人，明显是被偶然拍进来的，他好像正聚精会神地观赏那艘船。由于人群在这条巴黎街道上迅速移动，拍到照片里显得有些模糊，所以老人孤零零的身影被突显出来。他没戴帽子，耷拉着肩膀，身子重重地倚着一根明显是便宜货的藤条手杖。老人没发现年轻女子就坐在附近，女子也没注意到老人。

她是西比尔·杰拉德。

他是山姆·休斯顿。

终其一生，不再有交集。

第二次迭代

德比日[1]

---

1. 1870年,英国的德比伯爵创立英国大赛马会。此后每年六月的第一个星期三人们都会在伦敦附近的埃普索姆赛马场举行赛马,这是英国非常有名的赛马大赛之一,这天被命名为德比日。——译者注

照片定格在一个男人身上，画面中他正侧身跨步朝节日人群的深处走去。镜头捕捉到了他的部分样貌：高颧骨、又浓又黑的短胡须、右侧耳朵、条纹帽和灯芯绒衣领间露出的一绺散发。这人穿了一条深色裤子，脚上蹬着平头钉步行靴，裤脚紧紧塞在皮鞋罩里，小腿上还溅了萨里郡的白垩泥点。他上身穿了一件破旧的防水大衣，肩章扣得结结实实的，左肩背着一个军用双筒望远镜，望远镜套子上的背带被压在了肩章下。天气很热，他上衣的翻领敞开着，结实的黄铜栓扣钉闪烁着微光。他的双手深深插在长大衣的口袋里。

此人名叫爱德华·马洛里。

他迈着沉重的步子在马车间穿行。涂了漆的车身被阳光映照得闪闪发光，蒙着眼睛的马儿在草地上大快朵颐地吃草，发出嘈杂的声响。空气中弥漫着马洛里儿时熟悉的马具味、汗臭味和草粪味，他摸索着清点各个口袋里的东西：钥匙、雪茄盒、皮夹子、名片夹；粗鹿角柄谢菲尔德多用刀；野外笔记本，这是他最珍贵的东西；一块手帕、一截铅笔头儿和几先令零钱。马洛里博士是个务实的人。他知道，但凡遇到体育赛事，人群中定然会有小偷，而且对方绝对不会是小偷打扮，所以这里谁都有可能是小偷。这是事实，也是风险所在。

一个女人跌跌撞撞地从马洛里身旁走过。他来不及收脚，鞋底的平头钉一下挂住了女人所穿撑裙的荷叶边。对方蹙眉转身，哧的一声扯回裙子。马洛里碰碰帽子表示歉意，快步向前走去。那人可能是个农妇，脸蛋红扑扑的，身材高大，略显笨拙，像头奶牛一样，浑身上下都透着英国式教养。不过在马洛里看来，还是比较狂野的夏延狼女顺眼。她们身材矮小，皮肤呈棕色，梳着乌油油的辫子，穿着点缀珠子的紧身皮裤。而他周围这群人，女的都穿着撑裙，仿佛着装在进化过程中产生了某种愚蠢畸变。如今的阿尔比恩[1]妇女总在裙子下面装一个钢丝的鲸须架。

野牛，没错，那裙撑的轮廓就像美洲中枪倒地的野牛。这种动物倒下的方式很特别：原本在高高草丛中屹立的身躯，突然像没了腿似的变成一堆长着毛皮的死肉。怀俄明的大野牛群会一动不动地站着等死，哪怕听见远处传来枪声，也只是疑惑地动动耳朵。

眼下，马洛里就在这样的人群中穿行，他惊讶地发现时尚竟也能有如此强大的神秘推动力。与女人相比，男人们截然不同，除了头上戴着闪亮的大礼帽，他们的穿着完全不像女人的那么极端。不过，对马洛里来说，无论什么样的帽子都不会让他感到奇特。他对帽子太过熟悉，对帽子制作过程中隐藏的世俗秘密了解得太多。只一眼他就能看出，周围这些人所戴的帽子大多非常便宜，都是在工厂里预先剪裁好，再用由差分机控制的机器制作的。不过，机器制作的帽子看起来跟帽匠手工制作的一样好，而价格只有后者的一半，甚至更低。他在刘易斯小镇的男装店帮父亲干过活儿：穿孔、缝缀、打帽样、缝制。父亲常常用水银浸泡毛毡，似乎一点都不嫌臭……

后来，他父亲的行当消失了，但马洛里并不觉得伤感。他把这事抛到脑后，抬眼看见一顶卖酒的条纹帆布帐篷。男人们挤在帐篷下的柜台前，擦着嘴上的啤酒沫，看得他都口渴了。三个好赌的男人正在那儿讨论当天的赔率，每个人腋下都夹着马鞭。马洛里绕过他们走到卖酒的柜台前，拿出一先令硬币敲了敲台面。

---

[1] 古时指不列颠或英格兰。——译者注

"先生,您要来点啥?"酒保问道。

"一杯哈克巴夫酒。"

"您是苏塞克斯人吧,先生?"

"是的,怎么了?"

"先生,俺这儿没有大麦汁,没法给您调正宗的哈克巴夫酒,"那人解释道,表情有点失落,"除了苏塞克斯,别的地方很少有人点这种酒。"

"我已经快两年没喝过哈克巴夫酒了。"马洛里说道。

"先生,俺给您调一杯朋溥酒吧,味道也不错,很像哈克巴夫酒。不要吗?来支好雪茄,只要两便士,上好的弗吉尼亚烟草。"酒保从一个木盒里拿出一支有点弯的方头雪茄。

马洛里摇头道:"我对喜欢的东西很固执。要是没有哈克巴夫酒,我就什么都不要了。"

酒保笑道:"不乐意将就是吧?您还真是苏塞克斯人!俺就是个乡下人。先生,这支雪茄送您。"

"您真是太好了。"马洛里惊讶地接过雪茄,抬脚离开,边走边从雪茄盒里晃出一根火柴。他在靴子上划着火柴,凑近雪茄边点边吸,快活地把点着的雪茄叼在嘴里,两手的大拇指插进马甲的袖孔。

然而,这雪茄有一股受了潮的火药味。他一把将雪茄从嘴里抽出来。仔细一看,才发现那玩意儿不过是用一张廉价纸卷着一片腐烂的墨绿色烟叶,上面画着一面外国星条旗,写着"胜利牌"字样。原来是美国北方佬的战争垃圾。他随手一扔,雪茄撞上一辆吉卜赛大篷车的侧壁,冒着火星弹到了地上。一个衣衫褴褛的黑发小孩立刻过去把烟捡了起来。

一辆崭新的蒸汽车从马洛里左边轰隆隆地冲进人群。司机站在驾驶席上拉下刹车杆,紫褐色的车头里青铜铃叮当作响,车前的人群只好快快地散开。车内的乘客懒洋洋地坐在天鹅绒车座上,用来挡火花的可折叠顶罩被推到后面,阳光照进车里。车上有个穿着时髦的老绅士，戴着一副羔皮手套，正咧嘴笑着和一对年轻的女子喝香槟。马洛里猜测，那两个女的不是他的女儿就是他的情人。闪亮的车门上挂着一个盾徽，图案是蓝色的齿轮和两把相互交叉的银色小锤，不知道是哪个激进派贵族的徽章。马洛里虽熟知每一位授勋学者的盾徽，可对资本家的就不太在行了。

蒸汽车朝东驶向德比车库，马洛里跟在后面，正好让它为自己开路。他轻松地跟在车后，一路笑看两旁的车夫如何用力拉住受惊的马匹。马洛里边走边从口袋里往外掏笔记本，没有留意脚下的草地，不小心被蒸汽车宽大车轮压出的车辙绊了一下。他站稳身子，开始翻阅观赛指南的彩页。这本册子是去年的版本，里面没有他刚才看见的那枚盾徽。很遗憾，不过也不要紧，如今每周都有人受封爵位，新贵族层出不穷，而贵族阶层都非常喜欢显摆他们的蒸汽车。

埃普索姆赛马场的立柱看台后面升起一团团灰色的蒸汽，车朝那个方向缓缓驶去，接着越过路沿，开上一条铺砌的通道。这时，马洛里看见了车库，是一长排现代风格的杂乱建筑，骨架铁作大梁，螺栓固定的镀锡钢板作屋顶，坚硬的线条上间或出现鲜艳的三角旗和镀锌铁皮通风罩。

马洛里跟着呼哧作响的车子走进车库。蒸汽车缓缓停下，司机砰的一声打开阀门，一股热气随之喷出。车库工人开始给车子加润滑油，车上那位贵族和同行的两位女士踏着折叠舷梯走下来，越过马洛里朝看台走去。这就是英国白手起家的上层人士，明知道马洛里在看他们，依然可以对他视而不见，从容走过。司机拖着一个带盖的大篮子跟在他们后面。马洛里发现那个司机戴的条纹帽和自己的一样，于是抬手碰碰自己的帽子，并冲他眨了眨眼睛，结果对方毫无反应。

马洛里一边沿着车库往前走，一边对照观赛指南观察那些蒸汽车，每看到一辆新车就用铅笔头儿做个标记，这让他心中产生了一种小小的满足感。这辆是法拉第的车，他是伟大的物理学家，皇家学会会员；

那辆是肥皂巨头高露洁的车；这辆可是个大发现，竟然是布鲁内尔的车，他是一位颇有远见卓识的建筑师。只有少数几辆车上挂着比较古老的家族盾徽，车主都是些大地主，父辈曾受封过公爵或伯爵，现在已经没有那么高的爵位了。只有少数没落贵族还买得起蒸汽车，有些还喜欢装门面，尽其所能地追潮流。

马洛里来到车库南侧，发现这里围着新做的路障，木料还散发着树脂味。这里是为蒸汽赛车专门留出的停放区域，一队身穿制服的警察正在旁边徒步巡逻，其中一人还背着一支卡茨莫兹利发条式卡宾枪。马洛里对这种型号的枪并不陌生，怀俄明的考察队也配过六支。夏延人对这种伯明翰制造的粗短自动卡宾枪怀有一种敬畏之情，这对考察队来说有好处。不过，马洛里心里清楚，这种枪的性能很不稳定，根本靠不住，准头儿也极差，完全不中用。如果赶上被一大群人追击，整整三十发子弹全打出去或许还有点用。马洛里以前做过这种事，当时他就在考察队蒸汽堡垒车后面的射击位置。

那个警察很年轻，面带稚气，马洛里怀疑他根本不知道拿卡茨莫兹利卡宾枪向英国群众射击会造成怎样的后果。他摇摇头，努力甩开这种阴暗的想法。

为防止间谍与开盘手窥探，路障后面的小隔间全部被油布遮得严严实实的，并用缆绳穿过旗杆，交错着拉紧加固。马洛里挤过一群狂热的看客和蒸汽车迷，在门口被两名警察粗暴地拦住。他出示了自己的公民编号卡和蒸汽机械同业会给他的用雕刻铜版印制的请柬。警察认真地记下他的公民编号，还拿一本满是折叠式记录纸的厚笔记本进行了比对。过了好久他们才放他进去，并指了指其邀请人所在的位置，提醒他不要到处乱逛。

蒸汽机械同业会还在隔间外额外安排了门卫。那人眯着眼睛坐在油布外面的折凳上，手里握着一把长长的铁扳手，一副来者不善的模样。马洛里递上请柬，对方瞅了一眼，将油布掀开一道窄缝，探头进去喊道:"汤姆,你哥来了。"然后就放马洛里进去了。

隔间里完全看不见阳光,到处弥漫着润滑油、金属屑和煤尘的气味。四位蒸汽机械师戴着条纹帽,系着皮围裙,正在一盏刺眼的电石灯下查看图纸。他们身后有一台形状奇怪的机器,上面涂了磁漆,反射着电石灯的强光。

起初,马洛里很吃惊,以为那东西是一艘船,猩红色的船身荒诞地悬在一对巨大的轮子中间。等他走近一看,才发现大轮子原来是驱动轮。船身外形古怪,壳体上铮亮的黄铜活塞逐渐消失在线条流畅的喇叭形开口中。这东西不像船,更像一滴泪珠或者一只大蝌蚪。其实,还有一个轮子通过旋转轴安装在锥形长尾的末端,只是相当小,看着有点滑稽。

在一块精致的弧形镀铅玻璃下方,圆滚滚的车头上用黑色镀金工艺写着几个字。马洛里认出那几个字是"和风号"。

"内德,快过来!"汤姆招手喊道,"别害羞!"见汤姆如此活泼爽直,周围的人都低声笑了。马洛里在一片笑声中大步向前走去,鞋底的平头钉刮蹭着地板。他弟弟汤姆今年才十九岁,嘴边刚长出一点小胡子,少得仿佛让小猫舔一下就没了。马洛里将手伸向他的朋友,也就是汤姆的师傅。"迈克尔·戈德温先生,你好!"他说道。

"你好,马洛里博士!"戈德温回应道。他是一位工程师,今年四十岁,头发金黄,蓄着络腮胡,脸颊上有些天花留下的疤,身材又矮又胖。尽管他长着一双肿泡眼,目光却很犀利。戈德温本打算鞠躬致意,后来又改了主意,轻轻地拍了拍马洛里的后背,向他介绍另外两位同伴。他们是熟练工以利亚·道格拉斯和二级技师亨利·切斯特顿。

"幸会,二位,"马洛里说道,"我知道你们一定会设计出几辆好车,可眼前所见真是出乎我的意料。"

"马洛里博士,你觉得它怎么样?"

"我得说,跟我们蒸汽堡垒的车太不一样了!"

"这车可不是为你们怀俄明的考察队设计的，"戈德温说道，"所以车上没有枪炮和装甲。就像你常跟我们说的，功能决定形式。"

"作为赛车，是不是有点小了？"马洛里试探地问道，有点困惑不解，"外形也有点古怪。"

"这是有科学原理作依据的，博士，而且是新发现的原理。关于这车的发明还有一件趣事，和你的一位同事有关。我想你肯定还记得已故的鲁德威克教授？"

"啊，鲁德威克，我记得，"马洛里轻声回答，然后迟疑地问道，"你说的新原理不会是鲁德威克发现的吧……"

道格拉斯和切斯特顿注视着马洛里，毫不掩饰自己的好奇。

"我们俩都是古生物学家，"马洛里接着说道，突然感到有些不自在，"但那家伙自以为是上等人，喜欢装腔作势，总提出一些陈腐的理论观点。依我看，他的脑子很不清楚。"

两位机械师面露疑色。

"我不是一个会说死人坏话的人，"马洛里向他们说道，"我和鲁德威克道不同不相为谋，没必要纠缠不休。"

"鲁德威克教授发现了那只会飞的巨型爬行动物，"戈德温继续追问道，"你应该还记得吧？"

"翼指龙，"马洛里答道，"不可否认，那的确是极为难得的成就。"

"剑桥的专家研究了它的残骸，"戈德温说，"就在差分机分析学院。"

"我也打算去那儿做些研究，研究雷龙。"马洛里说道，心下却对这场谈话的走向感到不快。

"你看，"戈德温继续说，"你和我在怀俄明的烂泥里挨冻的时候，英国最聪明的数学家却都躲在那儿，舒舒服服地操作差分机，在卡片上打孔，研究那么大的生物是怎么飞起来的。"

"我知道这个项目，"马洛里说，"鲁德威克发表过相关的论文。不过，'气体动力学'不属于我的研究领域。坦白说，我不觉得这项研究有什么科学意义，好像有点……嗯……不切实际，你明白吗？"他笑了笑。

"说不定有很大的实际应用价值，"戈德温说道，"巴贝奇勋爵也参与了分析。"

马洛里想了想，接着说道："我承认，既然连伟大的巴贝奇都感兴趣，那气体动力学可能确实有它的价值！也许可以改善热气球的设计？热气球飞行属于军事领域，军事科学的研究总是经费充足。"

"不，博士。我是说气体动力学可以应用在实际的机械设计中。"

"你是说飞行器？"马洛里顿了一下，"你该不会想告诉我，你们这辆车会飞吧？"

机械师们不失礼貌地笑了起来。"当然不是，"戈德温说，"我也不敢说那些虚无缥缈的差分机分析有什么重要的直接成果，但我们现在了解到一些与空气的运动特性有关的问题，就是大气阻力原理。这可是全新的科学原理，还没多少人知道。"

"我们这些机械师已经将这项原理进行实际应用了，博士，"切斯特顿先生自豪地说，"在'和风号'的外形设计上。"

"我们称其为'流线型'。"汤姆接话道。

"这么说，你们这辆车采用了'流线型'设计，是吗？所以它的外形才这么像……呃……"

"像条鱼。"汤姆接话道。

"没错，"戈德温附和道，"就是像条鱼！你看，这背后的原理都和流体运动有关，包括水、空气，混沌与湍流！全在计算之中。"

"真了不起！"马洛里叹道，"也就是说，这些湍流原理……"

旁边的隔间突然爆出一阵剧烈的轰鸣声，震得墙壁都开始颤动，一缕细细的烟灰从天花板上落下来。

"肯定是那些意大利人弄的，"戈德温喊道，"他们今年带来了一只怪物！"

"那东西还臭气熏天！"汤姆抱怨道。

戈德温歪着脑袋侧耳细听。"听见连杆在下行冲程时发出的咔嗒声了吗？公差太大了。这些外国人干活儿就是马虎！"他摘下帽子，在膝盖上掸去烟灰。

马洛里的脑袋嗡嗡作响。"我请你喝一杯吧！"他喊道。

戈德温茫然地用手拢着耳朵问道："什么？"

马洛里开始冲戈德温打手势，单手握拳举至嘴边，跷起大拇指。戈德温咧嘴一笑，大声对切斯特顿交代了几句图纸的事，便和马洛里一起走出车库，来到阳光下。

"连杆不好。"外面的门卫得意地说。戈德温点点头，把自己的皮围裙交给门卫，然后穿上一件普通的黑色长礼服，摘下工程师的帽子，换上一顶宽边草帽。

两人离开赛车区。"抱歉，我只能走开几分钟，"戈德温带着歉意说道，"俗话说，'技师的眼睛能熔化金属'。"他戴上墨镜接着道，"有些车迷认识我，可能会跟着我们……不过没关系。能再见到你真好，内德，欢迎回到英国。"

"我不会耽搁你太久的，"马洛里说，"就想私下聊两句，说说我弟弟的事。"

"哦，汤姆这小伙子不错，"戈德温说，"好学上进，心地善良。"

"我希望他能有出息。"

"我们会尽力的，"戈德温说，"听汤姆说你父亲病得很重，还有那些糟心事……"

"'老头子我不把女儿都嫁出去是不会闭眼的。'"马洛里用他那浓重的苏塞克斯口音拖腔拖调地学父亲说道，"父亲经常这么跟我们说，他想看到所有女儿都结婚。我可怜的老爸，真是个倔老头。"

"有你这样的儿子，他肯定倍感欣慰，"戈德温说道，"你觉得伦敦怎么样？你是坐节日列车来的吗？"

第二次迭代 德比日

"我还没去伦敦,一直在刘易斯镇陪家人。我是从刘易斯坐早班车到莱瑟黑德,然后步行过来的。"

"从莱瑟黑德走过来的?有十多英里呢!"

马洛里微笑道:"你又不是没见过我在怀俄明的荒原上徒步二十英里寻找化石。我就想再看看英国的乡村风光,毕竟我才从多伦多把我们那几箱骨骸化石带回来。你都在这儿待好几个月了,这边的风景估计都看够了吧?"他挥挥手臂,示意眼前的景象。

戈德温点点头,道:"现在回国了,你感觉这地方怎么样?"

"伦敦盆地背斜,"马洛里答道,"第三纪始新世的白垩岩层,有少许现代燧石黏土。"

戈德温笑出声来:"这么说来,我们都是现代燧石黏土的一部分啊……就这家吧,这家的啤酒不错。"

两人走下一个缓坡,来到一辆挤满人的大车前,车上装满了啤酒桶。这家店的店主也不会调哈克巴夫酒,马洛里就买了两品脱啤酒。

"你能接受我们的邀请真是太好了,"戈德温说道,"博士,我知道你是个大忙人,忙着搞你那些著名的地质学论战什么的。"

"要说忙,你也不遑多让,"马洛里说,"你搞的是实实在在的工程,直接又实用。我真的很羡慕。"

"哪里哪里,"戈德温说,"你弟弟非常崇拜你,我们也是!内德,你前途无量,绝对是一颗冉冉升起的新星。"

"我们在怀俄明的运气确实非常好,"马洛里说,"取得了重大发现。可要是没有你和你的蒸汽堡垒车,那些印第安人早就把我们都干掉了。"

"他们还不算太坏,只要让他们舒舒服服地喝点威士忌就行了。"

"那些野蛮人只敬畏英国钢铁,"马洛里说,"对化石理论没兴趣。"

"嗯,"戈德温说,"我是忠诚的党员,支持巴贝奇勋爵的观点,'理论和实践必须紧密相连'。"

"说得好,就为这句话,咱们再喝一杯。"马洛里说道。戈德温想掏钱,被马洛里拦住了。"我来吧,"马洛里说,"我的考察奖金还没花完呢。"

戈德温端着啤酒,领着马洛里走到别人听不见其声音的地方。他谨慎地环顾四周,摘下墨镜看着马洛里的眼睛,问道:"内德,你相信自己的运气吗?"

马洛里摸了摸胡子,道:"有什么事你就说吧。"

"那些情报员说,赔率是一赔十,赌我们的'和风号'输。"

马洛里咯咯地笑了:"我可不是赌徒,戈德温先生!要有确凿的事实和证据,我才能表明立场。不过,我也不是那种异想天开的傻瓜,从不奢望不劳而获的财富。"

"可你冒险去怀俄明考察了,冒着生命危险。"

"那取决于我自己的能力,还有我同事的能力。"

"没错!"戈德温说,"我也是这么想的!听我说,我给你讲讲蒸汽机械同业会的事。"

戈德温压低声音道:"我们的工会会长是斯考克罗夫特勋爵……他以前不过是个出身低微的小人物,还当过吹鼓手,不过后来接受了激进党的统治。现在他有钱了,还进过议会什么的,是个聪明人。我带着'和风号'的设计图去见他时,他也像你刚才那样说:事实和证据。他说:'一级技师戈德温,要想让我用会友们辛苦挣来的钱资助你,你就得白纸黑字地告诉我,这对我们有什么好处。'"

"所以我对他说:'阁下,蒸汽车制造如今是全国最好的奢侈品行业之一。到了埃普索姆丘陵,我们这辆车会将竞争对手远远甩在后面。到时候,贵族们会排着队抢购蒸汽机械同业会设计的这款名车。'将来肯定会变成这样,内德。"

"前提是你要先赢了这场比赛。"马洛里说。

戈德温面色凝重地点了点头:"我不会做什么绝对有把握的承诺。

我是一名工程师，深知铁会弯曲、折断、生锈、爆裂。内德，你肯定也知道，因为你见过我修理那辆该死的蒸汽堡垒车，修到最后都要抓狂了……但我有准确的资料，也了解压差、发动机负荷、曲轴扭矩、车轮直径。不出意外的话，我们的小'和风号'肯定能轻而易举地将对手甩在后面，仿佛他们的车根本没动似的。"

"听起来好极了，我为你高兴，"马洛里抿了一口啤酒，"现在告诉我，如果出了意外会有什么后果？"

戈德温笑道："那我就输了，会变成身无分文的穷光蛋。斯考克罗夫特勋爵觉得自己已经足够慷慨大方了，可想做这样的项目总要付出额外的成本。我把全部家当都押到了这辆车上，包括皇家学会给我的考察奖金，甚至还有我的一位未婚姑妈留给我的一小笔遗产，愿上帝保佑她安息。"

听到这儿，马洛里大吃一惊："全部家当？"

戈德温干涩地笑道："嗯，他们夺不走我脑子里的知识，不是吗？哪怕身无分文，我还有技术，说不定还能再参加皇家学会组织的考察活动，他们给的报酬还不错。不过，我把自己在英国的全部家当都押到这场比赛上了，赢了扬名立万，输了倾家荡产。内德，只有这两种结果。"

马洛里摸了摸胡子道："戈德温先生，你真让我大吃一惊，我没想到你会这么激进。"

"马洛里博士，今天的观众都是英国的精英。首相在场，王夫阿尔伯特[1]在场。艾达·拜伦女士也来了，传言说她下了大注。这样的机会还会有第二次吗？"

"我明白你的想法，"马洛里说，"但恕我不敢苟同。不过，以你现在的境况看，也并非不能如此冒险。毕竟你还没结婚，不是吗？"

---

1. 维多利亚女王的表弟和丈夫。——译者注

戈德温抿了口啤酒，接着道："内德，你也没结婚呢。"

"我是没结婚，可我有八个弟弟妹妹，老爸得了绝症，母亲被风湿病缠身。我不能拿家人的生计去冒险。"

"内德，赔率是一赔十，傻瓜才会定这种赔率！应该定三赔五，赌'和风号'赢。"

马洛里什么都没说。戈德温叹了口气："太可惜了，我真想看到好朋友下注后赢钱。赢很多钱，赢一大笔钱！我就算想下注也下不了，你明白吗？我的钱全花在'和风号'上了。"

"也许我可以下个小注，"马洛里小心地说道，"就当是为了朋友。"

"替我下十英镑，"戈德温突然说道，"十英镑，算我借你的。要是输了，过几天我就把钱还给你。要是赢了，今晚我们就平分赢来的一百英镑。你觉得怎么样？愿意帮我这个忙吗？"

"十英镑！那可不是小数目……"

"我肯定会还给你的。"

"我相信你会还……"马洛里觉得不好再拒绝戈德温，这人给了汤姆一份工作，马洛里觉得欠他一个人情，"好吧，戈德温先生，你高兴就行。"

"你不会后悔的。"说着，戈德温懊丧地拂了拂已经磨损的衣袖，"五十英镑呢，我拿这钱有用处。作为一个成功的发明家，生活蒸蒸日上，我不能穿得像个苦修的牧师似的。"

"没想到你要把钱浪费在那些虚荣的东西上。"

"与身份相称的穿着可不是虚荣，"戈德温眼神锐利地打量着马洛里，"这是你在怀俄明考察时穿的那件防水大衣，对吧？"

"这件衣服很实用。"马洛里说。

"但不适合伦敦，不适合穿着它给伦敦时髦的淑女们发表精彩的演讲，她们对博物学有兴趣也是为了追求时尚。"

"我并不为这样的自己感到羞耻。"马洛里坚定地说。

"朴实的内德·马洛里，"戈德温点点头，"顶着工程师的帽子来埃普索姆，这样一来，后生晚辈见到你这个著名学者就不会紧张了。内德，我知道你为什么这么做，也很佩服你。但记住我的话，总有一天你会成为马洛里勋爵的，正如我们此刻站在这里喝酒一样毋庸置疑。到时候，你会穿上精美的真丝外套，口袋上挂着绶带和各大学术院校授予你的星章与勋章，因为你发现了陆上利维坦[1]，还给那堆乱七八糟的化石赋予了奇妙的意义。内德，你现在是有地位的人了，面对这个现实吧。"

"没你想的那么简单，"马洛里反驳道，"你不了解皇家学会内部的钩心斗角。我是个灾变论[2]者，而均变论[3]者在任期和荣誉授予方面都占据着主导地位，比如莱伊尔[4]等人，还有那个该死的傻瓜鲁德威克。"

"查尔斯·达尔文已经成了贵族。吉迪恩·曼特尔[5]也受封了爵位，可跟你的雷龙相比，他发现的禽龙简直像只小虾米。"

"不要诋毁吉迪恩·曼特尔！他是苏塞克斯有史以来最优秀的科学家，对我也很好。"

戈德温低头看着手里的空杯子。"请原谅，"他说，"我知道我刚才说得有点太直接了，这里毕竟不是怀俄明。想当初在遥远的怀俄明荒野上，坐在篝火旁的我们单纯是英国出身的兄弟，可以畅所欲言。"

戈德温戴上墨镜。"不过，我还记得你给我们讲过的理论学说，给

---

1. 利维坦是《圣经》中象征邪恶的海中怪兽。在本书中，陆上利维坦指马洛里发现的雷龙。——译者注
2. 又称灾变说，是一种地质学理论，认为在地球历史上发生过多次巨大的灾变事件，每经一次灾变，原有生物被毁灭，新的诞生。——译者注
3. 又称渐变论，是一种地质学理论，认为一切地质变化都是在漫长的过程中逐步完成的，虽然这种变化不以固定的速度或强度进行。——译者注
4. 查尔斯·莱伊尔，十九世纪英国著名地质学家、英国皇家学会会员、地质学渐进论和"将今论古"的现实主义方法的奠基人、均变说的重要论述者。在地质学发展史上，他曾做出过卓越的贡献。——译者注
5. 英国产科医生、古生物学家与地质学家。——译者注

我们解释那些骨头到底是怎么回事。'功能决定形式。''适者生存。'新的形态将引领潮流，也许一开始看起来会很奇怪，但大自然总是公平公正地对比考验新旧两种形态，假如新形态符合自然选择的标准，那它们就会主宰整个世界，"戈德温抬起了头，"假如你看不出我的机械设计恰好印证了你那个理论，就算我看错你了。"

马洛里摘下帽子。"先生，应该请求原谅的是我。请原谅，我不该发脾气。戈德温先生，不管我胸前有没有绶带，我都希望你能一直对我直言不讳。希望我永远不会违背科学，不会对事实真相视而不见。"他说着伸出手。

戈德温回握住他的手。

赛道对面响起嘹亮的号角声，人群中响起一阵阵时高时低的欢呼声。周围的人全都动了起来，像成群的牛羊一样纷纷拥向看台。

"那我去下注了。"马洛里说。

"我也得回去了。等比赛结束来找我们吧！到时候我们可以平分赢来的钱。"

"好啊。"马洛里说。

"空酒杯给我吧。"戈德温说道。马洛里把酒杯交给他，转身离开。

刚跟好友告别，马洛里就后悔了，觉得不该答应对方去下注。十英镑可不是个小数目。上学那会儿，他每年的花销也不过十英镑多一点。

但马洛里还是溜达着走向了赌注登记人设置的有篷投注亭。他边走边想：戈德温是名精益求精的技师，也是个诚实严谨的人，自己没有任何理由怀疑戈德温对比赛结果的判断。下大注押"和风号"说不定真的能赢，那么今晚离开埃普索姆的时候，赢的钱会相当于他几年的收入。如果下三十英镑或四十英镑……

马洛里在一家城市银行有将近五十英镑的存款，那是他所得考察奖金的一大半。他还在马甲里面系了一个染色的帆布钱袋，系得紧紧的，里面有十二英镑现金。

他想起自己当帽匠的可怜父亲，年迈后因水银中毒逐渐精神失常，身体也变得虚弱，整天坐在萨里郡家中壁炉旁的椅子上抽搐着喃喃自语。光是为了买煤，已经花了马洛里相当一部分钱。

不过，赌这一次说不定能赢四百英镑……不行，他要理智，就下十英镑，践行和戈德温的约定。万一输了的话，十英镑也是不小的损失，但至少他还能承受。马洛里将右手伸进马甲纽扣间的缝隙，手指摸索着找到帆布钱袋紧扣着的翻盖。

尽管塔特索尔公司历史悠久，声望或许也稍微高一点，但马洛里决定去非常现代的德怀尔公司下注。德怀尔公司位于圣马丁巷，夜间灯火通明。他经常路过那里，听到里面三台差分机低沉的嗡嗡声。马洛里不想去找那些坐在高凳上的个人庄家下这么大的注，虽然这十几个人的可靠性和那些大公司差不多。投注的人越多，坐庄的人越不敢偷奸耍滑。马洛里曾在切斯特亲眼看见一个赖账的庄家差点被人打死。他还记得当时有人在赛场里大喊了一声"诈赌了"，声音尖利吓人，像是在喊"着火了"似的，然后人们冲向一个戴着黑帽子的男人，将他按在地上狠踢了一顿。这群看比赛的观众表面温和，内心却隐藏着一种古老的残暴。马洛里曾与达尔文勋爵讨论过此事，后者将这种行为比作乌鸦的聚众袭击……

在蒸汽赛车投注窗口排队时，马洛里的思绪转到了达尔文身上。他很早就开始热诚地支持达尔文，认为达尔文是这个时代最伟大的人物之一。这位深居简出的勋爵显然对马洛里的支持心怀感激，可马洛里渐渐开始怀疑勋爵觉得他太过傲慢。其实，在他的职业发展问题上，达尔文几乎帮不上什么忙，托马斯·亨利·赫胥黎[1]才是真正有用的人，他既是一位伟大的社会理论家，也是一位造诣高深的科学家与演

---

[1] 英国著名博物学家、生物学家、教育家，达尔文进化论最杰出的追随者。——译者注

说家……

马洛里右手边的队列中站着一位时髦人物。他神态悠闲，一身城里人打扮，穿着干净利落又不显张扬，手肘下夹着当天的《体育生活报》。马洛里见那人走到投注窗口前下注一百英镑，押的那匹马名叫"亚历山德拉的骄傲"。

"十英镑押'和风号'。"马洛里对蒸汽赛车投注窗口的投注员说道，同时递上一张五英镑和五张一英镑的钞票。投注员开始有条不紊地在投注卡上打孔。投注窗口的柜台外敷着混凝纸，台面是光滑的人造大理石，后上方的影像屏上罗列着赔率。马洛里仔细看了看那些赔率，发现法国蒸汽赛车颇被看好。那辆车是法国通用牵引公司制造的"伏尔甘号"，车手姓雷纳尔。他还发现，意大利蒸汽赛车的赔率没比戈德温的"和风号"好多少，难道说连杆不好的事传出来了？

投注员递给马洛里一张薄薄的蓝纸片，是刚才那张打过孔的投注卡的副本。"好了，先生，谢谢惠顾。"他的目光已经越过马洛里，看向下一位顾客。

马洛里又开口问道："你们接受城市银行的支票吗？"

"当然接受，先生，"投注员答道，他扬起一条眉毛，好像刚注意到马洛里的帽子和大衣，"只要上面印有您的公民编号就行。"

"这样的话，"马洛里惊讶地听见自己说道，"再下注四十英镑押'和风号'。"

"押它赢吗，先生？"

"对。"

马洛里自认为对同胞的观察相当敏锐。吉迪恩·曼特尔很久以前就说过，他拥有生物学家必不可少的观察力。的确，他之所以能在科学等级体系中拥有现在的地位，就是因为他在怀俄明的一段布满岩石的单调河岸上考察时，利用自己的观察力在一片杂乱中辨别出了特殊的形状。

然而现在,想到自己刚才鲁莽下注,想到输掉后会有怎样严重的后果,面对形形色色的德比观众,马洛里感到惶惶不安。看着马儿在赛道上奔驰,成群的贪婪之人发出热切的呼喊,鼓噪得令他无法忍受。

马洛里逃离看台,希望能甩掉那两股颤颤的紧张情绪。密集的车辆和人群聚集在终点前的直道两边。马儿飞驰而过,扬起一片尘土,人们兴奋地尖叫。这些人都比较穷,多半是不愿意花一先令入场费上看台的人,中间还混杂着为他们提供娱乐和伺机对他们下手的人:表演隐豆戏法的人、吉卜赛人、扒手。马洛里挤向人群的外围,想出去透透气。

突然,马洛里觉得自己可能丢了一张投注票。这个念头令他双腿一软,差点瘫倒在地。他猛地停下脚步,把手伸进口袋摸索。

还好没丢,投注票还在口袋里,那两张蓝色的薄纸简直是通往灾难之路的门票……

这时,两匹马冲撞过来,差点踩到他。马洛里惊怒交加,一把抓住近处那匹马的马具,才勉强没有摔倒,当即大喊警告赶车的人。

鞭子声在他耳畔噼啪作响。赶车人站在四轮敞篷马车上,试图冲出混乱的人群。这家伙一看就是赛场上的皮条客,他穿着一身颜色看起来很不自然的蓝西装,戴着一条俗艳的丝绸阔领带,上面还有一大颗闪闪发光的人造红宝石。赶车人脑门凸出,蓬乱的黑头发衬得皮肤更显苍白,明亮的双眼略显憔悴,眼珠不停地转动,似乎在四下观望,可惜唯独没有看赛道的方向。除了他和马洛里,周围人都在关注赛道上的情况。真是个古怪的家伙,加上车厢里那两个女人,整个组合更显古怪。

其中一个女人戴着面纱,穿了一身有点偏男性化的深色衣服。马车停稳后,她踉跄着站起身,摸向车门试图下车。她像喝醉了似的,身子摇摇晃晃的,手上抱着一个碍事的长条木盒,似乎是个仪器箱。另一个女人一把抓住戴面纱的贵妇人,将其拽回到座位上。

马洛里一脸惊愕地盯着车上的人，手里仍抓着皮革马具。第二个女人好像是个妓女，满头红发，衣着俗艳，感觉更适合去豪华酒馆或更糟糕的地方。她漂亮的脸上抹了脂粉，流露出坚定决绝的神情。

马洛里看见那个红发妓女开始殴打戴面纱的贵妇人。她弯曲两指，用指关节猛击贵妇人的软肋，这蓄意的一击，动作既隐蔽又熟练，下手很重。戴面纱的女人痛得弯下身子，倒在座位上。

马洛里见状怒不可遏。他立刻冲到车厢旁，猛地拉开涂了漆的车门。"你在干什么？"他喊道。

"走开。"妓女说道。

"我看见你打这位女士了，胆子真大啊。"

马车突然又动了起来，差点把马洛里撞倒在地。他赶紧稳住身子，冲上前抓住贵妇人的手臂。"马上停车！"

贵妇人再次站了起来，遮在黑纱下的圆脸庞透着一丝文雅，又隐约可见几分呆滞与恍惚。她再次试图下车，似乎没意识到马车还在动。她怎么也站不稳身子，却还是把手里的长条木盒递给了马洛里，动作十分优雅、自然。

马洛里被车带得踉踉跄跄，仍伸出双手紧紧抓住那个不怎么雅致的木盒。乱哄哄的人群中再次响起叫喊声，原来是皮条客驾着车到处横冲直撞惹怒了他们。嘎吱一声，马车再次停了下来，拉车的马儿打着响鼻猛地停下。

赶车人气得浑身发抖，一扔鞭子纵身跃下马车，推开围观者，大步走向马洛里，边走边从口袋里掏出一副玫瑰色的方框眼镜戴上。他的头发上抹了润发香脂，镜腿就压在耳边的头发上。那人挺直矮塌的肩膀，在马洛里面前站定，手上戴着淡黄色手套。他蛮横地伸出一只手指向马洛里。

"把东西还回来。"他命令道。

"这是怎么回事？"马洛里毫不示弱地问道。

"快把盒子给我，不然你会死得更惨。"

马洛里低头俯视面前的小个子男人，对这句大胆的威胁感到十分惊讶。要不是看见方框眼镜后面那家伙滴溜乱转的眼睛里闪着一种鸦片酊瘾君子般的疯狂光芒，他真想放声大笑。

马洛里的靴子上全是泥，他小心翼翼地把盒子放到两脚之间。"女士，"他大声说道，"如果您愿意的话，请下车来。这两个人无权强迫您……"

皮条客迅速从俗艳的蓝外套里掏出了什么东西，随即像从玩偶盒里跳出来的玩偶一样冲上前来。马洛里立刻伸手推开他，却感到左腿处突然传来一阵撕裂般的剧痛。

皮条客踉跄了一下，挣扎着站稳身子。他怒吼一声又扑了上来，手中隐约可见一把细窄的钢铁匕首。

马洛里研习过希林福德先生的科学搏击术。在伦敦的时候，他每周都会去皇家学会经营的一家私人体育馆练拳。不仅如此，在北美荒野考察那几个月，他还经历过极为严酷的实战打斗。

马洛里抬起左臂挡住那人握着匕首刺来的手臂，挥出右拳猛砸对手嘴部。

匕首掉落在被踩踏得乱七八糟的草地上，马洛里匆匆瞥了一眼：刀身细窄，双面开刃，刀把则是用黑色古塔胶做的。这时，那人又扑了上来，他已经满嘴是血，进攻毫无章法。马洛里摆出希林福德第一式，痛击恶棍的头部。

起初看到两人交手，还亮了匕首，周围人吓得纷纷后退。这会儿，人们又围了上来，站在最里面的都是些工人和赛场里伺机对这些工人下手的家伙。他们身材魁梧，呼呼大叫，很高兴能意外看到见血的热闹。马洛里使出自己最擅长的一招，狠狠打向对方的下巴。看到这一幕，人们顿时欢呼起来，还在那人摔出去时把他接住，再一把推回来，导致他正中马洛里打出的第二拳。皮条客倒下了，橙红色的丝绸阔领带上沾满了血。

"我要灭了你！"皮条客躺在地上恶狠狠地说道。他有颗牙齿被打断了，嘴里血淋淋的，看样子像是颗虎牙。

"当心！"有人喊道。听到喊声，马洛里立刻回头望去，只见红发女子已经站在他身后，眼神恶毒，手里似乎拿着什么闪闪发光的东西。奇怪的是，那似乎是一个小玻璃瓶。她垂眼瞥向马洛里脚边的长条木盒，马洛里谨慎地挡住她。两人紧张地对峙着，那个妓女似乎在权衡怎么做比较好。片刻之后，她冲向受伤的皮条客。

"我要灭了你！"皮条客重复道，满嘴都是血，女人扶他站了起来。围观的人开始嘲笑他，说他是个只会说大话的胆小鬼。

"那就来啊。"马洛里挥着拳头说道。

皮条客吃力地靠在女人身上，与马洛里四目相对，眼神中带着阴鸷的怒火。接着，两人跟跟跄跄地走进人群中。马洛里得意地抓起盒子，转身挤过笑声阵阵的人群，走向那辆被遗弃的四轮马车，路上还有人热情地拍了拍他的背。

他爬上马车，进入车厢，发现里面铺着破旧的天鹅绒和皮革。人群中的喧闹声渐渐平息，赛马结束了，胜负已见分晓。

贵妇人颓然地坐在破旧的座位上，呼出的气息拂动着面纱。马洛里迅速环顾四周，以防还有人攻击，结果只看到围观的人群。奇怪的是，时间仿佛在这一刻定格，似乎有某种绝妙的银版照相术捕捉到这一刻所有细微的光影。

"我的女伴呢？"女人轻声问道，有点心烦意乱。

"女士，您的女伴是哪位？"马洛里问道，感觉有点头晕，"我认为您那两位朋友并不适合陪伴一位女士……"

马洛里左腿上的伤口在流血，鲜血渗透了他的裤腿。他重重地坐在破旧的长毛绒座位上，用手按住腿上的伤口，凝视女人遮在面纱下的脸庞：长卷发精致典雅，颜色浅淡，中间似乎夹杂着几缕灰色发丝，可见她身边应该一直有称职的侍女照顾，但是那张脸给了马洛里一种奇怪的似曾相识的感觉。

"我们以前认识吗，女士？"马洛里问道。

对方没有回答。

"女士，您要去哪儿，或许我可以陪您过去？"他建议道，"您在德比赛场有什么可靠的朋友吗？我是说，可以照顾您的人？"

"王室区。"她低声答道。

"您想去王室区？"马洛里可不想为个晕头晕脑的疯女人去打扰王室。但随后他突然想到，在王室区很容易找到警察，这无疑是警察该管的事。

目前最简单的做法就是顺从这个不幸女人的心意。"好的，女士，"他把木盒夹到腋下，让女人挽住自己另一条胳膊，"我们马上去王室区，请跟我来。"

马洛里一瘸一拐地带着那位女士穿过人山人海，走向看台。走了一段路后，女人的精神似乎恢复了一些。她戴着手套，手搭在马洛里的小臂上，动作像蛛丝一样轻柔。

周围闹哄哄的，马洛里想找个安静点的地方，最后两人来到了看台的白立柱下面。"女士，请容我自我介绍一下。我叫爱德华·马洛里，皇家学会会员，古生物学家。"

"皇家学会。"女人心不在焉地咕哝着，蒙着面纱微微点头，像花儿在花柄上轻轻摇曳，接着似乎又低声说了些什么。

"您说什么？"

"皇家学会！我们从宇宙的奥秘中吸取了生命必需的血液……"

马洛里惊得目瞪口呆。

"和谐科学中的基本关系容易受机械表达影响，"女人继续说着，声音非常轻柔，似乎疲惫不堪，却又十分平静，"因此可以谱写出精细科学的音乐篇章，无论多复杂多宽广都可以。"

"的确如此。"马洛里安抚她道。

"先生们，"女人低声说道，"等你们能够看懂我的作品时，肯定不会感到失望！我集结的军团将以其独有的巧妙方式为地球的统治者效力。我的军团里都有什么呢……其实只有大量的数字。"

她紧紧地抓着马洛里的胳膊，显得极度兴奋。

"我们将随着音乐向前进军，力量强大，势不可挡。"她转头面向马洛里，脸上依然蒙着面纱，轻快的语气中透出一种古怪的诚挚，"这听起来很奇怪吗？可是，我的军队必须由数字组成，否则它们根本无法存在。但数字又是什么呢？这是一个谜……"

"女士，这是您的盒子吗？"马洛里说着把盒子递给她，希望这能让她恢复些许理智。

女人看着盒子，似乎并不认识它。这是一个漂亮的抛光红木盒，四角镶着黄铜，造型有点像贵妇人的手套盒，只是上面没有装饰，不够雅致。长长的盒盖紧闭，扣着一对小铜钩。她戴着手套，伸出食指抚摸盒子，似乎在确认它的存在。突然，她像是被什么刺激到了，这个盒子似乎突然让她想起了自己的不幸经历。"先生，您能替我保管它吗？"她轻声请求马洛里帮忙，颤抖的嗓音中带着一种奇怪的哀求，"您能替我好好保管这个盒子吗？"

"当然可以！"马洛里忍不住激动地答道，"我当然愿意替您保管，女士，多久都可以。"

两人慢慢走上看台，来到铺着地毯的楼梯前，尽头便是王室区。马洛里受伤的腿疼得很厉害，裤子上沾着黏糊糊的血。他觉得这种小伤应该不至于让他如此头昏眼花，可能是这女人古怪的言行举止搞得他晕头转向的。突然，一个不祥的念头在他脑海中浮现：皮条客的匕首上说不定涂了某种毒液。他现在后悔了，当时应该把匕首捡起来的，这样日后也好拿去分析一下。或许这个女人也被下了药，所以才会疯疯癫癫的。他可能阻止了什么黑暗的绑架阴谋……

蒸汽车竞赛即将开始，下方的跑道已被清理干净。六辆赛车正各就各位，五辆庞大的汽车衬得中间的"和风号"更显小巧，像一辆玩具车似的。马洛里心情复杂地注视着"和风号"愣了片刻，现在他的命运就如此荒谬地系在这辆脆弱的小车上。女人趁机松开他的手臂，快步走向王室区的白墙。

马洛里根本没想到她会这样，赶紧一瘸一拐地跟上去。王室区门前站着两个门卫，又高又壮，似乎是便衣警察。女人在那儿停了片刻，熟练地迅速抬手拂开面纱，马洛里这才看清她的脸。

是艾达·拜伦，英国首相的女儿，被誉为差分机女王的艾达·拜伦女士。

她越过门卫，快步进门，没有回头看一眼，也没说一声谢谢。马洛里提着红木盒追了上去。"等一下，"他喊道，"女士！"

"请等一下，先生！"块头较大的警察礼貌地举起一只大手拦住马洛里。他上下打量着马洛里，注意到了那个木盒以及他被血浸湿的裤腿。门卫蓄着小胡子，撇撇嘴问道："先生，您是王室区的客人吗？"

"不是，"马洛里答道，"不过您肯定也看见了，艾达女士刚进去。她遭遇了一件很可怕的事，恐怕还有些痛苦。我当时帮了点忙……"

"先生，您叫什么名字？"另外那名警察厉声质问。

"爱德华……米勒。"马洛里脱口而出。他在最后一刻突然心生猜疑，感到不寒而栗，本能地说了一个假名字来保护自己。

"米勒先生，可以给我看一下您的公民卡吗？"大块头警察问道，"还有您手里的盒子，我可以看看里面是什么吗？"

马洛里拿着盒子甩手后退一步。那个警察盯着他，眼神里交织着轻蔑和怀疑。

下方的赛道上传来巨大的爆炸声。意大利蒸汽车的锅炉裂开一道缝，蒸汽像喷泉一样尖啸着喷涌而出，瞬间在看台上弥漫开来，引起小小的恐慌。马洛里趁机一瘸一拐地溜了。两个警察没有追上来，大概是担心自己的岗位出事。

马洛里一瘸一拐地匆匆走下看台，迅速淹没在人群中。出于某种自我保护的想法，他摘下头上那顶工程师条纹帽，塞进了大衣口袋。

马洛里在看台上找了一个离王室区好几码[1]远的位置坐下，把镶着黄铜边的盒子横放在腿上。尽管裤子只被割开一个很小的口子，下面的伤口却仍在往外渗血。马洛里惶惑不安地皱着眉头坐在那里，用手掌捂住疼痛的伤口。

"该死，"坐在马洛里后面的一个人说道，声音里满是自以为是与醉意，"这次起跑失误肯定会导致压强降低，纯粹是比热容的问题。这样一来，锅炉最大的车稳赢。"

"哪辆车的锅炉最大？"那人的同伴问道，也许是他的儿子。

那人翻了翻赛车内情通报："'歌利亚号'，汉塞尔勋爵的赛车。去年获胜的也是这个类型的车……"

马洛里低头望向满是马蹄印的赛道。救援人员正用担架将意大利赛车手抬离现场。爆炸发生后，他被卡在了狭促的驾驶舱里，人们费了很大劲才把他救出来。意大利蒸汽车锅炉上的裂缝还在冒着浑浊的蒸汽。赛场工作人员给那辆蒸汽车套了几匹马，准备将它的残骸拖走。

另外几辆赛车的烟囱突突冒着白色蒸汽。"歌利亚号"的烟囱上有齿状的抛光黄铜顶冠，十分引人注目。戈德温的"和风号"则相形见绌，车上细长的烟囱看起来特别脆弱，由牵索加固，横截面和车身一样也采用了泪滴状的流线型设计。

"太可怕了！"年轻人说，"那个外国人真可怜，刚才的爆炸肯定把他的脑袋炸掉了。"

"不会的，"年长者说，"那家伙的头盔可不是白戴的。"

---

1. 1码约为0.9米。——译者注

"可他都不动了，先生。"

"意大利人的技术如果不行，就没资格来参赛。"年长者严肃地说。

意大利蒸汽车的残骸被马拖走了，人群中爆发出欢呼声。"现在可以看一场像样的比赛了！"年长者说道。

马洛里紧张地等待着，拇指下意识地挪到小铜钩上，打开了腿上的红木盒。盒子里铺着绿色的粗呢内衬，装着长长一叠乳白色卡片。他从中间抽出一张，发现是差分机用的穿孔卡，按照法国专用规格切割而成，使用了某种人造材料，质地出奇光滑。在卡片一角，有人用淡紫色墨水写了一个编号"#154"。

马洛里小心翼翼地把卡片塞回原处，扣上盒盖。

旗子挥动，蒸汽车起跑。

"歌利亚号"和法国"伏尔甘号"一马当先地冲在最前面。由于比赛被意外中断，"和风号"的小锅炉降温了，导致起跑动力大大受损。看着眼前的场景，马洛里心如刀绞地想：这次中断可真要命。等"和风号"终于成功启动时，那些庞大的蒸汽车早已跑出很远，在赛道上留下深深的车辙。"和风号"略带几分滑稽地在那些车辙里颠簸前行，无法得到像样的附着摩擦力。

马洛里对此并不意外，心里满是听天由命的想法。

"伏尔甘号"和"歌利亚号"开始在第一个弯道抢位，另外三辆蒸汽车排成一纵列跟在后面。相当荒谬的是，"和风号"竟然远离其他蒸汽车留下的车辙，驶向弯道最外侧。驾驶这辆小车的二级技师亨利·切斯特顿似乎已经疯了。马洛里平静地看着，心早已麻木，觉得自己肯定要破产了。

这时，"和风号"突然加速，出人意料地越过其他蒸汽车，动作轻巧得就像是黏滑的南瓜子从捏着它的拇指和食指间飞出去一样。到半英里弯道时，"和风号"的速度变得异常惊人，可以看出一侧车轮甚至已经离地，只靠另外两个车轮前进。等进入最后一圈时，它的速度又略有提升，整辆车几乎在离地飞驰。两个大驱动轮在落地时反弹，扬起一片尘土，发出尖锐刺耳的金属摩擦声。直到这一刻，马洛里才发现看台上已是一片死寂。

"和风号"在观众们鸦雀无声的注视下呼啸着冲过终点线，在对手们留下的道道车辙上剧烈颠簸，滑出一段后才停下来。

整整四秒钟过去后，惊得目瞪口呆的裁判员才挥起手中的旗子。其他蒸汽车仍在绕着远处的弯道行驶，整整落后一百码。

观众们突然惊呼起来，不是高兴地欢呼，而是难以置信地喊叫，甚至还带有一种奇怪的愤怒。

亨利·切斯特顿从"和风号"上走下来，把围巾往后一甩，悠闲地靠在闪亮的车身上，冷傲地看着其他蒸汽车吃力地穿过终点线。等那些车到达终点时，似乎已经过去了几个世纪。马洛里忽然意识到，它们都已成了老古董。

马洛里把手伸进口袋，摸到了里面的蓝色投注票，明明还是那两张蓝色小纸片，现在却成了赢得四百英镑的确凿证据。不对，总共是五百英镑，其中五十英镑要给大获全胜的迈克尔·戈德温先生。

观众的喧哗声越来越大，马洛里却听到一个冷静的声音在耳边响起："我发财了。"是他自己的声音。

他确实发财了。

下面这张照片是一张正式的银版照，是英国贵族在亲朋好友间散发的那种照片。拍摄者可能是王夫阿尔伯特，此人毫不掩饰自己对科学问题的浓厚兴趣，据说他因此成了英国激进派精英们的挚友。照片中房间的大小及背景中的华丽帷幔都强烈暗示出拍摄地点是阿尔伯特亲王位于温莎宫[1]的摄影沙龙。

---

1. 英国王室行宫。——译者注

照片上有两个女人，分别为艾达·拜伦女士与她的同伴兼所谓女伴玛丽·萨默维尔[1]女士。萨默维尔女士著有《论物质科学的关联》，还曾翻译过拉普拉斯[2]的《天体力学》。她脸上一副淡定从容的表情，好像早已习惯身边这位年轻同伴的反复无常。两位女士都穿着镀金便鞋，披着白色长衫，有点类似深受法国新古典主义影响的希腊托加长袍。事实上，她们身上穿的是光明会女性专家的制服。光明会是工业激进党的秘密内部机构与国际宣传机构。年长的萨默维尔女士还戴了一个青铜发箍，上面刻着各种天文符号，它是这位女性学者在欧洲科学委员会中身居高位的秘密象征。

艾达女士双臂裸露，只右手食指上戴了一枚图章戒指。照片里，她正在给艾萨克·牛顿的大理石半身像戴上一顶桂冠。尽管精心选择了拍摄角度，但奇怪的装束并没有让艾达女士看起来更漂亮，她脸上的疲惫在照片中尽显无遗。这张照片的拍摄时间为1855年6月下旬，当时艾达女士41岁，不久前刚在德比赛场上输了一大笔钱。不过密友们都知道，除了赌输的钱，她似乎还有更大的损失，很可能是遭到了敲诈勒索。

艾达女士是差分机女王，也是数字女巫。巴贝奇勋爵亲昵地称她为"小达"。她从没在政府中担任过什么正式职务，在数学方面的天赋也是昙花一现，早已成为过去。不过，艾达女士或许是她父亲与查尔斯·巴贝奇之间最重要的纽带。两人都是工业激进党成员，前者是激进党的伟大演说家，后者则是幕后的掌权人，也是最著名的社会理论家。

艾达是差分机程序之母。

她的灵感已经枯竭。

---

1. 英国十九世纪著名女科学家、科普作家。——译者注
2. 法国分析学家、概率论学家和物理学家，法国科学院院士。——译者注

第三次迭代

暗影灯[1]

---

[1]. 暗影灯原指一种带遮光罩的提灯,多作为侦探小说中的道具出现。此处代指各种秘密活动。——译者注

请在心中想象这样一幅画面：古生物学酒店内，爱德华·马洛里正沿着华丽的中央楼梯往上走，楼梯配有巨大的黑檀木扶手和形似古代蕨类、苏铁与银杏树的涂着黑磁漆的铁杆。

红脸膛的行李员跟在他身后，手里拎着十几个泛着光泽的包装盒——马洛里花一整个下午精心挑选的成果。马洛里上楼时正好看见欧文勋爵沿着楼梯吃力地往下走。这位杰出的爬行动物解剖学家双眼浑浊，脸上流露出乖戾的神情。马洛里觉得他的眼睛很像被人去壳剥皮、准备解剖的牡蛎。马洛里脱帽致意，欧文咕哝着说了句什么，可能是在问候他。

马洛里来到楼梯第一个宽阔的转弯处，瞥见一群学生正坐在敞开的窗户前小声争论着什么。在暮色的笼罩下，岩石花园里的石膏雕像犹如蹲伏的巨兽。

一阵微风吹来，长长的亚麻窗帘随之飘动。

马洛里在穿衣镜前左右扭身打量自己。他解开外套纽扣，双手插进裤兜，仔细端详身上的马甲。上面蓝白相间的小方格看得人眼花缭乱，裁缝们称其为艾达方格，因为这是用艾达女士给提花织机设定的程序编织出的纯代数图案。马洛里觉得这件马甲简直完美，只是还缺点什么，也许是缺一根手杖。他打开雪茄盒，取出一根上好的哈瓦那雪茄递给镜子里那位绅士。这姿势不错，只可惜女士可以把暖手筒套在手上，男士却不能用手拿着银制雪茄盒到处跑，那样实在太累了。

门边墙壁内的通话管中传来一声尖锐的金属敲击声。马洛里走过去，打开衬有橡胶的黄铜盖子。"我是马洛里！"他弯腰大声喊道。另一头的接待员也拔高声调，嗓音在通话管中沉闷回荡，听起来又遥远又诡异："马洛里博士，有访客！需要我把他的名片送上去吗？"

"送上来吧，谢谢！"马洛里还没用惯通话管，他笨拙地摆弄着上面的镀金铁皮扣，试图关上气孔盖。这时，一个黑色的古塔胶圆筒像炮弹一样从管子里射了出来，结结实实地撞到对面的墙上。马洛里赶忙过去捡起来，毫不意外地发现贴有壁纸的灰泥墙壁上已经布满撞击留下的凹痕。他拧开圆筒的盖子，倒出里面的东西。那是一张用料奢华的米色螺纹名片，上面写着"劳伦斯·俄理范先生 作家兼记者"，还有一个位于皮卡迪利大街的地址和一个电报号码。从名片来看，此人是位有些自命不凡的记者。马洛里觉得这个名字有点眼熟，心想自己是不是在《布莱克伍德杂志》上看过一位俄理范先生写的文章。他翻过名片，仔细看了看上面那幅用差分机打印的点描肖像：这位绅士的发色很浅，头顶前部秃了一块，他长着一双西班牙猎犬般的棕色大眼睛，脸上的表情似笑非笑，透着一丝揶揄，颔下的胡须有些蓬乱。胡须加秃顶令俄理范先生的脑袋看起来又细又长，跟禽龙的脑袋似的。

马洛里将名片夹进笔记本，扫视了下自己的房间，发现床上到处是他购物带回来的东西：单据、纸巾、手套盒、鞋楦。

"请告诉俄理范先生，我去大厅找他！"

马洛里迅速往新裤子的口袋里装了点东西，出门落锁，来到走廊上。两侧的白墙上满是石灰岩化石，这些石灰岩坑坑洼洼的，镶嵌在湿气很重的深色方形大理石方框里。马洛里沿着走廊大步向前，每走一步，脚上的新鞋都会发出吱吱的响声。

马洛里在前台见到了俄理范先生。这人四肢修长，穿着极其奢华整洁。此时,他正背对接待员斜倚着前台,手肘向后支在大理石台面上,双脚交叉,一副吊儿郎当的模样,带着一股直爽绅士特有的悠闲惬意。马洛里见过太多喝杜松子酒的穷记者,他们都是雇佣文人,只想围绕陆上利维坦写点耸人听闻的文章。如今见到俄理范,他心中反而隐隐感到不安。这人如此泰然自若,显然是那种条件极好的人。

马洛里做了自我介绍,握手时发现这位记者的手指很长,手劲也很大。

"我代表地理学会前来拜访,"俄理范郑重地说道,他的声音很大,连在附近闲逛的学者都听得一清二楚,"地理学会考察委员会。马洛里博士,我有件事想向您请教,不知是否可以?"

"当然可以。"马洛里答道。皇家地理学会经费充足,而考察委员会则有权决定经费的发放。

"博士,可以和您私下谈谈吗?"

"当然。"马洛里一边答应着一边随俄理范走进酒店沙龙。俄理范找到一个安静的角落,那里立着一扇中式漆面屏风。马洛里撩起燕尾服的后摆坐到一把椅子上。俄理范则背墙坐到一张红色绸面沙发较远的一端,目光平静地扫过整个沙龙。马洛里知道他在确认有没有人偷听。

"您似乎对这个酒店很熟悉,"马洛里试探着说,"您经常为考察委员会的工作来这儿吗?"

"不常来。有过一次,来这儿找您的同事弗朗西斯·鲁德威克教授。"

"啊,鲁德威克,真是个可怜的家伙。"听对方说他跟鲁德威克有工作关系,马洛里顿时有点恼火,但是并不意外。鲁德威克从不放过任何一个捞经费的机会,不管给经费的是谁,他都会设法争取。

俄理范严肃地点点头:"马洛里博士,我不是什么学者,就是个游记作家。我在书里写的都是些鸡毛蒜皮的小事,不过确实有些作品受到公众一定程度的喜爱。"

"原来如此。"马洛里说道。他觉得自己已经猜到这家伙的底细:

富贵闲人、半吊子，十有八九出身名门。对科学而言，这种热心的半吊子大多毫无价值。

"马洛里博士，关于地理学应该研究的对象，"俄理范开口道，"目前地理学会内部存在着激烈的争论。或许，您已经知道了这场论战？"

"我之前一直在国外，"马洛里说，"错过了很多新闻。"

"您肯定在忙自己的科学论战，所以无暇他顾。"俄理范的笑容消解了马洛里的怒气，"鲁德威克经常提起灾变论与均变论之争，不得不说，他当时的语气相当激烈。"

"难分难解，"马洛里喃喃地说，"相当深奥……"

"我个人觉得鲁德威克的论证没有说服力，"对方脱口而出的话令马洛里惊喜不已，俄理范讨好地探身靠近他，"马洛里博士，请听我仔细说明来意。地理学会内有些人认为，我们不应该扎进非洲去寻找尼罗河的源头，而应该研究本国的社会根源。既然有那么多政治地理问题和道德地理问题尚未得到解决，为什么要把研究局限在自然地理上呢？"

"有意思。"马洛里说，不知道他这位客人究竟想说什么。

"您是一位杰出的探险家，"俄理范说，"我这儿有个研究计划想听听您的看法。"奇怪的是，他的目光似乎在凝视不远处。"博士，假如我们要探索的不是广袤无垠的怀俄明，而是伦敦的某个角落……"

马洛里下意识地点点头，心里却在想俄理范是不是疯了。

"那么，博士，"俄理范继续说道，身体似乎因压抑激动的情绪微微颤抖了一下，"我们是不是可以进行十分客观的纯统计研究呢？博士，我们是否能以一种全新的精度和强度来研究社会呢？这样一来，博士，我们就可以研究人口在时间长河中形成的无数次聚集，还可以研究鲜为人知的货币流通方式、紊乱的交通流量……研究那些现在被我们笼统地称为警务、卫生事务、公共服务的问题，从中发现新的原理。但是，博士，这些问题需要用特殊的眼光来感知，就是探索一切的眼光,全面的眼光,科学的眼光!"

俄理范的眼中充满了狂热,好像他体内突然燃起了炽烈的火焰,之前的慵懒悠然不过是假象。

"理论上,"马洛里模棱两可地说,"前景似乎很光明。可是从实际角度来看,这样的研究项目宏大且任务艰巨。我觉得相关科学学会未必会提供必要的差分机资源。当初只是给我发现的骨骼化石安排一个简单的应力分析,都费了我不少劲。更别说如今对差分机分析的需求源源不断。话说回来,地理学会为什么要研究这个?为什么要挪用国外考察必需的经费呢?我觉得这个计划应该直接由议会审查……"

"可政府没有这种远见,他们在知识方面缺乏冒险精神,而且也不够客观。如果不是用剑桥学院的差分机,而是用警方的差分机呢?您觉得怎么样?"

"警方的差分机?"马洛里问道,感觉这个想法很不寻常,"警方怎么会同意让人借用他们的差分机呢?"

"他们的差分机经常一到晚上就无事可做。"俄理范答道。

"真的吗?"马洛里说,"哎呀,这想法倒是挺有趣……但是,俄理范先生,如果那些差分机可以被用于科学研究,我想很快就会有更紧迫的项目占用它们的闲置时间。您这样的研究计划需要强有力的支持才能排到最前面。"

"但理论上,您认为可行,对吗?"俄理范坚持道,"只要能找到差分机资源,这样的基本原则就有研究价值,对吗?"

"我得看到详细的研究计划才能决定是否应该积极支持这样一个项目。坦白说,我的意见在你们地理学会可能无足轻重。您也知道,我并不是地理学会的会员。"

"您低估了自己日益增长的名气,"俄理范反驳道,"您可是陆上利维坦的发现者,地理学会肯定会通过您的入会提名。"

马洛里无言以对。

"鲁德威克发现翼指龙后,"俄理范平静地说,"就成了地理学会会员。"

马洛里清了清嗓子道:"我相信您说的基本原则有……"

"如果您能把入会之事交由我来处理,那将是我的荣幸,"俄理范说道,"我可以向您保证,不会有任何困难。"

俄理范一副很有把握的样子,丝毫不容置疑。马洛里发现木已成舟,他被俄理范绕进去了,根本无法得体地拒绝。况且,地理学会有钱有势,会员资格不容小觑,对他的职业发展肯定大有裨益。他已经可以想象自己名字后面加上这个头衔的样子了:马洛里,皇家学会会员、皇家地理学会会员。"应该是我的荣幸才对,先生,"马洛里说,"真是太麻烦您了。"

"博士,我对古生物学很感兴趣。"

"真没想到,您这位游记作家居然会对古生物学感兴趣。"

俄理范竖起他优雅的手指掩住上唇,他的唇形很长,唇边无须。"马洛里博士,在我看来,'记者'一词含糊笼统,可以用这个身份进行各种奇怪的调查。我天生兴趣广泛,不过遗憾的是,我这好奇心有点肤浅,"俄理范摊开双手,"我竭尽所能地帮助真正的学者,可也怀疑自己根本没资格留在地理学会的核心集团。地理学会是一个庄严的地方,我现在的职位只能算意外而得。您看,一夜成名就是会有特殊的影响。"

"我必须承认,我对您的著作并不熟悉,"马洛里说,"我此前一直在国外,很多新书都没有看过。听您的意思,您应该是引起了公众的注意并且取得了巨大的成功吧?"

"不是书,"俄理范说道,心中感到意外又好笑,"去年在日本,我被卷入了东京公使馆事件。"

"有人攻击我国驻日大使馆,对吗?是不是有一名外交官受伤了?我当时在美洲……"

俄理范犹豫了一下，然后弯起左臂，撸起袖口整洁的袖子，露出左腕外侧皱巴巴的红色伤疤。是刀伤，不，不是普通的刀伤，是军刀砍的，伤到了肌腱。马洛里这才发现，俄理范的左手有两根手指直不起来。

"原来是您！劳伦斯·俄理范，东京公使馆的英雄！我想起来了。"马洛里捋了捋胡子，"先生，您真该把这个也写在名片上，这样我一看就会想起来了。"

俄理范放下袖子，表情有点尴尬："用一道日本刀伤当身份证也挺奇怪的……"

"先生，您还真是兴趣广泛。"

"马洛里博士，有些纠葛无法避免。可以说，我当时是为了国家利益。您对那种情况应该也不陌生吧？"

"不好意思，我没听懂您的意思……"

"还有鲁德威克教授，他生前肯定也遇到过这种纠葛。"

马洛里终于听懂了俄理范的言下之意。他粗声粗气地说："先生，您的名片上说您是记者。这种事不适合跟一个记者讨论。"

"您那个秘密，知道的人恐怕不在少数。"俄理范轻蔑而又不失礼貌地说道，"你们怀俄明考察队的所有成员都知道事情的真相。十五个人呢，有些人根本不像您希望的那样守口如瓶。鲁德威克手下的人也都知道他那些秘密活动。还有安排此事之人，是他们让您去执行这个计划的，所以肯定也是知情的。"

"先生，您是怎么知道的？"

"我调查了鲁德威克的谋杀案。"

"您认为鲁德威克的死……与他在美洲的活动有关？"

"不是认为，是确定。"

"俄理范先生，在继续深谈之前，我必须弄清楚现在是什么情况。您说的'活动'到底指什么？请说得明白些，先生，对您的用词下个定义。"

"好吧,"俄理范一脸苦恼的样子,"我说的'活动'指有官方机构说服了您,让您走私连发枪给美洲野蛮人。"

"这个机构叫什么名字呢?"

"皇家学会自由贸易委员会,"俄理范耐心地回答,"其官方职责是研究国际贸易关系,研究关税、投资之类的,可他们的野心怕是超出了职权范围。"

"自由贸易委员会是合法的政府部门。"

"马洛里博士,从外交角度来看,您的行为可能属于暗中向英国尚未正式宣战国家的敌军供给武器。"

"听您的意思,"马洛里气愤地说,"我是不是可以认为您并不赞成……"

"军火走私。不过别误会,我并非针对您,军火走私确实在世界上占有一席之地,"俄理范又在看有没有人偷听,"但绝不能由那些自诩在外交政策中发挥着重要作用的狂热分子来做。"

"也就是说,您不喜欢业余人士插手?"

俄理范看着马洛里的眼睛,什么也没说。

"俄理范先生,您需要专业人士,需要像您这样的人,对吗?"

俄理范身体前倾,双肘支在膝盖上。"马洛里博士,"他准确地说,"专业机构绝不会对自己的人弃之不顾,不会任由自己的人在伦敦市中心被外国特工开膛破肚。还有,我必须告诉您,博士,您如今的处境与之相去不远。不管您以前把活儿干得多么仔细,自由贸易委员会都不会再帮助您了。他们甚至没有告诉您,您的生命受到了威胁。我没说错吧,博士?"

"弗朗西斯·鲁德威克死于捕鼠场斗殴,这都是好几个月之前的事了。"

"就是一月份的事,才过去五个月而已。此前在得克萨斯期间,鲁德威克一直暗中为科曼切部落供给步枪，而提供那些步枪的人就是你们自由贸易委员会的人。鲁德威克遇害当晚，有人试图刺杀得克萨斯前总统休斯顿，但休斯顿总统侥幸逃过一劫。他的秘书是一名英国公民，当时被人用刀残忍地砍死了。凶手至今仍逍遥法外。"

"这么说，你认为杀害鲁德威克的是得克萨斯人？"

"差不多可以肯定。鲁德威克那些活动在伦敦或许鲜为人知，可对不幸的得克萨斯人来说却是显而易见的，他们经常在同胞的尸体上发现英国子弹。"

"我不喜欢您这种说法，"马洛里说道，心中酝酿着一股怒火，"要是我们不给他们枪，他们就不会帮助我们。要不是夏延人帮忙，我们可能要挖好多年……"

"得克萨斯游骑兵应该不会接受这个理由，"俄理范说，"可能连报社都不会接受……"

"我也无意对报社说。我真后悔，不该和您交谈的，您显然不是自由贸易委员会的朋友。"

"自由贸易委员会那些破事我早就听腻了。马洛里博士，我今日前来不是向您打探消息的，而是向您示警的。博士，我说话太直白了，但也是迫不得已。自由贸易委员会的疏忽显然给您带来了生命危险。"

这话很有说服力。"言之有理。"马洛里承认道，"我知道了，先生，谢谢您的示警。"他想了想，问道："那地理学会呢，俄理范先生，地理学会在其中扮演什么角色？"

"机警又善于观察的旅行家可以在进行科学研究的同时为国家利益服务。"俄理范答道，"长期以来，地理学会一直是重要的情报来源，绘制地图、开辟海上航线……"

马洛里抓住了俄理范话里的漏洞："俄理范先生，他们不也是'业余人士'吗？不也在不属于自己的领域暗中从事秘密活动吗？"

一阵沉默过后，俄理范冷冷地开口道："他们是我们的业余人士。"

"可是究竟有什么区别呢?"

"马洛里博士,区别就在于,自由贸易委员会的业余人士会遭人杀害。"

马洛里哼了一声,向后靠在椅背上暗自想:俄理范的猜想虽然阴险,但也并非毫无根据。鲁德威克是马洛里的对手,也是他最大的劲敌。马洛里一直觉得他死得有点太是时候了。"您说的这个得克萨斯杀手长什么样?"

"据说身材高大,深色头发,体格健壮,头戴宽边帽,身穿浅色长大衣。"

"实际上呢,不会是个赛场皮条客吧?脾气暴躁,穿着时髦,身材矮小,脑门凸出,"马洛里摸了摸自己的太阳穴,"口袋里还装着把匕首?"

俄理范瞪大眼睛。"天哪。"他轻声叹道。

马洛里突然开心起来,看到这个精明圆滑的间谍破功,他内心深处产生了一种满足感。"那家伙给了我一刀,"马洛里拖着浓重的苏塞克斯口音说道,"就在德比赛场,一个非常凶狠的恶棍……"

"后来怎么样了?"

"我把他打倒了。"马洛里说。

俄理范难以置信地盯着他看了一会儿,接着大笑起来:"马洛里博士,您可真是高深莫测。"

"彼此彼此,先生。"马洛里顿了顿,"不过,我得告诉您,那人的目标应该不是我。他身边有一个女人,是个站街女。他们俩在欺负一位女士……"

"继续说下去,"俄理范催促道,"这件事非常有趣。"

"恐怕不行,"马洛里说,"那位女士是个名人。"

"博士,您守口如瓶,"俄理范平静地说,"是当之无愧的绅士。持刀袭击可是重罪,您没报警吗?"

"没有,"马洛里说道,玩味地看着俄理范强忍激动的样子,"这也是为了那位女士,我怕报警会给她招来流言蜚语。"

"也许都是做戏,"俄理范说,"精心策划,想让你卷入所谓的赌博斗殴。类似的事情也曾发生在鲁德威克身上,您应该还记得,他死在捕鼠场里。"

"先生,"马洛里说,"那位女士不是别人,是艾达·拜伦。"

俄理范惊呆了:"首相之女?"

"正是。"

"难怪,"俄理范说道,语气中突然多了一丝轻快,"不过,我突然想到,很多女人的打扮都与艾达女士有几分相似,毕竟我们的差分机女王同时也是时尚女王,成千上万的女人在模仿她的穿搭。"

"俄理范先生,没人给我引见过艾达女士,但我在皇家学会的会议上见过她,还听过她关于差分机数学的讲座。我没有弄错。"

俄理范从外套里掏出一个皮面笔记本,翻开放在腿上,又拔下一支针笔的笔帽,准备开始记录:"请给我讲一下当天的情况。"

"您会守口如瓶吗?"

"我向您保证。"

马洛里谨慎地讲述了那天发生的事情,尽其所能地对那两个折磨艾达的人和当时的情形进行了描述,但他没提那个装着法国樟脑纤维素差分机卡片的木盒。马洛里认为这是他与艾达女士之间的私事,既然艾达女士将这件奇怪的东西交给他保管,那他就会把这看作一项神圣的义务。现在,那个装有卡片的木盒就藏在应用地质学博物馆里,外面仔细裹着包标本的白色亚麻布,搁在马洛里存放石膏加固化石的私人锁柜里,等待他进一步探查。

俄理范合上笔记本,收起笔,示意侍者上酒。侍者认识马洛里,给他端了一杯哈克巴夫酒。俄理范则要了一杯苦味杜松子酒。

"我想向您介绍几位朋友,"俄理范说,"中央统计局保存着大量犯罪分子的档案,可以查到人体测量数据、差分机画像什么的。我希望您能指认那个袭击您的人及其女同伙。"

"好的。"马洛里说。

"您也将得到警方的保护。"

"保护？"

"当然不是普通的警察，是政治保安处的人，他们非常谨慎。"

"也不能总让警察跟着我啊，"马洛里说，"别人会怎么说？"

"我比较担心您哪天被人开膛破肚、横尸街头时，他们知道后会怎么说。两位著名恐龙学者均神秘遇害？报纸会大肆报道的。"

"不用派人保护我，我才不怕一个小小的皮条客。"

"他很可能就是个小角色。如果您能指认的话，我们至少可以确定他是不是小角色。"俄理范轻轻叹了口气，"对帝国而言，这件事确实不值一提。不过，我猜是有人花钱买凶，必要时会找那种见不得光的英国人帮忙，最后再与美洲难民暗中接应，前者住在伦敦那些外国人聚居的偏僻小巷里，后者来伦敦则是为了逃离那些震撼美洲大陆的战争。"

"您认为艾达女士也卷入其中了？"

"不，博士，我并不这样认为。您可以放心，艾达女士不可能卷入这种事，您当时看见的那个女人也不可能是艾达·拜伦。"

"那我就没什么好说的了。"马洛里说，"如果您告诉我艾达女士的利益受到了威胁，我可能会同意您采取任何措施。但照目前的情况来看，我也可以冒点险。"

"当然，决定权完全在您手中，"俄理范冷冷地说，"或许现在采取这种严厉措施还为时尚早。您有我的名片，对吗？有情况的话，请通知我。"

"我会的。"

俄理范站起身说道："请记住，如果有人问起，就说我们今天谈的都是地理学会的事。"

"俄理范先生，您还没告诉我您的雇主是谁，您真正的雇主。"

俄理范面色阴沉地摇了摇他的长脑袋，说道："知道这种事对您没什么好处，博士，这样的问题只会徒增烦恼。马洛里博士，现在就和那些秘密活动撇清关系才是明智的选择。如果运气好，这整件事最终会化为乌有，消失得无影无踪，就像做了一场噩梦。当然，我会遵守诺言，提名您加入地理学会，同时也希望您认真考虑我提议的利用弓街警局差分机的事。"

真是个怪人。马洛里看着他转身大步离开，两条长腿像剪刀一样快速交替着在酒店华丽的地毯上走过。

马洛里一手拎着他的新旅行包，一手拽着头顶的拉手带，慢慢沿着公共汽车拥挤的过道，走向嘎吱作响的下车步梯。趁着司机减速避让一辆脏兮兮的马车，马洛里从车上跳到了路边。

尽管已经非常小心，但马洛里还是上错了车，也可能上对了车，只是由于光顾着埋头看最新一期的《威斯敏斯特评论》，等他发现时早已坐过了站。他之所以买这本杂志，是因为上面刊登了一篇俄理范的文章，这篇文章对克里米亚战争进行了一番诙谐的事后剖析。从中可以看出，俄理范堪称熟知克里米亚地区的专家。他的著作《俄罗斯的黑海海岸》出版于敌对行动爆发前整整一年，书中详细描述了他在克里米亚愉快而全面的度假之旅。以马洛里新近警觉起来的眼光看，俄理范最新发表的这篇文章充满了诡秘的影射。

一个流浪儿正拿树枝扫帚拍打马洛里面前的人行道。男孩抬起头，迷惑不解地问道："您说什么，先生？"马洛里吓了一跳，这才意识到自己刚才走神了，一直在自言自语，全神贯注地嘀咕俄理范在文章中的旁敲侧击。见马洛里看向自己，男孩立刻表演了一个后空翻。马洛里扔给他两便士，随便选了个方向转身离开。不一会儿，他发现自己来到了莱斯特广场。这里有鹅卵石铺成的小径和整齐的花园，是抢劫与伏击的绝佳场所。晚上尤其如此，因为周围的街道上有特色剧场、哑剧剧场和幻灯剧场。

马洛里穿过惠特科姆街，又穿过奥克森登街，来到干草市场。现在正值夏季，又赶上大白天，吵闹的妓女们都在睡觉，还没出来，所以这里静得出奇。出于好奇，他沿街走了一遍。这地方白天看起来跟晚上截然不同，破旧不堪，毫无生气。这时，一个皮条客注意到了踱步而行的马洛里，便走过来递给他一包避孕套，打包票说可以预防性病传染。

马洛里买下那包避孕套，扔进了旅行包。

他向左转去，大步走进喧嚣热闹的蓓尔美尔街。高档俱乐部林立在宽阔的柏油碎石路两边，外面围着黑色的铁栅栏，里面的大理石门面与拥挤的街道间隔着相当长一段距离。走出蓓尔美尔街便到了滑铁卢广场，可以看到广场那头矗立着约克公爵纪念柱[1]。伟大的老约克公爵曾拥有一万名士兵，如今却只剩下远处那座被煤烟熏黑的雕像。雕像下面的圆柱虽然又粗又高，可在皇家学会总部钢铁尖顶的映衬下，还是显得十分矮小。

马洛里这时才辨清方向。他走上蓓尔美尔街的高架人行天桥，看见几个头戴方巾的筑路工在下面的十字路口热得汗流浃背。他们正在用一台砰砰作响的钢臂挖掘机松土，为一座新纪念碑打地基。这座纪念碑无疑是为了纪念英军在克里米亚战场取得的光荣胜利。马洛里走下天桥，来到摄政街，然后大步向前走到广场站。人群源源不断地从满是煤烟的大理石地铁口拥出，马洛里任由汹涌的人流将自己带走。

这地方弥漫着一股强烈的恶臭，阴沟的臭味，很像醋燃烧时散发的气味。有那么一瞬间，马洛里甚至以为这臭气来自人群中，是从他

---

[1] 这个纪念柱纪念的约克公爵是乔治三世的第二个儿子，乔治四世和威廉四世的兄弟，曾于拿破仑战争期间担任英国陆军总司令，他创建的桑赫斯特皇家军事学院是训练陆军军官的老牌世界名校之一。——译者注

们的衣缝和鞋缝里散发出来的。然而，实际上这种浓烈的味道来自地下，似乎是深埋地下的炽热煤渣与腐败物渗出的液体发生了剧烈的化学反应。这时他才意识到这肯定是活塞运动造成的，是飞驰的地铁从伦敦炎热的地下带出来的。接着，他被拥挤的人群带到杰明街，不一会儿就闻到了派克斯顿威特菲尔德奶酪店令人陶醉的奶酪味。他匆匆穿过杜克街，忘掉刚才那股臭气，在卡文迪什酒店的铁艺灯下停下来拉好旅行包拉链，走向对面的应用地质学博物馆——他此行的目的地。

应用地质学博物馆是一座大厦，如堡垒般雄伟坚固，马洛里觉得这栋建筑的风格和馆长的气质很相似。他小跑着上了台阶，走进凉爽的大厦，挥笔在皮面的访客登记簿上写下自己的名字，然后大步走进宽敞的中央大厅。中央大厅的墙边排列着华贵的玻璃门红木柜，阳光穿过大厦那钢铁和玻璃构成的大穹顶倾泻而下。一位孤零零的清洁工正系着安全带悬在穹顶上，转圈擦拭一块又一块玻璃。在马洛里看来，这样擦下去很可能会没完没了。

博物馆底层陈列着脊椎动物标本，还有各种地层地质学奇观图示。楼上的展厅内围着栏杆，竖着立柱，里面的陈列柜较小，展示的是无脊椎动物。可喜的是，今天来参观的人不少，妇女和儿童所占比例惊人。其中还有某公办小学一整个班级的学生，都是工人子弟，穿着校服，看起来有点邋遢。他们在红衣导游的帮助下，严肃认真地研究着柜子里的展品。

马洛里闪身走进一扇没有任何标志的高大侧门，来到走廊上，两侧是一间间上了锁的储藏室，尽头则是馆长办公室，此时办公室紧闭的门里传出一个威严的声音。马洛里敲敲门，微笑地听着那声音朗朗说完一段修辞性设问。"进来。"是馆长洪亮的声音。马洛里走进去，托马斯·亨利·赫胥黎站起来迎接他。两人握了握手。赫胥黎刚才一直在向秘书口授文稿。他的秘书是一个戴眼镜的年轻人，看样子是个胸怀大志的研究生。"哈里斯，暂时到这里吧，"赫胥黎说，"请让瑞克斯先生带着雷龙展的草图来我办公室。"

秘书将铅笔记下的文稿放进一个皮面的对开文件夹，朝马洛里鞠了一躬便离开了。

"最近怎么样，内德？你看起来真不错，可以说好极了。"赫胥黎上下打量着马洛里。他的眼睛细长，目光如炬，观察力敏锐，就是这双眼睛发现了人类毛发根部的"赫胥黎层"[1]。

"只是交了点好运而已。"马洛里粗声粗气地说。

马洛里忽然吃惊地发现，一个金发小男孩从赫胥黎堆满东西的办公桌后面走出来，身上穿着整洁的平翻领西装和长及膝盖的短裤。"这是谁啊？"马洛里问道。

"我的未来，"赫胥黎打趣道，弯腰抱起小男孩，"这是我儿子诺埃尔，今天跑来给我帮忙。儿子，向马洛里博士问好。"

"梅洛伊先生，您好。"男孩尖声说道。

"是马洛里博士。"赫胥黎轻声纠正道。

诺埃尔瞪大了眼睛。"梅洛伊先生，您是看病的医生吗？"这个想法显然吓坏了他。

"哎呀，诺埃尔少爷，上次我们见面的时候，你还不太会走路呢，"马洛里衷心叹道，声音低沉而洪亮，"如今都长成一个小绅士了。"他知道赫胥黎很喜欢这个孩子。"你的小弟弟呢，他怎么样？"

"他现在不止有弟弟，还添了个妹妹，"说着，赫胥黎放下了小男孩，"我女儿出生时，你还在怀俄明。"

"诺埃尔少爷，有了妹妹很高兴吧？"

小男孩戒备又不失礼貌地微微一笑，然后跳到了父亲的椅子上。马洛里把旅行包放到一个书橱上，里面摆着一套用摩洛哥皮革装订的

---

[1] 1845年赫胥黎发表了第一篇科学论文，描述了毛发内鞘中无人发现的一层构造，此后该层构造即被称为"赫胥黎层"。——译者注

居维叶[1]原作。"托马斯,我这儿有样东西,你可能会感兴趣,"说着,马洛里打开了旅行包,"是夏延人送给你的礼物。"他把那盒避孕套塞到《威斯敏斯特评论》底下,然后掏出一个用绳子捆起来的纸包,拿给赫胥黎。

"希望不是那种民族古玩儿,"赫胥黎笑道,利落地用裁纸刀割断绳子,"我可受不了那些该死的珠子……"

纸包里有六个皱巴巴的棕色圆片,每个都有半克朗银币那么大。

"托马斯,这是一位夏延巫医送给你的,应该对你有帮助。"

"夏延人的巫医就像我们英国的国教主教一样,对不对?"赫胥黎笑道,从那些皮革般的东西中拿起一片,凑到光亮处仔细观察,"晾干的植物,是仙人掌吗?"

"应该是。"

"邱园的约瑟夫·胡克[2]肯定知道。"

"这位巫医很清楚我们的考察目的,认为我们想让巨兽在英国复活。托马斯,他说这东西可以让你到很远的地方找回巨兽的灵魂。"

"这要怎么用,内德,串在念珠上吗?"

"不是的,托马斯,这是用来吃的。吃下去,念经,敲鼓,像伊斯兰教托钵僧那样跳舞,直到昏倒。我猜这是标准的招魂方法。"马洛里咯咯笑道。

"某些植物毒素具有致幻的特性,"说着,赫胥黎小心地将那些圆片放进办公桌抽屉,"谢谢你,内德,稍后我会确保将其妥善分类登记

---

1. 乔治·居维叶,著名古生物学者,提出了灾变论,是解剖学和古生物学的创始人。——译者注
2. 十九世纪英国著名植物学家和探险家,地理植物学的创立者和达尔文的挚友,曾任英国皇家植物园邱园园长长达二十余年,并到南极、印度、新西兰、北非、北美等地考察,研究了美洲及亚洲植物的关系,证明了进化论对植物学的实用价值,所著《植物种类》是对植物分类的全面研究。——译者注

的。我们的瑞克斯先生现在工作缠身，怕是已经忙晕了。他平常不会这么慢。"

"今天来参观的人很多。"为避免冷场，马洛里附和道。赫胥黎的儿子从口袋里掏出一块太妃糖，正用外科医生般的精准手法剥着糖纸。

"是啊，"赫胥黎说，"首相大人经常意味深长地说，英国的博物馆就是我们的智慧堡垒。然而，不可否认的是，教育……大众教育才是当前最伟大的工作。不过，有时我也想抛开一切，继续去野外考察。像你一样，内德。"

"这里需要你，托马斯。"

"他们也这么说，"赫胥黎说道，"我每年都会设法出去一次，多半是去威尔士……爬山。那能让我的灵魂恢复活力。"他顿了一下，"你知道我要封爵了吗？"

"不会吧！"马洛里高兴地喊道，"托马斯·赫胥黎勋爵！天哪！这可真是个好消息。"

赫胥黎却有点闷闷不乐。"我在皇家学会见到了福布斯勋爵。他是这么说的：'嗯，恭喜你啊，可以进入上议院了。评选在周五晚上进行，我听说你也入选了。'"赫胥黎毫不费力地模仿着福布斯的言行举止，甚至还有福布斯的口吻。他抬起头，接着道："我还没看到入选名单，但福布斯位高权重，我感觉他的话应该错不了。"

"当然错不了！"马洛里欢欣鼓舞，"那可是福布斯啊！"

"只要还没正式宣布，我的心就会一直悬着，"赫胥黎说，"内德，坦白说，我确实有些担心，首相的身体状况不容乐观。"

"是啊，他怎么就病了呢？"马洛里说，"可这有什么好担心的？你的成就不言而喻！"

赫胥黎摇头道："在这个时候评选似乎并非偶然，我怀疑是巴贝奇及其朋党耍的花招。这可能是他们的最后一搏，趁拜伦还掌权的时候把科学家塞进上议院。"

"你想得太多了，"马洛里说，"你可是进化论最坚定的辩护者！为什么要质疑自己的好运呢？在我看来，只要公正评选，你肯定会入选！"

赫胥黎用双手抓住自己的翻领，这是一种极其真诚的姿态。"不管是否封爵，我都可以说我从未插手干预此事，从未要求过特殊待遇。若我果真封爵，那也不是我自己钻营所得。"

"无须钻营！"马洛里说。

"当然要钻营！"赫胥黎厉声说道，"我不会公开说这种话，"他压低声音，"但你我已相识多年，我把你看作盟友，内德，看作可以说实话的朋友。"

赫胥黎开始在办公桌前的土耳其地毯上踱步。"对于这么重要的事情，我们假装谦虚是没有用的。我们必须履行某些重要职责，那是为了我们自己，为了外面的世界，为了科学。即便受到赞扬，对我们来说也不是什么乐事。更何况，我们还要经受各种磨难，忍受许多实实在在的痛苦，甚至还要面对危险。"

马洛里感到心绪不宁，没想到会突然听到这种消息，赫胥黎突然释放的真诚也令他心情沉重。不过他又想，赫胥黎一直都是这样，甚至年少读书时也曾给同伴带来过冲击与影响。从加拿大回来后，马洛里第一次感觉自己回到了真实的世界，回到了赫胥黎那种高尚纯洁的精神层面。"什么样的危险？"他迟钝地问道。

"道德危险，还有人身危险。争权夺利总有危险。勋爵是一种政治职位，内德，关乎党政，涉及金钱与法律。这是一种诱惑，也许是不光彩的妥协……国家资源有限，竞争非常激烈。我们必须捍卫科学和教育的地位。不，要扩大！"赫胥黎冷笑道，"不管怎样，我们必须迎难而上，否则只能袖手旁观，任由魔鬼在未来的世界里横行霸道。我宁愿粉身碎骨，也不愿眼睁睁看着他们糟蹋科学！"

听到赫胥黎如此直言不讳，马洛里吓了一跳。他瞟了一眼小男孩，发现那孩子正吮着太妃糖，穿着亮闪鞋子的小脚一下下踢着椅子腿。

"托马斯,这件事非你莫属,"马洛里说,"只要用得上,我一定会鼎力相助,这你知道的。"

"内德,听你这么说,我真高兴。我相信,你心志坚定,不达目的决不罢休,在怀俄明荒野长达两年的辛苦考察就是铁证!哎呀,有些人嘴上说要为科学献身,心里却只想着金质勋章和教授头衔,这种人我每周都会见到。"

赫胥黎踱得越来越快。"如今英国到处充斥着令人生厌的伪善言辞,充斥着谎言和利己主义,"赫胥黎突然停下脚步,"换句话说,内德,有时我甚至觉得自己也可能有了污点。一想到这种可能,我就胆战心惊。"

"这是不可能的。"马洛里安慰他道。

"你能回来真是太好了,"赫胥黎说着又踱起步子,"更好的是,你现在出名了!我们必须利用这个优势。你得写一本游记,把你的英勇事迹详细地写下来。"

"还真是无巧不成书,"马洛里说,"我包里正好有一本游记,是劳伦斯·俄理范所著的《出使中国和日本纪事》,这人好像挺聪明的。"

"地理学会的俄理范?那人简直无可救药,有点聪明过头了,说起谎来像政客一样。他那种游记不行,我建议写面向大众的游记,让机械师也可以看懂,让那种客厅里只摆一张折叠桌和一对牧羊人陶饰的人也能看懂!我跟你说,内德,这对我们的伟业至关重要,而且能赚大钱。"

马洛里大吃一惊:"我兴奋的时候演讲还算不错,可要冷静地写一整本书……"

"我们去格拉布街[1]找个文人给你润色一下,"赫胥黎说,"相信我,大家都这么做。有个姓迪斯雷利的,他父亲是《迪斯雷利季刊》的创

---

1. 伦敦的一条旧街,过去为穷苦潦倒文人的聚居地。——译者注

始人。这家伙有点鲁莽，平常写点奇情小说，都是垃圾，但清醒的时候他还是挺可靠的。"

"本杰明·迪斯雷利？我妹妹阿加莎很喜欢他写的爱情故事。"

赫胥黎点点头，那样子就像在说赫胥黎家族的女性绝对不会看通俗小说。"我们还得谈谈皇家学会研讨会的事，内德，你就要发表关于雷龙的演讲了。这可不是小事，是非常重要的公开演讲。你有可以用于宣传的照片吗？"

"啊，没有。"马洛里答道。

"去毛尔波利布兰克照相馆，他们是给贵族拍照的银版摄影师。"

"我先记下来。"

赫胥黎走到办公桌后面的红木框黑板前，拿起一支套着纯银笔套的粉笔，龙飞凤舞地写下"毛尔波利布兰克照相馆"几个字。

接着，他转身对马洛里说："你还需要一位影像师，我刚好认识这么个人。他为皇家学会做过很多影像作品，设计往往极其复杂别致，稍不注意，他设计的程序就会抢了你的风头。用他自己的话说叫作'填上所有漏洞，做到天衣无缝'。不过，这小子确实聪明。"

说着，他转身在黑板上写下"约翰·济慈"几个字。

"托马斯，你这可真是帮了大忙！"

赫胥黎顿了一下，接着道："还有一件事，内德，我也不知当讲不当讲。"

"什么事？"

"我并不想伤你的心。"

马洛里皮笑肉不笑地说："我知道我不太擅长演讲，但我以前还算谈吐自若。"

赫胥黎顿了一下，然后突然扬手问道："你管这叫什么？"

"我管它叫讽笔呀。"马洛里顺着他的话答道。

"讽笔？"

"讽笔！"马洛里重复道。

"内德，你的苏塞克斯口音还是有点重，我们得想想办法。我有个熟人是个演说家，小个子，非常谨慎。他其实是法国人，但英语说得非常好。你跟他学一个星期，肯定会产生奇迹。"

马洛里皱起眉头："听你这意思，难道是要有奇迹我才能做好演讲？"

"当然不是！你只要练一下听力就行。如果知道有多少声名鹊起的演说家曾请他指点过，你肯定会大吃一惊，"赫胥黎在黑板上写下"朱尔斯·达朗贝尔"几个字，"他的课有点贵，不过……"

马洛里记下这个名字。

这时有人敲门。赫胥黎拿起沾满粉笔灰的黑檀木柄黑板擦，擦掉黑板上的字，说道："请进！"一个矮胖的男人系着沾满石膏点的围裙走了进来。"这是我们的助理馆长特伦哈姆·瑞克斯先生，你应该还记得。"

瑞克斯把手里那本厚厚的对开活页夹夹到腋下，和马洛里握了握手。与上次见面时相比，瑞克斯的头发少了些，身材也胖了些。"博士，很抱歉，我来晚了，"瑞克斯说道，"我们正用石膏在工作室加固化石椎骨，不太好弄，那些骨架大得惊人，光是块头就造成不少问题。"

赫胥黎在办公桌上腾出一块地方。诺埃尔拽了拽他的袖子，低声说了些什么。"哦，好啊，"赫胥黎说道，"抱歉两位，我们失陪一下。"他领着诺埃尔出了办公室。

"瑞克斯先生，恭喜您升职了。"马洛里说。

"谢谢您，博士。"瑞克斯回道。他打开活页夹，将一副有系带的夹鼻眼镜架到鼻子上。"感谢您的伟大发现。不过我必须说，就我们博物馆的规模而言，它给我们带来了挑战！"他在一张大页图纸上敲了敲，"您看看就知道了。"

马洛里仔细看了看那张草图，那是博物馆中央大厅的平面图，上面画着陆上利维坦的骨架。"头骨在哪儿?"他问道。

"脖子已经伸到门厅里了,"瑞克斯骄傲地说,"我们得挪走几个柜子才行……"

"有侧视图吗?"

瑞克斯从那叠草图中抽出侧视图。马洛里皱着眉头仔细端详:"这种结构安排有什么根据吗?"

"目前为止,有关这种生物的论文寥寥无几,"瑞克斯不快地答道,"其中属福克博士上个月在《皇家学会汇刊》上发表的文章篇幅最长,内容也最详尽。"他从文件夹里取出那本杂志。

马洛里挥手将杂志拂到一边:"福克完全扭曲了标本的特性。"

瑞克斯眨了眨眼睛:"福克博士的声望……"

"福克是均变论者!他以前是鲁德威克的陈列室管理员,也是鲁德威克最亲密的一位盟友。福克写的那篇论文全是无稽之谈。他竟然说这是水陆两栖的冷血动物!还说它以柔软的水生植物为食,行动迟缓。"

"可马洛里博士,如此沉重的庞然大物!怕是只有生活在水里才支撑得起来……"

"我明白了。"马洛里打断瑞克斯的话,努力让自己的心情平复下来。他知道责怪可怜的瑞克斯也于事无补,这人就是个做烦琐工作的职员,他什么都不懂,而且心怀好意。"难怪您让它的脖子软绵绵地平伸,都快贴上地板了……难怪您把它的腿接得跟蜥蜴似的,不对,是跟两栖动物似的。"

"是这样,博士,"瑞克斯说,"您想象一下就知道了。它伸着长长的脖子去吃水生植物,庞大的身躯自然不太需要移动到很远的地方,也不需要移动得很快,除非为了避开捕食者。可什么样的捕食者会饿到来攻击这种巨兽?"

"瑞克斯先生,您被严重误导了。这不是什么大型的软体蝾螈目动物,而是类似现代的大象或长颈鹿,只是体形要大得多。经过进化,它可以扯着树梢吞食枝叶。"

马洛里从办公桌上拿起一支铅笔,迅速娴熟地勾画起来。"它大部分时间都用后腿站立,用尾巴支撑身体,头部则离地面很远。请注意,这么粗的尾椎就是确凿的证据,表明两足站立对尾椎造成了巨大的压力。"他敲了敲图纸,接着道,"一群这样的动物可以在短时间内摧毁整座森林。瑞克斯先生,它们像大象一样长途迁徙,而且行进速度很快。由于它们食欲旺盛,破坏性极强,沿途的地貌也会随之发生改变。雷龙生前直立行走,胸廓狭窄,腿部笔直,状似圆柱,可以像大象一样僵直跨步,动作迅捷,根本不是这种蛤蟆造型。"

"我们画的这张模仿的是鳄鱼。"瑞克斯反驳道。

"剑桥差分机分析学院已经帮我完成了应力分析。"说着,马洛里走到旅行包前,取了一扎折叠式记录纸,啪的一声摔在了办公桌上,"这么可笑的姿势,在陆地上一刻也站不起来。"

"是的,博士,"瑞克斯轻声说道,"所以才有了水生假说啊。"

"看看它的脚趾!"马洛里说,"粗得像基石一样,不是游水用的蹼足。再看看脊椎骨上那些凸缘。这种生物靠髋关节支撑身体直立,它能够到很高的地方,像建筑起重机一样!"

瑞克斯摘下夹鼻眼镜,从裤兜里掏出一块亚麻手帕开始擦拭镜片。"我敢说,福克博士肯定不爱听这种说法,"他说,"他的同事也不会爱听。"

"我还没跟他们动真格的呢。"马洛里说道。

赫胥黎牵着儿子的手走进办公室。他看看瑞克斯,又看看马洛里。"天哪,"他说,"看来你们已经谈得很深了。"

"都是福克的无稽之谈,"马洛里说,"他似乎决心要证明恐龙不适合生存!竟然把我的陆上利维坦说成是浮在水中吃眼子菜的蛞蝓。"

"你也得承认,它确实没怎么长大脑。"赫胥黎说。

"托马斯，那并不代表它反应迟钝。大家既然能承认鲁德威克发现的恐龙会飞，那这种生物就是反应敏捷，动作灵敏。"

"其实，现在鲁德威克已经不在了，有关这个问题的看法也被修正了一些，"赫胥黎说，"有人说他发现的那只有翼的爬行动物其实只能滑翔。"

要不是看屋里还有孩子，马洛里简直想骂人。"好吧，一切最后还是要回到基本理论上来，不是吗？"他说，"均变论派希望恐龙反应迟钝，行动迟缓！毕竟这样才符合他们的说法，证明世界是通过一个缓慢的过程逐渐发展成现在这样的。而承认灾变的作用，就是在承认这种巨型生物的达尔文适合度远没有那么低，对福克及其朋党那样的小型现代哺乳动物来说，这可能会伤害他们的自尊心。"

赫胥黎坐了下来，一手托着蓄着络腮胡的脸问道："你不同意这样安排标本？"

"马洛里博士似乎更喜欢让它站着，"瑞克斯说，"做成像要去吃树叶的样子。"

"瑞克斯先生，可以摆成那种姿势吗？"

瑞克斯面露惊色。他把夹鼻眼镜塞进围裙后面的口袋，挠挠头道："也许可以，博士。可以把它放在天窗下面，从顶梁上加以固定。脖子可能得弯一点……可以让头部对着观众！效果肯定会非常好。"

"这样是可以迎合大众的喜好，"赫胥黎说，"不过我担心那些神经脆弱的古生物学家可能会无法接受。坦白说，我不认同你那种说法。福克的论文我还没读，而你呢，马洛里，你还没发表过这方面的文章。况且，我并不想助长灾变论的势焰，'自然界绝无大跃进'。"

"自然界存在大跃进，"马洛里反驳道，"差分机模拟可以证明，复杂的系统会突然转变。"

"别管理论了。你对眼前的证据有什么看法？"

"我可以给出不错的论据，等到公开演讲的时候我会给大家演示。"

虽然还不完美，但肯定要比对方的好。"

"你愿意拿你学者的名誉来赌吗？你考虑过可能出现的各种质疑和反对意见吗？"

"我可能是错的，"马洛里回答道，"但不会像他们那样大错特错。"

赫胥黎拿着手里的针笔敲了敲桌子。"我有一个问题，一个浅显的问题：这种生物的脑袋跟马的差不多大，牙齿也很差，那它是怎么吃树木枝叶的呢？"

"不是用牙齿咀嚼的，"马洛里说，"它有一个砂囊，里面铺着磨石。从其胸廓的大小来看，这个器官肯定有一码长，可能有一百磅[1]重。这么重的砂囊，肌力比四头公象的咬合力还大。"

"作为爬行动物，它为什么需要那么多的营养？"

"它本身不是温血动物，但新陈代谢很快。这就是简单的面容比问题，如此庞大的躯体必然需要即使在寒冷的天气里也能保持体温，"马洛里笑道，"这些方程式非常简单，用皇家学会那种比较小的差分机顶多一个小时就能算出来。"

"这会带来大麻烦。"赫胥黎低声说。

"我们要让政治阻碍真理吗？"

"说得好。瑞克斯先生，他赢了……你辛苦设计的方案恐怕得改改。"

"博士，工作室的小伙子们喜欢挑战，"瑞克斯忠诚地说，"恕我直言，赫胥黎博士，学术论战可以令我们博物馆的参观人数剧增。"

"还有一件小事，"马洛里赶紧接话道，"就是头骨的状况。唉，这个标本的头骨支离破碎，需要仔细研究，外加一定的猜测。瑞克斯先生，我想去工作室和你们一起修复头骨。"

"当然可以，博士。我回头让人给您一把钥匙。"

"我的石膏造型知识都是跟吉迪恩·曼特尔勋爵学的，"马洛里带

---

[1]. 1磅约为0.45千克。——译者注

着怀念的口吻说，"那是很有价值的手艺，可惜我很久没碰过了。有机会在这种堪称典范的环境中观摩这门技术的最新进展，真是一件非常愉快的事。"

赫胥黎微微一笑，笑容里透着一丝怀疑："内德，希望我们能让你满意。"

马洛里一边用手帕擦拭后脖颈，一边闷闷不乐地凝望对面中央统计局的总部大楼。

古埃及已经消亡二十五个世纪，但马洛里对它的了解仍足以让他感到厌恶。法国人挖掘的苏伊士运河是一项壮举，因此，凡是埃及的事物都成了巴黎的风尚。这种风尚也席卷了英国，导致这个国家遍地都是圣甲虫形的餐巾别针、鹰翼形的茶壶、俗艳的倒塌方尖碑立体画和没鼻子的斯芬克斯[1]人造大理石小雕像。制造商利用差分机编程，将那群兽首的异教小神绣在他们的窗帘、地毯和车毯上，马洛里对此十分厌恶。他现在特别不喜欢听人叨叨什么金字塔，人们为那些废墟惊叹不已的蠢样尤其让他无法忍受。

他当然看过有关苏伊士运河的文章，也对其中的工程壮举肃然起敬。在缺乏煤炭的情况下，法国人用沥青浸泡的木乃伊充当巨型挖掘机的燃料。那些木乃伊像木柴一样被堆起来成吨出售。不过，他还是对埃及学在地理期刊上占据那么大的篇幅感到不满。

中央统计局总部大楼坐落在威斯敏斯特的行政中心，外形有点像金字塔，装饰细节也过分埃及化，最上面几个楼层的房顶逐渐倾斜，向顶端的石灰岩聚拢。为了增加空间，下面的楼层空间要比上面的大很多，看起来十分臃肿，整栋建筑如同一根巨大的石头萝卜。高高的烟囱穿墙而出，一大堆换气扇零散地分布在墙壁上，不停旋转，就连

---

1. 带翼的狮身女怪，传说常叫过路行人猜谜，猜不出者即遭噬食。——译者注

扇叶都是烦人的鹰翼状。整栋建筑从上到下布满粗大的黑色电报线，仿佛帝国收集的一条条情报可以轻易钻透坚硬的石墙。密集的电报线沿导线管从托架上俯冲而下，最终连接到电线杆上，密密麻麻，像繁忙港口里的索具一样。

豪斯福大道上方，电报线纵横交错，成群的鸽子停在上面。马洛里一边提防着头顶上可能落下的鸽子粪，一边踩着脚下因烈日炙烤而发黏的柏油碎石路，小心翼翼地走到对面。

中央统计局的大门像堡垒一样，两边立着莲花柱和高约二十英尺的英式斯芬克斯铜像。两扇大门上各开了一扇较小的角门供人们日常出入。马洛里皱着眉头大步走进去。楼里凉爽幽暗，弥漫着淡淡的碱液味和亚麻籽油味。伦敦的闷热虽然被挡在了外面，可这该死的地方竟连一扇窗户都没有。埃及样式的煤气灯照亮黑暗，火焰随微风轻轻跃动，忽明忽暗的灯光被扇形的抛光白铁皮反射开来。

马洛里在访客登记处出示了公民卡。登记员穿着中央统计局的新式制服，带着一种古怪的军人气质，也可能是警察气质。他仔细记下马洛里要去的地方，又从柜台下面拿出一份用差分机打印的大楼平面图，用红笔标出马洛里要走的曲折路线。

马洛里接过路线图，语气生硬地道了谢，心里还在为早上面见地理学会提名委员会时的情形恼火。福克竟然莫名其妙地进了提名委员会，马洛里虽然不知道他在背后使了什么不正当的手段，但其图谋显而易见。赫胥黎的博物馆摒弃了福克提出的雷龙为水生动物的假说，导致福克将马洛里的陆生动物假说视为对他的人身攻击。结果，明明是件平时只需要愉快地走个过场的事情，却在今早变成了一次对极端灾变论的公开审判。幸好，俄理范早已打点妥当，没让福克在最后关头的伏击得逞。最终，马洛里获得了皇家地理学会会员资格，但他仍对此事耿耿于怀，觉得自己的名誉受到了损害。他可是爱德华·马洛里博士,那些便士报[1]都称他为"利维坦马洛里"。福克今早的所作所为却让他看起来像个狂热分子,甚至有些狭隘,而且还是在面对尊贵的一流地理学家的时候,其中甚至包括去麦加朝觐过的伯顿和去刚果考察过的埃利奥特。

马洛里按照路线图往前走,嘴里一直喃喃自语。他觉得自己在学术斗争中的运势似乎总是不如托马斯·赫胥黎的好。赫胥黎与当权者争斗不休,结果他成了著名的辩论奇才,马洛里却沦落至此:在阴森的大楼里借着煤气灯的亮光寻路前行,只为指认一个卑鄙的赛场皮条客。

马洛里转过第一个弯,发现一幅大理石浅浮雕,上面刻画的是"摩西蛙灾"[2]。"蛙灾"一直是他最喜欢的一个圣经故事,马洛里忍不住驻足欣赏,差点被一辆钢制的手推车撞倒。车上满满当当地堆着好几沓穿孔卡。

"闪开!"推车人喊道,他穿着带铜扣的哔叽制服,戴了一顶信差的鸭舌帽。令马洛里惊讶的是他脚上穿着轮滑靴,结实的系带靴上装着微型轮轴与无辐橡胶轮。那人动作娴熟地推着手推车在走廊上往前冲,一拐弯就不见了。

马洛里继续往前走,发现有人用条纹锯木架做的路障挡住了一条走廊。里面点着煤气灯,光线昏暗,有两个看着像是疯子似的人影正动作缓慢地在那儿爬来爬去。马洛里目不转睛地看了一会儿,发现那其实是两个中年胖女人,一身白衣从脖子遮到脚,纤尘不染,头发也用弹性头巾帽裹得严严实实。从远处望去,她们的衣服像裹尸布一样,看起来十分怪异。这时,其中一个人跟跟跄跄地站了起来,拿着带伸缩杆的海绵拖把动作轻柔地开始擦拭天花板。

---

1. 十九世纪售价一便士一张的报纸。——译者注
2. 埃及十灾之一。《圣经》中记载,神降灾难给埃及,劝说法老王还以色列民以自由,十灾分别是血灾、蛙灾、虱子灾、苍蝇灾、畜疫灾、泡疮灾、冰雹灾、蝗灾、黑暗之灾、长子灾。——译者注

原来是清洁工。

马洛里跟着路线图来到一部电梯前。身穿制服的操作员将他引入电梯，送至另一个楼层。这个楼层的空气很干燥，没有一丝风，走廊里一片繁忙的景象。这里也有几个气质古怪的警察，还有一些神情严肃的首都绅士，其中可能有辩护律师、事务律师、大资本家的法务代理，这些人的工作就是获取并传播公众的态度和影响。简而言之，他们都是政治人物，专门从事不可捉摸的事务。他们可能都有自己的妻儿，有自己的褐沙石房屋，但在这个地方，马洛里觉得他们有点像幽灵或神职人员。

马洛里接着往前走了几码，又有一个穿轮滑靴的信差突然冲过来。他赶紧闪避，抓住一根装饰性的铸铁柱稳住身子，结果被上面的金属烫伤了手。他这才发现那柱子上虽然装饰着华丽的莲花图案，但它其实是一个烟囱。他能听到里面传来的因烟道调整不当而产生的轰鸣声，那声响时高时低，沉闷不畅。

马洛里又看了看路线图，走进一条左右两边都是办公室的走廊。身穿白衣的职员从一扇门冲进另一扇门，不停躲闪那些推着独轮手推车在走廊上跑来跑去的年轻信差，每辆车上都装满了卡片。这里的煤气灯稍微亮一些，但因为有风持续吹来，灯光不断摇曳。马洛里回头看了一眼，发现走廊尽头放着一台巨大的钢架换气扇。上了油的链条传动装置带动换气扇旋转，发出微弱的振鸣声。不过，他没看见驱动链条传动装置的发动机，应该是被藏在了这座金字塔状建筑的深处。

马洛里突然产生了强烈的晕眩感。他可能犯了一个严重的错误。要解开德比日的谜团肯定还有更好的办法，没必要请俄理范那位官僚朋友帮忙找皮条客。这地方的空气让他感到压抑、焦灼，到处都是肥皂味，毫无生气。地板和墙壁都被擦得锃亮，闪闪发光……他以前从没见过如此一尘不染的地方……这里的走廊让他想起另一段迷宫般的旅程……

当时是和达尔文勋爵同行。

马洛里和这位伟大的学者一起走在肯特郡灌木丛生的林荫小路上，后者边走边用手杖戳着潮湿的黑土，滔滔不绝地谈论蚯蚓的生活，条理清晰，极为详尽：蚯蚓总在人们看不见的地下忙碌，就连巨大的砂岩漂砾也会因此慢慢沉入土壤之中。达尔文在巨石阵[1]测量过这个过程所需的时间，试图由此确定那处古迹的年代。

马洛里用力扯扯胡子，忘记了手里的路线图。他的脑海中浮现出这样一幅画面：许多蚯蚓疯狂地翻滚，如同一场灾难，周围的土壤也像巫婆调制的毒药一样开始跟着翻滚冒泡。几年，也许只用几个月，亿万年漫长岁月留下的遗迹就都会沉到原始基岩上……

"先生，能为您效劳吗？"

马洛里猛地回过神，发现一位戴着眼镜的白衣职员正站在自己对面，用怀疑的眼光盯着他的脸。马洛里瞪向他，脑子里一片混乱。在刚才那个神圣的瞬间，他几乎马上就要有所领悟，结果现在全消失了，像想打却没打出来的喷嚏一样毫不值得称道，真是糟糕。

更糟糕的是，马洛里现在才意识到自己刚才又在喃喃自语了，说的大概是蚯蚓什么的。他把手里的路线图递过去，粗声粗气地说道："我在找五楼的定量科50室。"

"那属于犯罪定量科，先生。这里是威慑研究科。"职员指了指附近一间办公室门上挂着的小牌子。马洛里麻木地点了点头。

"过了非线性分析科就是定量科，您右转就到了。"职员说。马洛里继续往前走去，后背感觉得到那个职员还在用怀疑的目光看着他。

定量科像蜂巢一样，齐颈高的隔墙连接着用石棉隔开的格子间。戴着手套、系着围裙的职员正整齐地坐在桌面倾斜的办公桌后面，用各种程序员专用的设备——洗牌器、针座、云母色谱片、寸镜、油性

---

1. 史前时期巨大石柱群，石器时代建造于英格兰索尔兹伯里平原。——译者注

纸巾、精致的橡皮头镊子——检查并处理穿孔卡。这是马洛里熟悉的工作,他高兴地看着,突然安心了。

定量科50室是中央统计局犯罪定量科副科长的办公室。俄理范说过,此人姓韦克菲尔德。

韦克菲尔德先生没有办公桌,更确切地说,他的办公桌囊括了整间办公室,而他本人就在里面工作。写字台由设计巧妙的铰链系统控制,可以从墙壁上的槽口里弹出来,也可以收进专用的橱柜系统。此外房间里还有报纸架、信件夹、大量嵌入式卡片夹,以及目录册、电报密码本、程序员指南、一台多针盘精密时钟和三台电报拨盘,上面的镀金指针来回摆动,嘀嘀嗒嗒地指出字母表中相应的字母,打印机不停地按照指示在纸带上打孔。

韦克菲尔德是苏格兰人,他面色苍白,头发呈沙褐色,发际线后移,眼神虽然算不上躲闪,但是极其灵活,他的上包齿很明显,直接盖住了下唇。

在马洛里看来,韦克菲尔德或许才四十岁,这个年纪就坐到如此高位可以说非常年轻有为,想必他也和大多数成功的程序员一样,是伴随差分机行业一起成长起来的。现在距巴贝奇设计出第一台差分机才过去不到三十年,那台机器已经成为享有盛誉的古董,整个差分机行业迅速发展,如同一辆强大的精神机车,带动了整整一代人。

马洛里做了自我介绍。"韦克菲尔德先生,很抱歉,我迟到了,"他接着道,"刚才在贵局的走廊里迷路了。"

这对韦克菲尔德来说并不是什么新鲜事。"要喝茶吗?我们这儿的海绵蛋糕很不错。"

马洛里摇摇头,挥手打开自己的雪茄盒:"来一支吗?"

韦克菲尔德大惊失色:"不!不用了,谢谢。有火灾隐患,所以严令禁止。"

马洛里懊恼地收起雪茄。"这样啊……可照我看,抽一支上等雪茄也没什么害处，您说呢？"

"有烟灰！"韦克菲尔德语气坚决，"还有气动颗粒！它们飘浮在空气中，会污染齿轮油，弄脏齿轮传动装置。局里的差分机清洁可是一项永无休止的苦差……嗯，马洛里博士，不用我说，这您应该也知道。"

"当然。"马洛里咕哝道，试图换个话题，"您应该知道我是一名古生物学家，不过，我对程序设计也略知一二。贵局差分机齿轮传动的距离是多少码？"

"码？马洛里博士，我们这儿是以英里为单位的。"

"天哪！传动能力那么强？"

"也可以说，麻烦也那么多。"韦克菲尔德说道。他的手上戴着白手套，一只手轻轻挥了一下。"齿轮运转会摩擦产生热量，黄铜受热膨胀会导致轮齿磨损。天气潮湿的话，齿轮油会凝结，而天气干燥的话，差分机在运转时甚至会产生静电，虽说不大，却也会吸附各种各样的灰尘！齿轮会发黏变卡，穿孔卡也会沾在加载器上……"韦克菲尔德叹了口气，"我们发现采取各种预防措施是有好处的，保持清洁，降温除湿，甚至连茶点都要专门烤制，以减少碎屑风险！"

马洛里觉得"碎屑风险"这种说法很滑稽，但韦克菲尔德的表情是那么严肃，显然不是在开玩笑。"你们试过高露洁的醋清洁剂吗？"马洛里问道，"剑桥的人都说很好用。"

"是啊，"韦克菲尔德拖腔拖调地说，"那个老差分机分析学院。我们要是也能像学者们一样悠闲就好了！剑桥的人可以对他们的差分机百般呵护，可我们这儿是政府部门，必须一遍又一遍地重复非常繁重的日常工作，直到差分机里的十进制杆被用到扭曲变形。"

马洛里最近刚去过差分机分析学院，从那里得知了最新信息，所以决定炫耀一下。"您听说过剑桥的新编译器吗？可以大大提高齿轮磨损的分布均匀性……"

韦克菲尔德没有理会他的话。"您看，对议会和警方来说，我们局只是一种可用资源。他们总向我们予取予求，弄得我们分身乏术。但资金不足啊，博士，他们根本不了解我们的需求！这种事早就屡见不鲜了，您作为科学家肯定也知道。我无意冒犯，但下议院的人确实连真正的差分机程序和装了发条的烹调玩具都分不清。"

马洛里扯了扯胡子。"好像是挺可惜的，好几英里的传动距离呢！想想那会产生怎样的成果，真是令人咋舌。"

"哦，马洛里博士，相信您很快就会习以为常了，"韦克菲尔德说，"人们在差分机程序领域的需求总在不断扩大，始终供不应求，像是自然规律一样！"

"也许这确实是一种规律，"马洛里说，"只是我们还不了解那个自然领域……"

韦克菲尔德不失礼貌地笑了笑，瞥了一眼时钟。"可惜我每天都忙着处理现实问题，根本无暇顾及自己的远大志向。我很少有机会和人讨论彼此对差分机的看法，当然，除了我那所谓的同僚俄理范先生。俄理范先生计划用我们的差分机做研究，不知他是否跟您提过那些颇有远见的计划？"

"略微提过几句，"马洛里说，"在我看来，我们大不列颠的差分机资源根本不足以完成他的计划……呃，社会研究计划。要监控皮卡迪利大街的每一笔交易什么的，坦白说，我觉得那就是一种空想。"

"博士，从理论上看，"韦克菲尔德回答说，"并非不可能。我们自然会密切关注电报通信量、信用记录之类的。您看，人才是真正的瓶颈，只有训练有素的分析师才能把原始的差分机数据转化为切实可用的信息。这个计划规模宏大，而我们局目前的人事经费有限……"

"我也不想再给您添负担，"马洛里打断韦克菲尔德道，"可俄理范先生说，您可以帮忙指认一名在逃罪犯和他的女同伙。我填了两张查询表，一式三份，已经请专差送过来了……"

"是的，上周送到的，"韦克菲尔德点点头，"已经尽力调查了。我们向来愿意帮助您和俄理范先生这样的杰出人士。您这样的杰出学者竟然遭到了袭击,还遇到死亡威胁,这自然是一件严肃的事。"韦克菲尔德拿出一支削得很尖的铅笔和一叠格子纸,"不过,既然能让俄理范先生格外感兴趣,事情应该没那么简单吧?"

马洛里没说话。

韦克菲尔德神情严肃。"博士,您无须担忧,不妨有话直说。这不是俄理范先生和他的上司第一次动用我们的资源。当然,作为女王陛下的忠臣,我可以向您保证绝对会保守秘密,您说的话绝对不会传出这个房间,"他向前倾了倾身子,"好了,博士,您有什么可以告诉我的吗?"

马洛里快速思索了一下。不管艾达女士犯了什么错,不管她由于怎样绝望或鲁莽的行为而落入皮条客和妓女手中,他都想象不出"艾达·拜伦"这个名字出现在那叠格子纸上会有什么帮助。当然,俄理范也不会赞成。

因此,马洛里假装不情不愿地坦白道:"韦克菲尔德先生,您这话真让我招架不住。说真的,我觉得这件事没什么大不了的,根本不值得您关心!正如我在便条里写的那样,我在德比赛场遇到了一个喝醉的赌徒,那个恶棍拿着匕首大闹了一场。我根本没把这事放在心上,但俄理范先生觉得我可能真会有危险。他还提到,我有一位同事最近遇害了,死得很诡异,案子至今未破。"

"您是说芬威克教授,那位恐龙学者?"

"是鲁德威克,"马洛里纠正他道,"您知道这个案子?"

"他在捕鼠场里被人捅死了,"韦克菲尔德用铅笔上的橡皮敲了敲牙齿,"各大报纸都进行了报道,给学者们造成了不好的影响,人们觉得鲁德威克有失众望。"

马洛里点点头:"深有同感,俄理范先生觉得这两件事可能有关联。"

"都是赌徒跟踪并杀害学者吗?"韦克菲尔德问,"坦白说,我看不出什么动机，除非牵涉巨额赌债，请原谅我做此推测。您和鲁德威克是好朋友吗？也许是赌友？"

"不是，我和他不熟，也没欠什么赌债，我可以向您保证。"

"俄理范先生不相信这世界上存在什么意外，"韦克菲尔德说，他似乎相信了马洛里的托词，明显对此事失去了兴趣，"当然，您还是指认出那个恶棍比较好。如果您只需要我们做这些，我相信我们可以为您效劳。我会叫工作人员带您去差分机室。一旦查到行凶者的公民编号，这件事就稳了。"

韦克菲尔德掀开通话管上带铰链的橡胶塞子，对着里面喊了一声。随后，一名年轻的伦敦职员走了进来，戴着手套，系着围裙。"这是我们的同事托拜厄斯先生，"韦克菲尔德介绍道，"他会听您差遣的。"谈话到此结束，韦克菲尔德的眼睛已经开始专注于其他急需处理的事情。他机械地朝马洛里鞠了一躬，说道："很高兴见到您，博士，如果还有什么能为您效劳的，请不要客气。"

"您真是太好了。"马洛里说。

托拜厄斯的发际线附近大约一英寸宽的头发被剃掉了，这是时下流行的做法，可以衬得额头较高，显得比较有智慧。不过他应该有段时间没理发了，脑袋前面那块剃过的头皮上已经长出发楂儿。马洛里跟着托拜厄斯走出迷宫般的办公室，来到走廊上。他发现托拜厄斯的步态很古怪，左摇右摆的，鞋跟磨损得很厉害，鞋钉都露出来了，廉价的棉袜在脚踝处被挤到变形。

"托拜厄斯先生，我们这是要去哪儿？"

"去差分机室，先生，在楼下。"

他们在电梯前停下来，精巧的指示器上显示电梯此刻停在别的楼层。马洛里把手伸进裤兜，摸过折刀和钥匙，掏出一枚几尼金币。"给你。"

"这是干什么？"托拜厄斯接过金币问道。

"这是我们常说的小费,孩子,"马洛里故作轻松地说,"'确保及时',你懂的。"

托拜厄斯仔细看了看金币,仿佛以前从未见过阿尔伯特的侧面像似的,然后隔着眼镜狠狠瞪了马洛里一眼。

电梯门开了,里面站着一小群人。托拜厄斯把金币藏到围裙里,和马洛里一起走进去。电梯操作员开始操作电梯,电梯嗒嗒地降落到大楼深处。

马洛里随托拜厄斯出了电梯,走过一排气动邮件滑送槽,穿过一对贴着厚毛毡镶边的双开式弹簧门。这会儿周围再无他人,托拜厄斯突然停了下来。"你应该知道不该给公务员小费。"

"你好像用得上。"马洛里说。

"十天的工资?确实如此,只要你别有什么不当的举动。"

"我没有恶意,"马洛里和颜悦色地说,"只是以前没来过这里。在陌生的地方,我觉得还是找个内部人引路比较好。"

"我们老大有什么问题吗?"

"托拜厄斯先生,这正是我想问你的。"

比起金币来,这句话似乎更能说服托拜厄斯。他耸肩道:"韦克菲尔德人不坏。如果我是他,我也会那么做。不过先生,他今天查了您的公民编号,调出了您的档案,堆起来有九英寸厚。您有几位朋友话很多,是真的,马洛里先生。"

"是吗?"马洛里苦笑道,"那份档案肯定很有意思,我真想看看。"

"那些资料应该可以通过非正规渠道弄到手,"托拜厄斯承认道,"当然,要是被逮住,那人的工作也就保不住了。"

"托拜厄斯先生,你喜欢你的工作吗?"

"虽说工资不高,煤气灯对眼睛也不好,但并非没有好处。"托拜厄斯耸耸肩,推开一扇门,走进一间嘈杂的接待室,里面有三面墙上都是架子和卡片夹,第四面墙则是回纹玻璃。

玻璃后面隐约可见一个巨大的大厅，里面有许多高大的差分机。起初，马洛里以为墙上肯定装了好几面镜子，像豪华舞厅那样，通过某种欺骗性组合造成视觉上的错觉。但仔细一看，他才发现那就是许多台巨大的差分机，外观完全相同，错综复杂的黄铜结构精确如时钟，体形高大，如同立起来的火车车厢，底下都垫着一块一英尺厚的台座。天花板高达三十英尺，全被粉刷得雪白，上面满是快速运转的传动皮带，小齿轮从辐条飞轮上汲取动力，而飞轮就装在承插铁柱上。身穿白衣的程序员在一尘不染的过道里踱来踱去，在那些机器面前显得十分渺小。他们的头发都包在皱巴巴的白色贝雷帽里，嘴巴和鼻子上蒙着方形白纱布。

托拜厄斯面无表情地看了一眼那些大齿轮架。"整天盯着小洞看，而且不容有误！只要按错一个键，就可能将牧师记录成纵火犯。许多无辜的可怜虫就这样被毁了……"

巨大的机器不停地发出嘀嗒声和嗡嗡声，淹没他的声音。

两个衣装整齐、不声不响的人正在差分机室里全神贯注地工作。他们正俯身看着一本巨大的方形显色板册子。"请坐。"托拜厄斯说。

马洛里在一张桌子旁坐下，身下是一把带橡胶轮的枫木转椅。托拜厄斯挑了一个卡片夹，坐到马洛里对面。他戴上手套开始翻看卡片，手指时不时在一小罐蜂蜡上轻按一下，最后找出两张卡片。"先生，这是您的查询表吗？"

"我填的是纸质查询表，你们已经将其做成差分机表单了，是吗？"

"嗯，定量科收到了您的查询表，"托拜厄斯眯着眼睛说，"按规定送到了刑事人体测量科。这张卡片已运行过，说明他们已经做完了大量的分类工作。"他突然站起来，拿起一本活页笔记本，是一本程序员指南。他从马洛里那两张卡片中拿出一张，与程序员指南中的标准做了下比对，脸上露出一种心不在焉的不屑神情。"先生，查询表您填完整了吗？"

"应该填完整了。"马洛里含糊地回道。

"嫌疑人的身高,"托拜厄斯咕哝道,"臂展……左耳长度和宽度、左脚长度和宽度、左前臂长度和宽度、左手食指长度和宽度。"

"我尽量估计了一下,"马洛里说,"我想问一下,为什么只有左侧的?"

"左侧受体力劳动影响较小,"托拜厄斯心不在焉地说,"年龄、肤色、发色、眼睛颜色。疤痕、胎记……啊,有了,畸形。"

"那人额头一侧有个大包。"马洛里说。

"前斜头畸形,"托拜厄斯看着手中的指南说道,"很罕见,所以我才会特别注意。这应该有用,刑事人体测量科的人对头骨情有独钟。"他拿起卡片将其扔进一个狭槽,然后拉了拉信号铃拉绳,一阵刺耳的叮当声响起。不一会儿,一名程序员过来取走了卡片。

"现在该怎么办?"马洛里问道。

"等差分机完成检索。"托拜厄斯回答。

"要等多久?"

"时间总是比您想象的长一倍,"托拜厄斯说着向后靠在了椅子上,"就算您把估算的时间翻倍也是如此。这是自然规律。"

马洛里点点头。等是难免的,而且等待的时间说不定有用。"托拜厄斯先生,你在这里工作很久了吗?"

"还没久到要发疯。"

马洛里轻笑一声。

"您以为我在开玩笑?"托拜厄斯阴郁地说。

"既然这么不喜欢,为什么还要在这里工作?"

"但凡有点理智的人都不会喜欢,"托拜厄斯说,"当然,如果在顶层,而且是大人物,在这里工作也不错。"他手上依然戴着手套,说话时小心翼翼地用拇指指了指天花板。"当然,我不是什么大人物。最重要的是,这项工作需要小人物,需要几十、几百个小人物,换了一批又一批。这种工作做两三年，眼睛就不行了，精神也会崩溃。成天盯着小洞看，人会发疯的，疯得像只跳舞的睡鼠。"他把手伸进围裙口袋，"先生，我敢打赌，你看我们这么多低级职员都穿得像白鸽一样，就觉得我们的内在也一样！但其实不一样，先生，根本不一样。您看，在英国只有那么多人能读会写、能拼会算，只有那么多人符合这里的要求。那些人只要愿意去找，大多都能找到更好的工作。所以来这儿工作的都是那种……嗯，无处可去的人。"他淡淡地笑了笑，"他们有时甚至雇佣女工。珍妮机抢走了纺织女工的工作，政府就雇佣她们来读卡片、给卡片穿孔。以前的纺织女工非常擅长干细活儿。"

"这种做法好像有点奇怪。"马洛里说。

"迫于环境压力，"托拜厄斯说，"这种事就是这样。马洛里先生，您为女王陛下的政府做过事吗？"

"算做过。"马洛里说。他为皇家学会自由贸易委员会做过事。当初，他相信了他们的爱国言论，相信了他们说会在幕后施加影响的承诺，结果等他们不再需要他时，就和他一刀两断，让他自谋出路。委员会的高尔顿[1]勋爵私下接见了他，热情地和他握手，说什么"对无法公开承认他的英勇贡献深表遗憾"。仅此而已，甚至连张签名纸片都没给。

"什么样的政府工作？"托拜厄斯问道。

"你见过他们所谓的陆上利维坦吗？"

"在博物馆里见过，"托拜厄斯说，"他们叫它雷龙，是一种类似大象的爬行动物。牙齿长在鼻端，以树叶为食。"

"托拜厄斯，你真聪明。"

"您是利维坦马洛里，"托拜厄斯惊讶地说道，"那位著名学者！"

---

1. 弗朗西斯·高尔顿，英国科学家和探险家，从遗传的角度研究个别差异形成的原因，开创了优生学。——译者注

他的脸涨得通红。

这时,铃声响了。托拜厄斯猛地站起身,从墙上的托盘里取下一本折叠式记录纸小册子。

"很幸运,先生。男性嫌疑人的检索完成了。我就说头骨上的畸形会有帮助。"托拜厄斯把那张纸展开,放到马洛里面前的桌子上。

纸上印着一堆差分机点描人像,都是深色头发的英国人,一副羞愧的样子。这些正方形小图片均由差分机打印而成,人像的面部略微扭曲,看起来好像嘴角都沾着黑色的口水,眼角挂着污垢。他们看起来像亲兄弟似的,像某种古怪的人类亚种,在误入歧途后幡然醒悟。人像没标注姓名,下方只有他们的公民编号。"没想到会有几十个。"马洛里说。

"要是有更准确的人体测量参数,我们就可以缩小选择范围,"托拜厄斯说,"先生,请慢慢看,仔细看。如果我们有那个人的资料,他肯定就在这里面。"

马洛里端详着那一排排怒目而视的流氓恶棍,其中不少人的脑袋奇形怪状,看得人心神不安。他清楚地记得那个皮条客的长相,记得那人因杀气而扭曲的脸,记得那人的牙齿被打断后冒出的血沫。那情景永远铭刻在他的脑海里,和他当初刚在怀俄明的页岩中发现巨兽时看到的脊椎形状一样历历在目。在那个漫长的破晓时分,马洛里透过淡褐色石堆看到自己荣光闪耀,看到了自己即将扬名的未来。而同样令他记忆犹新的,是他在那个皮条客脸上看到的致命威胁,那威胁可能会改变他的人生。

这些图片中的人迷惘阴郁,但没有一个与他记忆中的样子相符。"假如你们这儿没有那个人的资料,会是什么原因?"

"也许您要找的人没有犯罪记录,"托拜厄斯说,"我们可以再检索一遍,查查普通民众的资料。但那要花几个星期的时间,还需要楼上那些人的特许。"

"请问，为什么需要这么久？"

"马洛里博士，我们的记录中包含所有英国人，但凡求过职、纳过税或是被捕过的人都在我们这儿有记录，"托拜厄斯充满歉意，非常想帮忙，"他可能是外国人吗？"

"我敢肯定是英国人，而且是个恶棍，他当时拿着凶器，很危险。可这里根本没有他。"

"也许是拍得不像，先生，这些犯罪分子喜欢在刑事照相时耍花招，比如鼓起腮帮子、往鼻子里塞棉花什么的。先生，那人肯定在这里面。"

"我觉得不在。还有别的可能吗？"

托拜厄斯泄气地坐了下来："先生，这就是全部了，除非您想更改对那人外貌特征的描述。"

"有没有可能有人把他的相片删掉了？"

托拜厄斯面露惊色："那可是篡改官方档案，先生，是重罪，会被流放的。我敢肯定没有哪个职员会做这种事。"接着是一阵沉默，气氛凝重。

"不过呢？"马洛里催促道。

"嗯，档案神圣不可侵犯，先生。您知道，这是我们的职责。但外部确实有一些高官，他们为国家的机密安全服务。您应该知道我说的是哪些人。"

"我不知道。"马洛里说。

"这种人极少，他们深受信任，可自行裁决，"托拜厄斯说着朝房间里的另外两个人看了一眼，压低声音道，"您听说过他们所谓的'特别内阁'吧？或者弓街警察局的政治保安处……"

"还有吗？"马洛里说。

"嗯，王室当然也可以，我们毕竟是女王陛下的仆人。要是阿尔伯特亲自给我们统计部长下令……"

"那首相呢？拜伦勋爵可以吗？"

托拜厄斯没有回答，脸色沉了下来。

"我只是随便问问，"马洛里说，"就当我没问过吧。你看，这是学者的通病，对感兴趣的话题总会深究细节，甚至到了迂腐的程度，不过与此事无关。"马洛里又看了看那些图片，摆出一副全神贯注的样子。"想必是我看错了，这里的灯光不够亮。"

"我把煤气灯调亮一点。"托拜厄斯说着就要站起身。

"没事，"马洛里阻止了他，"我还是专心找那个女人吧，说不定会有什么发现。"

托拜厄斯又坐了回去。差分机正在运行，两人在原地等着，马洛里装出一副漫不经心的样子。"这运行速度真慢，是不是，托拜厄斯先生？像你这样聪明的小伙子一定渴望更大的挑战。"

"我非常喜欢差分机，"托拜厄斯说，"不是这种笨重的巨型机器，而是那种精巧好看的。我想学习程序设计。"

"那怎么没去上学呢？"

"上不起，先生，家里人不同意。"

"你参加过国家奖学金考试吗？"

"我没拿到奖学金，微积分不及格，"托拜厄斯面露阴郁，"反正我也不是当科学家的料，我就想搞艺术，影像设计！"

"演艺工作，是吗？他们说那是天生的。"

"我把省下来的钱都花在差分机上了，"托拜厄斯说，"我们有一个小俱乐部，里面都是影像爱好者。我们可以在后半夜租用帕拉迪恩剧院的影像放映机。有时候，除了听一大堆业余爱好者胡言乱语，还可以看到相当惊人的东西。"

"有意思，"马洛里说，"我听说，嗯——"他努力回忆着那个人的名字，"我听说约翰·济慈相当不错。"

"他老了，"托拜厄斯说着无情地耸了耸肩，"您应该见见桑迪斯、休斯或埃蒂！还有一位来自曼彻斯特的程序员，名叫米克·拉德利，他的作品非常出色。去年冬天，我在伦敦看过他设计的影像。那是一场巡回演讲，演讲者是个美国人。"

"影像放映可以大大提高演讲的效果。"

"哦，演讲者是个狡猾的美国政客。如果可以，我想让他们丢开演讲者，直接播放无声画面。"

马洛里没接话。托拜厄斯有点局促不安，想接着说，又不敢开口。这时铃声响了。托拜厄斯飞快地站起来，脚上那双不值钱的鞋子发出刺耳的剐蹭声。他走过去又拿来一叠折叠式记录纸。

"红头发。"托拜厄斯说着羞怯地笑了笑。

马洛里咕哝了一声，仔细打量那些女人，都是些失足堕入风尘的人，小小的黑色图片印出了她们的女性气质和堕落者抹不去的呆滞表情。与刚才那些男人不同的是，这些女性面孔在某种程度上让马洛里感到鲜活。这是一个圆脸的伦敦人，看上去比夏延族的印第安女人还野蛮；那是个长着一双明眸秀目的爱尔兰姑娘，下巴瘦长突出，生活肯定痛苦不堪；这是一个站街女，头发凌乱，醉眼惺忪；那个看上去放荡不羁；这个双唇紧闭，目空一切；那个英国女人眼波流转，想要哄诱摄影师，脖子像是在银版照相设备的颈托上夹太久了……

那双故意流露出无辜受冤神情的眼睛，马洛里一下便认出来了。他抬起头，轻轻敲了敲那张纸："就是她！"

托拜厄斯闻言一惊："太好了，先生！我把她的公民编号记下来。"他用一个小小的红木穿孔机将公民编号输入到一张新卡上，又把卡片从墙上的托盘里塞进去，然后小心翼翼地把穿孔留下的碎纸片倒进一个加盖的篮子里。

"这样就能知道她的所有信息了，是吗？"马洛里说着伸手从外套里拿出笔记本。

"大部分可以，先生，我们会给您打印一份摘要。"

"我可以把这些文件带走研究吗?"

"严格来说不可以,先生,您不是执法官……"托拜厄斯压低声音,"说实话,先生,您只需随便找一位地方治安法官,地方治安法官的书记员也行,私下花几先令就能得到这些资料。一旦有了那人的公民编号,剩下的就非常简单了。对程序员来说,读取某个犯罪分子的差分机档案是家常便饭。他们称其为走后门或托关系。"

马洛里觉得这个消息非常有趣。"假如我要查自己的档案呢?"他问道。

"嗯,先生,您是绅士,不是罪犯。普通的警方档案里没有您的资料。相关的地方治安法官和法庭书记员之类的,也得填表说明正当理由才能查询,但我们轻易不会批准。"

"有法律条文,是吗?"马洛里问道。

"不,先生,不是法律规定,是太麻烦了。这样的检索耗时又耗钱,我们在差分机机时和资金方面总是超出预算。但如果一位议员或贵族提出这样的要求……"

"假如我在贵局有个好朋友呢?"马洛里问道,"假如贵局有人喜欢我出手大方呢?"

托拜厄斯面露难色,说话也有点吞吞吐吐:"这不是一件简单的事,先生,所有运行时间都要登记,所有查询都必须有一个担保人。我们今天是以韦克菲尔德先生的名义查询的,所以不会有什么麻烦。但是您的朋友必须要假冒一个担保人,而冒名顶替是有风险的。这是诈骗,先生,差分机诈骗,就像信用盗窃和股票诈骗一样。一旦被发现,受到的惩罚也会和信用盗窃与股票诈骗一样。"

"真是醍醐灌顶,"马洛里说,"我发现,和真正懂行的技术人员交谈总能受益匪浅。我给你一张名片吧。"

马洛里从皮夹里取出一张毛尔波利布兰克照相馆为其设计的肖像名片,又把一张五英镑的钞票折起来,紧贴在名片背面一起递了过去。

五英镑可不是个小数目，这是经过深思熟虑的投资。

托拜厄斯在围裙下面翻了翻，找出一个油腻腻的皮夹，把马洛里递过来的名片和钱塞进去，然后取出一张卷了角的光面纸板名片，上面用精心设计的差分机哥特体粗黑体字写着"J.J.托拜厄斯先生，影像设计及演艺用品收藏"。底下有一个位于怀特查佩尔的地址。"不用管底下的电报号码，"托拜厄斯对马洛里说，"我已经无力支付租金了。"

"托拜厄斯先生，你对法国影像设计感兴趣吗？"马洛里问道。

"哦，感兴趣，先生，"托拜厄斯点了点头，"最近蒙马特[1]出了些不错的材料。"

"我听说法国最好的差分机使用一种特殊规格的卡片。"

"拿破仑规格，"托拜厄斯马上说道，"那种卡片较小，由一种人造物质制成，在编译器中移动的速度非常快。那样的速度在影像工作中大有用处。"

"你知道伦敦哪儿可以租到这种法国编译器吗？"

"先生，您是要翻译法国卡片上的数据吗？"

"是的，"马洛里装出一副漫不经心的样子说道，"有位法国同行要寄一些数据给我，内容涉及一场科学论战，相当深奥，但是在学术上还是要保密的。我想在得便的时候私下研究一下。"

"是的，先生，"托拜厄斯说，"我是说，我认识一个人，他有一台法国编译器。只要价格合适，他可以让您随便使用。去年，法国标准曾在伦敦程序界风靡一时。但后来拿破仑大帝差分机出了些问题，人们对法国标准的态度因此一百八十度大转弯。"

"的确。"马洛里附和道。

托拜厄斯点点头，很高兴可以展示自己在这方面的权威。"先生，我想现在大家都觉得，法国人在庞大的拿破仑计划上有点操之过急，

---

1. 巴黎的一个区，十九世纪为艺术家和作家居住区。——译者注

在技术上出现了一点失误！"

马洛里捋了捋胡子："但愿这不是英国专业人士的嫉妒言辞。"

"当然不是，先生！大家都知道，拿破仑大帝今年年初出现了严重问题，"托拜厄斯向马洛里保证道，"从那以后，这台伟大的差分机就再也不能正常运转了。"他压低了声音，"有人说是人为破坏的！您知道'人为破坏'这个词吗？在法语中源自'木鞋'，就是法国工人穿的木制鞋子，可以把差分机踢歪！"想象到那个场景，托拜厄斯幸灾乐祸地咧嘴一笑，看得马洛里颇为不安。"您瞧，先生，法国人也遇到了卢德派问题，非常像我们几年前的遭遇！"

这时，两声短促的汽笛声穿透粉刷过的天花板在房间里回响。差分机室里原本只有两位先生在专心工作，之后又来了一个，同样专心。听到汽笛声后，三人合上手中的显色板册子一起走了。

铃声又响了起来，提醒托拜厄斯去墙壁上的托盘里取东西。可这次托拜厄斯站起来得很慢，他先将椅子摆正，沿着桌边走了一圈，又仔细查看了下显色板册子上是否有灰尘，然后把它们放到了架子上。"那应该是我们等的答案。"马洛里提醒他道。

托拜厄斯背对着马洛里，漫不经心地点了点头："很有可能，先生。可是您看，我该下班了，刚才那两声汽笛声……"

马洛里不耐烦地站起来，大步走向托盘。

"不行，"托拜厄斯叫道，"您没戴手套！请让我来吧！"

"手套，是啊！谁会知道我没戴手套呢？"

"刑事人体测量科会知道！这是他们的房间。不戴手套会留下指印，没有什么比这更让他们讨厌的了！"托拜厄斯拿着一叠文件转过身来，"嗯，先生，我们要找的嫌疑人是弗洛伦斯·巴特利特，娘家姓拉塞尔，最近住在利物浦……"

"谢谢你，托拜厄斯，"马洛里一边说一边将那叠折叠式记录纸折好塞进艾达方格马甲，"非常感谢你的帮助。"

在怀俄明一个极冷的早上，大草原上的草枯黄萎缩，马洛里蜷缩在考察队蒸汽堡垒车上的锅炉旁。锅炉里的火很小，只有一点热气。马洛里拨弄着里面的野牛粪，想把火弄大一点，好化开一条冻牛肉干。那玩意儿坚硬如铁，可考察队一日三餐只能吃这个。在这极度痛苦的时刻，马洛里呼出的热气在他的胡子上结成了白霜，他的手指不仅被铁铲磨出了水泡，还生了冻疮。当时，他庄严地发誓再也不埋怨夏天太热了。

可他根本没料到伦敦的天气会如此闷热。

一夜无风，床上又黏又臭。马洛里赤裸着身体躺在床单上，只盖了一条湿漉漉的土耳其毛巾，每过一个小时他就会起来把毛巾弄湿。现在，床垫都湿透了，整个房间依然十分闷热，像一间温室似的。屋里还有一股陈腐的烟草味。昨天看弗洛伦斯·拉塞尔·巴特利特的犯罪记录时，他抽了半打上等的哈瓦那雪茄。巴特利特夫人的犯罪记录主要涉及她丈夫在1853年春天被谋杀一事，那是一位杰出的利物浦棉花商。

作案手法是下毒，巴特利特夫人从捕蝇纸中提取出砷，连续数周下在戈夫博士的水疗强化剂中。马洛里夜间去过干草市场几次，知道这种专利药物实际上是一种春药，可档案里并没有提到这一点。同时记录在案的还有巴特利特的母亲和她丈夫的兄弟，两人分别于1852年和1851年死于绝症，死亡证明中分别提到了穿孔性溃疡和假霍乱，症状很像砷中毒。巴特利特夫人没有因这两人的死受到正式指控。后来，她用藏在身上的大口径短筒手枪制服了狱卒，然后逃之夭夭。

马洛里猜测，中央统计局怀疑她逃到了法国，因为档案中附有1854年法国警方报告的译文，内容涉及巴黎巡回法庭对一起情杀案的审判。罪犯"弗洛伦斯·墨菲"干过非法为人堕胎的勾当，据称她是一名美国难民，因蓄意投掷硫酸使人毁容或致残而被捕并受审。受害者名为玛丽·莱莫恩，丈夫是里昂一位杰出的丝绸商人。两人显然是情敌。

但是,在受审的第一周,"墨菲夫人"就从拘留所消失了,从此再没出现在法国警方的记录中。

马洛里用自来水打湿海绵,擦拭脸、脖子和腋窝,心里仍阴郁地想着硫酸。

系好鞋带后,马洛里又出了一身汗。他走出房间,发现整个酒店都充斥着这座城市的古怪暑气。沉闷的湿气弥漫在大理石地板上,如同一片看不见的沼泽。楼梯底部的棕榈树简直仿佛侏罗纪时代的植物。他步履沉重地走到酒店的餐厅,享用了四个已经冷却的熟鸡蛋、冰咖啡、一条烟熏鲱鱼、一些烤番茄、一点火腿和一块冰镇甜瓜,这才恢复点精神。这里的食物相当不错,虽说烟熏鲱鱼有点变味,但是天气这么热,便也不足为奇。马洛里在账单上签了字,起身去取邮件。

走出餐厅,他才发现自己错怪了那条烟熏鲱鱼,酒店本身就散发着臭味,很像臭鱼的味道。前厅里有一股早晨拖地时留下的肥皂味,但空气中依然弥漫着一股难闻的湿臭味,像是远处有什么已经死了很久的东西。马洛里记得自己以前闻到过这种臭味,酸臭刺鼻,夹杂着屠宰场油腻腻的恶臭,可他就是想不起来到底在哪儿闻过。不一会儿,那臭味又消失了。他走到前台去取邮件。那位萎靡不振的接待员彬彬有礼地向他致意。由于给小费出手大方,酒店里的工作人员都对他忠诚以待。"我的信箱里什么都没有?"马洛里惊讶地问道。

"信箱太小了,马洛里博士。"接待员弯腰提起一个大铁丝篮子,里面塞满了信件、杂志和包裹。

"天哪!"马洛里叹道,"真是一天比一天多!"

接待员会意地点点头:"博士,这就是成名的代价。"

马洛里有点不知所措:"我想我得把这些全都看一遍……"

"博士,请恕我冒昧,我觉得您还是找一个私人秘书为好。"

马洛里哼了一声。他讨厌秘书、随从、管家、女仆,讨厌各种服务。他母亲曾在苏塞克斯一户富人家里做过女仆,当时还没有激进党,可直到现在，他都对此事耿耿于怀。

马洛里提着那个沉重的篮子走进图书馆，找了一个安静的角落，开始整理。首先是杂志——金脊《皇家学会汇刊》《各国爬虫学》《动力系统学杂志》，还有《差分机科学年鉴》，上面有一篇文章似乎很有趣，讲的是拿破仑大帝的机械故障……订阅学术期刊一直是一项沉重的负担。不过，他觉得这样能让编辑们高兴，编辑们高兴了，发表文章就会容易点。

接着是信件。马洛里迅速将信件分成几堆。先是求助信，之前有几封求助信写得情真意切，催人泪下，所以他回复了，结果那些诡计多端的无赖像虱子一样盯上了他，让他悔不当初。

还有一堆商务信函：演讲邀约、采访请求、购物账单、灾变论化石发掘者和地质学家要求合著学术论文的邀请。

然后是女性的来信，她们是博物学的粉丝，赫胥黎称其为"剪花人"。她们的信纷至沓来，大部分只是想要他的签名，如果可以的话，还想要带签名的肖像名片。有些人会给他寄来画得不太像的普通蜥蜴的素描画，向他请教爬行动物分类学方面的专业知识。有些人则在信中表达仰慕之情，措辞优美，有时还会附上几行诗句，还说如果他哪天光临谢菲尔德、诺丁汉或布莱顿的话，想请他喝杯茶。还有一些字迹尖长，用三重下划线进行强调，并随信附上一绺用缎带扎起来的头发，字里行间流露出热烈的倾慕之情，措辞大胆奔放，看得人心慌意乱。自从他的精致肖像在《英国妇女家庭周刊》上刊登后，女性来信便如雪片般纷飞而至。

马洛里突然停下了手上的动作，他发现自己差点把妹妹露丝的信扔到一边。小露丝是家里的老幺，现在已经年满十七岁。他立刻把信拆开。

亲爱的内德：

今天妈妈的手抖得厉害，所以这封信是妈妈口述、我代笔的。爸爸说你从伦敦寄来的膝盖毯特别好，让我谢谢你。妈妈用了你寄来的法国镇痛油，抹在手上效果很好，不过抹在膝盖上效果更好。我们在刘易斯都非常想念你，知道你在忙皇家学会的大事！《家庭博物馆》上有你在美洲的冒险故事，是迪斯雷利先生写的，每一篇我们都会大声朗读。阿加莎说迪斯雷利先生的《坦克雷德》是她最喜欢的小说，问你能不能拿到他的亲笔签名！还有个好消息，就在今天，6月17日，布莱恩从孟买平安回家了！还带来了杰瑞·罗林斯少尉，他也是苏塞克斯炮兵部队的。他之前让我们的玛德琳等他，当然，她也等了。现在他们要结婚了，妈妈特别想让你知道，婚礼不在教堂举行，而是在刘易斯市政厅，由治安官威瑟斯彭先生主持。婚礼日期是6月29日，你能来参加吗？爸爸就快把他的女儿们全嫁出去了。我本来不想这么写，可妈妈非让我写。

我们都爱你
露丝·马洛里小姐

这么说，小玛德琳终于等到了她的爱人。可怜的姑娘，四年的时间太过漫长，何况订婚对象是一名士兵，还去了印度那样的热带瘟疫区，就更令人不安了。她在十八岁时就接受了他的求婚，现在已经二十二岁。让一个年轻又活泼的姑娘等这么久，是一件很残酷的事。上次回家探亲时，马洛里就看出玛德琳在这种煎熬中变得牙尖嘴利、脾气暴躁，让家人大伤脑筋。再过不久，家里就只剩下小露丝照顾两位老人了，等露丝也嫁人……好吧，到时候再考虑这件事吧。马洛里摸了摸汗湿的胡子。玛德琳过得比埃内斯蒂娜、阿加莎和多萝西都要苦。马洛里决定送她一件好东西当贺礼，证明她苦尽甘来了。

马洛里提着信篮回到了房间。由于办公桌上已经堆满东西，他便把邮件堆在了旁边的地板上，然后将篮子送回前台，走出酒店。

酒店外的人行道上站着一群贵格会教徒，有男有女，又在嗡嗡地唱着他们那令人难以忍受的布道歌曲，听着像是什么"通往天堂的铁路"。这首歌似乎与进化、渎神和化石没有多大关系，不过，他们的抗议都是千篇一律的内容，可能连贵格会教徒自己都疲累了。马洛里匆匆走过，没有理睬他们递来的小册子。天气很热，异常热，非常热。没有一丝阳光，空气像凝固了一样，高空乌云密布，天色阴沉灰暗，仿佛要下雨却忘了如何下似的。

马洛里沿着格洛斯特路走到克伦威尔路的拐角处。十字路口有一座崭新的克伦威尔骑马像，激进党特别喜欢克伦威尔。这里还有公共汽车，每小时六趟，只是每辆车都挤满了人。天气这么热，谁都不想走路。

马洛里想在格洛斯特路地铁站坐地铁，就在阿什伯恩马厩街的拐角处。然而，正当他准备下台阶时，一小群人逃似的小跑着从地下通道上来。闻到下面传来的那股恶臭，他猛地停下了脚步。

虽说伦敦人已经习惯了地下的怪味，可这种恶臭明显是另一回事。与街上的闷热相比，地下的空气很冷，但有一种死物的腐臭味，像是有什么东西在一个密封的玻璃罐里腐烂了。马洛里去买票，却发现售票处关着，牌子上写着：给您带来不便，我们深感抱歉。没有说到底出了什么问题。

马洛里转身离开了。贝利酒店有出租马车，就在科特菲尔德路对面。他正准备过马路，突然发现附近就有一辆出租马车停在路边，似乎无人乘坐。他向车夫打了个手势，走到车门前却发现车上有一位乘客。马洛里礼貌地等那人下车。可对方并没有下车，而且好像很讨厌马洛里盯着自己看，他用一块手帕蒙住脸，将身子半沉到窗户下面，还咳嗽了起来。他可能是病了，也可能是刚从地下出来，还没喘过气。

马洛里很恼火，到马路对面的贝利酒店叫了一辆出租马车。"去皮卡迪利大街。"他吩咐道。车夫赶着浑身是汗的马儿沿克伦威尔路向东驶去。出租马车向前跑着,窗边微风轻拂,马洛里感觉没那么闷热了,也有了精神。在克伦威尔路、瑟洛广场、布朗普顿路庞大的重建计划中,政府将肯辛顿和布朗普顿区留作了博物馆和皇家学会酒店汇聚的大广场。物理学会酒店、经济学会酒店、化学学会酒店……看着那些庄重威严的圆顶柱廊建筑一个接一个从窗前闪过,马洛里暗自沉思:也许有人对激进派某些革新感到不满,但不可否认,斥巨资为从事人类最高尚工作的学者们建立舒适的研究总部是明智而又正确的选择。可以肯定的是,这些酒店有助于科学研究,其创造的价值至少是建造成本的十几倍。

马洛里沿着骑士桥[1]向前,经过海德公园角来到拿破仑凯旋门。拿破仑凯旋门是路易·拿破仑赠送给英国的礼物,以此纪念《英法协约》[2]的签订。巨大的铁拱门骨架由大量支柱和螺栓构成,上面雕刻了许多长着翅膀的丘比特,还有身着披挂式服饰、手持火炬的女神。马洛里心想:真是一座漂亮的纪念碑,而且是最新式样,看上去优雅坚固,仿佛大不列颠及其最坚定的盟友法兰西帝国从未有过一丝不和似的。想到这里,他不禁在心中冷嘲:也许,拿破仑战争时期的"误会"都可以归咎于暴虐专横的威灵顿。

虽然伦敦没有关于威灵顿公爵[3]的纪念碑,但在马洛里看来,有关这个人的无言记忆有时仍萦绕着这座城市,如同一个未被埋葬的幽灵。威灵顿曾取得滑铁卢大捷,在这里被尊为英国的救星,受封爵位,担

---

1. 伦敦街道名。——译者注
2. 英国和法国签订的一系列协定,它标志着两国停止关于争夺海外殖民地的冲突,开始合作对抗新崛起的德意志帝国的威胁,同时也为两国在第一次世界大战中的政治和军事合作奠定了基础。——译者注
3. 阿瑟·韦尔斯利,人称铁公爵,拿破仑战争时期的英国陆军将领,十九世纪最具影响力的军事、政治人物之一。——译者注

任这个国家的最高官职。现在，英国却诬蔑他为狂妄残暴之人，说他是第二个约翰王[1]，是残忍杀害本国不安民众的刽子手。激进党从没忘记他们对这位早期劲敌的仇恨。自威灵顿去世以来，已经过去了整整一代人，但拜伦首相仍然经常用他令人敬畏的雄辩之词诋毁人们关于公爵的记忆。

马洛里虽然是一个忠诚的激进党人，但仅仅是言辞上的谩骂并不能说服他。他心中对这位去世已久的暴君有自己的看法。六岁时第一次到伦敦，马洛里看见威灵顿公爵坐着他那辆镀金马车在街上经过，周围还有武装骑兵随行护卫，叮当作响，马蹄嗒嗒。小马洛里对当时的场景印象深刻，不仅仅因为那张著名的面孔上长着鹰钩鼻、留着络腮胡，公爵身穿高领服饰，整洁利落，不言自威，还因为他父亲在公爵经过时表现出的既害怕又高兴的敬畏之情。

当时是1831年，动荡年代的第一年，也是英国旧政权统治的最后一年。每当马洛里看到伦敦，关于那次伦敦之旅的童年记忆就会带着淡淡的气息萦绕在他心头。几个月后，威灵顿在炸弹袭击中死亡的消息传到刘易斯，父亲欣喜若狂，马洛里却偷偷哭了。他悲痛欲绝，至于原因，现在早已想不起来了。

根据过往的经验，马洛里认为，在他无法理解的那场剧变中，威灵顿公爵只是一个过时的无知受害者，更像查理一世[2]，而不是约翰王。威灵顿愚蠢地拥护托利党贵族的利益，可托利党贵族阶层已衰落、颓废，注定会被崛起的中产阶级和学者精英们赶下台。但威灵顿本人并不是贵族出身，他曾经只是一个名叫阿瑟·韦尔斯利的平民，出身于相当普通的爱尔兰家庭。

---

1. 约翰一世，名为约翰·金雀花，金雀花王朝的第三位英格兰国王，号称"无地王"。——译者注
2. 斯图亚特王朝第十位苏格兰国王、第二位英格兰及爱尔兰国王，英国历史上唯一被公开处死的国王，欧洲历史上第一个被公开处死的君主。——译者注

此外，在马洛里看来，作为一名士兵，威灵顿表现出了非常值得称赞的军事能力，只是因为身为文官政客和保守派首相，他才对即将到来的工业科学变革做出了如此彻底的错误判断。由于缺乏远见，他失去了自己的荣誉和权力，甚至还付出了生命的代价。

威灵顿在他那个时代执政不善，导致在马洛里的童年记忆里，英国后来出现了罢工、宣言和示威，然后是暴动、军事管制、屠杀、公开的阶级斗争，几乎彻底进入无政府状态。是工业激进党凭借他们对全面新秩序大胆而理性的愿景，把英国从深渊中拯救了出来。

不过，马洛里认为，即便如此，也应该为威灵顿公爵立一座纪念碑……

马车沿着皮卡迪利大街奔驰，先后经过唐郡街、白马街和半月街。马洛里翻了翻笔记本，找到劳伦斯·俄理范的肖像名片，发现他就住在半月街。马洛里真想让马车停下，好去看看俄理范是否在家。如果俄理范和大多数高贵的朝臣不同，那他或许会在十点以前起床，家里可能会有一桶冰什么的，也许还会有令毛孔舒张的好酒。想到要去冒昧打扰俄理范，或许还可以给他点出其不意的暗算，马洛里就心中暗爽。

不过，还是应该先把要紧事做了。等他完成手上的事，也许会去看看俄理范是否在家。

马洛里让马车停在了伯灵顿拱廊街的入口处。福南·梅森百货商店巨大的铁架宝塔式建筑潜伏在街对面那排珠宝店和专卖店中间。虽然被出租马车车夫狠狠宰了一笔，但马洛里心情很好，并未加以理会。在皮卡迪利大街上，不远处有一个男人也刚从马车上跳下来，正言语粗俗地跟车夫争吵。看来，出租马车车夫是见谁宰谁。

马洛里发现，购物最能让他心满意足地展示自己新获得的财力。他的钱是通过一种近乎疯狂的逞强行为赢来的，但这笔钱的来源是个秘密，他绝对不会泄露出去。不管是寡妇的小钱，还是赌博赢来的大钱，伦敦的信用机都照收不误。

那么，应该买什么呢？这个巨大的铁艺花瓶有一个八角形底座，凹槽底座前悬挂着八块镂空的雕花屏风，给整个花瓶增添了一丝独特的轻盈和优雅；这个雕花的黄杨木支架带着雕刻而成的罩盖，可以在里面放威尼斯彩饰玻璃温度计；这个黑檀木盐罐上有许多圆柱形和精致的凹形嵌板，附带的盐匙上刻满了三叶草、橡树叶、呈螺旋状缠绕的茎干，还可以自己选择刻什么花押字。

著名的伯灵顿拱廊街上有许多凸窗店铺，中间坐落着一家极为雅致的小店，名为沃克公司。马洛里在里面发现了一件礼物，在他看来真是再合适不过了。那是一座八天上一次发条的时钟，每过一刻钟和一小时，时钟都会用大教堂风格的铃声报时。这座钟表还能显示日期、星期和月相，是英国精密工艺的一件杰作。不过，不懂机械的人恐怕会更喜欢它优雅的钟表底座，那是用最好的漆面混凝纸浆做的，上面镶嵌着青绿色玻璃，还雕刻着大型镀金群像，刻的是年轻迷人的不列颠尼亚[1]，衣袍轻盈飘逸，欣赏着时间和科学引导英国人在文明和幸福方面所取得的进步。这个主题值得赞赏，此外还有七幅雕刻场景对其进行诠释。这些场景由藏在钟表底座内的齿轮装置控制，一个星期正好旋转一圈。

钟表的价格正好为十四几尼，这种艺术珍品似乎不可能用简单的英镑、先令和便士来标价。马洛里心里产生了一种愚蠢而务实的想法，就是给这对幸福的新人十四个叮当作响的几尼金币或许更好。但钱很快就会被花光，年轻人总是花钱如流水，而像这样的精致钟表却可以世世代代摆在家里。

马洛里用现金买下钟表，没有接受一年分期付款的建议。店员上了年纪，目中无人，汗流浃背，制服是摄政时期的风格，高领硬挺着。他拿出一套软木楔子固定齿轮装置，以免时钟在搬运途中因颠簸磕碰。

---

1. 英国的拟人化称呼，以头戴钢盔、手持盾牌及三叉戟的女子为象征。——译者注

钟表还配有一个带闩锁和把手的盒子，深红色天鹅绒下面还垫了形状合适的软木层。

马洛里知道，他根本无法将这座珍贵的钟表塞进拥挤的蒸汽公共汽车，必须找一辆出租马车，把钟表盒绑在车顶上。可这种做法也很让人伤脑筋，因为伦敦时常有人称"马车夫"的年轻贼人出没。这些猴子一样的宵小会拿着锯齿匕首跳上过往马车的车顶，割断绑住行李的皮带。等到马车停下时，他们早已逃之夭夭，躲进贼窝深处把赃物转手了。失主旅行包里的私人物品最终会出现在旧货商店里，而这样的商店在伦敦有十几家。

马洛里拖着他买的东西穿过伯灵顿拱廊街远处的大门，门口的警卫愉快地向他敬了个礼。外面的伯灵顿花园里，一个年轻人突然站了起来。他头上的帽子向下凹陷，外套破旧油腻，他刚才似乎一直非常悠闲地坐在水泥花坛边上。

衣衫褴褛的年轻人一瘸一拐地走向马洛里，耷拉着肩膀，神情绝望。他摸摸帽檐，苦笑一下，不带喘气地对马洛里说道："先生，请原谅我这样衣衫褴褛的人在这人来人往的大街上如此冒昧地打扰您。我以前并不是这样的，变成这样也不是我自己的错，是因为我的家人得了病，还吃了许多不该吃的苦。先生，如果您能告诉我现在几点了，我会非常感激您的。"

马洛里突然面露疑色：几点了？难道这人知道他刚买了一座大钟表吗？但对方并没有注意到马洛里的神色，还在用那种充满暗示的单调语气急切地解释。

"先生，我不是想乞讨。我有天下最好的母亲，乞讨不是我的本行，我也不知如何乞讨。我就算饿死也不愿做那种丢脸的事。可先生，我求您行行好，让我替您搬那个盒子吧，您想给我多少钱都行，全看您有多仁慈……"

那人突然打住了话头，睁大眼睛看向马洛里身后，嘴巴紧闭，抿成一条线，一副缝纫女工在咬断一根线时的模样。他小心翼翼地慢慢向后退了三步，让马洛里挡住自己，以隔开他看见的东西。然后他直接转过身，迅速走向科克街拥挤的人行道，塞着报纸的破鞋跟啪啪作响，再不复刚才一瘸一拐的样子。

马洛里立刻回头，看见一个身材修长的高大男人正站在自己身后。那人腿很长，塌鼻子，留着长长的络腮胡，身穿阿尔伯特式短外套和普通裤子。马洛里望过去的时候，对方抬手拿手帕遮住了脸，文质彬彬地咳嗽了一声，然后轻轻擦了擦眼角。接着，他猛地一惊，似乎想起自己忘了什么东西，转身向伯灵顿拱廊街走去，始终没有正眼看过马洛里。

马洛里也突然假装对钟表盒的搭扣产生了兴趣。他放下盒子，俯身看着那些亮闪闪的黄铜搭扣，脑子飞快转动着，脊背上泛起一阵寒意。那人用手帕遮脸的把戏暴露了他的身份。马洛里现在认出来了，他在地铁站见过这个人，就是那位不肯下马车还咳嗽的先生。更重要的是，马洛里还发现，在皮卡迪利大街上跟出租马车车夫为车费争吵的粗鲁乘客也是他。这个人从肯辛顿开始一直跟着马洛里，这是跟踪。

马洛里用力抓住钟表盒，默不作声地沿着伯灵顿花园往前走，在老邦德街右转。本能让他的神经极度紧绷。他真是个傻瓜，刚才就不该回头看。也许那人已经知道他发现自己被人跟踪了。马洛里再没回头看一眼，而是装模作样地慢悠悠走着。他在一家珠宝店的天鹅绒货架前停下来，假装在看上面的女式浮雕珠宝饰物、手镯和晚礼服冠状头饰，同时从镶有铁条的闪亮镜子中观察身后的街道。

他看见咳嗽先生马上又出现了。那人小心翼翼地跟在一群伦敦购物者后面，躲开马洛里的视线。他大概三十五岁，脸上的络腮胡有几分灰白，身上穿着一件深色的阿尔伯特式机缝外套，看上去并无特别之处。他的脸在伦敦算大众脸，只是表情有点阴郁，眼神有点冷酷，塌鼻子下的嘴唇抿得有点紧。

马洛里又转过一个弯,向左走上布鲁顿街,越走越发现手里的钟表盒不便携带。这里的商店没有角度合适的镜子。他向一位漂亮女士脱帽致意,假装回头看她的脚踝,结果发现咳嗽先生还跟着他。

咳嗽先生可能是那个皮条客和妓女的同伙,也可能是谁花钱找来的恶棍或杀人犯,那件阿尔伯特式外套的口袋里可能装着一把大口径短筒手枪或者一小瓶硫酸。想到这里,马洛里不禁毛骨悚然,感觉杀手会突然将子弹射进他的身体或是泼硫酸腐蚀烧伤他的皮肤。

马洛里加快脚步,钟表盒打得他的小腿生疼。在伯克利广场上,一台小型蒸汽起重机在两棵断裂的悬铃树间轰鸣,吊着一颗巨大的铸铁球从正面甩向一栋乔治王朝风格的破败建筑。一群人兴致勃勃地围在旁边看热闹。马洛里走进锯木架路障后面的人群,闻到了古老灰泥的刺鼻味,顿时感到片刻的安全。他侧目偷看咳嗽先生。那家伙找不到马洛里了,神情又凶又急,但他脸上似乎没有疯狂的恨意,也没有杀意,只是在围观人群的腿缝间四处张望,寻找马洛里的钟表盒。

甩掉这家伙的机会来了。马洛里在树木的掩护下快步穿过伯克利广场,在尽头处拐进查尔斯街。街道左右两边林立着壮观的十八世纪建筑,都是贵族宅邸,华丽的铁门上挂着现代盾徽。一辆豪华蒸汽车从马洛里身后的车库里开出来。他趁机停下脚步,转身查看街上的动静。

马洛里的策略失败了。咳嗽先生就在后面几码远的地方,可能是跑得有点喘不过气,闷热的天气让他满脸通红,但他没有上当。他在等马洛里继续往前走,小心翼翼地不往这边看,假装向往地盯着一家名叫"唯我奔走"酒馆的入口。马洛里突然想往回走,走进酒馆中的人群,这样他便有可能甩掉咳嗽先生。或者,他可以在最后一刻跳上一辆即将离去的公共汽车,但前提是他的宝贝钟表盒可以塞进去。

但是马洛里也明白,这两种权宜之计成功的希望都不大。对方占据绝对地利,而且掌握了伦敦罪犯各种鬼祟的伎俩。马洛里感觉自己像一头笨重的怀俄明野牛,拖着沉重的钟表艰难前行,手有点疼,身体开始感到疲倦……

皇后大道路口,一台拉铲挖土机和两台挖掘机正在牧羊人市场的废墟上又铲又挖。工地周围搭起了临时围栏,上面的木板被急于看热闹的围观人群弄得满是裂缝和小孔。裹着头巾的妇女和随地吐痰的小贩失去了惯常摆摊的地方,只能在围栏外面孤注一掷地铺破布摆摊叫卖。马洛里沿着一排臭气熏天的牡蛎和发蔫的蔬菜往前走。临时围栏的尽头因当初街道规划不周多出了一条狭窄的小巷,里面一边堆着落满灰尘的木板,一边堆着碎裂的砖块。满地尿骚的老旧鹅卵石间杂草丛生。马洛里朝里面瞥了一眼,看见一位刚站起身的老妇人,她头戴软帽,正在整理裙子。理好衣裙后,老妇人一言不发地从马洛里身边走过,马洛里碰了碰自己的帽子。

他将钟表盒举过头顶,轻轻放在长满苔藓的砖垛上,用一大块已被腐蚀的灰浆砖牢牢抵住,然后把帽子放在了旁边。

他背靠着那堆木板站在巷子口。

咳嗽先生出现了。马洛里扑上去,用尽全身力气朝他的小腹打了一拳。那人痛得弯下腰,啐了一口唾沫,呼哧呼哧喘着气。马洛里又用一记短促的左勾拳从侧面打中他的下巴。对方的帽子飞了,人也跪倒在地。

马洛里抓住那恶棍的阿尔伯特式外套的背部,用力将他甩向砖垛。那人撞上砖垛又被弹了回来,头朝下栽倒在地,四肢大张地喘着粗气,留着络腮胡的脸上沾满了污物。马洛里双手抓住他的喉咙和衣领,把他拎起来质问道:"你到底是什么人?"

"救命啊,"那人虚弱无力、声音嘶哑地喊道,"杀人了!"

马洛里拖着那人,朝小巷里走了三码。"你这恶棍,别跟我耍花招!你为什么跟踪我?雇主是谁?你叫什么名字?"

那人拼命抓住马洛里的手腕:"放开我……"他的外套敞开着,马洛里瞥见了他腋下的棕色皮革手枪套,立刻伸手去拿里面的武器。

他把那件武器掏出来拿在手上,却发现不是枪,抓在手里好像一条涂了油的长蛇。那是一根警棍,把手上有皮革穗带,黑色粗柄则由天然橡胶制成,末端扁平,尖端鼓起,像鞋拔子一样。警棍如弹簧钢般富有弹性,仿佛里面有一卷铁丝。

马洛里拿着这件难看的武器挥舞了一下,感觉轻易就能打断骨头。咳嗽先生吓得在他面前蜷缩起来。"回答我的问题!"

这时,有什么东西突然击中马洛里的后脑,他眼前似有一道白光闪过,随之而来的还有一阵湿意。他几乎失去知觉,身子朝下倒去,最后用死羊腿般僵硬沉重的胳膊抵住了地上脏兮兮的鹅卵石。又一击袭来,结果打偏了,抽在他的肩上。他向后一滚,痛呼出声,声音嘶哑而疯狂,他从来没听过自己发出这种叫声。马洛里出腿扫向攻击他的人,误打误撞地踢到了对方的小腿。那人咒骂着向后跳开。

马洛里手中的警棍已经掉了,他跟跟跄跄地爬起来,头晕眼花地蹲伏在地上。来人身材矮胖,头上的圆顶礼帽压得很低,几乎连眉毛都被遮住了。他站在咳嗽先生伸开的腿边,拿着一根香肠状皮革警棍恶狠狠地挥向马洛里。

血顺着马洛里的脖子流下来,他感到一阵恶心眩晕,觉得自己随时可能昏倒。他有一种直觉,如果现在倒下,肯定会被打死。

马洛里转身逃离小巷,双腿摇摇晃晃,脑袋里嘎吱作响,好像头骨已经裂开了似的,红色血雾像油一样在他眼前打着旋。

马洛里跌跌撞撞地在街上走了一小段,气喘吁吁地转过一个拐角。他靠在墙上,双手撑在膝盖上。一对体面的男女从他身边走过,目光中隐含着厌恶。马洛里流着鼻涕,嘴里恶心得想要呕吐,他恶狠狠地瞪着那对男女,无力地表达自己的蔑视。不知怎么,他总是觉得,如果那两个浑蛋闻到血腥味,肯定会追上来把他撕碎。

时间一点点过去,从他身边走过的伦敦人越来越多,有人冷漠,有人好奇,有人目光微带谴责,可能以为他喝醉了或是病了。马洛里泪眼蒙眬地望向街对面的大楼,望着挂在大楼一角的精美磁漆铸铁门牌。

是半月街,俄理范就住在半月街。

马洛里伸手去摸口袋里的野外笔记本。笔记本还在,结实的皮革封面触感熟悉,让他顿感庆幸。马洛里颤抖着手指翻出俄理范的名片。

等走到俄理范在半月街的宅邸时,马洛里的脚步已不再蹒跚,脑袋也不再晕眩,而是产生了一种阵痛。

俄理范住在一栋乔治王朝风格的大宅里。宅子分为几处,分别租给了按现代方式生活的不同租户。底层外面围着精致的铁栏杆,楼上有一个拉着窗帘的飘窗,可以俯瞰格林公园的宁静景色。总体来说,此处文明舒适,完全不适合接待一个遍身伤痛、晕头转向、鲜血淋漓的人。马洛里拼命扣响象头门环。

一位男仆打开门,上下打量马洛里。"请问您有什么……哦,天哪。"他突然惊呼一声,转身扬声喊道,"俄理范先生!"

马洛里摇摇晃晃地走进门厅,里面铺着精美的瓷砖和上过蜡的护墙板。俄理范立即出现了。尽管时间尚早,他却穿得很正式,领口系着最小的领结,胸前的扣眼上还插着一朵菊花。

俄理范目光锐利,似乎只瞥了一眼就了解了情况。"布莱!马上去厨房,找厨师要点白兰地,再打一盆水,拿几条干净的毛巾。"

男仆布莱听命离开。俄理范走到敞开的门口,警惕地扫视了一下街上的动静,然后把门牢牢地锁上。马洛里在他的搀扶下走进客厅,疲倦地瘫坐在一张琴凳上。

"看来您是遭人袭击了,"俄理范说,"对方是从背后偷袭的,真是个懦夫。"

"伤得重吗?我看不见。"

"钝器击打,皮开肉绽,瘀伤严重。流了很多血,现在已经开始凝结了。"

"严重吗？"

"不是我见过最严重的，"俄理范的语气竟然有几分欢快，"您这件漂亮的外套怕是毁了。"

"他们从皮卡迪利大街一路跟踪我，"马洛里说，"我后来才发现对方有两个人，可惜为时已晚。"他突然坐直身子，"该死！我的钟！那座钟是结婚贺礼，可我把它落在牧羊人市场旁的一条小巷里了，肯定落到那两个恶棍手上了！"

布莱回来了，手里拿着毛巾和脸盆。这位男仆比他的主人矮，年纪也比他的主人大，胡子刮得干干净净，粗脖子，长着一双棕色的金鱼眼，毛茸茸的手腕粗得像煤矿工人的。他和俄理范互动轻松，彼此尊重，看来是一位深受信赖的家仆。俄理范在盆里打湿毛巾，走到马洛里身后说："请不要动。"

"我的钟。"马洛里重复道。

俄理范叹了口气："布莱，你能不能去把这位先生丢失的东西找回来？不过，肯定会有点危险。"

"好的，先生，"布莱不动声色地说，"那几位客人呢？"

俄理范用湿毛巾擦着马洛里的后脑勺，像是仔细思考了一下说："布莱，何不把客人也带上呢？他们肯定喜欢出门转转。带他们从后门出去，尽量避人耳目。"

"我该怎么跟他们说呢，先生？"

"当然是实话实说！就说家里有位朋友遭到外国特工袭击了。但是要告诉他们，不能杀人。还有，就算找不到马洛里博士的钟也不必怀疑自己的能力。如果有必要，就开个玩笑，不要让他们觉得丢了面子。"

"我明白，先生。"布莱说完就离开了。

"抱歉，给您添麻烦了。"马洛里低声说。

"没事，这是我们该做的。"俄理范递给马洛里一个水晶杯，里面有两指高的上等白兰地。

喝过白兰地,马洛里感觉喉咙里的干涩感慢慢消失了,虽然身上还是很痛,但僵硬疲累之感减轻了很多。"您是对的,我错了,"他开口道,"他们像野兽一样悄悄跟着我!那可不是普通的歹徒,他们对我怀有恶意,我敢肯定。"

"得克萨斯人?"

"伦敦人,高个子长着络腮胡,矮胖子戴着圆顶礼帽。"

"为钱卖命的人,"俄理范在盆里打湿毛巾,"您可能需要缝一两针。要我去叫医生吗?如果您信得过我,我也可以代劳,我以前在山区做过一点外科工作。"

"我也做过,"马洛里说,"如果您认为有必要,那就缝吧。"

俄理范去拿针线的时候,马洛里又喝了一大口俄理范的白兰地,然后脱下外套,咬紧牙关盯着蓝色的碎花壁纸。俄理范熟练地引针刺入马洛里破裂的皮肤,将伤口缝合。"缝得还不错,"俄理范高兴地说,"只要远离恶臭的空气,八成不会发烧。"

"今天整个伦敦都臭气熏天。这可恶的天气……我信不过医生,您呢?我觉得医生就会胡说八道。"

"外交官和灾变论者不也一样吗?"俄理范笑得很迷人,弄得马洛里生不起气。马洛里从琴凳上拿起外套,发现衣领上满是血迹。"现在怎么办?我要不要去报警?"

"您当然有权报警,"俄理范说,"不过,我相信您的爱国之心,您应该知道有些事情不能告诉警方。"

"比如艾达·拜伦女士的事?"

俄理范皱起眉头:"这种对首相女儿妄加猜测的行为怕是十分欠考虑。"

"我明白了。那我为皇家学会自由贸易委员会走私军火的事呢?虽然毫无根据,但我想自由贸易委员会的丑闻应该与艾达女士的不同。"

"嗯,"俄理范说,"我个人倒是很乐于看到自由贸易委员会犯下的错误得到公开曝光,可是为了国家利益,这整件事恐怕还是得保密。"

"我明白了。那我还有什么可对警方说的?"

俄理范淡然一笑:"就说您的头部遭到歹徒袭击,不知对方的姓名,也不知遭袭原因。"

"这太荒谬了,"马洛里厉声说,"难道你们这些政府官员都是吃干饭的?要知道,这可不是什么客厅里的哑谜游戏!我已经认出了那个劫持艾达女士的女帮凶!她叫……"

"弗洛伦斯·巴特利特。"俄理范接话道,"请您小声点。"

"您怎么……"马洛里打住话头,突然想到了什么,"是您的朋友韦克菲尔德先生吧?那天在统计局,他应该一直监视着我的一举一动,然后马上就跑来跟您通风报信了。"

"虽然单调乏味,但监控那些差分机的运转本来就是韦克菲尔德的职责所在。"俄理范平静地说,"博士,其实我之前一直在等您来亲口告诉我,说您知道自己当时遇到的确实是一个蛇蝎美人,可您似乎并不急于告诉我这个消息。"

马洛里哼了一声。

"这不是普通警察能管的事,"俄理范说,"我之前也说过,您应该受到特别保护。现在您怕是不得不接受了。"

"真见鬼。"马洛里咕哝道。

"关于此事,我有非常合适的人选,就是弓街政治保安处的巡官埃比尼泽·弗雷泽。就是那个政治保安处,您不能大声张扬。弗雷泽巡长更喜欢大家叫他弗雷泽先生,您会发现,他极为聪明能干,行事非常谨慎。把您交给他,肯定安全无虞,我也能放心,您都不知道我之前有多担心。"

房子后面传来关门声,随后响起脚步声、剐蹭声、叮当声,还有几个陌生人的说话声。接着,布莱走了进来。

"我的钟!"马洛里喊道,"谢天谢地!"

"我们在一个砖垛上找到了这座钟,用一块砖抵着,藏得很严实。"布莱说着放下了钟表盒,"上面几乎没有划痕,先生,估计是歹徒把它藏在了那里,准备以后再去拿。"

俄理范点点头,扬起一条眉毛对马洛里使了个眼色。"干得好,布莱。"

"先生,还有这个。"布莱拿出一顶被踩坏的大礼帽。

"是那个恶棍的。"马洛里说。咳嗽先生这顶被踩扁的帽子曾掉进一摊难闻的尿液里,已经湿透了。不过,谁都不觉得有必要再提起这件难以启齿的事。

"抱歉,先生,我们没找到您的帽子,"布莱说,"可能是被哪个流浪儿偷走了。"

俄理范接过那顶帽子仔细研究,心里不由得感到厌恶,稍稍皱了一下眉头。他把帽子翻过来,翻出衬里。"没有制造商的标志。"

马洛里瞥了一眼说:"由差分机制作,制造商应该是摩西父子,大概是两年前产的。"

"嗯,"俄理范眨了眨眼睛,"这样一来应该就可以排除外国人了,想必是伦敦的老手,用的是廉价的望加锡发油,只是头脑还算灵活,有点狡猾。布莱,把它扔垃圾箱里吧。"

"好的,先生。"布莱离开了。

马洛里心满意足地拍了拍钟表盒:"您家的布莱帮了我一个大忙。如果我给他打赏,您说他会拒绝吗?"

"绝对会。"俄理范说。

马洛里知道自己失言了,他咬咬牙道:"您那几位客人呢?我可以向他们致谢吗?"

俄理范放肆地笑了:"当然可以!"

俄理范领着马洛里走进餐厅。餐桌的红木桌腿被拆掉了,光滑的大桌面现在由四角的雕饰支撑,离地面只有几英寸。五个亚洲男人盘腿坐在桌边，带着一种异国威严：这五人神情严肃，身穿在萨维尔街[1]定制的晚礼服，脚上只穿着长袜，全都戴着高高的丝绸大礼帽，帽檐拉得很低，遮住了剪过的头发。他们的头发很短很黑。

此外，还有一位女士跪坐在桌尾，面容沉静，宛若面具，浓密的黑发如丝般柔滑。她穿着一件宽大的和服，上面是燕子和枫叶图案，看起来很鲜艳。

"我来介绍一下，这位是爱德华·马洛里博士。"俄理范说道。五个男人优雅地起身——只见他们微微后仰，一只脚滑到身下，一下就站了起来，腿脚灵活得像芭蕾舞演员。

"这几位先生是日本天皇陛下的臣民，"俄理范说，"松木弘安[2]先生、森有礼[3]先生、福泽谕吉[4]先生、长泽鼎先生、鲛岛尚信先生。"随着俄理范的介绍，五人一个接一个地鞠躬行礼。

俄理范并没有介绍那位女士，那位女士也一动不动，始终面无表情地坐着，似乎不喜欢这个英国人盯着她看。马洛里认为最好别提此事，便不再对她多加注意。他转向俄理范问道："他们是日本人吧？您会说日语，是吗？"

"略会一些外交辞令。"

---

1. 英国伦敦的一条街道，世界顶级手工缝制西服圣地，聚集了售卖高档定制男装的店铺。——译者注
2. 即寺岛宗则，日本幕末武士、明治时代政治家、外交家、明治维新的元勋。——译者注
3. 日本明治时期思想家、政治家，萨摩藩士之子，早年醉心洋学。1873年与福泽谕吉等人创建明六社，任社长，积极宣传西方启蒙思想，被称为明治六大教育家之一和日本现代教育之父，在任期间建立明治时期新的教育制度，并参与筹建帝国大学。反对传统观念，崇拜西方思想，对明治时期的文化教育有一定影响。后因反对神像崇拜遭宗教狂徒暗杀。——译者注
4. 日本近代著名启蒙思想家、明治时期杰出的教育家、日本著名私立大学庆应义塾大学的创立者。他毕生从事著述和教育活动，形成了富有启蒙意义的教育思想，对传播西方资本主义文明和日本资本主义的发展起了巨大的推动作用，因而被日本人称为日本近代教育之父、明治时期教育的伟大功臣。——译者注

"那您能替我感谢他们如此勇敢地帮我把钟找回来吗?"

"马洛里博士,我们能听懂您的话。"其中一个日本人说道。他们的名字太难记,马洛里听完就忘了,不过,他记得这个人好像是叫谕吉。"天皇陛下对劳伦斯·俄理范先生深表感激,能有机会帮助俄理范先生的英国朋友是我们的荣幸。"谕吉先生再次鞠躬。

马洛里不知如何是好,只得说:"谢谢您这么说,先生。不得不说,您是一位善于辞令的绅士。我不是外交官,但还是要真诚致谢。非常感谢诸位……"

几个日本人嘀咕了几句。"我们希望外国人的野蛮袭击没有对您的贵体造成严重伤害。"谕吉先生说。

"确实没有。"马洛里说。

"我们没有看见您的敌人,也没看见什么粗暴之人。"谕吉的语气很温和。可看着他眼中闪动的光芒,马洛里毫不怀疑,如果谕吉和他的朋友遇到这样的歹徒,他们肯定不会手软。整体看来,这五个日本人都有一种儒雅之气,其中两人戴着无框眼镜,还有一人戴着系带单片眼镜和时髦的黄色手套,但他们全都年轻机敏、身强体壮,大礼帽戴在他们头上就像维京人的头盔一样。

俄理范突然长腿一屈,微笑着坐到桌首。马洛里也坐了下来,膝盖骨啪啪响了几声。几个日本人也跟着坐下,很快就摆成刚才那种威严的坐姿,而那个女人始终一动不动。

"天气如此炎热,"俄理范若有所思地说,"刚才还烦劳诸位去打击本国的敌人,这种情况下还是喝点小酒为好。"他从桌上拿起一只铜铃摇了摇,"那我们就不要如此严肃了,好吗?诸位想喝点什么呢?"

日本人嘀咕了几句,只见他们双眼圆睁,高兴地点头,尖声表示赞同:"威士忌……"

"威士忌,不错的选择。"俄理范说。

布莱马上推着一推车酒进来了。"先生,我们的冰不多了。"

"怎么回事，布莱？"

"卖冰的人不肯多卖点冰给厨师。自上周以来，冰价已经涨了两倍！"

"没事，反正冰块也装不到人偶的酒壶里去，"俄理范漫不经心地说道，就像这话没什么问题似的，"那个，马洛里博士，您可要看好了。松木弘安先生恰好来自工艺先进的萨摩藩，他刚才向我们展示了一件日本手工艺奇迹。松木先生，这位手工艺人是谁来着？"

"是细川家族的子孙，"松木先生一边鞠躬一边说，"我们的藩主萨摩大名[1]订购了这个。"

"那就请松木先生为我们倒酒吧。"俄理范说。布莱递给松木先生一瓶威士忌。松木先生接过酒瓶，开始往日本女士右手边那个雅致的陶瓷酒壶里倒酒，可后者还是毫无反应。马洛里开始怀疑她是不是病了或者瘫痪了。倒满酒后，松木先生把小酒壶放到女人右手里，一声尖锐的木料咔嗒声随之响起。松木起身拿来一个镀金的手摇曲柄，面无表情地将其插进女人的后腰，开始转动，女人体内顿时传来一种尖锐的发条盘绕声。

"原来是假人！"马洛里脱口而出。

"其实更像牵线木偶，"俄理范说，"正确的说法应该是'机关人偶'。"

马洛里深深吸了一口气。"我知道了！就像那种雅克德罗玩具和沃康松[2]设计的著名鸭子，是吗？"他笑了起来。那张面具似的脸虽然有黑色秀发半遮半掩，但现在一眼就能看出，那其实是用木头雕刻的，上面涂了漆。"我这脑子肯定是被歹徒打蒙了。天哪，这真是个奇迹。"

"假发里的每一根头发都是手工接上去的，"俄理范说，"这是日本

---

1. 日本封建时代的大领主。——译者注
2. 雅克·德·沃康松，法国发明家与艺术家。——译者注

皇室送给女王陛下的礼物。不过我想,王夫和年轻的阿尔弗雷德王子[1]可能也会特别喜欢,王子应该会格外喜欢。"

机关人偶开始倒酒了。它的肘部和腕部各有一个铰链,倒威士忌时会发出一种钢索轻轻滑动的声响,还有细小的木料咔嗒声。"这动作很像差分机控制的莫兹利[2]车床,"马洛里说,"他们的设计灵感是从车床上得来的吗?"

"不,这完全是本土技术。"俄理范回话时松木先生正把一个个盛着威士忌的小陶瓷杯递给桌边之人,"这人偶里面一点金属也没有,全是竹子、编起来的马鬃和鲸须弹簧。日本人掌握这种人偶制作技术已经有很多年了,他们称其为机关人偶。"

马洛里抿了一口威士忌,那是纯正的苏格兰麦芽威士忌。之前才喝过俄理范的白兰地,他本已微醺,现在又看到这个人偶,他觉得自己好像撞进了一出圣诞节童话剧。"它会走路吗?"他问道,"会吹笛子之类的吗?"

"不会,它只会倒酒,"俄理范说,"两只手都可以。"

马洛里感到几个日本人的眼睛都盯着他。很明显,这人偶对他们来说没什么特别惊奇的。他们想知道他这个英国人对它有什么看法,想知道他是否感到惊奇。

"好厉害,"他脱口而出,"亚洲那么落后的地方竟能制作出这样的人偶,真是太厉害了!"

"日本相当于亚洲的英国。"俄理范说。

"我们知道这人偶不怎么样。"谕吉先生说道,眼睛里光芒闪动。

"不,它是一个奇迹,真的,"马洛里断然道,"哎呀,都可以卖门

---

[1] 阿尔弗雷德·恩斯特·阿尔伯特,英国维多利亚女王与阿尔伯特亲王的第四个孩子,第二个儿子。——译者注
[2] 亨利·莫兹利,英国发明家,现代车床的发明人,被称为英国机床工业之父。——译者注

票让人参观了。"

"我们知道,和你们英国的大机器相比,它算不了什么。正如俄理范先生所说,你们英国是我们日本的老大哥。"

"我们要向你们学习,"另一个日本人说道,他这是第一次开口,好像叫森有礼,"我们对英国深怀感激!贵国用坚船利炮打开了我们的港口,给了我们很大的教训,令我们幡然醒悟。我们推翻了将军及其落后的幕府,现在要在天皇的领导下迎来伟大进步的新时代。"

"我们将成为贵国的盟友,"谕吉先生庄重地说,"作为亚洲的英国,我们将给亚洲各国人民带去文明开化之风。"

"这非常值得称赞,"马洛里说,"不过,要知道,文明开化任重道远,建立帝国也绝非易事,需要倾数百年之力……"

"我们现在就在向你们学习,"有礼先生说道,他的脸涨得通红,威士忌和暑热似乎在他心里点燃了一团火,"我们也兴建了学校,建立了强大的海军。我们在长州藩也有一台差分机!我们将购买更多的差分机,还要制造自己的差分机!"

马洛里轻声一笑。这些古怪的小个子外国人是如此年轻、如此理想化,却又如此聪慧、如此真诚。他很同情他们。"好吧!年轻人,这个梦想不错,值得称赞!可做起来没那么简单。您看,我们英国为这些差分机付出了巨大的努力,完全可以称之为我国的核心目标!我们的学者已经研究差分机几十年了,你们要想在短短几年内取得我们现在的成就……"

"我们将不惜一切代价。"谕吉先生平静地说。

"还有很多强国之法可令贵国有所改善,"马洛里说,"但是您刚才所提根本无法实现!"

"我们将不惜一切代价。"

马洛里瞥了俄理范一眼,后者正坐在那里看上了发条的人偶往瓷杯里斟酒,脸上的笑容一成不变,仿佛空气中的*丝丝寒意*不过是他自

第三次迭代 暗影灯

己想象出来的。不过,马洛里总觉得自己刚才失言了。

房间里一片死寂,只有机关人偶在嘀嗒作响。马洛里站起身,脑袋里嗡嗡直响。"俄理范先生,感谢您的招待,当然,也感谢您的贵客出手相助。那个,我得走了。刚才跟诸位相谈甚欢,无奈事务繁忙……"

"您确定吗?"俄理范热诚地问道。

"是的。"

俄理范扬声喊道:"布莱!叫厨师的儿子去给马洛里博士叫辆马车。"

当晚,马洛里疲惫不堪,满身大汗。他做了一个混乱的梦,梦见自己和那位咳嗽先生在争论灾变论。他从梦中醒来,听见有人在不停地敲门。

"等一下!"他光腿下地,摇摇晃晃地打着哈欠,同时轻轻摸了摸后脑勺。他头上有瘀伤的地方昨晚流了点血,在枕套上留下了一点粉红色的血渍,但肿胀已经消退,他也没发烧。这可能都要归功于俄理范的好酒。

马洛里汗流浃背,赤裸着身体,他穿上睡衣,又裹上一件晨袍,打开门。爱尔兰人凯利正站在走廊上,他是酒店的礼宾员,身后跟着两个愁眉苦脸的女清洁工。她们带着拖把、镀锌铁桶、黑色橡胶漏斗,还有一辆手推车,车上装满了大陶瓷瓶,瓶口塞着塞子。

"几点了,凯利?"

"九点,博士。"凯利嘬着他的黄牙走进屋,两个清洁工推着手推车跟在后面慢慢走进来。每个陶瓷瓶上都贴着花哨的纸标签,上面写着"康迪专利氧化除臭剂,一加仑"。

"这是什么?"

"锰酸盐苏打水,博士,可以消除酒店管道里的异味。我们打算往所有马桶里都加点,然后冲水清理酒店管道,包括总排水管。"

马洛里整理了一下身上的晨袍,感觉赤脚站在两个女清洁工面前有点尴尬。"凯利,就算你把管道冲洗得再彻底也没用。这可是伦敦大都会,夏天酷热难挨,连泰晤士河都发臭了。"

"总得做点什么,博士,"凯利说,"客人们都开始大肆抱怨了,可这也不能怪他们。"

清洁工用漏斗把一瓶亮紫色除臭剂倒进了马洛里的抽水马桶。除臭剂散发出一股刺鼻的氨水味,比屋里挥之不去的管道异味还要令人作呕。她们一边打着喷嚏一边没精打采地刷洗陶瓷马桶,直到凯利大手一挥拉动水箱上的冲水拉绳。

等他们走后,马洛里穿好衣服,翻开笔记本看了下。下午的日程排得满满的,但上午他只约了一个人。马洛里早听说迪斯雷利一向不守时,所以最好留出半天时间用来等人。运气好的话,他或许能抽时间把外套拿去干洗或去理发店把结了血块的头发剪掉。

马洛里下楼来到餐厅,发现还有两个人也像他一样这么晚才来吃早饭,他们正边喝茶边聊天。一个是陈列室的管理员贝尔肖,另一个是博物馆的低级职员,名字好像叫西德纳姆,马洛里记不清了。

马洛里走进餐厅,贝尔肖抬头看向他。马洛里客气地朝对方点了点头,后者望过来的目光中却难掩讶异。马洛里从两人身边走过,习惯性地坐在镀金煤气枝形吊灯下面的座位上。贝尔肖和西德纳姆低声交谈起来,语气中透着急切。

马洛里有些发怔。他和贝尔肖从未经过正式介绍认识彼此,难道这人对他刚才只是简单地点头致意感到不满?这会儿,西德纳姆的胖脸都变白了,时不时地斜眼瞥向马洛里。马洛里怀疑是自己的裤子拉链开了,他低头看了看,发现并没有。可那两人目瞪口呆的模样显然是发自内心感到惊慌。难道是他的伤口裂开了,头发上有血滴到脖子上?似乎也不是……

马洛里向侍者点了早餐,侍者也是一脸木然,好像他不该点烟熏鲱鱼和鸡蛋似的。

马洛里越来越糊涂了,他想当面问贝尔肖,于是开始在心里组织语言。可就在此时,贝尔肖和西德纳姆突然站了起来,茶点都没用完便离开了餐厅。马洛里不慌不忙地吃完早餐,决定不再为此事烦心。

他到前台去取信篮。常见的那个接待员没来上班,顶替的人说他得了肺膜炎。马洛里提着篮子走进图书馆,来到他常坐的座位上。图书馆里有五个人,是他的同事,此时正聚集在一个角落里忧心忡忡地交谈。马洛里抬头瞥了一眼,好像看到他们在盯着自己看,可这也太荒谬了。

马洛里兴致缺缺地整理着信件,脑袋隐隐作痛,精神也开始飘忽不定了。必要的学术通信已经非常烦琐累人,偏偏还有一大堆仰慕者的来信和求助信。也许聘请私人秘书确实在所难免。

马洛里突发奇想,感觉中央统计局那个姓托拜厄斯的年轻人或许是一个合适的人选。中央统计局有很多马洛里想要细细研读的资料,如果给托拜厄斯找一份工作当后备,说不定对方会壮起胆子帮他拿到想要的资料。比如艾达女士的档案,也不知道是否存在这种难以置信的资料;又比如俄理范先生的档案,此人滑得像条泥鳅,脸上总挂着笑容,却不给人明确的保证;还有查尔斯·莱伊尔勋爵的档案,此人是均变论派的首席学者,得过很多勋章。

马洛里想,他可能根本拿不到这三个大人物的资料,但彼得·福克的资料应该有查到的可能:彼得·福克为人阴险,他在暗中耍的那些阴谋诡计越发昭然若揭。

马洛里翻着信篮里的邮件,对心下想的事情毫不怀疑。他迟早会弄个水落石出的。整件事虽然被掩盖了,但总会慢慢浮出水面,就像从页岩层凿出的骨骼化石。他已经瞥见激进派精英们不可告人的秘密。现在,只需假以时日,得逢良机,他就能寻根究底,揭开整件事的神秘面纱。

一个极不寻常的包裹引起了马洛里的注意。包裹四四方方的，尺寸并不标准，上面贴着一套彩色的法国快递邮票。外包装呈象牙黄色，质地异常光滑、硬挺，是一种极为罕见的防水材料，有点像云母片。马洛里掏出他的谢菲尔德多用刀，用其中最小的一枚刀片将包裹打开。

里面只装了一张拿破仑规格的法国差分机卡片。马洛里越来越惊慌，费了点劲才把卡片抖落到桌子上。光滑的包装里湿漉漉的，上面沾着一种化学溶液，接触到空气立即散发出一股越来越浓的恶臭。

这是一张有穿孔的空白卡片，上面整齐地印着几行字号很小的粗体字。

致伦敦古生物学酒店的爱德华·马洛里博士：

我们在埃普索姆丢失了一件物品，如今为您非法占有。请按照《伦敦每日快报》个人启事栏上给您的指令将其完璧归赵。一日未收到此物，我们便会对您施以各种蓄意谋划的惩罚，如有必要，最终会让您彻底毁灭。爱德华·马洛里，我们知道您的公民编号、您的身份、您的履历和野心，完全掌握了您的所有弱点。抵抗也无济于事，赶快听命归还才是您唯一的出路。

斯温大尉[1]

马洛里惊愕地坐在原地，清晰的记忆涌上心头。也是在怀俄明，一天早上，他从行军床上起来，发现一条响尾蛇正在他躺过的地方打

---

1. 十九世纪二十年代末，英国工人运动再次高涨，与此同时，农村也不断发生农民骚动——捣毁打谷机，焚烧地主的庄园和粮仓。农民还向各地发送信件，申诉他们的痛苦，表示他们斗争的决心。这些信件末尾的署名为"斯温大尉"，所以该运动又被称为斯温运动。"斯温"一词从英文单词"swing"而来，原意为秋千，又有绞索的意思。农民这样自称是为了表示他们或者受苦受难，死于贫困，或者参加反抗斗争，宁愿上绞刑架。——译者注

盹。半夜酣睡时，他曾感觉有蛇在身下蠕动，但他当时太困了，并未多加理会，醒来才突然发现确实有蛇。

他一把抓起卡片仔细端详。卡片由樟脑纤维素制成，富有弹性，上面湿漉漉的，沾着某种刺鼻的液体，小小的黑色字迹已经开始褪色。那张卡片摸起来越来越热，甚至有点烫手。他惊得赶紧丢掉卡片，忍住没叫出声。卡片在桌面上翘曲变形，裂成一层层比最薄的洋葱皮还薄的小片，边缘也逐渐变黄，看着脏兮兮的。一股黄烟升腾起来，马洛里这才意识到那东西马上要着火了。

他急忙从信篮里一抓，摸出最新一期的《地质学会季刊》，杂志很厚，封面呈灰色。他把杂志拿在手中，用力拍打卡片。猛拍两下之后，卡片裂成了一堆卷曲的丝状碎屑，底下的桌面被烫得起了泡。

马洛里撕开一封求助信，看也没看就把里面的东西扔了，然后用棱角分明的地质学杂志的书脊把桌子上的灰烬扫进了信封里。还好桌子损坏得不太严重……

"马洛里博士？"

马洛里惊慌愧疚地抬起头，看见一张陌生的面孔。来人是伦敦人，个子高高的，胡子刮得干干净净，衣着朴素，面容憔悴，不苟言笑。他站在桌子对面看着马洛里，一只手里拿着报纸和笔记本。

"这标本真差劲，"马洛里说道，沉醉在自己临时编造的谎言之中，"竟然泡了樟脑水！这办法太糟糕了！"他把信封折起来塞进口袋。

来人默默地递给他一张肖像名片。

此人名叫埃比尼泽·弗雷泽，名片正面有他的名字、电报号码和用国印盖的小钢印，除此之外再无其他。背面是一幅点描肖像，面容严肃冷硬，似乎是他惯常的表情。

马洛里站起来伸出手，但他突然意识到自己手指上还沾着酸，于是转而鞠了一躬，然后立刻坐下，偷偷在裤腿背面擦了擦手。他拇指和食指的皮肤感觉干干的，好像蘸过甲醛水溶液似的。

"博士，您还好吗？"弗雷泽低声说道，同时在桌子对面坐了下来，"听说您昨天遭到了袭击，现在好点了吗？"

马洛里的视线扫过整个图书馆。那几个人还聚在房间那头儿，似乎对他刚才的滑稽举止和突然出现的弗雷泽非常好奇。

"小事一桩，"马洛里闪烁其词，"在伦敦，谁都可能遇到这种事。"

弗雷泽微微扬起一条浓黑的眉毛。

"很抱歉，弗雷泽先生，我的事劳您费心了。"

"这没什么，博士，"弗雷泽打开皮面笔记本，然后从朴素的贵格会教徒式外套里取出一支针笔，"可以问您几个问题吗？"

"说实话，我现在时间很紧……"

弗雷泽不动声色地看了马洛里一眼，打断了他的话："博士，我已经在这儿等您三个小时了，就为等您方便的时候。"

马洛里支支吾吾地道歉。

弗雷泽没理会他。"博士，今天早上六点，我在外面看到一件很奇怪的事。有个小报童满世界喊着说利维坦马洛里因谋杀被捕了。"

"我？爱德华·马洛里？"

弗雷泽点点头。

"我真搞不懂。为什么会有报童撒这种弥天大谎？"

"他卖了不少报纸，"弗雷泽冷冷说道，"我也买了一份。"

"报纸上到底是怎么说我的？"

"一个字都没提到叫马洛里的人，"弗雷泽说，"您可以自己看看。"他把一份折起来的报纸丢到桌子上，是《伦敦每日快报》。

马洛里小心地把报纸放进信篮里。"可能是什么恶作剧，"他说道，嗓子发干，"这里的流浪儿什么事都敢做……"

"等我再出门时，那个小骗子已经跑了，"弗雷泽说，"可你的很多同事都听到他的话了，整个上午都在谈论这件事。"

"原来如此，"马洛里说，"所以才会有些……嗯！"他清了清嗓子。

弗雷泽不动声色地看着他。"博士,您现在最好看看这个。"他从笔记本里拿出一份折起来的文件,将其展开放在抛光红木桌面上,推到马洛里面前。

那是一张用差分机打印的银版照片。照片上是一个死人,直挺挺地躺在一块板子上,下体上盖着一块亚麻布。这张照片是在停尸房拍摄的,尸体被人开膛破肚,一刀从腹部划到胸骨。胸部皮肤、腿部皮肤和隆起的腹部皮肤都像大理石一样苍白,与晒黑的双手和红润的面庞形成怪异的对比。

死者是弗朗西斯·鲁德威克。

照片底下的说明文字写着:科学解剖——"蛙类"遭逢灾变,尸体被开膛解剖,此为连环案中的首案。

"天哪!"马洛里惊呼道。

"这是警方的停尸房记录,"弗雷泽说,"看样子是落到了搬弄是非者手中。"

马洛里惊恐地盯着照片:"这是什么意思?"

弗雷泽提笔准备记录:"博士,'蛙类'是什么?"

"从希腊语衍生来的,"马洛里脱口说道,"蛙类指两栖动物,主要是青蛙和蟾蜍。"他绞尽脑汁地想着措辞,"几年前,在一次辩论中,我曾说他的理论……我是说鲁德威克的地质学理论……"

"博士,今早我听人说过了,您的同事似乎都知道这件事。"弗雷泽翻了翻手中的笔记本,"当时,您对鲁德威克先生说:'进化历程不是您那迟钝的蛙类智力所能理解的。'"他顿了一下,接着道,"这人长得确实有点像青蛙,不是吗,博士?"

"那是在剑桥举行的一次公开辩论会上,"马洛里缓缓说道,"我们热血沸腾……"

"鲁德威克说您'疯疯癫癫,犹如帽匠',"弗雷泽若有所思地说,"您似乎颇为介怀。"

马洛里面泛潮红。"他凭什么这样说？竟然还摆出一副绅士派头……"

"你们是对手。"

"没错，可是……"马洛里擦了擦额头上的汗，"您不会认为他的死和我有关吧？"

"我相信您本人无意谋杀他，"弗雷泽说，"不过，您是苏塞克斯人吧，博士？您的家乡在刘易斯？"

"是又怎样？"

"好像有几十张这样的照片都是从刘易斯邮局寄出来的。"

马洛里惊呆了："几十张？"

"是的，博士，匿名寄给您在皇家学会的同事们。"

"天哪，"马洛里惊呼道，"他们要毁了我！"

弗雷泽什么也没说。

盯着那张停尸房照片，马洛里突然心生怜悯，感情纯粹而强烈。"可怜的鲁德威克！看看他们都对他做了什么！"

弗雷泽不失礼貌地看着他。

"他是我们中的一员！"马洛里脱口而出，真诚的语气中透着愤怒，"他不是什么理论家，而是一位非常优秀的化石发掘者。天哪，想想他可怜的家人！"

弗雷泽记了下来。"家人，一定要调查一下。很可能已经有人告诉他们是你杀了他。"

"鲁德威克遇害的时候，我还在怀俄明。大家都知道！"

"有钱人可以雇凶杀人。"

"我不是有钱人。"

弗雷泽什么也没说。

"我不是有钱人，"马洛里说，"当时还不是……"

弗雷泽不慌不忙地翻着手中的笔记本。

"钱是我赌博赢来的。"

弗雷泽好像产生了些许兴趣。

"同事们见我花钱大手大脚,"马洛里推断着,突然不寒而栗,"又不知道我的钱是从哪儿来的。他们经常在背后议论我,不是吗?"

"是的,博士,嫉妒确实会引人说长道短。"

马洛里突然觉得头晕目眩,感到一阵恐惧。空气中好像有一团黄蜂似的,弥漫着危险的气息。弗雷泽很有分寸地保持着沉默。过了一会儿,马洛里恢复了镇静,他缓缓摇头,用力咬紧牙关。他不能迷失方向,任人摆布。还有事要做,他手头已经有些证据了。马洛里怒容满面地俯身向前,仔细看着那张照片。"上面说'此为连环案中的首案'。弗雷泽先生,这是一种威胁,说明还会有类似的谋杀案发生。'遭逢灾变'在指我们的科学论战,好像在说他是因此而死的!"

"学者们对待科学论战都很认真。"弗雷泽说。

"您的意思是说,我的同事都认为这张照片是我寄的?他们认为我会像马基雅维利[1]一样不择手段,雇凶杀人?认为我是一个危险的疯子,杀了对手还到处炫耀?"

弗雷泽什么都没说。

"天哪,"马洛里惊呼道,"我该怎么办呢?!"

"上面已将此案交由我负责,"弗雷泽一本正经地说道,"马洛里博士,请您务必相信我是可靠之人。"

"可我的名誉已经受损,这又该怎么办?难道我要去找这栋楼里的每个人解释,说……说我不是什么杀人恶魔?"

"政府不会任由一位杰出学者遭受这样的骚扰,"弗雷泽轻声向马洛里保证,"明天,弓街警察局局长将向皇家学会发表声明,表明您遭到了恶意诽谤,在鲁德威克事件中没有任何嫌疑。"

---

1. 尼科洛·马基雅维利,意大利政治思想家和历史学家。——译者注

马洛里摸了摸胡子："您认为这样有用吗？"

"如有必要，我们也可以向各日报发表公开声明。"

"可是这样做会不会给我招来更多怀疑？"

弗雷泽在椅子上挪动了一下身子。"马洛里博士，我们局就是为了摧毁阴谋而存在的。我们并非没有经验，也并非没有资源，绝不会输给什么蹩脚的秘密团体。我们打算将这些阴谋家连根拔除，博士，只要您对我坦诚相见，知无不言，我们就能早点将其铲除。"

马洛里向后靠在了椅子上。"弗雷泽先生，我生性坦诚，可那件事阴暗骇人。"

"您不必担心会吓到我。"

马洛里环顾四周的红木书架、精装杂志、皮面文献和超大号地图册。可空气中弥漫着可疑的气息，像燃烧的污点一样灼人。昨天在街上遇袭之前，这家酒店明明还是令他快乐的堡垒，现在却仿佛成了阴谋家的藏身之所。"这里不是说话的地方。"马洛里低声说。

"确实不是，博士，"弗雷泽表示同意，"不过，您应该照常从事科学工作，做出满不在乎的样子，这样敌人可能就会认为他们的计谋失败了。"

这个建议在马洛里看来是合理的，至少算一种行动。他立刻站起身："照常工作吗？嗯，我也是这么想的，理应如此。"

弗雷泽也站了起来。"博士，如果您允许，我可以陪在您身边，相信我们很快就能解决您遇到的麻烦。"

"要是您知道整件事的来龙去脉，可能就不会这么想了。"马洛里咕哝道。

"俄理范先生已经都告诉我了。"

"我表示怀疑，"马洛里咕哝道，"他对最坏的情况视而不见。"

"我可不是什么政客。"弗雷泽的语气依旧温和，"博士，我们可以走了吗？"

酒店外，伦敦上空笼罩着一层黄色阴霾。

阴霾悬浮在城市上空，暗淡又壮观，宛如能预知暴风雨的僧帽水母，触须便是那城市烟囱里呼呼冒出的黑烟，如静室烛烟般蜿蜒而上，直冲如盖的低沉云层。太阳隐在云层后面，投下微弱的光线。

马洛里观察着周围的街道。在这个伦敦的夏日早上，烟灰浮动，光线昏黄，处处都透出一丝诡异。

"弗雷泽先生，我猜您应该是土生土长的伦敦人。"

"是的，博士。"

"您以前见过这样的天气吗？"

弗雷泽眯眼望着天空想了想。"长大后就没见过了，博士。我小时候，燃煤造成的烟雾很严重，后来激进党加高了烟囱。如今煤烟都飘到郡县去了。"他顿了一下，补充道，"绝大部分。"

马洛里着迷地凝望着平坦的云层，心下暗想当初要是多花些时间研究气体动力学就好了。这锅盖般的静态云团严重缺乏自然湍流，好像大气的动力系统不知怎的停滞了似的。先是地下恶臭、泰晤士河干涸、污水增加，现在又这样。"好像没有昨天热。"他喃喃地说。

"因为天阴了，博士。"

街上拥挤不堪，只有伦敦才会如此繁忙。公共汽车和出租马车都已客满，每个十字路口都挤满了破旧的老爷车和双轮马车，车夫骂声不断，鼻孔乌黑的马匹气喘吁吁。蒸汽车突突作响，慢腾腾地驶过。许多蒸汽车后面都拖着装有生活物资的胶轮货车。看来离开伦敦去外地避暑的风潮在贵族中间正愈演愈烈。马洛里明显感觉到了这一点。

他要去舰队街见迪斯雷利，走过去会花很长时间，最好的办法还是忍着恶臭坐地铁。

在格洛斯特路地铁站的入口处，英国挖掘工和矿工同业会正在举行罢工。他们像占领军一样在人行道上竖起尖木桩，拉起横幅，堆起沙袋。一大群人在旁边围观，秩序井然，似乎对罢工者的大胆行为并不感到恼火，而是觉得好奇或害怕。他们可能很高兴看到地铁站关闭，更有可能只是害怕这些搞地下工程的工人。戴着头盔的罢工者突然从地下作业区冒出来，每一个都像肌肉发达的地下精灵。

"弗雷泽先生，我不喜欢这个样子。"

"是啊，博士。"

"我们和这些人谈谈吧。"

街对面，一个鼻梁处有青筋的矮胖工人正在朝人群大声喊叫，强行分发传单。马洛里走过去和他搭话："挖掘工兄弟，这是怎么了？"

对方把马洛里上下打量了一番，咬着一根乳白色的牙签咧嘴笑了一下。他戴着一个镀金大耳环，也可能是真金的，毕竟这个工会很有钱，有许多新颖独特的专利。"先生，既然您这么客气地问了，我就简单跟您说说。都是那些该死的白痴气动地铁惹的！我们在请愿书中向巴贝奇勋爵提过，那些该死的隧道永远无法正常通风。结果呢，有个浑蛋学者来做了一场讲座，跟我们胡说八道了一通，现在那些讨人厌的隧道已经臭不可闻了。"

"先生，这个问题很严重。"

"你说得对，伙计。"

"您知道那个提供咨询的学者叫什么名字吗？"

那名工人和两位戴着头盔的朋友讨论了一下这个问题，答道："是杰弗里斯勋爵。"

"我认识杰弗里斯！"马洛里惊讶地说，"这人声称鲁德威克发现的翼指龙不会飞，声称他已经找到了证据，能证明翼指龙是一种'反应迟钝的爬行动物，只会滑翔，根本不会扇动翅膀'。这家伙很差劲，招摇撞骗，理应受到谴责！"

"先生，您也是学者吧？"

"不是他那种学者。"马洛里说。

"您这位警察朋友呢？"工人不安地拽着自己的耳环，"不会把我们说的话都记在那该死的笔记本上了吧？"

"不会，"马洛里一本正经地说，"我们只是想知道事情的全部真相。"

"大学者，您要想知道该死的真相，就自己下去，从砖上刮一桶发霉的脏东西看看。哪怕是干了二十年的通渠工，闻到那股恶臭都会呕吐不止。"

那名工人走到一位穿着系带撑裙的妇女面前道："亲爱的，您不能下去，伦敦的地铁都停了……"

马洛里继续往前走。"这种事肯定还会发生！"他朝弗雷泽的方向大声嘟囔，"学者在提供行业咨询的时候需要先把事情弄清楚！"

"天气原因。"弗雷泽说。

"根本不是天气原因！是学者的道德问题！我也收到过这样的请求，约克郡有个人想参照雷龙的脊柱和肋骨结构建造玻璃温室。当时我告诉他，拱形结构是很好，效率也很高，但玻璃封口肯定会漏水。就这样，我丢了那份工作，咨询费也没了，但我维护了自己作为学者的声誉！"马洛里对着油乎乎的空气哼了一声，清了清嗓子，往排水沟里啐了一口唾沫，"真不敢相信杰弗里斯那个该死的傻瓜竟然会给巴贝奇勋爵如此糟糕的建议。"

"我还从没见过哪个学者直接找干地下工程的工人谈话……"

"那是你还不了解内德·马洛里！我尊重每一个真正懂行的诚实之人。"

弗雷泽思索了一下，表情阴郁，似乎半信半疑。"那些干地下工程的工人可是危险的工人阶级暴徒。"

"我认为他们应该是不错的激进派工会。他们早年就坚定地支持激进党，现在依然如此。"

"可他们在动荡年代杀了很多警察。"

"都是威灵顿的警察。"马洛里说。

弗雷泽面色凝重地点了点头。

现在别无他法，他们只能走着去迪斯雷利那里了。弗雷泽对此丝毫没有感到勉强，他双腿修长，走起路来大步流星，轻松地与马洛里并行。由于马洛里想呼吸一下新鲜空气，所以两人折返回去进了海德公园。结果发现这里的空气也油腻腻的，周围没有一丝风，枝叶在这个夏日有点发蔫。透过树枝照下来的光线被染上一层绿色，看起来既诡异又阴郁。

天上浓烟滚滚，越积越厚，看得人心生不安。一大群伦敦椋鸟似乎也因此陷入恐慌，在公园上空来回盘旋。马洛里边走边看，群集活动是动力学中非常优雅的一课。真是不可思议，这么多小鸟彼此互动，最后竟能在空中形成巨大而优雅的形状：先是不规则的四边形，接着是削掉一截的金字塔形，一会儿变成扁平的新月形，一会儿又像潮水涌浪一样中心隆起。这种现象应该可以写成一篇不错的论文。

马洛里被树根绊了一下。弗雷泽赶紧伸手抓住他的胳膊："博士。"

"怎么了，弗雷泽先生？"

"请您留点神，可能有人跟踪。"

马洛里环顾四周，但他发现多看也无益。公园里挤满了人，根本看不见咳嗽先生，也看不见那个戴圆顶礼帽的帮凶。

骑马道[1]上有一小群伺候权贵的高级妓女，报纸上委婉地称她们为"女骑士"。其中一个被栗色马匹甩了下来，其他人都围在她身边。马洛里和弗雷泽走近，发现那匹马已经瘫倒在地，躺在路边潮湿的草地上，气喘吁吁，口吐白沫。骑手浑身是泥，但没受伤。她正在诅咒伦敦，诅咒肮脏的空气，咒骂刚才催她飞奔的女人，咒骂那个给她买马的男人。

场面尴尬，弗雷泽礼貌地未加理会。"博士，做我们这行要懂得利用露天环境。现在我们周围没有半掩的门，也没有可以偷窥的钥匙

---

1. 练马林荫路，海德公园的名胜之一。——译者注

孔。您能不能用简单明了的语言把您的烦恼告诉我,还有您目睹的那些事?"

马洛里默默地走了一会儿,心里暗自琢磨着这件事。他很想信任弗雷泽,如今他惹上了麻烦,在可以求助的当权者中,似乎只有这位刚毅的警官准备勇敢地从根源上解决问题。然而,这种信任伴随着很大的风险,而且这风险不只针对他自己。

"弗雷泽先生,此事涉及一位伟大女士的声誉。在我开口之前,请您务必郑重保证不会损害那位女士的利益。"

弗雷泽双手紧扣,背在身后,若有所思地继续往前走。"艾达·拜伦?"过了许久,他才问道。

"啊,是的!俄理范都告诉您了,是吗?"

弗雷泽缓缓摇头道:"俄理范先生守口如瓶,但拜伦家族经常找我们弓街的人解围。我们可以说是这方面的专家。"

"弗雷泽先生,您好像马上就知道了!可这怎么可能?"

"都是经验,博士。您刚才说'一位伟大女士的声誉',我熟知您这种措辞,也熟知您这种尊敬的语气。"弗雷泽凝视着阴暗的公园,看见用柚木和铁制成的弧形长椅上坐满了人,男人们衣领敞开,女人们满脸通红,不停用扇子扇着风,还有一群群蔫头耷脑的城市孩童,他们被这闷热的天气弄得眼睛发红,脾气暴躁。"公爵夫人、伯爵夫人的豪华府邸在动荡年代都被烧毁了。激进派的贵妇人可能会摆架子,但是'伟大女士'一词相当古老,现在没人这样称呼那些贵妇人,除非是指女王陛下或者我们所谓的差分机女王。"

弗雷泽小心翼翼地跨过石子路上那具长满羽毛的小尸体。那是一只椋鸟,已经死透了,翅膀展开,皱巴巴的小爪子向上伸着。他们又往前走了几码,发现路上出现了许多椋鸟的尸体。两人只得放慢速度,小心翼翼地择路而行。"博士,您或许最好还是从头说起,先说说已故的鲁德威克先生,还有那件事。"

"好吧，"马洛里擦了擦脸上的汗水，手帕上顿时沾满了烟灰点子，"我是古生物学博士，也是忠诚的激进党员。我出身寒门，多亏激进党，我才能获得博士学位，并有了如今的荣誉。我是政府的忠实支持者。"

"说下去。"弗雷泽说。

"我在南美洲待过两年，随劳登勋爵进行化石发掘，当时还不是什么有名望的学者。后来有人提供机会，还提供大量经费，让我带领自己的考察队，我就接受了。最近我才听人说，可怜的弗朗西斯·鲁德威克也接受了同样的要求，而且是出于相似的理由。"

"你们俩都拿了皇家学会自由贸易委员会的钱。"

"弗雷泽先生，我们不仅得到了他们提供的经费，还接受了他们的指令。我带着十五个人穿越美洲边境，当然是去挖化石的，而且还有大发现。但同时，我们也走私枪支给印第安人，帮助他们阻挡北方佬的进攻。我们绘制了从加拿大往南走的路线，详细绘制了地形图。如果有一天英国与美洲国家发生战争……"马洛里顿了一下，"嗯，美洲已经爆发大战了，不是吗？我们实际上支持南方邦联，只是没有明确说出来。"

"您不知道这些秘密活动会给鲁德威克带来危险吗？"

"危险？当然有危险，只是没想到在英国也会有危险……鲁德威克在英国遇害的时候，我还在怀俄明，对此事一无所知，后来在加拿大看报纸才知道。我当时很震惊……我和鲁德威克在理论问题上吵得不可开交，当时只知道他去墨西哥挖化石了，却不知道他和我有同样的秘密。我以前不知道鲁德威克也在帮自由贸易委员会走私军火，只知道他在我们这行做得很出色。"马洛里对着污浊的空气叹了口气，为自己的话感到吃惊。他以前从未对任何人说过这些事的始末，包括他自己。"我想，我是有些妒忌鲁德威克的。他比我年长一些，是巴克兰的学生。"

"巴克兰？"

"他是我们这个领域最伟大的学者之一，现在已经去世。说实话，我不太了解鲁德威克。他这人并不讨喜，在人际关系上傲慢冷淡，最适合去海外考察，远离上流社会。"马洛里擦了擦后脖颈上的汗，"看到他死于低级场所斗殴的消息时，我并不十分意外。"

"您知道鲁德威克是否认识艾达·拜伦吗？"

"不知道，"马洛里惊讶地说，"我不知道。我们俩在学者圈子里的地位并不高，和艾达女士绝对不在一个层次！也许有人会介绍他们认识，不过我想，要是艾达女士对他青眼有加，我应该会知道。"

"您刚才说他很出色。"

"但他并不殷勤讨喜。"

弗雷泽换了个话题："俄理范似乎认为杀害鲁德威克的凶手是得克萨斯人。"

"我不知道什么得克萨斯人，"马洛里怒气冲冲地说，"谁知道得克萨斯的事？那该死的蛮荒之地，远隔千山万水！如果真是得克萨斯人杀了可怜的鲁德威克，皇家海军就应该为他报仇，炮轰他们的港口。"马洛里摇了摇头。这个卑鄙的勾当在他眼中曾是那么有勇有谋的行为，现在却显得如此肮脏可耻，简直是个卑劣的骗局。"我和鲁德威克真是太蠢了，竟让自己卷入了自由贸易委员会的勾当。几个有钱的贵族暗地里策划侵扰北方佬。北方那些共和国已经在相互厮杀了，就为了奴隶制和地方权力之类该死的愚蠢问题！鲁德威克本来应该好好活着发掘奇迹，结果却因此而死。这真让我感到羞愧！"

"有人可能会说这是您的爱国义务。您这样做是为了英国的利益。"

"也许吧。"马洛里颤抖着说，"不过，憋了那么久，终于说出来了，感觉真是如释重负。"

弗雷泽似乎对这件事不太感兴趣。马洛里猜测，对这位政治保安处的巡官来说，这不过是一个老掉牙的无聊故事，与那些更大更神秘的恶行相比，可能根本不值一提。弗雷泽并不关心政治问题，他只谈犯罪事实。"请您讲一下第一次遭到袭击时的情况。"

"那是在德比赛场。我看见一辆租来的马车上坐着一位戴面纱的女士，一对男女在虐待她。我猜那对男女可能是犯罪分子，其中那个女的是弗洛伦斯·拉塞尔·巴特利特，您应该知道吧？"

"是的。我们正在全力搜寻巴特利特。"

"我没指认出那个男人，不过，我可能无意中听到了他的名字，好像是'斯温'或'斯温大尉'。"

弗雷泽似乎有点吃惊："您跟俄理范先生说过这件事吗？"

"没有。"马洛里感到如履薄冰，便没有再说什么。

"或许这样也好，"弗雷泽沉思片刻后说道，"俄理范先生偶尔有点异想天开，'斯温大尉'这个名字在各种阴谋中相当有名，是人们虚构的，很像'内德·卢德'或'卢德将军'。几年前，这些斯温团伙就是乡下的卢德分子，他们所做的主要是纵火、烧草垛。到了动荡年代，他们变得野蛮起来，杀了很多乡绅，还烧毁了他们的豪宅。"

"啊，"马洛里说，"您认为这家伙是卢德分子？"

"现在没有卢德分子了，"弗雷泽平静地说，"他们和您研究的恐龙一样灭绝了。我倒怀疑他是个惹是生非的古董商。现在知道了此人的外貌特征，我们就有办法找到他。等抓到他，我们可以问问他都喜欢假扮什么身份。"

"嗯，这家伙肯定不是农夫，有点像赛场里的皮条客，穿衣打扮偏法式。在我保护那位女士时，他拿着匕首扑向我，在我腿上划了一刀。侥幸的是，匕首上没有涂毒。"

"说不定涂了，"弗雷泽说，"大多数毒药的毒性远没有公众想象的那么强……"

"嗯，我把那恶棍打倒在地，赶走了那两个坏蛋。那个皮条客曾两次发誓说要杀了我，他的原话是'灭'了我……后来我才意识到那位女士可能是艾达·拜伦女士。她说话的样子非常奇怪,好像被人下了药,也可能是被吓傻了……她请求我护送她到王室区,可我们刚走到王室区近前,她就耍了个花招跑了。我那么辛苦地帮助她,她却连一句感谢的话都没说。"

马洛里停顿了一下,手指摸着口袋里的东西。"事情大概就是这样,先生。我之前下注押一个朋友造的蒸汽车赢,没过多久就赢了一大笔钱。多亏了那位朋友给我的信息,我一下子从囊中羞涩的学者变成了有钱人。"马洛里扯了扯胡子,"尽管这个变化很大,但在当时看来,似乎算不上什么奇事。"

"原来如此。"说完,弗雷泽默不作声地继续往前走。他们走近海德公园角时,有几个人站在肥皂箱上,一边咳嗽一边对着人群高谈阔论。弗雷泽和马洛里走到那群面露狐疑的听众中间时突然沉默下来。

两人穿过熙熙攘攘的骑士桥,马洛里在等弗雷泽开口,可对方什么都没说。走到格林公园高大的铁门前时,弗雷泽转身对着身后的街道注视良久。"我们可以从白厅[1]抄近路,"他终于开口了,"我知道一条小路。"

马洛里点点头,跟着弗雷泽往前走。

白金汉宫的卫兵正在换岗。王室成员按照惯例去苏格兰避暑了,女王不在宫中,但精锐卫队照常举行换岗仪式。王宫卫兵们昂首挺胸,身穿最新款、功能最佳的英国军装,暗褐色的克里米亚作战服上装饰着按科学方法分布的图案,可以欺骗敌人的眼睛。据说,这种巧妙的布料把俄国人彻底弄糊涂了。卫兵队列后面有一队炮兵,他们用马拖着一架巨大的汽笛风琴。风琴欢快的嗡嗡声在纹丝不动的污浊空气中显得怪异而凄凉。

马洛里一直在等弗雷泽得出结论,最后终于等不下去了。"弗雷泽

---

[1] 伦敦街名,因英国政府部门(如外交部)多设在此,故喻英国政府。——译者注

先生，你相信我当时遇见的是艾达·拜伦吗？"

弗雷泽清清嗓子，小心翼翼地吐了口痰："我相信，博士。我不太喜欢这件事，但也看不出里面有什么值得惊奇的地方。"

"是吗？"

"是的，博士。我相信我已经把整件事看得很清楚了，这根本就是赌博之祸。艾达女士有一个点金模。"

"点金模……那是什么？"

"马洛里博士，点金模是赌界传奇，它是一种赌博系统，一种利用数学差分机制造的神秘把戏，它可以击败开盘手。博士，每个有贼心的程序员都想要点金模。那是他们的点金石，可以凭空变出黄金！"

"可能吗？有可能做出这样的分析吗？"

"博士，如果可能的话，也许艾达·拜伦女士能办到。"

"她是巴贝奇的朋友，"马洛里说，"是啊……我相信，相信她能办到！"

"嗯，她可能确实有点金模，但那也可能只是她自以为的点金模。"弗雷泽说，"我虽然不是什么数学家，但我知道从未出现过什么有价值的赌博系统。总之，她又碰上了麻烦事。"弗雷泽厌恶地哼了一声，"那就是程序员心中的幻影，她已经追逐了很多年，还跟那些龌龊之人为伍，都是些骗子、低级程序员、放贷者之流。更糟的是，她还债台高筑，这已经不是什么秘密了！"

马洛里心不在焉地将大拇指插进钱袋："哎呀！如果艾达真的找到了点金模，那她很快就能把债还清了！"

弗雷泽对马洛里如此天真报以同情的目光："真正的点金模会摧毁赛马场的赌博体系！也会毁了你们这些好赌绅士的生活……您见过人们在赛场上追打诈赌之人的场面吗？那就是点金模所能带来的骚动。艾达女士可能是一位伟大的女学究，但在常识方面，她就跟家蝇没什么两样！"

"弗雷泽先生,她是一位伟大的学者,伟大的天才!我看过她写的论文,还有那高超的数学……"

"'艾达·拜伦女士,差分机女王',"弗雷泽接话道,语气十分沉闷,与其说是轻蔑,不如说是厌倦,"她是一位有主见的女性!很像她母亲,对吗?戴着绿色眼镜,创作学术论著……她想颠倒乾坤,用大脑玩骰子。女人永远都不知道适可而止……"

马洛里笑问:"弗雷泽先生,您结婚了吗?"

"没有。"弗雷泽答道。

"我也没有,现在还没有。艾达女士从未结过婚,她嫁给了科学。"

"每个女人都需要有个男人来管束,"弗雷泽说,"这是上帝对男女关系的安排。"

马洛里皱起眉头。

瞧见他的表情,弗雷泽重新斟酌了一下用词。"这是人类进化演变的结果。"他改口道。

马洛里缓缓点头。

弗雷泽显然不想见本杰明·迪斯雷利,托词说要看看街上有没有间谍,但马洛里认为,弗雷泽八成知道迪斯雷利名声不好,觉得这位记者靠不住。不过这也难怪。

马洛里在伦敦见过许多风流人物,可绰号"迪齐"的迪斯雷利是伦敦人中的伦敦人。马洛里不怎么尊敬迪斯雷利,但他觉得迪斯雷利是个有趣的人。上至下议院的所有幕后阴谋、出版商和学术团体的所有争论,下至某某女士在家举行的社交晚会、某某女士举办的周二文学聚会,迪斯雷利似乎无所不知,不过也可能都是假装的。他总有办法拐弯抹角地提到这种事,简直堪称神奇。

尽管迪斯雷利自称是个受人尊敬的不可知论者,可马洛里碰巧知道他曾被三四家绅士俱乐部拒之门外,这可能是因为他有犹太血统。

但他的行为举止莫名地给人一种不可磨灭的印象：不认识"迪齐"的伦敦人要么是傻瓜，要么是垂死之人。这家伙身上好像有一种神秘的光环，让人恍若在梦中，有时候就连马洛里自己都不得不相信。

一位戴着头巾式女帽、系着围裙的女仆把马洛里引入屋中。迪斯雷利已经醒了，正在吃早餐，面前放一杯浓咖啡和一盘十分难闻的杜松子酒煎鲭鱼。他脚上穿着拖鞋，身上披着土耳其浴袍，头上戴着土耳其式天鹅绒有缨红圆帽。"早啊，马洛里。这天气真是糟透了。"

"确实挺糟糕。"

迪斯雷利把最后一块鲭鱼肉塞进嘴里，开始装今天的第一斗烟。"马洛里，其实你今天来得正好。你会操作差分机吗？是技术专家吗？"

"啊？"

"该死的新物件，我上周三才买回家。店里的伙计还发誓说这东西会让生活变得更轻松。"迪斯雷利领着马洛里走进办公室。这个房间有点像韦克菲尔德先生在中央统计局的办公室，不过规模要小得多，而且房间里到处是吸剩的残烟丝、低俗的杂志和吃了一半的三明治。地板上满是雕刻过的软木块，还有成堆的细木刨花。

马洛里看到迪斯雷利买了一台柯尔特麦克斯韦打字差分机，还设法把这东西从包装箱里拖出来装在了弧形铁腿支架上，下面是染色橡木板，差分机后面放了一把专利办公椅。

"看起来不错，"马洛里说，"有什么问题吗？"

"嗯，我能踏动踏板，能很好地控制手柄，"迪斯雷利说，"也能让这根小指针移动到我想要的字母上，可就是什么都打不出来。"

马洛里从侧面打开机壳，灵巧地将穿孔纸带穿过齿轮轴，然后检查送纸槽里是否有折叠式记录纸，结果发现链轮没有妥帖啮合。马洛里坐在办公椅上，用脚踏动踏板，启动打字机，然后伸手握住手摇曲柄。"写点什么呢？你说吧，我来写。"

"'知识就是力量。'"迪斯雷利随口说道。

马洛里摇动手柄,指针在玻璃制字母拨盘上回来摆动,穿孔纸带缓缓冒出,整齐地缠绕在弹簧转轴上,墨油轮不停旋转,发出令人安心的咔嗒声。马洛里让飞轮缓缓停下,从出纸口扯下纸带的第一页,上面写着"知识就是力量"。

"熟能生巧,"说着,马洛里把纸带递给迪斯雷利,"慢慢就习惯了。"

"我手写比这还快!"迪斯雷利抱怨道,"而且比这好得多!"

"是啊,"马洛里耐心地说,"但打字机可以反复打印,只要把穿孔纸带剪一下,再涂点胶水粘好,然后踏动踏板,纸带就会缠绕在转轴上,打字机也会随之吐出一页又一页印上字的纸带,想要多少有多少。"

"真是太好了。"迪斯雷利叹道。

"当然,也可以修改已经写好的内容,对纸带进行简单的剪接就行。"

"专业人士从不修改,"迪斯雷利没好气地说,"假如我想写点优美的长句子,比如……"迪斯雷利挥了挥冒烟的烟斗,"'思想时而生乱,犹如自然灾变,混乱不堪,回归混沌。然而,此等动乱时刻若如自然之乱,全新的秩序与动力将从中诞生,逐渐发展壮大,不断控制、调节,使世界重归和谐,重获激情和那些能吓退绝望与颠覆的要素。'"

"真不错。"马洛里赞叹道。

"喜欢吗?我要把这几句放在给你写的新章节里。可是,如果我像个洗衣妇似的脚踏手摇,又怎能集中精力推敲措辞?"

"嗯,写错了可以重新打印一页。"

"他们说这东西可以节省纸张!"

"可以雇一个秘书替你打字。"

"他们还说这东西能帮我省钱呢!"迪斯雷利叼着长柄海泡石烟斗的琥珀烟嘴抽了一口,"不过这也是没有办法的事,出版商肯定会强迫我们接受这种新玩意儿的,《电讯晚报》已经开始全面使用差分机排版了，政府也在大力推行此事。就是那些排版同业会，你知道的。不说这些了，马洛里，咱们开始干正事吧？恐怕得抓紧时间了，我今天至少得记下两章的内容。"

"为什么？"

"我打算和一群快乐的文人朋友离开伦敦去欧洲大陆，"迪斯雷利说，"我们想去瑞士，到阿尔卑斯山高处找个地方宿营，呼吸一下新鲜空气。"

"外面的天气相当糟糕，"马洛里说，"非常恶劣。"

"所有沙龙都在谈论天气，"迪斯雷利说边坐到办公桌前，开始在文件架上找他那叠笔记，"伦敦一到夏天就臭气熏天，人们称之为'大恶臭'。贵族们都在计划出游，有的已经走了！伦敦的上层人物很快就会所剩无几。据说议会也要迁到上游的汉普顿宫，高等法院则要迁去牛津！"

"啊，真的吗？"

"真的。应急措施已经启动，当然，都是在暗中策划的，以防止下层民众陷入恐慌。"迪斯雷利在椅子上转身朝马洛里眨了眨眼睛，"不过，你可以放心，马上就会采取措施。"

"什么措施，迪齐？"

"定量配给生活用水，关闭烟囱和煤气灯，诸如此类。"迪斯雷利满不在乎地说，"人们对功勋封爵制或许褒贬不一，不过，这种制度至少保证了我们的国家领导人不至于太愚蠢。"

迪斯雷利把笔记摊到桌子上。"要知道，政府有非常科学的应急计划，可以应对外敌入侵、火灾、旱灾、瘟疫……"他翻着笔记，不时舔一下拇指，"有些人特别喜欢考虑灾难问题。"

马洛里觉得这种流言难以置信。"那些'应急计划'都包含什么内容？"

"各种措施，我猜可能是疏散计划吧。"

"你这话不会是说政府打算撤离伦敦吧?"

迪斯雷利邪肆一笑:"如果你在议会大厦外闻过泰晤士河那股臭味,就不会奇怪议员们为什么想逃走了。"

"那么严重吗?"

"泰晤士河已经成了一条污水沟,水位时高时低,腐臭不堪,滋生疾病!"迪斯雷利强调道,"河水里掺杂着啤酒厂、煤气厂、化工厂和矿厂排出的各种废料!腐烂的物质像肮脏的海藻一样挂在威斯敏斯特大桥的桥桩上,每当有蒸汽船经过,都会卷起臭不可闻的浑浊旋涡,几乎能把船员臭死!"

马洛里笑道:"我们还为此写过一篇社论,不是吗?"

"给《号角晨报》写的……"迪斯雷利耸耸肩,"我承认我的措辞有些夸张,可今年夏天的确非常奇怪,这也是事实。只要下几天滂沱大雨,冲走泰晤士河里的污秽,驱散这让人气闷的古怪云层,到时候就全好了。如果这种反常的天气持续下去,那些上了年纪的人和肺功能不好的人可能会深受其苦。"

"你真这么想吗?"

迪斯雷利压低声音道:"据说霍乱又开始在莱姆豪斯蔓延了。"

马洛里感到不寒而栗:"谁说的?"

"女人传的谣言。可在这种情况下,谁会怀疑呢?今年夏天的天气如此恶劣,臭气和恶臭太有可能传播致命的传染病了。"迪斯雷利倒空烟斗,打开用橡胶密封的保湿盒,重新装上一斗土耳其黑烟丝,"马洛里,我深爱这座城市,可有些时候谨慎要重于忠诚。我知道你有家人在苏塞克斯。如果我是你,我立刻动身去找他们。"

"可我过两天还有一场演讲呢,关于雷龙的,搭配影像放映!"

"取消吧,"迪斯雷利边说边忙着用打火机点烟,"推迟也行。"

"不行,这是一场盛事,观众既有专业人士也有普通民众!"

"马洛里,没人会去看的,至少不会有重要人物去看,你是白费口舌。"

"工人们应该会去，"马洛里固执地说，"下层民众没钱离开伦敦。"

"哦，"迪斯雷利点点头，吐出一口烟，"那太好了，到时候满场都是那种看两便士惊险小说的听众，别忘了推荐一下我的小说啊。"

马洛里固执地咬紧后槽牙。

迪斯雷利叹了口气。"还是干正事吧，我们有很多事情要做。"他从书架上取下最新一期的《家庭博物馆》，"你觉得上周那段怎么样？"

"挺好的，是目前为止最好的。"

"该死的科学理论太多了，"迪斯雷利说，"得多写点情感内容才行。"

"理论怎么了？又不是什么不好的理论。"

"马洛里，除了专家，没人对爬行动物的腭骨咬合力感兴趣。说实话，关于恐龙，人们真正想知道的只有一点：这些该死的东西为什么都死了？"

"我们不是说好要把这一点放到最后吗？"

"哦，是啊。什么巨型彗星撞击地球、遮天蔽日的黑风暴导致爬行动物灭绝，诸如此类，都是很好的高潮，是非常富有戏剧性的大灾变。马洛里，这就是公众喜欢灾变论的原因。均变论千篇一律，称地球经历了亿万年的历史演变，乏味又无聊，一看就很无聊！相比之下，灾变论有趣得多。"

"这跟世俗情感毫不相干！"马洛里激动地说，"我有证据支持！看看月球，上面满是彗星撞击形成的环形山！"

"是啊，"迪斯雷利心不在焉地说，"有严谨的科学论证，那就更好了。"

"没人能解释太阳如何才能持续燃烧上千万年，更别提它为何可以持续燃烧几十亿年了。地球上没有任何燃烧现象可以持续如此之久，这违反了基本的物理定律！"

"这个话题暂时先放一下，我完全赞同你的朋友赫胥黎的主张，我们确实应该开启民智，但也要时不时地给他们点甜头才行。我们的读者想了解利维坦马洛里这个人。"

马洛里哼了一声。

"所以,我们必须回到这个印第安女孩的故事上来。"

马洛里摇了摇头,他一直怕提这件事:"她不是女孩,是土著妇女……"

"我们已经说过你未婚之事了,"迪斯雷利耐心地说,"你也不承认有什么英国恋人,是时候让这个印第安少女登场了。不必说什么不雅之事,委婉地提一下,只需说几句好话,献点殷勤,给点暗示就行。马洛里,女人都喜欢听这种事,她们读的书要比男人多得多。"迪斯雷利拿起针笔,"你还没告诉我她的名字呢。"

马洛里坐到了一把椅子上。"夏延人和我们不一样,他们没有姓名,女人就更没有了。"

"那总得有个称呼吧?"

"嗯,有时叫红毯寡妇,有时叫斑点蛇母,有时叫瘸腿马母。其实,就连这几个名字我都不敢肯定。我们找的翻译是个法国混血儿,经常醉醺醺的,卑劣可鄙,满嘴谎话。"

迪斯雷利很失望:"你从没直接跟她说过话吗?"

"我也不知道,当时我们用手语交流得很好。她名字的发音好像是瓦西尼哈瓦或瓦尼西瓦哈,差不多是这样。"

"我叫她'草原少女'怎么样?"

"迪齐,她是个寡妇,两个孩子都已经成年了。她缺了几颗牙,瘦得像一匹狼。"

迪斯雷利叹了口气:"马洛里,你得配合一下。"

"好吧,"马洛里扯了扯胡子,"可以说她很会做针线活。我们给了她几根针,然后就和她成了……嗯,成了朋友。我们给她的是钢针,不是尖细的野牛骨碎片。当然,还有玻璃珠,他们都想要玻璃珠。"

"草原之花起初很羞涩,但后来还是出于对女红的热爱而敞开心扉。"迪斯雷利边说边草草写道。

马洛里局促不安地在椅子上扭来扭去,迪斯雷利则一点一点地将故事展开。

这根本不是事实,事实真相根本不可能出现在文明社会的报刊上。马洛里虽然已经把那桩肮脏的勾当置之脑后,但他并没有真正忘记。迪斯雷利坐在那里奋笔疾书,将他构思的甜美情事付诸笔端,事实真相却如潮水般涌进马洛里的脑海,当时的场景仍历历在目。

圆锥形帐篷外下着雪,夏延人都喝醉了,大呼小叫地耍着酒疯。这些可怜的家伙根本不清楚酒是什么。对他们来说,酒是毒药,是噩梦。他们像疯子一样跟跟跄跄地到处乱跑,用步枪向北美大陆空旷的天空射击,然后在幻觉中翻着白眼倒在冰冷的地上。这种事一旦开始,就会持续好几个小时。

马洛里原本不想进去找那个寡妇,数日来他一直在抵抗诱惑。可现在他终于意识到将这事做完能让他心里少些煎熬。就这样他找来一瓶威士忌,那是随步枪一起运来的伯明翰劣酒。他喝了酒瓶里高约两英寸的酒,然后走进帐篷,看见那个寡妇正裹着毯子和皮革坐在烧野牛粪的火堆边烤火。两个孩子走了出去,棕色的圆脸迎着风,眼睛阴郁地眯着。

马洛里拿出一根崭新的钢针给她看,然后用手做了些下流的手势。寡妇点点头,动作大得有点夸张,对她来说,点头也是一种外语。然后她钻回兽皮被窝里,仰面躺下,张开双腿,向上伸开双臂。马洛里爬到她身上,用毯子盖住两人,把他坚硬胀痛的分身从裤子里掏出来,用力插入她腿间。他原以为自己很快就会结束,可能不会有什么羞耻感,可是这事太奇怪了,弄得他心烦意乱。他做了很长时间,以致对方看他的眼神都带着埋怨,还好奇地伸手揪了揪他的胡子。最后,她温暖的身体、甜蜜的摩擦和野兽的麝香味融化了他心头的某种东西。他本来不想这样的,结果却用力在她的身体里埋了很久才出来。后来他又找过她三次，都及时退了出来，不想冒险害这个可怜的女人怀孕。虽然就有那么一次没有及时退出来，他也后悔不迭。不过，如果她在他们离开后怀孕，那孩子很可能根本不是他的，而是别的男人的。

后来，迪斯雷利终于开始问些别的内容，事情也变得容易多了。不过，走出迪斯雷利的房间后，马洛里依然满腹苦涩和困惑，唤醒他内心恶魔的不是迪斯雷利的华丽散文，而是他自己心中那些狂野的记忆。压抑已久的欲望忽然卷土重来，弄得他僵硬不安，无法自已。自打从加拿大回来，他就没找过女人，当初在多伦多遇到的法国姑娘似乎也不太干净。他急需一个女人，一个英国女人，一个乡下姑娘，双腿白皙紧实，胳膊又白又胖，脸上长着雀斑……

马洛里出门来到舰队街上，眼睛立刻感到一阵刺痛。街上熙来攘往，却没有弗雷泽的影子。天气真是异乎寻常的阴暗，还没到中午，圣保罗大教堂的圆顶就已经被肮脏的雾霾笼罩。油乎乎的雾气成团滚动着，遮住了大教堂的尖塔和卢德门山[1]上那些巨型横幅广告。舰队街一片嘈杂混乱，到处是噼啪作响的鞭子声、蒸汽车的喷汽声和人们的喊叫声。人行道上，男男女女都用手帕捂着眼睛和鼻子。女人们打着落满烟灰的阳伞，半弯着腰往前走着；男人和孩子们则拖着家里的毡制旅行提包和带橡胶把手的旅行箱，头顶凉快的平顶硬草帽上早已沾满碎屑。一辆拥挤的旅游列车从伦敦—查塔姆—多佛线的蛛网状高架轨道上轰隆隆地驶过，排出的烟尘像一面污秽的旗帜悬挂在阴沉的空气中。

马洛里看了看天空，一团团如水母触须般升腾的黑烟已经消失，全都被赫然出现的浊雾吞噬了。舰队街上到处飘着雪花般的灰色东西。这会儿正巧有一片落在马洛里的衣袖上，他仔细看了看，发现那是一

---

[1] 圣保罗大教堂建造在伦敦城西部的漫坡小山上，那里原是伦敦城的西大门卢德门，因此这座小山被称为卢德门山。——译者注

片奇怪的煤渣结晶，用手一碰就成了细灰。

弗雷泽在街对面的一根灯柱下冲马洛里大喊："马洛里博士！"他朝马洛里招招手，那样子对他来说可以算是异常活泼了。马洛里这才意识到，弗雷泽可能已经喊了他半天。

街上车流拥挤，有出租马车，有运货马车，还有一大群咩咩叫的绵羊呼哧呼哧地跌跌撞撞往前走着。马洛里左躲右闪，好不容易才走到街对面。

两个陌生人和弗雷泽一起站在灯柱下，脸上都严严实实地蒙着白手帕。其中的高个子应该已经隔着手帕呼吸了一段时间，鼻子下面的布料已被染成黄褐色。"两位，拿下来吧。"弗雷泽命令道。两个陌生人闷闷不乐地把手帕拽到下巴下面。

"咳嗽先生！"马洛里惊讶地出声。

"请容我介绍下，"弗雷泽语带讥讽地说道，"这位是泰特先生，这位是他的搭档乔治·韦拉斯科先生。他们自称是什么秘密特工。"他撇了一下嘴，似笑非笑，"相信两位都已经见过爱德华·马洛里博士了。"

"我们认识他，"泰特说道，他一侧的下巴肿着，脸上有一块紫色的瘀青，刚才被手帕遮住了，"他真是个疯子，该死的暴力狂，就该关到疯人院[1]里去！"

"泰特先生曾是我们伦敦警局的一名警官，"弗雷泽阴郁地盯着泰特说道，"后来丢了工作。"

"是辞职！"泰特纠正道，"我辞职是出于信念，伦敦警察机关根本不可能伸张正义。埃比尼泽·弗雷泽，这一点你和我一样清楚。"

"至于韦拉斯科先生，他则帮你从事那些秘密活动，"弗雷泽温和地说，"他父亲是流亡伦敦的西班牙保皇党难民，但我们年轻的乔治先生什么都干，伪造护照，通过钥匙孔偷窥，还当街持警棍殴打杰出学

---

[1] 指伦敦东南部的圣母马利亚疯人院。——译者注

者……"

"我是土生土长的英国公民。"皮肤黝黑的小个子混血儿说道,恶狠狠地瞪了马洛里一眼。

"弗雷泽,别装腔作势了,"泰特说,"当初你我同为巡警,你现在身居高位也不过是替政府擦屁股。弗雷泽,你想铐就铐,想关就关!有什么手段尽管使出来!你也知道,我有自己的朋友。"

"泰特,放心吧,我不会让马洛里博士打你的,不过请告诉我们,你们为什么要跟踪他?"

"这是职业机密,"泰特反对道,"不能暴露雇主的身份。"

"别傻了。"弗雷泽说。

"这位先生是该死的杀人犯!他像杀鱼一样把对手开膛破肚了!"

"我没做过这样的事,"马洛里说,"我是皇家学会的学者,不是什么卑劣的阴谋家!"

泰特和韦拉斯科交换了一下眼神,面露惊诧与狐疑。韦拉斯科忍不住窃笑起来。

"有什么好笑的?"马洛里问道。

"他们的雇主是您的同事,"弗雷泽说,"这是皇家学会内部在钩心斗角。是不是这样,泰特先生?"

"都说了,我不会告诉你的。"泰特说。

"是自由贸易委员会的人吗?"马洛里问道,对方没有回答,他又接着问道,"是查尔斯·莱伊尔吗?"

泰特被烟熏红的眼睛骨碌碌地转了转,胳膊肘捅了捅韦拉斯科的肋部。"弗雷泽,你说得对,马洛里博士是清白的。"他用沾满污迹的手帕擦了擦脸,"该死的,事情都乱作一团了。伦敦臭气熏天,整个国家却掌握在那群学识渊博的疯子手里,他们有花不完的钱,心肠却硬如铁石!"

马洛里突然有种强烈的冲动,想把这个傲慢无礼的家伙再狠狠地揍一顿，但他马上克制住了这种冲动，知道打人无济于事。他摆出学者派头捋了捋胡子，刻意对泰特冷淡地笑了笑。

"不管你们的雇主是谁，"马洛里说，"如果知道我和弗雷泽先生已经把你们揪出来了，他肯定不会高兴的。"

泰特仔细地看了看马洛里，什么也没说。韦拉斯科把手插进口袋，看样子随时准备悄悄溜走。

"我们之前是动过手，"马洛里说，"但我很自豪自己能克服心中的怨愤，能够客观地看待我们的处境！现在你们的身份已经暴露，不能再跟踪我了，对你们的雇主来说，你们也就没什么利用价值了，不是吗？"

"是又如何？"泰特问道。

"对某个叫内德·马洛里的人来说，你们俩还是大有用处的。那位雇主可真阔气，他给了你们多少钱？"

"马洛里，小心点。"弗雷泽警告道。

"如果你们仔细观察过我，肯定知道我是个慷慨的人。"马洛里执意说道。

"一天五先令。"泰特低声说。

"每人五先令，"韦拉斯科插嘴道，"花费另算。"

"他们在撒谎。"弗雷泽说。

"这个周末到古生物学酒店找我，我会给你们五几尼金币。"马洛里承诺道，"作为交换，你们以前对我做过的，我要你们照原样还给那位雇主，可谓以其人之道还治其人之身！我要你们暗中跟踪他，无论他去哪里都要跟着，把他的一举一动全部告诉我。他雇你们来就是为了监视我的行踪，不是吗？"

"差不多吧。"泰特承认道，"先生，我们可以考虑一下，不过您得先把钱给我们。"

"我可以先给你们一部分钱，"马洛里答应道，"但你们也得先给我提供点信息。"

韦拉斯科和泰特面面相觑："给我们点时间商量商量。"两名私家侦探穿过人行道上拥挤的人流，在一座围着铁栅栏的方尖碑下找了个隐蔽之处。

"这两个家伙干一年都不值五几尼。"弗雷泽说。

"弗雷泽，我猜他们就是恶棍，"马洛里表示同意，"不过他们是什么人并不重要，我想要的是他们知道的信息。"

泰特终于回来了，脸上蒙着手帕。"那家伙的名字叫彼得·福克。"他闷声说道，"我本不想说的，打死也不说，只是那家伙喜欢摆架子，像该死的贵族似的对我们呼来喝去，还怀疑我们的品性，怀疑我们会有损他的利益，根本不相信我们能把这事做好。"

"让他见鬼去吧。"韦拉斯科说道，他脸上也蒙着手帕，头戴圆顶礼帽，两鬓的发卷冒了出来，像两只涂了油的翅膀，"我们俩才不会为了什么该死的彼得·福克得罪政治保安处的人。"

马洛里从他的野外笔记本里拿出一张崭新的一英镑钞票递给泰特。泰特接过去看了看，手指像打牌出老千的人一样灵巧地把钞票折起来变没了。"再给我这位朋友一张，咱们就成交？"

"我早就怀疑是福克干的了。"马洛里说。

"那我就说点您不知道的事，先生，"泰特说，"不光我们在跟踪您。您像大象一样走来走去，还自言自语，却没发现有个穿着俗艳的家伙带着他的女人跟在您后面，过去的五天，有三天都是这样。"

弗雷泽突然厉声问道："今天没有，对吗？"

泰特蒙着手帕咯咯笑了起来："弗雷泽，我估计他们看见你就跑了。你这张棺材脸肯定会吓得他们俩逃之夭夭，像两只受惊的小猫一样。"

"他们知道你们看见他们了吗？"弗雷泽说。

"他们不是傻子，弗雷泽，两人衣着俗艳。如果我没猜错的话，男的应该是赛场皮条客,女的是高级妓女。那女人还花言巧语地找韦拉斯科搭讪,想知道我们的雇主是谁。"泰特顿了一下,"我们没说。"

"他们是怎么说自己的?"弗雷泽厉声问道。

"那女人自称是弗朗西斯·鲁德威克的妹妹,"韦拉斯科说,"说是在调查她哥哥被人谋杀的事。我都没问,她就直接说出来了。"

"我们当然不相信那种鬼话,"泰特说,"她长得一点也不像鲁德威克,不过是个漂亮的女人,脸蛋甜美,红头发,很可能是鲁德威克的相好。"

"她是杀人凶手!"马洛里说。

"这就有意思了,先生,她说您是杀人凶手。"

"你知道在哪儿能找到他们吗?"弗雷泽问道。

泰特摇了摇头。

"我们可以找找看。"韦拉斯科说。

"要不你们在跟踪福克的时候也顺便留意一下那两个人吧?"马洛里突然灵机一动说道,"我总觉得他们可能是一伙的。"

"福克去布莱顿了,"泰特说,"他的鼻子太娇贵,闻不了这大恶臭。如果要去布莱顿的话,您得出我和韦拉斯科买火车票的钱。咱们说好的,花费另算。"

"给我开张账单就行。"马洛里说着给了韦拉斯科一张一英镑的钞票。

"马洛里博士希望账单上详细列出每笔花销,"弗雷泽说,"还要有收据。"

"没问题,先生,"泰特说着碰了碰帽檐,行了个警察的举手礼,"为国家利益服务。"

"泰特,记住说话要有礼貌。"

泰特没有理会弗雷泽,斜眼看向马洛里:"先生,请您等我们的消息。"

弗雷泽和马洛里目送他们离开。"你那两英镑估计要打水漂了，"弗雷泽说，"他们俩再也不会出现了。"

"即便如此，或许也挺划算的。"马洛里说。

"不，先生，还有更划算的办法。"

"至少不会有人打我闷棍了。

"是啊，先生，至少他们不会了。"

马洛里和弗雷泽从侧面镶玻璃的热食推车上买了两份粗糙的火鸡培根三明治。他们又没找到出租马车，街上一辆都没有。所有地铁站都关了，愤怒的地下工程罢工纠察员正对着路人大声辱骂。

当天第二场会面约定的地点在杰明街，结果令马洛里大失所望。他到应用地质学博物馆商讨演讲的事，可皇家学会的影像师济慈先生发电报称自己病得很重，赫胥黎也被拉去参加什么学术贵族委员会的应急会议了。马洛里甚至无法像迪斯雷利建议的那样取消演讲，因为特伦哈姆·瑞克斯声称这样的决定必须得到赫胥黎的授权才行，而赫胥黎并没留下任何转寄地址或电报号码。

雪上加霜的是，应用地质学博物馆里几乎没多少人，兴高采烈的学生和博物学爱好者早已不见踪影，只剩下几个闷闷不乐的可怜人，他们进来显然是因为这里的空气比较干净，也有人是为了躲避外面的酷热。他们无精打采地在陆上利维坦高耸的骨架下游荡，仿佛想要掰开那些巨骨吸食骨髓似的。

马洛里别无他法，只好徒步走回古生物学酒店，准备与不可知论青年会的人共进晚餐。不可知论青年会是一个学术型学生团体。作为当晚的名人，马洛里需要在餐后讲几句话，他一直很期待这次聚会。虽然'不可知论青年会'这个名字显得有点装腔作势，但会员都乐呵呵的，毫无架子，而且全是男的，他可以讲几句适合年轻单身汉的玩笑话，不必过于拘束。马洛里听迪斯雷利讲过几个段子，他觉得非常好。不过，他现在心存疑虑。这些年轻人以前虽然招待过他，但如今还有多少人留在伦敦呢？就算他们仍然想来，又该如何聚到一起？最糟糕的是，黑衣修士酒馆在黑衣修士桥附近，正好位于泰晤士河的下风向，现在在酒馆楼上的房间里用餐会是什么样子？

眼看着街上的人越来越少，街道空空荡荡，一家又一家店铺相继挂出关门的牌子。马洛里想找一家理发店修理一下头发和胡子，结果却没找到。伦敦市民要么逃走了，要么就紧闭门窗躲在家里。黑烟已经蔓延至地面，与恶臭的浓雾混在一起，空气中到处是黄色的雾霾，连半个街区外的东西都看不清。寥寥无几的行人在朦胧的烟雾中穿行，宛如穿着考究的幽灵。弗雷泽毫无怨言地在前面带路，从没走错过。马洛里猜想，这位经验丰富的警官就算蒙上眼睛也可以轻轻松松地领着他穿过伦敦各条街道。现在他们也用手帕蒙住了脸，这似乎是一种明智的预防措施。不过，弗雷泽现在就像一个被锯了嘴的葫芦，弄得马洛里有点不安。

"关键是影像放映。"马洛里开口道。这会儿他们正走在布朗普顿路上，那些科研酒店的尖顶在恶臭的雾霾中若隐若现。"两年前，我离开英国时还不是这样，这该死的东西远没有这么流行。可现在呢，要是没有影像放映，我都不能发表公开演讲。"他咳嗽了一声，"舰队街上那块长显示屏看得我大吃一惊，就那么挂在《电讯晚报》报社前面，在人们头顶上咔嗒咔嗒地响个不停！上面写着'地下工程工人罢工导致地铁停运'，还有'议会公开谴责泰晤士河现状'。"

"这有什么不对吗？"弗雷泽问道。

"言之无物，"马洛里说，"议会里的什么人？'泰晤士河现状'具体指什么？议会都说了些什么？是睿智之言还是荒谬蠢话？"

弗雷泽哼了一声。

"只是打出传播信息的幌子，其实根本没传播什么实质信息！只是一句口号、一句空话。没提出任何论证，也没有权衡任何证据。这根本不是什么新闻,只是供游手好闲之人消遣罢了。"

"有人可能会说'聊胜于无',至少可以让游手好闲之人知道一点信息。"

"该死的傻瓜才会那么说,弗雷泽,喊这种口号就像在印制没有黄金支撑的钞票或是开空头支票。如果面向老百姓的理性言论都是这种水准,那我必须为上议院的权威三呼万岁。"

一辆蒸汽消防车隆隆地从他们身边缓缓驶过,疲惫不堪的消防员站在踏脚板上,衣服和脸都是黑的,可能是救火时弄的,也可能是伦敦的空气太脏了,或是被消防车烟囱里不断喷出的恶臭烟灰熏的。蒸汽消防车竟然要靠一堆熊熊燃烧的煤来驱动,这在马洛里看来异常具有讽刺意味。不过,也许这种做法还是有道理的,因为在这种天气里要赶一队马跑过一个街区绝非易事。

马洛里喉咙生疼,特别想回去喝一杯哈克巴夫酒,却发现古生物学酒店里的烟似乎比外面还大。空气中弥漫着一股刺鼻的恶臭,像是有亚麻布烧焦了。

可能是凯利用的那些锰酸盐苏打水把管道蚀穿了。无论如何,恶臭似乎终于把酒店里的客人熏跑了,大厅里几乎没什么人,餐厅里也悄无人声。

马洛里走进沙龙,越过层层漆面屏风和红色绸面座椅寻找侍者。这时,凯利出现了。他的脸绷得紧紧的,神情坚决。"马洛里博士?"

"什么事,凯利?"

"博士,我有个坏消息要告诉您。今天发生了一件让人不愉快的事,着火了,博士。"

马洛里瞥了弗雷泽一眼。

"是这样,博士,"礼宾员凯利说,"您今天出门的时候,有没有把衣服放在煤气灯旁边?是不是忘了把点着的雪茄熄灭?"

"你该不是说我的房间着火了吧?"

"恐怕是的,博士。"

"严重吗?"

"客人们都觉得很严重,博士,消防员也说严重。"凯利没说酒店的工作人员做何感想,不过,看他的表情就清楚了。

"我每次都会把煤气关掉!"马洛里脱口而出,"今天有没有关,我确实记不清了,但我每次出门都会把煤气关掉的。"

"博士,您的门是锁着的,消防员只好破门而入。"

"我们想去看看。"弗雷泽温和地说道。

马洛里的房门已经被人劈开,翘曲变形的地板上满是沙子和水。马洛里堆积如山的杂志和信件燃起来的火很大,直接烧毁了他的办公桌,还有一大块地毯也被烧黑了。办公桌后面的墙上有一个烧黑的大洞,上面的天花板也一样,裸露的托梁和橡子都被烧成了木炭。衣柜里满满当当的伦敦华服现在都被烧成了破布炭渣,穿衣镜的玻璃也碎了。马洛里感到怒不可遏,内心深处涌起一股不祥的羞耻感。

"您锁门了吗,博士?"弗雷泽问道。

"我每次都锁门,每次出门都锁!"

"我可以看看您的钥匙吗?"

马洛里把钥匙链递给弗雷泽。弗雷泽默不作声地跪到破碎的门框旁,仔细检查钥匙孔,然后站了起来。

"有人反映过走廊里有什么可疑人物吗?"弗雷泽问凯利。

凯利生气地反问道:"先生,请问您是什么人,凭什么盘问我?"

"弓街巡官弗雷泽。"

"没有,巡长,"凯利嗫着牙说道,"没有可疑人物,据我所知没有!"

"凯利先生,此事还请保密。我猜你们也和其他皇家学会酒店一样,只接待官方认可的学者入住吧?"

"这是我们的规定,巡长!"

"入住者可以接待访客，对吧？"

"都是男性访客，巡长，女士要有男士陪同。我们这儿可没有不道德行为，巡长！"

"一个穿着考究的酒店盗贼，"弗雷泽推断道，"同时也是纵火犯。此人可能更善于盗窃，而非纵火，他把那些文件堆在办公桌和衣柜下面的手法相当笨拙。开这个杠杆锁用的是万能钥匙，他当时应该摸索了一阵，但我怀疑他花的时间可能不足五分钟。"

"令人难以置信。"马洛里说。

凯利快哭了："一位学者的房间竟然被人放火烧毁！我真不知该说什么好！卢德时代过去后，我还从没听说过这样的恶行！马洛里博士，这真是个耻辱，奇耻大辱！"

马洛里摇了摇头："我早该提醒你的，凯利先生，我有可怕的敌人。"

凯利咽了下口水："我们知道，博士，同事们对此议论纷纷。"

弗雷泽开始仔细研究办公桌的残迹，用衣柜里那根翘曲变形的黄铜吊杆在那堆乱七八糟的东西里翻找。"是油脂蜡烛。"他说道。

"马洛里博士，我们有保险，"凯利满怀希望地说，"虽然不知道是否涵盖此类事故，但我确实希望我们能赔偿您的损失！请接受我最诚挚的歉意！"

"我确实受到了伤害，"马洛里看着周围的一片狼藉说道，"但没有他们希望的那么严重！我把最重要的文件都放在酒店的保险箱里了。当然，我也从不把钱留在这里。"他顿了一下，"凯利先生，酒店的保险箱应该没有失窃吧？"

"没有，博士……"凯利说，"我还是赶紧去看看吧，博士。"他鞠了一躬，匆匆离开了。

"是您那位朋友，德比赛场那个匕首男。"弗雷泽说，"他今天不敢跟踪您，等我们一走，他就悄悄溜上来把门撬开，然后点燃几根蜡烛放在了您那堆文件里。等警报响起时，他早就溜之大吉了。"

"他肯定知道我的日程安排，"马洛里说，"我敢说，他对我了如指掌。他盗用了我的公民编号，把我当傻子耍。"

"可以这么说，博士，"弗雷泽把铜杆扔到一边，"纵火犯只是幌子，此人是个生手，惯犯都用石蜡油，那玩意儿会把碰到的东西全部烧毁。"

"弗雷泽，我今晚不能和不可知论青年会的人共进晚餐了，没有衣服穿！"

弗雷泽纹丝不动地站在那里："马洛里博士，我看得出您能勇敢地面对不幸，这才是学者和绅士该有的样子。"

"谢谢。"说完，马洛里沉默了片刻，"弗雷泽，我需要喝一杯。"

弗雷泽缓缓地点点头。

"天哪，弗雷泽，我们去找个满嘴脏话的穷人也能开怀畅饮的地方吧，别去那种什么东西上都有人造闪光饰物的地方！离开这个高级酒店，去找一家愿意接待穷人的酒馆，就算你除了身上的衣服一无所有，他们也不会嫌弃！"马洛里抬脚在衣柜的残渣碎片里踢来踢去。

"我知道您需要什么，博士，"弗雷泽安慰他道，"您需要找个快乐的地方释放一下，可以喝酒跳舞，还有热情的美女相伴。"

马洛里找到了他在怀俄明穿过的那件军大衣上的黄铜栓扣钉。看着已经烧黑的栓扣钉，他感到十分痛苦。"弗雷泽，你不会是想照顾我吧？俄理范可能会叫你照顾我。弗雷泽，你可别搞错，我现在可不需要照顾，我就想找麻烦。"

"我没有搞错什么，博士，今天实在太不顺了。不过，您还没到克雷蒙花园看过呢。"

"我现在只想在野牛步枪的瞄准器里看到那个匕首男！"

"博士，我完全理解您的心情。"

马洛里打开他的银制雪茄盒，至少这东西还在。他从里面取出最后一支上等哈瓦那雪茄，点燃后猛吸了一口，优质烟草令他体内上涌的气血逐渐平复。"话又说回来，"他终于开口道，"你说的克雷蒙花园也可以凑合着看看。"

弗雷泽带路，两人沿克伦威尔巷走了很远。经过胸科医院那面白色砖墙时，马洛里忍不住想：今晚这地方可真够可怕的。

马洛里总觉得医院阴森可怕，这种模糊的感觉一直在他脑海里挥之不去。他们在旁边的酒馆停了下来，马洛里喝了四五杯威士忌，发现这里的酒竟然意外地不错。酒馆里挤满了新布朗普顿的本地人，他们看上去怡然自得，十分惬意。还有一架自动钢琴叮叮当当地演奏着《欢迎来到凉亭》，每当钢琴停下来，便有人往里面投入两便士硬币让它继续演奏。马洛里极不喜欢这首歌，他在这儿也不得安宁，毕竟这儿又不是克雷蒙花园。

他们沿着新布朗普顿路走了几个街区，真正的麻烦才初现端倪。在庞大的贝内特·哈珀专利地板护面制造厂门口，一群身穿制服的人乱哄哄地吵作一团，好像是什么工人骚乱。

弗雷泽和马洛里看了一会儿才发现，那群人几乎全是警察。贝内特·哈珀生产了一种花纹鲜艳的防水材料，原料是粗麻布、栓皮粉和煤炭衍生物，成品裁剪后可以粘贴在中产阶级家庭的厨房和浴室里。这家工厂有六根烟囱，生产过程中排放了大量黑烟。很明显，如果没有这些黑烟，这个城市的环境能暂时好一点。一群皇家专利局检查员自称是最早到达现场的，按照政府的应急计划，他们不得不来履行应急工业职责。但贝内特先生和哈珀先生不愿失去当天的产出，叫板说专利局的人无权关闭他们的工厂。不一会儿，皇家学会工业委员会也派来两位检查员，声称这一措施早有先例。吵闹声引来了当地的巡警。随后，弓街紧急行动小组也乘坐征用的蒸汽公共汽车赶到这里。为应对地铁工人罢工，政府采取了应急措施，征用了大部分公共汽车和全城的出租马车。

警方立即干脆利落地关掉了烟囱，体现出政府良好的意愿。但制造厂的工人仍然不肯离去，他们非常不满地在周围游荡，显然认为这种情况下应该给他们带薪假期，可无人提及此事。目前大家还不清楚该由谁负责保护贝内特先生和哈珀先生的财产，也不清楚将来由谁负责发出重启锅炉的官方指令。

最糟糕的是，警方的电报服务系统似乎出现了严重问题，他们的电报很可能是通过威斯敏斯特那座金字塔形的中央统计局大楼传送的。马洛里猜测，河水发出的恶臭肯定给那里造成了麻烦。"弗雷泽先生，您可是政治保安处的人，"马洛里开口道，"为什么不帮这些笨蛋把问题解决掉呢？"

"您真幽默。"弗雷泽说。

"我之前还纳闷街上怎么看不到警察巡逻。如今看来，肯定是被伦敦各处工厂里的人缠住了！"

"看到这种事，您似乎还挺开心。"弗雷泽说。

"官僚啊！"马洛里乐不可支地嘲讽道，"如果他们好好学点灾变论，可能早就能料到会有这种事发生。这是协同作用的联动效应，整个系统正在走向混沌，速度会越来越快，成周期倍增！"

"请问这是什么意思？"

"其实，"马洛里蒙着手帕笑道，"说白了就是成倍恶化，恶化的速度也成倍加快，最后一切都会彻底崩溃！"

"只是学术理论而已，您不会认为这和伦敦的实际情况有什么关系吧？"

"这个问题很有意思！"马洛里点点头，"涉及根本性的形而上学理论！如果我准确地模拟了一种现象，是否意味着我了解这种现象呢？还是纯属巧合，或者是人为技术的产物？作为模拟技术的狂热支持者，我个人自然对差分机建模满怀信心。当然，该学说也并非不可置疑。水很深啊，弗雷泽！老休谟[1]和伯克利主教[2]就曾醉心于此！"

"您没喝醉吧，博士？"

"不过是有点喝高了，"马洛里答道，"可以说是微醺。"他们继续往前走，明智地不去理那些警察，任由他们吵闹。

马洛里突然感到有一丝失落，他想念自己在怀俄明穿过的那件拴扣钉军大衣，想念自己的水壶、望远镜，还有身背步枪的踏实感。他想念寒冷荒凉而又干净的地平线，在那里他活得很充实，死亡也来得干脆公平。他真想离开伦敦，再次远行去考察。他可以取消所有约会，可以向皇家学会申请经费，向地理学会申请经费更好。他要离开英国！

"您不必那样，博士，"弗雷泽说，"实际上，那可能会让事情变得更糟。"

"我刚才说出声了？"

"是的，博士，有一点。"

"弗雷泽，这城里哪儿能买到最好的猎枪？"

他们来到了切尔西公园后面一个叫相机广场的地方，这里的商店专门出售各种新奇的光学制品：塔尔博特相机、幻灯机、费纳奇镜、业余观星望远镜，还有给家里的小学者使用的玩具显微镜——男孩们经常对池塘里蠕动的微生物怀有强烈的兴趣。虽然那些微小生物并没有真正的研究价值，但对它们的研究可能会引导那些幼小的心灵走向真正的科学学说。想到这里，马洛里在陈列着这种显微镜的橱窗前停了下来，心中不禁想起和蔼可亲的老曼特尔勋爵。是老曼特尔勋爵给了他今生第一份工作，让他在刘易斯博物馆帮忙收拾、整理。后来他开始为骨骼化石和鸟蛋编目录，最终获得了真正的剑桥奖学金。现在

---

1. 大卫·休谟，苏格兰不可知论哲学家、经济学家、历史学家，被视为苏格兰启蒙运动以及西方哲学历史中最重要的人物之一。——译者注
2. 乔治·伯克利，十八世纪最著名的哲学家、近代经验主义的重要代表之一，开创了主观唯心主义，对经验主义的发展产生了重要影响。——译者注

回想起来，老勋爵用桦木条打他的次数真不少，但十有八九都是他罪有应得。

人行道上传来一阵奇怪的嗖嗖声。马洛里循声望去，看见一个鬼魅般的古怪身影半蹲着从大雾中冒出来。那人移动的速度很快，衣服随之翻飞，腋下夹着两根折起来的手杖。

男孩大吼一声从马洛里身边飞奔而过，马洛里赶紧向后一跳，险险地避开。那是一个伦敦男孩，十三岁左右，穿着橡胶轮滑靴。他敏捷地转身，熟练地滑步停下，在人行道上用手杖撑着往回走。不一会儿，又有一大群男孩冒出来，把马洛里和弗雷泽团团围住，十分欢快地跳着叫着。他们没穿轮滑鞋，但几乎都戴着小方布口罩，是中央统计局职员操作差分机时戴的那种。

"喂，臭小子们！"弗雷泽吼道，"你们从哪儿弄来的口罩？"

他们没理弗雷泽。"真是帅死了！"其中一个男孩喊道，"比尔，再来一个！"另一个男孩把腿跷起来三次，做了一个古怪的仪式性动作，然后高高地跳起来喊道："酷毙了！"他周围的男孩大笑着欢呼起来。

"都给我安静点。"弗雷泽命令道。

"棺材脸！"一个调皮的男孩朝他扮了个鬼脸，"大坏蛋！"那群男孩全都哄笑起来。

"你们的父母呢？"弗雷泽问道，"这种天气不要到处乱跑。"

"多管闲事！"穿轮滑鞋的男孩冷笑道，"伙伴们，冲啊！听我黑豹比尔的指挥！"他猛地拿手杖往地上一杵，飞奔而去。其余的男孩呼喊着跟了上去。

"他们穿得太好了，不像是流浪儿。"马洛里说道。

男孩们没跑出去多远，正准备玩甩鞭子的游戏。他们互相挽着胳膊，迅速连成一串，穿着轮滑鞋的男孩排在末尾。

"我不喜欢这样。"马洛里低声说。

连成一串的男孩们像鞭子一样在相机广场上甩来甩去，冲劲逐渐增大。突然，脚蹬轮滑鞋的男孩从末尾被甩脱，像弹弓上的石头一样弹了出去，发出一声十分欢快的尖叫。这时，他脚下的轮滑鞋忽然卡进人行道上的一条小裂缝，人一头栽在一家店面的玻璃上。

碎玻璃崩落下来，犹如断头台上的利刃。

小黑豹比尔一动不动地躺在人行道上，似乎是被吓呆了，也可能是死了。霎时间众人皆惊，一片死寂。

"宝贝啊！"一个男孩尖声叫道。其他男孩也疯狂地尖叫起来，争先恐后地冲向碎掉玻璃的店面，开始抢夺目之所及的所有展品：望远镜、三脚架、化学玻璃器皿……

"住手！"弗雷泽喊道，"警察！"他一手拽下蒙在脸上的手帕，一手伸进外套，掏出一只镀镍警哨吹了三下，警哨声尖锐刺耳。

男孩们立刻逃走了。有几个丢掉了抢到的东西，其余人则紧抓不放，像无尾猴一样狂奔而去。弗雷泽追了过去，马洛里紧随其后。两人来到店面前，原本四仰八叉躺在地上的黑豹比尔用胳膊肘支起身子，摇了摇血流不止的脑袋。

"你受伤了，孩子。"马洛里说。

"我好得很！"黑豹比尔慢吞吞地说。他的头皮被玻璃割伤了，露出了里面的骨头，鲜血不断涌出，两只耳朵都被血糊住了。"别碰我，你们这两个蒙面大盗！"

马洛里这才拽下脸上的手帕，尽量笑着对男孩说道："你受伤了，孩子，需要包扎。"他和弗雷泽一起俯身看着男孩。

"救命啊！"男孩尖叫道，"伙伴们，快来救我！"

马洛里扭头看去，心想也许可以找个男孩去叫人来帮忙。

一块三角形玻璃碎片从大雾中闪着光飞旋而来，径直扎进弗雷泽的后背。弗雷泽猛地挺直身子，双眼圆睁，犹如受惊的野兽。

黑豹比尔手脚并用地爬开，然后一下跳了起来，脚上还穿着轮滑鞋。附近又有一家店面传来一声巨响,紧接着便是碎玻璃纷纷落地的哗啦声,还有欢快的尖叫声。

弗雷泽背上的玻璃碎片插得很深,那样子触目惊心。"他们要杀了我们!"马洛里喊道,拽着弗雷泽的胳膊迅速逃离。在他们身后,玻璃像炸弹一样炸开,有的到处乱飞,有的撞到墙上变得粉碎,有的从店面的竖框上倾泻而下。

"该死的……"弗雷泽咕哝道。

黑豹比尔的喊声在大雾中回荡:"宝贝啊,伙伴们!宝贝!"

"忍着点。"马洛里说道。他用手帕裹住自己的手,把弗雷泽背上的玻璃碎片拔了出来,弗雷泽猛地抖了一下。见玻璃没断,马洛里大大松了口气。

他轻轻地帮弗雷泽脱下外套,发现衬衫上有一道血痕,已经蔓延到腰际,不过还不算特别糟糕。弗雷泽戴着腋下手枪套,里面装着一把短粗的小胡椒瓶手枪。那块玻璃碎片正好扎到了手枪套的麂皮带上。"大部分被您的手枪套挡住了,"马洛里说,"您被刺伤了,不过伤口不深,没有刺穿肋骨。要赶紧止血……"

"去警察局,"弗雷泽点点头,"国王大道西分局。"他的脸色惨白。

远处又传来一阵玻璃碎裂后倾泻而下的声音,在他们身后回响。

两人快步向前走去,弗雷泽每走一步都疼得皱眉蹙额。"您最好和我待在一起,"他说,"在警察局过夜。情况已经变得非常糟糕了。"

"的确糟糕,"马洛里说,"您就别替我操心了。"

"我是认真的,马洛里。"

"我知道。"

两小时后,马洛里来到了克雷蒙花园。

眼前正待分析的文件是一封亲笔信,信头已被撕掉,信纸也折得很匆忙。虽然上面没写日期,但是笔迹分析结果显示,这封信确实出自爱德华·马洛里之手。潦草的字迹表明写信人当时写得很仓促，而且手臂肌肉不协调。

所用纸张质量一般，因年代久远而严重发黄，是十九世纪五十年代中期政府普遍使用的一种纸，可能出自国王大道西分局。

这封信由一支笔尖因长时间使用而严重磨损的笔写就，墨水已经严重褪色。信件内容如下：

女士：

我尚未向任何人透露此事，但总得有人知道。我认为必须将这件事告诉您，因为别人都不合适。

当初我从您手中接过此物，完全是自愿替您保管的。您的请求于我便如王命，您的敌人自然也是我的敌人，能成为您的守护骑士是我今生最大的荣幸。

请不要为我的安危担心，也求您不要为我涉险。这场斗争确实存在风险，但我甘愿承担。万一我不幸遇难，您可能再无法寻回此物。

我已经查看过那些卡片，发现上面的内容远非我所能理解。虽然我在差分机方面技能贫乏，但对其用途也略知一二。若有唐突，还望海涵。

我已经用干净的亚麻布将卡片妥善包好，亲自将其封装在一个密封的石膏容器内。该容器就在杰明街应用地质学博物馆内，是雷龙标本的头骨。此物现在离地三十英尺，非常安全。知道此事者别无他人，只有您本人，以及——

您最卑微的仆人。

皇家学会会员
皇家地理学会会员
爱德华·马洛里

第四次迭代

七重咒[1]

---

[1] 天主教教义中有"七宗罪"一说,分别为傲慢、嫉妒、暴怒、懒惰、贪婪、暴食、色欲,这些恶行被认为是罪恶的七大来源。此次应指犯下这些恶行可能会招致的惩罚。——译者注

这是一枚高密度白瓷爱国纪念章，用于纪念逝世的王室成员与国家元首。纪念章表面的瓷釉原本是透明的，如今随着时间的流逝已经开裂发黄，不过下面的拜伦勋爵肖像依然清晰可见。

在首相去世后的几个月里，这样的纪念章在英国各地售出了数万枚。纪念章制造本身为标准化产业，凡有声名显赫之人逝世，随时都可以开工。纪念章上拜伦的肖像周围环绕着花环、云纹和象征工业激进党早期历史的代表图形，它们由差分机在透明材料制成的薄膜上点描打印制成，然后批量印到纪念章上，上釉烧制。

在拜伦肖像左边的点画云纹中，一只头戴王冠的不列颠雄狮傲然而立，脚下盘着一条大蛇。蛇的轮廓模糊，一副挫败之态，很可能代表当初的卢德党。

在拜伦升任领袖前及在任期间，总有人不时提起他在上议院的首次演讲。那是1812年2月，他在演讲中敦促当局对卢德分子宽大处理。面对质疑，人们普遍认为当时他是这样回答的："先生，历史上曾有过卢德派，但卢德派已成历史。"这话可能是杜撰的，但完全符合这位首相的个性，似乎也暗示后来他在镇压曼彻斯特反工业运动时所采取的手段过于残酷。那场民众运动由沃尔特·杰拉德领导，虽然也算一种卢德运动，但他们攻击的不是旧秩序，而是激进党建立的全新社会制度。

这枚纪念章曾属于弓街政治保安处的一名巡官——埃比尼泽·弗雷泽。

马洛里一直陪在弗雷泽身边，看着警方的外科医生用脏兮兮的海绵和绷带为弗雷泽处理伤口，直到确信弗雷泽的注意力已完全不在他身上。为了进一步打消弗雷泽的疑心，他还借了一张警用信纸开始写信。

与此同时，国王大道警察局渐渐挤满了大吼大叫的流氓醉汉和各种各样的暴徒。这种社会现象非常有趣，但马洛里并不想窝在什么喧闹牢房里的阴冷行军床上过夜。他不喜欢这样，心里偏执地想着别处。

于是，马洛里礼貌地向一位疲惫不堪的警官问了路，仔细地将路线记在野外笔记本上，然后慢慢走出警察局。他没费多少劲儿就找到了克雷蒙花园。

城里的危机没有波及此地，克雷蒙花园里面非常平静，人们似乎根本没意识到外面发生了什么，局部瓦解的冲击还没有波及这个系统。

而且，这里也没那么臭。克雷蒙花园位于切尔西河段，在泰晤士河上游，远离恶臭最严重的区域。河边夜风微拂，略微有点鱼腥味，并不十分重。克雷蒙的古老榆树枝叶繁茂，驱散了浓雾。太阳已经落山，上千盏煤气灯同时闪烁着，以便于人们游玩。

马洛里可以想象到，在和平幸福的日子里，克雷蒙花园一定如田园牧歌般迷人。这里有花色鲜艳的天竺葵花坛、平整的草坪、藤蔓掩映的舒适凉亭、奇形怪状的石膏雕塑，当然也有著名的水晶圈。此外，这里还有巨型舞台，那是一个巨大的舞厅，只有屋顶，没有墙壁，木板平台上鞋印斑驳，可能曾有数千人在上面漫步、跳华尔兹舞或波尔卡舞。里面设有出售酒和美食的吧台，还有一架巨大的由马匹驱动的曲柄式自动钢琴，演奏着人们最喜爱的歌剧选段。

可惜，今晚没有数千人，只有大约三百来人无精打采地走来走去，里面的体面之人更是不超过一百。马洛里猜想，这一百人要么是在家里憋坏了，要么就是不顾一切来约会的情侣。剩下的人里面，三分之二是男人和妓女，前者或多或少有些绝望，后者多多少少有点无所顾忌。

马洛里在舞台上的吧台前又喝了两杯威士忌。这酒很便宜，气味也古怪，要么是染上了河水的恶臭，要么是掺了鹿角精、碳酸钾或苦树汁。也可能是掺了印防己，因为那酒的颜色很像劣质黑啤酒的。两杯威士忌下肚，犹如吞了两块热炭。

跳舞的人并不多，只有几对在跳华尔兹，动作还有点不自然。马洛里向来不擅长跳舞。他默默地看着那些女人。一位身材修长的年轻女子在和一位留着胡须的年长绅士跳舞。男人身材矮胖，膝关节似乎因痛风而肿胀了，动作不是很灵活；女人昂首挺胸，舞姿优雅娴熟，脚蹬站街女靴，黄铜鞋跟在灯光下闪闪发光。她的衬裙摆动，勾勒出下面的臀形，里面既没有衬垫，也没有鲸须裙撑。她穿着红色的长袜，脚腕很好看，裙子比时下得体的长度短了两英寸。

马洛里看不到她的脸。

自动钢琴换了首曲子，矮胖的绅士看起来有些气喘吁吁。两人停了下来，走向一群朋友：一个年纪较大的女人，头戴软帽，长相平平；两个年轻姑娘，看样子像是站街女；还有一位年纪较大的绅士，脸色阴沉，像是外国人，可能是荷兰人，也可能是德国人。刚才跳舞的女孩正和那几个人说话，时不时仰起头来，好像在开怀大笑。她长着漂亮的深褐色头发，软帽垂在背后，帽带系在脖子上，背影窈窕健美，腰肢纤细。

马洛里缓步走向那群人。女孩似乎在很认真地跟那个外国人说话，可对方面露嫌色，似乎还有些轻蔑。女孩勉强行了个屈膝礼，最后转身离开。

马洛里这才看到她的脸：下巴长得出奇，有两道浓眉，嘴唇又厚又长，口红还涂到了嘴唇外面。这张脸不算丑，但也不漂亮。可她那双灰色的眼睛里有一种放荡不羁的锐利神情，表情也出奇地撩人，勾得马洛里驻足凝视。她的身材很好。马洛里看着她走向吧台，身姿款摆，步态轻盈，臀部绝妙性感，背部线条优美。她身子前倾，越过吧台和酒保打趣，后面的裙摆随之提起，裹着红色长袜的小腿若隐若现。看到她线条紧致的腿，马洛里立刻欲火中烧，仿佛被那腿踢了一下似的。

马洛里走到吧台前，发现女孩不是在和酒保打趣，而是在争吵，用女性特有的哀怨语调唠叨着。原来她渴了，但是没带钱，便说她朋友会付钱。酒保不相信她的话，又不愿直截了当地说出来。

马洛里掏出一先令在吧台上敲了敲："酒保，请把这位女士要的酒给她。"

女孩闻言望过来，面露惊恼，但马上收敛神色，眼帘半垂，朝马洛里嫣然一笑。"尼古拉斯，你知道我最喜欢什么。"她对酒保说道。

酒保给她端来一杯香槟，拿走了马洛里手中的硬币。"我爱喝香槟，"女孩对马洛里说道，"喝了香槟，舞步会变得轻盈，感觉自己就像一片羽毛。你跳舞吗？"

"跳得极差。"马洛里答道，"我可以跟你回家吗？"

女孩上下打量着他，嘴角动了动，揶揄又撩人地干笑道："等会儿再告诉你。"说完便回到了她那些朋友中间。

马洛里没有等她，觉得她八成在骗人。他在巨型舞台上缓缓走着，观察别的女人，结果却看见那个相貌平平的高挑女孩在朝他招手，便朝她走去。

"我可以带你回家，但你可能不会喜欢。"她说。

"为什么？"他说，"我喜欢你。"

女孩笑了："我不是那个意思。我的住处不在布朗普顿，在怀特查佩尔。"

"那还挺远的。"

"地铁停运了，又叫不到出租马车，我刚才还在想怕是要睡在公园里了！"

"那你的朋友呢？"马洛里问道。

女孩把头一扬，似乎在说她才不管他们。这个动作让她那漂亮的脖子展露无遗，颈窝处露出一点机织的蕾丝花边。"我想回怀特查佩尔。你能送我回去吗？我没钱，两便士都没有。"

"好吧，"马洛里说着伸出胳膊让她挽着，"要走五英里，不过你的腿美得惊人。"

女孩挽住马洛里的胳膊，朝他笑道："我们可以去克雷蒙码头坐内河蒸汽船。"

"哦，"马洛里说，"是走泰晤士河吧？"

"不是很贵。"他们沿着台阶下了巨型平台，走进闪烁着煤气灯光的黑暗中。"你不是伦敦人吧？看样子像是来旅行的。"

马洛里摇了摇头。

"如果我和你上床，你能给我一金镑吗？"

马洛里对她的直白感到惊讶，没说话。

"你可以在我那儿过夜，"她说，"我的房间很不错。"

"嗯，我就是想过夜。"

马洛里在石子路上绊了一下。女孩扶住他，大胆地迎向他的目光。"是不是有点醉了？不过你看起来脾气很好。怎么称呼呢？"

"爱德华，大多数人叫我内德。"

"我的名字里也有'爱德华'！"女孩惊呼道，"哈丽特·爱德华兹，末尾有个'兹'。这是我的艺名，朋友们都叫我海蒂。"

"海蒂，你的身材像女神一样美，完全可以登台演出。"

海蒂那双灰色的瞳眸大胆地看着马洛里。"内德，你喜欢坏女孩吗？真希望你喜欢，我今晚想做点坏事。"

"我很喜欢。"马洛里说着一手揽住她纤细的腰肢，一手按住她隆起的胸部，开始亲吻她的嘴唇。海蒂惊得尖叫了一声，随即伸出双臂搂住他的脖子。两人在一棵黑黝黝的榆树下亲吻了许久。马洛里感到海蒂的舌头抵上了他的牙齿。

海蒂退开了一点。"内德，我们先回家吧，好吗？"

"好吧，"马洛里气喘吁吁地说，"先给我看看你的腿，好吗？"

她前后张望了一下，把衬裙提到膝盖上，然后又放了下来。

"你的腿真是完美，"马洛里说，"都可以给画家当模特了。"

"我确实给画家当过模特，"她说，"赚不到什么钱。"

克雷蒙码头传来蒸汽船的鸣笛声。两人赶紧跑过去，勉强赶上了。结果，马洛里先前喝的威士忌的酒劲儿也跟着上来了。他递给海蒂一先令，让她去交四便士的船费，自己则在靠近船头的地方找了一把帆布躺椅。小渡船启航了，侧轮拍打着黑漆漆的河水。"我们到沙龙里去吧，"她说，"有喝的。"

"我想看看伦敦城。"

"我觉得你可能不会喜欢这路上的景色。"

"只要你陪着我，我就喜欢。"马洛里说。

"内德，你可真会说话。"海蒂说着笑了起来，"好笑的是，之前看你那么严肃正经，我还以为你是警察呢。但不管喝没喝醉，警察都不会说这种话。"

"不喜欢别人恭维你吗？"

"不喜欢，那些话是好听，但我还是喜欢香槟。"

"稍等一下。"马洛里说道，感觉自己醉得比想象中厉害。他站起来走到船头，伸手用力握紧栏杆，让手指恢复知觉。"城里太他妈黑了。"他说。

"怎么了，是挺黑的。"海蒂站到马洛里身旁说道。她身上散发着汗腥味，里面夹杂着香水月季的味道，还有女性阴部的味道。马洛里闻着那股味道，突然很想知道她的阴毛多不多、是什么颜色的，他非常想看看。"内德，为什么会这样呢？"

"什么？"

"为什么这么黑？因为有雾吗？"

"因为煤气灯。"马洛里答道,"煤气灯冒的烟太多,所以政府计划关掉那些灯。"

"他们可真聪明。"

"现在人们在漆黑的街道上乱跑,见什么砸什么。"

"你怎么知道?"

马洛里耸了耸肩。

"你不会是警察吧?"

"不是,海蒂。"

"我不喜欢警察,警察总把自己说得好像他们知道些你不知道的事,还不肯告诉你他们是怎么知道的。"

"我倒是可以告诉你,"马洛里说,"可就算我说了,你也听不懂。"

"我肯定能听懂,内德,"海蒂嗓音清朗,如同油漆剥落的声音,"我喜欢听聪明人讲话。"

"伦敦是一个失衡的复杂系统,就像……就像是一个喝得烂醉如泥的醉汉,待在一个有威士忌酒的房间。威士忌被人藏了起来,所以他一直在到处翻找。找到一瓶,他就喝一大口,可放下酒瓶后他便会把一切都忘了,然后继续四处翻找,反复如此。"

"等他把酒喝光了,就得再去买。"海蒂说。

"不,他永远都喝不完。有个恶魔不停地把酒瓶灌满,所以这才是开放式动力系统。醉汉在房间里转来转去,没完没了,永远不知道下一步会走到哪儿。他十分盲目,根本不知道自己在绕圈,一个'8'字形的圈,绕出滑冰运动员可能会做的各种花样,但他从不越界。然后有一天,房间里的灯灭了,他一头冲出房间,跑到外面的黑暗中。海蒂,到时候什么事情可能发生,任何事都可能发生,因为外面的黑暗就叫混沌,一片混沌。"

"你喜欢那些,是吗?"

"什么?"

"虽然我不知道你刚才说的是什么意思,但我看得出来你喜欢,你喜欢想那些。"她十分自然地伸手轻轻按上马洛里的裤裆,"好硬啊!"她把手缩回来,得意地咧嘴一笑。

马洛里急忙环顾四周,发现甲板上不止他们两个,还有十来个人也在外面。好像没人在看他们,但夜色黑暗,雾蒙蒙的,很难确定。"你在撩拨我。"他说。

"掏出来吧,让你看看我怎么撩人。"

"这时间和地点都不合适,我宁愿等等。"

"真想不到还有男人会这么说。"海蒂说着又笑了起来。

桨轮原本持续不变的拍水声突然有了变化。黑漆漆的泰晤士河上传来一阵令人作呕的恶臭,还有泡沫破裂的清脆声响。

"呕,臭死了,"海蒂用手捂着嘴叫道,"我们到沙龙里去吧,内德,求你了!"

马洛里待在原地没动,心里突然萌生了一种奇怪的感觉。"下游比这里还臭吗?"

"比这里臭多了,"海蒂答道,手还捂在嘴上,"我还见过有人被熏晕呢。"

"那为什么渡船还在开放?"

"渡船从不停运,"海蒂半转过身说,"这些都是邮船。"

"哦,"马洛里说,"我可以在船上买一张邮票吗?"

"里面有,"海蒂说,"你也可以顺便给我买点东西。"

两人来到海蒂在弗劳尔迪恩街的住所,狭窄的小门厅里放着一盏油灯,海蒂将灯点燃。终于离开了怀特查佩尔雾气弥漫的阴森小道,马洛里满心欢喜。他侧身越过海蒂,走进客厅。里面摆着一张方桌,桌面是块厚木板,上面放了一堆凌乱的画报,看来是有人顶着河水的恶臭送过来的。借着昏暗的灯光,马洛里看清了小报上由差分机打印的硕大标题，每一个都在哀叹首相不佳的身体状况。老拜伦总是装病，一会儿说脚跛了，一会儿说得了肺炎，一会儿又说肝不好。

海蒂拿着油灯走进客厅，只见壁纸上落满灰尘，玫瑰图案也早已褪色。马洛里把一金镑硬币扔到桌上。他不喜欢在这种事上纠缠不清，所以总是先给钱。听到硬币的响声，海蒂笑了。她踢掉沾着泥污的站街女靴，摇摇晃晃地走到一个房间前，猛地推开门。一只灰猫喵喵叫着跑了出来。海蒂对这只猫关爱备至，一边抚摩一边喊它托比，然后让它到外面的楼梯上去。马洛里饥渴难耐地看着她，尴尬地站在原地，心里很不高兴。

"好了，该你了。"海蒂扬头说道，褐色的发辫随之而动。

海蒂的卧室很小，也很破旧，里面有一张橡木双柱床，还有一面污迹斑斑的大穿衣镜，大概当初买的时候花了点钱。海蒂把油灯放到了床边那个饰面严重剥落的五斗橱上，开始解衬衫的纽扣。她把胳膊从袖子里抽出来，将衣服随手扔到一边，好像那衣服对她来说十分麻烦似的。她灵巧地褪下裙子，开始脱紧身内衣和硬挺的褶皱衬裙。

"你没穿裙撑。"马洛里嗓音沙哑地说。

"我不喜欢裙撑。"海蒂解开衬裙的裙腰，将其放到一边，双手灵巧地抓住紧身内衣上的金属钩，轻松解开了系带，然后扭动身子，绕过臀部把紧身内衣褪了下来，只穿着镶有蕾丝花边的无袖衬衣站在那里，长松了一口气。

马洛里脱掉外套和鞋子。分身早已勃起，紧紧抵着里襟纽扣，他想赶快把那家伙从裤子里掏出来，却又不愿展示在灯光下。

海蒂穿着无袖衬衣跳到床上，压得破旧的弹簧床嘎吱作响。马洛里坐到床边，闻到一股浓烈的廉价橙花香水味，以及海蒂身上的汗腥味。他脱掉裤子和内衣，只剩下衬衫。

马洛里斜靠在床上，解开腰带上的一个暗袋，取出一枚避孕套。"宝贝，我要戴着套子做，"他低声问，"可以吗？"

海蒂轻快地用一侧手肘撑起身子。"先让我看看。"马洛里拿着那一小团羊肠套膜给她看了看。"幸好不是那种古怪的玩意儿，"海蒂说着显然松了口气，"宝贝，你爱怎么做就怎么做。"

马洛里小心翼翼地把套子套到紧绷的分身上，心想这样比较好，并暗自为自己的先见之明感到高兴。这样似乎更能让他觉得自己很清楚这是在干什么，而且不至于染上什么性病，还让钱花得物有所值。这样想着，他钻进了脏兮兮的被窝。

海蒂伸出她壮实的胳膊环住马洛里的脖子，歪着大嘴猛劲儿地吻他，像要把自己的嘴粘到他嘴上似的。马洛里吓了一跳，感到海蒂带着热意的舌头在他牙齿上动来动去，活像一条滑溜溜的鳗鱼。这种奇怪的感觉大大激发了他的男性雄风，他挣扎着压到海蒂身上，隔着撩人的轻薄无袖衬衣触碰她紧致的肉体，不禁感到一阵心神荡漾。马洛里手忙脚乱地将碍事的衣服推至海蒂腰间，伸手在她两腿间的潮湿阴毛中摸索，海蒂顿时发出充满激情的呻吟声。最后似乎是有些不耐烦了，她毫不客气地伸手向下，握着马洛里的分身塞进了自己的下体。

海蒂不再吮吸马洛里的嘴唇，两人开始交欢，不一会儿便气喘吁吁，犹如两台喷着气的蒸汽车，身下的床也随之颤动，发出嘎吱嘎吱的响声，如同一台调音调得不好的自动钢琴。"哦，内德，宝贝！"海蒂突然叫了起来，双手紧紧抓着马洛里的后背。"你那家伙好大好猛！我要不行了！"她在马洛里身下扭来扭去，几近抽搐。马洛里以前从没听过女人在这种时候开口说话，他被吓了一跳，一下就射了，仿佛是女人拼命扭动着挺身相迎的淫荡动作硬生生将精液从他体内逼了出来。

两人静静地喘息着。片刻后，海蒂吻了吻马洛里蓄着络腮胡的面颊，眼帘半垂，睫毛扑闪，露出一种女人被欲望征服后的羞涩表情。"感觉真是太棒了，内德，你的床上功夫真不错。现在吃点东西吧，好吗？我都要饿死了。"

"好啊。"马洛里说着从海蒂汗涔涔的腰身上下来。他向来对满足过自己的女人心存感激，此刻对海蒂也不例外，同时又有点为她和自己感到羞耻。不过，他确实饿了。他已经好几个小时没吃东西了。

"我们可以从楼下的哈特酒馆买一份好吃的便餐。凯恩斯太太可以帮我们拿上来。她是我的房东太太，就住在隔壁。"

"好啊。"马洛里说。

"不过你得付钱，还得给她小费。"海蒂翻身下床，无袖衬衣皱作一团。她把衣服往下拽了拽，但马洛里还是瞥见了她那曼妙的丰臀，心里涌起一股惊喜交加的满足感。海蒂屈起手指，朝卧室墙壁上快速敲了几下。过了一会儿，隔壁也传来了敲击声。

"你这位朋友睡得很晚啊？"马洛里说。

"她已经习惯这种事了。"海蒂对他说，动作轻快地回到床上，身下响起一阵嘎吱声，"不用管凯恩斯太太。这女人每周三都会压榨她那可怜的老公，弄得整幢楼的人都睡不着觉。"

避孕套已经被撑得变了形，但还没有破。马洛里小心翼翼地把它取下来，扔进了夜壶里。"要不要把窗户打开？热死了……"

"别开窗，宝贝，臭味会进来的！"灯光下，海蒂咧嘴一笑，在被单下搔了搔身子，"反正窗户也打不开。"

"为什么？"

"窗户都被钉死了。去年冬天有个姑娘住在这儿……是个古怪的小丫头，成天板着脸，摆出一副优雅的贵族派头，估计是有些仇敌，她怕得要命。可能是她把窗户都钉上了。不过她最终还是没能逃掉，可怜的姑娘。"

"那是怎么回事？"马洛里问道。

"哦，我从来没见过她带男人回来，可到头来，警察还是来找她了，就是政治保安处的人，你应该知道那种警察吧？那些浑蛋竟然把我也狠狠盘问了一番，问我她都做过什么，还问我她有什么朋友。可我连她的真名都不知道，好像是西比尔什么，西比尔·琼斯。"

第四次迭代　七重咒　┆239

马洛里扯了扯胡子："这个西比尔·琼斯做了什么？"

"她年轻的时候给一位议员生过孩子，"海蒂说，"那家伙的名字……嗯，你估计也不想知道。她以前伺候过政客，还登台唱歌。而我呢，我只会摆造型。你知道什么是摆造型吗？"

"不知道。"一只跳蚤落到了马洛里光溜溜的膝盖上，他并不意外，抓住跳蚤，用两个拇指的指甲把它挤死了。

"我们穿着肉色紧身衣走来走去，让那些绅士们呆呆地看着。温特哈尔特夫人对我们呼来喝去。就像他们说的，那女人是我的老鸨，你今晚在克雷蒙见过她。今天晚上，客人少得可怕，我们陪的是瑞典外交官，那人真是铁公鸡。幸好你出现了，我还不算太倒霉。"

门厅外有人敲门，海蒂闻声起身。"给我四先令。"她说。马洛里给了她几枚硬币。海蒂迅速接过，转身离开，回来的时候端着一个有缺口的破漆面托盘，上面放着一块形状难看的面包、一块火腿、芥末和四根炸香肠，还有半瓶热香槟，酒瓶上满是灰尘。

海蒂往两只脏兮兮的香槟酒杯里倒了酒，开始安静地吃晚餐，样子相当从容。她的胳膊和肩膀上有小窝，胸前的双乳波涛汹涌，深色乳头在无袖衬衣下若隐若现。马洛里目不转睛地看着，心里有点纳闷：身材这么好的女人怎么会长着一副平平无奇的面孔呢？他喝了一杯辛辣的劣质香槟酒，狼吞虎咽地大口吃掉了那块发绿的火腿。

海蒂吃光了香肠，歪嘴一笑，从床上滑了下去。她蹲到床边，身上的无袖衬衣被撩到了腰间。"这香槟真是喝了就想尿，对吧？我要撒尿了，不想看就把脸转过去。"马洛里礼貌地把脸转向一边，撒尿声随即传入耳中。

"洗一下吧，"海蒂说道，"我去拿个盆来。"她端来一搪瓷盆臭烘烘的伦敦水，用丝瓜络擦洗身子。

"你的身材好极了。"马洛里说。海蒂的手脚都很小，小腿和大腿却浑圆如柱，堪称哺乳动物解剖学上的奇迹。紧致的丰臀无可挑剔，马洛里感到出奇地眼熟,好像在十几幅历史油画上都见过这样的白人女性臀部。他突然意识到,画上画的很可能就是海蒂的臀部。她的下体紧致,长着红褐色的阴毛。

看到马洛里盯着自己,海蒂笑道:"你想看我脱光的样子吗?"

"非常想。"

"一先令?"

"好啊。"

海蒂浑身是汗,脱掉无袖衬衣后她显然松了口气,开始轻轻地擦洗湿淋淋的腋窝。"摆好造型后,我可以连续站整整五分钟,一动不动。"她说话有点含糊不清,毕竟刚才差点喝光所有香槟,"你有表吗?拿十先令来,我就做给你看!你相信我能做到吗?"

"我相信。"马洛里说。

海蒂优雅地弯下腰,抓起左脚腕举过头顶,左腿绷得笔直。她开始慢慢地旋转,脚跟和脚尖轮流点地。"你喜欢吗?"

"太棒了。"马洛里惊叹道。

"你瞧,我可以把双手平放到地板上。"海蒂说着弯下腰去,"大多数伦敦女孩都把衣服系得太紧,她们要是这样做,肯定会断成两截。"接着,她在地板上劈了个叉,还得意地抬头望向马洛里,一副醉态。

"直到来了伦敦,我才算不枉此生。"马洛里说。

"那就把你的衬衫脱了,我们赤裸相见吧。"她的下巴很长,脸涨得通红,灰色的眼睛也鼓了起来。马洛里脱下衬衫,海蒂端着搪瓷盆朝他走过来。"天气这么热,脱光了做也挺好的。我向来喜欢光着做。天哪,你的肌肉好紧实,我喜欢毛多的男人,让我看看你那里。"她一把抓起马洛里的分身,把包皮下翻,仔细看了看,又浸在搪瓷盆里洗了洗。"你这儿没生病,宝贝,没什么毛病,非常好。那层肠衣好恶心,上床的时候就别戴了吧?还能省九便士。"

"九便士不算多。"马洛里说道。他又戴上一个避孕套,压到海蒂身上,赤身裸体地与她交欢,像铁匠一样挥汗如雨。汗水从两人身上淌下来,散发出一股难闻的劣质香槟味。海蒂硕大的双乳汗湿黏腻,贴在马洛里光溜溜的胸膛上却感觉凉凉的。她躺在马洛里身下随之起伏,双眼紧闭,嘴巴歪斜,舌头伸到嘴角,脚后跟紧紧勾着他的臀部。最后,马洛里终于射了,火热的精液从分身里倾泻而出。他咬紧牙关呻吟着,耳朵里一阵轰鸣。

"内德,你就是个下流鬼,绝对的。"海蒂的脖子和肩膀发红,出了很多痱子。

"你也是。"马洛里喘息着说。

"没错,宝贝,我喜欢跟床上功夫好的男人做。我们来瓶好喝的啤酒吧,啤酒比香槟凉爽。"

"行啊,好。"

"再来点帕皮罗西,你喜欢帕皮罗西吗?"

"什么东西?"

"土耳其香烟,从克里米亚传过来的,战后就流行起来了。"

"你还抽烟?"马洛里惊讶地问。

"跟加布里埃尔学的。"海蒂边说边从床上爬起来,"西比尔离开后,加布里埃尔住到了这里。她是法国人,老家在马赛,上个月跟一个在大使馆当兵的相好坐船到法属墨西哥去了。她和那小子结婚了,真走运。"她裹上一件黄色丝绸睡袍,尽管下摆已经破损,但在灯光下看着还不错。"加布里埃尔人很好。宝贝,给我四先令,不对,是五先令。"

"能找开一英镑的钞票吗?"马洛里问道。海蒂臭着脸给了他十五先令,然后消失在客厅里。

海蒂离开了好久,好像是在跟房东太太聊天。马洛里舒服地躺在床上,听着这座大都市里各种奇怪的声响从远处传来,有钟声、尖叫声,还有砰砰的响声,可能是枪声。他大概早已酩酊大醉,整个人感觉好极了。虽然心头重负很快就会卷土重来,罪恶感想必也会雪上加霜，但是眼下，肉体的欢愉令他飘然欲仙、浑然忘忧、轻松自在。

海蒂终于回来了，一只手提着一铁丝箱啤酒，一只手夹着一根点燃的香烟。

"你去了好久。"马洛里说道。

海蒂耸耸肩。"在楼下碰到了点小麻烦，遇到几个恶棍。"她说着把铁丝箱放下，拿出一瓶酒扔给马洛里，"特别凉，这酒是存在地窖里的。还不错吧？"

酒瓶的塞子很复杂，由陶瓷、软木和铁丝手柄构成。马洛里渴坏了，拧开瓶塞便大口喝了起来。玻璃酒瓶上有几个浮雕字：纽卡斯尔啤酒。那是一家现代酿酒厂，酿酒用的钢桶非常大，体积跟战列舰差不多。他们用机器酿酒，不会掺什么造假用的球根牵牛或印防己。

海蒂穿着睡袍爬上了床，喝完一瓶酒后又打开一瓶。"把睡袍脱了。"马洛里说。

"你还没给钱呢。"

"给，拿去。"

海蒂接过马洛里递来的一先令硬币，塞到床垫下，笑道："内德宝贝，你这个无赖，我喜欢你。"她脱下睡袍，扔向门后的挂衣铁钩，结果扔偏了。"我今晚心情很好，再做一回吧。"

"等一会儿。"马洛里说着打了个呵欠，突然觉得眼皮发沉，眼睛干涩，后脑勺上被韦拉斯科打过的地方一阵抽痛。他感到一阵恍惚，仿佛遭人袭击已经是很久以前的事了，仿佛自己已经很久没有做过什么有意义的事了，光知道喝酒作乐。

马洛里的分身软弱无力，海蒂把它握到手里抚弄起来。"内德，你多久没找过女人了？"

"啊……大概两个月，三个月。"

"那女人是谁啊？"

"是……"是一个加拿大妓女，马洛里说到一半突然打住了，"你问这个干什么？"

"快说啊，我想听，想知道上等人都怎么做。"

"我对此一无所知，我猜你也不知道。"

海蒂松开马洛里的分身，抱臂靠上床头板，在墙壁上找了一块粗糙的灰泥划着火柴，又点燃一支帕皮罗西香烟。她的鼻子形状怪异，烟从鼻孔里喷出来，看得马洛里心慌不已。"你以为我什么都不知道，"海蒂说道，"可是我敢打赌，我听说过的事情你根本想象不到。"

"那是自然。"马洛里不失礼貌地说道，喝完了手中的啤酒。

"你知道吗？老拜伦夫人会把她老公扒光了拿鞭子抽。拜伦勋爵的分身总是立不起来，得用德国马鞭抽屁股才行。这是一个喜欢我的警察亲口说的，他是听拜伦家一个在楼上伺候的仆人说的！"

"哦？"

"拜伦一家全是下流坯子，坏到骨子里了。拜伦勋爵现在年纪大了，年轻那会儿他还会跟绵羊乱搞，真的。要是觉得灌木丛里有只羊，他连灌木丛都不会放过！他老婆也好不到哪儿去。那女的虽然不找别的男人，但她是鞭打男人同好会的成员。"

"真不可思议。"马洛里叹道，"他们的女儿呢？"

海蒂沉默了一会儿。见她的表情突然严肃起来，马洛里心下诧异。

"艾达放荡至极，她是全伦敦最大的荡妇。"

"为什么这么说？"

"因为她爱跟谁上床就跟谁上床，没人敢对她的所作所为说三道四。半个上议院的人都成了她的裙下之臣，他们像小孩子一样追随在她左右，自称是她的亲信和骑士。如果其中有谁背信弃义，敢说她一句坏话，其他人就会弄得他下场悲惨。他们都围着她，保护她，崇拜她，像天主教的神父崇拜圣母马利亚一样。"

马洛里哼了一声。他觉得这都是妓女胡说的，不该这么说。艾达女士是差分机女王，有数学天赋。虽然知道她有情人，但一想到她让男人占有她，想到有男人和她上床，将分身塞进她的下体射精、交欢……还是不想为好。马洛里总感觉脑子晕乎乎的，可能是威士忌的后劲上来了。

"海蒂，你的专业技能不错，"马洛里低声说，"想必掌握了业务数据……"

海蒂又打开一瓶啤酒在狂饮，闻言不禁大笑起来，啤酒泡沫都喷到了胸口上。"天哪，"她一边咳嗽一边用手擦胸脯，"天哪，内德宝贝，你说话可真逗，瞧你把我逗成什么样了。"

"抱歉。"马洛里说。

海蒂对他咧嘴笑了笑，伸手从五斗橱上拿起香烟。她刚才把烟放在了五斗橱边沿，这会儿那支香烟还在慢慢燃烧。"拿抹布来给我好好洗洗，"她要求道，"我敢打赌，你肯定会喜欢的，嗯？"

马洛里二话没说，埋头去干他的活儿了。他把搪瓷盆端过来，打湿毛巾，仔细擦洗着海蒂的胸脯，还有那白皙的肚子，丰满隆起，肚脐凹陷，形成小窝。海蒂睁着她那双肿泡眼望着马洛里手上的动作，嘴里不停地吞云吐雾，时不时地把烟灰弹到地上，好像那不是她的身体似的。过了一会儿，马洛里擦到了海蒂的大腿。海蒂默不作声地握住他的分身来回抚弄，试图激起他的反应。

马洛里又戴上一个套子，动作有点笨拙，弄得分身差点软下去。他勉强进入海蒂，很快便在舒服的触感中硬起来。马洛里这才松了一口气，开始卖力地撞击海蒂。他感到疲惫不堪，醉意上头，胳膊、手腕和后背都疼起来，分身根部有一种奇怪的刺痛，分身头部也疼痛不已，在羊肠套子里面几乎一碰就疼，感觉很难再射出来，仿佛在拔生锈的钉子一样。弹簧床嘎吱作响，他们如同身处一片满是金属蟋蟀的田野。才做到一半，马洛里却感觉自己像跑了好几英里。海蒂已经把手里的香烟放回到五斗橱上，任由香烟烫坏橱面后自己熄灭。此刻，她似乎出神了，也可能只是惊呆了或者喝醉了。有那么一会儿，马洛里在想是否应该停下来,干脆不做了,告诉她自己不行了,可他根本找不到合适的言辞,无法给出一个满意的解释,只好继续做下去。他开始走神,想起别的女人——他的表姐,一个红发女孩。小时候在苏塞克斯,有一次他爬到树上找布谷鸟蛋,看见她在一排灌木篱墙后面和人交欢。后来,这位红发表姐嫁给了那个男人,现在她已经四十岁了,孩子们都已成年。她明明是个丰满端庄的小妇人,总是戴着一顶正经的圆形小软帽,但马洛里每次见到她,脑子里都会想起她那张长满雀斑的脸,想起她那时露出的痛苦又快乐的神情。眼下,他心里不停地想着那个隐秘的画面,像划船的奴隶紧紧抓住手中的船桨一样,顽强地向高潮挺进。下体总算有了那种销魂的高潮感,他知道自己快射了,无可阻挡。于是,他更加拼命地抽送,不停地喘着粗气。射精的快感突如其来,令人极度痛苦又兴奋,像火箭一样顺着他那疼痛不已的脊椎直冲而上,震撼的欢愉感涌至四肢百骸,连正在抽筋的脚掌都有了感觉。马洛里大吼出声,野兽般的呻吟声中透着狂喜,他自己听了都大吃一惊。"天哪。"海蒂叹道。

马洛里从海蒂身上下来,瘫倒在床上。周围的空气泛着恶臭,他躺在那里呼哧呼哧地喘着气,犹如一头搁浅的鲸鱼。马洛里感觉身上的肌肉像橡胶一样紧绷,光是刚才这场运动就已经让他体内的威士忌随着汗水流出了一半。他感到心满意足,哪怕现在让他去死,他也愿意。哪怕那个皮条客马上过来拿枪毙了他,他也会欣然赴死,这样就可以永远留住高潮的快感,永远不用再做回爱德华·马洛里,只做一个沉溺于女色的人,伴着香水月季的味道一晌贪欢。

可是片刻之后,那种感觉消失了,他又变成了马洛里,整个人恍恍惚惚,此时根本无法不失礼貌地表示内疚或抱歉,但他还是准备离开。某种无法言说的危机已经过去,这段小插曲也结束了。他太累了,尽管现在还走不了,但他知道自己就要离开了。这个妓女的卧室对他来说不再是什么避难所。周围的墙壁似真似幻,好像只是抽象的数学概念，再无法阻止他前进的势头。

"睡一会儿吧。"海蒂说道，口齿因醉酒和疲惫而模糊不清。

"好啊。"马洛里明智地把火柴盒放到触手可及的地方，熄灯躺在伦敦闷热的暗夜中，清心寡欲，心无杂念。说是在睡觉，他却没有闭上眼睛，感觉有一只跳蚤在两个脚腕上跳来跳去，慢悠悠地吸着血。确切地说，他没有睡觉，只是在休息。不知过了多久，马洛里的脑子开始快速转动，他拿起一支海蒂的香烟，点燃抽起来。这支事后烟让他感觉良好，却没有起到应有的镇静作用。马洛里爬下床，摸索着找到夜壶撒尿。那块地板上洒了些啤酒，也可能是别的什么东西。他想把脚擦一擦，但好像擦了也没什么意义。

马洛里在床上一直躺到天亮。海蒂卧室里的窗户脏兮兮的，连窗帘都没有。隐约有曙光透过窗户，暗沉沉地打在旁边那面墙上。最后，屋内终于出现一丝微弱的亮光，只是完全不像真正的日光。马洛里已经完全清醒了。他躺在那里，口干舌燥。他的脑袋里闷闷的，仿佛塞满了火棉，不动的话感觉还没事，只是里面抽痛不已，总感觉会突然爆炸。

马洛里点亮床边的蜡烛，找到自己的衬衫。海蒂呻吟着醒来，睁眼盯着他看。她的头发汗津津地乱成一团，眼睛也鼓着，那样子差点吓坏他。要是在苏塞克斯，人们肯定会说她中邪了。"你不会是要走了吧？"海蒂问道。

"是的。"

"为什么？天还这么黑。"

"我喜欢早起，"马洛里顿了一下，"以前宿营养成的习惯。"

海蒂哼了一声。"我勇敢的士兵，回床上来吧，别傻了。待会儿再走，我们洗漱完就去吃早餐。你可以买早餐，对吧？一顿丰盛的早餐？"

"还是不了。时间不早了，我得走了，还有事。"

"不早了？"海蒂打了个哈欠，"天还没亮呢。"

"已经不早了,我敢肯定。"

"大本钟敲过几下了?"

"我昨晚根本没听见大本钟的声音,"马洛里突然吃惊地意识到这一点,"我猜,政府已经把它关了。"

听到马洛里的推测,海蒂似乎只是略微有点惊慌。"那去吃法式早餐吧,"她建议道,"可以让楼下送上来,有糕点,还有一壶咖啡,很便宜。"

马洛里摇了摇头。

海蒂顿了顿,眯起眼睛,似乎对马洛里的拒绝感到吃惊。她坐起身,弄得床嘎吱作响,抬手扯扯凌乱的头发。"别出去,天气糟透了。宝贝,你要是睡不着,我们就接着做吧。"

"可能不行。"

"内德宝贝,我知道你喜欢我。"海蒂撩起汗涔涔的被单,"你来摸摸我就能立起来了。"她躺在那里等着,被单一直掀开着。

马洛里不愿让她失望,他走过去拍了拍她可爱的屁股,抚摩她柔软滑嫩的乳房。触摸着她的肉体,马洛里忽然有了冲动,可分身只是动了一下,没有立起来。"我真得走了。"他说。

"等一下就能立起来了。"

"我不能再待下去了。"

"要不是看你人这么好,我可不会这样做。"海蒂缓缓说道,"如果你愿意,我现在就能让它立起来。你知道吹箫吗?"

"那是什么?"

"嗯,"海蒂说道,"如果你找的不是我,而是加布里埃尔,现在应该已经做过了。她总那样伺候男人,还说他们为此痴狂。他们称其为吹箫,是法国人发明的乐子。"

"我还是不太明白。"

"就是口交。"

"哦，那个啊。"马洛里听过那种说法，当时只知道是一种最下流的脏话，现在却吃惊地发现自己也可以亲身体验。他扯了扯胡子。"啊……那要多少钱？"

"有些人不管给多少钱，我都不会为他们做。"海蒂向他保证道，"可我喜欢你，内德，所以愿意为你做。"

"多少钱？"

海蒂眨了眨眼睛："十先令？"

也就是半英镑。"我看还是算了。"马洛里说。

"好吧，五先令，不过你得答应我，不能射到我嘴里，我认真的。"

马洛里听出了这话的言下之意，不禁泛起一阵恶心。"不用了，我不喜欢。"他开始穿衣服。

"你还会再来吗？什么时候来找我？"

"很快。"

海蒂知道他在撒谎，不禁叹了口气："要是你非走不可，就走吧。听着，内德宝贝，我知道你喜欢我。虽然想不起来你到底叫什么名字，但我肯定在报纸上见过你的肖像。你是个著名的学者，而且很有钱。我说的对不对？"

马洛里什么也没说。

海蒂赶紧接着说："像你这样的人，要是在伦敦找错了姑娘，可能会惹上大麻烦。不过，碰上我哈丽特·爱德华兹，你绝对可以安心，我只伺候绅士，而且口风很紧。"

"我相信。"马洛里说着匆匆穿好衣服。

"我每周二和周四会在全景剧院跳舞，就在干草市场。你会来看我吗？"

"我要是在伦敦的话就去。"

马洛里离开了她，摸索着走出客厅。他匆忙走下楼梯，没注意锁在楼梯口的自行车，小腿不小心被脚镫子划破了。

哈特酒馆上方，天空低垂似穹顶，布满了爆炸性污物，弥漫着具有毁灭性的灰尘。马洛里从未见过这样的景象，却知道这样的存在，他曾经在心里想象过，这样的天空预示着灾难的降临。

透过朦胧的浓雾，马洛里看到太阳已经完全升起，估计快八点了。黎明已至，白昼尚未到来。马洛里知道，大彗星惊天撼地地撞击地球之后，陆上利维坦也曾见过这样的天空。那些有鳞巨兽的肚子很大，消化迅速，强烈的饥饿感驱使它们在茂密的丛林中不断前进。对它们而言，这样的天空曾经意味着世界末日的来临。灾难风暴在白垩纪席卷地球，熊熊大火到处肆虐，彗星碎片穿过翻腾的大气层倾泻而下，导致树木枯萎死去。面对支离破碎的世界，强大的恐龙最终大规模灭绝，进化机制在混沌中得到解放，遭受重创的地球重新布满生物，再次建立全新的生存秩序。

马洛里拖着沉重的脚步走在弗劳尔迪恩街上。他咳嗽个不停，心下惊叹不已。小路上黄雾翻腾，飘得很低，浓烈的酸味久久不散，弄得他双眼模糊，只能勉强看到前面三十英尺的地方。

马洛里来到了商业街，与其说是有意为之，不如说是机缘巧合。这里是怀特查佩尔的繁华街道，如今已经荒废，店面的门窗遭人砸毁，光滑的柏油碎石路面上随处散落着碎玻璃。

他走过一个又一个街区，几乎没有一扇窗户是完好无损的。窄街小巷里铺的鹅卵石被人抠了出来，像流星雨一样被四处投掷。附近一家杂货店像被旋风席卷了似的，商品散落各处，整条街上都是积雪般的脏面粉和糖堆，厚度深及脚踝。路上到处是碎卷心菜、碎青梅、碎蜜桃罐头，还有被人当球踢过的整根熏火腿，马洛里只能挑着路走。散落的湿面粉上残留着各种杂乱的印迹，有男式粗革拷花皮鞋的鞋印，有流浪儿小光脚的脚印，有坤鞋的小巧鞋印，还有女人的裙摆扫过的痕迹。

雾气中出现四个人影，三男一女，穿着体面，脸都被厚布蒙得严严实实的。他们拖着脚步迎面走来，看到马洛里后特意拐向了街对面。他们不慌不忙地慢慢走着，边走边低声交谈。

马洛里继续往前走，碎玻璃在他脚下嘎吱作响。迈耶男装店、彼得森男装店和拉格朗日巴黎气动自助洗衣店的店面都被石头、砖块和生鸡蛋砸得破烂不堪，门也被卸了下来。

这时又出现一群人，彼此站得比较紧密，都是男人和小男孩，其中有几个明显不是小贩，却推着堆满东西的手推车。这些人全都蒙着脸，看上去疲惫茫然又忧郁，像要去参加葬礼似的。他们漫无目的地往前走着，在一家遭到洗劫的鞋店门前放慢了脚步，像拾荒者一样无精打采地捡起散落的鞋子。

马洛里这才意识到自己有多愚蠢。在他沉溺于愚蠢的放荡行为时，伦敦已陷入无政府状态。此刻，他本应该在安宁的苏塞克斯陪着家人，本应该在为小玛德琳的婚礼做准备，呼吸新鲜的乡村空气，待在兄弟姐妹身边，吃着可口的家常菜，喝着可口的家常酒。乡愁陡然而至，不知道当初是什么样的欲望、野心和环境让他决定将自己困在这个危险可怕的地方。他想知道家人此刻在做什么，想知道现在到底几点了。

马洛里猛然一惊，想起了给玛德琳买的钟表。那是他准备送给妹妹的结婚贺礼，外面套着黄铜搭扣手提钟表盒，现在就存在古生物学酒店的保险箱里。他原准备把那座漂亮的高档钟表送给妹妹玛德琳，现在它却莫名变得遥不可及。古生物学酒店离怀特查佩尔有七英里远，混乱不堪的七英里。

肯定有什么办法可以回去，可以穿越这段距离。马洛里想知道城里的地铁或公共汽车有没有还在运行的。或许他可以找一辆双轮的有篷马车？可是雾霾这么臭，马匹会窒息的，看来只能步行了。很可能这会儿不管如何穿越伦敦都是一种愚蠢的行为，最明智的做法也许是像老鼠一样找个安静的地窖躲起来，希望自己可以逃过一劫。然而，马洛里还是挺直了肩膀，双腿不由自主地向前走去。心里想着一个目标，就连脑袋里的抽痛和口干舌燥的感觉也逐渐消失，他一定要回到酒店，要找回属于自己的生活。

"喂！我说！先生！"一个声音自马洛里头顶传来，像是一声良心不安的呼号。他抬头望去，整个人大吃一惊。

一截黑色枪管从杰克逊兄弟毛皮衣帽店三楼的窗口伸出，步枪后面站着一个戴眼镜的秃顶店员，他从敞开的窗口探出身，身上穿着条纹衬衫和猩红色背带。

"能为您做些什么吗？"马洛里本能地喊出这句话。

"谢谢您，先生！"店员哑着嗓子喊道，"先生，能麻烦您去我们店门口看看吗？就在那边，台阶下面。我觉得可能有人受伤了！"

马洛里朝店员挥了挥手，转身走向商店门口。两扇大门还在，只是破损严重，砸在上面的鸡蛋仍在往下流。一个身穿水手条纹衫和喇叭裤的年轻人脸朝下呈"大"字形趴在地上，手边丢着一根锻铁撬棍。

马洛里搭上那人的肩膀，抓着粗糙的水手衫把人翻了过来，发现对方已经死透了，子弹射穿了他的喉咙。他摔倒时鼻子被人行道撞烂歪到了一边，让这张毫无血色的年轻面庞显得十分怪异，好像他来自某个无名的航海国度，那里的人全是白化病患者。

马洛里直起身，朝上面大喊："你把他打死了！"

店员似乎很慌张，开始大声咳嗽，但没再说话。

马洛里突然在死者腰间发现了一个木枪托。那名水手的腰带打着一个复杂的结，上面别着一把手枪。马洛里把枪拔了出来。这是一把样式罕见的左轮手枪，巨大的旋转弹膛上有奇怪的开槽与凹槽，长长的八角形枪管下面配着某种活塞，散发着难闻的黑火药味。他看了一眼毛皮商店的门，显然这里之前来了一群暴徒，一群胡作非为的武装暴徒。水手被打死后，那群坏蛋肯定逃之夭夭了。

他回到街上，挥动手里的枪。"这恶棍有武器！"他喊道，"幸好你……"

店员手中的步枪射出一颗子弹，尖啸着打在了水泥台阶上，撞出一块白，子弹反弹时险些击中马洛里。

"该死的，你这个笨手笨脚的傻瓜！"马洛里大吼，"赶紧住手！"

上面一阵沉默。"对不起，先生！"店员喊道。

"你到底想干什么？"

"我说过对不起了！先生，您最好把枪扔掉！"

"休想！"马洛里吼道，把手枪插进裤腰。他本想让店员下来将死者遮盖好，可随后发生的事让他改变了主意。杰克逊兄弟毛皮衣帽店楼上又有几扇窗户被人咔嗒咔嗒地推开，四支步枪的枪管伸出来防守。

马洛里后退几步，示意自己两手空空，还试着对他们微笑。等周围的雾变得更浓，他连忙转身跑了。

现在马洛里更加小心了，只在路中央走。路上，他看见一件被人踩过的麻纱衬衫，便掏出自己的谢菲尔德多用刀，用其中的锯齿形小刀片割下松垂的衬衫袖子蒙在脸上。

马洛里仔细看了看水手的左轮手枪，从旋转弹膛里取出一个发黑的弹匣，发现里面还有五发子弹。这把枪是件制作粗陋的外国货，上面涂的蓝漆不太均匀，不过机件的准头看起来还可以。八角形枪管的侧面印着几个模糊字样，隐约可以认出是"巴利斯特莫利纳"。除此以外，枪上再没有别的标记。

马洛里来到阿尔德盖特大街，想起昨晚和海蒂从伦敦桥码头走回她住处时曾路过这里，不过这条街白天看起来比半夜还要诡异可怕。这里处于变化莫测的混沌状态，因此暴徒们似乎尚未触及此地。

身后的浓雾中传来有节奏的警报声。马洛里闪到一旁，一辆蒸汽消防车驶过，涂着红漆的车身被砸得凹凸不平。训练有素的消防员与消防设备保护着这座城市免遭大火烧毁，却被一群伦敦暴徒野蛮袭击。马洛里觉得荒唐至极，但不知怎么的，他并没有感到惊讶。疲惫不堪的消防员紧贴着消防车站在踏脚板上，每个人都戴着怪异的橡胶面具，上面有闪闪发光的护目镜,还有手风琴般可折叠的呼吸管。马洛里真希望自己也有那样一副面具,他现在双目刺痛,视线模糊不清,只能像哑剧里的海盗一样眯着眼睛,但他还在继续往前走。

马洛里从阿尔德盖特大街走至芬丘奇街,再到伦巴第大街,然后是家禽街。如果古生物学酒店算是他前进的目标,那他离自己的目标仍有好几英里。马洛里感觉脑袋砰砰作响,劣质威士忌的后劲和更加恶劣的空气弄得他头昏脑涨。这会儿他似乎走到了泰晤士河附近,周围传来湿黏污物的恶臭,令他作呕。

齐普赛街上,一辆城市公共汽车侧翻在地,车窗玻璃全被砸碎了,车身也被锅炉里的燃煤点燃,烧得只剩一个黑乎乎的外壳。马洛里暗自希望没人死在里面。公共汽车的残骸仍在冒烟,散发出刺鼻难闻的气味,让他根本不想凑近去看。

圣保罗大教堂的庭院里有不少人。那里的空气稍微干净点,可以看见教堂的圆顶。一大群男人和男孩正聚集在教堂庭院里的树下,不知为何看起来兴致勃勃的。马洛里仔细一看,不禁大吃一惊,这群人竟然厚颜无耻地在堪称雷恩[1]杰作的台阶上掷骰子。

马洛里又往前走了一小段,发现齐普赛街上有好几堆人正赌得起劲,把路都挡住了。他们跪在地上护着面前成堆的硬币和钞票赌注,在人行道左右两边围成一个个圆圈,像突然冒出来的仙女小皮伞圈[2]似的。开赌局的都是伦敦人,长得凶神恶煞,眼神不善,仿佛是伦敦河水散发出的恶臭凝结起来化作了人形,突然跳了出来。他们卖力地吆喝,在马洛里经过时连珠炮似的哑着嗓子喊道:"一先令起投!有人玩吗?伙计们,有人玩吗?"一堆堆赌徒中不时传来赢钱的欢呼声,以及蒙在面罩下因输钱而愤懑的叫苦声。

---

1. 克里斯托弗·雷恩爵士,英国皇家学会会长,天文学家和著名建筑师。——译者注
2. 蕈类在草地上形成的环状斑纹,传说是仙女跳舞形成的。——译者注

每一个放胆赌博的人旁边总有三个怯生生的旁观者。这就像一场狂欢，一场充满恶臭、性质恶劣的狂欢，不过这也算伦敦的一种标志性的乐子。眼前没有警察，没有当权者，也没有规矩体统。马洛里小心翼翼地侧着身子在一小群兴奋的人中间穿行，一只手谨慎地握着手枪的枪托。一条小巷里，两名蒙面男子正对着一个人猛踢，然后抢走了他的手表和钱包。至少有十来个人在旁边看热闹，但都无动于衷。

马洛里心想，这些伦敦人就像某种气体，某种由微粒构成的云。一旦社会的纽带崩裂，他们便随之四处飞散，如同玻意耳物理定律中完全自由的弹性气体球一样。从衣着上看，其中大多数都是体面人，现在却肆无忌惮，因混沌的环境而变得毫无道德可言。马洛里想，他们中大多数人从未见过这种事，连类似的事件都没见过，所以没有合适的标准进行判断或比较，结果都成了低级冲动的傀儡。

正如怀俄明夏延部落的男人在酒这种恶魔的控制下疯狂跳舞一样，伦敦这个文明社会的绅士们也都陷入了原始的疯狂。看着这群人红光满面、喜出望外的神情，马洛里觉得他们乐在其中。他们确实非常喜欢赌博。赌博让他们异常兴奋，这种罪恶的自由比他们已知的任何自由都更完美、更令人向往。

人群旁边是主裤文街曾经神圣不可侵犯的砖墙，最近却被贴上一排花哨的传单——那种最便宜的广告单，整个伦敦随处可见，旨在吸引全伦敦人的眼球：伦伯恩教授研发的磁力头痛片、比尔兹利鳕鱼丝、麦克森和罗宾斯牌沥青石、山金车牙皂……还有一些剧场传单：莱斯特广场萨维尔剧院的《斯卡皮格里奥尼夫人》、沃克斯豪尔自动钢琴交响音乐会……马洛里想，这些活动定会无疾而终的。何况这些传单也都贴得匆忙马虎，皱皱巴巴的。传单下面新刷上去的糨糊顺着墙流下来，留下一道道白色印痕，看得马洛里心中莫名地不安。

但在那些庸俗的传单中间，一张三页纸大小的横幅海报看起来与周围格格不入，似乎是本就允许贴在那里的公文海报。这张海报有盖马毯那么大，由差分机印制而成。由于贴得很匆忙，看起来也皱皱巴巴的。实际上，好像连墨迹都还没干透。

太疯狂了。

马洛里吃惊不已，驻足细看。这张海报制作粗糙而诡异，上面用了三种颜色，分别为猩红、黑和一种难看的灰粉色——似乎是将灰色和粉色混在一起调成的。

上面用猩红色墨画了一个女人，可能是正义女神。她蒙着眼睛，身上穿的猩红色托加长袍印得有点模糊，手里挥舞着一把猩红色长剑，剑上写着"卢德"二字；长剑下方是两幅半身像，一男一女，画得非常粗糙，两人头部呈灰粉色，也许是国王与王后，也许是拜伦勋爵夫妇。红袍女神踩着一条双头大蛇的中段，那东西也可能是长着鳞片的恶龙，魔物痛苦扭曲的身体上写着"功勋封爵"。在女人身后，伦敦的天际在猩红的火舌中熊熊燃烧，各种疯狂的人物背后布满了厚厚的黑云。海报右上角的绞刑台上吊着三个人，似乎是牧师或学者；左上角是一大群奇形怪状的乌合之众，他们打着手势，挥舞着旗帜和雅各宾式长矛，朝某个目标前进，上方还有一颗拖着尾巴的彗星。

这些还不到海报全部内容的一半。马洛里揉了揉酸疼的眼睛。巨大的长方形海报上还有很多小图像，像一张散落着无数小球的台球桌。这边画着一个小风神，吹出一团写着"瘟疫"的云。那边画着一堆程式化的尖头碎片，表现炮弹或炸弹的爆炸，把畸形的黑色小鬼们全都炸飞了。一口棺材上堆满鲜花，顶上放着一根绞索。一个裸体女人蜷缩在一个怪物脚边，怪物本身是一个男人的形象，穿着考究，却长着爬行动物的脑袋。一个戴肩章的小人儿站在绞刑台上祷告；绞刑吏是一个戴着面罩、挽着袖子的小个子，粗暴地朝绞索做出一个手势……海报上落了许多脏乎乎的烟云，宛如甩上去的泥巴，又像干果蛋糕底部的面团，把整个画面连接了起来。海报底部还有文字，是一个大字标题，用脏兮兮的差分机字体写着"巴比伦敦[1]成淫窟，七重咒降临！！！"。

巴比伦敦。巴比是什么意思？什么样的"咒"，为什么是"七重"？这张海报似乎是用几幅差分机图像胡乱拼凑而成的。马洛里知道，现代印刷厂有专门的印刷穿孔卡，用来印制特定的块状图案，很像以前书写古老杀人民谣的廉价木刻板。印刷厂只求赚钱，同一幅画你可能会在他们印制的东西上看见上百次。但这张海报的色调粗俗骇人，图像乱七八糟地挤成一堆，看起来十分疯狂。最糟糕的是，尽管严重缺乏连贯性，完全是想到什么画什么，但这张大海报似乎想表达些什么，只是实在难以言表。

"你是在跟我说话吗？"旁边的一个人问马洛里。

马洛里吓了一跳。"不是。"他咕哝道。

那人却凑了过来，和马洛里并肩而立。他是个伦敦人，个子很高，瘦削憔悴，一头黄色长发又油又脏，戴了一顶高筒窄边丝绒大礼帽。他喝醉了，明亮的双眼中透着疯狂，脸被圆点布蒙得严严实实，身上的衣服又脏又破，脚上却穿着崭新的鞋子，一看就是偷来的。这个伦敦人多日未曾洗澡，身上一股汗臭味，看起来懒散又疯狂。他眯起眼睛死盯着那张大海报，然后又看了看马洛里。"先生，这是你朋友贴的吗？"

"不是。"马洛里答道。

"跟我说说这是什么意思！"那人缠着马洛里道，"我刚刚听见你嘀咕了，你肯定知道吧？"

那人嗓音尖锐发颤，目光再次从海报上转向马洛里，明亮的双眼从蒙面巾上方露出来，眼神里充满指责，似乎被燃起了凶猛的恨意。

---

[1]. 暴民对伦敦的称呼，疑似由巴比伦和伦敦复合而成。在《圣经》的记载中，巴比伦被描述得俨如淫窟，是道德败亡的可耻代表。古巴比伦王国举国上下浸淫在欲海之中，无心抵抗外族侵略，最后被波斯人侵占而亡国。——译者注

"离我远点！"马洛里喊道。

"你亵渎救世主耶稣！"高个子男人扬声尖叫，粗糙的双手在空中挥舞，"耶稣的圣血啊，为我们洗去罪孽……"

他伸手去抓马洛里，马洛里一把推开他的手。

"杀了他！"不知是谁幸灾乐祸地喊了一声，犹如有人拿莱顿瓶[1]往阴沉的空气中注入了电流，人群突然围拢过来。此刻，他们不再是散乱的粒子，而是真正的麻烦。可能是被谁推了一把，高个子伦敦人跌跌撞撞地扑向马洛里。马洛里一拳打向他的肚子，痛得他瞬间弓起身子。有人幸灾乐祸地高声尖叫，听得人毛骨悚然。一团泥巴砸向马洛里的脑袋，结果砸偏了，落到海报上飞溅开来。这一下仿佛一个信号，周围的人突然开始挥拳相向，混战的人群中不时响起尖叫，不断有人扑通倒地。

马洛里咒骂着推开挤过来的人，挪动脚步左躲右闪，但还是被人踩了好几脚。他从腰间拔出左轮手枪，对着天空扣动扳机。

结果没什么用，肋部反倒被人用胳膊肘使劲杵了一下。

马洛里用拇指扳起击锤，再次扣动扳机，枪声惊人，震耳欲聋。

刹那间，混战逐渐平息。有人跌倒，有人翻滚，大家手脚并用地慌张逃窜，纷纷作鸟兽散。有些人就在马洛里面前被人踩踏。一时间，他愣在原地，惊得目瞪口呆，脸上还缠着那条麻纱袖子，举在头顶的枪也忘了放下来。

马洛里猛地回过神，赶紧抬脚逃离现场。他边跑边抬手想把枪插回腰间，却惊恐地看见击锤又被扳了起来，一碰扳机就会走火。他只好把枪拿在手中，伸直胳膊，和这危险的东西保持一臂的距离。

最后，马洛里停了下来，拼命咳嗽。身后浓雾翻滚，传来零星的枪声和野兽般的喧闹声，有人怒吼，有人揶揄，有人起哄。

---

1. 一种用以储存静电的装置，最先在荷兰的莱顿试用。——译者注

"天哪。"马洛里喃喃轻呼,仔细看了看左轮手枪的触发机制。这可怕的东西已经自动上膛,火药爆炸的一部分冲击力传至枪管下面的活塞,有凹槽的旋转弹膛在活塞的作用下撞到一个固定棘轮上弹回,下一发子弹随之旋转到位,击锤也跟着归位。马洛里用两个拇指勾住击锤,小心翼翼地移动扳机关闭触发机制,然后把枪插回了腰间。

他依然没有摆脱墙壁上张贴的那排传单。放眼望去,墙壁上的传单似乎无穷无尽,一张接一张,歪歪扭扭地排成一排。马洛里循着这排传单穿过一条似乎空无一人的街道,远处传来玻璃碎裂的哗啦声,接着是男孩们的阵阵狂笑声。

一张传单上写着"廉价配制万能钥匙"。其他传单上则写着"精美防水材料""适用于印度和殖民地""招收药剂师学徒"等内容。

前面传来细碎的马蹄声与车轴的嘎吱声。接着,一辆广告张贴车从大雾中出现。那是一辆高大的黑色骡车,两侧车壁高耸,上面立着几面巨幅大字广告牌。一个身穿灰色宽松雨衣的蒙面人把一张张抹了糨糊的传单按到墙上。为保护砖墙,距离墙壁大约五英尺处竖着一道高高的铁栅栏,但这丝毫无法阻挡贴广告的人,他有一件特制的滚筒装置,装在一根长长的扫帚柄上。

马洛里走近观看。张贴广告的人没有抬头,他手上的活儿正干到关键时刻。传单紧紧裹在一个黑色的橡胶滚筒上,那人把传单按到墙上从下往上刷开,同时熟练地按压长柄上的手动活塞,滚筒装置两端的喷嘴顿时喷出一团稀粥状糨糊。滚筒转到顶端后再从上往下一滚,传单就贴好了。

骡车继续往前走。马洛里走上前仔细看了看那张传单,上面在吹捧高露洁洁面皂的美容效果,还配上了差分机打印的插图。

张贴广告的人和骡车继续往前走,马洛里跟在后面。察觉到马洛里的视线后,那人似乎有点不安,他对车夫嘀咕了几句,骡车立刻往前走了一大截。

马洛里小心翼翼地跟在后面。骡车在舰队街的一个拐角处停了下来。按照老规矩，这里的广告牌只能张贴伦敦各大报纸的巨幅大字广告，可现在那人明目张胆地在《号角晨报》的广告上贴上了自己的传单，而且一张接一张。

这回那人贴的剧场传单比较多：来自巴黎的贝尼特博士将发表演讲"水中睡眠的治疗价值"；萨斯奎哈纳法伦斯泰尔肖托夸协会[1]将举办"已故柯勒律治博士的社会哲学"专题研讨会；爱德华·马洛里博士将发表科学演讲，配有影像放映……

马洛里驻足观赏，蒙着面纱粲然而笑。爱德华·马洛里！他不得不承认，这名字用80磅值的差分机哥特体印出来很好看。只可惜演讲无法按时发表了。很明显，赫胥黎或他手下的职员及时而迅速地订购了传单，至今都没有取消订单。

马洛里暗叹可惜，望着远去的广告张贴车，心中萌生了一种前所未有的亲切感。他看着"爱德华·马洛里"几个字，想把传单揭下来留作纪念，不过看到那一团团糨糊后还是打消了这个念头。

马洛里凑近传单仔细端详，想记住上面的文字。这一看才发现传单印得并不理想，明明是黑色的字，却有好几处染上了猩红色，似乎打印针蘸过红色的油墨后没有被好好清洗。

"杰明街应用地质学博物馆在此荣幸地向伦敦公众宣布爱德华·马洛里博士将发表两场演讲。马洛里博士是皇家学会会员兼皇家地理学会会员，在蛮荒的怀俄明发现了著名的陆上利维坦。他将在演讲中介绍当时的惊险历程，阐述他对陆上利维坦的生存环境、生活习性与饮食所做的推测，讲述他与野蛮的夏延族印第安人都有过怎样的接触。

---

1. 萨斯奎哈纳是美国宾夕法尼亚州东北部的一个县。法伦斯泰尔是法国空想社会主义者傅立叶幻想的社会主义基层组织。肖托夸运动是十九世纪后半期美国兴起的以成人教育和函授教育为主的教育运动。——译者注

此外,马洛里博士将详述他的劲敌鲁德威克教授是如何惨遭杀害的,并将向渴望知道赌博制胜之法的听众传授专业赌博秘术——尤其是捕鼠场秘术。最后,七位马洛里小姐将表演极为性感的七美蒙面舞,坦述各自的性爱初体验,仅限男士,票价为二先令六便士。演讲配有济慈先生设计的高级影像。"

马洛里咬紧牙关抬腿往前冲。他跑到那辆缓慢行驶的骡车前面,双手抓住骡子的缰绳。骡子打了个响鼻,趔趄一下停了下来,脏乎乎的脑袋上套着用饲料袋改装的帆布面罩。

车夫脸上蒙着一条脏兮兮的围巾。他大喝一声从木座椅上一跃而起,落地时趔趄了一下,手中挥舞着一根山胡桃木短棒。"喂!走开!"他喊道,"小子,少废话,赶紧滚……"他用短棒敲着自己长满老茧的手掌,试图吓退马洛里,又在看清马洛里的身量后渐渐放低了音量。

张贴广告的人从骡车后面冲到车夫身边,像挥舞干草叉一样挥舞着那根长柄装置。

"你走吧,先生,"车夫建议道,"我们又没惹你。"

"你们当然惹了!"马洛里大声吼道,"你们两个浑蛋从哪儿弄来的这些传单?快告诉我!"

张贴广告的人个子较高,挑衅地挥舞着沾满糨糊的滚筒装置,朝马洛里晃了晃。"今天伦敦没人管!想跟我们抢地盘就来试试!"

骡车侧面的一个大广告牌突然被人推开,黄铜铰链吱吱作响。那似乎是一扇车门,一个矮胖的秃顶男人从门后跳了下来。他穿着一件整洁的红色射击衣,格子裤的裤脚被塞在了漆皮步行靴里。这人没戴帽子,也没有蒙脸。他长着一张圆脸,双颊红润。令马洛里吃惊的是,他嘴里叼着一根大烟斗,烟味非常难闻。

"怎么回事?"他温和地问道。

"是个恶棍,先生!"车夫说道,"火鸡腿派来的打手!"

"怎么，就他一个人？"矮胖的男人问道，诧异地耸耸眉毛，"好像不对。"他上下打量着马洛里，问道："年轻人，你知道我是谁吗？"

"不知道，"马洛里回答道，"你是谁？"

"小子，他们都叫我广告张贴大王！你要是连这都不知道，你在这行可就太嫩了！"

"我不是干你们这行的。先生，我是爱德华·马洛里博士！"

矮胖的男人抱着胳膊，重心落到脚后跟上，身子前后摇晃了一下。"那又怎样？"

"你们刚刚贴了一张传单，对我造成严重诽谤！"

"哦，"大王说道，"就为这个？"他咧嘴一笑，显然松了一口气，"这跟我无关啊，爱德华·马洛里博士。我只管贴，不管印，你怪不到我头上。"

"那就别再贴那些该死的诽谤传单了！"马洛里说道，"剩下的都给我，我想知道你们是从哪儿弄来的？！"

大王威严地摆了摆手，让两个火冒三丈的手下安静下来。"马洛里博士，我很忙。如果你愿意坐到车上通情达理地跟我谈，也许我还会听。可我没时间听你的恐吓或威胁。"大王眯起他那双蓝色的小眼睛，目光锐利地盯着马洛里。

"好。"马洛里脱口说道，自己也吃了一惊。他知道自己占理，可怒气还是在大王平静的反驳下平息了。不知怎么的，他突然觉得自己有点傻，有点不自在。"当然，"他咕哝道，"很好。"

"很好。汤姆，杰米，继续干活儿吧。"大王敏捷地爬回车里。

马洛里犹豫了片刻，跟着爬进了那辆造型古怪的骡车。里面没有座椅，不过有一条凹槽贯穿整个车底板，上面用纽扣系着厚实的紫褐色软垫，看着像土耳其的长软椅。车内壁镶着漆光木板，上面挂着倾斜的信件架，里面塞满了卷得结结实实的传单。车顶的大天窗开着，昏暗的光线透进来。车内弥漫着浓重的糨糊味与廉价的黑烟丝味。

大王舒服地躺卧着，身下垫着一个厚厚的簇绒枕头。车外响起抽鞭子的声音，骡子嘶叫一声，骡车摇摇晃晃地动了起来，嘎吱声不绝于耳。"来点兑水的杜松子酒吧？"大王说着打开了一个橱柜。

"白水就好，谢谢。"马洛里说。

"那就白水。"大王拿起陶壶往一个铁皮缸子里倒水。马洛里口渴难忍，把蒙在脸上的麻纱袖子拽到下巴处，端起缸子便大口喝了起来。

等马洛里喝完，大王又给他续了两次。"要不要往水里挤点可口的柠檬汁？"大王眨了眨眼，"千万别喝撑了。"

马洛里清了清黏糊糊的嗓子。"您真是太好了。"出于礼貌，他没再蒙面，可总感觉怪怪的，好像缺点什么似的。大王的骡车里弥漫着糨糊的化学气味，简直比泰晤士河的味道还难闻，熏得他头晕目眩。"抱歉，呃，我刚才说话有点刻薄了。"

"哎呀，是我那两个手下太冲动了。"大王圆滑地说，显得胸怀豁达，"干我们这行的，必须随时做好动拳头的准备。就像昨天，为了特拉法加广场上的一个广告位，我的人还跟老火鸡腿那伙人打了一架。"大王轻蔑地哼了一声。

"现在是危急时期，我自己也遇到了些大麻烦。"马洛里哑着嗓子道，"不过总的说来，我是个通情达理的人，非常通情达理，先生，我不是那种喜欢招惹是非的人，您可别那么想我。"

大王精明地点点头："据我所知，火鸡腿还从来没有找过学者当打手。先生，看您的穿衣举止，我觉得您是位学者。"

"您真是目光如炬。"

"我也愿意这样想。"大王承认道，"您似乎有所不满，既然我们已经把话说开了，能跟我讲讲有何不满吗？"

"你们贴的那些传单都是伪造的，"马洛里说道，"都是诽谤我的，肯定不合法。"

"我刚才说过，这不关我的事。"大王说，"坦白讲，在商言商，贴一百张长三十英寸、宽二十英寸的广告可以赚一英镑一先令，也就是每张二点六便士，四舍五入就是三便士。如果您愿意以这样的价格从我手里买那些传单，或许我们还可以谈谈。"

"那些传单在哪儿？"马洛里问道。

"请您在信件架上找找，谢谢。"

当大王的手下让骡车停下来好继续贴传单时，马洛里开始在信件架上翻找。所有传单都卷得很牢，这些整齐带孔的大粗卷密实而厚重，像大头棒一样。

大王从天窗里递给车夫一卷传单，平静地把海泡石烟斗里的残烟丝磕到外面，又从一个粗纸包里取出烟丝重新填满烟斗，再用一个德国打火匣将其点燃，心满意足地吞云吐雾，难闻的烟草味即刻弥漫开来。

"找到了。"马洛里说着把那卷传单最外面的一张剥下来，在车厢里面展开，"您瞧瞧这可恶的东西，一开始看着还挺好，后面的文字却骇人听闻，令人发指！"

"那是标准卷，四十张，正好六先令。"

"您看这里，"马洛里说道，"简直就是在说人是我杀的！"

大王不失礼貌地把目光转向传单。他的嘴唇动了动，苦苦思索着上面的标题。"'马车'，"他终于开口道，"您要在马车里演讲吗？"

"不是'马车'，是马洛里，我的名字！"

"这是半页纸大小的剧场传单，没有插图，"大王说道，"有点杂色……哦，我想起来了。"他喷了口烟，"我早该想到接这个单子不会有什么好处了，不过您得明白，那家伙是提前付了钱的。"

"谁？什么人？"

"在莱姆豪斯，西印度码头，"大王说道，"马洛里博士，那地方一片混乱。从昨天开始，但凡看得见的墙和广告牌都被那些浑蛋贴满了新传单，我的人本来想去找他们的麻烦，后来有一个自称斯温大尉的家伙觉得不如直接雇佣我们。"

马洛里的腋窝汗津津的,有点刺痒。"斯温大尉,是吗?"

"看他的穿着,是个好耍钱的主。"大王高兴地说,"个子不高,红头发,斜眼儿,脑袋上还有个大包,就在这儿。我得说,那家伙看着像个疯子,不过还挺有礼貌的。我给他讲了张贴广告的行规惯例,他也承诺不会给我们找什么麻烦,而且他有很多现钱。"

"我认识那个人!"马洛里颤声说道,"他是个暴力分子,是卢德派的阴谋家,甚至可能是英国最危险的人!"

"不会吧?"大王咕哝道。

"他对公众安全是个可怕的威胁!"

"看着不像啊,"大王说,"就是个怪小伙,戴着眼镜,总自言自语。"

"这人是国家公敌,是最阴险的秘密活动分子!"

"我这个人不太喜欢政治。"大王说着悠闲地往后一靠,"《广告张贴监管法案》,就是您说的政治,简直愚不可及!这该死的法案严格规定了哪些地方可以张贴广告。我跟您说,马洛里博士,我认识那个在议会上推动这项法案通过的议员,他竞选的时候还雇我贴过传单,那时候他可没管传单该贴在什么地方。只要是他的传单,贴在哪儿都没问题!"

"天哪!"马洛里打断他道,"想想看,一个坏蛋拿着天晓得从哪儿弄来的钱在伦敦肆意妄为,趁着公共危机煽动暴乱和叛乱,还掌控了一台用差分机驱动的印刷机!这简直是一场噩梦!太可怕了!"

"马洛里博士,请您不要自寻烦恼。"大王婉言批评道,"先父生前常对我说:'儿子,当周围的人都在惊慌失措的时候,你要记住,一英镑还是二十先令。'"

"也许是吧,"马洛里说,"可是……"

"我老爸还在动荡年代贴过广告呢!那可是三十年代,那会儿骑兵袭击劳动人民、老鹰钩鼻威灵顿被炸得粉身碎骨。那段日子可真不好过，先生，跟那时候比，现在的日子轻松多了，河水散发的恶臭根本微不足道！您说这算危急时期？哎呀，我却说是难得的机遇，而且我已经抓住了。"

"您似乎还没意识到危机的紧迫性。"马洛里说。

"就是在动荡年代，印出了第一批四页纸大小的长三十英寸、宽二十英寸的广告！以前我老爸是霍尔本圣安德鲁斯教区的执事兼广告张贴员，托利党政府经常花钱请他去覆盖激进党的传单。活儿太多了，招不到人，我老爸不得不雇女工来做。白天他把激进党的传单涂黑，晚上又把新的激进党传单贴上去！革命时代就是有很多好机会。"

马洛里叹了口气。

"我老爸发明了一种专利装置，我们称之为可伸缩式粘贴头，我在机械方面对这种装置做了些改进，可以把水上贸易的传单贴到桥梁底面。先生，我们家的进取精神一脉相承。我们处变不惊，很少会有什么事能让我们惊慌失措。"

"您是能从中得到很多好处，伦敦却会化为灰烬。"马洛里说，"啊，那个浑蛋在搞无政府主义阴谋，您这是助纣为虐！"

"我想说，马洛里博士，您完全说反了。"大王说着发出一声怪笑，"据我所知，上次是那家伙给我钱，不是我给他钱。现在回想起来，我记得他当时还把一些传单交给了我保管，就在最上面那排，给您。"大王起身一把扯下那些传单，将其扔到车底板的软垫上，"您瞧，先生，这些传单上的胡言乱语真的无关紧要！事实上，传单本身永远无法消失，如同泰晤士河的涨落或伦敦的烟雾。要知道，真正的伦敦人可是称伦敦为'雾都'的。这是一座永恒之城，就像耶路撒冷或罗马，也有人说伦敦是撒旦的群魔殿！您看本广告张贴大王为烟雾弥漫的伦敦担心吗？我一点都不担心！"

"可人们已经在逃跑了！"

"都是一时糊涂，他们还会回来的。"大王信心十足地说，"当然了，他们也没有别的地方可去。先生，这里可是世界的中心。"

马洛里陷入沉默。

"好了，先生，"大王说道，"如果您接受我的建议，就花六先令买下您手里那卷传单吧。嘿，如果您出一英镑，我们的朋友斯温大尉印错的那些传单也全都归您。先生，只要二十先令，您就不用再在街上奔波，可以回家安安静静地休息了。"

"有些传单已经贴出去了。"马洛里说。

"我可以让手下把它们涂黑，也可以用别的传单盖住，总之会帮您处理掉。"大王若有所思地说，"当然，您也不能让他们白忙活。"

"这样就没事了吗？"马洛里说着伸手去掏皮夹，"我对此表示怀疑。"

"总比用枪解决要好，我看见您腰上别着手枪，"大王说，"绅士学者持枪可没什么好处。"

马洛里什么也没说。

"马洛里博士，我劝您还是把枪收起来，免得伤着自己。方才要不是我从窥视孔看见那把枪，下车去打圆场，说不定我的手下已经有一个在您的枪下受伤了。回家吧，先生，回去冷静一下。"

"如果您真这么认为，您为什么不待在家里呢？"马洛里问道。

"哦，这骡车就是我的家啊，先生。"大王回答，同时把马洛里给他的钱塞进了射击衣，"天气好的时候，我和老婆会在车里喝茶聊聊往事……还有墙壁、路堤、广告牌……"

"我在伦敦没有家，只是有事需要去肯辛顿。"马洛里说。

"那可不近，马洛里博士。"

"是啊。"马洛里说着扯了扯胡子，"不过我突然想到，肯辛顿有好多博物馆和学者酒店，从没有人在那里贴过广告。"

"真的吗？"大王若有所思地说，"快给我讲讲。"

第四次迭代 七重咒 267

在距离古生物学酒店还剩一英里路时，马洛里告别了大王。他再也无法忍受车内难闻的糨糊味，人也被颠得非常难受。他摇摇晃晃地迈步离开，汗津津的手里攥着那几卷又沉捆得又不太好看的传单，上面全是诽谤的话和无政府主义的宣传语。在他身后，杰米和汤姆开始在政治经济学酒店那片还没有贴过一张广告的砖墙上起劲儿地贴传单。

马洛里把成卷的传单抵在一根华丽的灯柱上，腾出手将那条麻纱袖子重新绑到脸上蒙住口鼻。他感到头晕目眩，心想那些糨糊里可能掺了一点砷，也可能是印传单的油墨里有某种令人作呕的强力煤炭提取物。他觉得自己像是中毒了，浑身乏力。他费劲地抱起传单，发现传单被手上的汗弄得皱巴巴的，仿佛溺水者逐渐松弛的皮肤。

那个皮条客如九头蛇一般不断甩头扑上来撕咬，眼下马洛里似乎已经挫败了其中一击。但那恶棍似乎有源源不绝的阴谋诡计，相比之下，这小小的胜利看起来实在微不足道。敌暗我明，马洛里跌跌撞撞地往前走，意志仍被看不见的毒牙任意撕咬……

但是，他发现了一个至关重要的证据：那个皮条客藏身在西印度码头！抓住那恶棍的机会近在眼前，可他又感觉远在天边，简直令人抓狂。

不小心踩到一团滑溜溜的马粪，马洛里差点摔倒。他赶紧站稳身子，把传单甩到右肩上，扛着那堆摇摇晃晃的传单继续往前走。对付皮条客这事儿再怎么想象也只是空想，自己单枪匹马，无人相助，而那家伙远在数英里之外，何况中间还隔着伦敦的混乱地区。现在，马洛里已经快到酒店了，光这就已经让他费尽心力。

马洛里强迫自己集中精力处理手头的事情。

他要把这些该死的传单扔进酒店的保险箱，说不定有朝一日它们会成为有利的证据，然后取出之前买给玛德琳的结婚贺礼。他要带着那座钟表设法逃离该死的伦敦，去和家人团聚。他早该这么做了。苏塞克斯绿意盎然，还有亲人温暖的怀抱，宁静、理智又安全，他的生活也会慢慢重回正轨。

一不小心没抓紧，马洛里手中的传单一下散落到了柏油碎石路上，其中一卷弹开时正好狠狠撞上他的小腿。马洛里呻吟着拾起传单，换用左肩扛着。

骑士桥周围弥漫着酸臭的雾气，一队人徐徐穿过这条马路，队伍中隐约可见克里米亚战场上的军用蒸汽车，犹如蹲伏的四轮巨兽。由于马洛里离得远，再加上河水散发的恶臭，队列看上去模模糊糊的，像幽灵一样。雾气中传来沉闷的咔嗒声，似乎还有铁件反复碰撞的叮当声。蒸汽车一辆接一辆地驶过，马洛里一动不动地站在原地，手紧紧抓着肩膀上的传单，凝视前方。每辆蒸汽车后面都拖着一辆铰接式弹药车，看样子上面运的是盖着帆布的大炮。大炮顶上有人像藤壶一样簇拥着，原来是身穿帆布色厚呢军装的步兵，上面还有一堆带刺刀的步枪，宛如海胆的刺毛一般。这样的军用蒸汽车至少有十二辆，甚至可能有二十辆。马洛里揉了揉酸痛的眼睛，怀疑自己眼花了。

在布朗普顿广场，他看见三个戴帽子的蒙面人蹑手蹑脚地从一个破门里走了出来，但没有人找他的麻烦。

不知哪个民政部门在古生物学酒店门口摆了路障，但没派人看守。马洛里轻松地绕过路障，沿着因雾气而变得滑溜溜的石阶来到酒店大门口。酒店巨大的双开门外挂着厚厚的湿帆布防护罩，从砖砌的拱顶一直垂到石板上，散发出刺鼻的漂白粉味。帆布后面，酒店的大门虚掩着，马洛里缓缓地走进去。

侍者们正在往大厅和客厅里的家具上盖白色薄棉布。大厅里还有一群奇怪的人，他们有的扫地，有的拖地，有的拿着接头灵活的长柄羽毛掸子在认真地清理飞檐。这些人多是伦敦妇女与各年龄段的孩子，穿着从酒店借的清洁围裙，忙碌地到处打扫，看上去焦虑不安，却又隐隐有些兴奋。

马洛里这才意识到这些陌生人肯定是酒店员工的家属。古生物学酒店是他们所知道的最宏伟的公共建筑，所以来此处寻求庇护。酒店里有人勇敢地把他们组织了起来，那人很可能是酒店的礼宾员总管凯利，留在酒店的学者们应该也提供了帮助。

马洛里费力地扛着传单，大步走向前台。他发现这些人都是坚强的工人阶级，也许地位很卑微，却是彻头彻尾的英国人。他们没有被吓倒，而是本能地团结起来捍卫他们的科学机构以及法律与财产的世俗价值。马洛里心头为之一振，一股爱国情愫油然而生。他欣慰地意识到，混沌带来的疯狂动荡已经发展到极限。在这不稳定的大旋涡中，一种自发的秩序正在形成！现在，一切将发生改变，如同一团渣土正逐渐分解成水晶。

马洛里把那些让他讨厌的传单扔到了柜台后面。这会儿前台空无一人，电报机在角落里咔嗒咔嗒地响着，新的穿孔纸带断断续续冒出，一直垂到地板上。电报机个头虽小，却意义重大。看着这个奇迹般的装置，马洛里舒了一口气，如同一位破水而出的潜水员。

酒店的空气中充斥着消毒剂的味道，但呼吸起来很舒服。马洛里摘掉蒙在脸上的脏袖子，把它塞进口袋。这里可真是个让人愉快又安宁的庇护所，应该有什么地方能找到吃的东西，说不定还能找到洗脸盆、肥皂和硫黄粉，除掉那些从早上开始就一直在他腰间爬来爬去的跳蚤。鸡蛋、火腿、提神的葡萄酒、邮票、洗衣女工、黑鞋油，串联成一个神奇的文明网络。

一个陌生人穿过大厅走向马洛里，那是一名着装优雅的英国士兵，看军衔是炮兵中尉。他穿着一件蓝色双排扣紧身短上衣，戴着闪亮的黄铜山形袖章和金穗肩章，裤子干净利落，两条裤腿上各有一道红色的军装条纹，头上还戴着一顶滚金边的圆形军便帽，整洁的白色腰带上系着一个扣着纽扣的手枪套。这位英俊的青年径直朝马洛里走来，肩膀挺直，昂首挺胸，神情坚毅。马洛里大吃一惊，赶紧挺直身子。对方军装笔挺，堪称典范，马洛里却是平民装束，衣服还汗渍斑斑、皱皱巴巴。相比之下，他真有点自惭形秽。

接着，他认出了对方，惊喜地跳了起来。"布莱恩！"马洛里喊道，"布莱恩，好小子！"

士兵加快了脚步。"内德，果然是你！"说着，青年脸上露出温柔的微笑，新蓄的克里米亚式胡须跟着翘起。他伸出双手抓住马洛里的手握了握，热情而有力。

马洛里惊喜地发现，军事纪律与科学饮食让他记忆中的男孩变得又高又壮。布莱恩·马洛里是马洛里的弟弟，家里的第六个孩子，过去看起来一直有点文静腼腆，现在却穿着军靴，身高足有六英尺四英寸，蓝色的眼睛中流露出历经世事的神采。

"我们一直在等你，内德。"布莱恩对马洛里说道，原本粗犷的嗓音不禁变回童年的腔调，还透着一丝哀怨，像是早已习惯如此。马洛里回想起内心深处的记忆：一群小孩子等着他这个当大哥的给大家拿主意。听到熟悉的呼唤，马洛里非但不觉得厌烦，还立刻打起了精神。迷惘消散如烟，他感觉自己忽然有了力气，能力也变强了。小布莱恩的出现使他重新恢复了镇静。"该死的，见到你真好！"马洛里激动地说道。

"你总算回来了，太好了。"布莱恩说，"我们听说你的房间着火了，人也在伦敦消失了，不知所踪！把我和汤姆急得团团转！"

"汤姆也来了？"

"我们俩坐着汤姆的小蒸汽车一起来的伦敦，"布莱恩对马洛里说，然后脸色沉了下来，"内德，我有个坏消息，得当面告诉你才行。"

"怎么了？"马洛里鼓起勇气问道，"是……是爸爸吗？"

"不是，内德，爸爸没事，这几天依然和之前一样。是可怜的玛德琳出事了！"

马洛里叹息道："她好不容易才要当新娘了，现在又怎么了？"

"这事儿跟我的朋友杰瑞·罗林斯有关。"布莱恩咕哝道，戴肩章的肩膀又挺直几分，满脸痛苦与尴尬，"内德，杰瑞本来也想好好对待我们的玛德琳，他总说起她，为了她一直洁身自好。可是内德，他回家后收到了一封信，一封内容肮脏又可怕的信！他的心都伤透了！"

"老天爷，什么信啊？"

"唉，信上没署名，只写了'知情人'，可写信之人太了解我们了，我是说太了解我们家的事了，连微不足道的小事都知道。那人说玛德琳……很不检点，原话比这更加粗俗。"

马洛里感到怒气上涌，直冲脑门。"我明白了，"他轻声说道，嗓音里带着哽咽，"你接着说。"

"嗯，你应该猜得到，他们的婚约吹了。可怜的玛德琳从来没这么忧郁过。她刚开始总是自残，现在则什么也不做，只是一个人坐在厨房里哭，几乎泪流成河。"

马洛里沉默不语，心里琢磨着布莱恩刚刚说的话。

"我有很长时间都不在家，去了趟印度和克里米亚。"布莱恩压低声音，迟疑道，"我不知道家里究竟出了什么事。你老实告诉我，杰瑞听说的那些恶毒流言是否纯属无稽之谈？"

"什么？我们家的玛德琳？我的天，布莱恩，她可是马洛里家的姑娘！"马洛里一拳砸在柜台上，"无稽之谈，那是诽谤，是在有预谋地恶意诋毁我们家的名声！"

"怎么会……内德，谁要诋毁我们？"布莱恩问道，满脸愤怒与悲伤。

"我知道那恶棍为什么要这样做，也知道是谁干的。"

布莱恩睁大了眼睛："你知道？"

"没错，就是他烧了我的房间。我还知道他此刻藏在哪里！"

布莱恩大吃一惊，默默地望着他。

"我和这个人因为一件国家秘事结了仇。"马洛里斟酌着措辞说道，"我现在也算是个有影响力的人，布莱恩，我发现了一场暗中进行的阴谋，是你这样忠于女王陛下的战士根本无法容忍的那种阴谋！"

布莱恩缓缓摇了摇头。"我在印度见过异教徒的恶行，连身体强壮的人见了都成了病秧子。"他说，"可这种事若是在英国发生，我绝不能坐视不管！"布莱恩扯了扯自己的小胡子，这个动作让马洛里觉得出奇地眼熟。"内德，我就知道找你肯定没错。你看事情总是很透彻，别人谁都做不到。你说吧！该怎么解决这件事，我们能做什么？"

"你枪套里的枪还能用吗？"

布莱恩两眼放光："说实话，这不是军队规定佩戴的枪！是战利品，从一个战死的沙俄军官身上弄来的……"他伸手就要掀开手枪套上的翻盖。

马洛里赶紧摇头，同时看了眼大厅里的动静。"假如有必要开枪，你不会害怕吧？"

"害怕？"布莱恩说道，"内德，你若不是平民，敢这么问我，我肯定要发火了。"

马洛里定定地看着布莱恩。

布莱恩理直气壮地迎向马洛里的目光："为了家人，不是吗？我们是为了家人才去和俄国人打仗的，为了家乡父老。"

"汤姆呢？"

"他吃东西去了，就在……我带你过去。"

布莱恩带着马洛里走进酒店沙龙。供学者交流的大厅里挤满了吃东西的人，他们叽叽喳喳、吵吵嚷嚷，其中大多是工人，正用酒店的瓷餐具叉着土豆吃，一个个看起来都像饿坏了似的。年轻的汤姆·马洛里衣着光鲜，身穿亚麻短外套和格子裤。他正和同伴坐在餐桌前，桌上摆着还没吃完的炸鱼和柠檬水。

那位同伴名叫埃比尼泽·弗雷泽。

"内德！"汤姆喊道，"我就知道你会来！"他起身拽过一把椅子，"过来坐，坐吧！你的朋友弗雷泽先生好心请我们吃午饭。"

"马洛里博士,您还好吗?"弗雷泽闷闷不乐地问道。

"有点累,"马洛里说着坐了下来,"不过,没有什么事是食物和哈克巴夫酒解决不了的。你怎么样,弗雷泽?伤都好了吧?"他压低了声音,"请问,你跟我这两个可怜的弟弟都胡扯了些什么?"

弗雷泽没说话。

"弗雷泽警官是伦敦警察,"马洛里说,"专门负责执行秘密任务的那种。"

"真的?"汤姆惊呼道。

一名侍者走到他们这桌,是酒店的正式员工,面带苦涩与歉意:"马洛里博士,酒店里储存的食物有点少。博士,如果您不介意,现在吃点鱼配土豆最合适。"

"可以。能不能给我调一杯哈克巴夫酒……嗯,还是算了,给我来杯咖啡就好,浓咖啡,不加牛奶和糖。"

弗雷泽耐着性子目送侍者离开。"您昨晚一定过得很精彩。"等侍者走远,他才开口。汤姆和布莱恩都看向弗雷泽,眼神中透着狐疑和怨愤。

"我发现那个皮条客就是斯温大尉,他藏在西印度码头,"马洛里说,"正准备煽动一场全城暴乱!"

弗雷泽紧抿双唇。

"他有一台用差分机驱动的印刷机,还有一群同伙,正在成百上千地印制煽动性传单。我今天上午收回了一些,上面全是卢德派的诽谤言辞,简直骇人听闻!"

"你还挺忙的。"

马洛里哼了一声:"很快我就会更忙了,弗雷泽。我得赶快把这坏蛋捉住,彻底结束这一切!"

布莱恩探过身来:"这么说,造谣中伤玛德琳的信就是这个'斯温大尉'写的,对吗?"

"没错。"

汤姆在椅子上坐直身子,兴奋得满脸通红:"西印度码头,那地方在哪儿?"

"在莱姆豪斯河段,过去需要穿过整个伦敦。"弗雷泽说。

"没关系,"汤姆马上说道,"有我的'和风号'呢!"

马洛里大吃一惊:"你把蒸汽机械同业会的赛车开来了?"

汤姆摇摇头。"内德,不是那辆旧车,是最新型号!一辆全新的小靓车,就停在酒店的马厩里。我们开着它,只用一上午就从苏塞克斯赶过来了。要不是后面拖了一辆运煤车,它还能跑得更快。"他说着笑了起来,"有了这辆车,我们想去哪儿都行!"

"各位,不要冲动。"弗雷泽警告道。

这时,侍者把马洛里点的食物端了过来,熟练地摆在他面前,几个人只好暂时收声。马洛里看着面前的炸鲽鱼和土豆片,感觉饿得不行,胃都有些痉挛了。"我们是自由的英国子民,想去哪儿就去哪儿。"他坚定地说道,然后抓起银餐具开始用餐。

"我只能说这是愚蠢的行为,"弗雷泽说,"街上到处都是暴徒,而你们要找的人像蝰蛇一样狡猾。"

马洛里不以为然地哼了一声。

弗雷泽面色阴沉。"马洛里博士,我有责任保证您的安全!那可是伦敦最乱的贫民区,我们不能任由您去闯那些危险的蛇窝!"

马洛里喝下一大口热咖啡。"你知道他想毁了我,"他两眼盯着弗雷泽道,"如果我不趁现在干掉他,他会一点一点地把我撕碎。你根本无法保护我!弗雷泽,这人跟你我不一样!他无法无天!这事攸关生死,不是他死就是我亡!你也知道,事实就是如此。"

听了马洛里的话,弗雷泽面露震惊。汤姆和布莱恩这才意识到他们面临的问题有多严重,神情比弗雷泽还要震惊。他们先是惶惑不安地面面相觑,接着齐齐怒瞪弗雷泽。

弗雷泽无奈地说道："不要操之过急！等大雾消散，法律和秩序恢复……"

"斯温大尉周围的迷雾永远不会消散。"马洛里说。

布莱恩大手一挥，滚金边的袖子随之在众人面前闪过。他插嘴道："我看没必要再说了，弗雷泽先生！您之前故意欺瞒我和汤姆！不管您再怎么说，我都无法相信了！"

"布莱恩说得对！"汤姆说道，他看着弗雷泽，眼神中夹杂着轻蔑与诧异，"内德，这个人自称是你的朋友，哄着我和布莱恩说了很多你的事！现在还想对我们发号施令！"汤姆挥了挥握紧的拳头，上面青筋暴起，他的手因常年劳作练得坚硬有力。"我要狠狠地教训那个斯温大尉一顿！弗雷泽先生，如果有必要，可以先拿您练练手！"

"别激动，小伙子们。"马洛里劝阻两个弟弟道。附近吃饭的人有的已经开始盯着他们看了。马洛里不慌不忙地用餐巾擦了擦嘴。"弗雷泽先生，上天是眷顾我们的。"他轻声说道，"我捡到一把手枪，布莱恩也带了枪。"

"哦，天哪。"弗雷泽惊呼。

"我不怕斯温，"马洛里对弗雷泽说道，"别忘了，我在德比赛场上打败过他。面对面较量的话，他不过是个窝囊废而已。"

"马洛里，他在西印度码头！"弗雷泽说，"那可是伦敦最乱的地方，何况现在还有暴乱，你们真以为跳着华尔兹和波尔卡舞就能进去？"

"我们马洛里家的男人可不是什么舞蹈学校出来的花花公子。"马洛里对他说道，"难道伦敦的穷人比怀俄明的野蛮人还可怕吗？"

"确实如此。"弗雷泽缓缓说道，"依我看，伦敦的穷人要可怕得多。"

"哦，天哪，弗雷泽！别再说这些废话了，根本就是浪费时间！我们必须彻底干掉那个狡猾的恶鬼，现在就是最好的时机！为了理智与正义，收起你那套没用的官腔吧！"

弗雷泽叹了口气："假如您在这次勇敢的探险中步了鲁德威克的后尘，像您那位同事一样也中计遇害了，到时该怎么办？我如何向上面交代？"

此刻，布莱恩正用他那战士特有的、如钢铁般冷硬的眼神死死地盯着弗雷泽。"弗雷泽先生，您有妹妹吗？您可曾见过一个女孩的幸福像瓷茶杯一样被恶魔践踏得粉碎？不仅让她心痛欲绝，也伤害了一个男人的赤诚之心，那人是从克里米亚战场归来的英雄，是真正的男子汉，他的愿望就是娶那个女孩为妻……"

弗雷泽大声吼道："够了！"

话被打断，布莱恩靠上椅背，神色沮丧。

弗雷泽用双手抚平大衣深色的翻领。"看来今天注定要铤而走险了。"他承认道，双肩一高一低地耸了耸，眉头微微一蹙，"马洛里博士，自从遇见您，我就没走过运，现在也该时来运转了。"突然，他双眼放光，"谁说我们一定抓不到那个恶棍？抓住他！这家伙是聪明，可他像个雅各宾派的贵族似的，经常在伦敦的贫民区招摇过市，我们四名勇士完全可以攻其不备，说不定能抓到这恶棍。"弗雷泽皱着眉头，瘦削的脸庞因愤怒而扭曲，表情意外地吓人。

"天佑勇者。"布莱恩说。

"傻人还有傻福呢。"弗雷泽咕哝道。他全神贯注地探身向前，把裤腿往瘦得皮包骨的膝盖上提了提。"各位，这可不是什么小事！不是外行人闹着玩的，是非常严肃的任务！我们要把法律、我们的生命和荣誉掌握在自己手中。如果真要这样做，就要严格保密，永不泄露。"

马洛里感到胜利在望，说话也圆滑起来，连他自己听了都感到吃惊："弗雷泽警官，我和两个弟弟都尊重您的专业特长！假如您愿意引领我们伸张正义，我们都乐于听从您的指挥。此事关乎家妹的名节，您永远不必怀疑我们的谨慎和决心。"

见马洛里突然改弦易辙,汤姆和布莱恩面露讶色。虽然还是信不过弗雷泽,但他们并没有对马洛里刚才所做的郑重承诺提出异议,而是听命行事。

"我绝对不会泄密!"汤姆说,"死也不会!"

"英国士兵一言九鼎。"布莱恩接着说。

"那我们就去试试吧。"弗雷泽苦笑道,看样子是认命了。

"我去启动'和风号'!"汤姆说着从椅子上站了起来,"冷启动的话,我的小靓车得花半个小时。"

马洛里点点头,他会充分利用每一分钟。

马洛里梳洗完毕后在身上仔细地敷了除蚤粉,然后走出酒店,爬上"和风号"的木制运煤车,他们在上面弄了一个可以坐的凹洞。小蒸汽车嘎吱作响,流线型的铁皮车身里只能勉强坐下两个人。汤姆和弗雷泽早已坐进去,这会儿正看着一张伦敦街道地图争论不休。

布莱恩用力在盖着帆布的煤堆上踩出一个小窝容身。走的路越多,车上剩的煤就越少。"你这现代蒸汽车需要带很多煤啊。"布莱恩说着露出一种禁欲式的笑容,然后坐到了马洛里对面。"汤姆对他这辆宝贝车很着迷。从刘易斯来伦敦的路上,他一直在念叨'和风号'的事,听得我耳朵都快起茧子了。"

蒸汽车和运煤车摇摇晃晃地启动了,运煤车的木辐橡胶轮发出有节奏的嘎吱声。车子沿着肯辛顿路向前行驶,速度快得惊人。烟囱里迸出闪亮的火花,有一簇还从布莱恩的紧身短上衣的袖子上擦过。

"戴个口罩吧。"马洛里递给弟弟一个口罩,是女士们在酒店临时缝制的,就是一块方形的方格花布,针脚整齐,缀有系带,里面填着便宜的美国南方棉花。

蒸汽车飞驰,带起湍急的气流,布莱恩耸鼻闻了闻道:"空气还可以。"

马洛里自己也戴上了口罩，利落地把带子系在脑后。"小伙子，瘴气有害健康，你早晚会明白的。"

"这跟军用运输船上的恶臭根本没法比。"布莱恩说。没有弗雷泽在旁边，他似乎放松多了，身上也多了些苏塞克斯小伙儿的气质，少了些年轻中尉的严肃感。"煤烟从机舱喷涌而出，"布莱恩回忆道，"人们晕船晕得厉害，吐得到处都是！我们从孟买出发，沿法国人在苏伊士新挖的运河一路北上，在该死的运输船里住了好几个星期！我们穿过又臭又热的埃及，直达寒冬凛凛的克里米亚！连霍乱热和疟疾热都没要了我的命，伦敦这点雾霾更不用担心了。"布莱恩说着咯咯笑了起来。

"我在加拿大的时候经常想起你。"马洛里对弟弟说道，"你要服五年兵役，还上了战场！不过我也知道，你会让全家人骄傲的，布莱恩，我知道你一定会忠于职守。"

"内德，我们马洛里家的男人注定要走遍世界。"布莱恩达观地说，尽管声音低沉粗哑，可听到马洛里的夸赞后，他蓄着络腮胡的面颊上还是泛起了潮红，"迈克尔现在在哪儿？我们的好兄弟迈克尔呢？"

"大概在香港吧，"马洛里说，"要是他碰巧坐船到了英国，今天肯定也会和我们一起去的。我们的迈克尔啊，他从来都不是害怕打架的胆小鬼。"

"回老家后，我见过埃内斯蒂娜和阿加莎，"布莱恩说，"还见到了她们的孩子。"他没提多萝茜，现在全家人都不再提多萝西了。布莱恩在凹凸不平的帆布上动了动身子，目光转向一座赫然耸现的学者酒店，警惕地观察上面的垛口。"我不喜欢巷战，"他说，"那是俄国人唯一刺痛我们的地方，就在敖德萨巷战中，人们在城里挨家挨户地争抢，打冷枪，跟强盗一样。那根本不是文明人之间的战争。"他说着皱起了眉头。

"他们为什么不堂堂正正地跟你们战斗？"

布莱恩吃惊地瞥了他一眼，笑了，笑声有点奇怪。"嗯，当初在阿尔马和因克尔曼，他们确实堂堂正正地战斗过，结果被我们打得落花流水，闻风丧胆。可以说，其中也有我的功劳。内德，我们可是皇家炮兵。"

"快给我讲讲。"马洛里说。

"我们是最具科学性的武装力量，激进派军人非常喜欢炮兵。"布莱恩用拇指蘸了点唾沫，按灭一片从烟囱里迸出的火花。"里面都是些受过特殊训练的军事专家！英俊帅气，个头儿不高，鼻子上架着眼镜，脑袋里装的全是数字。他们根本用不着跟敌人拔刀相向，打赢现代战争不需要刀剑，只需要计算弹道轨迹与引信时间。"

路上有两个穿着宽松雨衣的人侧身而行，布莱恩心中生疑，警惕地看着他们。"俄国人已经竭尽所能了。他们先是在雷丹和塞瓦斯托波尔修建了巨型堡垒，结果我们的重炮一开火，那些堡垒就像饼干盒一样散架了。接着，他们又开始挖战壕，但也被我们威力神奇的迫击炮葡萄弹摧毁了。"布莱恩眼神恍惚，出神地回想当时的情景，"内德，你真该看看那场景，一排大炮接连开火，白烟与尘土漫天飞扬，弹无虚发，落地时也像果园里的果树一样齐整！炮击停止后，我们的步兵会小跑着越过栅栏，用发条式步枪干掉那些可怜的俄国人。步兵主要是法国盟军，他们干了很多跑腿的活儿。"

"报纸上说，俄国人在作战时毫无军人风度。"

"他们发现打不着我们，就开始狗急跳墙，"布莱恩说，"采用游击战术，伏击、诈降什么的。全是些不光彩的手段，卑鄙无耻。我们忍无可忍，只得采取措施应对。"

"至少战争结束得很快，"马洛里说，"人们不喜欢战争，不过也是时候该给俄国沙皇尼古拉一点教训了。我想那位暴君应该再也不敢招惹英国这头雄狮了。"

布莱恩点了点头。"新燃烧弹的威力真是惊人，可以整整齐齐地落到任何网格区域。"他说着降低了音量，"内德，你真该看看敖德萨着火的样子，就像在经历一场火焰飓风，规模巨大的那种……"

"嗯，我在报纸上看过相关报道，"马洛里点点头，"费城包围战的时候也放火烧了城。做法非常相似,也非常惊人。"

"啊,"布莱恩说,"这就是美国人的问题所在,毫无军事意识!竟然放火烧自己的城市!唉,那是傻瓜才会做的事!"

"美国人都是怪人。"马洛里说。

"嗯,有些人就是蠢得管不好自己,这也是事实。"布莱恩说。汤姆驾驶着"和风号"经过了一辆正在冒烟的公共汽车残骸,布莱恩警惕地环顾四周。"你在美洲时跟美国人打过交道吗?"

"我从没见过美国人,只见过印第安人。"马洛里觉得还是少说为妙,"对了,你觉得印度怎么样?"

"印度是个可怕的地方,"布莱恩脱口说道,"到处都是怪诞不经的人和事,很可怕。亚洲只有一个民族还有点理智,就是日本人。"

"听说你在印度参加了一次战役,"马洛里说,"我一直不太清楚那些'印度兵'到底是什么人。"

"印度兵指印度本土士兵。我们和反叛者发生了一连串的冲突。都怪那些穆斯林胡说八道,说对方的步枪子弹里有猪油!纯粹是那些印度土著太愚昧了。不过,你也知道,穆斯林不吃猪肉,还非常迷信。当时情况危急,索性印度总督没给本土兵团配备现代化大炮。一组沃尔斯利迫击炮可以在五分钟内把一个孟加拉兵团直接送进地狱。"

布莱恩耸了耸肩,金穗肩章闪闪发光。"不过,叛乱期间,我在密鲁特和勒克瑙见到了残忍的暴行……你根本想不到竟有人能干出那么邪恶凶残的事情,尤其还是我们自己训练出来的本土士兵。"

"都是些狂热分子。"马洛里说着点了点头,"不过,印度老百姓一定对我们的文明政府心存感激,因为我们帮他们修建铁路、通电报,还帮他们挖渠引水什么的。"

"这个嘛,"布莱恩说,"看到印度托钵僧赤身裸体地坐在寺庙的壁龛里,身上脏兮兮的,头上插着一朵花,谁又说得清他那奇怪的脑袋里在想什么?"他突然沉默下来,抬手用力指向马洛里身后。"看那边,那些人在干什么?"

马洛里回头看去,只见一大群赌徒正聚集在旁边那条街的街口,而且越聚越多。"他们在掷骰子。"马洛里解释道。还有一小群衣衫褴褛、蓬头垢面的人站在遮阳篷下放哨,都是些无法无天的原始哨兵,这会儿他们正轮流传着一瓶杜松子酒。"和风号"突突地驶过,一个胖痞子朝车子做了个下流的手势。他的几个同伴脸上蒙着破布,见状吓了一跳,发出难以置信的嘲弄声。

布莱恩猛地趴到了运煤车上,躲在木板车壁后面向外张望:"他们有武器吗?"

马洛里眨了眨眼睛:"他们应该没什么恶意……"

"他们要冲过来了。"布莱恩喊道。马洛里惊讶地看了弟弟一眼,更令他惊讶的是,布莱恩全都说对了。那群衣衫褴褛的人正在追赶"和风号",在空荡荡的街道上狂蹦乱跳,挥舞拳头,摇晃酒瓶。他们像被怒气迷了心窍,哇哇乱叫,和农场上追赶马车的看门狗一样。布莱恩单膝跪地,掀开手枪套的翻盖,把手按在形状古怪的枪托上……

汤姆猛踩"和风号"的油门,差点把布莱恩从运煤车上甩出去。马洛里连忙抓住布莱恩的腰带往后拽,布莱恩四仰八叉地躺回到车上。"和风号"在街上疾驰,由于突然加速,一些煤块像小瀑布似的飞出去,落在地上啪嗒作响。追在后面的那群人停了下来,一脸的不可思议,然后像白痴一样俯身去捡掉在地上的煤块,好像那些煤块是翡翠似的。

"你怎么知道他们会追上来?"马洛里问。

布莱恩用手帕掸掉裤腿上的煤尘。"我就是知道。"

"为什么?"

"可能是因为我们在这里,他们在那里!因为我们坐车,他们走路!"他憋红了脸看着马洛里,仿佛对他来说这个问题比枪战还难。

马洛里坐回原位,移开目光。"还是戴上口罩吧。"他温和地说,把口罩递了过去,"我专门给你拿的。"

布莱恩难为情地笑了,接过那小东西系到后颈上。

皮卡迪利大街的各个街角都有士兵,他们背着带刺刀的步枪,穿着淡褐色的现代斑点厚呢军装,戴着现代宽边软帽,用印花铁皮餐具在街边吃粥。马洛里兴高采烈地向这些维护秩序的小人物挥手,收到的却是对方狐疑的目光与瞪视,好像稍有不对就会动手。马洛里吓得赶紧把手放了下来。蒸汽车又驶过几个街区,来到朗埃克与德鲁里巷的拐角处,几个士兵正吆五喝六地训斥一小队不知所措的伦敦警察。后者像挨骂的孩子一样,手上无力地握着根本不顶用的警棍。其中有几个人连头盔都丢了,很多人手上、头上和小腿上都胡乱地缠着绷带。

汤姆停车往"和风号"的锅炉里添煤,弗雷泽则去找伦敦警察打探消息,马洛里跟他一起。从警察那里他们得知,泰晤士河南岸的局势已经完全失去控制。在朗伯斯区,人们拿砖头和手枪激战。许多街道都有暴徒拦路抢劫。还有报告称,疯人院的大门被打开了,疯子们都跑出来在街上狂蹦乱跳。

警察们灰头土脸,咳嗽不止,筋疲力尽。但凡身体健全的警察都被派上街头维持秩序了,陆军也被应急委员会叫来帮忙,宣布全面宵禁。来自上流阶层的志愿者也配备上警棍和步枪,被派到伦敦西区。马洛里心想,祸患接踵而至,至少不会再有人说他们不该如此冒险了。弗雷泽不置可否,带着一种毅然决然的表情回到了"和风号"上。

汤姆驾驶着"和风号"继续前进。一出当局的控制范围,事态迅速恶化。现在已是中午时分,位于污浊天顶的太阳光线昏黄瘆人。人们像苍蝇一样聚集在十字路口。成群的伦敦人蒙着脸、拖着脚步往前走,有人好奇,有人不安,有人饥饿,有人绝望。他们不慌不忙,像在密谋着什么。"和风号"鸣着欢快的汽笛穿过松散的人群,人们条件反射地让开一条路。

两辆抢来的蒸汽公共汽车在齐普赛街上巡行,里面挤满了麻木不仁的彪形大汉,就连踏脚板上都有人在挥舞手枪,车顶上堆满了偷来的家具。汤姆轻松地绕过两辆笨重的公共汽车,路上的碎玻璃在"和风号"的车轮下嘎吱作响。

　　在怀特查佩尔,脏兮兮的小孩光着脚,像猴子一样爬上足有四层楼高的巨型起重机,在红漆吊杆上玩耍。布莱恩说他们是某种哨兵,因为有些孩子会挥舞彩色的破布,朝街上的人尖声喊叫。马洛里则认为,这群野孩子多半是爬上去呼吸新鲜空气的。

　　在斯特普尼,他们看到了四匹死马,那是一队体形庞大的佩尔什马,浑身肿胀,躺在地上。这些马是中枪而死的,尸体已经僵硬,身上还套着马具。又往前走了几码后,他们看到一辆遭人洗劫一空的运货马车,车轮已经不见了。车上拉的十几个大啤酒桶被人滚到街上砸开,桶里的啤酒遭到哄抢,周围的地上还有黏腻刺鼻的酒液,上面落着密密麻麻的苍蝇卵。抢酒的人早已离去,只剩下陶罐碎片、肮脏破旧的女装和单只的鞋子证明他们之前来过。

　　马洛里发现这个醉酒狂欢的现场贴着很多传单,看上去像麻风病患者的皮肤一样。他捡起一块煤扔向"和风号"的车顶,汤姆闻声把车停了下来。

　　汤姆从蒸汽车里钻了出来,弗雷泽跟在他身后,伸展着抽筋的肩膀,手扶着受伤的肋部。"怎么了?"

　　"煽动性海报。"马洛里回答道。

　　四人警惕地留意周围的动静,饶有兴趣地大步走到墙边。那是一块古老的广告牌,木料上抹着灰泥,灰泥上贴着厚厚一层旧传单,像干酪皮一样。大约有二十来份斯温大尉的得意之作刚被贴上去,都是那种花哨的横幅海报,印得不怎么好。海报上,一幅大图浮于文字上方,图中画了一个长着翅膀、头上着火的女人。图像下方有两栏密密麻麻的文字,一些词被随机标成红色。马洛里一行人默默地站在那里,试图辨认那些歪歪扭扭、模糊不清的印刷字迹。过了一会儿，汤姆耸肩嗤笑，托故走掉。"我去看看车。"他说。

布莱恩大声念起上面的内容，声音有些犹豫。

"'告人民书！你们都是自由的地球之主，只要鼓起勇气便能战胜巴比伦敦和淫窟里那些有学问的窃贼。鲜血啊！鲜血！复仇啊！复仇，复仇！瘟疫啊，大瘟疫！凡此等等，降临到枉顾普世正义的人身上！兄弟姐妹们！别再对吸血鬼资本家与白痴学者卑躬屈膝！让王室强盗的奴隶去跪拜牛顿吧！我们要摧毁蒸汽摩洛[1]，破坏蒸汽摩洛摇晃的机身！只要在这座城市的灯柱上吊死两百个暴君，你们的幸福与自由就将得到永远的保障！前进！前进！！我们寄希望于人类泛滥的洪流，我们别无选择，只能发动一场全面战争！我们投身正义运动，救赎受压迫之人，救赎反叛者，救赎穷人和罪犯。这淫窟充斥着地狱之火，任梦魇般的铁骑肆虐。七重咒已经降临，我们要救赎所有受淫窟折磨的人。'"

后面还有很多内容。"这浑蛋到底想说什么？"马洛里问，脑袋里嗡嗡响。

"我从来没见过这种东西，"弗雷泽喃喃道，"这就是一个精神病罪犯在咆哮！"

布莱恩指指海报底部："搞不懂这所谓的'七重咒'到底指什么！看意思好像是种可怕的磨难，可他根本没有列举，也没具体说清楚……"

"他究竟想干什么？"马洛里问道，"虽然不知道他有何不满，可他不会以为一场大屠杀就能解决问题吧……"

"跟这种恶棍根本没法讲道理，"弗雷泽冷冷地说道，"您说得很对，马洛里博士。无论如何，不管有什么风险，我们必须除掉他！别

---

1. 古代迦南人所信奉、拜祭的神明。膜拜摩洛最特殊的方式是由父母把自己的子女作为祭品献上，放到火里焚烧，以使神明保佑。——译者注

无选择!"

他们回到"和风号"上时,汤姆已经添好了煤。马洛里朝两个弟弟瞥了一眼,只见口罩上方他们通红的双眼中闪烁着刚毅果敢的光芒。弗雷泽说出了他们所有人想说的话,此刻他们团结一心,无须多言。尽管周围脏乱不堪,可在马洛里看来,这是光芒万丈的时刻。他深受触动,感到心潮澎湃。这似乎是多年以来他第一次觉得自己得到了救赎与净化,目标明确,毫无疑虑。

"和风号"继续在怀特查佩尔穿行,他们的兴奋情绪逐渐退去,取而代之的是高度集中的注意力与血脉偾张。马洛里调整了一下脸上的口罩,又检查了一下巴利斯特莫利纳左轮手枪,然后和布莱恩简短地交谈了几句。既然所有的疑问都已解决,现在除了等待决定生死的时刻到来,似乎也没什么可说的了。就这样,马洛里发现自己也像布莱恩一样,小心谨慎地观察着路过的每一扇门窗。

莱姆豪斯的每一面墙上似乎都贴满了那个恶棍的胡言乱语,有的纯粹是些疯言疯语,有的却写得十分巧妙隐晦。马洛里发现了五张诽谤他的演讲海报,不过他没看上面的具体内容,可能其中也有真正的海报。他现在高度敏感,只要在海报上看见自己的名字就会悚然一惊,心生不快。

马洛里并不是这种诡异伪造品的唯一受害者。有一则英格兰银行的广告竟然号召人们把成磅的人肉存进银行。还有一则广告,表面上是在宣传乘坐头等座享受铁路旅行的好处,实际却是在煽动公众抢劫有钱的乘客。恶毒的虚假传单泛滥成灾,就连十分正常的广告都显得奇怪起来。马洛里浏览着那些传单,想看看其中是否蕴含双重含义,一时间,上面的每一个字都成了荒谬的威胁言辞。此前他从没注意到伦敦竟有这么多商业广告,咄咄逼人的文字与图像简直无所不在。

"和风号"隆隆疾驰,畅行无阻地穿过一条条铺着柏油碎石的街道。马洛里心中生出一种难以言喻的厌倦,一种对伦敦本身的厌倦,厌倦这座城市无休止的噩梦,厌倦这里的街道、庭院、新月、高台、小巷,以及被雾霭笼罩的石头和被烟熏黑的砖块。遮阳篷令人作呕,窗帘肮脏不堪,用绳子捆在一起的脚手架也丑陋无比,到处都是该死的铁艺街灯和花岗岩路桩、当铺、男装店与烟草店。这座城市在他们周围延展开,宛如地质时代的无底深渊。

一声刺耳的喊叫打断了马洛里的遐想,三个衣衫褴褛的蒙面人冲到街上,面目狰狞地拦住他们的去路。"和风号"猛地刹住车,后面的运煤车跟着向前一晃。

马洛里一眼就看出三人都是极为粗野的恶棍。打头的是一个凶恶的青年,长着一张脏兮兮的扁平脸,穿着油乎乎的外套和灯芯绒裤子,戴着一顶脏兮兮的毛皮帽。他把帽檐拉得很低,但还是遮不住他的囚犯发型。第二个是个三十五岁左右的粗暴壮汉,戴着一顶油光发亮的大礼帽,穿着格子裤和铜头系带靴。最后一个是个罗圈腿,虎背熊腰,穿着长及膝盖的皮短裤和脏袜子,脸上用长围巾缠了两圈,蒙住了嘴。

接着,他们又有两个同伙从一家遭到洗劫的五金店冲出来。他们年纪轻轻,身材魁梧,吊儿郎当,无精打采,衬衫袖子短而松垂,裤子却很紧。两人都拿着随手抄来的武器,一个烫皱褶熨斗和一根一码长的拨火棒,本来都是寻常物件,到了强盗手中竟然显得残忍可怕。

那个穿铜头靴的人似乎是他们的头儿。他嗤笑一声扯下蒙在脸上的手帕,露出满嘴黄牙。"都给我下车,"他命令道,"滚下来!"

弗雷泽早已开始行动。他泰然自若地走到五个互相挤来挤去的恶棍面前,活像一位教师在安抚班里不守规矩的学生,嗓音清晰而坚定地说道:"塔利·汤姆森,把你那套家伙收起来!我认识你,你应该也认识我。我要以重罪逮捕你。"

"该死的!"塔利·汤姆森不由得骂道,脸都吓白了。

"是弗雷泽警官!"扁平脸小子惊叫着后退了两步。

弗雷泽掏出一副蓝钢手铐。

"不!"汤姆森尖叫道,"不要!我不要戴手铐!死也不要!"

"其余人都让开,"弗雷泽说道,"还有你,鲍勃·迈尔斯,鬼鬼祟祟干什么呢?快把那可笑的铁器收起来,否则我连你一起抓。"

"天哪,塔利,开枪!"脸上缠着围巾的恶棍喊道。

弗雷泽熟练地把手铐铐到了塔利·汤姆森的手腕上。"这么说你有枪,对吗,塔利?"说着,他从汤姆森的黄铜钉腰带里拽出一把大口径短筒手枪,"真是太遗憾了。"他皱眉看向另外几个人,"伙计们,你们还不跑吗?"

"我们跑吧。"鲍勃·迈尔斯哼哼唧唧道,"我们应该听警官的话,赶紧跑路!"

"杀了他,你们这群笨蛋!"围巾男一手按着蒙在脸上的围巾,一手掏出一把宽刃短刀,扬声道,"就是个臭条子,你们这群白痴,干掉他!不然斯温肯定会掐死你们的!"他尖声大叫,像个卖炒板栗的小贩,"这儿有警察!快来人啊,干掉这群狗娘养的条子……"

弗雷泽动作熟练地用枪托猛击围巾男的手腕,恶棍痛得大声号叫,手里的短刀掉到了地上。

另外三个恶棍立刻溜之大吉。塔利·汤姆森也试图逃跑,但弗雷泽用左手抓住他被铐住的手腕,拽得他失去了平衡,整个人跪倒在地。

围巾男不由自主地踉跄着后退了几步,像被谁拽着似的。然后他停下来弯腰捡起倒翻在地的熨斗,抓着熨斗的红木柄,扬手就要扔过来。

弗雷泽举枪射击。围巾男顿时弓起身子,双腿发软,瘫倒在街上,痛得直打滚。"他要杀我,"恶棍尖叫道,"我肚子中枪了,他要杀我!"

弗雷泽给了塔利·汤姆森一个大耳光:"塔利,你这枪可真是垃圾。我瞄准的明明是腿!"

"他没有恶意。"塔利哭哭啼啼道。

"他拿着一个五磅重的熨斗。"弗雷泽回头看了看马洛里和布莱恩,两人正目瞪口呆地站在运煤车上,"下来吧,伙计们,快点,不能再坐车了。他们肯定会来找这辆车的,我们现在只能弃车步行了。"

弗雷泽猛地抓住手铐,一把将塔利·汤姆森拽了起来:"还有你,塔利,带我们去找斯温大尉。"

"我不去,警官!"

"你必须去,塔利。"弗雷泽拽着塔利向前走,回头瞥了一眼马洛里,示意他跟上。

他们一行五人绕过那个哀号的恶棍,择路前行。那个人还在人行道上打滚,身下的血越来越多,肮脏的罗圈腿抽搐个不停。"自讨苦吃。"弗雷泽冷冷地说道,"塔利,他是谁?"

"我也不知道他叫什么。"

弗雷泽脚步没停,抬手又给了塔利一巴掌,把他头上那顶破旧的大礼帽都扇掉了。这恶棍头上满是黏糊糊的污垢和望加锡发油,像要把皱巴巴的大礼帽粘到头皮上似的。"你肯定认识!"

"可我不知道他的名字!"塔利嘴硬道,绝望地回头斜睨了一眼掉在地上的帽子,"好像是个美国人。"

"哪儿来的美国人?"弗雷泽问道,怀疑塔利在骗他,"是南方邦联的,还是北方联邦的?是得克萨斯人,还是加利福尼亚人?"

"纽约来的。"塔利说道。

"什么?"弗雷泽觉得难以置信,"别告诉我他是曼哈顿公社的社员!"五人继续往前走,弗雷泽回头看了一眼那个垂死之人,接着迅速镇定下来,语气不冷不热地质疑道:"他说话根本不像纽约人。"

"我不知道什么社员,只知道斯温喜欢他!"

弗雷泽领着他们走进一条小巷。小巷内有几座生锈的天桥,两侧高耸的砖墙湿乎乎地闪着油光。"斯温手下还有多少那样的人?除了那家伙,还有从曼哈顿来的人吗?"

"斯温有很多朋友,"塔利说道,看样子已经镇静下来了,"他会杀了您的,您敢招惹他,他肯定会杀了您!"

"汤姆,"弗雷泽说着把目光转向马洛里的弟弟,"你会用手枪吗?"

"手枪?"

"拿着,"弗雷泽说着把塔利的手枪递给了他,"只剩一发子弹了,一定要等对方靠得足够近再开枪。"

刚送出大口径手枪,弗雷泽就伸手从外套口袋里掏出一根短粗的包革金属警棍,然后一边稳步往前走,一边挥棍猛抽塔利·汤姆森。他下手很准,专门挑胳膊和肩膀上肉多的地方打。

塔利被打得畏缩躲闪,痛得直哼哼,最后开始哀号,塌鼻子下鼻涕横流。

弗雷泽停了下来,把警棍装进口袋。"塔利·汤姆森,你这该死的傻瓜,"他的语气中透出一种奇怪的感情,"你难道一点都不了解警察吗?我是单枪匹马来找你那宝贝斯温的,他们三个不过是跟来看热闹的!快说,他到底躲在哪儿?"

"在码头的一个大仓库里,"塔利哭哭啼啼地说,"里面全是他抢来的好东西!还有枪,整箱整箱的好枪……"

"哪个仓库?"

"我不知道,"塔利哭喊道,"我从来没进过那扇该死的大门!也不知道那些阔气的仓库都叫什么名字!"

"门口有什么名字?仓库的主人是谁?"

"我不识字啊,警官,您知道的!"

"那仓库在什么地方?"弗雷泽不依不饶地问,"进口码头还是出口码头?"

"进口……"

"南边还是北边?"

"南边,靠近中间的位置……"有喊叫声从他们身后的街道上远远地传来,还有玻璃轰然碎裂的哗啦声,以及如鼓声般在空中回荡的连续猛击金属板的巨响。塔利沉默下来,侧耳细听,然后突然撇了撇嘴。

"哎呀，是你们的车！"他的语调中已经没了哭腔，"斯温的手下赶来了，警官，他们发现了你们的车！"

"仓库里有多少人？"

"你听，他们在砸车！"塔利说道，原本阴郁的面庞已经不复恐惧之色，取而代之的是一种孩童般好奇的古怪之色。

"有多少人？"弗雷泽咆哮道，又打了塔利一个耳光。

"那车要被砸成碎片了！"塔利兴高采烈地说，同时缩着脖子躲闪攻击，"卢德对你们的靓车下手了！"

"你这浑蛋，给我闭嘴！"汤姆高声吼道，既愤怒又心痛。

塔利先是一惊，然后幸灾乐祸地斜睨汤姆，打量他那张戴着口罩的脸："怎么了，年轻人？"

"我叫你闭嘴！"汤姆喊道。

塔利·汤姆森像猿猴一样斜睨着他："我又没砸你的宝贝车！小子，有本事朝他们吼去！叫他们住手！"塔利突然向后一倾，戴手铐的双手挣脱弗雷泽的钳制。弗雷泽跟跄了一下，差点把布莱恩撞倒。

塔利转过身，双手拢在嘴边尖叫道："伙伴们，别玩了！你们这是在破坏私人财物！"他的号叫在峡谷般的砖砌通道中回荡。

汤姆抡起拳头，如闪电般猛扑过去，打得塔利脑袋后仰，粗喘一声背过气去，跟着跟跄一步，如同一袋面粉似的倒在小巷的鹅卵石路面上。

众人顿时陷入一阵沉默。

"该死的，汤姆！"布莱恩开口道，"你把他打晕了！"

弗雷泽拔出警棍，一条腿跨过仰面躺在地上的恶棍，用拇指掀开他的眼皮看了看，然后抬头瞥了一眼汤姆，温和地说道："小伙子，脾气不小啊……"

汤姆拽掉脸上的口罩，呼吸急促，声音发颤："我差点就开枪了！"他脱口而出，嗓音尖细。他望向马洛里，眼神有些奇怪，透着一种莫名其妙的恳求:"真的,内德,我差点开枪打死他!"

马洛里立刻点了点头:"放轻松,小伙子……"

弗雷泽摸索着解开手铐。塔利的手腕被勒破了,手铐上沾满血迹。

"这浑蛋刚才的反应太奇怪了!"布莱恩十分惊愕,连苏塞克斯本地拖腔拖调的口音都出来了,"内德,他们是疯子吗?这些伦敦人是不是都疯了?"

马洛里严肃地点了点头,扬声道:"他们就是欠收拾!"他张开手掌拍拍汤姆的肩膀,"好样的,汤姆,拳头不错!把他打得跟死猪似的!"

布莱恩扑哧一声笑了。汤姆则腼腆一笑,揉了揉自己的指关节。

弗雷泽站了起来,把警棍和手铐塞进口袋,沿着小巷继续大步前进。三兄弟紧随其后。"没什么了不起的。"汤姆说道,声音却有点飘飘然。

"什么?"马洛里反对道,"你才十九岁,竟然撂倒了那个穿铜头靴的浑蛋,这真的很了不起!"

"他戴着手铐,胜之不武。"汤姆说。

"汤姆,你才打了一拳,"布莱恩幸灾乐祸道,"他就直挺挺地倒地起不来了!"

"闭嘴!"弗雷泽怒气冲冲地说。

三兄弟都闭嘴不言。小巷尽头是一块空地,上面的建筑已经被拆毁,开裂的地基上散落着红砖碎块和斑白的木材碎片。弗雷泽择路前行。天空一片灰黄,雾霾翻滚,不时散开,露出发绿的厚云层,看着像腐乳似的。

"见鬼。"汤姆故作轻松道,"弗雷泽先生,那群浑蛋根本没听见我说话!他们刚才在砸我的车,动静太大了!"

"小伙子,我担心的不是那群人,"弗雷泽温和地说道,"而是可能遇到其他望风的人。"

"我们到哪儿了？"布莱恩问道，接着趔趄一下停住了脚步，"天哪！这是什么味儿？"

"泰晤士河。"弗雷泽回答道。

空地尽头有一堵很厚的矮砖墙。马洛里爬到墙上，站在上面放浅呼吸，把口罩紧贴到四周留着胡须的嘴上。这堵砖墙的另一侧是泰晤士河河堤的一部分，坡面向河床倾斜了十英尺。潮水已退，长长的河岸龟裂泥泞，水量缩减的泰晤士河如同一道缓缓流淌的光带。

河对岸矗立着钢铁导航塔，上面挂着航行警示旗。马洛里不认识那些信号。可能是停船留验，或是封锁？因为河道看上去似乎已荒废。

弗雷泽左右打量着河堤下的泥滩，马洛里也顺着他的目光望去。灰黑色的泥滩里泊着几只小船，好像被嵌在了凝固的泥水里。在莱姆豪斯河段拐弯处，绿泥不时顺着挖泥船挖出的一道道小沟流进河中。

一丝微风隐约从泰晤士河上吹来，其实那根本不是微风，而是一股带着恶臭的凝胶状水汽，在他们周围弥漫开来。"天哪！"布莱恩惊得不禁大叫出声，赶紧屈膝躲到砖墙后面。见弟弟开始剧烈地干呕，马洛里感觉自己胃里也泛起一阵恶心。

他费了好大一番力气才压住那种恶心感。这绝非易事。显然，泰晤士河的恶臭甚至比传说中皇家炮兵运输船船舱里的臭气还要有过之而无不及。

汤姆虽然也被熏得面色苍白，却比布莱恩强点，也许是闻惯了蒸汽车排出的废气。"嘿，看看这糟心事！"汤姆突然开口道，声音模糊不清，"我知道内陆闹旱灾了，可做梦都没想到会这样！"他红着眼睛，惊讶地望向马洛里。"哎呀，内德，瞧瞧这空气，还有这水，以前可从来没这么糟糕过！"

弗雷泽似乎很难过："一到夏天，伦敦总是很不正常……"

"快看河上！"汤姆天真地喊道，"快瞧，快瞧，那边来了一艘船！"泰晤士河上，一艘大型桨轮蒸汽船正逆流而上。这艘船的样子非常古怪,船身扁平似木筏,船舱则像一个奶酪盒,由倾斜的铆接铁板制成。黑色的装甲船壁上从头到尾布满白色的大方框,那是炮孔。船头有两名水手,都戴着橡胶手套和带呼吸管的橡胶头盔,正在用铅垂线测量水深。

"那是什么船?"马洛里擦着眼睛问道。

布莱恩摇摇晃晃地站起身,探过矮墙,擦擦嘴,吐了口唾沫。"袖珍装甲舰,"他哑着嗓子说,"河上炮艇。"他捏着鼻子,身子从头到脚都在止不住地发抖。

马洛里读过相关文章,但从未亲眼见过这种船。"源自美洲的密西西比河战役。"他手搭凉棚,凝望那艘船,希望手上能有一个小型望远镜。"上面挂的是南方邦联的旗吗?我没听说英国也有这类舰船……啊,我看见了,上面挂的是英国国旗!"

"看看那些桨轮!"汤姆惊叹道,"这河水肯定特别黏稠,跟牛蹄冻似的……"

听到这话,大家都不予置评。弗雷泽伸手指了指下游:"听我说,伙计们。往那边走几杆,有一条挖得很深的航道,通向西印度码头的停泊区。现在水位这么低,运气好的话,我们可以沿着运河神不知鬼不觉地潜入码头。"

"您是说,沿着河边的泥滩走过去?"马洛里说道。

"不行!"布莱恩喊道,"肯定还有别的办法!"

弗雷泽摇了摇头:"我了解那些码头,周围都有八英尺高的围墙,墙顶围有非常锋利的尖头钉。码头上虽然有装货门,也有铁路轨头,但肯定戒备森严。斯温选了个好地方,那里简直就是一座堡垒。"

布莱恩摇了摇头:"难道斯温就不会在河上设防吗?"

"肯定会,"弗雷泽说,"可不管是斯温还是别的什么人,谁会严密监视这散发着恶臭的泥滩呢?"

马洛里信服地点了点头:"他说得对,小伙子们。"

"可我们浑身都会沾满臭泥巴的!"布莱恩抗议道。

"我们又不是糖做的。"马洛里咕哝道。

"内德,还有我的军装!你知道这件外套花了我多少钱吗?"

"我愿意用我的蒸汽车换你那闪亮的金穗。"汤姆对他说。

布莱恩瞪着弟弟皱眉蹙额。

"那我们把衣服脱了吧,小伙子们。"马洛里说着抬手脱掉了外套,"就当我们是农场工人,要在苏塞克斯阳光明媚的早上去叉芳香的干草。把在城里穿的华服都藏到瓦砾堆里吧,动作快点。"

马洛里脱光上衣,卷起裤腿,把手枪别到腰间,顺着堤墙半滑半跳,下到散发着恶臭的泥滩上。

脚下的河床又硬又干,像砖头一样,马洛里大笑起来。接着,其他人也来到马洛里身边。布莱恩是最后一个下来的,他脚上的靴子锃亮,还打过蜡。他抬脚踢飞一块龟裂的餐盘状泥巴。"我太傻了,"他说,"竟然听你们的话把军装脱了!"

"真可惜!"汤姆打趣道,"你那顶漂亮军便帽上沾了锯末,永远都洗不掉了。"

弗雷泽现在摘了硬领,只穿一件白色衬衫和一条背带裤子,还是时髦的猩红色波纹绸背带。他戴着新换的浅色麂皮腋下手枪套,里面装着一把短粗的小胡椒瓶手枪。马洛里注意到他的衬衫和枪套带子下面有一块地方鼓了起来,是包扎整齐的绷带。"别抱怨了,小伙子们,"弗雷泽说着走到前面给他们带路,"有些人一辈子都是在泰晤士河的淤泥里度过的。"

"那是什么人?"汤姆问道。

"泥滩拾荒者,"弗雷泽一边挑路走,一边对他说,"无论寒暑,他们都得趁退潮时到河边的泥滩上捡垃圾、煤块、生锈的钉子,凡是能卖钱的东西都要捡。有些地方的淤泥齐腰深,蹚起来非常吃力。"

"你在开玩笑吧?"汤姆感到难以置信。

"大部分都是小孩，"弗雷泽平静地说道，"还有不少身体虚弱的老太太。"

"我不信，"布莱恩说，"你要说在孟买或加尔各答，我也许还会信，但在伦敦绝不可能！"

"我又没说那些可怜人是英国人。"弗雷泽说，"泥滩拾荒者大多是外国来的可怜难民。"

"那还好。"汤姆松了口气。

几个人不声不响地继续往前走，尽可能少喘气。马洛里的鼻子已经堵得快不通气了，喉咙里全是浓痰。这下什么都闻不到了，也算是一种解脱。

此刻大家只能听见彼此沉重的脚步声，以及布莱恩的咕哝声，他还在小声抱怨："英国对那些该死的外国难民过于友好了。要依着我，就把他们全拉到得克萨斯去……"

"这里的鱼肯定都死光了吧？"汤姆说着弯腰掀起一块硬如瓷器的大浅盘形泥巴，给马洛里看里面嵌的扁平鱼骨，"内德，你瞧，像不像你研究的那些化石！"

走了几码，他们便遇到了障碍。那是挖泥船拖出的一道沟，半沟都是黑色的淤泥，上面漂着一层肮脏的灰白油脂，活像煎培根剩下的残渣。没办法，几个人只能跳到泥沟里，挑着能下脚的地方蹚过去。布莱恩一不小心没站稳，摔了一跤。他爬起来时浑身脏兮兮的，他一边甩掉手上的淤泥，一边破口大骂。马洛里估计他说的是印度斯坦语。

越过泥沟后，泥滩变得危险起来，脚下的干泥块不是会打滑就是会碎裂，渗出如沥青般黏稠的淤泥，还汩汩地冒着气泡。等到了西印度码头的进港航道，情况就更糟了，两岸密密麻麻全是涂了焦油的木桩。木桩高出水面十五英尺，上面布满绿苔，油腻湿滑。而水呢，宽阔的航道里满是灰暗阴冷的污水，一眼看不到底，还有一团团似腿粗的绿泥在水里翻滚。

他们陷入了僵局。"现在怎么办？"马洛里严肃地问道，"游过去？"

"不要！"布莱恩喊道，他两眼通红，非常激动，"爬墙？"

"不行，"汤姆绝望地看着黏滑的木桩叫苦，"我们都快喘不过气了！"

"这水脏死了，虽然我现在满手臭泥，都结块了，"布莱恩喊道，"我也不愿用它洗手！"

"闭嘴！"弗雷泽说道，"斯温的人会听见的。要是在这儿被他们发现，我们就只能坐以待毙了！别吵，让我想想！"

"天哪，臭死了！"布莱恩自顾自地喊着，对弗雷泽的话充耳不闻，看样子快忍耐到极限了，"比运输船还臭，比俄国战壕还臭！天哪，我在因克尔曼见过他们掩埋俄国人的尸骨，都死了一周了，可也没这么臭！"

"闭嘴！"弗雷泽低声说，"有动静。"

是脚步声，一群人正在靠近。"他们发现我们了。"弗雷泽说，声音极度绝望，目光顺着高墙向上望去，一只手放在手枪上。"我们完了……伙计们，死也要拉几个垫背的！"

可就在瞬息之间，在人脑通常来不及做出任何反应的时刻，马洛里灵光乍现。

"别，"他坚定地命令道，"别抬头，跟着我做！"

马洛里佯装醉酒，大声唱起了水手号子。

"'圣地亚哥的姑娘柔情似水，
令人沉溺忘旧情——
吻我们吧，好好吻我们，
波莉、梅格、凯特、内尔——'"

"来吧，伙计们！"他醉醺醺地挥了挥手，兴高采烈地催促道。汤姆和布莱恩一头雾水，迟疑地跟着唱了起来。

"'再会了,再会了,快活的少女们,
我们要去里约湾!'"

"下一段!"马洛里欢声喊道。

"'韦拉克鲁斯的日子好不快活,
告别了简和卡罗琳……'"

"喂!"墙上传来一声暴喝。马洛里假装惊讶地抬起头,看见好几个人的上半身,由于离得远,他们的身形看起来有些矮小。六名劫匪全都背着步枪,居高临下地看着他们。刚才出声暴喝的人蹲在桩基顶部,头上和脸上各绑着一块佩斯利涡旋纹丝巾,一把闪着寒光的长管手枪漫不经心地横放在膝头,腿上的白粗布裤子看上去一尘不染。

"喂,岸上的朋友!"马洛里伸长脖子喊道。他乐呵呵地朝他们打招呼,用力挥舞双臂,差点朝后栽倒。"帅哥们,有什么需要我们效劳的吗?"

"真令人费解!"那个小头目极力装出一种对牛弹琴的口吻,"这四个伦敦傻瓜到底喝了多少啊,竟然醉成这副死样?"他扬声问道,"下面臭死了,你们闻不到吗?"

"当然能闻到啊!"马洛里说,"可我们想去看印度码头!"

"为什么?"问话冷冰冰的。

马洛里粗声粗气地大笑起来:"因为码头上满是我们想要的东西,不是吗?有道理吧?"

"比如干净的亚麻布?"劫匪中又有一个人开口道。上面传来哄笑声,还夹杂着咕哝声和咳嗽声。

马洛里也笑了,拍了拍自己赤裸的胸膛:"对啊!能帮我们一把吗？给我们扔条绳子什么的！"

小头目的眼睛眯了起来，从两块佩斯利涡旋纹丝巾之间露出来，放在枪托上的手随之握紧："你们不是水手！水手都说'索子'，从来不说'绳子'！"

"我是什么人，跟你有什么关系？"马洛里怒视着那人喊道，"快把绳子给我们扔下来！弄个梯子或是该死的气球也行！不然就给我滚开！"

"没错！"汤姆颤声插嘴道，"用不着你们多事！"

小头目转身带着他的人走了。"快滚吧！"马洛里吼道，最后放了句狠话，"抢了那么多好东西，你们可不能吃独食！"

布莱恩摇了摇头。"天哪，内德，"他低声说，"刚才可太险了！"

"我们得冒充成劫匪，"马洛里轻声说道，"装作喝醉的恶棍到处胡作非为的样子！我们得混到他们中间，然后去找斯温！"

"内德，要是他们问我们问题怎么办？"

"那就装傻。"

"喂！"上面传来刺耳的喊声。

"干什么？"马洛里抬起头，没好气地喊道。来人是一个骨瘦如柴的男孩，十五岁左右，蒙着脸，手里举着一支步枪站在桩基上。

"拜伦勋爵死了！"男孩喊道。

马洛里闻言呆若木鸡。

周围一片静默，只听汤姆尖声问道："谁说他死了？"

"是真的！老浑蛋翘辫子了，死翘翘了！"男孩欣喜若狂地大笑起来，在桩基边沿狂蹦乱跳，举在头顶的步枪也随之晃来晃去。他一跳就消失了。

马洛里这才找回自己的声音："肯定不是真的。"

"没错。"弗雷泽表示同意。

"反正不太可能。"

"这是无政府主义者一厢情愿的想法。"弗雷泽说。

众人久久没有作声，空余沉默。

"当然了，"马洛里扯着胡子说，"如果那位伟大的演说家真的去世了，那就意味着……"他说不下去了，突然感到心慌意乱，可其他人都默默地看着他，期待他的指引。"嗯……"马洛里接着道，"拜伦的去世将标志着一个伟大时代的结束！"

"没什么大不了的，"弗雷泽反对道，声音中听不出丝毫慌乱，"激进党内有很多才能出众的人。查尔斯·巴贝奇还活着！还有高露洁勋爵、布鲁内尔勋爵……王夫也是，阿尔伯特亲王沉稳可靠，思虑周全。"

"拜伦勋爵不可能死！"布莱恩脱口而出，"我们竟然站在臭泥里听人信口胡说！"

"安静点！"马洛里命令道，"这事没有确凿的证据，不要妄加评判！"

"内德说得对。"汤姆点点头，"首相肯定也希望我们这样做！这才是科学的求证方法，拜伦勋爵经常这样教导我们……"

这时一根涂了焦油的粗绳顺着墙蜿蜒而下，绳尾扎了一个很大的套子。原来是那个绑着佩斯利涡旋纹丝巾的无政府主义小头目，他单腿屈膝踩在墙头，胳膊肘顶着膝盖，手托着下巴。"朋友，坐进去吧，"他建议道，"我们马上拉你们上来！"

"非常感谢！"马洛里说着欢快而又自信地挥挥手，跨进绳套。

马洛里的鞋上沾满了泥巴。上面的人拉绳子，他则抬脚蹬着肮脏黏滑的木桩一步步往上走，最后从墙顶爬了过去。

小头目手上戴着羔皮手套，他又把绳套扔到了桩基下面。"先生，欢迎加入庄严的人类先锋队。在这种情况下，请允许我做一下自我介绍，我是黑斯廷斯侯爵。"这位自封的侯爵微微鞠了一躬，然后摆了个姿势：下巴扬起，单手握拳置于髋部。

马洛里看得出这家伙是认真的。

侯爵这样的头衔存在于激进党上台之前，这里却有一个年轻的冒牌货，简直像活化石一样，生龙活虎地指挥着一群蝾蛇般的手下！这会儿就算看到一条年幼的蛇颈龙从散发着恶臭的泰晤士河深处抬起似蛇的脑袋，马洛里可能也不会比现在更震惊。

"伙计们，"年轻的侯爵拖腔拉调地说，"给我们这位朋友洒点古龙香水，他身上的味儿太冲了！要是他敢做什么蠢事，你们知道该怎么做。"

"毙了他吗？"有人傻乎乎地脱口问道。

侯爵听后刻意皱起了眉头，这是一种演员表示不喜的姿态。一个男孩戴着偷来的警察头盔，穿着撕破的丝绸衬衫，拿着一个雕花玻璃瓶往马洛里赤裸的脖子和后背上洒了些冰冷的古龙香水。

接着，布莱恩利用绳尾的套子爬了上来。"士兵的裤子沾满了泥，"侯爵说道，"同志，你是逃兵吗？"

布莱恩一言不发地耸耸肩。

"来伦敦度假的？"

布莱恩像个傻瓜似的点了点头。

"这家伙太脏了，给他找条裤子换上。"侯爵命令道。他看了看自己的手下，只见那几人又在往桩基下放索子了，动作笨拙但充满热情，像在参加五一国际劳动节的拔河比赛。"希利比尔同志！你的身材和他的差不多，把你的裤子给他。"

"呀，侯爵同志……"

"希利比尔同志，按需分配！快脱裤子。"

希利比尔笨手笨脚地脱下裤子递了过来。他没穿内裤，一只手紧张地拽着衬衫下摆。

"天哪，"侯爵诧异地惊呼道，"你们这群笨蛋，什么小事都得我亲自教吗？"他抬手指着马洛里，"你！接替希利比尔，去拉索子。而你，当兵的，你彻底自由了，再也不用给压迫者当奴才了！穿上希利比尔的裤子。希利比尔同志，别那么扭捏，没什么可害臊的。你现在就可以到总库去领些新衣服。"

"谢谢你,先生!"

"是'同志'。"侯爵纠正道,"找身好衣服,希利比尔,再拿点古龙香水来。"

接着是汤姆,马洛里帮忙把他拉了上来。强盗们身上的步枪背得乱七八糟,随着他们的动作咔嗒作响,非常碍事。那是通用的维多利亚卡宾枪,笨重的单发老古董,现在都用来发给殖民地的本土军。还有些暴徒把吓人的菜刀和自制警棍胡乱别在抢来的华服里,行动起来更显笨拙。他们戴着花哨的围巾,穿着汗涔涔的丝绸衣服,背着军用子弹带,比起英国人,他们更像土耳其的非正规军。马洛里惊讶地发现:这群人中两个只是半大小子;有两个恶棍虎背熊腰,贼眉鼠眼,浑身酒气;还有一个竟然是黑人,身材瘦削,沉默寡言,穿着朴素的富绅随从的服装。

黑斯廷斯侯爵打量着汤姆:"你叫什么名字?"

"汤姆,先生。"

侯爵又指着马洛里问道:"他叫什么?"

"内德。"

"他呢?"

"布莱恩,"汤姆回答道,"应该是……"

"那么请问,下面那个棺材脸叫什么?看模样可真像警察。"

汤姆犹豫了。

"你不知道吗?"

"他从来没跟我们说过真名,"马洛里插嘴道,"我们都叫他大师。"

侯爵瞪了马洛里一眼。

"先生,我们今天刚认识大师,"汤姆口齿流利地表达歉意,"不是什么知交。"

"那别拉他上来了。"侯爵建议道。

"还是拉上来吧,"马洛里反对道,"他很聪明。"

"哦?那你呢,内德同志?你似乎根本不蠢,就是在装傻,而且醉得也没那么厉害。"

"那就给我杯酒喝吧。"马洛里大着胆子说道,"要是你们在瓜分抢来的东西,我想要一支卡宾枪。"

侯爵注意到了马洛里腰间的手枪,抬头朝他眨了眨眼,好像在说"你我都心知肚明刚才那话有多可笑"。

"朋友,别着急,迟早的事儿。"侯爵说着挥了挥手,手上还戴着整洁的手套,"很好,把他拉上来。"

弗雷泽坐在绳套里爬了上来。"好了,'大师',"侯爵说道,"请问你是哪个教派的?"

弗雷泽把绳子弄松,从绳套里钻了出来。"你说呢,先生?你看我像该死的贵格会教徒吗?"

周围响起一阵邪恶的笑声。弗雷泽装出一副喜欢哗众取宠的样子,摇了摇他那戴着方格花布口罩的脑袋。"不是,"他尖声说道,"不是贵格会的,我是大通主义者!"

笑声戛然而止。

"大通主义者,"弗雷泽强调道,"美国黄袍狂热派教徒……"

就在此时,侯爵冷声打断了弗雷泽:"你是说大同主义者?就是说,萨斯奎哈纳法伦斯泰尔的平信徒宣教师?"

弗雷泽默默盯着侯爵。

"就是柯勒律治教授和华兹华斯大师提出的乌托邦主义。"侯爵继续说道,语气略带威压。

"对,"弗雷泽咕哝道,"就是他们。"

"朋友,这么说,你是爱好和平的大同主义者,可你身上的背带和手枪像是警察用的。"

"从警察那儿弄来的,不行吗?"他顿了一下,"一个死掉的警察!"

第四次迭代 七重咒 303

周围又响起一阵哄笑声，还夹杂着咳嗽声与咕哝声。

站在马洛里旁边的男孩用胳膊肘碰了碰一个年纪稍大的家伙："亨利，这恶臭熏得我头晕！可以撤了吧？"

"问问侯爵。"亨利说。

"你问，"男孩哄亨利道，"他老是捉弄我……"

"都听好了！"侯爵说道，"朱庇特和我送新兵到总库去，其余人继续在岸上巡逻。"

其余四人发出不满的呻吟声表示反对。

"不要开小差，"侯爵斥责道，"你们也知道，所有同志都一样，都要轮流在河边值岗。"

侯爵带头走在堤岸上，那个叫朱庇特的黑人紧随其后。马洛里见状大为吃惊，没想到侯爵竟然就这样背对着四个持有武器的陌生人，此人要么愚蠢至极，要么骁勇无畏。

马洛里与汤姆、布莱恩和弗雷泽默不作声地交换着意味深长的眼神。这群无政府主义者没有收缴他们的武器，所以武器还在他们身上，他们瞬间就能击毙在前面带路的侯爵，或许还有那个黑人，尽管黑人并没有武器。背后偷袭或许势在必行，却有些卑劣。汤姆、布莱恩和弗雷泽边走边动来动去，跟身上长了跳蚤似的。马洛里这才意识到，他们都在等他动手。现在，这场冒险成了由爱德华·马洛里做主的事，就连弗雷泽都把自己的生死交到了他手中。

马洛里侧身向前，步伐与黑斯廷斯侯爵保持一致："侯爵大人，你们这仓库里都有什么？应该有很多抢来的好东西吧？"

"朋友，我们确实抢了很多好东西，但也用不着你管。我问你，内德同志，如果是你，你会怎么处理抢来的东西？"

"那得看是什么东西。"马洛里试探着回答道。

"你应该会带回老窝，"侯爵猜测道，"低价卖给销赃的犹太人，然后用这笔钱买酒喝，过一两天醒来的时候，发现自己已经进了局子，还有警察踩着你的脖子。"

马洛里摸了摸下巴:"那你会怎么处理?"

"当然是加以利用!为了那些赋予其价值的人善加利用它们。我说的那些人,是指伦敦的老百姓、人民群众、受压迫的人、被剥削的劳工,那些为这座城市创造财富的人。"

"这种说法有点稀奇。"马洛里说。

"内德同志,革命不是抢劫。我们是查封、没收、解放!你们几个来这里无非是想弄几件进口便宜货,想着一会儿能拿多少就拿多少。可这样一来,不过是小偷小摸罢了。为什么要满足于口袋里那几个赃钱呢?你们可以拥有整个伦敦,拥有这座现代巴比伦!你们可以拥有未来!"

"'未来'吗?"说着,马洛里回头看了弗雷泽一眼,警官戴着方格花布口罩,眼神中透出十足的厌恶。

马洛里耸了耸肩:"侯爵大人,一夸脱'未来'能卖多少钱啊?"

"别这么叫我,谢谢,"侯爵厉声说道,"请叫我'同志'。我是老革命者,是人民战士,以'同志'这样的简单称呼为傲。"

"请原谅,我知道了。"

"内德,你不傻,不会把我错当成激进派贵族。我不是什么资产阶级精英!我是一名革命者,是拜伦暴政及其所有产物的死敌,誓要与之血战到底!"

马洛里使劲咳了一声,清了清嗓子。"好吧。"他换了种语气,尖声说道,"你刚才那话是什么意思?占领伦敦……你在开玩笑吧?自征服者威廉[1]以来,从未有人占领过伦敦。"

"多读读历史吧,朋友!"侯爵反驳道,"瓦特·泰勒[2]占领过,克

---

1. 英国国王威廉一世。——译者注
2. 1381年英国农民大起义的杰出领袖。他的名字曾经威扬英国,彪炳史册。——译者注

伦威尔占领过，拜伦也占领过！"他笑了起来，"人民起义军已经占领了纽约！此时此刻，劳动人民统治着曼哈顿！他们已经除掉了富人，烧毁了三一教堂，控制了信息传播媒介和生产设备。连美国人都能做到，英国人在历史发展进程中远比美国人先进，自然更能轻而易举地做到。"

这个蒙着脸高谈阔论的男人其实非常年轻，还是个小伙子。在马洛里看来，这家伙显然全心全意地相信那种邪恶疯狂的说法。"还有政府呢，"马洛里反驳道，"政府会派军队镇压的。"

"只要杀了那些军官，军队里的普通士兵就会加入我们起义军。"侯爵冷冷地说，"看看你的朋友布莱恩，他也是当兵的，在我们这儿不也挺开心的吗？对吧，布莱恩同志？"

布莱恩默默地点点头，挥了挥沾满泥污的手。

"你还没领会到我们大尉这项策略的精妙之处，"侯爵说，"我们脚下是英国首都的心脏地带。在地球上，只有这里是大英帝国的精英们不愿为追求邪恶霸权而摧毁的地区。激进派贵族们错误地认为眼下的动荡会转瞬即逝，他们不会为了镇压短暂的动乱而将自己宝贝的伦敦置于炮火之中。但是……"他手上戴着手套，竖起食指，"等我们在城内各处都竖起路障后，他们便不得不与起义的工人阶级短兵相接。工人将获得史无前例的真正的自由，必然会群情激奋！"

侯爵停顿了片刻，在恶臭的空气里喘息。"为了躲避河水散发的恶臭，"他咳嗽着继续说道，"大部分压迫阶级都已逃离伦敦！等他们想再回来时，起义群众会以火和钢相迎！我们将在屋顶、门口、小巷、下水道和贫民窟等各种地方与他们战斗！"他停下来，从袖子里掏出一块满是鼻涕的手帕擦了擦鼻子，"我们将割断压迫机构的全部筋脉，包括报纸、电报线、气动地铁、宫殿、兵营与政府机关！然后将其全部投入伟大的解放事业！"

马洛里还在等下文，可这个年轻的狂热分子似乎已经说累了。"你想让我们帮忙，对吗？想让我们加入你的人民军队？"

"当然了！"

"那我们能得到什么？"

"一切，"侯爵说，"直到永远。"

西印度码头泊着几艘漂亮的蒸汽船，上面放着缠成一团的索具，船上还有大烟囱。码头里的水来自泰晤士河的污水流，原本看着没那么脏，里面的烂泥层也不是很厚，可是接着，马洛里看到那一团团烂泥间漂浮着几具死尸。那是遇害的水手，是航运公司留在港口看守船只的骨干船员。他们的尸体像浮木一样漂在水面上，叫人看了毛骨悚然。马洛里跟着侯爵走在被龙门架笼罩的木板路上，他暗自数了数，发现一共有十五具尸体，也可能是十六具。他推测，大部分船员可能都在别的地方被杀害了，要不然就是被拉去扩充斯温的劫掠队伍了，毕竟不是所有水手都忠于礼法与权威的。他忽然感到腰间的巴利斯特莫利纳手枪贴着自己的肚子传来阵阵凉意。

侯爵和他手下的黑人愉快地领着四人往前走。他们经过了一艘废弃的船，看见一股分不清是蒸汽还是烟的危险气体从甲板下面的舱口升腾而起，感觉很不祥。四名无政府主义卫兵把他们的卡宾枪胡乱搭在一起，坐在用抢来的印花棉布堆成的路障上打牌。

还有几名卫兵喝醉了，胡子拉碴的，戴着破旧的高礼帽，穿着比帽子还破的裤子，身上背着枪，像流浪汉一样睡在翻倒的手推车和装卸滑车里，周围的垃圾堆积如山，有破桶烂筐、成卷的缆索、装卸踏板，还有无声蒸汽起重机用的黑煤堆。对面，南岸的仓库里远远传来断断续续的枪声。侯爵毫不关心，脚下的步子一刻没停，甚至都没往那边看一眼。

"这些船都被你们拿下了？"马洛里问，"侯爵同志，你们一定有很多人！"

"每时每刻都在增加。"侯爵跟他说道，"我们的人正在莱姆豪斯搜罗工人家庭，鼓舞他们参加起义。内德同志，你知道'指数增长'这个词吗？"

"啊，不知道。"马洛里撒了个谎。

"数学编程术语。"侯爵心不在焉地讲道，"差分机编程是一个非常有趣的领域，在社会主义的科学研究中用处无穷……"他好像有些心烦意乱，看起来有点紧张。"这种恶臭的日子再多一天，我们的人数就要超过伦敦警察的了！要知道，你们可不是我招的第一批人！我现在是这方面的老手。哎呀，我敢打赌，就连我的随从朱庇特都能招到人！"侯爵说着拍了拍穿制服的朱庇特的肩膀。

黑人毫无反应。马洛里怀疑他是个聋哑人。他没戴口罩，也许是不需要。

侯爵带他们来到最大的仓库前。即便周围的仓库上标有惠特比、埃文黑尔、亚伦马德拉斯与本地治里公司等商界人士如雷贯耳的名字，但在众多仓库中，他们面前这座仍可谓现代商业的殿堂。装卸货作业门由一种巧妙的铰接平衡装置开启，里面的钢架结构清晰可见，半透明的厚玻璃板穹顶又宽又长，有足球场那么大。穹顶下面是迷宫般的钢铁支架，这个复杂结构由棘轮和轮式导向滑道组成，由差分机驱动的滑车可以像蜘蛛一样在上面运行。不知在仓库的什么地方，活塞咔嚓作响，那声音听着很耳熟，像是由差分机驱动的印刷机发出的。

不过，印刷机藏在那些抢来的赃物后面。那些东西堆放在一起，如同一座迷宫，就算是博尔吉亚[1]家族的人看了也会目瞪口呆。商品堆有大有小，有的像干草垛，有的像小山，其中有锦缎、躺椅、车轮、分层饰盘、枝形吊灯、有盖海碗、床垫、小狗铁艺草坪装饰品、帕罗斯岛白色大理石鸟池、台球桌、酒柜、床架、楼梯中柱、成卷的小地毯和大理石壁炉架……

---

1. 意大利十五、十六世纪的权门家族。——译者注

"天哪！"汤姆喊道，"这都是怎么做到的？"

"我们已经来这儿好几天了。"侯爵说道。他扯下脸上的丝巾，露出一张少女般白皙的漂亮面孔，蓄着绒毛般的金色小胡子。"别的货仓里也有很多东西，大家都有机会用滑车或手推车搬运它们，那可是一大乐事。你们也有份，这些东西属于我们所有人，人人平等！"

"所有人？"马洛里问道。

"当然，所有同志。"

马洛里指着那个黑人问："他呢？"

"啊，我的随从朱庇特？"侯爵眨眨眼说道，"当然，朱庇特是我们大家的！他不仅仅是我的仆人，也是大家的公仆。"侯爵用手帕擦了擦鼻涕，"跟我来。"

赃物堆得乱七八糟，打乱了仓库科学的存储规划，使之变成了一个巨大的鼠窝。他们跟着侯爵择路而行，小心翼翼地跨过一堆堆碎水晶，越过一摊摊食用油，然后穿过了一条通道，通道里四处散落着花生壳，踩在脚下嘎吱作响。

"真奇怪，"侯爵喃喃道，"上次我来的时候，明明到处都是同志……"

越往仓库里面走，成堆的货物越少。经过那台运转中的印刷机时，他们没看见其真身。机器被一捆捆堆得高高的新闻纸挡住了，根本看不见。有人从那堆新闻纸后面抛出一捆湿乎乎的传单。侯爵敏捷地跳到一边，才没被砸到。

此时，马洛里听见远处传来一个尖细刺耳的声音。

仓库最里面有一大块被用作临时讲堂的空地。讲台由密密麻麻的肥皂箱搭成，上面歪歪斜斜地放着一块黑板、一张堆满玻璃器皿的桌子和一张讲桌。讲台下面有一些不配套的廉价餐椅，上面镶着橡木和枫木饰面。椅子上坐着六十来人，都在安静地听课。

"原来在这儿呢。"侯爵颤声说道，嗓音有点奇怪，"你们真幸运！巴顿医生正在给我们讲课。同志们，快坐下。我敢保证，你们会发现这非常值得一听！"

马洛里大为吃惊，不得不和同伴们坐在听众席最后一排的椅子上。那个黑人没坐下，背手站在讲堂后面。

马洛里坐在侯爵旁边，难以置信地揉了揉刺痛的眼睛："你们这位讲师竟然穿着连衣裙！"

"嘘。"侯爵赶忙低声制止。

女讲师挥舞着一截粉笔头和一根黑檀木教鞭，激动不已地向在座的听众高谈阔论，尖锐的声音里透着狂热，却又不失分寸。临时讲堂的传声效果有点奇怪，听起来像在鼓里说话似的。女讲师在谴责"酒精这种毒物"及其对"工人阶级革命精神"的威胁，像是在进行什么奇怪的戒酒讲座。她面前的桌子上放着几个长颈瓶，带玻璃塞的大瓶子里装满了酒，上面贴着骷髅标签，周围还有一堆蒸馏瓶、红色橡胶管、铁丝支架和实验用环形轻便燃气炉。

汤姆坐在马洛里右边，他拍拍马洛里的胳膊，近乎惊惧地低声问："内德！内德！那是艾达女士吗？"

"天哪，小伙子，"马洛里语带怒气，吓得胳膊和脖子上的汗毛都竖了起来，"你怎么会这么想？当然不是她！"

汤姆看起来松了一口气，有点迷惑又有点生气："那是谁呀？"

女讲师转身在黑板上写下几个秀气的连笔字：神经衰弱性退化。她扭头对听众露出一个灿烂的假笑，马洛里这才认出她是谁。

是弗洛伦斯·拉塞尔·巴特利特。

马洛里僵坐在椅子上，震惊得倒吸了一口凉气，却不小心把口罩里的一小团干棉花吸进了嘴里，那团棉花像倒钩一样卡在他的喉咙里。他开始咳嗽，怎么都停不下来，喉咙里黏糊糊的，传来撕裂般的疼痛。他试图微笑，想低声说句道歉的话，可嗓子仿佛被铁箍夹住了似的。马洛里竭力抑制喉部一阵阵难耐的痒意，忍得热泪奔涌如注，可他还是无法停止咳嗽，连压低声音都做不到。噩梦般的咳嗽声宛如小贩的叫卖，惹得人们纷纷朝他看过来。最后，马洛里挣扎着站起身，撞得椅子咔嗒一声向后退去。他半弯着腰，眼前一片模糊，踉踉跄跄地逃离讲堂。

马洛里张开手臂，跌跌撞撞地在一堆赃物间穿行，脚下不知绊到了什么，只听到有件木制品哐当一声掉落在地。最后总算找到了一个可以躲避的地方，他颤抖着弯下腰，嗓子里仿佛有一团恶心的浓痰或呕吐物，堵得他喘不过气。"我可能会被憋死，"他绝望地想，眼睛从眼窝里鼓出来，"要爆了，我的心脏要爆炸了。"

忽然，喉咙里的堵塞感莫名其妙地消失了，咳嗽也被压住了。马洛里吸了口气，发出刺耳的吱吱声。他咳嗽一声后喘过气来，开始正常呼吸。胡子上沾着难闻的唾沫星子，他抬手抹去，这才发现自己正靠着一尊雕像。那是一座真人大小的印度少女雕像，材质为科特公司的专利人造石。少女赤裸着上半身，下半身裹着衣饰，髋部顶着一个水罐。水罐当然是块实心的石头，可马洛里浑身上下的每一个细胞都在叫嚣，想要喝口干净的水。

这时，有人结结实实地拍了拍他的后背，马洛里以为是汤姆或布莱恩，扭头一看却发现侯爵站在那里。

"你没事吧？"

"咳完就好了。"马洛里的声音低沉沙哑。他摆摆手，依然直不起腰。

侯爵把一个弧形银瓶塞到他手中。"给，"他说，"应该能有点用。"

马洛里以为是白兰地，便把瓶子凑到嘴边喝了一口。甜腻的液体涌入口中，隐约有点甘草和榆木的味道，他硬着头皮咽了下去。"这……这是什么啊？"

"巴顿医生调制的一种草药，"侯爵回道，"专门用来对付恶臭的。来，我往你口罩上倒点，这香气可以清肺。"

"还是别了。"马洛里尖声拒绝。

"那你还能回去听讲吗？"

"不了！我就不去了。"

侯爵面露狐疑："巴顿医生是个医学天才！她是海德堡大学首位以优异成绩毕业的女性。你不知道她在法国创造了怎样的奇迹，当时连所谓的专家都认为那些可怜的病人没救了……"

"我知道。"马洛里脱口而出，好像又有了力气，同时还生出一种强烈的冲动，想掐住侯爵的脖子使劲摇晃，像挤牙膏一样把这小傻瓜脑子里荒谬的想法都挤出来。他有一种不要命的冲动，想把真相一五一十地说出来，说他知道这个巴顿曾经毒死过人、跟人通奸、拿硫酸害人，至少有两个国家的警察在通缉她。他可以低声坦白，然后杀死黑斯廷斯侯爵，再把该死的尸体塞到什么东西下面。

那种冲动过去了，取而代之的是一种冰冷而理智的狡黠。"同志，我更想和你聊天，"马洛里说，"不想听什么讲座。"

"真的吗？"黑斯廷斯两眼放光，感到难以置信。

马洛里一本正经地点了点头："我……我发现，聆听真正懂行的人讲话总是受益匪浅。"

"同志，我真看不透你，"侯爵说道，"有时候，你像是那种典型的自私自利的傻瓜，可有时候你又像一个通晓世故的人，明显比你那几位朋友强些！"

"我经常出去游历，"马洛里缓缓说道，"游历能拓宽人的眼界。"

"同志，你都去过哪儿？"

马洛里耸了耸肩："阿根廷、加拿大、欧洲大陆，到处跑。"

侯爵环顾四周，好像在看是否有间谍躲在鸟池和枝形吊灯后面。见无人偷听，他稍微放松了一点，重新开口，语气略显急切："你知道美国南方吗？南方邦联？"

马洛里摇了摇头。

"南卡罗来纳有个城市叫查尔斯顿，那是一座迷人的小镇，那里有一大批出身名门的英国人,都是为了躲避激进党才流亡到那里的。他们是没落的英国骑士。"

"好吧。"马洛里咕哝道。

"查尔斯顿是一座文明而优雅的城市,不比英国任何一个城市差。"

"你是在那儿出生的吗?"马洛里一时失言,大声说出了这个推论。黑斯廷斯对此很敏感,皱起了眉头。马洛里连忙补充道:"你在查尔斯顿一定很成功,竟然还有黑人随从。"

"希望你不是反奴隶制的顽固分子,"侯爵说,"很多英国人都是。如果你也是,也许会要求我把可怜的朱庇特打发到利比里亚那种热病肆虐的丛林里去!"

马洛里忍住不去点头表示肯定。事实上,他是废奴主义者,而且支持遣返黑人。

"要真去了利比里亚帝国,可怜的朱庇特连一天都活不下去。"侯爵断然道,"你知道吗?朱庇特能读会写,是我亲自教他的。他平时还看诗歌。"

"你的黑人看韵文?"

"不是韵文,是诗歌,大诗人所作的诗歌,比如约翰·弥尔顿。我敢打赌,你肯定从来没听说过这位诗人。"

"他是克伦威尔的大臣,"马洛里随口答道,"《论出版自由》的作者。"

侯爵点点头,似乎很高兴:"约翰·弥尔顿的史诗《失乐园》是无韵诗,讲述了一个圣经故事。"

"但本人是不可知论者。"马洛里说。

"你知道威廉·布莱克吗?他不仅创作诗集,还为自己的诗集配插图。"

"是找不到合适的出版商吗?"

"英国现在也有优秀的诗人。你听说过约翰·威尔逊·克罗克吗?

温思罗普·麦克沃思·普雷德呢?还有布莱恩·沃勒·普罗克特?"

"也许听说过,"马洛里说,"我平时也读点书,不过大部分是廉价的惊险小说。"他感到奇怪,不明白侯爵为何会对如此晦涩的话题感兴趣。同时,他也挂念汤姆他们。他们还坐在讲堂里等他,不知道会怎么想。他们可能会失去耐心,鲁莽行事,那可不行。

"珀西·比希·雪莱也曾是一位诗人,后来在动荡年代成了卢德派领袖,"侯爵说,"我知道珀西·雪莱还活着!他被拜伦流放到了圣赫勒拿岛,现在还被囚禁在那儿,就在拿破仑一世[1]的故居。有人说他在那儿创作了好几本戏剧和十四行诗。"

"胡说,"马洛里说,"雪莱早就死在狱中了。"

"他还活着,"侯爵说,"知道的人不多罢了。"

"接下来,你可能会说查尔斯·巴贝奇也写过诗,"马洛里说,他的神经绷得很紧,"可这有什么意义?"

"我有一种推测,"侯爵说,"与其说是推测,不如说是诗性直觉。自从开始研究卡尔·马克思的著作,当然还有伟大的威廉·柯林斯[2]的著作,我意识到真实而自然的历史发展进程遭到了严重破坏。"侯爵顿了顿,得意地笑了,"可怜的家伙,你可能根本听不懂我在说什么!"

马洛里没好气地摇了摇头:"我完全听得懂,你说的是灾变。"

"嗯,可以这么说。"

"历史由灾变推动!世界就是如此,过去是,现在是,将来也是。其实历史并不存在,只有偶发事件!"

侯爵不淡定了:"你这个骗子!"

听到这骂人的蠢话,马洛里气坏了:"小伙子,你脑子里的全是妄

---

1. 拿破仑·波拿巴,十九世纪法国伟大的军事家、政治家,法兰西第一帝国的缔造者。——译者注
2. 英国小说家,以犯罪类小说而出名,也是侦探小说的先驱,影响了柯南·道尔等人。——译者注

想！什么'历史'！你觉得自己应该有爵位和田产，而我就该一辈子在刘易斯给人做帽子。仅此而已！你这个小傻瓜，激进党根本不在乎你，也不在乎马克思、柯林斯，更不在乎你口中那些做作的诗人！他们会把你们全都杀光的，像杀死锯末坑里的耗子一样。"

"你不是抢匪。"侯爵说道，脸色苍白如纸，"你到底是谁？到底是什么人？"

马洛里浑身紧绷。

侯爵双眼圆睁："间谍。"他伸手去拿枪。

马洛里一拳打在侯爵脸上，侯爵踉跄后退。马洛里抓住他的胳膊，挥起巴利斯特莫利纳手枪，用沉重的枪管砸他的脑袋，一下、两下。侯爵倒在地上，血流不止。

马洛里夺过侯爵的手枪，起身环顾四周。

那个黑人就站在不到五码远的地方。

"我看见了。"朱庇特轻声说。

马洛里一言不发，手里的两把枪都对准了黑人。

"你打我的主人了，他死了吗？"

"应该没有。"马洛里说。

黑人点点头。他缓缓摊开双手，像是在祈福祷告："你是对的，先生，他完全弄错了。根本没有什么历史，没有进步，没有公道，只有偶发的恐怖事件。"

"也许吧。"马洛里缓缓说道，"要是你敢喊的话，我就开枪打死你。"

"如果你杀了他，我一定会喊的。"黑人说。

马洛里朝后瞥了一眼："还有呼吸。"

两人久久不语。黑人一动不动地站着，姿势僵硬而完美。他犹豫不决，没有动作，像一个稳稳倒立的柏拉图式圆锥体，等待着某种超脱因果关系的动力来决定倒下的方向。

黑人叹了口气。"我要回纽约了。"说完，他转身离开，鞋跟锃亮，脚步不慌不忙，慢慢消失在堆得高高的货物间。

马洛里确信那人不会大喊大叫，但他还是等了一会儿，等着看自己这种想法到底对不对。躺在地上的侯爵动了一下，呻吟起来。马洛里一把扯下侯爵包在头上的佩斯利涡旋纹方巾，露出下面的卷发，然后用方巾堵住了侯爵的嘴。

片刻后，马洛里把侯爵推到了一个赤陶大瓮后面。

这一番折腾让马洛里口干舌燥，喉咙干得像带血的砂纸一样。周围没有别的能喝的东西，只有银瓶里那骗人的药水。马洛里摸索着从侯爵的外套口袋里拽出那个银瓶，润了润嗓子。他嘴里火辣辣的，还有点麻，像喝了干香槟似的。这药水很难喝，却让他打起了精神，于是他又喝了几口。

马洛里回到讲堂里，在弗雷泽旁边坐下。弗雷泽挑起一边的眉毛，不动声色地询问。马洛里已经把从侯爵那儿得来的手枪别在腰间，正对着那把巴利斯特莫利纳手枪。他拍拍侯爵那把枪的枪托，弗雷泽微微点了点头。

弗洛伦斯·拉塞尔·巴特利特还在滔滔不绝地讲着，台下的听众像被定住了似的，都陷入一种不可思议的麻痹状态。眼前所见令马洛里既震惊又厌恶，巴特利特开始展示她那些用来避孕的骗人玩意儿：一个有弹性的橡胶盘和一团海绵，海绵上拴着一根线。马洛里脑海里不禁浮现出交欢时使用这些诡异物品的阴暗画面。一想到那情景，他的胃不禁猛地一抽。

"她刚杀死了一只兔子，"弗雷泽嘴角微动，语带怒气地低声说道，"把兔子的鼻子泡到了雪茄香精里。"

"我没杀死那个男孩，"马洛里低声回答，"不过，他可能被打得有点脑震荡……"他看着夸夸其谈的巴特利特，现在她又开始讨论通过选择性繁殖来改善人类血统的诡异计划。她所描述的未来似乎要废除正当的婚姻，"普世自由的性爱"将取代贞操，繁殖将成为专家研究的事情。这些概念像阴影一样在马洛里心头飘来荡去。他突然无端想到，自己本来也要就雷龙发表演讲，还伴有济慈先生设计的影像，时间就安排在今天，实际上就是今天下午。这可怕的巧合令他浑身战栗。

布莱恩突然探身越过弗雷泽，用铁钳般的手一把抓住马洛里裸露的手腕。"内德！"他咬牙切齿地低声说，"我们离开这个该死的地方吧！"

"还不行。"马洛里说。不过，他内心惊惧不已，因为布莱恩似乎已经陷入极度的恐慌，难以抗拒的情绪通过他抓着马洛里的手传过来。"我们还不知道斯温藏在哪里，他可能在这贼窝里的任何地方……"

"同志！"巴特利特大声喊道，声音如同一把冰冻的剃刀，"对，就是你们，坐在后面那四位！这是肖托夸教育会，如果你们一定要打扰我们，如果真有那么重要的消息，你们自然应该和同志们分享一下！"

他们四人愣住了。

巴特利特如美杜莎[1]一般扫视他们。原本像被定住似的观众忽然从诡异的束缚中解脱出来，带着嗜血的喜悦眼神向后瞪着他们。这群人眼中闪烁着一种幸灾乐祸，仿佛恶棍发现自己注定要受的惩罚落到旁人头上，心里骤然松了一口气……

汤姆和布莱恩有些抓狂，同时低声开口。

"她是在说我们吗？"

"天哪，怎么办？"

马洛里感觉自己像被困在了噩梦里。他心想，也许现在说句话就能打破这噩梦。"不过是个女人而已。"他说道，声音很大，很平静。

"闭嘴！"弗雷泽制止道，"安静！"

"无话可说？"巴特利特嘲笑道，"我想你们也没……"

马洛里站了起来："我有话要说！"

---

1. 古希腊神话中三蛇发女怪之一，被其目光触及者即化为石头。——译者注

听众里有三个人像从盒子里弹出的玩偶一样猛地站起身,举手喊道:"巴顿医生!巴顿医生!"

巴特利特和蔼地点点头,抬手用教鞭指向其中一人:"派伊同志,请讲。"

"巴顿医生,"派伊喊道,"我不认识这几位同志。他们的行为很反动,我……我认为他们应该受到批斗!"

周围一片死寂。

弗雷泽使劲儿扯着马洛里的裤腿:"坐下,你这个傻瓜!你疯了吗?"

"我有消息!"马洛里戴着方格花布口罩喊道,"给斯温大尉的消息!"

巴特利特看起来很震惊,眼睛来回扫视。"那就告诉我们大家吧,"她命令道,"这里的人都是一条心!"

"巴特利特夫人,我知道点金模的下落!"马洛里喊道,"你想让我告诉这群傀儡吗?"

椅子咔嗒作响,人们一跃而起。巴特利特尖叫着什么,声音被周围的响声淹没了。

"我要见斯温!我必须单独跟他说!"混乱四起,马洛里一脚踢飞前面的空椅子,拔出别在腰间的两把手枪。"坐下,你们这些浑蛋!"他举枪对准听众,"哪个懦夫敢乱动一下,我就在他身上穿个窟窿!"

然而,回应他的是不断射来的子弹。

"快跑!"布莱恩尖叫,和汤姆、弗雷泽拔腿就逃。

马洛里两边的椅子都被打烂了,倒在地上。听众们不停地朝他射击,发出刺耳的砰砰声。马洛里将两把手枪对准讲台上的巴特利特,扣动扳机。

结果,两把枪都没有响,他忘了把击锤扳起来,侯爵的枪上似乎还有一种镀镍的保险开关。

附近有人朝马洛里扔来一把椅子。马洛里漫不经心地把椅子挡开,却感到有什么东西重重地打在了他脚上。这一击十分猛烈,他整条腿都麻了,站都站不稳了。马洛里趁机逃跑。

可他已无法正常跑动,脚大概跛了。子弹从他身边呼啸而过,让他想起了当初远在怀俄明的枪战。

弗雷泽在一个岔道口朝他招手。马洛里跑过去,转身,打着滑收住脚步。

弗雷泽沉着地走到空旷处,举起手中的警用小胡椒瓶手枪,摆出决斗的姿势,右臂平伸,身体侧转以缩小自己的受攻击面,目光锐利,头部端平。他开了两枪,尖叫声随之传来。

弗雷泽抓住马洛里的胳膊:"这边!"马洛里心跳如鼓,脚已不听使唤。

马洛里一瘸一拐地走在通道里,突然发现前方已无路可走。弗雷泽发疯似的四处寻找爬行通道。汤姆则把布莱恩托到了一大堆摇摇欲坠的纸箱上。

马洛里在弟弟身边停下来,转身举起两支手枪,同时迅速低头瞥了一眼自己的脚,原来是一颗流弹打掉了他的鞋跟。他抬头望去,只见六名匪徒正尖叫着朝他们逼近。

突然,一声巨响震颤了整个仓库。在滚滚烟尘中,一堆堆罐头哗啦落地。马洛里惊得目瞪口呆。

六个恶棍全都被炸翻了,四仰八叉地躺在通道里,像遭了雷劈一样。

"内德!"布莱恩在纸箱顶上喊道,"快去拿他们的武器!"他单膝跪在那里,手里握着那把俄国手枪,打开的弹膛正在冒烟。他又装了一颗用红色蜡纸封装的黄铜子弹,弹身足有警棍那么粗。

马洛里耳朵里嗡嗡作响,他向前冲去,不小心滑了一下,差点一头栽进血泊中。他伸出右手想抓点什么,巴利斯特莫利纳手枪却意外走火,子弹咚的一声打在了他头顶的铁梁上。马洛里愣了一下。他双手颤抖着小心翼翼地将枪的击锤归位,又把侯爵的手枪击锤也归位,然后把两支枪别到腰间，宝贵的时间就这样一秒一秒地流逝了。

通道里到处是血。匪徒们被那把俄国大口径短枪炸得血肉模糊。马洛里从一人身下拽出一支维多利亚卡宾枪，那可怜的家伙喉咙还在咯咯响着，枪托上滴着鲜红的血。马洛里又去扯那人身上的子弹带，但太费劲了，他只好放弃，转而去拿另一个人的美式木柄左轮手枪。他刚抓起那把手枪，有什么东西瞬间刺痛了他的手掌。马洛里呆呆地看了看受伤的手，又看了看枪托，只见木制枪托里嵌着一块滚烫的螺旋形弹片，非常锋利。

远处传来步枪的咔嗒声，子弹打在他们周围的赃物上，发出奇怪的嘎吱声，还有玻璃清脆悦耳的叮当声。"马洛里，这边！"弗雷泽喊道。

弗雷泽在仓库墙边发现了一道窄缝。马洛里转身背上卡宾枪，四处寻找布莱恩，只见这位年轻的炮兵已经越过通道，去找下一个有利位置了。

马洛里跟着弗雷泽躲进窄缝，贴着墙吭哧吭哧地走了好几码。子弹打在仓库的砖墙上，前后都有，但是都高出他们的头顶一截。有些打偏的子弹落在仓库的铁皮屋顶上，发出擂鼓般的金属撞击声。马洛里从窄缝里出来，发现汤姆正在一条死胡同里拼命忙活，把细长腿的女士梳妆台堆起来当路障。白色的漆面梳妆台被堆在一起，活像热带的死蜘蛛。

步枪的咔嗒声更响了，仓库里一片嘈杂。马洛里听到身后传来惊怒交加的喊声，匪徒们已经发现了那六个死掉的家伙。

汤姆把一段铁床架插进一堆板条箱，后背靠上去用力一撬，板条箱哐当一下倒了下去。"几个？"汤姆气喘吁吁地问道。

"六个。"

汤姆笑得像个疯子："就算他们把我们全都杀了，我们也稳赚不赔了。布莱恩在哪儿？"

"不知道。"马洛里取下卡宾枪，递给汤姆。看见卡宾枪上的血块，汤姆大吃一惊，胳膊伸得笔直，把枪举得远远的。

弗雷泽紧盯着窄缝，手里的小胡椒瓶手枪又开了一枪，窄缝里传来可怕的尖叫声，还有乱踢乱撞的声响，好像一只吃了毒药的老鼠在墙洞里东撞西碰。

在尖叫声的引导下，子弹突然打向他们周围的瓦砾，准头也好了点。不知从哪里射来一颗拇指大小的圆锥形子弹，落到马洛里脚边，像个陀螺似的在地板上旋转。

弗雷泽拍了拍马洛里的肩膀，马洛里随即转过身。弗雷泽已经把脸上的口罩扯了下来，他的眼睛闪闪发光，苍白的下巴上留着黑色的胡楂："怎么样，马洛里博士？想到什么新花招了吗？"

"其实，刚才那招本来有可能成功的，"马洛里分辩道，"要是她相信我的话，可能会直接带我们去找斯温。女人嘛，本来就捉摸不透……"

"哼，她信你才怪。"弗雷泽说着突然呵呵笑了起来，笑声干涩得像涂了树脂的木头在相互摩擦，"喂，你那儿都有什么？"

"手枪？"马洛里把他从匪徒身上拿来的左轮手枪递给弗雷泽，"当心，上面有一块弹片。"

弗雷泽用靴子后跟刮掉了嵌在枪上的弹片。"从来没见过布莱恩手里那种枪！我怀疑就算是在克里米亚英勇作战的英雄，持有那种枪也是不合法的。"

一颗步枪子弹差点击中弗雷泽，子弹打在了一张梳妆台上，一大块木头旋转着掉下来。马洛里抬头望去，吃了一惊："该死！"远处有一名狙击手像猴子一样攀在一根铁椽上，正往步枪里装子弹。

马洛里从汤姆手中夺过维多利亚卡宾枪，将带血的背带绕在小臂上，仔细瞄准。他扣动扳机，枪却没响，里面原本就只有一发子弹，早就打完了。可狙击手还是被吓得张大了嘴巴，从铁椽上跳了下去，远远传来一声巨响。

马洛里猛地向后一拉枪栓,扔掉了里面的空弹壳:"真应该把那些该死的子弹带也拿上……"

"内德!"布莱恩突然出现在他们左边,蹲在一堆东西顶上,"这边有棉花包!"

"好!"他们跟着布莱恩在赃物顶上爬上爬下,在瀑布般的鲸须和烛台间穿行。子弹嗖嗖地打在他们周围。马洛里觉得攀到椽子上的人增加了,只是无暇去看。弗雷泽起身乱开了一枪,但好像没什么用。

前面有几十包一英担[1]重的美国南方皮棉,外面包着粗麻布,用绳子捆着,都快堆到椽子上了。

布莱恩使劲儿招手,然后消失在棉花垛后面。马洛里明白他的意思:只要稍加改造,这就是一座天然堡垒。

他和汤姆爬到棉花垛顶上把一包棉花推下去,躲进下面的凹洞中。子弹打进棉花里,发出轻柔的噗噗声,弗雷泽起身还击。

马洛里和汤姆又踢翻一包棉花,然后是第三包。弗雷泽也跳了下去,踉跄几下后稳住身子,和他们一起挖洞。他们吭哧吭哧地忙活,不一会儿便挖到棉花垛深处,像一群蚂蚁躲进一个方糖盒里。

现在他们的阵地成形了,子弹砰砰地打在棉花堡垒上,毫无作用。马洛里拽出一大团干净的棉花,擦去脸上和胳膊上的汗水与血迹。拖棉花包真是件苦差事,难怪美国南方人会把这活儿交给黑人做。

弗雷泽在棉花垛中间推出一道窄缝:"再给我一把手枪。"马洛里把侯爵的长管左轮手枪递给他。弗雷泽扣动扳机开了一枪,眯起眼睛点了点头:"好枪……"一排子弹闻声而来,结果都徒劳无功。汤姆吭哧吭哧地从棉花堆深处举起一包棉花扔出去,试图腾出更多空间。那包棉花不知砸中了什么,发出砰的一声,就像自动钢琴碎裂了似的。

---

[1] 1英担约为50.8千克。——译者注

他们清点了一下手里的武器。汤姆有一把大口径短筒手枪,弹膛里只剩一发子弹,要是那些无政府主义者像登船的海盗一样蜂拥而入,这枪或许还有点用,否则就毫无用处。马洛里的巴利斯特莫利纳手枪里有三发子弹。弗雷泽的小胡椒瓶手枪里也还剩三发子弹,侯爵的枪里有五发子弹。此外,他们还有一支没子弹的维多利亚卡宾枪和弗雷泽的小警棍。

布莱恩还是不见影踪。

仓库深处传来低沉的怒吼声。马洛里心想,也许是有人在发号施令。枪声突然消失了,取而代之的是一片死寂,只听得见窸窣声和锤击般的声响。马洛里从一包棉花后面探头望去,没看见敌人,但仓库的门被关上了。

仓库里突然暗下来,很快便黑得惊人,只有天花板上的玻璃拱顶透着些许微光,河水散发的恶臭似乎更重了。

"要不要跑路?"汤姆小声问。

"不能丢下布莱恩。"马洛里说。

弗雷泽阴郁地摇了摇头,没说话,不过态度显而易见。

他们在黑暗中忙活了一阵儿,腾出更多地方,挖得更深,把几包棉花摞起来当防御墙。听见他们有动静,敌人又开始射击,凶猛的火舌在黑暗中闪着亮光,子弹尖啸着打在他们头顶的钢铁支架上。成堆的商品中,到处有点燃的提灯闪着亮光。

发号施令的喊声再次传来,枪声停止了。金属屋顶上响起一阵啪嗒声,然后又迅速消失。

"那是什么声音?"汤姆问道。

"听着像老鼠在跑。"马洛里说。

"下雨了!"弗雷泽说道。

马洛里什么都没说。他觉得更有可能是房顶又落灰了。

光线突然又亮了点,马洛里探头往外看。一群恶棍正光着脚悄无声息地匍匐前进，有些嘴里还衔着刀，都快爬到他们的堡垒下面了。马洛里惊恐地大吼一声，开始射击。

他马上就被自己枪口的火舌闪得什么都看不清了。那把巴利斯特莫利纳手枪像是有了生命一样，不停地反冲射击，仅剩的三发子弹瞬间被打完。好在子弹都没白费。距离这么近，他不可能打偏。有两个人倒下了，还有一个人在地上艰难爬行，其余的人都被吓得落荒而逃。

敌人跑得不见踪影，马洛里听见他们又聚到了一起，互相殴打咒骂着。枪里没子弹了，马洛里便握着滚烫的枪管当短棍。

布莱恩的手枪发出可怕的轰鸣声，震得整个仓库都在摇晃。

随后又是一片死寂，只能听见痛苦的尖叫。接下来的片刻显得漫长而难熬，耳畔都是伤者和垂死者的惨叫哀号，同时夹杂着撞击声、咒骂声和倒地声。

突然，一个黑影飞身来到他们中间，周身散发着火药的气味。

是布莱恩。

"幸好你们没打到我。"他说，"该死的，这儿也太黑了！"

"你没事吧，小伙子？"马洛里问。

"没事，"布莱恩说着站起身，"内德，看我给你带了什么。"

他把东西递给马洛里。马洛里将其拿在手中，枪托和枪管沉重而光滑，手感宛如丝绸一般。那是一支野牛步枪。

"他们有一整箱这样的好枪，"布莱恩说，"放在外面的一间小办公室里，就在对面。还有弹药，不过我只拿到两盒。"

马洛里立刻给步枪上膛，一发又一发黄铜子弹被装进弹簧弹匣里，发出优质发条装置才有的那种咔嗒声。

"真是怪事，"布莱恩说，"他们好像不知道我在乱窜，也不懂什么策略。就是一群乌合之众，不像什么军方叛徒，这一点我可以肯定！"

"小伙子，你那把枪可真厉害。"弗雷泽说。

布莱恩哼了一声："现在不行了，弗雷泽先生。我只剩两发子弹了，刚才应该忍着点的，可一看到那个纵射的好机会，我就忍不住开枪了。"

"没关系，"马洛里抚摩着步枪的胡桃木枪托对他说，"这枪要能搞到四支，跟他们打一周都没问题。"

"抱歉！"布莱恩说，"我受了点伤，做不了多少正经侦察工作了。"

布莱恩的小腿前部被一颗流弹灼伤了，伤口不深，却已露出白骨，沾满泥污的靴子上全是血。弗雷泽和汤姆用干净的棉花为他清理伤口，马洛里则端着步枪警戒。

"好了，"布莱恩终于抗议道，"你们俩都快胜过南丁格尔女士了。内德，有什么发现吗？"

"没有，"马洛里说，"不过，我听见他们在打坏主意。"

"他们退回三个集结点了，"布莱恩说，"有一个集结点刚好在你的火力范围外，我刚才就是在那儿用沙俄霰弹纵射他们的。他们现在应该不敢再冲过来了，已经被吓破胆了。"

"那他们会怎么做？"

"我敢打赌，他们会学工兵，"布莱恩说，"弄些前进防御，可能是带轮子的东西。"他干巴巴地啐了一口痰，"该死的，真想喝点什么。自打离开勒克瑙，我还没这么口干过呢。"

"抱歉。"马洛里说。

布莱恩叹了口气："我们在印度的时候，给兵团送水的小孩儿特别好。那个小印度人跟这些浑蛋相比，一个可以顶十个！"

"你看见那个女人了吗？"弗雷泽问他，"看见斯温大尉了吗？"

"没有，"布莱恩说，"我为了隐藏行迹一直在到处跑，主要是想找点好枪，射程比较远的那种。不过，我发现了些怪事。我是在一间小办公室里找到内德手上那种猎枪的。当时只有一个文员模样的家伙坐在办公桌前写东西，旁边点着两支蜡烛，屋里到处都是纸，还有很多装箱的枪支准备出口。从军事角度来看，我有点搞不懂他们为什么让一个文员守着那些好枪，却给手下发维多利亚卡宾枪？"

一道暗淡的绿光扫过仓库，照出一个人影。那人身上有枪，套在绳套里沿着滑轮线往上升。马洛里立刻瞄准他，呼气，开枪。那人向后仰倒，双腿弯曲，倒挂在绳套上，身体无力地垂着，失去了生气。

步枪子弹又射过来，打进了棉花里。马洛里急忙伏身躲避。

"棉花包真是不错的掩体，"布莱恩满意地说，拍了拍脚下包着粗麻布的棉花包，"在新奥尔良的时候，山胡桃杰克逊就是躲在棉花包后面打我们的。"

"布莱恩，那间办公室里到底发生了什么？"汤姆问。

"那家伙给自己卷了一根帕皮罗西，"布莱恩说，"知道那是什么吗？是土耳其烟卷。只是那家伙先用滴管从一个小药瓶里吸了点什么滴在纸上，然后才从糖果罐里取了点奇怪的叶子放在纸上卷起来。他凑近蜡烛点烟时，我看到了他的正脸。他看起来十分入神，可以说如痴如醉，像内德老哥在思考他的学术问题时一样！"布莱恩干笑着，并无恶意，"我觉得不该打扰他想心事，就悄悄拿了一支步枪和两盒子弹，然后就走了！"

汤姆大笑。

"你看清楚了吗？"马洛里问。

"当然看清楚了。"

"那家伙脑门上是不是有个大包？就在这个位置。"

"是啊！"

"他就是斯温大尉。"马洛里说。

"真给我蠢死！"布莱恩喊道，"在人背后开枪确实不对，可我要早知道是他，当时就该给他开瓢了！"

"爱德华·马洛里博士！"一个声音从下面黑暗的地板上传来。

马洛里站起身，躲在一个棉花包后面张望。黑斯廷斯侯爵站在他们下面，头上缠着绷带，一手提着灯，一手挥舞着绑有白手帕的棍子。

"利维坦马洛里，我们要跟你谈判！"侯爵喊道。

"那就说吧。"马洛里说,小心不露出脑袋。

"马洛里博士,你们被包围了!我们有个条件,只要你说出偷走的宝贝藏在哪儿,我们就放你们兄弟走。但是政治保安处那位警探必须留下,我们有几个问题要问他。"

马洛里嗤笑道:"听我说,黑斯廷斯,你们都听着!把斯温那个疯子和那个杀人如麻的妓女绑起来交给我们,我们就放你们走!趁军队还没来,赶紧溜吧!"

"你要横也没用,"侯爵说,"我们只要把棉花点燃,你们就会变成一窝烤兔子!"

马洛里扭头问道:"他能点着吗?"

"棉花压得这么紧,根本烧不起来。"布莱恩推测道。

"好啊,烧吧!"马洛里喊道,"把整个仓库都烧了,熏也能熏死你们。"

"马洛里博士,你很有胆量,也很幸运。我们的精兵正在莱姆豪斯街头巡逻,消灭那些警察!但他们很快就会回来,都是些经过淬炼的战士,是曼哈顿的老兵!他们会武力攻占你们藏身的小窝!赶紧出来,不然只有死路一条!"

"我们才不怕什么美国的乌合之众!让他们放马过来,尝尝葡萄弹的滋味!"

"我们的条件已经开出来了!用你那学者的脑子好好想想!"

"见鬼去吧,"马洛里说,"叫斯温来,我要和斯温谈!你就是个装腔作势的小叛徒,我不想再跟你废话了。"

侯爵离开了。片刻后,敌人开始杂乱无章地射击。马洛里朝着枪口火舌闪烁的地方还击,用掉了半盒子弹。

接着,那些无政府主义者开始努力推动攻城车前进。那是由三辆笨重的搬运车组成的临时方阵,前面斜绑着大理石桌当装甲。搬运车装甲太宽了,进不去通往棉花垛的弯曲通道,于是反叛者们便把周围的东西堆到搬运车两侧，硬是在成堆的货物间开出一条路。趁他们忙活的时候，马洛里打伤了其中两个人，不过对方吸取了经验教训，很快就在前进的攻城车后面开出一条有遮蔽的通道。

仓库里的人越来越多。天色渐黑，仓库里布满星星点点的灯光，看得出铁梁上到处是狙击手。除了伤者的呻吟声，还能听到说话声，声音很大，像在争吵。

攻城车离棉花垛越来越近，已经进入马洛里的最佳射击范围。但倘若他从棉花包堡垒后面探身向下射击，狙击手肯定会先一步击中他。

攻城车来到棉花垛下，撕裂声随之响起。

攻城车里有人开口说话，声音扭曲而沉闷，可能是拿着扩音器："马洛里博士！"

"干什么？"

"你不是找我吗？我来了！马洛里博士，我们要推倒你的防御墙，很快你就会完全暴露。"

"这可是苦活儿，斯温大尉，职业赌徒可干不来！你那双娇贵的手会起泡的！"

汤姆和弗雷泽合力把一个沉重的棉花包推翻，棉花包砸在攻城车上弹开了，没造成任何伤害。敌人齐齐开枪扫射堡垒，马洛里他们急忙卧倒隐蔽。

"停！"斯温喊道，接着便大笑起来。

"小心点，斯温！我把点金模藏起来了，你要是把我打死了，就永远别想找到它了。"

"你还是那么蠢！当初你在德比赛场偷了我们的点金模，就该早早还给我们，免得丢了自己的小命！你这顽固无知的笨蛋，根本不知道那东西的真正用途！"

"点金模属于差分机女王，这一点我很清楚。"

"这么想你就太无知了。"

"我知道点金模属于艾达,是她亲口告诉我的。而且她也知道那东西藏在哪里,我已经告诉她了!"

"撒谎!"斯温喊道,"艾达要是知道,我们早就得手了。她可是我们的人!"

汤姆大哼一声。

"斯温,你们只想陷害她!"

"我说了,艾达是我们的人。"

"拜伦的女儿绝不会叛国。"

"拜伦死了!"斯温十分肯定地喊出这个可怕的事实,"他创立的所有制度,你信奉的那些制度,都将被彻底废除。"

"你做梦。"

久久的沉默过后,斯温再次开口,他换了一种语气,试图劝诱马洛里:"马洛里博士,军队向人民开火了。"

马洛里什么也没说。

"英国军队本是你们所谓的文明社会的捍卫者,可现在他们在街上射杀你们的同胞。他们端着速射武器,只要看到手里拿着石头的人就开枪,无论男女,全部杀光。你听见没有?"

马洛里没有回答。

"马洛里博士,你们根基不稳。你们这棵繁荣之树植根于阴暗的谋杀。人民群众已忍无可忍,七重咒已降临巴比伦敦街头,鲜血在呐喊!"

"出来吧,斯温!"马洛里喊道,"别躲在暗处,让我看看你的脸!"

"这不可能。"斯温说。

又是一阵沉默。

"我本打算活捉你,马洛里博士,"斯温最后摊牌道,"但如果你真的把那个秘密告诉了艾达·拜伦,我就不再需要你了。我相信我的同志,相信我的终身伴侣,她已经为差分机女王布下天罗地网!我们会抓住艾达女士,找到点金模,未来属于我们。而你则会被深埋在泰晤士河的污水中。"

"那就杀了我们吧，少在那儿胡说八道！"弗雷泽突然愤怒不已地喊道，"不管花多长时间，政治保安处都会将你绳之以法。"

"听听，这就是权威的声音！"斯温嗤笑道，"这就是全能的英国政府！你们这些趾高气扬的财阀只会残杀街上那帮可怜虫。我们这儿可扣押着价值数百万的商品，我倒要看看你们怎么拿下这座仓库。"

"你一定是彻底疯了。"马洛里说。

"你觉得我为什么把总部设在这里？你们受制于这些店主。这些货物是他们的宝贝，比好多人的命都重要！他们绝不会对自己的仓库开火，绝不会对自己的运输船开火。在这里，我们坚不可摧！"

马洛里笑了起来："你真是个大傻瓜！如果拜伦真的死了，政府就会落到巴贝奇勋爵和他的应急委员会手中。巴贝奇可是实用主义大师！他才不会顾忌什么商品。"

"巴贝奇不过是资本家的走卒而已。"

"你这自欺欺人的小丑，巴贝奇是一位有远见的人！一旦知道你在这里，他会毫不犹豫地把这个地方炸飞！"

轰隆声乍响，震得仓库颤动起来，屋顶上传来噼里啪啦的声音。

"下雨了！"汤姆喊道。

"是大炮。"布莱恩说。

"不是，你听，下雨了，布莱恩！河水的恶臭要结束了！天降喜雨！"

攻城车掩体下响起争吵声，斯温开始对他的手下咆哮。

凉凉的雨水顺着屋顶上七零八落的弹孔滴落下来。

"下雨了，"马洛里说着舔了舔自己的手，"下雨了！我们赢了，伙计们。"雷声滚滚。"就算你在这儿杀了我们，"马洛里喊道，"你们也完了。等伦敦的空气恢复清新，你们将无处可藏。"

"可能是下雨了，"布莱恩说，"但刚才那是十英寸口径舰炮的响声，从河上传来的……"

这时，一枚炮弹炸穿屋顶，炽热的弹片四处飞溅。

"现在瞄准我们这儿了！"布莱恩喊道，"天哪，快躲起来！"他开始拼命地挪动棉花包。

马洛里惊奇地看着一枚又一枚炮弹打穿屋顶，弹孔分布整齐，如同鞋匠用锥子钻出来的孔。炽热的碎片如旋风般纷飞，犹如撞过来的铁彗星。

玻璃拱顶爆裂成无数块锋利的碎片。布莱恩朝着马洛里尖声喊叫，声音完全被刺耳的嘈杂声淹没。惊愣了片刻之后，马洛里弯腰和弟弟们一起抬起一个棉花包，蹲伏在战壕里。

他坐在那里，将步枪横放在腿上。阵阵强光扫过翘曲的屋顶，铁梁在重压下扭曲起来，铆钉纷纷掉落，声如枪响。轰鸣声仿佛来自地狱，有些不可思议。仓库随之震颤，犹如遭到锤打的铁皮。

布莱恩、汤姆和弗雷泽蹲在地上，双手捂着耳朵，仿佛贝都因人在祈祷。

燃烧的木头和织物碎片轻轻落在他们周围的棉花包上，每次炮弹袭来都会弹跳一下，落到哪里就在哪里的棉花中闷烧。仓库很快变得热气翻腾。

马洛里下意识地揪了两团棉花塞进耳朵里。

一处屋顶慢慢坍塌下来，像一只濒死的天鹅缓缓垂下翅膀。大雨如注，浇向下面的火焰。

眼前所见颇为壮美，马洛里站起来，手里拿着枪，仿佛拿着一根魔杖。炮轰虽已停止，但轰鸣声依旧不绝于耳。仓库着火了，随处可见肮脏的火舌左右跳跃，在阵阵狂风中摇摆。

马洛里走到棉花护墙边缘。敌人那边遮蔽的通道已经被炸毁，如同被一脚踩坏的白蚁爬行道。马洛里站在那儿看着敌人尖叫逃窜，雄壮十足的吼声在脑海中反复回荡。

一个男人在火焰间停下脚步，转身回头，是斯温。他抬头盯着马洛里所在的地方，面容因绝望而扭曲。他尖声喊了句什么，之后提高嗓音又喊了一遍。可那人个子不高，又离得那么远，马洛里根本听不清他在喊什么，只好缓缓摇了摇头。

这时，斯温举起了手里的武器。看到卡茨莫兹利卡宾枪那熟悉的轮廓，马洛里不禁又惊又喜。

斯温瞄准马洛里，稳住身体，扣动扳机。子弹落在了马洛里旁边，声音细小动听，犹如浅唱低吟；还有一颗落在了他身后，打在千疮百孔的屋顶上，发出清脆悦耳的撞击声。马洛里举枪瞄准，开火射击，手上的动作在不经意间透出十足的优雅。斯温随着子弹的冲劲旋转倒地，四仰八叉地躺在地上，手还紧紧抓着那支卡茨莫兹利卡宾枪。枪里的子弹早已打光，弹簧却仍然在发条的驱动下咔嗒作响。

马洛里兴致缺缺地冷眼看着。弗雷泽像蜘蛛一样敏捷地穿过废墟，拔出手枪，走到倒地不起的斯温跟前，掏出手铐铐上这个无政府主义者，然后扛起了他那绵软无力的身体。

仓库里的东西熊熊燃烧着，浓烟在残破的屋顶下越积越多，熏得马洛里双眼刺痛。他眨着眼睛向下看去，只见汤姆正把一瘸一拐的布莱恩扶到地上。

弗雷泽用力招招手，汤姆和布莱恩走到他身边。马洛里见状一笑，从棉花包上下来，也跟了上去。大火肆虐，越烧越大。弗雷泽、汤姆和布莱恩穿过大火，逃离仓库，马洛里闲庭信步地跟在三人后面。

灾难就这样撞开了斯温的堡垒，只剩下几堵破败不堪的砖墙如多米诺骨牌般立在那里。马洛里脚上的一只鞋子鞋跟断了，露出来的钉子刷蹭着地面，可他心中无比愉快，就这样走进了重获新生的伦敦。

走进那场洗涤着万物的暴雨。

1908年4月12日，爱德华·马洛里在剑桥的家中去世，享年83岁。当时的确切情况鲜为人知。显然，为维持这位皇家学会前会长去世后应有的体面,有人采取了一些措施。马洛里勋爵的朋友兼私人医生乔治·桑迪斯的笔记表明,这位伟大的学者死于脑出血。出于个人兴趣,桑迪斯还指出,死者临终前似乎穿着一套有专利的弹性内衣、吊带袜和四周带花边的皮鞋。

桑迪斯医生非常细心,他提到自己在死者飘逸的白胡子下发现了一样物品:这位伟人的脖子上挂着一条优质钢链,吊着一枚古老的女式图章戒指,上面有拜伦家族的饰章和"相信拜伦"的箴言,可能是他人赠送的谢礼。在目前已知的证据中,只有桑迪斯医生这份经过加密的笔记可以证明该遗物的存在,所以戒指很有可能是被他拿走了。桑迪斯于1940年去世,遗物清单十分详尽,但并没有提及这枚戒指。

马洛里的遗嘱写得非常详细,简直无可挑剔,只是其中也没提到这样一枚戒指。

试想一下,爱德华·马洛里正在位于剑桥的宫殿般的宅邸里,在富有学术气息的办公室里工作,此时天色已晚。这位伟大的古生物学家早已结束野外考察生涯,也已辞去会长职务,在生命的暮年时期投身理论研究,致力于向比较微妙的科学管理领域延伸。

马洛里勋爵早已修正自己年轻时提出的灾变论激进学说,不失风度地摒弃了地球历史不超过三十万年的观点,因为放射性测年法已经证明这种说法并不可信。灾变论是通往更高级地质学真理的幸运之路,对马洛里来说这就足够了。这条幸运之路带他走向了最伟大的个人成就:1865年提出大陆漂移学说。

该发现的重要性超过他发现的雷龙化石,超过在戈壁沙漠中发现角龙蛋化石,正是这富有洞察力的惊人飞跃奠定了他不朽的名声。

睡眠很少的马洛里正坐在一张日式人造象牙做的曲线桌前,窗帘敞开,可以看到隔壁邻居家的白炽灯亮着,窗玻璃上印着彩色抽象图案。邻居家的房子和马洛里家的一样,均是仿照多种生物形态精心设计而成的,色彩丰富,屋顶覆有彩虹色龙鳞状瓦片,是英国现代建筑的主流风格，不过这种风格起源于二十世纪初日益繁荣昌盛的加泰罗尼亚共和国。

马洛里刚刚结束了一次光明会所谓的秘密会议。光明会日渐式微，作为这个团体的最后一位教主，今晚他穿上了正式的制服：浓艳的靛蓝色羊毛十字褡镶有猩红色饰边，靛蓝色人造丝及地长裙同样镶有猩红色饰边，装饰着半宝石同心环带。他已经摘下圆顶珠饰镀金冠和镀金鳞片交叠而成的护颈，此刻它们就放在一台小型台式打印机上。

马洛里戴上眼镜，往烟斗里装上烟丝并点燃。他的秘书克利夫兰办事一丝不苟，极有条理。克利夫兰给他留下两份文件，分别装在两个配有黄铜按扣的马尼拉纸质文件夹里，整整齐齐地放在桌子上。其中一个文件夹在他右边，另一个在他左边，不知他会先选哪一个来看。

他选择了放在左边的文件夹，里面是一份用差分机打印的报告，来自明六社[1]一位年长的官员。明六社是由日本学者组成的著名团体，当然，它也是光明会最重要的东方分会。尽管在英国已无法找到这份报告的确切文稿，但在日本长崎仍有留存本，上面还附有注释，表明该报告是1908年4月11日通过标准电报信道发送给教主的。文中指出，明六社成员锐减，出席人数日益减少，已投票决定无限期推迟随后的会议。这份文件后附有一份账单，列出了东京筑地地区精养轩餐厅楼上一个小房间的租金以及茶点消费细目。

尽管事情都在意料之中，马洛里勋爵还是感到满心失落与苦涩。即便在脾气最好的时候，他也算暴躁的人，上了年纪后更是变本加厉。这个消息看得他越来越气愤，直至怒不可遏。

---

1. 日本明治初期新型知识分子组成的具有启蒙性质的思想团体。该组织于1873年发起，因这一年是明治六年，遂起名"明六社"。首创者森有礼为首任社长，主要会员有福泽谕吉、西周、津田真道、加藤弘之、中村正直、神田孝平等。——译者注

就这样，他因动脉破裂而亡。

其实，上述事件并未发生。

他选择的是放在右边的文件夹。这个文件夹比左边的厚，因此引起了他的注意。里面是一份详细的野外考察报告，来自皇家学会派往加拿大西部太平洋沿岸的古生物学考察队。这份报告勾起了他的怀旧情怀，让他回想起了自己在野外考察的日子，他欣喜地仔细研读起来。

现代科研工作与他那个时代的相比已是天壤之别。英国科学家们先坐飞机从繁荣的维多利亚城到美洲大陆，再舒舒服服地坐车从位于沿海村庄温哥华的豪华基地进入山区。带队人是一位年轻的剑桥毕业生，名叫莫里斯，虽然也不知是否可以称其为领队。在马洛里的记忆中，莫里斯是个怪人，留着长长的卷发，喜欢披天鹅绒斗篷，习惯戴精致的现代风格帽子。

他们考察的岩层属于寒武纪的，那些深色页岩规整若石版，上面好像还有各种复杂的生物形态，大量古代无脊椎动物残骸被压得薄如纸片。马洛里是脊椎动物专家，因此他逐渐对这份报告失去兴趣，心想自己见过的三叶虫化石比任何人都多。事实上，他发现自己对长度不足两英寸的东西总是很难提起热情。更糟糕的是，这份报告的文笔在他看来并不严谨，带着一种极为异常的狂热。

他转去看插图。

第一张插图里的生物长了五只眼睛，嘴的位置只有一根带钳子的长管。

第二张图上的生物状似鳗鱼，没有腿脚，身体像两瓣叶片，全身成胶状；嘴巴扁平，长有毒牙，但不能咬合，而是像虹膜一样张翕。

还有一张图上的生物长着十四条腿，像十四根角质尖钉；它没有头，没有眼睛，也没有内脏，却有七张极小的钳形嘴，分别长在柔韧的触须顶端。

这些东西与任何已知时期的任何已知生物都毫无关系。

惊奇感突如其来，马洛里的脑子里热血翻涌，各种推断如旋涡般自动展开，步步飞升，散发出一种奇怪而又神秘的光芒，那是一种即将大彻大悟的狂热激情，越来越明亮，越来越清晰，越来越接近……

就在这时，马洛里猛地朝前栽去，脑袋撞在了桌子上。他仰面躺倒在椅子脚边，四肢麻木，轻飘飘的。他的思绪仍在飞升，周围环绕着奇迹之光，环绕着令人敬畏的知识之光，不断向前推进，试图突破现实的边界——一种知识即将诞生。

第五次迭代

全视之眼[1]

---

[1] 又称全知之眼、上帝之眼,象征着上帝监视人类的法眼。——译者注

时间：1855年11月12日下午。地点：豪斯福大道。该照片由刑事人体测量科的赫尔库普拍摄。

赫尔库普按下塔尔博特"精益求精"相机的快门，捕捉到一行十一人从中央统计局门口走下宽阔台阶的瞬间。通过三角定位，可以确认赫尔库普本人和他的相机就隐藏在霍利韦尔街一家出版社的屋顶上，镜头的分辨率非常高。

这十一人中，走在最前面的是劳伦斯·俄理范。他戴着黑色大礼帽，帽檐下的目光温和又略带嘲讽。

暗色的高挺礼帽在这一时期的照片中极为常见。

和其他人一样，俄理范也穿着深色长礼服和浅色的窄管裤，脖子上系着一条深色丝绸宽领带。其整体着装笔挺庄重，只是举手投足间仍会让人想起这位直爽绅士悠闲漫步的样子。

另外几人中有的是辩护律师，有的是中央统计局职员，还有一位是高露洁工厂的高级代表。在他们身后，豪斯福大道上空布满了中央统计局涂着焦油的铜芯电报线。

经过分辨，可以看出电报线上模糊的白点是鸽子。

俄理范是中央统计局的常客，虽然当天下午天气难得晴朗，但从照片中可以看出，他正在打开一把伞。

高露洁代表的大礼帽上有一长条白色鸽粪。

俄理范独自坐在一间小候诊室内,穿过玻璃门,隔壁就是诊疗室。浅黄色的墙壁上挂着几幅彩图,上面描绘着各种恶疾的危害,书橱里堆满了脏兮兮的医学书,旁边摆了几张雕花长木椅,可能是从哪个破教堂搬来的,地板中央铺着一块用煤炭提取物染色的粗羊毛地毯。

他在看书橱上的红木器械箱,旁边有一大卷纱布。

有人叫他的名字。

透过诊疗室门上的玻璃,他看到了一张脸。那人面色苍白,几缕湿水的深色头发贴在鼓起的前额上。

"柯林斯,"俄理范自言自语道,"'斯温大尉'。"他还想起许多面孔,那些面孔的主人均已销声匿迹,名字也被人从他的记忆中清除。

"俄理范先生?"

见麦克尼尔医生站在门口打量他,俄理范有点尴尬,他从长椅上站起来,下意识地拉了拉外套。

"您没事吧,俄理范先生?您刚才的表情很奇怪。"麦克尼尔身材修长,胡须整洁,头发为深褐色,眼睛的灰色浅到近乎透明。

"没事,谢谢您,麦克尼尔医生。您怎么样?"

"挺好的,谢谢。俄理范先生,最近社会变故频发,病人出现了一些显著症状。我有位病人出门坐公共汽车,经过摄政街时一辆蒸汽车从侧面撞上来,那辆蒸汽车的时速估计有二十英里!"

"真的吗?太可怕了……"

令俄理范心寒的是,麦克尼尔医生竟然兴奋地搓了搓自己修长的双手。"撞车事故没给他造成明显的物理创伤,是的,没有任何身体创伤。"他用近乎无色的明亮瞳眸凝视着俄理范,"后来,我们观察到了失眠、早期忧郁症、轻度失忆症等症状,这些通常被认为与隐性癔症有关。"麦克尼尔咧嘴一笑,成功的喜悦溢于言表,"俄理范先生,通过这个病例,我们观察到了非常纯粹的病理现象,也就是说,我们观察到了'铁路脊'的临床变化!"

麦克尼尔躬身请俄理范进门,来到一个镶着漂亮壁板的房间,里面零零散散地摆了几件吓人的电磁设备。俄理范脱下外套和马甲,放到红木衣物架上。

"俄理范先生,您最近……又发作过吗?"

"没有,上次治疗后没再发作过,谢谢。"这话是真是假?真的很难说。

"睡眠也安稳了吗?"

"是的,安稳了。"

"有没有做过奇怪的梦?醒着的时候出现过幻觉吗?"

"没有。"

麦克尼尔用他浅灰色的眼睛盯着俄理范:"很好。"

俄理范觉得自己很傻,他身上还穿着背带和硬挺的衬衫,就这样爬上了麦克尼尔的"治疗台"。这是一台古怪的铰接式设备,由好几个部分构成,既像贵妃椅又像酷刑架,上面装有硬挺的差分机花纹织锦软垫,摸起来又凉又滑。俄理范想找个舒服的姿势,然而根本不行。麦克尼尔一直在转动那几个黄铜轮,嘴里还说着"千万不要动"。

俄理范索性闭上了眼睛。"有个叫波克林顿的家伙……"麦克尼尔说道。

"您说什么?"俄理范睁开眼睛。麦克尼尔站在他身边,正在往可调节电枢组件上穿一个铁丝线圈。

"波克林顿,他想抢功,说莱姆豪斯的霍乱是他解决的。"

"这名字听着陌生,是位医生吗?"

"勉强算是吧,那家伙是个工程师,自称只是临时拆掉了一台市政水泵的手柄就消灭了霍乱!"麦克尼尔开始安装铜芯电缆。

"不好意思,我有点听不懂。"

"这也难怪,先生!那人不是傻子就是大骗子。他在《泰晤士报》上发文说霍乱不过是水污染造成的。"

"您认为这种说法毫无道理吗？"

"完全与开明的医学理论背道而驰，"麦克尼尔继续安装另一根铜芯电缆，"要知道，这个波克林顿也算是巴贝奇勋爵的亲信，曾负责解决气动地铁的通风问题。"

俄理范听出了麦克尼尔话中的嫉妒，心里微微生出一种带着恶意的满足感。巴贝奇在拜伦的国葬上说，现代医学仍然只是一门手艺而非科学，他对这个事实感到遗憾。当然，这段话被各大报纸广泛刊登。

"请闭上眼睛，免得电火花伤到您。"麦克尼尔戴上一副又大又硬的皮革护手。

他将铜芯电缆连接到一块巨大的伏打电池上，隐约闻到电力装置诡异的气味在房间里弥漫开来。

"俄理范先生，请尽量放松，以便完成极性反转！"

半月街亮着一盏巨大的韦伯灯，这盏灯被装在科林斯凹槽柱上，以下水道沼气为燃料。与伦敦的其他韦伯灯一样，由于担心沼气泄漏和爆炸，夏季危急时期人们一直没敢点亮这盏灯。事实上，当时至少发生了十二起掀翻人行道的爆炸事件，大部分都是由韦伯灯使用的沼气造成的。只是巴贝奇勋爵一直在公开支持韦伯发明的沼气灯，以至连小学生都知道一头奶牛产生的沼气足以满足一个普通家庭的日常取暖、照明与烹饪需求。

俄理范走近自己那栋乔治王朝风格的宅邸，抬头看了一眼那盏灯。灯光是社会恢复正常的显著标志，但他并没有从这些标志中得到什么安慰。物理灾难和更为恶劣的社会动乱的确已经过去，但拜伦之死触发了此起彼伏的不稳定性，俄理范将其想象成池塘里扩散开来的层层涟漪，它们与那些从较为隐蔽的撞击点扩散开来的涟漪相互重叠，形成难以预测的湍流。当然，查尔斯·埃格雷蒙特的所作所为及其眼下对卢德分子的搜捕都是其中之一。

从专业角度来说，俄理范十分确定卢德派已经不复存在。尽管有一些狂热的无政府主义者在竭力生事，但今年夏天发生在伦敦的骚乱并没有展现出什么条理分明的政治企图。工人阶级的合理诉求全被激进党成功解决。拜伦也曾在活跃时期恩威并施，宽严相济。与激进党言归于好的早期卢德派领袖如今也成了体面的工会或行会领导人，全都衣冠楚楚，生活富足。还有人成了富有的工业家，虽然最近他们正因埃格雷蒙特系统开始发掘其旧日罪行而提心吊胆。

第二波卢德运动兴起于二十世纪四十年代动荡时期，矛头直指激进党。他们制定了人民权利宪章，疯狂开展暴力行动，却因反水内讧乱作一团，最终土崩瓦解，沃尔特·杰拉德等极有魄力的灵魂人物惨遭示众处决。米克·拉德利少时曾加入曼彻斯特的地狱猫，这类组织如今不过是些青少年帮派，完全没有政治目标。不过，在爱尔兰的农村地区，甚至在苏格兰，人们偶尔还能感受到斯温大尉带来的影响，俄理范将其归因于激进党的农业政策。激进党的农业政策总是落后于他们在工业管理方面的卓越成就。

俄理范来到门口，布莱开门迎接他。俄理范突然发觉有什么地方不对：内德·卢德的精神早已不在国内流传，埃格雷蒙特却大力发起搜捕卢德分子的运动，这该作何理解？

"晚上好，先生。"

"晚上好，布莱。"他把大礼帽和雨伞交给布莱。

"先生，厨师准备了冷盘肉。"

"很好，我要在书房里吃，谢谢。"

"您还好吗，先生？"

"还好，谢谢。"不知是因为麦克尼尔的磁疗还是因为那极不舒服的治疗台，他的后背疼痛不已。那位医生是布鲁内尔夫人推荐给他的，据说布鲁内尔勋爵的脊椎在其著名的职业生涯中遭受过严重的铁路震荡。麦克尼尔医生最近诊断出俄理范也有"铁路脊"症状，并坚持称其为"精神紊乱"。据称,铁路脊患者的椎骨磁极性因创伤发生了逆转,麦克尼尔认为可以利用电磁加以矫正。为此,俄理范现在每周都会去这个苏格兰人在哈利街开的诊所,但其治疗手法总让俄理范想起他父亲对催眠术的病态痴迷。

由于父亲曾先后担任开普殖民地总检察长与锡兰首席法官,俄理范接受的私人教育难免支离破碎,这导致他熟练掌握了多种现代语言,却对希腊语和拉丁语一窍不通。他父母都是性情古怪的福音派信徒,他私下也继承了他们的部分信仰,可每每想起父亲在实验中使用的铁棒、水晶球等,他仍心有余悸……

俄理范踏上铺着地毯的楼梯,边走边好奇地想布鲁内尔夫人会如何适应作为首相夫人的生活。

他抓着楼梯扶手,手腕上在日本被砍伤的地方开始隐隐作痛。

俄理范从马甲口袋里掏出一把莫兹利三齿钥匙,打开书房的门。书房钥匙只有两把,另一把在布莱手上。布莱早已点燃书房里的煤气灯,还往壁炉里添了煤。

书房里镶着橡木板,有一个三面皆有玻璃的飘窗,不是很深,可以俯瞰公园。一张古色古香的餐桌充当了俄理范的办公桌,样式很朴素,长度几乎与房间相当。与之搭配的是一把非常现代的办公椅,装着专利玻璃脚轮。工作的时候,俄理范经常坐在椅子上绕着桌子移动,滑向一堆又一堆的文件夹,再转回来。书房里铺着蓝色的阿克斯明斯特地毯,由于椅子的脚轮每天都在上面转来转去,其短绒毛已经被磨损。

桌子上有三台柯尔特麦克斯韦收报机,放在离窗户最近的那头,外面罩着玻璃罩,收报机吐出的纸带盘绕着堆在地毯上的铁丝篮里。此外还有一台由弹簧驱动的发报机和一台最新的白厅加密纸带穿孔机。这些装置外面紧紧裹着深红色的丝绸,上面连接着各种线缆,蜿蜒着伸向悬挂在中央垂饰上的花状吊环螺栓,最后连接到一块抛光的黄铜板上。黄铜板嵌在护墙板里,上面刻着邮局的标志。

其中一台收报机突然运转起来,俄理范走到桌子那头去看红木底座上冒出的电报:

忙于处理颗粒污染但欢迎来访韦克菲尔德此致

布莱用托盘端着羊肉片和泡菜酱走进来。"先生,我给您拿了一瓶啤酒。"说着,他在桌子上用来吃饭的地方铺好亚麻布,摆上银餐具。

"谢谢你,布莱。"俄理范用指尖挑起韦克菲尔德发来的电报,又把手抽回来,任由纸带垂向下面的铁丝篮。

布莱倒好啤酒后便拿着托盘和空陶瓷酒瓶离开了。俄理范把办公椅推过去,坐下来往羊肉片上抹布兰斯顿泡菜酱。

他独自吃着饭,三台收报机中突然有一台开始咔嗒作响,吓了他一跳。他瞥向桌子那头,看到右边那台收报机里有纸带冒出来。韦克菲尔德的午餐邀请通常来自左边的机器,用的是他的私人号码。右边的机器用于接收警务电报,可能来自贝特里奇或弗雷泽。俄理范放下刀叉站起身。

他看着从黄铜出纸口冒出来的电报:

弗雷泽与贝特里奇请您即刻前来弗雷泽此致

俄理范从马甲里掏出父亲留给他的德国猎表看了眼时间,然后把表收了起来,随手摸了摸中间那台收报机的玻璃罩。自从拜伦首相逝世,这台机器再没收到过任何电报。

俄理范乘坐出租马车来到布里格森高台街。由于伦敦东区大部分地区仍有待开发,投机建筑商们便在这附近找了条大街,准备在这古老的荒地上开辟这片区域。

俄理范刚从双轮有篷单马车上下来,便感到这个高台街绝对是有史以来最阴森的砖砌建筑街区。这十栋房子像监狱一样阴森森的，当初的投机建筑商怕是还没等到这些可怕的东西竣工就在附近某家旅馆的休息室上吊自杀了。

乘坐出租马车时经过的那几条街仿佛与日光和普通行人格格不入，似乎只有这种时候才会在世人面前现身。外面忽然下起了细雨，俄理范后悔出门时没有拿布莱递过来的雨衣。五号楼前面站着两个人，都披着状似斗篷的黑色雨衣。那些雨衣款式长且材质垂顺，由上过蜡的埃及棉制成。俄理范知道，那是新南威尔士最近新发明的东西，在克里米亚战争中广受赞誉，非常适合藏匿武器，因此这两人必定都带着枪。

"特勤局的。"俄理范说着迅速越过两名警卫，朝里面走去。本来应先请示弗雷泽才行，可两名警卫都被俄理范的口气和态度镇住了，没敢多加阻拦。

俄理范走进室内，客厅里灯火通明，三脚架上的电石灯发出白晃晃的刺眼强光，被抛光的铁皮凹面反射到四周。客厅里摆设着从上流人士的府宅废墟中捡来的破烂儿：一架竖式小钢琴和一个梳镜柜。过大的梳镜柜显得与整个房间格格不入，上面的镀金线脚污迹斑斑，在俄理范看来华丽又可悲。破旧的布鲁塞尔地毯上绣满玫瑰花与百合花图案，旁边则是沙漠般色彩暗淡的粗毛地毯。面朝布里格森高台街的几扇窗户上都挂着经编窗帘，旁边吊了两个铁丝篮，里面种了很多仙人掌类植物，挨挨挤挤地长满了刺，看起来像蜘蛛一样。

俄理范闻到一股难闻的焦煳味，比电石灯散发的气味还要刺鼻。

贝特里奇从里屋走出来，戴着一顶高高的圆顶礼帽，看起来完全像是个美国人。贝特里奇每天都在跟踪那些平克顿密探，他很可能是故意作此打扮的，连脚上穿的鞋都是松紧漆皮短靴。贝特里奇一反常态，看起来极度焦虑。"长官，我愿意承担全部责任。"他结结巴巴地说道，事情不太对劲，"长官，弗雷泽先生在等您，现场什么都没动过。"

俄理范跟着贝特里奇穿过一道门，走过一段狭窄陡峭的楼梯，来到一条走廊上。走廊里空荡荡的，也点着一盏电石灯，光秃秃的灰泥墙上有大片大片遭硝石破坏的痕迹。他刚才闻到的焦煳味在这儿变得更浓了。

他们又穿过一道门，里面的灯光更加刺眼。弗雷泽跪在一具四肢摊开的尸体旁，沉着脸抬起头。他刚要开口说话便被俄理范打手势制止了。

看来这里就是那股焦煳味的源头。一个老式旅行箱上放着一个小巧的现代野营用普里默斯便携式汽化煤油炉，黄铜制的燃料罐亮如镜面，炉口放着一个黑色的铸铁小锅。不管锅里煮的是什么，现在都成了气味刺鼻的焦炭。

俄理范把目光转向那具尸体。死者身材高大，四肢摊开。这个房间很小，想走动难免要跨过死者张开的四肢。俄理范俯身仔细看了看死者扭曲的面容与呆滞无神的眼睛。他直起身，朝弗雷泽问道："你怎么看？"

"死者当时正在煮豆子罐头，"弗雷泽说，"准备直接从锅里拿出来吃，用这个。"他用脚尖指了指地上那个有缺口的蓝色搪瓷汤勺，"应该是独自一人，这罐豆子他吃了整整三分之一才毒发身亡。"

"这毒药……"俄理范说着从外套里掏出雪茄盒与纯银雪茄剪，"你猜是什么？"他抽出一支方头雪茄，剪开来穿了孔。

"看他这样，肯定是猛药。"弗雷泽说。

"是啊，"俄理范表示同意，"块头儿不小。"

"长官，"贝特里奇说道，"您最好看看这个。"他拿出一把很长的刀，皮革刀鞘上汗渍斑斑，上面挂着一条背带，刀柄由暗色牛角制成，横档是黄铜的。贝特里奇抽出刀，看模样有点像水手刀，不过是单刃的，刀尖上还有一个奇怪的倒钩。

"刀尖上的铜钩是干什么用的？"俄理范问道。

"用来挡开对方的刀，"弗雷泽说，"那块材料不硬，能卡住对方的刀刃，美国货。"

"有制造商的标志吗？"

"没有，长官，"贝特里奇说，"看样子是铁匠手工打造的。"

"给他看看那把手枪。"弗雷泽说。

贝特里奇把刀收入鞘中放到旅行箱上，然后从外套里掏出一把沉重的左轮手枪。"法属墨西哥产的，"他说道，听着像在推销似的，"巴利斯特莫利纳左轮手枪，第一枪打完后可以自动上膛。"

俄理范扬起一边的眉毛："军用枪？"手枪的外观有些粗糙。

"便宜货，"弗雷泽说着瞥了一眼俄理范，"显然是为美国战时贸易生产的。伦敦警方最近老从水手那里收缴这玩意儿。这种枪太多了，到处都是。"

"水手？"

"南方人、北方人、得克萨斯人……"

"得克萨斯人……"俄理范说着咬了咬没点着的雪茄烟头，"我猜，大家都认为我们这位朋友是得克萨斯人，对吧？"

"他在阁楼上安了个窝，可以从天窗进去。"贝特里奇边说边用油布重新把手枪包起来。

"应该很冷吧？"

"嗯，不过他有几条毯子，长官。"

"还有罐头盒。"

"您说什么，长官？"

"贝特里奇，死者最后一顿饭吃的是罐头，那罐头盒呢？"

"没有，长官，没有罐头盒。"

"做得真干净，"俄理范对弗雷泽说，"死者毒发后，凶手又回来取走了证据。"

"别担心，法医会帮我们拿到证据的。"弗雷泽说。

俄理范突然感到一阵恶心，弗雷泽的态度、眼前的尸体以及弥漫在周围的煳豆子味，这一切都让他作呕。他转身回到走廊里，看见弗雷泽的一个手下正在调节电石灯。

这房子太脏了，还坐落在一条肮脏的街道上，窝藏着最肮脏的勾当。憎恶感涌上俄理范心头，那是一种强烈而绝望的厌恶，厌恶这隐秘的世界，厌恶发生在这世上的午夜之行与迷宫般的谎言，厌恶这世上众多劫数难逃之人与失踪之人。

他颤着手划着一根火柴，点燃那支方头雪茄。

"长官，责任……"贝特里奇跟着来到他身边。

"这烟是法院街拐角商店的一位朋友卖的，不如平常的好，"俄理范看着方头雪茄烟头蹙眉说道，"挑雪茄时一定要慎重。"

"俄理范先生，我们已经把这地方翻了个底儿朝天，根本找不到凶手在这儿生活过的痕迹。"

"是吗？楼下那个漂亮的梳镜柜是谁的？是谁给仙人掌浇水的？仙人掌用浇水吗？或许那些仙人掌让我们这位来自得克萨斯的朋友想起了他的家乡……"俄理范猛吸了口雪茄，然后走下楼梯。贝特里奇紧随其后，如同一条焦虑不安的塞特种小猎犬[1]。

一名刑事人体测量科的人正对着钢琴陷入沉思，神情严肃，像在回忆某首曲子似的。俄理范知道，这人的黑箱子里装着各种令人厌恶的器具，其中最不那么令人反感的，是用来测量贝迪永[2]头骨尺寸的麻布卷尺。

"长官，"等那位人体测量学家上楼后，贝特里奇开口道，"要是您觉得我该承担责任，长官……我是说，把人跟丢的责任……"

"贝特里奇，我之前不是派你去加里克剧院的午后场监视那些曼哈

---

1. 一种经训练后可以发现猎物位置的长毛猎狗。——译者注
2. 法国人类学家阿方斯·贝迪永于十九世纪初发明了第一套被广泛接受的基于生物特征的身份鉴定系统，这套方法又被称为贝迪永人体测量法或者人体测量学。——译者注

顿来的女杂技演员吗？"

"是的，长官……"

"那你见过那个曼哈顿剧团的人了？"

"是的，长官。"

"但是，让我猜一下，你在那儿也看见她了吧？"

"是的，长官！还有鲭鱼和他的两个手下！"

俄理范摘下眼镜擦了擦。

"那些杂技演员呢，贝特里奇？能吸引那么多人去看，她们的表演肯定相当精彩。"

"天哪，长官，她们竟然拿砖头互砸！长官，那些女人光着脏脚跑来跑去，嗯，身上围着披巾，其实就是几片薄纱，根本没穿什么像样的衣服……"

"你看得很开心吧，贝特里奇？"

"说老实话，长官，不怎么开心，简直像在疯人院里看哑剧，何况我还得监视平克顿的人……"

"鲭鱼"是他们给那位平克顿高级密探起的绰号，此人来自费城，蓄着络腮胡，通常自称博福特·金斯利·德黑文，有时也会自称博蒙特·亚历山大·斯托克斯。之所以叫他鲭鱼，是因为贝特里奇等人在监视时发现，此人的早餐总是一成不变，顿顿都吃鲭鱼。

鲭鱼和两名手下来伦敦后就没离开过，到现在大概已有十八个月了。俄理范觉得他们非常可疑，这成了他为自己申请政府经费的好由头。平克顿组织表面上是一家私人公司，实际上是美国的中央情报收集机构。平克顿的密探网络遍布南方邦联地区、得克萨斯共和国和加利福尼亚共和国，经常能秘密获得具有重大战略意义的情报。

鲭鱼和他的手下来到伦敦后，政治保安处便有人主张对他们采用各种传统的压制手段。俄理范迅速推翻了这种建议，他认为，允许这些美国人自由行动所产生的价值会更加高，不可估量之高，同时还明确表示，政治保安处和他领导的外交部特勤局会对其进行持续监视。然而，实际上特勤局人手匮乏，根本无力监视那些美国人，所以政治保安处才会派贝特里奇来完成这项任务，同时还安排了一群相貌平平的伦敦人轮流值班，他们全都是经验丰富的线人，而且都是俄理范亲自审查过的。贝特里奇直接听命于俄理范，所得情报也要先交给俄理范进行评估，再由其转交给政治保安处。俄理范对这种安排十分满意，政治保安处到目前为止还未发表过任何意见。

他们持续监视平克顿密探的行动，逐渐探明了其在地下进行的一些秘密活动，不是特别重要，迄今尚未引起大家的注意。尽管所得情报杂乱无章，俄理范却越发欣喜。他曾高兴地对贝特里奇说，平克顿的人相当于在替他们挖掘地质岩心样本。平克顿的人负责深入挖掘，而英国则从中获利。

让贝特里奇颇为骄傲的是，他很快便发现了一位富勒先生。他是得克萨斯公使馆的唯一一名职员，工作极为繁重，却暗地里拿着平克顿的钱。此外，鲭鱼对山姆·休斯顿将军的事情也表现出极大的好奇心，甚至亲自潜入这位得克萨斯流亡总统的乡下豪宅行窃。随后几个月，平克顿密探盯上了米克·拉德利。他是休斯顿的宣传员，后来在格兰德大酒店遭人杀害。俄理范目前正在进行的数项调查正是因此案而起。

"你说去曼哈顿公社看演出的时候见到了巴特利特夫人？你确定没有看错？"

"确定，长官！"

"鲭鱼他们发现她了吗？她发现鲭鱼他们了吗？"

"没有，长官。鲭鱼他们当时在看公社的哑剧，还起哄喝了倒彩。幕间休息的时候，巴特利特夫人曾悄悄溜进后台！出来后她一直坐在后面看演出，有时还会鼓掌。"贝特里奇皱起眉头。

"平克顿的人没跟踪巴特利特夫人吗？"

"没有,长官!"

"你跟踪她了。"

"是的,长官。演出结束后,我让布茨和贝基·迪恩留下来盯着平克顿的人,我自己去跟踪了巴特利特夫人。"

"你真傻,贝特里奇,"俄理范的语气异常温和,"应该派布茨和贝基去跟踪她,他们的盯梢经验远比你丰富,而且两个人总比一个人盯得紧。她轻而易举就能把你甩掉。"

贝特里奇皱眉蹙额。

"说不定她还会杀了你,贝特里奇,那可是个杀人犯,手段骇人听闻,据说身上还藏着硫酸。"

"长官,我愿意承担全部……"

"不,贝特里奇,不用,你不用承担什么责任。她杀楼上那个得克萨斯的大块头儿,想必早有预谋。她给死者提供食物和协助,教唆他为非作歹。格兰德大酒店惨案发生那晚,想必她和她的朋友们也是这样做的……你看,她会给死者送豆子罐头,让死者躲在阁楼上,离不开她。这样一来,她只需往罐头里下毒就行了。"

"可是,长官,她为什么要在这个时候除掉死者?"

"忠诚问题,贝特里奇。得克萨斯人是狂热的民族主义者,那些爱国者也许会为了国家利益与魔鬼结盟,但有些事会让他们畏缩不前。她可能是让死者去干什么要命的勾当,死者拒绝了。"这是他从柯林斯的供词里得知的,这个不知名的得克萨斯人脾气相当暴躁,"死者不听她的,拒绝参与她的阴谋。鲁德威克教授生前也是如此,结果被死者暗杀,现在死者也落得同样的下场。"

"她肯定是狗急跳墙了。"

"也许吧……但我们没理由认为是你的跟踪引起了她的戒心。"

贝特里奇眨了眨眼睛:"长官,您派我去看那些公社社员的时候,有没有想到她也会去呢?"

"压根儿没有。贝特里奇,我承认我当时只是突发奇想。公社的创始人是马克思,我有一个熟人对这家伙十分着迷,就是恩格斯勋爵……"

"纺织巨头恩格斯?"

"没错,事实上,他对此相当偏执。"

"您是说对公社那些女人吗,长官?"

"对马克思先生那套理论,尤其是曼哈顿公社的命运。事实上,正是因为恩格斯的慷慨解囊,公社才得以来此巡演。"

"他可是曼彻斯特首富,竟然会资助那种烂演出?"贝特里奇看起来对此感到十分不安。

"确实很奇怪,恩格斯的父亲明明是富有的莱茵兰[1]工业家……总之,之前你的报告确实让我很好奇。当然,我料到了鲭鱼先生会露面,毕竟美国对曼哈顿的红色革命极为反感。"

"长官,哑剧开始前有个女人还讲话了。嗯,有点像布道,声音特别大!嚷嚷着说什么'铁律'……"

"'历史的铁律',对,十分教条。马克思有很多理论都是借用巴贝奇勋爵的,没准儿他的学说哪天就会主宰美国。"俄理范的恶心感已经消失了,"不过你想啊,贝特里奇,这个公社是在全城反战的暴乱中建立起来的,他们反对北方联邦征兵。马克思及其追随者在混乱时期夺取了政权,有点像今年夏天伦敦遭遇的那场磨难。当时正值危急时期,伟大的演说家拜伦驾鹤西去,但我们还是安然渡过了难关。贝特里奇,最要紧的莫过于妥善交接权力。"

"是的,长官。"贝特里奇点点头。受俄理范的爱国热情感染,他不再纠结恩格斯勋爵支持公社的事。俄理范忍住没叹气,连他自己都

---

1. 旧地区名,也称"莱茵河左岸地带",今德国莱茵河中游,包括今北莱茵—威斯特法伦州、莱茵兰—普法尔茨州。——译者注

不相信自己刚才说的那番话。

回家的路上，俄理范打了个盹，又梦见了那只经常出现在他梦中的眼睛。那只眼睛无所不知，普观天地万物，世间秘事无所遁形。回到家后，俄理范发现布莱已经给他放好了洗澡水，用的是麦克尼尔医生最近嘱咐他使用的可折叠橡胶浴盆，这令他难掩懊恼之色。俄理范换上睡衣和浴袍，穿上厚毛头斜纹棉布绣花拖鞋，厌恶又无奈地打量着眼前的东西。浴盆里的水冒着热气，后面的白瓷浴缸占了浴室的大部分空间，却完全派不上用场。橡胶浴盆是瑞士货，由于装了很多水，原本松弛的黑色水槽被撑成球状，放在设计精美的黑磁漆柚木铰接框里，通过一根蠕虫状软管和几个陶瓷小龙头与热水锅炉连接。

俄理范脱下浴袍，再脱掉睡衣，把脚从拖鞋里抽出，踩上冰冷的八边形大理石瓷砖，然后抬腿跨进温暖松软的橡胶浴盆。他用力坐下去，差点把浴盆掀翻。虽然周围有框架支撑，但橡胶可以自由伸缩，底部一踩就变形，坐在里面被橡胶裹着臀部的感觉很难受。根据麦克尼尔的医嘱，他需要在里面仰卧一刻钟，将头靠在制造商专门用涂胶帆布制成的充气小枕头上。麦克尼尔坚称，瓷浴缸里的铸铁框架会扰乱脊椎磁极性的自然矫正。俄理范稍微挪了挪身子，紧贴在身上的橡胶随之给他带来一阵快感，令他皱起眉头。

浴盆侧面有个小竹篮，布莱在里面放了海绵、浮石和一块新的法国香皂。俄理范暗自猜想，竹子肯定不带磁性。

他呻吟一声，拿起海绵和香皂开始洗澡。

俄理范这才从一天的繁忙事务中解脱，一如既往地开始详细而系统地回忆发生过的事。他天生记忆力超群，年轻时还因父亲的教育之道受益匪浅。由于父亲酷爱催眠术和魔术，他曾接受过神秘的记忆术训练，并在后来派上了大用场。现在他依然经常进行练习，就像当初坚持进行祷告一样。

差不多一年前，俄理范在格兰德大酒店三十七号房间搜查了米克·拉德利的遗物。

拉德利有一个现代款式的扁衣箱，倒立着打开后可以充当衣柜兼梳妆台。此外，他还有一个破旧的皮帽盒和一个铜边提花小背包。这便是这位宣传员的全部行李。看着箱子上的复杂配件，俄理范感到莫名的压抑与窒息。那些铰链、滚轮、挂钩、镀镍锁扣、皮革饰片……无不诉说着死者对那些再也无法完成的旅程怀有怎样的期待。同样令人感到悲哀的还有三罗[1]精美的点描肖像名片，上面写着拉德利在曼彻斯特的电报号码，按照法国惯例排列，外面包裹着印刷品包装用绵纸。

俄理范打开扁衣箱，从各个格子里依次取出拉德利的衣物，整整齐齐地摆放在酒店的床上，手法像随从一样细腻。他发现这位宣传员生前对丝绸睡衣情有独钟。俄理范一边往外拿衣服一边查看制造商的标签和洗衣店的标志，然后翻开口袋，用手指摸索着检查衣缝和衬里。

拉德利的盥洗用品全装在一个可拆卸的防水丝绸封套里。

俄理范将里面的东西逐个拿出来检查：一把獾毛修面刷、一把自磨安全剃刀、一支牙刷、一罐牙粉、一个海绵袋……俄理范利用床脚敲断了修面刷的象牙柄；打开剃刀的人造革套子，只见镀镍刀片在紫罗兰色丝绒衬垫上闪闪发光；找来一张格兰德大酒店的专用印花信笺，把牙粉全倒在上面；最后检查了海绵袋，在里面找到一块海绵。

剃刀的光泽映入俄理范眼中。他把剃刀的各种零件倒在晚礼服衬衫的硬挺前襟上，用表链上的小折刀撬套子里的丝绒衬垫。衬垫被轻松撬了下来，露出一张叠得很紧的大页纸。

这张纸似乎是一封信的草稿，只用铅笔写了个开头，字迹因反复擦除变得非常模糊。信上没有注明日期，没有任何称呼，也没有署名：

---

1. 一罗为十二打。——译者注

相信您应该还记得我们在八月时曾交流过两次，第二次交流时，您将您的猜想坦诚相告。现在我很高兴地通知您，经过相关处理，我们已经做出一个版本，将您设想的原版程序变成了现实。我感到信心十足，这套程序最后一定会成功运行，给出那个令人苦苦追寻、期盼已久的证明。

纸上余下部分都是空白的，只用铅笔画了三个方框，方框线条模糊，里面写着三个大字：算、编、程。

至此，"算、编、程"三字俨然成了神话中的三头怪兽，经常出现在俄理范的深层想象中。研究威廉·柯林斯的审讯记录时他发现了这个密码可能蕴含的意义，但这个印象并没有随之被消除，"算、编、程"怪兽依然困扰着他。那是一头蛇颈怪，长着人的脑袋。其中一颗脑袋上长着拉德利的脸，死气沉沉，大张着嘴，眼神空洞如雾；还有一颗脑袋上长着艾达·拜伦女士如大理石般冷淡的面容，清高超然，毫无表情，长卷发与发卷都成了纯粹几何学存在的证明；第三颗脑袋总是扭来扭去，回避俄理范的视线。有时他将其想象成爱德华·马洛里的脸，有着坚定的野心，却又无可救药的坦率；有时又是弗洛伦斯·巴特利特那张美丽而恶毒的脸，笼罩在硫酸的烟雾中。

有时候，尤其此时此刻，俄理范躺在让人腻味的橡胶浴盆里，思绪飘远，昏昏欲睡，那颗脑袋上的脸成了他自己的，眼睛里充斥着一种说不出的恐惧。

第二天早上，俄理范睡过了头，醒来后也没有下床。布莱给他把文件从书房拿到了卧室，还端来浓茶和鳀鱼吐司。他看了一份外交部档案，里面记录的是普鲁士特工威廉·施蒂贝尔的资料，此人化名施密特，如今假扮成一名流亡国外的报社编辑。让他更感兴趣的是一份有关弓街的文件，里面详细描述了最近发生的几起军火走私案，每起都涉及运往曼哈顿的货物，看的时候他还特意作了注释。接下来这份文件是差分机打印的几封信的复印件，写信人是波士顿的科普兰先生。他曾受雇于英国政府，现如今在缅因州游历。信中科普兰描述了曼哈顿岛的要塞防御体系，并对其军械装备进行了详细的说明。经过长期练习，俄理范已能做到一目十行。根据科普兰的描述，总督岛南端的炮组相当陈旧。他的目光迅速扫过这部分内容，很快便看到后面的传闻：据说从罗默浅滩到纽约湾海峡，曼哈顿公社布下了一连串的水雷。

俄理范叹了口气。他非常怀疑海峡里根本没有水雷，但公社领袖们肯定希望大家认为他们布下了水雷。如果自由贸易委员会的人真能随心所欲，那地方也许很快就会有水雷了。

布莱来到门前。

"先生，您和韦克菲尔德先生有约，在中央统计局。"

一小时后，贝特里奇在出租马车敞开的车门前恭迎他上车："下午好，俄理范先生。"俄理范爬上马车，在里面坐好。黑色防水帆布做的百褶帘将两侧的车窗遮得严严实实，把半月街与十一月份惨白的日光挡在外面。车夫催马前行，贝特里奇打开脚边的箱子，拿出一盏灯迅速而熟练地点燃，接着用一个螺丝和螺栓组成的黄铜装置将其固定到车座的扶手上。在灯光的映照下，箱子里面闪闪发光，如同一个微型军火库。贝特里奇递给俄理范一个深红色的文件夹。

俄理范打开文件，里面详细描述了米克·拉德利的死亡情况。

案发当晚，在格兰德大酒店的吸烟室，俄理范曾亲眼见过休斯顿将军和劫数难逃的拉德利。两人都喝了很多酒，不过拉德利的样子较得体，更加不可捉摸，也更危险；至于休斯顿，他那副美国野蛮人的样子在酒醉后表露无遗，双眼通红，汗流不止，满嘴脏话，懒洋洋地坐在那里，一只大脚穿着满是泥污的粗皮靴搭在软垫搁脚凳上。当时，休斯顿一边吞云吐雾，一边破口大骂俄理范和英国，时不时往地上啐一口唾沫，手里还拿着一把折刀，愤愤地削着一块松木，偶尔停下来用靴子底边磨一下刀子；拉德利受酒的刺激浑身发抖，两颊通红，双眼放光。

休斯顿决定翌日动身前往法国，因此那天晚上俄理范故意去拜访他，为的就是扰乱他的心神，结果却意外发现，这位将军和他的宣传员相互存有敌意，而且溢于言表。

俄理范想借法国巡回演讲之事在两人之间埋下怀疑的种子。为此，他含沙射影地指出英法两国情报部门存在合作，而且故意夸大其词，主要是说给拉德利听的。他还暗示，休斯顿在法国皇家禁卫队中至少存在一个强敌，而禁卫队又是法国皇帝拿破仑的保镖兼御用情报机构，虽然人数不多，但完全不受法律和宪法约束。拉德利虽醉态难掩，但显然注意到了其中暗藏的威胁。

中途一名侍童进来递给拉德利一张字条。侍童开门的瞬间，俄理范瞥见一个面色焦急的年轻女子。拉德利离开时说他必须去跟一位记者朋友说两句话。

大约十分钟后，拉德利回到吸烟室。随后，俄理范告辞。他受够了休斯顿将军那堆砌辞藻的长篇大论，拉德利才出去几分钟，休斯顿就喝掉了将近一品脱白兰地。

黎明时分，俄理范接到电报返回格兰德大酒店。一进酒店，他立刻找到酒店的便衣保安麦奎因。麦奎因曾经是一名伦敦警察，现在已经退休。事发后酒店接待员帕克斯先生将他叫到了休斯顿所在的二十四号房间。

二十五号房间的住客是一位兰开夏铺地工程承包商的妻子。骚乱发生后，她的情绪异常激动，帕克斯试图对其进行安抚。与此同时，麦奎因转了转休斯顿那间客房的门把手，发现门没锁。屋里的窗户已被人砸烂，雪花随风飘进来，早已冰冷的空气中弥漫着火药燃烧的味道、血腥味和一股骚臭味——麦奎因委婉地称其为"死者肠内之物"的气味。在黎明的冷光中，拉德利的尸体倒在猩红的血泊中，实在太过惹眼。麦奎因叫帕克斯给伦敦警方发了电报，然后用自己的钥匙锁上门，点了盏灯，并用窗帘的残余布料遮好窗户，挡住从街上投来的视线。

拉德利的衣物状况表明曾有人翻过他的口袋。尸体周围有一摊血，还有别的秽物，其中散落着各式各样的私人物品：打火机、雪茄盒与各种面额的硬币。麦奎因拿着灯在房间里四处查看，发现了一把象牙柄的里柯克哈钦斯小手枪。手枪的扳机不见了，五个枪管中有三发子弹已经被打出，据麦奎因判断，是刚发生的事。他继续搜查，找到了休斯顿将军手杖上造型俗气的镀金杖头，周围都是碎玻璃。旁边还有一个血淋淋的小包裹，用牛皮纸包得严严实实，里面是一百张影像卡。两颗子弹穿过卡片，毁了上面错综复杂的穿孔。子弹本身由软铅制成，已经严重变形，麦奎因检查卡片时子弹落到了他手中。

在俄理范的要求下，伦敦警方迅速退出此案。随后，中央统计局派专家对房间进行了检查，除了退休警察麦奎因所讲的情况，并没有多少新发现：在一张扶手椅底下找到了那把里柯克哈钦斯小胡椒瓶手枪的扳机；还找到一样比较奇特的东西——一颗方形白钻，十五克拉，品质极佳，牢牢嵌在两块地板间的缝隙里。

刑事人体测量科派来的两个人照常对其目的讳莫如深，他们用几大张薄如纸巾的方形网格胶粘纸粘走了地毯上的各种毛发和绒毛。他们表示会对那些标本严加看管，然后迅速将其带离现场，从此便杳无音信。

"您看完了吗，长官？"

俄理范抬头看了看贝特里奇，又低头看了看手里的文件，上面写着拉德利倒在血泊里。

"到豪斯福大道了，长官。"

出租马车停了下来。

"嗯，谢谢。"他合上文件，递给贝特里奇，然后下了马车，走上宽阔的楼梯。

无论在何种情况下，只要走进中央统计局，俄理范都会感到心跳加速，这次自然也不例外：他总有一种被人监视的感觉，对方知道他的一举一动，甚至还在记数。是那只眼睛……

俄理范与访客登记处穿制服的登记员说话时，一群熟练技工从他左边的走廊走了出来。他们穿着利用差分机剪裁的羊毛外套和锃亮的绉片胶底粗革拷花皮鞋，每个人都背着一个纤尘不染的白色厚粗布工具包，工具包的角上镶着青铜铆钉和棕色皮革。他们边走边聊，看样子是刚下班，有几个人已从口袋里掏出烟斗和方头雪茄，等着出门后抽两口。

俄理范向来对中央统计局的禁烟规定感到不满，此刻突然犯了烟瘾，觉得痛苦难耐。他看着那群机械师穿过门口的莲花柱和斯芬克斯铜像，离开统计局。这群人都已结婚，有中央统计局提供的养老金保障，住在卡姆登镇、新十字区等体面的郊区，家中的小客厅里摆着混凝纸浆做的餐具柜和装饰华丽的荷兰钟，妻子会用俗丽的漆面铁皮托盘端来茶点。

俄理范经过一幅主题陈腐平庸、按准圣经题材制作的浅浮雕，来到电梯门前。电梯操作员躬身请他进入，随后又来了一位愁容满面的绅士。那人穿着外套，拿手帕擦了擦肩上那道灰白色的污渍。

铰接式黄铜电梯厢哐啷一声关闭，电梯开始上升。外套上有污渍的先生在三楼下了电梯，俄理范则坐到了五楼。犯罪定量科和非线性分析科都在五楼，虽然感觉非线性分析科要远比犯罪定量科引人注目，但他今天要去定量科，确切说是去找副科长安德鲁·韦克菲尔德。

定量科有很多蜂窝般整齐排列的格子间，都由轧制钢、石棉和胶合板构成，各有一名职员在里面工作。管理者韦克菲尔德也在一个布局相同的大格子间里办公。他的脑袋从隔墙上方露出来，顶着稀疏的沙褐色头发，隔间两侧有很多黄铜镶边的抽屉，里面装着大量卡片夹。

韦克菲尔德门牙突出，抵着下唇，抬头看了一眼朝他走来的俄理范。"俄理范先生，你好，"他说道，"欢迎光临，请稍等一下。"他把数张穿孔卡塞进一个看起来很结实的蓝色信封，里面还衬了一层绵纸。他把东西装好，细心地用封口处的猩红色细绳在专利子母扣上绕了两圈，然后将信封放进旁边一个用石棉隔开的文件箱，里面装着好几个同样颜色的信封。

俄理范笑道："安德鲁，你难道觉得我能看懂那些穿孔？"他从设计巧妙的椅套里扯过一把装有弹簧的速记椅坐下，将收拢的雨伞横放在膝头。

"你应该知道蓝色信封里装的是什么吧？"韦克菲尔德将铰链式写字台推进狭窄的槽口里，弹簧当啷作响。

"大致知道，但并不清楚具体内容，我想这就是关窍所在。"

"有些人可以直接读卡，俄理范，这样的人不多，但即使是低级职员也能看懂一些初级指令，就像你们暗中观看那些影像文件一样容易。"

"安德鲁，我从来不暗中观看影像文件。"

韦克菲尔德哼了一声。俄理范知道，对他而言，这就相当于大笑了。"俄理范先生，那个外交使团最近怎么样了？你们还在追查'卢德派阴谋'吗？"这人话里的讽刺意味十分明显，任谁都不可能听错，俄理范却假装只听出了字面意思。

"到目前为止，还没产生太大的影响，至少我特别关注的领域是这样。"

韦克菲尔德点了点头，认为俄理范口中的"特别关注的领域"仅限于外国人在英国领土上的活动。应俄理范的要求，韦克菲尔德经常命人调取各种组织的信息。那些组织五花八门，包括烧炭党[1]、白色山茶花骑士团[2]、芬尼亚兄弟会[3]、得克萨斯游骑兵、古希腊交际花、平克顿侦探社、美国南方邦联科学研究局，全都是在英国活动的密探组织。

"相信我们提供的那些得克萨斯的资料应该派上用场了吧？"韦克菲尔德探身凑近俄理范问道，身后的螺旋弹簧嘎吱作响。

"对。"俄理范断然答道。

"你知不知道……"说着，韦克菲尔德从口袋里掏出一支镀金自动铅笔，"他们的公使馆是不是打算迁走？"他用铅笔敲着门牙，响亮的嗒嗒声令俄理范有些反感。

"他们现在不是在圣詹姆斯吗？贝里葡萄酒厂附近？"

"正是。"

俄理范犹豫片刻，似乎在权衡此事："应该不会，他们没有钱。我想这最终得看房东是否会大发善心……"

韦克菲尔德笑了起来，牙齿咬着下唇。

"韦克菲尔德，"俄理范说，"快告诉我，是谁想知道？"

"刑事人体测量科。"

"真的吗？他们也参与监视行动了？"

"我猜应该只是从技术上，为了实验，"韦克菲尔德收起铅笔，"你那位学者朋友叫马洛里，对吧？"

"是啊，怎么了？"

"我看到一篇关于他那本书的评论。他去中国了，是吗？"

---

[1] 十九世纪意大利的革命组织，旨在统一意大利。——译者注
[2] 美国重建时期在南方各州由白人组成的一个秘密组织，其成员宣誓支持白人至高无上的地位，反对种族融合，抵制所谓北方投机家的社会政治侵蚀，并主张恢复白人对政府的控制。——译者注
[3] 爱尔兰民族主义者团体，致力于推翻英国人对爱尔兰的统治。该组织1858年由约翰·奥麦赫尼在美国成立，起初的目标是占领被英国占领的加拿大，以其为交换条件换取爱尔兰的独立。——译者注

"去蒙古了,带着地理学会的考察队去的。"

韦克菲尔德噘起嘴点了点头:"应该是嫌他碍事了。"

"希望他平安无事。这人不坏,真的,他好像非常欣赏贵局的技术工作。安德鲁,我有个技术问题要请你帮忙。"

"是吗?"韦克菲尔德身后的弹簧嘎吱作响。

"跟邮局的手续有关。"

韦克菲尔德的喉咙里传出一声微弱的细响,意味不明。

俄理范从口袋里掏出一个信封递给这位副科长。信封没封口。韦克菲尔德从肘边的铁丝篮里取出一副白棉线手套戴上,从信封里取出一张白色的电报挂号卡,看了一眼,迎向俄理范的目光。

"格兰德大酒店。"韦克菲尔德说道。

"对。"卡片上印着酒店的饰章。俄理范看向韦克菲尔德,后者下意识地用戴着手套的指尖摸索卡片上那几行穿孔,检查上面有没有可能导致机械故障的磨损。

"你想知道寄件人是谁?"

"我知道是谁,谢谢。"

"收件人的名字?"

"这我也知道。"

弹簧嘎吱作响,听在俄理范耳中似乎透着些紧张。接着是钢铁的砰砰声,韦克菲尔德站起身,小心地把卡片插进一台仪器正面的黄铜插槽,下面悬着一堆卡片夹。他瞥了俄理范一眼,伸出一只戴着手套的手,拉下黑檀木做的手柄启动仪器,仪器像商店里的信用机一样发出砰砰的声响。韦克菲尔德松开控制杆,仪器慢慢恢复正常,嗡嗡、咔嗒地响着,像酒馆里的赌博机一样。韦克菲尔德站在那里看着,嘀嗒作响的字轮越转越慢。突然间,仪器安静下来。

"埃格雷蒙特,"韦克菲尔德轻声念着,"贝尔格莱维亚区比奇庄园。"

"没错,"俄理范看着韦克菲尔德从黄铜插槽中取出卡片,"安德鲁,我需要那封电文。"

"埃格雷蒙特……"韦克菲尔德像没听见似的继续念叨着,他坐了下来,把卡片装回信封,摘下手套,"俄理范,我们尊敬的查尔斯·埃格雷蒙特似乎无处不在,弄得我们这儿的工作总也做不完。"

"安德鲁,那封电文就在中央统计局里。虽然不知道那条电报纸带有多长,但我相信它确实存在。"

"你知道吗?我手下的差分机齿轮传动距离是五十五英里,被河水散发的恶臭弄脏后还没清理干净呢。况且,你的查询要求异常不当……"

"'异常不当'?那挺好……"

"还有你那些政治保安处的朋友,经常跑来找我们用差分机查资料,想把藏在国内的卢德分子全揪出来!俄理范,这该死的家伙到底是什么人?"

"据我所知,是个资历很浅的激进党政客,或者说曾经是,直到恶臭造成骚乱之后。"

"更确切地说,直到拜伦去世之后。"

"可现在不是有布鲁内尔勋爵吗?"

"的确,议会在他的领导下净干些疯狂的蠢事!"

俄理范沉默了片刻。"安德鲁,如果你能弄到那封电文,"他最后轻声开口道,"我会非常感激。"

"俄理范,他是个很有野心的人,还有很多野心勃勃的朋友。"

"不止你一个人这么想。"

韦克菲尔德叹了口气:"既然如此,要万分小心……"

"一定!"

"由于颗粒物沉积,机器变得脏污不堪。我们已经安排技工们三班倒进行清理了,还用上了高露洁勋爵的气溶胶,算是有了点成效,但我有时候还是会感到绝望,总觉得这系统可能再也无法正常运行了!"

他压低声音，"你知道吗？就连拿破仑那些高级功能也靠不住了，已经好几个月了。"

"法国皇帝？"俄理范假装没听懂。

"我是说拿破仑大帝差分机，它的齿轮传动距离相当于我们的两倍，"韦克菲尔德说，"可现在就是无法正常运行了。"这件事似乎令他觉得特别恐怖。

"他们那儿也出现恶臭泛滥事件了吗？"

韦克菲尔德沉着脸摇了摇头。

"我知道了，"俄理范说，"他们的齿轮八成是被洋葱皮卡住了……"

韦克菲尔德哼了一声。

"请务必尽快帮我找到那封电报，好吗？当然，在你方便的时候。"

韦克菲尔德微微点了点头。

"够意思。"俄理范说着举起收拢的雨伞向这位副科长致敬，然后站起身，沿原路穿过定量科那些格子间。韦克菲尔德手下的职员们还在耐心地埋头工作。

俄理范让贝特里奇将他送到苏豪区的一家旅馆，之后他娴熟地绕道步行至迪恩街，来到一栋布满烟尘的房子前面。房门没有上闩，他走进去后仔细把门闩好，爬上两段没铺地毯的楼梯。寒冷的空气中弥漫着煮熟的卷心菜的味道和发霉的烟草味。

他在一扇门上敲了两下，然后又敲了两下。

"快进来，快进来，别把寒气带进屋……"大胡子赫尔曼·克利盖[1]先生最近才离开纽约《人民论坛报》。这会儿他似乎把自己所有的

---

1. 德国"真正的社会主义"的代表人物之一，新闻工作者。1846年1月创办《人民论坛报》周刊，歪曲共产主义学说，以超阶级的"人性""博爱"替换阶级斗争的概念，把宗法式的小土地所有制理想化，主张平均土地，使小生产者摆脱剥削。——译者注

衣服都穿上了，就好像他在跟人打赌，赌他能把收破烂儿的手推车上的所有东西一下子都穿上一样。

俄理范进去后，克利盖将门锁好，挂上防盗链。

克利盖有两个房间，临街的那间是客厅，后面的是卧室。屋里的东西全都破破烂烂、乱七八糟。客厅中央摆着一张老式的大桌子，上面铺着蜡布，放着手稿、书籍、报纸、德累斯顿洋娃娃、女人做针线活用的零碎物件和缺口的茶杯、脏兮兮的勺子、笔、刀、烛台、墨水瓶，以及荷兰陶土烟斗、烟灰。

"请坐，请坐。"克利盖穿着那么多衣服，看起来比以往任何时候都更像一头熊，他含糊地朝一把只有三条腿的椅子挥了挥手。俄理范眨眨眼，透过煤烟和烟草的烟雾看见一把似乎还算完整的椅子。虽然上面还留着克利盖的女儿玩做饭游戏时留下的痕迹，但俄理范还是伸手把上面的果酱面包屑扫到一边，冒着毁掉一条裤子的风险坐了上去，隔着那张乱糟糟堆满家用物品的桌子与克利盖相对而坐。

"我给您女儿小特罗德尔带了一份小礼物。"俄理范说着从外套里拿出一个绵纸包，包装纸被一张长方形贴纸固定，上面印着牛津街一家玩具商场的首字母，"是娃娃用的茶具。"他把包裹放到桌子上。

"她管您叫'拉里叔叔'。我觉得不该让她知道您的真名。"

"我猜苏豪区应该有很多人都叫拉里。"俄理范拿出一个信封放到包裹旁边，精准地与桌子边缘对齐，里面有三张很旧的五英镑钞票。

克利盖什么都没说，长时间陷入沉默。

"曼哈顿红色女子哑剧团。"俄理范最后开口道。

克利盖轻蔑地哼了一声："波威里街[1]的萨福[2]，她们到伦敦来了？

---

1. 纽约市的一条街道，多小饭馆和流浪者。——译者注
2. 古希腊女诗人，她的诗歌里充满了对女人的爱慕和求而不得的苦。——译者注

我记得她们在珀迪国家剧院演出过，还成功争取到了死兔帮[1]对革命事业的支持。那个帮派此前参与政治活动的方式无非就是在市政选举中打架斗殴。她们的观众净是些屠夫小子、擦鞋童、且林士果广场和五点区的妓女之流，都是满身汗臭的无产者，去看女人被大炮射到墙上，然后被人像纸一样从墙上揭下来……我跟您说，先生，您弄错目标了。"

俄理范叹了口气："朋友，我的工作是问讯。您要明白，我不能告诉您我问某个问题的原因。我知道您受过很多苦，也知道您现在饱受流亡之苦。"俄理范意味深长地扫视这个乱糟糟的房间。

"您想知道什么呢？"

"有人认为，在最近那些骚乱中活跃的各种犯罪分子里有曼哈顿的特工。"俄理范等待对方回答。

"我觉得不太可能。"

"您有什么根据，克利盖先生？"

"据我所知，公社无意扰乱英国的现状。贵国激进党大发善心，没有出手干预美国的阶级斗争，这其实有点像公社的盟友所为。"克利盖冷嘲热讽，语气中透着深深的怨恨，"想想也是，北方联邦最大的城市被公社夺走这事儿完全符合英国的自身利益。"

身下的椅子不太舒服，俄理范小心翼翼地动了动身子。"相信您和马克思先生很熟。"他知道，想从克利盖口中套出一些情报，就必须说他最热衷的话题。

"岂止是熟，当时就是我去接他下船的。他拥抱了我，没过一分钟就跟我借了二十金元去交他在布朗克斯的房租！"克利盖似乎想笑，可由于心中愤懑难平，他并没有笑出来，"马克思当时还带着他的夫人燕

---

1. 由各国新移民组成的黑帮，主体是爱尔兰人，成立于1830年，是曼哈顿下城五点区最具实力的黑帮组织。——译者注

妮。"克利盖下意识地抓起一沓报纸,他的手大而苍白,指甲不太整洁。

"克利盖先生,他对您不公。"俄理范想到了自己的朋友恩格斯勋爵,虽然距离遥远,那位才华横溢的纺织品制造商还是跟这种人有了瓜葛,想想的确有些不可思议。克利盖曾是公社所谓的"中央委员会"成员,后来被马克思赶了出来。当时,北方联邦悬赏要他的脑袋,他身无分文,只得用化名带着妻子和孩子从波士顿坐统舱来到伦敦,成为伦敦成千上万名美国难民的一员。

"波威里街那些哑剧……"

"怎么了?"俄理范探身向前。

"党内有派系斗争……"

"说下去。"

"有冒充共产主义者的无政府主义者、女权主义者,各种错误的意识形态,还有不受曼哈顿控制的基层组织……"

"我明白了。"俄理范说着想起了那堆黄色的折叠式记录纸,上面记录着威廉·柯林斯的供词。

俄理范绕道步行穿过苏豪区,来到康普顿街,在一家名为蓝野猪的酒馆门口停了下来。

只见一张大海报上写着"坚决支持消灭这些害虫的参赛者将有机会获得一块金问表,参赛犬只体重须低于十三点七五磅"。污迹斑斑的海报下面是一块涂了油漆的木牌,上面写着"老鼠随时准备着,供各位驯狗之用"。

俄理范走了进去,很快便见到了弗雷泽,周围弥漫着狗臭味、烟草味和廉价的热杜松子酒味。

长长的吧台前挤满了各阶层的人,许多人腋下都夹着自己的小狗,有斗牛犬、斯凯梗犬和英国小棕梗。酒馆的天花板很低,室内没什么装饰,墙上挂着一串串皮项圈。

"您是坐出租马车来的吗,长官?"弗雷泽问道。

"走过来的,刚去见了一个人。"

"喂,各位,"酒保喊道,"别挡着吧台!"人们开始朝大厅移动,一名年轻的侍者在那儿喊道:"先生们,请下单!"俄理范和弗雷泽跟在那群参赛者和他们的狗后面。大厅里,壁炉上方有几个玻璃柜,里面摆着头颅标本,都是一些生前成名的犬只。俄理范看到了一只斗牛犬的头,玻璃眼珠鼓得厉害。

"看来这狗是被勒死的。"俄理范指着那个标本对弗雷泽说道。

"先生,那是做成标本的时候弄坏了,"说话的侍者是个金发男孩,系着油腻的条纹围裙,"它活着的时候不比英国任何一只狗差。我见过它一次杀死二十只老鼠,不过最后还是被老鼠害死了。下水道里的老鼠太可怕了,会让狗染上溃疡。虽然我们每次都会用薄荷水把它的嘴冲刷干净,可它还是死了。"

"你是塞耶斯的儿子吧,"弗雷泽说,"我们想和他谈谈。"

"啊,我认识您,警官!您来调查过那位学者……"

"杰姆,去叫你老爸,快点。"弗雷泽打断男孩的话,免得聚在这里的参赛者知道警察来了。

"他在楼上收拾捕鼠场呢,先生。"男孩说。

"好孩子。"俄理范说着给了男孩一先令。

俄理范和弗雷泽走上宽阔的木楼梯,来到尽头的客厅。弗雷泽打开一扇门,带头走进捕鼠房。

"该死的,还没开赛呢。"一个蓄着姜黄色络腮胡的胖子吼道。俄理范看到了捕鼠场,那是一块圆形的木板场地,直径约六英尺,围着齐肘高的护栏。上方吊着一盏八罩煤气灯,把小竞技场的白漆地板照得十分明亮。蓝野猪的老板塞耶斯先生穿着一件鼓鼓囊囊的丝绸马甲,左手抓着一只活老鼠站在那里。"是您啊,弗雷泽先生。抱歉,警官!"他一把掐住老鼠的喉咙,用结实的拇指指甲熟练地把老鼠嘴里那些比较大的牙齿撬掉,"有人要一打拔掉牙的老鼠。"他将手里的老鼠丢进一个生了锈的铁丝笼,和另外几只关在一起,然后转身面向他的客人,"弗雷泽先生,有什么是我能帮上忙的吗?"

弗雷泽拿出一张差分机打印的尸体照片。

"对,就是他,"塞耶斯扬起眉头说道,"大块头儿,腿很长。看样子是死了。"

"你确定吗?"俄理范闻到了老鼠的臭味,"他就是杀害鲁德威克教授的凶手?"

"确定,先生。我们这儿什么人都有,但阿根廷的大块头儿并不多,所以我记得很清楚。"

弗雷泽已经拿出笔记本写了起来。

"阿根廷的?"俄理范问道。

"他说西班牙语,"塞耶斯说,"至少我听着像西班牙语。不过您得知道,我们谁也没看见他行凶,只知道那天晚上他在这里,就这样。"

"上尉来了。"塞耶斯的儿子在门口喊道。

"见鬼!他要的老鼠我连一半都没拔完牙呢!"

"弗雷泽,"俄理范说,"我想喝杯热杜松子酒。我们去吧台那儿吧,让塞耶斯先生先把晚上的比赛安排好。"他弯腰去看一个较大的笼子,它是用铁箍条做的,里面似乎有一大群老鼠。

"小心别被咬到手指,"塞耶斯说,"相信我,那滋味绝对终生难忘。这儿的老鼠都不太干净……"

大厅里站着一位年轻军官,显然就是那个上尉。他威胁说,如果再让他等下去,他就要离开这个地方。

"如果我是你,我就不会喝,"弗雷泽看着俄理范手里那杯热杜松子酒说道,"十有八九掺假了。"

"其实很好喝,"俄理范说,"有一种淡淡的余味,有点像苦艾的味道。"

"那可是致醉的毒药。"

"没错，法国人用它来制作草药。你怎么看这个上尉？"俄理范端着杜松子酒指指那个人。各种犬只的主人们都在展示自己的狗，那人焦急地走来走去，查看着狗的爪子，一直在叫喊："再不开赛，我就马上离开。"

"克里米亚。"弗雷泽说。

上尉弯腰仔细查看一只小狻犬的爪子。抱着那只小狗的人皮肤黝黑，身材肥胖，涂了润发香脂的发卷像翅膀一样从高高的圆顶礼帽下面伸出来。

"韦拉斯科。"弗雷泽仿佛在自言自语，语气里透出一种近乎愉悦的恶趣味，说完走到那家伙身边。

上尉吓了一跳，年轻英俊的脸庞猛地抽了一下。俄理范的眼前突然出现了幻象，满眼都是火红的克里米亚，一座座城市像篝火一样熊熊燃烧，遍布弹坑的废墟里到处是胶黏的秽物，上面长出一朵朵白花，是一只只死人的手。惨烈的景象吓得他不寒而栗，他赶紧将其挥于脑后。

"我们认识吗，先生？"上尉语气冰冷，杀气腾腾地问弗雷泽。

"各位！"塞耶斯在楼梯上喊道。上尉率先走向楼上的捕鼠场，其他参赛者紧随其后，除了四个人：俄理范、弗雷泽、那个皮肤黝黑的人，还有一个坐在一把破锦缎扶手椅的扶手上咳嗽个不停的人。俄理范看见弗雷泽紧紧抓住了那人的膀子。

"该死的，你不该这样，弗雷泽。"说着，坐在椅子扶手上的男人伸直腿站了起来。俄理范注意到他的语气中明显透着一股算计。与那个皮肤黝黑的人一样，此人同样衣着崭新而整洁，全身都是牛津街的最新款，利用差分机剪裁的华达呢外套是接近淡紫的蓝色。俄理范发现他的翻领和同伴的翻领一样，上面都别着一枚闪闪发光的英国国旗状的景泰蓝徽章。

"该死的,泰特先生?"弗雷泽凶得像一位准备训斥学生的老师,语气有过之而无不及。

"我警告你,弗雷泽,"皮肤黝黑的男人瞪着一双深色的眼睛说道,"我们可是来替议会办差的!"那只棕色的小猊犬在他怀里瑟瑟发抖。

"真的吗?"俄理范温和地问道,"议会来捕鼠场有何贵干?"

"我是不是也可以问你同样的问题?"高个子无礼地问道,接着又咳嗽了一声。弗雷泽瞪了他一眼。

"弗雷泽,"俄理范说,"这两位先生就是你提过的那两位帮助过马洛里博士的秘密特工吗?"

"泰特和韦拉斯科。"弗雷泽沉着脸说道。

"泰特先生,"俄理范走上前说道,"很高兴见到你。我是劳伦斯·俄理范,做记者的。"泰特眨了眨眼睛,被俄理范的热诚弄糊涂了。弗雷泽极不情愿地接受了俄理范的暗示,松开了韦拉斯科的胳膊。

"韦拉斯科先生。"俄理范笑了。

韦拉斯科面露狐疑。"记者?哪种记者?"他问,同时看了看俄理范,又看了看弗雷泽,然后又看了看俄理范。

"主要写游记,"俄理范说,"不过,目前正在弗雷泽先生的大力帮助下忙着编纂一本有关伦敦恶臭事件的通俗历史读物。"

泰特目不转睛地盯着俄理范:"你刚才说马洛里,他怎么了?"

"马洛里博士动身去中国前我采访过他。他在恶臭事件期间的经历极为惊人,充分说明在这样一个混乱时期任何人都可能面临危险。"

"任何人?"韦拉斯科驳斥道,"胡扯!马洛里遇到的是学者才会有的麻烦,你口中的弗雷泽先生对此非常清楚!"

"是的,没错,"俄理范表示赞同,"所以今晚见到两位我才会这么高兴。"

韦拉斯科和泰特面面相觑。"是吗?"泰特试探着问道。

"当然。你看,马洛里博士向我讲述了他的不幸遭遇,他在学界的对手彼得·福克做出了那些龌龊行径。你看，在这种前所未有的紧张时期，就算是最纯净的圈子也……"

"现在你不会再看见该死的彼得·福克出现在你口中那个该死的纯净圈子里了，"韦拉斯科插话道，"他再怎么装腔作势也没用。"他故意顿了一下，"有人发现他和一个不满十二岁的女孩上床了！"

"不会吧！"俄理范假装震惊，"福克？不过肯定……"

"是的，"泰特断言道，"就在布莱顿，那些人找到这浑蛋后痛扁了他一顿，然后把他一丝不挂地扔到了街上！"

"不是我们干的，"韦拉斯科斩钉截铁地说道，"也没有证据证明是我们干的。"

"最近出现了一种新思潮。"泰特说道，扁平的胸部向前挺了挺，以便更好地展示他的英国国旗徽章。由于喝多了杜松子酒，他的塌鼻子鼻头潮红，泛着亮光。"绝不容忍堕落行为，"他一字一顿地强调道，"不管是学者还是地位多高的人，都不行。在拜伦的统治下，到处都有邪恶行径在暗中进行，各种各样的邪恶行为。弗雷泽，你对此很清楚！"见泰特如此放肆，弗雷泽不禁瞪大了眼睛。泰特兴奋地转向俄理范，说道："先生，河水散发的恶臭是内德·卢德的杰作，这就是你要的历史！"

"大规模破坏……"韦拉斯科阴沉地说道，好像在背演讲稿里的句子似的，"是社会最上层那些阴谋家煽动起来的！但我们中间有真正的爱国者，先生，爱国者们正在努力铲除邪恶！"那只小猩犬在韦拉斯科怀里低声吠叫，弗雷泽眼看就要动手把这人和狗全都掐死了。

"我们是议会调查员，"泰特说，"正在调查一位议员的事，相信你不会想把我们拘留起来。"

俄理范伸手按住弗雷泽的胳膊。

韦拉斯科得意地笑了笑，安抚怀中的小狗，缓步走上楼梯，泰特跟在后面。头顶传来数只狗的狂吠声与参赛者们嘶哑的喊叫声。

"他们在替埃格雷蒙特做事。"俄理范说。

弗雷泽面部扭曲,露出厌恶的神情,其中还夹杂着几分惊讶。

"看来继续留在这里也无事可做,弗雷泽。我猜你应该安排了出租马车吧?"

俄理范有几个年轻的日本"学生",其中最受他青睐的是森有礼先生,因为此人非常喜欢英国的各种事物。平时吃早餐,俄理范通常吃得很少,但有时候为了让有礼高兴,他会吃大量"英式"早餐。今天,有礼穿着极为结实的粗花呢高尔夫服,还戴了一条爱尔兰皇家蒸汽工程师公会的格子呢围巾。

俄理范若有所思地看着有礼往一片吐司上抹果酱,沉浸在身处日本的往事之中,心中不由得升起一种既愉悦又忧郁的复杂情绪。他曾在阿礼国[1]手下担任一等秘书,在那个充满仪式与阴霾的世界里,在江户的生活让他对那些柔和的色调与细微的纹理产生了极大的热情。他现在非常想再听听雨水打在油纸上的噼啪声,看看小巷中摇曳的野花,看看那些灯芯草灯盏发出的微光,闻闻那里的气息,看看那里的暗夜,看看低地街区那些影子……

"俄理范先生,吐司很好吃,好吃极了!您在难过吗,俄理范先生?"

"没有,有礼先生,我没有难过。"虽然一点都不饿,俄理范还是吃了些培根。他突然想起了早晨泡浴时的情景,想起黑色橡胶贴在身上的难受感觉,赶紧设法将那段回忆抛开。"我想起了江户,那座城市很有魅力。"

有礼嚼着抹了果酱的面包,明亮的黑眼睛定定地看向俄理范。吃完后,他熟练地拿起亚麻餐巾轻轻擦了擦嘴。"魅力,您是说那些陈风旧俗吗?它们会阻碍我国的发展。就在这周,我还寄信回萨摩藩反对

---

[1] 又译阿利国,英国外交官。——译者注

佩刀呢。"有那么一瞬间，他那双明亮的眼睛朝俄理范左手那几根弯曲的手指瞥了一眼。俄理范袖口下的伤疤仿佛被他的目光刺到，隐隐作痛起来。

"可是，有礼先生，"俄理范说着将手中的银叉放到一边，不再吃那块他原本并不想吃的培根，"贵国的刀在很多方面都是封建礼教与相关情感的集中象征，受尊敬程度仅次于藩主。"

有礼高兴地笑了。"不过是粗野时代的陋习，俄理范先生，还是消除为好。这可是现代社会！"后面这句是有礼最喜欢的口头禅。

俄理范也报以微笑。有礼这人既大胆又富有同情心，虽然有些莽撞，却让俄理范觉得非常迷人。他不止一次付给伦敦的出租马车车夫全额车费外加小费，还请那家伙到俄理范家的厨房吃饭，弄得布莱惊愕不已。"有礼先生，您得抓紧时间才行。虽然您自己可能认为佩刀是一种原始习俗，但公开反对这种事很可能会激起人们抵制那些重要的改革，抵制您在贵国社会想要实行的那些深层次变革。"

有礼严肃地点了点头："俄理范先生，贵国的政策必然有可取之处。比如说，要是日本人都学英语，情况就会好很多。我们的语言粗陋，出了日本列岛，到了外面的大千世界便毫无用处。要不了多久，蒸汽机和差分机定会遍及我国各地，英语也必然会取代日语。我们是个充满智慧的民族，渴求知识，不能依赖不可靠的弱势交流媒介。我们必须从西方科学的宝库中汲取最重要的真理！"

俄理范侧头端详有礼。"有礼先生，"他说，"如果我误解了您的话，还请您原谅，您的意思是要废除日语吗？"

"这可是现代社会，俄理范先生，现代社会！我们完全有理由废除日语。"

俄理范笑了："有礼先生，此事还需日后详谈。现在我得问一下，您今晚是否有空？我想请您去看演出。"

"当然可以，俄理范先生。英国的社会娱乐活动总是很精彩。"有礼眉开眼笑。

"那我们就去吧,演出在怀特查佩尔的加里克剧院,听说是非常特别的哑剧。"

在点描打印的节目单上可以看到,当晚的演出是由曼哈顿红色女子哑剧团表演的《夜猫子玛祖莱姆》,其中有个小丑名叫"寒鸦投掷",相对来说,这名字大概是这场演出中最正常的地方。除此之外,还有下列角色:弗里德曼·比罗·比尔,黑人男孩;利维·斯蒂克马尔,商人,两支雪茄卖五分钱;美国小贩;商店女扒手;"烤火鸡";剧名角色"玛祖莱姆"。

从节目单上看,所有演员都是女性。假如没有节目单,单看角色,其中几个人的性别还真不好判断。小丑穿着满是褶边的缎子演出服,上面缀满了亮晶晶的饰片,脑袋剃得像蛋壳一样干净,脸则被画成白面男丑角的模样,只用红色勾勒出嘴唇的轮廓。

演出开始前,一个名为海伦·亚美利加的女人发表了简短激昂的讲话。她没戴胸罩,起伏的胸部在几层透明的披巾下若隐若现,看得台下以男性为主的观众挪不开眼。在俄理范看来,她在讲话里提到的口号十分晦涩难懂,并不能煽动人心。比如她说的"我们只有锁链缠身……",到底是什么意思?

俄理范看了眼节目单才得知海伦·亚美利加是《夜猫子玛祖莱姆》剧本的作者,她还写过《帕纳塔哈小丑》和《阿尔贡金族的精灵》。

负责音乐伴奏的是一位圆脸的风琴手。她的眼中闪烁着光芒,在俄理范看来,这人不是疯了就是服用了鸦片酊。

俄理范认为,这部哑剧的开头场景应该发生在酒店餐厅。"烤火鸡"显然是由一个矮人扮演的,它到处走动,拿着切肉刀攻击用餐者。但俄理范很快就跟不上故事的发展了,他怀疑这场演出根本没有故事主线。演出中不断出现剧中人物向对方头部投掷砖头的情节,同时伴有勉强凑合的影像放映。上面的卡通形象争论不休,看起来与剧中情节毫无关系。

俄理范偷偷瞥了一眼坐在旁边的有礼,后者将心爱的大礼帽笔挺地放在腿上,脸上毫无表情。观众们大呼小叫,但令他们激动的并不是哑剧的内容,而是公社那些不断旋转的女演员,她们穿着飘逸的演出服,舞蹈动作毫无章法,小腿和脚腕裸露在外,在参差不齐的褶边下面清晰可见。

俄理范的背突然痛起来。

台上的舞蹈很快演变成一种芭蕾舞式对打,砖头在空中乱飞。最后,《夜猫子玛祖莱姆》戛然而止。

观众们高声尖叫,鼓掌起哄。俄理范注意到一个下巴尖瘦的壮汉。那人肩扛一根结实的藤杖,懒洋洋地坐在正厅后座的入口处,眯眼看着场内的人群。

"来吧,有礼先生,采访机会来了。"

有礼站起身,手里拿着帽子和晚装手杖,跟着俄理范走向正厅后座。

"我是劳伦斯·俄理范,一名记者。"俄理范把自己的名片递给那个壮汉,"能否请您将这张名片转交给亚美利加小姐,就说我想采访她?"

壮汉接过名片瞥了一眼,然后任其掉在地上。俄理范看见对方骨节粗大的手紧紧地攥住了藤杖。有礼发出咝的一声,有点像蒸汽喷出时的声音。俄理范扭头望去,只见有礼已经把大礼帽稳稳地戴回头上,脑袋前倾,双手紧握着晚装手杖,摆出日本武士的架势。他的手腕十分灵活,亚麻布袖口纤尘不染,金链扣闪闪发光。

海伦·亚美利加突然探出头来。她的头发蓬乱,被散沫花染剂染成夸张的颜色,眼睛周围涂了黑色的眼影粉。

有礼依旧保持备战的架势。

"海伦·亚美利加小姐?"俄理范又拿出一张名片,"请允许我自我介绍一下,我是劳伦斯·俄理范,一名记者……"

海伦·亚美利加迅速冲她那位面无表情的同胞打了几个手势，像在变什么戏法似的。那人放下了手中的藤杖，但仍然凶狠地瞪着有礼。俄理范看得出那根藤杖的分量不轻，里面显然加了重物。"塞西尔是个聋哑人。"海伦·亚美利加在说"塞西尔"这个名字时，明显是美式发音。

"非常抱歉，不过我刚才把名片给……"

"他不识字。您说您是报社记者？"

"我只是临时的。而您呢，亚美利加小姐，您是堪称一流的作家。请允许我介绍一下我的好友森有礼先生，他是日本天皇的特使。"

有礼恶狠狠地瞥了塞西尔一眼，然后颇为优雅地翻转手杖，摘下帽子，行了个欧式鞠躬礼。海伦·亚美利加睁大了眼睛，看有礼的眼神活像在看一条训练有素的狗。她披着一件缝补得很整齐的军用斗篷，虽然破旧却很干净，颜色是南方邦联所谓的灰胡桃色，原本的团服纽扣都被换成了普通的角质圆纽扣。

"我从没见过中国人穿这样的衣服。"她说。

"有礼先生是日本人。"

"您是报社记者？"

"勉强算是。"

海伦·亚美利加笑了起来，露出一颗金牙："您喜欢我们的表演吗？"

"表演很精彩，相当精彩。"

她的笑容更加灿烂了："那就来我们曼哈顿吧，先生，人民起义军已经占领了古老的奥林匹克剧场，在百老汇东边，过了休斯顿大街就是。我们还是最适合在自己的剧场里表演。"她的耳朵上戴着细条状的银耳环，被散沫花染剂染过的卷发乱作一团。

"那将是我莫大的荣幸。我也很荣幸能够采访您这位作者……"

"不是我写的，"她说，"是福克斯写的。"

"您说什么？"

"乔治·华盛顿·拉斐特·福克斯,马克思主义者中的格里马尔迪[1],社会主义哑剧界的塔姆拉!是剧团决定把我的名字写到作者栏的,不过我一直反对这么做。"

"可是您的开场白……"

"开场白是我写的,先生,我很自豪。不过,可怜的福克斯……"

"我没听说过这个人。"俄理范有些为难地承认道。

"他就是太辛苦了,"她说,"先生,伟大的福克斯凭一己之力让社会主义哑剧在革命中有了如今这般重要的地位。那些单场演出把他累坏了,他想用更激烈的手法编写出更激烈的转变,结果把自己弄得精疲力竭,渐渐失去了理智。他扮的那些怪相简直惨不忍睹。"她原本进入了舞台表演的状态,现在又恢复了轻声细语,"先生,他会做出非常猥琐的表情。如果他表现得太过分了,我们会让他的化妆师穿上制服跑出去揍他。"

"非常抱歉……"

"很遗憾,先生,曼哈顿根本不是疯子该待的地方。他现在在马萨诸塞州萨默维尔的一家精神病院里。要是您想把这个登到报纸上,就请便吧。"

俄理范怔怔地盯着她,完全不知道该说什么。森有礼已经退到了一边,似乎在目送人们走出加里克剧院。旁边的聋哑人塞西尔早已带着他那根加了重物的藤杖消失了。

"我现在饿得能吃下一头牛。"海伦·亚美利加兴冲冲地说。

"请允许我请您吃顿饭吧。您想去哪儿吃?"

"拐角有间小店。"海伦·亚美利加从通往正厅后座的台阶顶端走下来,她穿着一双美国人称之为奇克莫加的橡胶靴,这种靴子源于部

---

1. 约瑟夫·格里马尔迪,英国喜剧演员和舞蹈家。十九世纪初,他发扬了小丑的滑稽表演以及英国哑剧,在英国被誉为"小丑之父"。——译者注

队,又大又笨。她并没有等俄理范伸出胳膊让她挽着,率先走出了加里克剧院,俄理范和有礼跟在后面。

海伦·亚美利加领着二人走到街上。正如她所说,那个店就在拐角处。煤气灯闪耀,照亮咔嗒作响的影像广告牌,"摩西父子自动餐馆"与"干净、现代、快捷"的字样交替出现,循环往复。海伦·亚美利加带着鼓励的微笑回头看了两人一眼。她披着那件南方邦联的斗篷,穿着引人注目的破旧薄棉布演出服,臀部线条匀称,腰肢款摆。

自动餐馆里都是怀特查佩尔本地人,又拥挤又吵闹。嵌在铁框里的窗玻璃上覆着一层朦胧的水汽。俄理范以前从未见过这样的场面。

海伦·亚美利加向两人示范了这里的消费方式:从一堆长方形古塔胶托盘中取下一个,放到闪闪发光的镀锌铁板窗台上推着走,窗台上方有几十个黄铜镶边的小窗口,每个窗口内都摆着不同的食物。俄理范和有礼有样学样,看到投币口,俄理范伸手去摸自己的零钱袋。海伦·亚美利加选了一块肉馅土豆泥饼、一份面拖烤香肠和炸薯条。俄理范替她付了钱,然后又花两便士从一个水龙头下面接了不少样子很可疑的棕色肉汁。有礼选了他特别钟爱的烤土豆,但他没要那个水龙头里的肉汁。俄理范被这个奇怪的地方弄得晕头转向,最后从一个水龙头下面接了一品脱机器酿造的啤酒。

"克莱斯特拉要是知道了,大概会杀了我。"海伦·亚美利加说道。三人都把托盘放到一张极小的铸铁餐桌上。餐桌和周围的四把椅子都被螺栓固定在混凝土地板上。"她不赞成我们跟报社的人打交道。"海伦·亚美利加披着灰胡桃色斗篷耸了耸肩,开心地笑了。她开始分一小堆廉价的白铁餐具,递给有礼一副刀叉。"先生,您去过一座叫布莱顿的小城吗?"

"去过,我去过。"

"那是个什么样的地方?"

有礼饶有兴趣地观察烤土豆下面粗糙的灰色纸板餐盘。

"舒适宜人，"俄理范说，"风景如画。水疗馆很出名……"

"是在英国吗？"海伦·亚美利加满嘴都是面拖烤香肠，咕哝着道。

"嗯，是的。"

"那里的工人多吗？"

"您说的那种工人可能不多，不过照管各种设施和景点需要用很多人。"

"来这儿后，我还没见过真正的工人呢。算了，还是吃东西吧！"说着，海伦·亚美利加埋头吃了起来。俄理范心想，看来红色曼哈顿的人并不喜欢边吃边聊。

海伦·亚美利加将挑选的食物吃得干干净净，纸板餐盘上连一点残渣碎屑都没有。她还特意留了一根炸薯条，把肉汁揩得干干净净。

俄理范拿出他的笔记本，取出一张白色卡片，上面印着弓街警察局留存的弗洛伦斯·巴特利特的半身照。"亚美利加小姐，您跟美国演员弗洛拉·巴奈特熟悉吗？我最近听说，她在曼哈顿很受欢迎……"俄理范让她看了看那张卡片。

"先生，她根本不是什么演员，也不是美国人，勉强算南方人，就和该死的法国人差不多。人民起义军不需要她这种人。见鬼，我们早就受够这种人了！"

"她这种人？"

海伦·亚美利加瞪着俄理范，轻蔑地迎向他的目光："你根本不是记者……"

"抱歉，我……"

"道歉谁都会，你也就这点诚意……"

"亚美利加小姐，请息怒，我只想……"

"谢谢你请我吃饭，先生，但你甭想套我的话，明白吗？还有那只雷龙，它跟你们这儿根本没有任何关系！它属于人民起义军，你们无权拥有它。总有一天，我们会把它放到曼哈顿的大都会博物馆里！你们英国人凭什么认为你们可以去挖属于我国人民的自然宝藏？"

就在这时，曼哈顿红色女子哑剧团里那个非常吓人的秃头小丑走了进来。她戴着一顶巨大的圆点方格花布软帽，脚上的奇克莫加靴比海伦·亚美利加那双还要大。

"克莱斯特拉同志，你来得正是时候。"海伦·亚美利加说。

小丑杀气腾腾地瞪了俄理范一眼，两人就这么走了。

俄理范看着有礼："有礼先生，今晚可真不寻常。"

有礼显然还在出神地沉思自动餐馆里的一切，好半天才有反应。

"俄理范先生，我国也要开设这样的地方！干净！现代！快捷！"

俄理范回到半月街后，布莱跟着他上楼来到书房门口。"我可以进去吗，先生？"两人走进书房，布莱用自己那把钥匙将门锁好，走到放着烟具的镶木小桌前，打开保湿盒的盖子，伸手从里面取出一个短粗的黑漆铁皮小圆筒。"先生，这是一个年轻人送到厨房门口的。我问他叫什么名字，他不肯说。先生，想起以前在国外遭遇的一些野蛮行径，我便擅自将其打开了……"

俄理范接过小圆筒，拧开盖子，里面是穿孔电报纸带。

"那个年轻人呢？"

"先生，从他脚上的鞋子看，应该是个低级差分机程序员。当时他手上还戴着程序员的棉手套，没有摘下来。"

"没有留言吗？"

"有的，先生。他说'请转告他，我们能做的就这么多。太危险了，不能再追问下去了'。"

"我知道了。可以给我泡一壶浓浓的绿茶吗？"

布莱出去了，书房里只剩下俄理范自己，他开始动手拆除私人收报机上沉重的玻璃罩，松开固定玻璃罩的四颗翼形螺钉，把圆顶玻璃罩放到安全的地方，又花了几分钟查阅制造商提供的使用说明书，然后翻了几个抽屉，找到所需的工具：一个带胡桃木把的黄铜手摇曲柄和一把印有柯尔特麦克斯韦公司花押字的镀金小螺丝刀。他在仪器底座上找到闸刀开关，切断与邮局的电力连接，然后用螺丝刀进行了必要的调整，小心地把纸带末端穿到光面的钢链齿轮上，锁好导向板，这才深吸一口气。

俄理范忽然意识到自己的心跳很快，意识到格林公园在暗夜中寂静而压抑，意识到那只眼睛的存在。他拿起曲柄，把六角形的曲柄头插进机器上的插孔，开始平稳而缓慢地顺时针转动机器。字锤起起落落，破译着邮局纸带上的穿孔代码，在这过程中，俄理范一直没看纸口缓缓冒出的电文。

破译完毕。他用剪刀把印有电文的纸带剪开，拼起来贴到一张大页纸上：

亲爱的查尔斯九年前你让我蒙受了一个女人最大的耻辱查尔斯你说要帮我救出我那可怜的父亲可你毁了我包括我的灵魂和身体今天我就要离开伦敦了和几位有权有势的朋友一起他们很清楚你当初如何背叛了沃尔特杰拉德也清楚你如何背叛了我别找我查尔斯没用的祝你们夫妻今夜好眠西比尔杰拉德

俄理范看着面前的电文，一动不动地坐了大半个小时，连布莱送茶来都差点没发觉。他给自己倒了一杯只剩微温的茶，拿来信纸，取出针笔，开始用他完美的法语外交辞令给巴黎的一位阿尔斯劳先生写信。

空气中依然弥漫着闪光粉的味道。

王夫是典型的日耳曼人，威严十足，此刻他正站在一台瑞士制造的精密立体照相机前，听见俄理范进来，他立刻转身用德语问候。他戴着一副海蓝色眼镜，镜片是圆形的，顶多只有弗罗林币那么大，身上穿着一件纤尘不染的白粗布摄影师罩衫,手指上沾着硝酸银。

俄理范躬身行礼,用王室间特有的用语祝王夫下午愉快,然后便假装饶有兴趣地仔细观察那台瑞士相机。相机本体复杂精细,两个立体镜头宛如人的眼睛,安装在一道光滑的黄铜眉毛下。俄理范觉得两个镜头离得太远了,有点像王夫那位肌肉发达的瑞士随从卡特先生的眼睛。

"殿下,我给阿尔弗雷德王子带了一件小礼物。"俄理范说道。和王夫一样,他的德语也带有萨克森口音,这是他在王室授意下去当地执行一项长期而微妙的任务时感染的。阿尔伯特亲王的科堡亲属十分精通政治联姻这种古老手腕,他们都急于扩大自己的小领地。可英国外交部的政策旨在于政治上尽可能地分化那些日耳曼小国,所以这事的确很微妙。"小王子今天的课程结束了吗?"

"阿尔弗雷德今天身体不适。"阿尔伯特仍戴着他的有色眼镜,边说边仔细查看其中一个镜头。他拿出一把小刷子,轻轻掸了掸镜头表面,然后直起身子。"让那么小的孩子学统计学,你说是不是负担太重了?"

"殿下,您是问我的意见吗?"俄理范说,"统计分析确实是一项强大的技术……"

"我和他母亲在这件事上有分歧,"亲王悲伤地吐露道,"阿尔弗雷德在这门功课上的进展也远不尽如人意。但统计学是开启未来的关键。在英国,统计数据就是一切。"

"王子的另外几门课都学得不错吧?"俄理范没有正面回答。

"人体测量学,"亲王漫不经心地说道,"还有优生学,都是很难的学科,不过对那孩子来说,应该没那么费力。"

"也许我可以和他谈谈,殿下,"俄理范说,"我知道这孩子一心想要学好。"

"他肯定在自己房间里。"亲王说。

俄理范穿过通风良好的王室居所，来到阿尔弗雷德的房间。王子一见到他便欢呼着从那堆寝具下爬出来，光着脚敏捷地跳过一条极为复杂的微型铁路的轨道。"拉里叔叔！拉里叔叔！太棒了！你给我带了什么好东西？"

"佐尔达男爵的最新作品。"

俄理范从口袋里掏出一本包着绿绵纸的书，浓浓的廉价油墨味扑鼻而来。书名叫《蒸汽大盗帕特诺斯特》，作者自称佐尔达男爵。这本书是一套系列通俗读物的第三册，前两册分别为《骷髅军团》和《沙皇的舵手》，小阿尔弗雷德王子读过后表现出了无限的热情。《蒸汽大盗帕特诺斯特》的封面色彩艳丽，上面画着胆大包天的帕特诺斯特，他手里拿着手枪，正要从一辆疾驰的汽车里钻出来。那辆车应该是最新款的蒸汽车，铁皮车身，车头浑圆，车尾窄细。去皮卡迪利大街报刊经销店买这本书的时候，俄理范仔细看了看书中的卷首插图，上面对佐尔达男爵笔下这位放荡不羁的拦路大盗进行了更为详细的描画，尤其是大盗的衣服，包括镶有饰钉的宽皮带以及裤脚带有纽扣式翻边的喇叭裤。

"太棒了！"男孩急切地撕掉包着《蒸汽大盗帕特诺斯特》的绿绵纸，"拉里叔叔，你看他的车！完美的流线型！"

"阿尔弗雷德，大盗帕特诺斯特只要最快的车。看看卷首插图，他的装扮就像铁拳内德一样。"

"看看他这条喇叭裤，"阿尔弗雷德羡慕地说，"还有这该死的大皮带！"

"阿尔弗雷德，你最近怎么样？"俄理范问，假装没发现男孩用词不当，"我有段时间没来看你了。"

"我很好，拉里叔叔。"男孩稚嫩的脸庞上闪过一抹忧虑，"不过，那个人偶……那个人偶怕是……怕是坏了，你看……"王子指着那个会倒茶的日本人偶。这会儿它颓然地靠在巨型四柱床的床脚上，一大堆铁罐和涂了油漆的铅块滚落在四周,还有一根细长而尖锐的半透明物从人偶的华服里伸出来。"拉里叔叔,你看,就是那根弹簧,可能是上得太紧了。转到第十圈的时候,直接弹出来了。"

"阿尔弗雷德,日本人用鲸须弹簧给他们的人偶提供动力。他们管这东西叫鲸须。日本人还没从我们这里学会制造真正的弹簧,不过应该很快就会了。到时候,他们的人偶就不会这么容易坏了。"

"父亲说你对那些日本人太热心了,"阿尔弗雷德说,"他说你认为日本人和欧洲人一样。"

"没错,阿尔弗雷德!目前日本人的机械设备较差,是因为他们缺乏可应用的科学知识。在未来某一天,他们可能会引领文明走向前所未有的高度。日本人,也许还有美国人……"

那男孩怀疑地看着他:"你这么说,父亲听了肯定会不高兴。"

"是啊,我想也是。"

接下来的半小时里,俄理范一直跪坐在地毯上,看阿尔弗雷德摆弄一台法国产的差分机玩具。和法国差分机拿破仑大帝一样,这台小差分机也由压缩空气驱动,只是不用卡片,用电报纸带,这让俄理范想起了自己写给阿尔斯劳先生的信。布莱应该已经把信送去法国大使馆了,现在那封信很可能已经被装进外交邮袋,在送往巴黎的路上。

阿尔弗雷德正把他的差分机连接到一台微型影像放映机上。这时,门把手礼节性地发出了咔嗒声,白金汉宫里从没人敲门。俄理范起身打开高大的白门,看见了纳什熟悉的面孔。纳什是宫中侍从,曾因铁路公司股票投机失策一度被迫成为伦敦欺诈局的熟客,俄理范动用关系摆平了那件事。看着纳什毕恭毕敬的样子,他知道自己当初的好意没白费。"俄理范先生,"纳什说,"有您的电报,先生,非常紧急。"

从很大程度上说,政治保安处的司机开车的速度总让俄理范感到不安。在帕特诺斯特看来,这车的速度也已快到极限,其流线型设计堪称完美。

他们以梦幻般的速度掠过圣詹姆斯公园，欧椴树光秃秃的黑色枝丫一闪而过，宛如被大风吹走的团团烟雾。司机戴着皮框的圆镜片护目镜，显然很享受这种急速飞驰。他时不时地拉响声音低沉的汽笛，惊得马儿抬起前腿直立，行人仓皇躲避。司炉工是个身材魁梧的爱尔兰小伙子，他一边往炉子里铲焦炭一边咧嘴狂笑。

俄理范不知道他们要去哪里。现在离特拉法加广场越来越近，路上交通拥挤，司机只好不断地猛拉汽笛，发出一阵阵低沉的哀鸣，仿佛一头海洋巨兽在悲号。听到汽笛声，前方的行人与车辆如摩西[1]面前的红海一样瞬间豁然分开。车子飞驰而过时，戴着头盔的警察纷纷利落地敬礼。铁皮车身线条流畅，浑似一条鱼儿，沿着斯特兰德大街轰隆隆地疾驰而去，看得流浪儿和十字路口的清道夫们高兴得翻起筋斗。

夜色完全暗下来了。他们驶入舰队街，司机拉下刹车杆，扳动控制杆，一大股蒸汽奔涌而出，流线型的蒸汽车颠簸着停了下来。

"好了，长官，"司机说着推高护目镜，透过车头的回纹玻璃往外看，"您看那边。"

俄理范看到这里的交通已经完全中断，竖起的木制路障上挂着提灯，后面站着脸色严峻的士兵。他们穿着淡褐色的厚呢作战服，端着卡茨莫兹利卡宾枪，一副严阵以待的架势。在他们身后，一块块帆布松松垮垮地悬挂在原木立柱上，仿佛有人要在舰队街中央搭建舞台布景似的。

司炉工用圆点毛巾擦了把脸："这里肯定有什么不想让记者看到的东西。"

1.《圣经》故事中犹太人的古代领袖。根据《圣经·出埃及记》记载，他带领希伯来人经过红海的时候，神使海水分开，露出一片干地，海水在他们左右化作墙壁，希伯来人渡海如履平地。——译者注

"那他们可选错街道了，"司机说，"不是吗？"

俄理范下了车，弗雷泽快步朝他走过来。"找到她了。"弗雷泽阴郁地说道。

"看样子引起了不小的关注，安排的步兵是不是有点太多了？"

"此事不可轻率，俄理范先生。您最好跟我来。"

"贝特里奇在这儿吗？"

"没看见他，这边请。"弗雷泽带着他从两个路障中间穿过，一名士兵点头放行。

俄理范瞥见一个留着大鬈曲八字胡的男人正在急切地和两名伦敦警察交谈。"哈利迪，"俄理范说，"刑事人体测量科科长。"

"是的，长官，"弗雷泽说，"他们在全力调查此事。应用地质学博物馆遭贼人闯入，皇家学会的人怒不可遏。该死的埃格雷蒙特肯定会出现在所有报纸头版上，说这是卢德分子的暴行。现在只有一件事还算幸运，就是马洛里博士如今远在中国。"

"马洛里？为什么这么说？"

"是陆上利维坦，巴特利特夫人和她的同伙想把它的头骨偷走。"

他们绕过一处临时屏障，粗糙的帆布上每隔一段就印有一个陆军军械部的宽箭头标记。

一匹马侧躺在一大片发黑的血泊中，马儿所拉的出租马车也翻倒在附近。那是一辆普通的单马旅行马车，车身的黑漆嵌板上布满弹孔。"她带了两名男子，"弗雷泽说，"算上留在博物馆内的那具尸体，总共是三名男子。赶车的名叫拉塞尔，美国流亡者，是个好勇斗狠的打手，住在七晷区。另一个名叫亨利·迪斯，利物浦人，是个撬窃惯犯。以前当巡警的时候，我抓过亨利十次，不过也就到此为止了。两人的尸体就在那边，长官。"他指了指较远处，"赶车的拉塞尔和一位真正的车夫大吵了一架，因为双方都不肯让路。一名指挥交通的伦敦警察试图干预，就在这时，拉塞尔掏出了手枪。"

俄理范盯着翻倒的出租马车看了会儿。

"那名交警没带武器,但有两名弓街警探碰巧经过……"

"弗雷泽,这辆马车上的弹孔……"

"是陆军蒸汽车干的,长官,最后一批临时驻军就在霍尔本高架桥旁边。"他顿了一下说道,"迪斯有一支俄国霰弹枪……"

俄理范惊讶地摇了摇头。

"八名平民受伤,已经送往医院,"弗雷泽说,"一名警探死亡。来吧,长官,我们最好赶紧将此事搞定。"

"这些帆布是干什么用的?"

"刑事人体测量科的人让他们弄的。"

俄理范恍若在梦中,他四肢麻木,仿佛失去了意识,任由弗雷泽带着他走向那三具尸体。工作人员用帆布把尸体盖好放到了担架上。

弗洛伦斯·巴特利特的脸已经毁了,样子十分吓人。

"是硫酸,"弗雷泽说,"她用来装硫酸的东西被子弹打碎了。"

俄理范迅速转过身,用手帕捂着嘴干呕起来。

"抱歉,长官,"弗雷泽说,"剩下那两具就不必看了吧。"

"贝特里奇呢,弗雷泽,你见到他了吗?"

"没有,长官。这就是涉案头骨,长官,只剩下这些了。"

"头骨?"

大约有六块巨大的头骨化石碎片和象牙色的石膏整齐地摆放在一张漆光的搁板桌上。"博物馆的瑞克斯先生也来了,要把头骨拿回去,"弗雷泽说,"他说头骨的损坏程度没有我们想象的那么严重。长官,您要坐一下吗?我可以给您找一张折凳……"

"不用了。弗雷泽,我看这里至少有一半人是刑事人体测量科的,这是怎么回事?"

"这个,长官,您应该比我更清楚。"弗雷泽压低声音道,"不过我听人说,埃格雷蒙特先生和高尔顿勋爵最近达成了很多共识。"

"高尔顿勋爵？优生学创始人？"

"没错，他是达尔文勋爵的表弟，也是人体测量科在上议院的代言人，在皇家学会的影响力不容小觑，"弗雷泽拿出他的笔记本，"长官，您最好看看这个，这是我着急请您过来的原因。"他带着俄理范往回走，绕过毁坏的马车，等四下无人监视了才将一张折起来的蓝色薄纸递给俄理范。"我从巴特利特女士的手提包里拿到的。"

纸条上没有日期，也没有署名：

你一直想要的东西被藏在一个非常特别的地方，已有人告知我其具体位置。此人你也认识，是当初我们在德比赛场遇见的马洛里博士。他说他将东西密封在了陆上利维坦的头骨里。这条情报至关重要，希望可以抵销我欠你的全部债务。最近政局变幻，我如今身处险境，政府之人必会暗中监视我，往后通信，还望三思。我发誓，我已竭尽所能。

纸条上的字迹娟秀，俄理范和弗雷泽都熟悉，出自艾达·拜伦女士之手。

"只有我们两个人看过。"弗雷泽说。

俄理范把纸条折了两下，放进他的雪茄盒。"弗雷泽，藏在头骨里的东西到底是什么？"

"我陪您出去吧，长官。"

弗雷泽和俄理范从路障后面走出来，记者们蜂拥而上。弗雷泽拽着俄理范的胳膊，带他走到一群戴着头盔的伦敦警察中间，还朝其中几个人打了声招呼。"俄理范先生，我来回答您刚才的问题。"等身穿黄铜纽扣蓝色哔叽制服的警察帮他们隔开大喊大叫的人群，弗雷泽才开口道，"我不知道，不过那东西在我们手上。"

"是吗？谁让你们拿的？"

"没有谁,是我自作主张的,"弗雷泽说,"当时人体测量科的人还没到现场,是哈里斯在那辆出租马车里找到的。"弗雷泽说着差点笑出来。"伦敦警察局的小伙子们不太喜欢人体测量科的人,不是吗,哈里斯?"

"没错,长官,"一名留着金色络腮胡的伦敦警察应声道,"他们就是那种货色。"

"那东西在哪儿呢?"俄理范问道。

"在这儿,长官。"哈里斯拿出一个廉价的黑色小背包,"就在这里面,原封未动。"

"俄理范先生,我觉得您最好马上把它拿走。"弗雷泽说。

"的确如此,弗雷泽,我同意。告诉政治保安处那个开豪车的小伙子,我不坐他的车了。谢谢你,哈里斯。大家晚安。"警察们闪开一条路,俄理范提着背包,迅速穿过推挤着观看士兵和帆布屏障的人群。

"打扰一下,先生,您能给我一个铜板吗?"

俄理范低头看去,对上了一双眯起的棕色眼睛。是小布茨,他看上去完全就是个小瘸子,其实都是装的。俄理范扔给他一个便士。布茨熟练地接住,然后拄着他那根短小的拐杖缓缓向前走去。他身上有一股潮湿的纬起绒布味和烟熏鲭鱼味。"出事了,先生,具体的贝基会告诉您。"布茨转过身去,毅然决然地拄着拐杖走远。他边走边嘟囔,活脱脱就是一个乞丐,一心想把行乞的话说得再漂亮点。

他是俄理范手下最能干的两个线人之一。

另一个是贝基·迪恩,此刻正跟在俄理范身边,朝法院街拐角走去。她穿着黄铜跟站街女靴,一副厚颜无耻的样子,扮妓女扮得相当成功。

"贝特里奇到哪儿去了?"俄理范问道,好像在自言自语。

"被人带走了。"贝基·迪恩说,"两个多小时以前。"

"被谁?"

"两个人,他们坐着出租马车,一直在跟踪你。贝特里奇识破了那两个人,便派我们去监视他们。"

"我对此一无所知。"

"他是前天来找我们的。"

"那两个是什么人?"

"有一个小个子,油腔滑调,像个拉皮条的,说是私家侦探,名字叫韦拉斯科。还有一个看着像是政府的人。"

"他们大白天把贝特里奇带走了?强行带走?"

"您应该很清楚。"贝基·迪恩说。

俄理范常去的那家烟草店位于法院街和凯里街的交叉处,安静的烟草店储藏室里弥漫着一股令人心安的气味。俄理范捏着那张蓝色薄纸的一角,拿出一个土耳其人模样的黄铜打火机,将纸放到了打火机的小喷嘴上。

他看着纸片慢慢化成浅粉色的细灰。

小背包里装着一支巴利斯特莫利纳自动左轮手枪、一个镀银的黄铜袖珍小瓶和一个木盒。小瓶里装着甜得发腻的汤剂,而木盒显然就是涉案之物,上面还包着白色的生石膏,里面装着许多拿破仑规格的差分机卡片。卡片由一种乳白色的新型材料切割而成,摸起来十分光滑。

"这包裹需要托您保管,"他对烟草店老板比登先生说,"除了我,不可交给任何人。"

"没问题,先生。"

"我的仆人布莱例外。"

"如您所愿,先生。"

"要是有人来问,比登,请派人通知布莱。"

"好的,先生。"

"谢谢你,比登。能不能先给我四十英镑现金?记在我账上。"

"四十英镑吗,先生?"

"是的。"

"可以的,俄理范先生,乐意为您效劳。"比登先生从外套里掏出一串钥匙,走到一个非常有现代感的保险箱前面将其打开。

"再来一打上乘的哈瓦那雪茄。还有,比登?"

"您说,先生?"

"我觉得你还是把包裹放进保险箱比较好。"

"这是自然,先生。"

"兰姆就在附近吧,比登,兰姆餐饮会所?"

"是的,先生,在霍尔本,走一会儿就到了。"

俄理范走在法院街上。空中正落下今年的第一场雪,都是干冷的雪粒,看样子不太可能黏在路面上。

布茨和贝基·迪恩都已不见踪影,这意味着他们肯定照常在暗中行事。

贝基·迪恩说"您应该很清楚"。

他确实很清楚,不是吗?单在伦敦就有多少人被迫消失,销声匿迹?一个人心里装着这种事,又怎么可能愉快地坐在朋友们中间吃美食,喝摩泽尔白葡萄酒,听他们友好地闲聊呢?

他本来想让柯林斯成为最后一个消失的人,绝对的最后一个,可现在贝特里奇也失踪了,落到了别的机构手中。

当初,这种做法让人感觉极为巧妙。

当初,这都是他的主意。

全视之眼,他忽然又感觉到了它的存在。没错,那只全视之眼肯定在注视着他,看着他向兰姆餐饮会所身穿制服的门卫点头,看着他走进会所铺着大理石的前厅去找安德鲁·韦克菲尔德。

黄铜信箱、电报亭、涂着罩光漆的饰板,全都是现代风格。俄理范回头看向玻璃门外的街道,视线越过雪中的两道车流,瞥见兰姆餐饮会所对面站着一个孤零零的人影,那人戴着一顶高高的圆顶礼帽。

他在侍童的指引下来到烤肉厅,屋里镶着暗色的橡木板,还有一个巨大的壁炉,顶部的壁炉架由意大利的石材雕刻而成。"我是劳伦斯·俄理范,"他对穿着紧身外套的领班说,"我来找安德鲁·韦克菲尔德先生。"

领班脸上掠过一丝不安:"抱歉,先生,他不……"

"谢谢你,"俄理范说,"我已经看到韦克菲尔德先生了。"

俄理范在餐桌间大步穿行,领班紧随其后,惹得用餐者纷纷扭头看他。

"安德鲁,"他走到韦克菲尔德的桌旁说,"能在这儿见到你真是太幸运了。"

韦克菲尔德正在独自用餐,似乎被噎着了。

"韦克菲尔德先生……"领班开口道。

"这是我朋友,和我一起的。"韦克菲尔德说,"请坐吧,大家都在看我们呢。"

"谢谢。"俄理范坐了下来。

"您要用餐吗,先生?"领班问道。

"不用了,谢谢。"

领班离开后,韦克菲尔德大声叹了口气:"该死的,俄理范,难道我没说清楚吗?"

"安德鲁,到底是什么让你怕成这样?"

"这不是很明显吗?"

"是吗?"

"高尔顿勋爵和你们那个该死的埃格雷蒙特先生联盟了。他是刑事人体测量科的大靠山,一直都是,那个部门其实就是他建立的。俄理范,他是查尔斯·达尔文的表弟,在上议院有很大的影响力。"

"是的，在皇家学会和地理学会也是。我和高尔顿勋爵很熟，安德鲁，他支持人种系统选育。"

韦克菲尔德放下了刀叉："刑事人体测量科其实已经控制了中央统计局。总之，现在全局上下都在埃格雷蒙特的掌控之中。"

俄理范看着韦克菲尔德，后者的上牙咬住了下唇。

"我刚从舰队街过来，"俄理范说，"这个社会的暴力程度……"他从外套里抽出那把巴利斯特莫利纳左轮手枪，"或者应该说是未经承认的暴力程度，已经变得异乎寻常。你不觉得吗，安德鲁？"他把左轮手枪放到面前的亚麻桌布上，"就拿这把手枪来说吧，有人告诉我，这种东西很容易弄到手。虽然它是西班牙人发明的，却是法属墨西哥制造的。据我所知，其中部分内件实际产自英国，比如弹簧之类，在公开市场上就能买到。这样一来，这种武器的来源就很难说了。这也是当前形势下的典型现象，你不觉得吗？"

韦克菲尔德的脸色变得煞白。

"抱歉，安德鲁，我好像吓到你了。"

"他们会抹掉我们的痕迹，"韦克菲尔德说，"我们将不复存在，什么都不会留下，没有任何证据能证明我们曾存在过，没有支票存根，没有城市银行的抵押贷款，什么都没有。"

"这正是我要说的，安德鲁。"

"少在这儿跟我装清高，先生，"韦克菲尔德说，"你们才是始作俑者，俄理范，让人失踪、让文件丢失、删掉姓名、除去编号、为了特定的目的篡改历史……得了吧，少用那种口气跟我说话。"

俄理范无话可说。他站起身，头也不回地离开了烤肉厅，没带走放在餐桌上的手枪。

在铺着大理石的前厅里，一位身穿深红色外套的行李员正在一个装满沙子的大理石瓮里捡雪茄烟头。"打扰一下，"俄理范对他说道，"我想去会所管事的办公室，请问您能给我指一下路吗？"

"没问题。"行李员说的好像是美国方言。他带着俄理范迅速走到一条两边装饰着镜子和橡胶植物的走廊上。

五十五分钟后,俄理范已经细细参观了整个会所,看了兰姆餐饮会所的年度"嬉戏"相册,办了会员,还付了入会费。入会费是用他自己的国民信用账号支付的,数额不菲,概不退还。俄理范和涂了润发香脂的管事握了握手,然后给了对方一张一英镑的钞票,要求从会所最偏僻的员工出入口离开。

那个出入口就是碗碟洗涤室的门,正好通向他想去的那种潮湿狭窄的过道。

不到一刻钟,俄理范便来到了贝德福德路一家挤满人的酒馆。他站在酒馆的廉价吧台前,拿出西比尔·杰拉德发给贝尔格莱维亚区议员查尔斯·埃格雷蒙特先生的那封电文看了起来。

"我的两个儿子都在克里米亚病死了,先生,您是不是也收到了亲人去世的电报?"

俄理范把那张纸折起来装进雪茄盒。吧台上的镀锌铁板锃亮,映出他的模糊倒影。他仔细看了看自己的倒影,又看了看空玻璃杯,这才抬头望向说话的女人。原来是一个蓬头垢面的老妇人,穿着早已看不出颜色的破衣烂衫,脸上积了一层污垢,但仍可以看出她因喝了杜松子花马丁尼而双颊泛红。

"不是,"他说,"我没有亲人去世。"

"我的罗杰死了,"她说,"我的汤米也死了,连块布都没送回家,先生,连块布都没有……"

俄理范递给老妇人一枚硬币。老妇人咕哝着向他道谢后便离开了。

他似乎甩掉了那些尾巴,这会儿完全是孤身一人,该去找辆出租马车了。

高大的火车站内光线幽暗,人声嘈杂,上千人的声音在此混合在一起,构成语言的要素听在耳中犹如迷雾,浑然一体,无法穿透。

俄理范在里面不慌不忙地办着他的事,买了一张晚上十点钟开往多佛的特快列车头等车票。售票员把他的国民信用卡放进机器,用力转动控制杆。

"好了,先生,已经预订在您的名下了。"

俄理范谢过售票员,走到另一个售票窗口,再次拿出自己的信用卡:"我想预订明天早上去奥斯坦德的邮船包间。"订好后,他准备把船票和国民信用卡放进皮夹子,就在这时,他好像突然想起了什么,要求再订一张午夜开往加来的二等船票。

"是今天晚上吗,先生?"

"是的。"

"'贝塞麦号',先生。用国民信用卡支付吗,先生?"

俄理范用几张一英镑钞票付了去加来的船票钱,钱是之前比登先生从保险箱里拿给他的。

俄理范掏出父亲留给他的金猎表看了看,还有十分钟九点。

九点,他准时在最后一刻登上了一列即将开出的火车,直接付钱给列车员买了去多佛的头等车票。

多佛的浪花拍打着贝塞麦号的双层龟背甲板,这艘设有摇摆沙龙舱的豪华客轮于午夜时分准时启航前往加来。俄理范已经带着他的二等船票和几张一英镑的钞票去找过事务长了,此刻他正坐在沙龙舱的锦缎扶手椅上喝着平淡无奇的白兰地,打量着其他乘客。见周围全都是普通人,他感到很高兴。

俄理范不喜欢摇摆沙龙舱。沙龙舱在差分机的控制下左右摇摆,以抵销船身在航行中产生的晃动,可他总觉得沙龙舱的摇摆比船身在海上的正常晃动更令人不安。此外,摇摆沙龙舱没有窗户,由万向架固定在船体中部,而窗户都开在船壁上很高的地方,远远高于人们的视线。总之，俄理范认为，用这种方法来防止晕船有些小题大做。不过，人们显然对小型差分机的新奇用途很着迷。这种差分机有点像枪炮差分机，但它唯一的任务是尽可能地使沙龙舱底保持水平。报纸上提到过这种技术的实现方式，用程序员的行话来说就是"反馈"。不过，"贝塞麦号"从船头到船尾都装有成对的桨轮，从多佛到相距二十一英里的加来通常需要行驶一个半小时。

现在俄理范宁愿去甲板上吹吹风，那样的话，或许他可以想象自己正朝着某个比较容易实现的宏伟目标前进。然而，摇摆沙龙舱的甲板上没有舷墙，只有一道铁栏杆，而英吉利海峡的风又湿又冷。俄理范提醒自己，他现在只有一个目标，而且十有八九会无功而返。

不过，他还是要去找西比尔·杰拉德。看过西比尔·杰拉德发给埃格雷蒙特的电报，他决定不去中央统计局通过公民编号调取她的资料，以免引起不必要的注意。当然，事实证明他这个决定是对的，因为中央统计局现在由刑事人体测量科掌控，他怀疑西比尔·杰拉德的档案很可能已经不复存在了。

曼彻斯特的沃尔特·杰拉德是时代进步的死敌，他鼓吹人权，最后被绞死。倘若沃尔特·杰拉德真有个女儿，那她会落得怎样的下场呢？倘若真如她所说，她被查尔斯·埃格雷蒙特毁了，她现在又会怎样？

俄理范的背部又开始痛了。提花织锦椅垫的缎面十分硬挺，上面重复画着"贝塞麦号"的图案，里面填充着马毛，尽管如此，椅子依然使人感到阵阵寒意。

他提醒自己，就算别无所获也无妨，至少可以暂时摆脱麦克尼尔医生嘱咐他使用的那个黑色的瑞士专利浴盆。

俄理范把手中没喝完的白兰地放到一边，点着头打起盹来。

而且他还做梦了，也许梦见了那只眼睛。

凌晨一点半，"贝塞麦号"在加来靠岸。

吕西安·阿尔斯劳先生的寓所位于帕西区。正午时分，俄理范将他的名片交给门房，门房通过气送管把名片传送给阿尔斯劳先生。紧接着，镀镍通话管上的汽笛响了两声，门房把耳朵凑近管口。俄理范隐约听见有人在用法语大声说话。

门房把俄理范送上了电梯。

俄理范来到五楼，一名男仆在电梯前迎候他。年轻男仆身穿制服，腰间的厚重丝织褶裥腰带上别着一把装饰用科西嘉短剑。他对俄理范鞠躬行礼，眼睛始终注视着他。男仆说："阿尔斯劳先生表示抱歉，他现在无法来见您，还请您稍待片刻。您要不要来些茶点？"

俄理范说："如果可以洗个澡，我会非常感激。如果可以，要是能来壶咖啡就再好不过了。"

男仆领着俄理范穿过一间宽敞的客厅，里面摆满了绸缎和仿金的铜饰品、镶嵌细工饰架、青铜器、小雕像和瓷器，双人肖像油画上画着眼如蜥蜴的法国皇帝和他那位过去被称作霍华德小姐的娇艳皇后。走出客厅，两人又穿过一间挂着版画校样的晨用起居室，从八角形的前室爬上线条优美的弧形楼梯。

大约两小时后，俄理范已心满意足地在坚固结实的大理石镶边浴缸里洗了个澡，喝了法国浓咖啡，还吃了曼特农肉排午餐。他穿着借来的亚麻布衣服（这衣服对他来说面料太硬了），随仆人走进阿尔斯劳先生的书房。

"俄理范先生，"阿尔斯劳用流利的英语说道，"幸会。抱歉，让你久等了，只是……"他指了指堆满文件资料的宽大红木桌。电报机的咔嗒声不断从一扇紧闭的门后传来。墙上挂着一幅裱了画框的版画，上面画着拿破仑大帝差分机，巨大的齿轮机箱矗立在玻璃板和铁制的格栅后面。

"没关系，吕西安。很高兴可以趁机享受你的盛情款待。你的厨师太棒了，烹饪的羊肉简直非同凡响。"

阿尔斯劳笑了笑。他和俄理范差不多高，只是肩膀更宽一些，四十岁上下的年纪，留着灰白的尖胡须，阔领带上用金线绣着几只小蜜蜂。"我收到你的信了。"他回到自己的办公桌前，坐在一张深绿色皮革高背椅上。俄理范在他对面的扶手椅上坐下。

"我得承认，劳伦斯，我很好奇你现在有何用意。"阿尔斯劳十指相对成尖塔状，扬起眉毛，视线越过指尖端详着俄理范，"从你的要求来看，似乎没有必要如此谨小慎微……"

"恰恰相反，吕西安，你应该知道，要不是事态紧急，我绝不会如此冒昧地请你帮忙。"

"请别误会，朋友，"阿尔斯劳连忙说，双手轻轻摆了摆，"只是帮个小忙而已。对于我们这样的同道中人而言，这算不了什么。我只是好奇，这也是我的诸多恶习之一。虽然我知道你和我们的朋友贝阿德很熟，但我真没想到你会用帝国的外交邮袋将信传给我。对一个英国人来说，这绝非易事。你在信中请我帮忙找一个英国的女投机分子，你认为她可能定居在法国。然而，你强调事情需要高度保密，还特别提醒我不要通过电报和普通的邮政渠道同你联系，叫我等你过来。我该如何看待此事？你终于中了某个女人的花招吗？"

"唉，我没有。"

"朋友，考虑到英国女性的现状，我觉得这完全可以理解。贵国有太多女性立志提高自己的智慧，以达到与男性相当的水平。对她们来说，智慧重于撑裙，重于珍珠粉，她们不屑于花心思打扮自己，不屑于设法变得讨人喜欢！长此以往，英国男人的生活会变得乏味又功利，毫无美感可言！那我要问了，你为什么要越过英吉利海峡来找一个英国的女投机分子呢？不是说我国没有女投机分子。其实这样的人遍地都是，我国皇后的出身就更不用说了。"阿尔斯劳笑了笑。

"吕西安，你也没结过婚。"俄理范说道，试图转移话题。

"看看现在这些婚姻！谁能在九百九十九个错误选择中找出那个正确的呢？谁能在满桶的蛇里找出那条鳗鱼呢？朋友，没准儿路边哪个姑娘就是这世界上唯一能让我幸福的女性，我却全然不知，就那样坐在车上从她身边驶过，车轮带起的泥还溅到了她身上！"阿尔斯劳笑道，"是的，我没有结过婚，但你要办的事属于政治任务。"

"当然。"

"英国的情况不太好，俄理范，都不用眼线们告诉我，看看报纸就能知道。拜伦的死……"

"吕西安，大不列颠的政治走向可能到了危急关头，事实上，也许现在整个国家的终极稳定都危在旦夕。不用我提醒，你也清楚，英法两国继续相互承认与支持至关重要。"

"杰拉德小姐又是怎么回事，俄理范？言下之意是说，她在当前局势中起着关键作用？"

俄理范拿出雪茄盒，挑了一根在比登店里买的哈瓦那雪茄。西比尔·杰拉德的电文就装在雪茄盒里，他的手指拂过那张折起来的纸，合上雪茄盒。"我想抽根烟，你不介意吧？"

"请便。"

"谢谢。西比尔·杰拉德的事纯属英国内务，最终可能波及法国，但不会对法国造成直接影响。"俄理范将雪茄剪开，穿了洞。

"你有十足的把握吗？"

"我有。"

"可我没有。"阿尔斯劳起身给俄理范拿来一个带胡桃木底座的铜烟灰缸，然后回到了办公桌前，但是没有坐下，"你对雅卡尔学会了解多少？"

"差不多相当于我们的蒸汽知识学会，不是吗？"

"是，也不是，雅卡尔学会内部还有一个秘密团体，他们自称沃康松之子，其中有些人是无政府主义者，有些与玛丽安[1]结盟，有些与普

---

1. 法兰西共和国或其政府的绰号，因其以女性为化身，故以此为名。——译者注

世兄弟会勾结,还有一些人与各种各样的乌合之众为伍。他们阴谋策划阶级斗争,你明白吗?还有些人纯粹就是犯罪分子。劳伦斯,这些你应该都知道。"

俄理范从一个印着"贝塞麦号"图案的火柴盒里取出一根火柴,划着后点燃手里的雪茄。

"你说那个叫西比尔·杰拉德的女人与法国无关。"阿尔斯劳说。

"你认为有关?"

"也许有。告诉我,关于拿破仑大帝的问题,你了解多少?"

"很少,只听中央统计局的韦克菲尔德提过,那台差分机不能正常运转了吗?"

"幸亏我不是差分机专家。据我所知,拿破仑大帝在大多数情况下都能达到惯常的速度和准确性,只是这台机器的高级功能有些反常,目前不是很稳定……"阿尔斯劳叹了口气,"那些高级功能被视为我国的一大骄傲,我被迫研读过国内大量极为深奥的技术文章。但现在看来,即便已经抓住了罪魁祸首,到头来也都是徒劳。"

"罪魁祸首?"

"那家伙公然承认自己是沃康松之子的成员,叫什么名字已经无关紧要了。他在里昂被捕,与一起普通的民事欺诈案有关,涉及当地的一台差分机。后来,他招认的内容引起了特别事务委员会的注意,因此也引起了我们的注意。他在审讯中露了口风,承认自己对拿破仑大帝当下的糟糕状态负有一定的责任。"

"这么说,他承认搞破坏了?"

"没有,他不肯承认搞破坏的事,到最后都拒绝承认。他只承认在拿破仑大帝上运行过一组穿孔卡,是一个数学公式。"

俄理范看着雪茄里冒出来的烟盘旋着飘向高高的天花板,飘向上面的圆形石膏花饰。

"那个公式来自伦敦,"阿尔斯劳继续说,"他是从一个英国女人手上弄来的,那女人的名字叫西比尔·杰拉德。"

"你们试过分析那个公式吗?"

"没有,我们抓住的那个雅卡尔学会成员说公式被一个女人偷走了。他只知道那个女人叫弗洛拉·巴特尔,貌似是个美国人。"

"我知道了。"

"那就告诉我你都知道些什么,朋友,我现在一头雾水。"

那只眼睛又出现了。俄理范感觉那种普观万物的视线如有重量一般从四面八方向他袭来。

俄理范犹豫了片刻,手里拿着雪茄,烟灰不知不觉落到了阿尔斯劳华丽的地毯上。"我没见过西比尔·杰拉德,"他说,"但我可以向你提供那个公式的信息,或许还可以将那个公式复制一份给你。不过,在我获准亲自与这位女士私下详谈以前,我无法向你保证什么。"

阿尔斯劳陷入沉默,似乎看穿了俄理范。最后,他点了点头:"我们可以安排。"

"她应该没有被你们拘留吧?"

"这么说吧,我们知道她的一举一动。"

"你们表面上给了她自由,却在暗中密切监视?"

"正是如此。如果现在抓她,她又不肯透露任何口风,这条线索就断了。"

"阿尔斯劳,你的做法还是那么无懈可击。什么时候能安排我和她见面?"

感到那只眼睛带来的压力,俄理范觉得心跳在加速。

"如果你愿意,今天晚上就可以。"法国皇家禁卫队的阿尔斯劳先生边说边整理他的金线绣花阔领带。

尤尼维斯餐馆的墙上挂着画作、蚀刻镜和搪瓷广告牌。广告牌上宣传的是潘诺费尔斯[1]公司那随处可见的产品。但那几幅画不知是否可以称之为画，它们要么看着像拙劣差分机点画的怪诞涂抹，要么像影像片段不断变幻形成的怪异几何图形。餐馆里有人留着长发，戴着天鹅绒帽子，灯芯绒裤子上沾满颜料和烟灰。俄理范猜想他们可能就是作画者本人，也可能只是俄理范误以为的作画者。不过，据同行的让·贝劳德说，这家餐馆的大多数顾客都是影像师。那些来自拉丁区的先生们同手下年轻的黑衣女工坐在大理石圆桌旁喝酒，或者跟一小群同事大谈特谈理论问题。

贝劳德穿着不合时令的背心和极具高卢风格的棕色西装。他是阿尔斯劳手下的一名职业线人，称影像师为流氓帮成员。此人如小猪般精力充沛，脸色红润，爱喝伟图矿泉水加薄荷糖。从见他第一眼开始，俄理范就不喜欢他。影像师们似乎更喜欢潘诺费尔斯的苦艾酒。俄理范端着一杯红葡萄酒小口抿着，眼睛盯着那些颇有仪式感的玻璃杯、雕花玻璃水瓶、方糖和铲子形的小勺。

"喝苦艾酒容易得肺结核。"贝劳德说。

"贝劳德，你为什么认为图尔纳雄女士今晚会出现在这家餐馆？"

线人耸耸肩："她跟流氓帮的人很熟，先生。她会去马德隆餐馆，也会去巴迪福餐馆，但只有在尤尼维斯餐馆，她才最有可能找到伴儿。"

"你觉得这是为什么？"

"自然是因为她给戈蒂耶当过情妇。要知道，先生，戈蒂耶在这儿算得上是个大人物。作为戈蒂耶的情妇，她跟普通人的交往必然会受到限制。戈蒂耶还教过她法语，不过她说得并不好。"

"你认为她到底是个什么样的女人？"

贝劳德皮笑肉不笑："她也许很迷人，但是很冷漠，冷漠无情，就跟那些英国女人似的，你懂的。"

---

1. 十九世纪法国苦艾酒中最著名的品牌。——译者注

"贝劳德，等她来了……应该说，她来了，你就马上离开。"

贝劳德扬起眉毛："正相反，先生……"

"你必须走，贝劳德，一定得走，"俄理范不失分寸地顿了一下，"彻底消失。"

听到这句话，贝劳德耸了耸肩，棕色西装上的大垫肩随之起伏。

"叫辆出租马车在外面等着，叫速记员也待命。还有，贝劳德，速记员的英语没问题吧？我的朋友……我的好友阿尔斯劳先生向我保证过，说那个速记员的英语没问题……"

"是的，完全没问题！还有，先生……"贝劳德猛地站了起来，差点把身下的弯木椅撞翻，"就是她……"

走入尤尼维斯餐馆的女人很容易让人误认为是一个身世不一般的巴黎时髦女子。她身材苗条，金发碧眼，穿着一件暗色美利奴羊毛撑裙，配以相称的斗篷和软帽，还用貂皮做了细边。

贝劳德赶忙离开，走向餐馆深处。俄理范站起身。女子迎向他的目光，碧蓝的眼睛里满是警觉。俄理范走到她跟前，拿着帽子鞠躬行礼。"未经引见，冒昧打扰，还望见谅，"他用英语说，"我有一件非常紧急的事必须和您谈谈。"

女子认出了俄理范，惊恐地睁大那双蓝眼睛。

"先生，您认错人了。"

"您是西比尔·杰拉德。"

女子的下唇颤抖起来，俄理范突然心生同情，这种感觉十分强烈，完全出乎他的意料。"杰拉德小姐，我是劳伦斯·俄理范。您现在的处境非常危险，我想帮助您。"

"我不叫那个名字，先生。请让我过去，朋友们还在等我呢。"

"我知道埃格雷蒙特背叛过您，也知道那是怎样的背叛。"

听到这个名字，女子大惊失色。俄理范本来以为她会当场昏倒，她却只是微微颤抖了一下，似乎还静静地打量了他一会儿。"那天晚上,我在格兰德大酒店见过您,"她说,"您和休斯顿在吸烟室,当时还有……米克。您的胳膊受伤了,用绷带吊着。"

"请跟我来。"俄理范说。

两人隔桌而坐,俄理范听着西比尔用还算过得去的法语点了清道夫苦艾酒。

"您认识歌唱家拉马丁吗?"西比尔问道。

"抱歉,不认识。"

"清道夫苦艾酒就是他发明的。若非如此,我绝对不会喝这种酒。"

侍者端来了清道夫苦艾酒,一种用苦艾酒和红葡萄酒调制而成的酒。

"是泰奥菲尔教我点的,"西比尔说,"当时他还没有……离开。"她举杯喝了口酒,红色的酒液映着她的红唇,"我知道您是来抓我回去的。别骗我说不是,我一见警察就能认出来。"

"我并不想请您回英国,杰拉德小姐……"

"图尔纳雄,我叫西比尔·图尔纳雄。我嫁人了,现在是法国人。"

"您丈夫也在巴黎?"

"不在,"说着,西比尔举起一个挂在黑色缎带上的椭圆形钢制挂坠盒,啪的一声将其打开,里面是一位英俊年轻男子的银版微缩照片,"他叫阿里斯蒂德,死在了费城那场大火里。他自愿参军,为北方联邦作战。要知道,他可是真的,我是说真有其人,不是那种由程序员杜撰出来的……"她凝视着那张小像,流露出交织着思念与悲伤的神情。不过,俄理范知道,她这辈子从没亲眼见过阿里斯蒂德·图尔纳雄。

"我猜,这桩婚姻只是权宜之计。"

"是的,而您是来抓我回去的。"

"不是的……图尔纳雄女士。"

"我不相信您的话。"

"您必须相信。这很重要,尤其关乎您的安危。您离开伦敦后,查尔斯·埃格雷蒙特变得权势滔天,成了一个非常危险的人物。这不仅会危及您的安全，也会危及大不列颠的利益。"

"查尔斯？危险？"西比尔好像在强忍笑意，"您在骗我。"

"我需要您的帮助，非常需要，正如您也迫切需要我的帮助。"

"我需要您的帮助？"

"埃格雷蒙特掌握着强大的资源，政府部门很容易就能找到您在这里。"

"您是说特勤局之类的吗？"

"更确切地说，我必须告诉您，现在法兰西帝国至少有一个秘密机构正监视着您的活动……"

"因为泰奥菲尔帮了我？"

"不错，看来是这样的……"

西比尔将那杯颜色古怪的调制酒一饮而尽。"泰奥菲尔啊，那家伙又傻又可爱，总穿一件猩红色的马甲，偏偏在程序方面聪明得吓人。我把米克那套高级卡片给了他，他便对我非常好，帮我弄了张结婚证，还弄到了法国公民编号。后来有一天下午，我们约好来这儿见面……"

"是吗？"

"可他根本没来。"西比尔垂下眼睛，"他老吹牛说自己有'赌博点金模'。他们都这么吹嘘，可只有他说得跟真的似的，也许有人相信了他的话。他太傻了……"

"他有没有跟您说过他对拿破仑大帝差分机感兴趣的事？"

"您说他们那台怪物？先生，那几乎是巴黎的程序员必谈的东西！他们为之疯狂！"

"法国当局认为，泰奥菲尔·戈蒂耶用拉德利的卡片破坏了拿破仑大帝。"

"那他死了吗，泰奥菲尔死了吗？"

俄理范犹豫了一下："唉，我想是的，他死了。"

"太残忍了，"西比尔说，"就这么不明不白地把人弄走，让他像魔术里的兔子一样凭空消失,空留他的亲人们在猜疑担忧中度日,一辈子不得安宁!简直太卑鄙了。"

俄理范觉得自己不敢看她的眼睛。

"这在巴黎很常见,真的。"西比尔说,"我听过程序员们拿这种事调侃……他们还说,据他们所知,伦敦也好不到哪儿去,真的。您知道吗?他们说威灵顿是被激进党谋杀的。他们还说,那些挖掘工、地下工程工人跟激进党勾结,在那家餐馆下面挖了条地道,挖掘技师亲自用黏土填塞了装有炸药的洞口,还布置了导火索……事后,激进党竟然找人背黑锅,把责任推给……"

"您父亲,是的,我知道。"

"您都知道,还让我相信您?"西比尔的眼中露出蔑视,也许还有埋藏已久的骄傲。

"我知道查尔斯·埃格雷蒙特背叛了您父亲沃尔特·杰拉德,导致您父亲丧命。我还知道他也背叛了您,导致您在社会上身败名裂。是的,但我必须请求您相信我。作为交换,我会迅速终结那个叛徒的政治生涯,完完全全、彻彻底底地。"

西比尔又垂下了眼睛,似乎在考虑。"您真能做到吗?"她问。

"只要您能作证就行,我只是帮助您提供证据。"

"不行,"西比尔最后说道,"如果我公开告发他,肯定也会暴露我自己。就像您说的,我需要害怕的人不止查尔斯。别忘了,那天晚上我也在格兰德大酒店,我知道复仇者的胳膊能伸多长。"

"我没说让您公开告发他,匿名举报就可以了。"

西比尔眼神迷离,仿佛在回想遥远的记忆:"当初,我父亲和查尔斯关系很亲密,至少看起来是这样……要是没有发生那种事的话,也许……"

"埃格雷蒙特每天都活在那次背叛的阴影中,他的内心始终焦躁不安,而这正是他开始腐败政治的关键因素。您的电报激起了他的罪恶感,也激起了他心中的恐惧,他害怕自己早期支持卢德分子的事情被人揭发。现在他准备驯服心中的野兽，把政治恐怖主义变成他永远的盟友。但是，您和我可以阻止他。"

西比尔那双蓝眼睛平静得出奇："我想我愿意相信您，俄理范先生。"

"我会保证您的安全。"俄理范说道，他的语气是那么真诚，连他自己都大吃一惊，"只要您仍留在法国，我那些有权有势的朋友就会保护您，他们是我的同道中人，是法兰西帝国的御用特工。外面有一辆出租马车在等我们，还有一名速记员，他可以把您的证词详细地记录下来。"

机器压缩空气发出气胀般的哮鸣，有人启动了餐馆里那架小型自动钢琴。俄理范扭头朝贝劳德使眼色，后者正在一群叽叽喳喳的影像师中抽着荷兰陶土烟斗。

"图尔纳雄女士，"俄理范说着站起身，"可以请您挽着我的胳膊吗？"

"您的胳膊已经好了，是吗？"西比尔也站起身，撑裙窸窣作响。

"完全好了。"俄理范想起了那把如闪电般劈来的武士刀。当时是在江户，周围暗影幢幢，他一直试图用马鞭抵挡攻击。

自动三角钢琴在差分机的驱动下奏响音乐，年轻的女工们从椅子上站了起来，西比尔挽住了俄理范的胳膊。

一个女孩突然从街上冲了进来，她裸露着双乳，还把它们涂成了绿色，腰间系着一些有棱角的铜箔，仿若影像中模拟的枣椰树叶。女孩身后跟着两个同样衣不蔽体的男孩，看得俄理范如坠五里雾中。

"走吧，"西比尔说，"您不知道吗？他们是学艺术的学生，刚参加完舞会回来。要知道，这儿可是蒙马特，那些艺术生的日子逍遥着呢。"

俄理范原本有个大胆的想法，打算将西比尔·杰拉德的证词抄本亲自交给查尔斯·埃格雷蒙特，可他一回到英国就被麦克尼尔医生误诊为"铁路脊"的梅毒晚期症状压倒了。他乔装成一个从阿尔萨斯来的行商，躲在布莱顿的水疗馆里进行疗养，同时发了几封电报。

四点一刻，森有礼先生开着从卡姆登镇一家商业车行租来的新型"和风号"蒸汽车抵达贝尔格莱维亚区。此时，查尔斯·埃格雷蒙特正准备动身前往议会发表一场极为重要的演讲。

埃格雷蒙特的保镖是中央统计局刑事人体测量科派来的，外套里藏着一把自动卡宾枪。他看着有礼从"和风号"上下来，只见来人身材矮小，穿着晚礼服。

有礼径直踏过刚落下的雪，靴子在黑色柏油碎石路面上留下完美的印记。

"给您的，先生。"说着，有礼躬身递给埃格雷蒙特一个结实的马尼拉纸质信封，"祝您日安，先生。"有礼戴上系松紧带的圆形护目镜，回到了他的"和风号"上。

"这小个子可真奇怪，"埃格雷蒙特低头看着手里的信封说道，"我还从没见过一个中国人打扮成那副样子……"

后退。

反复。

视角逐渐拉高，俯瞰地面的黑色车轮印，

俯瞰大雪纷飞的街道，

切入伦敦大地图，

遗忘。

点金模

相关影像

符号语言

差分机的轴心上套着一个个巨型圆轮,通过转动这些位于中央的圆轮,差分机的功能得以被最大限度地扩展。如今,机械已经可以完成一整套算法。我甚至对分析机都有了模糊的了解,并满怀热情地研究那神秘的设想。

绘图与实验耗资巨大。我请最高级的绘图员帮忙分担脑力工作,请熟练工操作实验机器。

为成功实现自己的追求,我在伦敦一个非常安静的地方买了一处占地约四分之一英亩[1]的房产,然后请人把马车房改造成了锻铸间,把马厩改造成了车间。我还亲自建了几个大车间,并准备了一栋防火的房子,既能存放图纸,又可以供绘图员使用。

由于机器的零部件五花八门,关系纷繁复杂,即便是记忆力极好的人也可能束手无策,难以全部记住。1826年,我在《皇家学会哲学汇刊》上发表的一篇论文中阐述了机械表示法。随后,我通过改进与扩展机械表示法这种符号语言,解决了前面提到的难题。我用这种方法成功安排了一系列研究。如果没有它,恐怕无论花多少年我都无法取得这样的成就。正是凭借符号语言,差分机才得以成为现实。

——摘自查尔斯·巴贝奇勋爵
《一位哲学家的生活片段》(1864年)

---

1. 1英亩约为4046.86平方米。——译者注

答读者来信

我们从读者来信中得知,某些读者认为政治问题不属于本刊的职责范围。可科学和制造业一直与国家政治哲学相互交织,密不可分。我们又岂能对此保持沉默?

巴贝奇先生在科学界声名显赫,他不仅拥有独立自主的精神,惯于孜孜以求地探索,还讲求实际。倘若他能入选议会议员,科学及国内各个生产行业均将有望迎来一个伟大的新时代。

因此,我们真诚呼吁芬斯伯里选区的选民读者:给巴贝奇先生投票吧。如果您是一位发明家,却因无孔不入的专利重税无法参与公平竞争,希望明智缜密的公共补贴能取代专利重税,去给巴贝奇先生投票吧;如果您是一位制造商,受本届政府愚蠢的财政政策影响,在经营上遇到了困难和阻碍,希望英国工业可以像您呼吸的空气一样变得自由,去给巴贝奇先生投票吧;如果您是一位机械师,日常生计取决于以自身技能制作的产品能否拥有持续稳定的需求,并意识到自由贸易对您的命运有着莫大影响,去给巴贝奇先生投票吧;如果您热衷科学与进步,笃信理论和实践紧密相连,请您今日便前往伊斯灵顿格林为巴贝奇先生投票吧!

——摘自《机械杂志》(1830年)

动荡年代

从1830年英国大选的结果来看,民意显而易见。拜伦及其领导的激进党大获全胜，辉格党一败涂地。然而，由于激进党的"功勋封爵"提案对贵族特权构成威胁，威灵顿勋爵及其领导的托利党因此感到不满，进而采取了强硬的态度。下议院一拖再拖，拒不通过《激进党改革法案》。10月8日，上议院否决了该法案。国王也拒绝加封新的激进派贵族，以防其迫使上议院通过该法案，同时授予菲茨克拉伦斯[1]家族的私生子爵位，此举引来拜伦痛斥："如今在英国，就连王室私生子的待遇都比哲学家要好。不过，巨变就在眼前。"

民众压力开始骤增。在伯明翰、利物浦和曼彻斯特，工人阶级受巴贝奇提出的工会所有制和共同合作理念鼓舞，纷纷走上街头举行大规模火炬游行。工业激进党不屑于使用暴力，呼吁工人进行道德劝说与和平的群众运动，用正当手段来纠正不平之事。但政府仍然顽固不化，于是事态开始恶化。暴乱越演越烈，农村的斯温暴力团伙与无产阶级卢德派分子开始袭击贵族府宅和资本家的工厂。伦敦的暴民们砸烂了威灵顿公爵等托利党贵族住宅的窗户，他们手拿鹅卵石，气势汹汹地埋伏以待，伺机攻击乘车路过的精英们。有人为上议院那些投票反对改革的国教主教们做了模拟像，用来焚烧泄愤。无神论者雪莱也在此时煽风点火，发表了言辞激烈的论辩，激得极端激进的阴谋家们狂怒不已，攻击并洗劫了国教教堂。

12月12日，拜伦勋爵提出一项新的改革法案。该法案更加激进，提议彻底剥夺包括他本人在内的英国所有世袭贵族的公民权。托利党对此忍无可忍，威灵顿开始秘密策划军事政变。

这场危机导致英国出现两极分化。在这紧急关头，害怕国家陷入无政府状态的中产阶级采取行动，站到了激进党一边。为迫使威灵顿下台，他们宣布拒绝纳税。银行也出现了蓄意挤兑的现象，商人们纷纷要求兑换金币并囤积金币，导致国民经济陷入停滞状态。

---

1. 英国国王威廉四世和他的情妇桃乐西·乔丹的直系后裔。——译者注

布里斯托尔发生多起大规模暴乱。三天后,威灵顿命令军队采取一切必要手段镇压雅各宾派。在这场大屠杀中,三百人丧生,其中包括三位著名的激进派议员。拜伦闻之勃然大怒,开始自称"公民拜伦"。他不穿外套也不系领带就出现在伦敦的一个集会上,号召全国罢工。这次集会也遭到了保守派骑兵的攻击,死伤惨重,但拜伦躲过了追捕。两天后,全国开始实行军事管制。

后来,威灵顿公爵用他高超的军事才能来对付自己的同胞。第一拨反对托利党政府的起义活动很快遭到有效镇压,驻军开始掌控各大主要城市。军队仍忠于滑铁卢的胜利者,贵族阶级虽觉得不光彩,也都把命运寄托在公爵身上。

激进党忠诚的支持者组成严密的隐蔽网络,帮助激进党的精英们躲过了追捕。1831年春,试图通过军事手段迅速解决危机的希望全部破灭。大规模实施的绞刑与驱逐激起了顽强的抵抗与凶猛的游击报复,托利党政府彻底失去了民众的支持,英国陷入阶级斗争的阵痛。

——摘自W.E.普拉切特博士(皇家学会会员)
《动荡年代通俗史》(1912年)

自动管风琴的低沉旋律

(这封私人信件写于1855年7月,信中描述了本杰明·迪斯雷利在拜伦勋爵葬礼上目睹的场景。原文来自柯尔特麦克斯韦打字差分机的记录纸带,收信人不详。)

安娜贝拉·拜伦夫人在女儿的搀扶下走进来,她看起来非常虚弱,神情似乎有点恍惚。母女二人形容憔悴,脸色苍白,显然都已精疲力竭。会场奏起《葬礼进行曲》,自动钢琴的声音伴着自动管风琴低沉的旋律，听起来十分悦耳。

随后，送葬队伍抵达。首先是下议院议长，他跟在身穿丧服、高举职杖的白杖传令官身后，步伐缓慢沉稳，仪容庄重优雅，面色凝重肃穆，五官酷似埃及人，身上穿着一件非常精致的镶金边长袍。议长身后是各部部长、衣冠楚楚的殖民地辅政司、印度总督和自由贸易委员会会长。看样子，身染疟疾的印度总督似乎已完全康复，而一脸苦大仇深的自由贸易委员会会长仿佛背负着许多不光彩的罪行在痛苦挣扎。

接着是整个上议院。大法官长得奇丑无比，在警卫官的衬托下更加明显，后者身材魁梧，戴着一条银链，肩上系着白色丝绸打成的大蝴蝶结以示哀悼；巴贝奇勋爵脸色苍白，身姿笔挺，十分威严；年轻的赫胥黎勋爵身材瘦削，脚步轻盈，气色极佳；斯考克罗夫特勋爵是我见过的最狡诈的人，他穿着破旧的衣服，像个教堂司事。

扶灵者轻轻扶着棺椁庄严肃穆地走进来。王夫阿尔伯特走在最前面，他面露苦闷，表情极为古怪，纠结于职责、尊严和恐惧。我听说，他之前一直被拒之门外，就在门口，还用德语抱怨恶臭事件。

棺椁被抬进来后，拜伦那位号称铁娘子的遗孀似乎一下子苍老了许多。

遗孀铁娘子

现在，世界落到了一群小人手中，落到了伪善者与盲从者手中。

看看这些人，他们根本没有担此大任的能耐，必将捉襟见肘。

啊，即便是此刻，我也可以纠正这一切，只要那些蠢人听得进去道理。可我根本没有你那样的口才，他们也不会听女人的话。他们称你为伟大的演说家，可你其实就是个江湖骗子，只会夸夸其谈、装腔作势。你的脑子里空空如也，你毫无逻辑能力，只会惺惺作态，可他们还是愿意听你的话，简直是言听计从。你那些愚蠢的诗集，你写诗赞美撒旦、该隐、通奸及各种愚蠢的恶行，那些愚人竟百看不厌，争相去书店购买。女人们也纷纷拜倒在你脚下，而我不在其中，你却娶了我。

那时的我天真单纯。从交往开始，我心中便存在一种道德本能，不喜你的狡猾挑逗，厌恶你那些下流的双关语和含沙射影，但我确实在你身上看到了一些较好的品质，便放下了心中的疑虑。可是与你成婚后，那些疑虑很快便再次浮上我的心头。

你残忍地利用我的单纯，让我成了鸡奸的对象。当时，我甚至还不知道这是一种罪恶，还没学会用那些隐语来形容这种不齿的行为。男色、手淫、吹箫，你堕落成性，甚至连婚床都不放过。你玷污了我，正如玷污你那愚昧无知的姐姐一样。

假如社会知道了我所知道的十分之一，你会像麻风病人一样被赶出英国，回到希腊，回到土耳其，去找你那些娈童。

让你身败名裂简直易如反掌。我有我自己坚定的信念，你却不知道，也不想知道，气得我差点想毁了你。后来，我在数学中寻求到了慰藉，装聋作哑地扮演社会眼中的好妻子，因为我还用得到你，我还有大事要做，而且必须借你之力。我已经瞥见能为绝大多数人实现最大利益的真正道路。那利益是如此之大，相比之下，我自己的卑微愿望显得微不足道。

那是查尔斯教我的。他与你完全相反，为人正派、才华横溢、淡泊名利，满腹雄才伟略，是纯粹的数学之光，不肯委曲求全，不愿与蠢人为伍。他有牛顿之才，却无力说服别人。

我为你们牵线搭桥。起初，你厌恶他，在背后嘲笑他，也嘲笑我，因为我让你看到了一个你无法理解的真相。我坚持不懈地劝说，恳求你为荣誉、职务和你自己的荣耀考虑，为我腹中孩子的未来着想，为艾达那个奇怪的孩子着想（可怜的艾达，她的脸色不太好，她身上有太多你的影子）。

可你骂我，说我是铁石心肠的泼妇，还在喝醉后胡来。为了大局着想，我强颜欢笑，睁着眼睛跳进火坑。你在我身上发泄兽欲，那物什滑腻又恶心，戳得我生疼。但我任你为所欲为，原谅你，爱抚你，亲吻你，假装喜欢。你感激涕零，哭得像个孩子，说什么至死不渝、心心相印。后来，情话说腻了，你便开始伤害我，净说些骇人听闻的事情恶心我，想把我吓跑，但我不会再任你吓唬了。那天晚上，我心硬如铁，百毒不侵。因此，我说不怪你，一再原谅你。到了最后，连那些肮脏至极、深埋心底的恶行都被你挖出来忏悔，你再也无法惺惺作态，也无话可说。

我猜，那晚过后你开始怕我了，也许是有点怕，不过这对你应该大有好处。那晚过后，这种事便再也伤不到我了。我也学会玩你那些"小游戏"，而且每次都会占据上风。这也成了我为给你这头禽兽套上缰绳所付出的代价。

我不再相信最高审判者会在天上审视人类的言行，是的，我不相信。但有时候，每当犯下恶行时，就像此时此刻，我还是会感到有只眼睛在注视着我。那只眼睛从不闭合，普观万物，无所不知，我能感到一种可怕的压力。若果真存在最高审判者，我的夫君大人，那你休想骗过他。是的，别再吹嘘你犯下的滔天罪行，为你这些年的无知认罪、下地狱吧。英国是历史上最伟大的帝国，而你作为英国最伟大的首相，却畏缩不前、软弱无能，不敢承担后果……

这是眼泪吗？

我们不应该杀害那么多人……

我说"我们"，但其实只有我一个人。为了你的野心，我牺牲了自己的贞操和信仰，舍弃了灵魂得救的机会，任其全部化为灰烬，供奉在成就你的祭坛上。尽管你满口豪言壮语，总是提起海盗和波拿巴，但你骨子里其实就是个软脚虾，甚至一想到要绞死几个可怜的卢德分子就哭泣。若不是我逼你下手，你都不忍心让人将邪恶疯狂的雪莱锁起来流放。相关部门申请授权消灭英国的敌人，措辞一次比一次强烈，先暗示，后请求，再后来变成强烈要求。那些文件都是我在看，是我在暗中权衡生死，也是我在替你签字，你却只顾着和你那些所谓的朋友吃喝玩乐。

现在，那些来参加葬礼的傻瓜要将我撇到一边，仿佛我什么都不是，什么都没做过。他们之所以如此，就是因为你不在了。你是他们的号角，是他们崇拜的头面人物。现在，那个肮脏可怕的历史真相将消失得无影无踪，与你的镀金石棺一起深埋地下。

不能再这样想下去了，我在流泪。他们都认为我又老又蠢。我们对国民犯下的恶行，不都已经得到回报了吗？都为公益带来了十倍的回报。

上帝啊，请听我说，请用您的全视之眼探查我的灵魂深处。若我有罪，请您一定要宽恕。我的所作所为都是无奈之举，我向您发誓，我从未乐在其中。

荣誉大师追忆威灵顿

煤气灯发出微弱的红光，周围回荡着布鲁内尔隧道钻探机富有节奏的哐啷声和尖锐的剐蹭声，三十六颗用伯明翰的上乘钢铁打造的螺旋状钢齿正不停地啃噬着伦敦地下古老而恶臭的黏土。

挖掘技师约瑟夫·皮尔森悠闲地用着午餐，从铰链式铁皮盒里拿出一块楔形肉饼，上面凝结了一层厚厚的肉汁冻。"是啊，我见过伟大的马洛里，"他说道，声音在鲸鱼肋骨状的铸铁拱架间回荡，"虽然没有正式介绍，但我知道他就是利维坦马洛里，错不了，我在《便士报》上见过他的照片。他当时离我很近，小伙子，就像咱俩现在离得这么近。陆上利维坦当时又惊又怒，他对我说：'我认识杰弗里斯！这家伙很差劲，招摇撞骗，理应受到谴责！'"

技师皮尔森得意地咧嘴一笑,金耳环和金牙上反射着红色的灯光。"恶臭事件一结束,那个叫杰弗里斯的学者就受到了严厉的惩罚,利维坦马洛里果然出手干预了。他是天生的贵族,利维坦马洛里天生高贵。"

"我见过那头雷龙,"学徒大卫·沃勒双眼放光,连连点头道,"那东西可真不错!"

"1854年,他们挖出象牙的时候,我也在那口井里干活儿。"技师皮尔森穿着橡胶靴,双脚悬空,坐在钻井的二层平台上,身下垫着用椰子壳粗纤维和粗麻布做的防潮垫。他挪动一下身子,猛地从挖掘工服的口袋里拽出一个酒瓶,里面还剩下半瓶酒。"这是法国香槟,大卫小子,你头一回下井,一定得尝尝这酒。"

"这不合适吧,先生?不合规定。"

皮尔森拧开软木塞,没发出砰的响声,也没喷出泡沫,他眨了眨眼。"去他的规定,小伙子,这可是你头一回下井,再不会有第二个头一回了。"皮尔森倒掉铁皮杯里糖粒状的浓茶残渣,给他倒了满满一杯香槟。

"都走气了。"学徒沃勒叹气道。

皮尔森笑了起来,揉了揉肉乎乎的鼻子,手上显出一条青筋。"小伙子,井下的气压太大了。等上去之后,这酒会在你的肚子里冒气,你会像牛一样放响屁。"

学徒沃勒小心翼翼地抿着酒,头顶的一只铁铃铛突然响了起来。"矿车要下来了。"皮尔森说着赶紧塞上瓶塞。他把酒瓶塞回口袋,一口气喝完了杯中剩下的酒,擦了擦嘴。

一个子弹形铁笼缓缓挤过那层厚厚的上蜡皮革,降落到地底,触底时发出哐哐声和嘎吱声。

两个人从里面走了出来。一个是总工长,戴着头盔,穿着挖掘工服,系着皮围裙。跟他同行的人提着一盏遮光铜灯,身材高大,白发苍苍，穿着黑色燕尾服，系着黑缎子阔领带，亮闪闪的大礼帽上缠着一块黑色真丝绉方巾。老人的脖子上戴着一颗鸽子蛋大小的钻石，也可能是红宝石，在隧道中的红光映照下闪闪发亮。跟总工长一样，他也穿着及膝橡胶靴，裤腿塞在靴筒里。

"荣誉矿工大师。"皮尔森倒吸一口气，急忙站起身。沃勒也跟着跳了起来。

两人立正站着，大师在他们下方信步而过，沿着隧道走向钻探机巨大的挖进工作面。大师没有抬头看，也没有理会他们，只是语带威严地跟工头说着话，借着提灯刺眼的光束检查螺栓、接缝和灌浆。大师的提灯没有提手，挂在一个从袖管里伸出的光滑铁钩上，袖管本身则空荡荡的。

"这打扮很奇怪，不是吗？"年轻的沃勒低声说。

"他还在服丧。"皮尔森低声说。

"啊？"学徒沃勒发出一声惊叹，等大师又往前走出一段才问道，"还在服丧？"

"大师跟拜伦勋爵的交情很好，真的，跟巴贝奇勋爵也是！他们在动荡年代就认识了。当时，拜伦和巴贝奇正在躲避威灵顿的托利党警察，还没被封爵，反正还没成为激进派贵族，只不过是政府悬赏缉拿的叛乱鼓吹者。有一次，大师把他们藏在了地下，后来，那里成了激进党一个常设总部。激进派贵族始终记着他的大恩大德，所以我们工会才会成为最大的激进派工会。"

"啊。"

"大卫，他可是个伟人！铸铁高手、爆破大师……如今这年头根本出不了这么厉害的人物。"

"这么说，他现在得快八十岁了吧？"

"老当益壮。"

"我们可以下去吗，先生？你说，我能去近前看看他吗？说不定还能握一下他著名的铁钩！"

"好吧，小伙子。不过你得庄重点，不能说脏话。"

两人爬下来，来到隧道底部光秃秃的木板上。

他们跟着大师前行。突然，钻探机啃噬黏土的隆隆声变了，工人们马上跳了起来。这样的变化意味着他们遇到了麻烦，可能是流沙或水脉，甚至可能更糟。皮尔森和他的学徒拔腿飞奔，朝挖进工作面跑去。

那三十六颗锋利的螺旋状钢齿不停地旋转，刨花般的软质黑土倾泻而下，油腻腻的土块落在行车坡道上的平板车中。挖进工作面的黑土里隐隐传来地下气窝破裂的沉闷声响，那响声微弱无力，跟皮尔森拧开香槟酒瓶软木塞时发出的声音一样。不过，没有致命的涌水，也没有流沙浆。两人循着大师那盏提灯发出的刺目白光小心翼翼地往前挪。

墨绿色的淤泥中露出黄色的硬疙瘩。"是骨头吗？"一名工人擦了擦被酸腐尘土味熏得难受的鼻子，"是不是化石……"

液压装置猛地一震，钻探机随之向前戳入松软的泥土，骨头瞬间如决堤的洪水般喷涌而出。全都是人骨。

"是墓地！"皮尔森喊道，"我们挖到教堂墓地了！"

但这隧道位于地下深处，不太可能是教堂墓地，而且骨头也太多了，大量骨头杂乱地堆在一起，宛如整座森林被砍倒后纵横交错的枝杈。空气中突然混入一丝死亡的气息，那是深埋已久的石灰与硫黄的气味。

"是瘟疫坑！"总工长惊恐地叫起来，工人们跌跌撞撞地仓皇后退。突然，机器猛地一震，传来一阵蒸汽的咝咝声，总工长关闭了钻探机。

大师从头到尾都没动过。

他静静地站在那里，注视着钻探机挖出来的东西。

接着，他把提灯放到一旁，将闪闪发光的铁钩伸进那堆东西，勾着一只眼窝提起一颗头骨。

"啊，"他开口道，低沉的嗓音在突然陷入死寂的隧道中回响，"原来是你们这帮可怜虫。"

女赌鬼是灾星

这个女赌鬼是熟人的灾星。每当晚上手气不佳，在赌博机上输光钱包里的钱，她就会私下让人拿她的珠宝到伦巴第大街的当铺去典当，然后又忍不住诱惑，用当来的钱继续赌博！后来，她把自己的衣服都卖掉了，这让她的女仆们忧心不已。她还仗着自己过去的信誉跟有来往的人借钱，押上自己的名誉跟至交好友借钱，幻想着把输掉的钱赢回来！

"赌瘾不仅对理解力和想象力有害，也对情感有损。每掷一次骰子、翻开一张牌、看着闪亮的赛车跑一圈，赌徒都会突然迸发出反常而强烈的希望与恐惧、欢乐与愤怒、悲伤与不满！想到那些本该献给儿女和丈夫的女性柔情竟被如此恶劣地糟蹋、丢弃，谁能不感到气愤？每当看到这位女赌鬼为如此不可取的恶习而烦躁悲伤，每当看到她天使般的脸庞因心中的怒火而染上怒色，我就忍不住痛心！

"天意使然，几乎所有腐蚀灵魂的东西必然也会腐蚀肉体。双眼深陷，面容憔悴，脸色苍白，这些都是女赌徒天然的标志，第二天早上睡再多也无法弥补利欲熏心的熬夜赌博对身体造成的伤害。我曾经仔细观察过这位女赌鬼的脸，是的，我看得很清楚。我曾见过她半死不活地被人从康乐福赌场架走，当时是深夜两点，加上刺眼的煤气灯亮光，她看起来跟个女鬼似的……

"请回到你的座位上，先生，这儿可是教堂。这是在威胁吗，先生？你好大的胆子。这世道可真黑暗，简直暗无天日！我告诉你，先生，也告诉在座的会众，以后还会告诉全世界的人，我确实见过她，我亲眼见过你们的差分机女王放荡挥霍……

"救命啊！快拦住他！拦住他！天哪，我中枪了！我要死了！杀人了！就没有人能阻止他吗？"

先生们，选择权在你们手中

（1855年，在议会最危急的时刻，布鲁内尔勋爵召集内阁成员并发表讲话，讲话内容由其私人秘书用巴贝奇速记法记录下来。）

"先生们，在我的印象里，党和内阁中没有一个人曾在议会上替我说过话，哪怕只是敷衍的话。我一直在耐心等待，毫无怨言地期盼，同时尽我所能捍卫并延续已故拜伦勋爵的智慧遗产，抚平那些低级狂热分子的鲁莽行为给我党造成的创伤。

"可是，诸位不但没有改变对我的轻蔑态度，还在这两天晚上展开讨论，要求启动不信任投票，矛头直指政府首脑。参与讨论的人对我的工作进行了空前猛烈的抨击，而诸位作为我的内阁成员，竟没有一个人站出来替我说话。

"这样一来，我们又怎么可能顺利解决阿利斯泰尔·罗斯伯里大师的谋杀案？有人在基督教堂内将其残忍杀害，犯下野蛮可耻的罪行，玷污党和政府的声誉，导致我们的意图和品德受到严重怀疑。那些暗杀组织的势力与日俱增，而且越发肆无忌惮，我们该如何将其连根拔起呢？

"先生们，上帝知道，我现在的职位并非自己钻营所得。事实上，我愿意做任何不违背道义的事情来避免担此重任。但是，若我辞去职务，这个国家将落到那群意图越来越明显的所谓领导人手中。因此，我必须继续担任内阁首相。先生们，选择权在你们手中。"

黑斯廷斯侯爵之死

是的，先生，确切地说是凌晨两点十五分。先生，错不了，我们用的是柯尔特麦克斯韦专利打卡机系统。

只是一些滴水声，先生。

刚开始，我以为是哪里漏水了，忘了那晚是晴天。先生，我以为下雨了，担心得要命，害怕陆上利维坦受潮损坏。所以，我举高手里的提灯马上去检查情况，结果就看见那个可怜的家伙被吊在上面，鲜血正顺着陆上利维坦的颈骨往下流，全落到……那叫什么来着？塑形骨架，就是那只巨兽的支架上。先生，他的脑袋血肉模糊，已经不能叫脑袋了。他被倒吊在那里，脚腕挂在这种背带上，还有绳子和滑轮，绷得很紧，向上没入大圆屋顶下的黑暗中。我一看到那副景象就被吓呆了，先生，直到警报响起，我才发现陆上利维坦的头骨不见了。

是的，先生，应该就是这样，他们就是这样做的。他被人从屋顶放下来，准备在上面摸黑行窃，听到我的脚步声便停下来，等我走后再继续。要想悄悄安装那些绳索和滑轮，他们肯定忙活了好几个小时。我巡夜的时候，可能从他们下面走过好几次。先生，他先把头骨拆下来，再由同伙吊上去。他们事先在屋顶掀开了一块板子，把头骨从缺口处拽了出去。不过，先生，当时肯定是有什么东西松了，也可能是滑了一下，害他掉了下来，直直撞在地板上，那可是最好的佛罗伦萨大理石。先生，我们找到了那个地方，他被撞得脑浆迸射，我真想赶快忘掉那个场景。接着，我想起来我听见过响声，八成是他摔到地板上的声音，不过没听见他惨叫。

先生，请恕我直言，整件事最让我觉得恶劣的地方，就是他

426 ┆ 差分机

们像蜘蛛一样悄无声息地又把他拽了起来，像肉店橱窗里挂的兔子一样把他吊在那里，然后带着赃物越过屋顶溜走了。这做法十分卑劣，不是吗？

——应用地质学博物馆守夜人肯尼斯·雷诺兹
于1855年11月在弓街警察局
向地方治安法官G.H.S.彼得斯提供的证词

请永远相信我

亲爱的埃格雷蒙特：

您虽能力非凡，但鉴于当前形势，我不得不免除您的党职和公职，对此我深表遗憾。

我承认您目前身处困境，但这绝不代表我对您的从政能力有所怀疑。请不要误会，我绝无此意。

最后，我衷心希望可以为您争取到一个终身荣誉公职。

请永远相信我。

此致

敬礼

I.K.布鲁内尔

——内阁首相于1855年12月
写给议员查尔斯·埃格雷蒙特的信

致外交部的备忘录

在这次聚会上,我们的贵宾——美国联邦前总统克莱门特·法兰迪加姆先生——喝得酩酊大醉。这位著名民主党人的行为表明,其放荡程度不亚于任何一位英国贵族。他在甲夫人身上乱摸,亲得乙小姐尖叫,把丰满的丙夫人捏得身上青一块紫一块,还明目张胆地扑向丁小姐欲行不轨!

他像一头发情的大象,吓坏了我们的女宾。最后,我们的家仆终于制服了这头高贵的野兽,将他四脚朝天抬上楼,送进房间。法兰迪加姆夫人正在房间里等他,她穿着汗衫,戴着头巾式女帽。令我们大为吃惊的是,这位名人当即扑到他那位顺从的合法配偶身上发泄自己的兽欲,而且其间吐得厉害,秽物四溅。但凡见过法兰迪加姆夫人的人都会相信他确实吐了。

我刚刚收到消息,流亡至墨西哥的得克萨斯前总统山姆·休斯顿死在了韦拉克鲁斯。我相信,他当时仍在等待任何可能使他重返高位的战斗的召唤,然而那些从法国来的地方官都过于狡猾,他根本应付不来。我知道,休斯顿有他自己的缺点,但他比克莱门特·法兰迪加姆强不止十倍。法兰迪加姆向南方割地求和,令国家蒙羞,还任由曼哈顿红色共产主义力量在国内侵吞蚕食。

——利斯顿勋爵(1870年)

激进党上台之前

以下内容录制于蓄音蜡盘,是最早的蜡盘录音资料之一,其中保存的是托勒录音技术发明人爱德华·托勒的祖父托马斯·托勒(生于1790年)对往事的回忆。尽管当时使用的设备尚处于试验阶段,录音却非常清晰。

录制时间为1875年。

我记得有一年的冬天漫长又寒冷。那时候激进党还没上台，整个英国都非常贫穷。我哥哥阿尔伯特经常会找些砖头，涂上粘鸟胶，放在马厩旁粘麻雀。抓到麻雀后，我会和他一起拔毛收拾，给他打下手。他生火把炉子烧热，我们就用母亲的烤盘烤那些小麻雀，能烤出不少油来。母亲会泡一大壶茶，我们便就着茶吃那些烤熟的麻雀，还美其名曰茶话会。

我父亲……他去查特温路找那些店主要肉渣，还有骨头（像是羊骨之类的）、干豌豆、蚕豆、卖剩的胡萝卜和芜菁，还有……他要到了说好给他的燕麦片，还在一家面包店要到了剩面包……我父亲有一口大铁锅……是他用来给马煮食的。父亲把那口大锅刷干净，就在里面熬汤。我还记得有很多穷人来吃。那年冬天，他们每周来两次，但必须自己带罐子。激进党上台之前，饥荒闹得很厉害。

爱德华，你听说过四十年代的爱尔兰大饥荒吗？应该没有吧。当时，土豆连续两三年歉收，爱尔兰人的处境十分不妙。激进党不愿坐视不理，宣布进入紧急状态，全民动员。拜伦勋爵发表了一篇精彩的演讲，刊登在所有报纸上……我报名上了布里斯托尔的一艘救济船。我们没日没夜地往船上装大板条箱，上面还有伦敦差分机打印的提货单。火车昼夜不停地从英国各地载去各种食物。可怜的爱尔兰人热泪盈眶，冲着我们喊"愿上帝保佑巴贝奇勋爵，英国万岁，激进党万岁"。我们忠诚的爱尔兰同胞记性很好……受人之恩，永世不忘。

约翰·济慈访半月街记事

我跟着男仆走进书房，俄理范先生热情相迎，还谈起我在电报中提及的我与马洛里博士的关系。我告诉俄理范先生，说我曾有幸为马洛里博士设计非常高级的影像，帮他顺利完成了关于雷龙的演讲。蒸汽知识学会的《每月评论》还曾发表评论，对我的设计大加赞赏，我便将那期杂志拿给俄理范先生看。他翻开杂志看了看，神情有些迷惑又不失礼貌，似乎对错综复杂的差分机程序也只是一知半解。

然后我告诉他，是马洛里博士推荐我来找他的。在一次私人谈话中，那位伟大的学者向我讲述了俄理范先生的大胆计划，即利用警方的差分机对都市人群的活动和职业背后暗藏的模式进行科学探索。我对这一大胆计划深感敬佩，因此立即前来拜访俄理范先生，表示愿意协助他实现这一设想。

当时他打断了我的话，明显有些心不在焉。他说，有一只全视之眼正在给我们记数，给我们每一个人记数，也给我们度过的时间记数，给我们的头发记数。人类之所以能发明出计算能力强大的差分机来监视普罗大众，监视交通流量、商业往来、人群动态，监视世间万象，必然都是上帝的旨意。

俄理范先生语出惊人，我在等他对这番言语给出结论，可他似乎突然陷入了沉思。

然后，我尽可能地用通俗的语言向他解释：影像要达到非同寻常的速度和复杂度才能符合人眼的视觉需求。最后我总结说，正因如此，我们影像师当属英国最精于差分机编程的能手，何况数据压缩方面取得的所有进步几乎都源自影像应用。

这时，他打断我，问我刚才是不是说了"数据压缩"，还问我是否熟悉"算法压缩"这个术语。我给了他肯定的回答。

于是，他站起身走到旁边的办公桌前拿出一样东西，看着像某种装科学仪器的木盒，只是上面似乎还沾着些白色石膏。他请我帮忙检查一下里面的卡片，复制一份以便留存，再私下告诉他卡片上的内容是做什么用的。

由此可见，他根本不知道那些卡片有多么重大的意义，完全不知道。
——转引自约翰·济慈于1857年5月接受蒸汽知识学会
《每月评论》记者H.S.莱伍德采访时的讲述

自动三角钢琴波尔卡

哦！这世界已陷入疯狂，
无论胖瘦，无论党派，
都发誓不曾如此欢畅，
亦如跳动的自动钢琴波尔卡。

右腿先抬起，
左脚趾点地，
脚跟踏一踏，舞步来跳起，
来自跳动的自动钢琴波尔卡。

方阵舞与华尔兹均已过气，
自动音乐伴着款摆的腰肢。
烟囱清扫在五一，
于伦敦跳起波尔卡。

如果你遇见美丽的姑娘，
闪亮星眸，粉红脸庞，
她会请你去宴席上，
只要你会跳波尔卡。

教授们纷纷拥上街头，
听那美妙的自动钢琴演奏，
遇见的每一个朋友，
都问你是否会跳波尔卡。

我们欢快活泼地起舞，
穿着短裙，踏着铜跟昂首阔步，
女士们可愿回眸一顾？
看小伙子们飞旋的波尔卡。

闲谈者

　　我们得知了一条令人扼腕惊叹的消息：深受喜爱且才华横溢的劳伦斯·俄理范先生最近已乘坐"大东方号"[1]前往美国。这位作家、记者、外交官、地理学家兼王室密友表示，有意加入柯勒律治先生与华兹华斯先生建立的所谓萨斯奎哈纳法伦斯泰尔。就是说，他此番出行是为了追随那两位流亡人士拥护的乌托邦主义！

　　　　　　　　　　——"全城轶事"专栏（1860年9月12日）

伦敦演出海报（1866年）

　　怀特查佩尔的加里克剧院现已翻新重建，J.J.托拜厄斯先生担任经理 特此奉上夜场首轮放映最新影像剧

---

1. 一艘十九世纪建造的巨型游轮。——译者注

自11月13日（星期一）起，为期一周

演出首次以全新的当代影像剧开场，融合民族地方特色，展现都市生活，情节扣人心弦。全剧共分为五幕，无数新奇有趣的情节将恰如其分地展示现代生活。剧名为：

人生十字路口！！

又名：

伦敦程序员

根据现在风靡法国的名剧《沃康松之子》改编，结合当下情况与现实。

影像背景：J.J.托拜厄斯先生及其助理
新锐混合乐团指挥：蒙哥马利先生
情节安排：C.J.史密斯
服装：汉普顿夫人及贝莉小姐
全剧由J.J.托拜厄斯先生指导

剧中人物：
马克·里德利，别名福克斯·斯金纳（妄自尊大的伦敦程序员之王）……H.L.马斯顿先生
多灵顿先生（来伦敦的利物浦富商）……J.罗默先生
弗兰克·丹弗斯（刚从印度归来的英国海军军官）……W.M.伯德先生
罗伯特·丹弗斯（弗兰克·丹弗斯的弟弟、被程序员诈骗的浪荡

子)……L.梅尔文先生

霍克斯沃思·沙布纳先生(伦敦西区一家程序公司的主要业主、票据贴现商、贪得无厌者)……P.威廉姆斯先生

鲍勃·约克纳(厌倦了性伙伴的笨蛋)……W.琼斯先生

内德·布林德尔(混血骗子)……C.奥布里先生

汤姆·福格,别名老戴迪、畜生(患有震颤性谵妄的鸦片酊瘾君子)……A.科雷诺先生

乔·阿尼恩,别名鳄鱼(打手、沙布纳的走狗)……G.韦拉斯科先生

迪基·史密斯(警惕性很高、平平无奇、竭力谋生的差分机程序员)……G.马斯克尔先生

艾奇·贝茨(老鼠城堡的业主,拥有一家廉价酒馆和一张动过手脚的小型台球桌,惯于作弊!)……戈托贝德先生

猫与风笛酒馆侍者……史密森先生

弓街稽查特派员……弗兰克斯先生

路易莎·特鲁哈特(卷入一段孽缘)……凯若琳·巴奈特小姐

夏洛特·维勒斯(养了一只猫的乡下姑娘)……玛莎·威尔斯小姐

楼厅前座:3先令;包厢:2先令;正厅后座:5便士;顶层楼座:2便士

票房开放时间:每日上午十点至下午五点

赠别诗

（萨摩藩武士兼古典学者森有恕[1]于1854年在其子远赴英国时写下此诗，原作为日语。）

吾儿远涉重洋，
胸怀凌云壮志；
扬帆疾行万里，
春风徐吹不及。
人言东西远隔，
犹如天壤相异；
我说天无二致，
同覆东西大地。

愿为君命舍身，
涉险远游求知；
为家不遗余力，
克万难增才智。
此去路遥水阔，
不止河海迢迢；
治学当须勉力，
结硕果会有时。

---

1. 森有礼的父亲。——译者注

家书

那天我像往常一样环顾四周寻找陆地，依旧一无所获，心中好不忧伤！后来，一次偶然的机会，经船长允许，我爬上一根桅杆。当时我爬得很高，将风帆和烟囱踩在脚下，结果惊奇地看到了欧洲海岸。只见水天相接处浮现一丝绿意，我赶紧朝下面的松村喊道："上来啊！快上来！"他很快便爬了上来，十分勇敢。

我们一起攀在桅杆上远眺欧洲。"你看！"我对他说，"这是我们的第一份证据，证明地球确实是圆的！在下面的甲板上什么都看不见，但到了上面，陆地忽然清晰可见了。这证明海面是弧形的！如果大海是弧形的，那整个地球当然也是！"

松村惊叹道："真了不起……正如你所说，地球确实是圆的！这是我们发现的第一份确凿证据！"

——森有礼写于1854年

点金模

看来，巴黎的宣传员没有尽心为艾达女士宣传，这个不大的讲堂竟然只坐了不到一半的人。

一排排暗色折叠椅呈弧形整齐排列，数学家们坐在上面，一颗颗秃头闪闪发亮。在这些学者中，零零散散地坐着几名贼眉鼠眼的中年法国程序员，他们身上那过于考究的亚麻夏装看起来有点过时。最后三排坐着巴黎某个女子俱乐部的人，她们热得直扇扇子，叽叽喳喳说个不停，早就跟不上艾达女士讲的内容了。

艾达·拜伦女士翻了一页演讲稿。她手上戴着手套，抬起手指扶了扶双焦夹鼻眼镜。几分钟前，一只大绿豆蝇一直绕着讲台乱飞，这会儿已经停下来，落在艾达女士因垫肩和花边而隆起的肩头。艾达女士并没理会这只活力十足的害虫，坚定地用她带着口音的法语继续演讲。

这位"差分机程序之母"讲道："如果可以用某种更深层次的形式系统表述人类的话语，生活将会变得更加清晰明了。我们将不再需要反复琢磨有严重歧义的人类语言，而是可以通过一套固定且有限的描述规则和公理来判断任意命题的真假。莱布尼茨[1]就曾梦想找到这样一套系统，找到这种通用语言……

"然而，所谓点金模程序的执行结果表明，任何形式的系统都必然具有不完全性，且无法证明其自身的协调性。没有什么有限的数学方法可以表达'真值'的属性，拜伦猜想[2]的超限性导致拿破仑大帝遭到毁坏。点金模程序启动了一系列嵌套循环，这些循环难以创建，更难以消除。程序确实运行了，但运行程序的机器失灵了！这真是一个惨痛的教训，让我们认识到当代最好的差分机也力有不逮。

"但我相信点金模的自我指涉技术终有一日会成为一种真正超验的计算数学元系统的基石，我对此坚信不疑。点金模已经证明我的猜想，只待功能强大的差分机进行实际表述，这种差分机需要能够执行无比繁复的迭代运算。

"我们这些生命有限的凡夫俗子居然可以探讨'真值'这种无限复杂的概念，这不是很奇怪吗？然而，没有思想的机械世界、封闭式系统不正是其基本特征吗？有生命有思想的有机世界、开放式系统不也正是其定义吗？

"如果我们把整个数学系统想象成一台用来证明定理的强大差分机，想必可以通过点金模得出如下结论：这样的差分机是有生命的，

---

1. 戈特弗里德·威廉·莱布尼茨，德国哲学家、数学家，历史上少见的通才，被誉为十七世纪的亚里士多德。——译者注
2. 艾达·拜伦的猜想。——译者注

只要拥有自我审视的能力，它就可以证明自己是有生命的。虽然尚不清楚这种自查功能的性质，但我们知道它确实存在，因为我们人类自身就拥有这样的能力。

"我们是有思想的生物，虽然找不到可以概括宇宙典型特征的有限方法，却可以想象宇宙的样子。事实上，'宇宙'并不是一个理性概念，而是一种十分直观的存在，任何一个有思想的人都必然对宇宙有所了解，甚至还会产生一种渴望，想要了解宇宙的运行方式及人类的起源。

"由于蒸汽动力有局限性，伟大的巴贝奇勋爵在其生命的最后几年忍无可忍，试图利用闪电来驱动差分机。他精心设计了'电阻器'和'电容器'系统，展示出极为卓越的才能，但该系统如今仍然支离破碎，有待构建。事实上，那些不识货的人经常嘲笑那是老年人的玩物，但历史会对此做出评判。我深深地希望，到那时我自己的猜想也可以跨入现实世界，不再只是抽象概念。"

掌声稀稀拉拉。埃比尼泽·弗雷泽躲在讲台侧面的绳索和沙袋后面看着，不由得心下一沉。不过，至少演讲结束了。艾达女士离开讲台，走向他。

弗雷泽打开艾达女士旅行包上的镀镍搭扣，艾达女士把演讲稿、羔皮手套和小缎带帽丢了进去。

"他们应该听懂了！"她兴高采烈地说，"这些理论用法语讲出来非常优雅，对吧，弗雷泽先生？法语真是一种非常理性的语言。"

"接下来去哪儿，女士？去酒店吗？"

"我要去一下化妆室，"她说，"这天气热得人难受……你先去帮我叫车好吗？我马上就去找你。"

"好的，女士。"弗雷泽一手拿着包，一手握着内藏刀剑的手杖，带艾达女士来到狭小的化妆室。他打开门，躬身请艾达女士进去，然后将包放到了她脚边，瞧见她脚上穿着干净的便鞋。弗雷泽走出化妆室，把门牢牢关上。他知道，艾达女士会在化妆室喝点白兰地平复心情。那酒是她先前藏好的，就在梳妆台左下角的抽屉里，镀银酒瓶上还裹着一层绵纸，企图掩耳盗铃。

弗雷泽擅自为艾达女士准备了塞尔脱兹矿泉水，放在冰桶里冰镇着，希望她喝酒时能兑点水。

弗雷泽走出后门，警惕地绕着讲堂巡视，这是他从前养成的习惯。他有一只眼睛坏了，戴着眼罩，这会儿隐隐作痛。内藏刀剑的鹿头手杖总算派上了点用场。弗雷泽绕着讲堂转了一圈，不出所料，没发现什么可疑的迹象。

艾达女士雇用的蒸汽车司机不见了踪影。那个滑头的法国人多半是躲在哪里喝酒了，或是找女人搭讪去了。不过，弗雷泽的法语不太好，也可能是那人听错了他的指令。弗雷泽揉了揉那只完好的眼睛，观察来往的车辆。他决定先等二十分钟，如果二十分钟后那家伙还不来，他就叫一辆出租马车。

突然，他发现艾达女士有些踌躇地站在讲堂后门口。她戴着一顶遮阳软帽，又忘了拿旅行包，这倒是很像她会做的事。弗雷泽赶紧一瘸一拐地走到她身边："这边走，女士，车子在拐角那里等我们……"

他突然愣住了，对方不是艾达女士。

"我想您认错人了，先生，"对方说的是英语，垂下眼睛笑道，"我不是您那位差分机女王，我只是她的一名崇拜者。"

"请原谅，女士。"弗雷泽说。

女子羞涩地低头看了一眼自己的裙子，白色的细薄棉布上绣着复杂的白色提花。她穿着鼓鼓的法式裙撑，硬挺的高垫肩小外套上镶着花边。"看来艾达女士的穿着和我很像，"她苦笑道，"她肯定去沃思先生的店里买过衣服！这说明我的品位还不错，对吧，先生？"

弗雷泽什么也没说，心头产生一丝怀疑。眼前的女子大概四十多岁，金发碧眼，身材苗条，个子矮小，穿着体面，戴手套的手指上套着三枚黄金钻戒，精致的耳垂上挂着小巧华丽的金银细丝玉坠。她在嘴角点了一颗十分迷人的美人痣，尽管她用一双碧蓝的大眼睛故作天真地看着他，却还是流露出一丝交际花特有的神情，那样子就好似在说"我认识你，警官"。

"先生，我可以和您一起等艾达女士吗？我想请她签个名，希望不会太冒昧。"

"去拐角那边吧，"弗雷泽点点头，"车子在那儿。"他伸出左臂让对方挽住，把内藏刀剑的手杖夹在右侧腋下，右手轻轻握着杖头。趁着艾达女士还没来，在人行道上走走也无妨，他想好好观察一下这名女子。

他们来到拐角处，站在一盏棱角分明的法国煤气灯底下。"能听到伦敦人的声音真好，"女子巧言令色道，"我在法国待得太久，英语都有点生疏了。"

"您过谦了。"弗雷泽说。她的声音很好听。

"我是图尔纳雄，"女子说，"西比尔·图尔纳雄。"

"我是弗雷泽。"他鞠躬行礼。

西比尔·图尔纳雄摆弄着她的羔皮手套，似乎是手心出汗了，毕竟今天天气很热。"弗雷泽先生，您是艾达女士的守护骑士吗？"

"抱歉，女士，我怕是没听懂您的意思。"弗雷泽不失礼貌地说，"您住在巴黎吗，图尔纳雄女士？"

"我住在瑟堡，"图尔纳雄女士说，"特地坐早班快车来听艾达女士演讲。"她顿了一下，"结果没听懂多少。"

"这个无妨，女士，"弗雷泽说，"我也听不懂。"他有点喜欢这人了。

车子来了。司机大胆地朝弗雷泽眨了眨眼，跳下车从口袋里拽出一块脏麂皮，吹着口哨擦起脏兮兮的扇形挡泥板上的装饰条。

艾达女士从讲堂里走了出来，这次她没有忘记拿手提包。待她走到近前，图尔纳雄女士忽然激动得脸色有点苍白，忙不迭地从外套里掏出一张演讲节目单。

她完全没有恶意。

"女士，请容我介绍，这位是西比尔·图尔纳雄女士。"弗雷泽说。

"您好！"艾达女士说。

图尔纳雄女士行了个屈膝礼："您能帮我在节目单上签个名吗？拜托了。"

艾达女士眨了眨眼，弗雷泽立即将夹在笔记本上的笔取下来递给她。"当然可以。"艾达女士说着接过节目单，"抱歉，您叫什么名字来着？"

"西比尔·图尔纳雄，需要我告诉您是哪几个字吗？"

"不用，"艾达女士笑着说，"法国有一位著名的热气球驾驶员也姓图尔纳雄，不是吗？"弗雷泽背过身去，艾达女士把节目单放在他背上，龙飞凤舞地签了名。"你们不会是亲戚吧？"

"不是的，殿下。"

"您说什么？"艾达女士问道。

"他们都叫你差分机女王……"图尔纳雄女士得意地笑了，然后一把夺过那张签过名的节目单，虽然艾达女士并未抓着不放，"什么差分机女王！不过是个喜欢卖弄学问的可笑老姑娘罢了！"她哈哈大笑，"宝贝，你这样到处演讲骗人，能赚大钱吗？能赚就怪了！"

艾达女士打量着她，难掩惊讶之情。

弗雷泽抓紧手杖。他疾步走到路边，迅速打开车门。

"等一下！"图尔纳雄女士突然用力一撸，从戴着手套的手指上摘下一枚华丽的戒指，"艾达女士，请您收下这个！"

弗雷泽握着手杖挡在两人中间："别再缠着她。"

"不，"图尔纳雄女士喊道，"我听过传言，我知道她需要……"她抵着拦在前面的弗雷泽，伸长胳膊，"艾达女士，请收下这个！我刚才失礼了，不该对您出言不逊。请收下我的礼物吧！求您了，我是真的仰慕您,所以才坐在那里听完了整场讲座。请收下吧,我是专门为您带来的!"她感到手里一空,便向后退开,笑着道:"谢谢您,艾达女士!祝您好运。我不会再麻烦您了。再见!祝您好运!"

弗雷泽跟在艾达女士后面上了车,关上车门后敲了敲隔板。司机立刻坐到驾驶席上。

车子开动了。

"真是个怪人。"艾达女士说着张开手,看见金银细丝戒指上镶着一颗闪闪发光的大钻石,"她是什么人,弗雷泽先生?"

"我猜可能是流亡之人,女士。"弗雷泽说,"她太放肆了。"

"我是不是不该收下这个?"她的气息里有白兰地和塞尔脱兹矿泉水的味道,"我觉得不妥,可要是不收的话,又怕她大吵大闹。"阳光透过车窗照进来,可以看到空气中有灰尘浮动。她把钻戒举起来,借着阳光细瞧。"你看,这么大一颗!一定很贵。"

"是假的,女士。"

艾达女士闻言立即像捏粉笔一样将戒指捏在指间,用那颗石头在车窗上划了一下。尖细的摩擦声隐隐响起,几乎听不清,却在玻璃上留下了一道闪亮的划痕。

随后两人便不再说话,一路融洽地回到酒店。

弗雷泽望着窗外巴黎的风景,想起他接到的指令。"那老姑娘想喝多少就喝多少,"教主以其特有的讽刺口吻装腔作势地对他说道,"她爱怎么说就怎么说,爱怎么调情就怎么调情。当然,不要公然闹出丑闻……只要能让我们的小艾达远离赌博机,你的任务就算完成了。"艾达女士的钱包里原本只剩票和零钱了,所以去赌博的可能性很小,可现在她有了那颗钻石,事情便大不相同了。从现在开始,他必须盯紧点。

两人在黎塞留酒店的房间十分简陋,中间有门相连,但他从来没碰过它。两个房间的门锁都很牢靠,不过他仍发现了意料之中的窥视孔,并将其堵住了。所有钥匙都在他手里。

"预付款还剩多少？"艾达女士问道。

"只够给司机小费。"弗雷泽说。

"天哪，这么少？"

弗雷泽点点头。法国学者请艾达女士来做演讲，给的酬金却不高，很快就用来给她还债了。卖票所得的微薄收入勉强够他们从伦敦来的路费。

艾达女士拉开窗帘，被夏日骄阳照得蹙眉，又赶紧把窗帘拉上。"那我可能得去美国巡回演讲了。"

弗雷泽微不可闻地叹了口气："他们说那里有许多自然奇观，女士。"

"可是走哪条线呢？波士顿和新费城，还是查尔斯顿和里士满？"

弗雷泽什么都没说，这几个陌生城市的名字让他感到心情沉重。

"我要掷硬币来决定！"艾达女士兴高采烈地说道，"你有硬币吗，弗雷泽先生？"

"没有，女士。"弗雷泽撒谎了，他伸手在口袋里摸索着硬币，努力不弄出响动，"抱歉。"

"他们难道都不给你钱吗？"艾达女士带着一丝怒气问道。

"我有警察养老金，女士。数额不小，从不拖欠。"至少不拖欠是真的。

她担忧起来，心里很难过。"可是皇家学会不该给你发薪水吗？天哪，弗雷泽先生，我竟然给你添了这么大的麻烦！我才知道。"

"他们会用别的方式补偿我，女士，我没有白忙活。"

成为她的守护骑士，这已经足够了。

艾达女士走到办公桌前，在报纸和收据中翻找，摸到了旅行镜的玳瑁把手。

她转过身，用女性特有的眼神看向弗雷泽。弗雷泽感受到了那眼神带来的压力，不由自主地抬起手，摸了摸眼罩下方凹凸不平的脸颊。尽管他蓄着花白的络腮胡，还是遮不住脸上的伤疤。那是当初被霰弹枪击中留下的，现在遇到雨天，有时还会隐隐作痛。

不过，艾达女士没有在意他的动作，也可能是故意视而不见。她招手叫他走近一点。"弗雷泽先生，我们现在也算是朋友了，我能问你件事吗？你跟我说实话，"她叹了口气，"我不过就是个喜欢卖弄学问的可笑老姑娘吗？"

"女士，"弗雷泽轻声说道，"您是差分机女王。"

"是吗？"她举起镜子凝视。镜子里是一座城市。

那是1991年的伦敦。城市里有上万座塔楼，上万亿个齿轮不停地旋转，发出旋风般的轰鸣。四周一片昏暗，笼罩在油雾中，犹如刚经历过地震，充斥着齿轮相互啮合产生的摩擦热。细密的黑色人行道构成数不清的支流，穿孔纸带疯狂地传输数据，历史的幽魂在这个炽热而闪亮的大墓地里游荡。纸片般的面孔如风帆般鼓起、扭曲，打着哈欠跌跌撞撞地穿过空荡荡的街道。这些人脸全都是借来的面具，那只眼睛透过这些人脸进行窥视。这些人脸像灰烬一样脆弱，一旦完成使命就会碎裂，变成一堆干巴巴的数据，正是这些构成了人脸的点点滴滴。不过，闪亮的城市核心正编织着新的猜想，主轴不知疲倦地飞速旋转，形成数以百万计的无形循环。同时，各种数据在酷热的黑暗中融合，被齿轮搅拌成冒着泡的浮石骨架，浸泡在梦想的蜡液中，生成如想象般完美的模拟肌肤……

那不是伦敦。镜像中的广场不过是最单纯的晶体，大街是原子闪电，天空是过冷气体。那只眼睛穿透迷宫般的空间，跳过因果、偶然、机缘等量子间隙。电光幻影就此形成，接受检查与剖析，进行无限迭代。

这座城市的中心孕育着一件东西，那是一棵自动催化的树，宛如有生命般，以思想为根，从自身凋落的大量影像中汲取营养，无数闪亮的枝条不断分叉，向上，向上，向隐秘的先见之光延伸——

此物即将诞生。

那光如此强烈，

那光如此清晰；
那只眼睛终究要自我审视，
我审视自己……
我看见：
我审视，
审视
我
！

后记

请注意：宋体内容为布鲁斯·斯特林所写，黑体内容为威廉·吉布森所写。

我们花了七年时间才完成《差分机》的创作。为什么需要这么长时间？首先，我们曾经愚蠢地认为两人合著会事半功倍，但实际上是事倍功半。其次，我们很难确定这本书的叙述者以及写作因由和目的，很难确定"故事的讲述者"。直到我们决定将本书的叙述者设定为一台计算机，我们才停止研究，开始动笔。

在决定合著此书之前，我们交流时都抱着由对方执笔的想法，结果演变成"'不，你来写'，'不，你写'"的局面。

布鲁斯随即提出了合作方案，我至今仍认为这一点至关重要。其中规定将最新迭代的内容视为最终版本，储存在软盘上。最后，这些文本成了厚厚的一摞。我们两个随时都可以任意修改，但只能改写当前版本，尤其不能从先前的版本中复制粘贴自己喜欢的部分。如果想恢复先前的内容，只能凭记忆重写。我认为最后这一条至关重要，不过也是亲自试过才明白的。

我们不断改写：自己那部分、对方那部分以及布鲁斯从得克萨斯大学带回家的一斗斗维多利亚时代印刷品中的内容。这样一来，我们必须借助文字处理软件才能写出最终版本。

本书的叙述者即"故事讲述者"非常低调，事实上直到故事的最后它才表明自己的存在。这部小说是一次漫长的涉及计算机创作的叙事冒险，具体来说是对文字的处理和对历史脉络的加工。其实，我们不是在创作，是在改编与解构。其中，未来是尚未受到干扰的存在，而过去则是已经发生的未来。作为《零历史》和《老式未来》等书的作者，我们在这方面进行了大量钻研。

我们创作这本书的时候，"赛博"还是一件很新奇的事物，那个时代的正常人经常会问我们一些咄咄逼人的问题。由于我们写的是关于计算机的小说，所以经常会有人问：如果有一天计算机可以自己写小说了，我们该怎么办？而我们的回答通常是：我们很想给那些小说写书评。对于那些暴躁的年轻人来说，我们应该算得上温文尔雅了。

人们将我与阿瑟·克拉克[1]相提并论，说我只是更喜欢搞些小发明。数十年来，我一直耐心地予以否认，但有时还是会听到这种说法。更好笑的是，在创作此书的时候，我们两个谁都没有冒险使用当年的互联网。当时，布鲁斯在奥斯汀，我在温哥华。我们一度试图通过电话线用苹果二代电脑传输数据，但没有成功。在那之后，我们便通过联邦快递连夜寄送软盘。

计算机到底要如何写小说呢？计算机可以对储存的素材进行文字处理，拼凑出大众娱乐的混合作品，这不是什么难以想象的事情。计算机可以播放音乐，可以下棋，现在甚至还能做翻译。

更有趣的是，我们可以把计算机想象成一位严肃的文学家，也就是其自身经历的文字见证者。计算机是一位真正的作家，为提高文学敏感性真诚奉献，只不过碰巧是一台电子设备而已。这位勤奋的作家看不见也听不见，没有身体也没有性别，当然也不能移动……却有无

---

[1]. 英国科幻小说家。其科幻作品多以科学为依据，小说里的许多预测都已成现实。——译者注

尽的耐心与庞大的数据库。

试想一下，两个人在合著小说的时候，可以凭借这种微妙而强大的新技术将文字变成可塑性高且延展性好的流质……

因此可以想象，计算机通过复杂的世界构建过程努力获得意识……就像历史小说家为那些早已被人遗忘的干瘪的时代碎片注入活力一样。计算机没有口舌，永远无法像人类一样说话，只会拼凑。但人类作家也不会自己发明语言，所以我们并没有资格嫌弃计算机只会拼凑。如果说威廉·巴勒斯[1]以剪裁法创作的作品是"来自外太空的病毒"，那经过计算机处理的文字则更像是代码。

巴勒斯喜欢使用剪裁法创作，并将其视为一种手工艺术。他在笔记本中编纂的作品是一种界外艺术品。但在我们反复迭代、改写的过程中，我逐渐意识到，我们当时所做的更像是在用气笔整修照片（要是当时有图像处理软件的话，就是用计算机修图），而非单纯的剪切、粘贴。我们可以使拼接痕迹模糊化，毫不费力地将几部分不同的内容混合起来，做到天衣无缝。从另一层面来说，这也算一种魔术。巴勒斯曾经提出过质疑："我都有打字机了，还要电脑干什么？"啊，像我们这样的人得有计算机才行，先生，两人合著离不开计算机。

因此，本书结尾撕掉了小说化的外衣，将叙述中的拼凑痕迹暴露无遗，最后一部分直接罗列原材料，趣闻轶事、剧院海报、歌词，宛如一锅以联想为食材的秋葵浓汤，又像用谷歌引擎搜索出的一堆结果。

我记得我当时一边看着最后那几页稿子从传真机里冒出来，一边读上面的内容。我心里觉得这部小说的作者不是我们两个，而是某个不详的第三方，甚至在那之前很长一段时间都觉得这部作品是由那个第三方掌控的。我从未觉得这样让我不好过，何况那也是我今生对文

---

[1]. 美国作家，与艾伦·金斯伯格及杰克·凯鲁亚克同为"垮掉的一代"文学运动的创始者，被誉为美国后现代主义创作的先驱之一。——译者注

学中的导演主创论最为笃信的时候。我知道电话线那头是身在奥斯汀的布鲁斯，但直到那时为止，我们都没有面对面交流过。我把冒出来的纸带从传真机上撕下来，开始改写，只改动很小一部分，因为叙述者出声了。

还有一个主要问题也是我们经常被问到的，与赛博朋克的口号"信息渴望自由"有关。提问者通常是年纪较大又比较聪明的记者，干的是真正有薪酬的工作，不像我们两个。他们常常以一种讽刺性的夸张语气向我们指出，如果我们真的相信"信息渴望自由"这种鬼话，我们就是在自毁前途。不知何故，人们总觉得我们自认为可以幸免于难。这就像火山学家预测有地震要发生，有人反驳说：如果真发生地震，那些火山学家也会遭殃。我们当然也会遭殃，而且现在也是如此，但我们并不是首当其冲的。

首当其冲的是我们喜爱的手动打字机，文字处理软件彻底击垮了打字机。数字化配送方式摧毁了独立书店，连锁书店取而代之。出版社遭大型媒体公司并购，主要因为电子表格和新的控制论商业管理方法使之成为可能。统一配送完全扰乱了图书分销贸易。接着，网络浏览器出现了，最终导致报纸杂志业崩溃，导致大批记者被解雇。这使得幸存的书店成了出售T恤衫和举办即兴表演式聚会的咖啡馆。

不能因为我们预见了这一切就将其怪到我们头上。

在文字信息化所能造成的影响中，这些还不到一半，其实连十分之一都不到。经常有人问我们："赛博朋克在科幻小说里出现后造成了什么影响？"答案就是：出现了一种赛博文化。

对我而言，那就是出现了《差分机》，让我也有所改变，改变了我的思维方式和写作方式。在我署名的小说中，只有这本会让我为了阅读的乐趣而重温。

赛博文化无处不在，带来了天翻地覆的变化。赛博文化成为主流，赛博朋克则是这种文化放荡不羁的典型先驱。现在，台式计算机早已过时，无线云网络文化在迅速将其取代。在这个新世界里，即使是亲密的家人也常常通过手持设备进行交流。在这个世界，电子表情符号成了日常用语，一篇八万字的连贯文章读起来就像维多利亚时代的史诗一样。

赛博文化翻转了过来，向外翻转走向世界。整个世界变成了赛博世界。

现在，社交网络的规模比国家还要大。我们过去是将赛博朋克的知识点点滴滴地复印下来进行交换，现在则通过博客和推特将其传播到世界各地。《差分机》可以说是印刷文化的哥特式石棺。如果说我们在当前怪诞的媒体环境中感觉还比较轻松自如，那是因为我们在整个职业生涯中都在不断地将媒体从坟墓中挖出来，然后重新埋葬。我们以一种肆意狂欢的姿态杀死媒体，其程度比狄更斯杀死小耐儿[1]更甚。

我认为差分机的构思根源于布鲁斯的"死媒体计划"[2]或是促成该计划的思考。我们对死亡的媒体进行讨论，看当年的媒体是什么样的，又是如何死亡的。

在为本书画上句号之前，我们可能有必要温情脉脉地说说蒸汽朋克。"赛博朋克"这个词不是我们创造的，"蒸汽朋克"也不是。当然，我们俩的确造了很多词。

我们通常会发现那些词，然后在新的语境中灵活运用。

尤其在《差分机》中，这部小说里的技术罪犯使用的很多黑话都是用不同的词语混合而成的，创造性地赋予旧词新义。二十年后再看，我们俩仍然会捧腹大笑。那的确像我们会创造的词，但确实不是我们创造的。

---

1. 狄更斯小说《老古玩店》中的人物。——译者注
2. 最初由科幻小说家布鲁斯·斯特林于1995年提出，旨在收集那些被人遗忘的过时通信技术。——译者注

这就是抽样魔术，抽取那些早已被人遗忘的寻常文字进行拼凑。

这本书突出了蒸汽朋克的三个基本标准：巨大的飞艇、黄铜计算机和古怪的女式内衣。但这些标准不是我们制定的。我们根本没有动手搭建蒸汽朋克的场景；我们从未写过续集，以后也不会写。我们也有我们自己的事，比如设计日式运动鞋、在增强现实大会上做主题发言。当然，我们写这本书并不是为了创造亚文化群体，也不是为了让爱好者们制作黄铜器具、举办盛装活动、从巴西和波兰给我们发热情洋溢的电子邮件。

有人把还没用过的老式机械表的零件拆下来，纯粹用于装饰。我个人绝不赞成这种做法，请别再这样做了。

孩子们，这是我们的经验之谈，对你们而言，或许早已过时。

同时，希望你们喜欢这部小说。

这本书如今依然是我们两人的作品，无论何时都是。